鲁迅著译编年全集

王世家 止庵 编

人民出版社

鲁迅著译编年全集

捌

目　录

一九二七

一月

一
九
二
七

一月

一日

日记 晴。晚卓治,玉鲁,方仁,真吾饯行,语堂,矛尘亦在坐。夜大风。

二日

日记 星期。晴。上午寄兼士信。得广平信,十二月二十四日发。下午照相。

致 许广平

广平兄:

自从十二月廿三四日得十九六信后,久不得信,真是好等,今天上午(一月二日)总算接到十二月廿四的来信了。伏园想或已见过,他到粤所说的事情,我已于三十日所寄函中将他的信附上,收到了罢。至于刊物,十一月廿一日之后,我又寄过两次,一是十二月三日,大约已遗失;一是十二月十四日,挂号的,也许还会到。学校门房行为如此,真可叹,所以工人地位升高,总还须有教育才行。幸而那些刊物不过是些期刊之流,没有什签名盖印的,失掉了倒也还没有什么。

毛咸这人听说倒很好的,他有本家在这里;信中的话,似乎也恳切,伏园至多大约不过作了一个小怪,随他去;但连人家的名字都写错,可谓粗心。云章似乎好名,他被《狂飙》批评后,还写信去辩,真是上当。至于长虹,则现在竭力攻击我,似乎非我死他便活不成,想起来真好笑。近来也很回敬了他几杯辣酒。我从前竭力帮忙，退让，现在躲在孤岛上，他们以为我精力都被他们用尽，不行了，翻脸就攻击。其实还太早了一些，以他们的一点破碎的思想的力量，还不能将我打死。不过使我此后见人更有戒心。

前天，十二月卅一日，我已将正式的辞职书提出，截至当日止，辞去一切职务。这事很给厦大一点震动，因为我在此，与学校的名气有些相关，他们怕以后难于聘人，学生也要减少，所以颇为难。为虚名计，想留我，为干净，省得捣乱计，愿放走我。但无论如何，总取得后者的结果的。因为我所不满意的是校长，所以无可调和。今天学生会也举代表来留，自然是具文而已，接着大概是送别会，那时是听，我的攻击厦大的演说。他们对于学校并不满足，但风潮是不会有的，因为四年前曾经失败过一次。

我这一走，搅动了空气不少，总有一二十个也要走的学生，他们或往广州，或向武昌，倘有二十余人，就是十分之一，因为这里一总只有二百余人。这么一来，我到广州后，便又粘带了十来个学生，大约又将不胜其烦，即在这里，也已经应接不暇。但此后我想定一会客时间，否则，是不得了的，将有在北京那时的一样忙碌。将来攻击我的人，也许其中也有。

上月的薪水，听说后天可发；我现在是在看试卷，两三天可完。此后我便收拾行李；想于十日前，至迟十四五日以前，离开厦门，坐船向广州。但其时恐怕已有学生跟着的了，须为之转学安顿。所以此信到后，不必再寄信来，其已经寄出的，也无妨，因为有人代收。至于器具，我除几种铝制的东西之外，没有什么，当带着，恭呈钧览。

不到半年，总算又将厦门大学捣乱了一通，跑掉了。我的旧性似乎并不很改。听说这回我的搅乱，给学生的影响颇不小；但我知道，校长是决不会改悔的。他对我虽然很恭敬，但我讨厌他，总觉得他不像中国人，像英国人。

玉堂想到武昌，他总带［待］不久的。至于现代系人，却可以在，

4

他们早和别人连络了。

我近来很沉静而大胆,颓唐的气息全没有了,大约得力于有一个人的训示。我想二十日以前,一定可以见面了。你的作工的地方,那是当不成问题,我想同在一校无妨,偏要同在一校,管他妈的。

今天照了一个照相,是在草木丛中,坐在一个洋灰的坟的祭桌上,像一个皇帝,不知照得好否,要后天才知道。

> 迅 一月二日下午。

三日

日记 晴。晨寄广平信。上午寄小峰稿。得春台信。下午得伏园信,十二月二十八日发。晚刘楚青来挽留并致聘书。罗心田来。

四日

日记 晴。上午林文庆来。刘楚青来。张真如来。得淑卿信,十二月二十六日发。寄漱园稿。下午赴全体学生送别会。晚赴文科送别会。

五日

日记 小雨。上午寄广平信。午后定谟来。丁山来。下午寄淑卿信。得三弟所寄书两本,十二月三十日发。夜译文。

文学者的一生

[日本]武者小路实笃

一

文学为什么在我们是必要的? 在有些人们是全然不必要? 无

论怎样的文学，也不至于不读它就活不成。这些事，是不消说得的。为娱乐或消闲计，文学也不必要。为这些事，还有更可以取媚于读者和看客的东西；还有使谁都更有趣，更忘我的东西。至少，应这要求而做出来的东西，要多少有多少。而文学，却不是这样的东西。从实说，文学是并非因读者的要求而生，乃是由作家的要求而生的。和娱乐不同的处所，也就在这里。媚悦公众的是娱乐，而文学却也如别的艺术一样，是由作家自己的要求而写的。公众虽然也成为问题，但这并不是说怎么办，便可以取悦于公众，而是怎么办，便可以将自己的意志传给公众。

所以，凡文学者，总是任性的居多；而生发自己的事，便成为第一义。读者须是自然而然地有起来，作者写作的时候，普通是不记得读者的。如果有将读者放在心里，写了出来的作品，从有心人看来，那作品就成为不纯。虽然有时也为了要给人们阅看而写作，但这事愈不放在心里就愈好。音乐师为了给公众听而弹钢琴，一弹，则全身全心的注意，都聚在指尖上，将想要表出的，用了全力来表出，对于听众，大概是并不记得的。愈是名手，大概就愈加自己像做梦一般，聚精会神地干。我去听普来密斯拉夫到日本后第一次演奏的时候，见他很自由，很随便，宛然流水的随意流去一样，似乎忘记了乐谱，一任了必然的演奏着，很吃了惊，而且和大家都成了做梦似的了。

写的时候也一样，一有想写得好些的意思，已经是邪道。作者只要能使自己满足地用了全力，最镇静地，用了必然，在最确的路上进行就可以。只要顺着这人的精神的趋向，全心被夺于想要更深地，更确地，更全力底地，更注意地，更真实地抒写出来的努力，而忘却了其余的事，一径写下去，就可以了。

这样地写出来的东西，进到或一程度以上的时候，这便是文学。在文学，读者不是主，作家倒是主。所以文学最初很容易使许多人起反感。

文学是一种征服工作。是用了自己的精神,打动别人的精神的。使自己的精神动作,而别人的精神因而自动,则以作家而论,就已经成了样子了。所以,精神力不多的作家,是不能成为大作家的。

假如作家因为有趣,做了一种作品,那么,读者也看得有趣的罢。然而,如果那有趣法是浅薄的,则只能使浅薄的人们高兴。这时候,也是作者是主,而读者是从。但是,有此主乃有此从,想得到不相称的读者,是不能够的。虽然喜欢看,却不能佩服,虽然会佩服,却不喜欢看,这样的事也并非不会有。只在自己的闲空时候看看的东西,有趣是有趣的,心底里却毫无影响,这样的作品也常有。这样的作品,固然可以算是通俗的,但作为文学的价值并不多,是不消说得。反之,不能随随便便去看的东西,是翻翻也可怕,然而一旦看起来,心里却怦怦地震动,这样的作品,价值是多的。

凡是好的文学,并非在余暇中做成的,作家的全精神,都集注在这里;作家的全生活的结晶,都在这里显现。所以看起来,也不很舒服,有时还至于可怕。于是很难说是喜欢看了,然而要不佩服,是不行的。

文学并不是只为取悦于这人生的,文学不是无生气的,文学是更不顾虑读者的东西。有时还使读者的一生,弄得更苦;至少,则不使读者安闲的作品也很多。也有为要使读者快活的文学;还有,有着使读者堕落的倾向的文学,也不是没有。而同时,也有使读者更反省,更严肃的;也有使增加勇气,也有使活得不快活的。这就因为作者的精神的传播。在政治家,文学自然是讨厌的东西。文学的价值,就在任性这一点上,在这里,能够触着人的精神。

有一时,在日本曾经接续着弄着萧(Bernard Shaw)的东西。我是吃伤了。然而萧的东西,有时也还是好的。许多别的东西之中,假如萧的东西混在里面,则萧的东西,无论那里总是萧,倒也有趣。即使是默退林克和斯忒林培克(A. Strindberg)的东西,如果单是这些,就没有意思。然而默退林克的东西,在怀念时,无论那里总看见

7

默退林克的特色的东西,是有趣的。托尔斯泰和陀思妥夫斯奇也一样,假使世界的文学只填塞着这两人的东西,就难耐。我们便成了零了。各式各样的人,公开着各式各样的世界,所以使人高兴。

到要到的地方去。但是虽然到了,却不知道主人的所在,就无聊。主人的色彩不明白,也无聊。这人世,是不将心的所在,明白地指出的人们的集团。然而文学者,却不可不将自己的心的所在,明白地指出。这是文学者的工作。世上倘没有文学者,便寂寞,就是为此。活了一世,不能触着人的魂灵,是不堪的。有天才,使自己的世界尽是生发,一想到这些人们的事,便可以收回对于人的爱和信来。

倘不这样,就太孤独。在并没有对于人心感着饥饿的必要的人们,文学是没有意思的东西。这些人们,只要有娱乐就好,有媚悦自己的东西就好;然而饥饿于人的真心的人,若只有这些,却寂寞。对于天才的爱,于是发生。

和没有真知道这样的寂寞的人,我不能谈文学。

"人类是无聊的,人类是不诚实的,人类是只有性欲和利己心的,无论走到那里,只有虚伪,只有讨厌的人们。"以此,不寂寞的人,不能真爱文学。人类虽然是性欲和利己的团块,但其中却有不可以言语形容的可爱的善良的地方,或是诚恳的地方。知道了这样的事,而不感到欢喜的人,是应该有比文学更其直接的东西的。

二

从读者那一方面说,也还是作家始终任性的好。还是将别的世界,一任别人,而使自己的世界尽量地生发起来的好。

又从作家这一面说,也除了始终使自己尽量地生发之外,没有别的路。无缘的人,就作为无缘的人;自己呢,除了始终依着自己的内发的要求,写些自己可以满足的,不敷衍,有把握的,而且竭力写些价值较高的东西之外，没有别的路。这样地走着，真感到欢喜的人们，便渐渐地多起来。

文学底质素很贫弱的人，本来就不能任性到底。神经钝的，内省不足的人，也间或因为任性，却坠入邪路去。然而最要紧的，是使自己生发，不为别人的话所迷。除了使自己全然成为自己之外，没有别的路。像名工的锻铁一般，除了锻炼自己之外，没有别法。愈加纯粹地，锐利地，精深地，凭了一枝笔，将自己生发下去；那生发的方法，愈巧妙就愈好。能够如此的人，是天才；这是能才所不能的本领。

天才能懂得别的天才的好处，而且从中吸收那生发自己所必要的滋养分。即使受着感化和影响，然而有时总完全消化，全成了自己的东西。而且，倘不生发了自己，便执拗的不放手。这力量愈强，即愈有作者的价值。又以作者而论，则如此作者的作品，才有强有力的感兴。在这里，是蒸馏着作者的全生活的。

从读者而言，倘不是全力底的东西，不知怎地总不能全心底地将爱奉献。日本的作品，这全力底的东西总是不多。完全地生发了个性的人，几乎没有。在独步，漱石，二叶亭，也许看见一点这倾向罢；也可以说，个性也有些出现。但要说全然出现，却还早得很。此外，尤其是现今活着的人们之中，连要说有些出现也还不行。有特色的人，那是也许有的，然而个性有些出现的人，在我的前辈中是没有。或者要有人提出抗议罢，但这是提出的人不对的。没有可靠的人。虽然有着自己的世界，但太贫弱，诚意不足。虽有有主义的人，而这还没有全成为这人的血和肉；至少，是连这一点也还没有在作品上显出来。何说个性之类，会出现的么？还是满身泥垢，埋着哩。首先，连个性这东西的存在，也还未必觉得。在年青的人们里面，我倒知道有着有些出现的人。然而这也不过说是有些出现。

个性全然生发了的时候，这作家对于"时光"，即不必畏惧。这人的作品，只要人类存在，便可以常有自己的王国而活下去。并且也可以等候那来访的人。即使没有来访的人,那是不来的那一面的不自然。人类是以这样的人的存在为夸耀的。

特色是可以人造的,也能用技巧。但个性,却只能从全然生发了自己这一事上才能够产生,一到这地步,便不是毛胚了,无论有了怎样巧妙的模仿者,也不要紧。单是眉目,已经成就了。

这样的人的文学,则以真的文学而存在。无论政治家们怎样害怕,也没有法。活在人们的心里,人们只要和这一相触,一有什么事就想到,而在其中遇见知己,得到领会。并且又有回忆起来的效力。这人的名,每一想到,就有一种感,自然起了爱和尊敬之念,而且增加勇气,或者感到欢喜。我只尊敬给我这样的感的人。一想到这人的名,倘只是想要嘲笑,或觉得讨厌,是不会尊敬的。还有,虽然想到了这人的名,而毫不发生什么感兴,那么,也不会想到这人的罢。也有一一看起来,是可数的作者,而作为全体,却毫不浮出什么感兴的人。这样的人,是立刻被人忘却的。这样的人,被忘却也很应该。连这样的人都要记得,那可使人不耐。

别人又作别论,我是喜欢斩钉截铁的作品的;对于真,自然还须有锐利的良心。但是,较之所谓容易之作,是更喜欢特色鲜明之作。而且愈充实,就愈好;愈深,就愈好。看不出实感的无聊之作,则无须说得。那实感,也是愈大价就愈好。写些两可的事的人很不少,那么,读者当然也无须拼命。当创作的时候,倘只留心于技巧而不管那最紧要的精神,则于现在的人们的心,没有震动。有如拉弓,只留心于形式,是不行的。为生发精神计,形是必要的;聚会了精神,强力地从正面射透那靶子的中心,是必要的,这应该是谁都知道的事。不要忘却了紧要的事。倘不是纯写着真实的事,具体底地,客观底地,或则大主观底地,将精神生发下去,就不会生出真的技巧来。这样子,才有切合于自己的技巧,必然地发生,那结果,就逐渐渗出个性。如果做了许多工作,而不见个性,那是显示着这人由不纯的动机而工作着的。

在日本,真懂得文学的人并不多。还都是连非懂不可的事都不很懂的半通。再过十年,这些事情就会谁都明白地懂得的罢。现在的人,对于文学这事,并没有真懂得,只是自以为懂得就是了。也没有懂得真的文学的价值,先就连赏味的事也没有;而许多人,是写些还未成为文学的作品,就满足着。(与其说许多,倒不如说是全体。)所以,现在的日本,文学是权威也没有,什么也没有,若有若无的样子。便是西洋,无聊的文学是多的,然而真的文学者偶然也有,大约现在也有十来个人罢。但在日本,可以自称为真的文学者的人,却一个也还没有,都是未成品,要不然,就是半而不结的货色。

被西洋人问起日本可有文学来,许多人很窘,是当然的事。文学不但是要更精炼,个性分明,精神聚会,印象深,而且不能模仿,还应该根本底地深入到别人所不能到的地方去。应该有一提起这人的名,这人便分明地浮出来,此外无论用了谁的名,都不能浮出的深的内容。

不必将自己的经验照样写出;写童话,写小品,写别人的事,都可以的,只要在那深处,出现着非这人便不能表出的真实就好。只要由了一切作品,作者被整个雕刻出;那作者,有着不能求之别人的或一种美就好;应该造出一想起那人的世界,人类便觉得喜欢的世界来。

单是这么说,也许听去觉得太抽象底的。然而,只要一想瞿提(Goethe),雺俄(V. Hugo),托尔斯泰,陀思妥夫斯奇,伊孛生,斯忒林培克,从这些人们的名所给与的内容,则我所要说的意思,至少在有些人们是懂得了罢。

文学,是靠着将自己的精神里面有些什么东西,表示出来,而在别人的精神里面,寻出自己的知己的运动之一。作者是主,读者是从。作者只要将自己全然生发了,就好。于生发自己是有用处的,便用作自己的东西,有害的,就推开。而且使自己愈加成为自己,用各样的形式,将这自己完全写下去,以过一生。这就是文学者的一生。

一九一七,八,二九。译自《为有志于文学的人们》。

原载 1927 年 2 月 10 日《莽原》半月刊第 2 卷第 3 期。

初收 1929 年 4 月上海北新书局版《壁下译丛》。

致 许广平

广平兄:

伏园想已见过了,他于十二月廿九日给我一封信,今裁出一部分附上,未知以为何如。我想助教是不难做的,并不必授功课,而给我做助教,尤其容易,我可以少摆教授架子。

这几天"名人"做得太苦了,赴了几处送别会,都有我那照例的古怪演说。这真奇怪,我的辞职消息一传出,竟惹起了不小的波动,许多学生颇愤慨,有些人很慨叹,有些人很恼怒,有的是借此攻击学校,而被攻击的是竭力要将我的人说得坏些,因以减轻罪孽。所以谣言颇多,我但袖手旁观着,煞是好看。这里是死海,经这一搅,居然也有小乱子,总算还不愧为"挑剔风潮"的学匪。然而于学校,是仍然无益的,这学校除彻底扫荡之外,没有良法。

不过于物质上,也许受点损失。伏园走后,十二月上半月的薪水,不给他了。我的十二月份薪水,也未给,因为他们恨极,或许从中捣鬼。我须看他几天,所以十日以前,大约一定走不成,当在十五日前后。不过拿不到也不要紧,这一个对于他们狐鬼的打击,足以偿我的损失而有余了,他们听到鲁迅两字,从此要头痛。

学生至少有二十个被我带走。我确也不能不走了,否则害人不浅。因为我在这里,竟有从河南中州大学转学而来的,而学校是这样,我若再给他们做招牌,岂非害人,所以我一面又做了一则通信,登《语丝》,说明我已离厦。我不知何以忽然成为偶象,这里的几个学生力劝我回骂长虹，说道，你不是你自己的了，许多青年等着听你的话。我为之吃惊，我成了他们的公物，那是不得了的，我不愿意。我想，不得已，再硬做"名人"若干时之后，还不如倒下去，舒服得多。

此信以后，我在厦门大约不再发信了，好在不远就到广州。中大的职务，我似乎并不轻，我倒想再暂时肩着"名人"的招牌，好好的做一做试试看。如果文科办得还像样，我的目的就达了。我近来变了一点态度，于诸事都随手应付，不计利害，然而也不很认真，倒觉得办事很容易，也不疲劳。

再谈。

迅。一月五日午后

六日

日记　晴。上午得广平信，十二月三十日发。下午陈昌标来。郝秉衡来。欧阳治来。晚同人饯行于国学院，共二十余人。夜译文。服海儿泼八粒。

运用口语的填词

[日本]铃木虎雄

支那文学中纯用口语者，在古代并没有。虽有如《诗经》，《楚辞》等，夹着多少方言的，但没有全用口语。以我所知，殆当以战国时梦庄辛所引的越的舟人之歌，全篇皆用方言，载于《说苑》的《善说篇》中者，为惟一之作。其辞曰：

滥兮抃草滥予昌枑泽予昌州州锧州焉乎秦胥胥缦予乎昭澶秦踰渗惿随河湖

意义全不可解。这歌，虽当时的人也不解，命译为楚歌，于是翻译了。因为所译的楚歌也载在《善说篇》中，所以才懂得意义。（译者按：译文为"今夕何夕兮搴洲中流，今日何日兮得与王子同舟。蒙羞被好兮不訾诟耻，心几顽而不绝兮得知王子。山有木兮木有枝，心说君兮君不知。"）降至晋宋之时，有《子夜四时歌》，其中多用口语，即使并非全篇都用俗语，那语气却几乎是俗语的语气。试举俗语的几个例，则代名词有侬（我），欢（指情人，可喜的人之意），郎（女称其情人），底（什么），那（岂）等；动词有觅（寻），副词有转（却），许（如此），奈（怎），阿那（即后世的婀娜，娅姹，女子的态度），唐突（突然）等。此等口语，是常被运用的。

唐诗中，时时用俗语。例如生憎张额绣孤鸾，好取开帘帖双燕（卢照邻《长安古意》）；只今惟有西江月，曾照吴王宫里人（卫万《吴宫怨》）；酒后留君待明月，还将明月送君回（骆宾王《余杭醉歌赠吴山人》）；眉黛夺将萱草色，红裙妒杀石榴花（万楚《五日观妓》）；只言啼鸟堪求侣，无那春风欲送行（高适《夜别韦司士》）等。此外也无须一一举例。文章家不欲于文中用诗语者，说是诗语易带俗意，虽不是照样地径用俗语，也怕很害了文的品格。即此看来，即可以说，诗是近俗的。

然而诗还是貌为古雅的东西，和俗语有很大的悬隔。待到"词"出，俗语与文学的关系，便逐渐深起来了。

"词"是盛于中唐以后的，但温庭筠的作品中，已有很用口语者。下列的词，那后段就全用口语。

更 漏 子　　　　　唐　温庭筠

玉阑干，金甃井，月照碧梧桐影。独自个，立多时，露华浓湿衣。

一向凝情望，待得不成模样，虽叵耐，又寻思，怎生嗔得伊。

但在唐及五代，词的品致优雅，口语不过偶尔应用，以供焕发精神而已，未尝专以口语为本体。有之，实在宋代。对于宋词，我是用汲古阁刻的诸家集子为材料的。运用口语的宋词中，也可分为（一）

几乎全篇都用,(二)比较的多用,(三)略用少许,等。属于(一)者,就宋词全体而言,作者和篇数并不多。作者在北宋则以秦观(少游),黄庭坚(山谷),赵长卿,吕渭老,周邦彦(美成)等为主;在南宋则以辛弃疾(稼轩),刘过(改之),杨无咎,杨炎,石孝友,蒋捷(竹山)等为主。就篇数而论,黄山谷最多,凡十三阕;其次是石孝友六阕;余人皆四五阕以内。属于(二)者,北宋以柳永,苏轼(东坡),晁补之(无咎),毛滂为主;南宋以曾觌、沈端节等为主。属于(三)者,则词家的大多数皆是。我姑且定为三种,也只是有些程度之差,或者分为全篇运用口语和夹用若干口语这两种,也可以的。

其次,说一说运用口语的词的价值罢。全篇运用口语者,可惜得很,有价值的竟很少。这是有缘故的。为什么呢?因为凡是全用口语的词,作者当创作时,并不诚恳(较之制作以雅语为本体的词的时候),大抵是要说些滑稽,鄙亵的时候所制作的。然而关于恋爱的作品,则虽然很露骨,却也有有着真情者。惟全篇都用口语之作,现在或已难解其意义;又,意义虽可解,然而太鄙亵,这里也不能谈。

这里就用黄山谷的两三篇作一个例。小令有《卜算子》,《少年心》;长调有《沁园春》。

卜 算 子　　　　　　　黄庭坚

要见不得见,要近不得近,试问得君多少怜,管不解多于恨。

禁止不得泪,忍管不得闷,天上人间有底愁,向个里都谙尽。

少 年 心

对景惹起愁闷,染相思病成方寸。是阿谁先有意,阿谁薄幸,斗顿恁少喜多嗔?　　合下休传音问,你有我我无你分。似合欢桃核,真堪人恨,心儿里有两个人人。

沁 园 春

把我身心,为伊烦恼,算天便知。恨一回相见,百方做计,未能偎倚,早觅东西。镜里拈花,水中捉月,觑著无由得近伊。添憔悴,镇花销翠减,玉瘦香肌。　　奴儿又有行期。你去即无妨,我共谁?向眼前常见,心犹未足,怎生禁得,真个分离。地角天涯,我随君去,掘井为盟无改移。君须是,做些儿相度,莫待临时。

其次,可以举出周邦彦的《红窗迥》和杨无咎的《玉抱肚》来——

红 窗 迥   周邦彦

几日来,真个醉,不知道窗外乱红已深半指,花影被风摇碎。 拥春醒乍起,有个人人生得济楚,来向耳畔问道今朝醒未?性情儿慢腾腾地,恼得人又醉。

玉 抱 肚   杨无咎

同行同坐,同携同卧,正朝朝暮暮同欢,怎知终有抛嚲。记江皋惜别,那堪被流水无情送轻舸。有愁万种,恨未说破,知重见甚时可。 见也浑闲,堪嗟处山遥水远,音信也无个。这眉头强展依然锁,这泪珠强收依然堕。我平生不识相思,为伊烦恼忒大。你还知么?你知后,我也甘心受摧挫。又只恐你背盟誓似风过,共别人,忘著我。把洋澜左都卷尽,也杀不得这心头火。

前揭诸作,虽不无可观之处,但较之使用雅语者,则作者并非诚恳地向这一方面努力,只不过偶然作了这样的东西。倘使山谷之徒真是诚实地努力起来,则那结果怕要出乎意料之外罢。

大抵称为词的名篇者,以用雅语为本体的居多,用口语者少。如柳永所作,有名的"晓风残月",即如此。这些居于几乎全用口语的作品的中间,雅语六分,口语四分的程度的东西,宋词中却不少佳作。例如柳永的《慢卷绅》,《征部乐》,皆是。柳永的词当时很流行,相传直到西夏方面,倘是掘井饮水之地,即都在歌唱,这大约就因为那情致和用语,与普通人很相宜。

一面以雅语为本体,在紧要处,适当地点缀一点口语者,佳作最多。其例不胜枚举。

这情势,可以就"曲"来说一说。元曲虽然怎样被称为名作,但也并非因为单用口语俗语，所以成为名作的。兼用雅言，在万不得已的紧要处，处处用些口语，吹进活的精神去，于此遂生所以为名作的价值。如明，清人，借了元人所用的俗语来应用，已经是拟古了，是口语的死用了。没有因此能够成为名作之理。

其次，对于词和曲的用语上的关系，我再来说几句罢。

由诗而为词，由词而为曲，这是许多人说过的话。清的万红友曾评赵长卿的小令《叨叨令》说：此等俳词，为北曲之先声矣。也不必定指这一首，只要在词中杂用许多口语，即已与向来的典雅的文学，取了不同的方向；而况用着词体的叙事，或者隐括，即更是步步和曲子相近。加以只是叙情叙景者，在调子上，虽然与曲有别，在外形，则词和曲几乎难于区别者，也往往有之。从内容说起来，则先有诗的本句，而词却将这利用，加以铺排者很不少；曲也一样，又取了词的或一句，铺排开来，制作成工的也多。这就是要知词必须诗，要知曲必须词的缘故。

在这里，单是对于有几个用语，来说一说罢。当说话的结末，用以表示语气的话里面，有也罗，则个等，这是屡见于元，明人的曲文中的，而在宋词中已经有过。咱，伊之类的代名词，宋词中也有。又如咱行之行（后来是娘行，爹行等之行），伊家之家等用法，也已有。比，比似，倍，倍增，……价（例如：许多时价，晓夜价，镇日价，经年价之类），……地（腾腾地，冷清清地，忔憎憎地之类）等之价地的用法，也已有。同时，也可以看见这样地连结了三字或四字，造成副词的事。表示不能的意思的不能得勾，也已应用。不能勾虽说已见于《汉书》《匈奴传》，但此语在元曲里极多。由他，不由他之由，为使的意思；和古文的"使"字，俗语的"教"字相当的交字；副词的除非（只），斗，陡（突然），较（稍稍）等，也已有。少见的字如捆就（强相亲近，见《西厢记》），僝僽（说坏话，见《琵琶记》）等，宋词中也屡屡有之。俗字而难知其义者也不少，例如屎磨，吵嚷，喝搋之类是也。

揭举于此者，不过其一端，此外还可以知道种种言语，宋以来就存在。"语录"之外，宋词也成为俗语的一部汇集的。

（《支那文学研究》中的一篇。一九二七，一，六，译。）

原载 1927 年 2 月 25 日《莽原》半月刊第 2 卷第 4 期。
初未收集。

致 许 广 平

广平兄：

　　五日寄一信，想当先到了。今天得十二月卅日信，所以再写几句。

　　伏园为你谋作助教，我想并非捉弄你的，观我前回附上之两信便知，因为这是李遇安的遗缺，较好。北大和厦大的助教，平时并不授课；厦大是教授请假半年或几月时，间或由助教代课，但这样是极少的事，我想中大当不至于特别罢，况且教授编而助教讲，也太不近情理，足下所闻，殆谣言也。即非谣言，亦有法想，似乎无须神经过敏。未发聘书，想也不至于中变，其于季黻亦然，中大似乎有许多事等我到才做似的。我的意思，附中聘书可无须受，即有中变，我当勒令朱找出地方来。

　　至于引为同事，恐牵连到自己，那我可不怕。我被各人用各色名号相加，由来久了，所以无论被怎么说都可以。这回我的去厦，这里也有各种谣言，我都不管，专用徐世昌哲学：听其自然。

　　害马又想跑往武昌去了，谋事逼之欤？十二月卅日写的信，而云"打算下半年在广州"，殊不可解，该打手心。

　　我十日以前走不成了，因为十二月分薪水，要明后天才能取得。但无论如何，十五日以前是必动身的。他们不早给我薪水，使我不能早走,失策了。校内似乎要有风潮,现在正在酝酿,两三日内怕要爆发,但已由挽留运动转为改革厦大运动,与我不相干。不过我早走,则学生们少一刺激,或者不再举动,现在是不行了。但我却又成为放火者,然而也只得听其自然,放火者就放火者罢。

这一两天内苦极,赴会和饯行,说话和喝酒,大约这样的还有两三天。自从被勒做"名人"以来,真是苦恼,这封信是夜三点写的,因为赴会后回来是十点钟,睡了一觉起来,已是三点了。

这些请吃饭的人,有的是佩服我的,在这里,能不顾每月四百元的钱而捣乱的人,已经算英雄。有的是憎而且怕我的,想以酒食封我的嘴,所以席上的情形,煞是好看,简直像敷衍一个恶鬼一样。前天学生送别会上,为厦大未有之盛举,有唱歌,有颂词,忽然将我造成一个连自己也想不到的大人物,于是黄坚也称我为"吾师",而宣言曰"我乃他之学生也,感情自然很好的"。令人绝倒。今天又办酒给我饯行。

这里的恶势力,是积四五年之久而弥漫的,现在学生们要借我的四个月的魔力来打破它,不知结果如何。

迅。一月六日灯下

七日

日记 昙。上午寄小峰信。寄广平信。午雨。下午收去年十二月分薪水泉四百。晚赴语堂寓饭。夜赴浙江同乡送别会。

八日

日记 昙。上午得伏园信,三日发。寄漱园稿二篇,又泉百转交霁野。汇寄三弟泉百廿,托以二十一元八角还北新书局。收京寓所寄衣服五件,被征去税泉三元五角。谢玉生邀赴中山中学午餐,午后略演说。下午往鼓浪屿民钟报馆晤李硕果,陈昌标及他社员三四人，少顷语堂，矛尘，顾颉刚，陈万里俱至，同至洞天夜饭。夜大风，乘舟归。雨。

《华盖集续编的续编》前记

在厦门岛的四个月，只做了几篇无聊文字，除去最无聊者，还剩六篇，称为《华盖集续编的续编》，总算一年中所作的杂感全有了。

一九二七年一月八日，鲁迅记。

未另发表。

初收 1927 年 5 月上海、北京北新书局版《华盖集续编》。

致 韦素园

漱园兄：

上午寄出译稿两篇，未知能与此信同到否？又由中国银行汇出洋一百元，则照例当较此信迟到许多天，到时请代收，转交霁野。

我于这三四日内即动身，来信可寄广州文明路中山大学。我本拟学期结束后再走，而种种可恶，令人不耐，所以突然辞职了。不料因此引起一点小风潮，学生忽起改良运动，现正在扩大，但未必能改良，也未必能改坏。

总之这是一个不死不活的学校，大部分是许多坏人，在骗取陈嘉庚之钱而分之，学课如何，全所不顾。且盛行妾妇之道，"学者"屈膝于银子面前之丑态，真是好看，然而难受。

迅　一月八日

九日

日记　昙。上午寄漱园信。寄三弟信。寄淑卿信。午林梦琴
饯行,至鼓浪屿午餐,同席十余人。下午得遇安信,十二月卅一日九
江发。得漱园信,十二月廿九日发。得小峰信,卅日发。得三弟信,
三日发。夜风。王珪孙,郝秉衡,丁丁山来。陈定谟来。毛瑞章来
并赠茗八瓶,烟卷两合。

十日

日记　昙。上午寄照象二张至京寓。得郑孝观信,六日福州
发,午后复。下午同真吾,方仁往厦门市买箱子一个,五元;中山表
一个,二元;《徐庾集》合印一部五本,《唐四名家集》一部四本,《五唐
人诗集》一部五本,共泉四元四角。在别有天夜餐讫乘船归。夜心
田及矛尘来并赠绰古辣两包,酒一瓶,烟卷二合,柑子十枚。

致 韦素园

漱园兄:

八日汇出钱百元,九日寄一函,想已到。今日收到十二月卅日
来信。　兄咯血,应速治,除服药打针之外,最好是吃鱼肝油。

章矛尘已到了,退回之《莽原》,请仍寄给他。《坟》想已出,应送
之处,开出一单附上。

这里的风潮似乎要扩大。我大约于十四五才能走,因为一时没
有船。

《莽原》稿已又寄出两篇,二月份可无虑了;三月者当续寄。

迅　一月十日灯下

张凤举

徐耀辰（祖正）

刘半农

　　以上三人，未名社想必知道他的住址

常维钧

马　珏（后门内东板桥五十号，或：孔德学校）

冯文炳（大约在北大，问北新局，当知）

陈炜谟

冯　至

　　上两人是沉钟社里的，不知尚在京否？ 如知地址，希邮寄。此外也记不起什么了，此外如素园［?］，丛芜，静农，你……，自然应各送一本，不待说明。

十一日

日记　昙。上午得景宋信二函，五及七日发。得季市信，四日发。得翟永坤信，十二月三十一日发。寄漱园信。午后往厦门市中国银行取款，因签名大纠葛，由商务印书馆作保始解。买《穆天子传》一部一本，二角;《花间集》一部三本，八角。夜矛尘，丁山来。风。

致　许广平

广平兄：

　　五日与七日的两函，今天（十一）上午一同收到了。这封挂号信，却并无要事，不过我因为想发议论，倘被遗失，未免可惜，所以宁可做得稳当些。

　　这里的风潮似乎还在蔓延，不过结果是不会好的。有几个人还想利用这机会高升，或则向学生方面讨好，或则向校长方面讨好，真令人看得可叹。我的事情大略已了,本可以动身了,而今天有一只船,来不及坐,其次,只有星期六有船,所以于十五日才能走。这封信大约要和我同船到粤,但姑且先行发出。我大概十五上船,也许十六才开,则到广州当在十九或二十日。我拟先住广泰来栈,和骝先接洽之后,便姑且搬入学校,房子是大钟楼,据伏园来信说,他所住的一间就留给我。

助教是伏园去谋来的,俺何敢自以为"恩典",容易"爆发"也好,容易"发暴"也好,我就是这样,横竖种种谨慎,还是被人逼得不能做人。我就来自画招供,自说消息,看他们其奈我何。我对于"来者",先是抱给与的普惠,而惟独其一,是独自求得的心情。(这一段也许我误解了原意,但已经写下,不再改了。)这其一即使是对头,是敌手,是枭蛇鬼怪,要推我下来,我即甘心跌下来,我何尝愿意站在台上。我就爱枭蛇鬼怪,我要给他践踏我的特权。我对于名誉,地位,什么都不要,我只要枭蛇鬼怪够了。但现在之所以只透一点消息于人间者,(一)为己,是还念及生计问题;(二)为人,是可以暂以我为偶象,而作改革运动。但要我兢兢业业,专为这两事牺牲,是不行了。我牺牲得够了,我从前的生活,都已牺牲,而受者还不够,必要我奉献全部的生命。我现在不肯了,我爱"对头",我反抗他们。

这是你知道的,我这三四年来,怎样地为学生,为青年拼命,并无一点坏心思,只要可给与的便给与。然而男的呢,他们互相嫉妒,争起来了,一方面不满足,就想打杀我,给那方面也无所得。看见我有女生在坐,他们便造流言。这些流言,无论事之有无,他们是在所必造的,除非我和女人不见面。他们貌作新思想,其实都是暴君酷吏,侦探,小人。倘使顾忌他们,他们更要得步进步。我蔑视他们了。我有时自己惭愧,怕不配爱那一个人;但看看他们的言行思想,便觉得我也并不算坏人,我可以爱。

那流言,最初是韦漱园通知我的,说是沉钟社中人听说,《狂飙》上有一首诗,太阳是自比,我是夜,月是她。今天打听川岛,才知此种流言早已有之，传播的是品青，伏园，衣萍，小峰，二太太……。他们又说我将她带在厦门了，这大约伏园不在内，而送我上车的人们所流布的。黄坚从北京接家眷来此，又将这流言带到厦门，为攻击我起见，广布于人，说我之不肯留，乃为月亮不在之故。在送别会上，陈万里且故意说出，意图中伤。不料完全无效，风潮并不稍减。我则十分坦然，因为此次风潮，根株甚深，并非由我一人而起。况且如果是"夜"，当然要有月亮，倘以此为错，是逆天而行也。

现在是夜二时，校中暗暗熄了电灯，帖出放假条告，当被学生发见，撕掉了。从此将从驱逐秘书运动，转为毁坏学校运动。

《生财有大道》那一篇，看笔法似乎是刘半侬做的。老三不回去了，听说今年总当回京一次，至迟以暑假为度。但他不至于散布流言。我现在真自笑我说话往往刻薄，而对人则太厚道，我竟从不疑及衣萍之流到我这里来是在侦探我；并且今天才知道我有时请他们在客厅里坐，他们也不高兴，说我在房里藏了月亮，不容他们进去了。我托羡苏买了几株柳，种在后园，拔去了几株玉蜀黍，母亲也大不以为然，向八道湾鸣不平，听说二太太也大放谣言，说我纵容学生虐待她。现在是往来很亲密了，老年人容易受骗。所以我早说，我一出西三条，能否复返，是一问题，实非神经过敏之谈。

但这些都由它去，我自走我的路。不过这回厦大风潮，我又成了中心，正如去年之女师大一样。许多学生，或则跟到广州，或往武昌，为他们计，是否还应该留几片铁甲在身上，再过一年半载，此刻却还未能决定。这只好于见到时商量。不过不必连助教都怕做，对语都避忌，倘如此，那真成了流言的囚人了。

迅。一月十一日。

十二日

日记 晴。午后复翟永坤信。复季市信。寄广平信。寄三弟信并汇券一纸，计泉五百。得王衡信，四日发。得季野信，三日发。下午得伏园信，五日发。寄三弟信。晚丁山邀往南普陀夜餐，同坐共八人。

致 翟永坤

永坤兄：

去年底的来信，今天收到。此地很无聊，肚子不饿而头痛。我本想在此关门读书一两年，现知道已属空想。适逢中山大学邀我去，我就要去了，大约十五日启行。

至于在那里可以住多少时，现在无从悬断，倘觉得不合适，那么至多也不过一学期。此后或当漂流，或回北京，也很难说，须到夏间再看了。但无论如何，目下总忙于编讲义，不能很做别的。

迅　一，十二

来信问我在此的生活，我可以回答：没有生活。学校是一个秘密世界，外面谁也不明白内情。据我所觉得的，中枢是"钱"，绕着这东西的是争夺，骗取，斗宠，献媚，叩头。没有希望的。近来因我的辞职，学生们发生了一个改良运动，但必无望，因为这样的运动，三年前已经失败过一次了。这学校是不能改良，也不能改坏。

此地没有霜雪，现在虽然稍冷，但穿棉袍尽够。梅花已开了，然而菊花也开着，山里还开着石榴花，从久居冷地的人看来，似乎"自然"是在和我们开玩笑。

迅　又及

十三日

日记 晴。上午艾锷风,陈万里来。午林梦琴饯行于大东旅馆,同席约四十人。

十四日

日记 昙。上午寄兼士信。寄淑卿信。收王衡所寄小说稿。寄还陈梦韶剧本稿并附《小引》。寄有麟信。夜艾锷风来并赠其自著之 *Ch. Meryon* 一本。

《绛洞花主》小引

《红楼梦》是中国许多人所知道,至少,是知道这名目的书。谁是作者和续者姑且勿论,单是命意,就因读者的眼光而有种种:经学家看见《易》,道学家看见淫,才子看见缠绵,革命家看见排满,流言家看见宫闱秘事……。

在我的眼下的宝玉,却看见他看见许多死亡;证成多所爱者,当大苦恼,因为世上,不幸人多。惟憎人者,幸灾乐祸,于一生中,得小欢喜,少有里碍。然而憎人却不过是爱人者的败亡的逃路,与宝玉之终于出家,同一小器。但在作《红楼梦》时的思想,大约也止能如此;即使出于续作,想来未必与作者本意大相悬殊。惟被了大红猩猩毡斗篷来拜他的父亲,却令人觉得诧异。

现在,陈君梦韶以此书作社会家庭问题剧,自然也无所不可的。先前虽有几篇剧本,却都是为了演者而作,并非为了剧本而作。又都是片段,不足统观全局。《红楼梦散套》具有首尾,然而陈旧了。此本最后出,销熔一切,铸入十四幕中,百余回的一部大书,一览可尽,而神情依然具在;如果排演,当然会更可观。我不知道剧本的作

26

法,但深佩服作者的熟于情节,妙于剪裁。灯下读完,僭为短引云尔。

一九二七年一月十四日,鲁迅记于厦门。

最初印入1928年上海北新书局版《绛洞花主》卷首。
初未收集。

十五日

日记 晴。上午寄林梦琴信再还聘书。午后坐小船上"苏州"船,方仁,真吾,学琛,矛尘送去。往商务印书馆买《温庭筠诗集》,《皮子文薮》各一部,共泉一元。下午送者二十余人来。晚真吾为从学校持来钟宪民信,十日石门发,又淑卿信,六日发。杨立斋持来孙幼卿介绍函。

致 林文庆

文庆先生足下:

前蒙惠书,并嘱刘楚青先生辱临挽留,闻命惭荷,如何可言。而屡叨盛饯,尤感雅意,然自知薄劣,无君子风,本分不安,速去为是。幸今者征轮在望,顷即成行。肃此告辞,临颖悚息。聘书两通并还。

周树人　启　一月十五日

十六日

日记 星期。昙。午发厦门。

27

海上通信

小峰兄：

前几天得到来信，因为忙于结束我所担任的事，所以不能即刻奉答。现在总算离开厦门坐在船上了。船正在走，也不知道是在什么海上。总之一面是一望汪洋，一面却看见岛屿。但毫无风涛，就如坐在长江的船上一般。小小的颠簸自然是有的，不过这在海上就算不得颠簸；陆上的风涛要比这险恶得多。

同舱的一个是台湾人，他能说厦门话，我不懂；我说的蓝青官话，他不懂。他也能说几句日本话，但是，我也不大懂得他。于是乎只好笔谈，才知道他是丝绸商。我于丝绸一无所知，他于丝绸之外似乎也毫无意见。于是乎他只得睡觉，我就独霸了电灯写信了。

从上月起，我本在搜集材料，想趁寒假的闲空，给《唐宋传奇集》做一篇后记，准备付印，不料现在又只得搁起来。至于《野草》，此后做不做很难说，大约是不见得再做了，省得人来谬托知己，舐皮论骨，什么是"入于心"的。但要付印，也还须细看一遍，改正错字，颇费一点工夫。因此一时也不能寄上。

我直到十五日才上船，因为先是等上月份的薪水，后来是等船。在最后的一星期中，住着实在很为难，但也更懂了一些新的世故，就是，我先前只以为要饭碗不容易，现在才知道不要饭碗也是不容易的。我辞职时，是说自己生病，因为我觉得无论怎样的暴主，还不至于禁止生病；倘使所生的并非气厥病，也不至于牵连了别人。不料一部分的青年不相信，给我开了几次送别会，演说，照相，大抵是逾量的优礼，我知道有些不妥了，连连说明：我是戴着"纸糊的假冠"的，请他们不要惜别，请他们不要忆念。但是，不知怎地终于发生了改良学校运动,首先提出的是要求校长罢免大学秘书刘树杞博士。

听说三年前,这里也有一回相类的风潮,结果是学生完全失败,在上海分立了一个大夏大学。那时校长如何自卫,我不得而知;这回是说我的辞职,和刘博士无干,乃是胡适之派和鲁迅派相排挤,所以走掉的。这话就登在鼓浪屿的日报《民钟》上,并且已经加以驳斥。但有几位同事还大大地紧张起来,开会提出质问;而校长却答复得很干脆:没有说这话。有的还不放心,更给我放散别种的谣言,要减轻"排挤说"的势力。真是"天下纷纷,何时定乎?"如果我安心在厦门大学吃饭,或者没有这些事的罢,然而这是我所意料不到的。

校长林文庆博士是英国籍的中国人,开口闭口,不离孔子,曾经做过一本讲孔教的书,可惜名目我忘记了。听说还有一本英文的自传,将在商务印书馆出版;现在正做着《人种问题》。他待我实在是很隆重,请我吃过几回饭;单是饯行,就有两回。不过现在"排挤说"倒衰退了;前天所听到的是他在宣传,我到厦门,原是来捣乱,并非预备在厦门教书的,所以北京的位置都没有辞掉。

现在我没有到北京,"位置说"大概又要衰退了罢,新说如何,可惜我已在船上,不得而知。据我的意料,罪孽一定是日见其深重的,因为中国向来就是"当面输心背面笑",正不必"新的时代"的青年才这样。对面是"吾师"和"先生",背后是毒药和暗箭,领教了已经不只两三次了。

新近还听到我的一件罪案,是关于集美学校的。厦门大学和集美学校,都是秘密世界,外人大抵不大知道。现在因为反对校长,闹了风潮了。先前,那校长叶渊定要请国学院里的人们去演说,于是分为六组,每星期一组,凡两人。第一次是我和语堂。那招待法也很隆重,前一夜就有秘书来迎接。此公和我谈起,校长的意思是以为学生应该专门埋头读书的。我就说,那么我却以为也应该留心世事,和校长的尊意正相反,不如不去的好罢。他却道不妨,也可以说说。于是第二天去了,校长实在沉鸷得很,殷勤劝我吃饭。我却一面吃,一面愁。心里想,先给我演说就好了,听得讨厌,就可以不请我吃饭;现在饭已下肚,倘使说话有背谬之处,适足以加重罪孽,如何是好呢。午后讲演,我说的是照例的聪明人不能做事,因为他想来想去,终于什么也做不成等类的话。那时校长坐在我背后,我看不见。直到前几天,才听说这位叶渊校长也说集美学校的闹风潮,都是我不好,对青年人说话,那里可以说人是不必想来想去的呢。当我说到这里的时候,他还在后面摇摇头。

我的处世,自以为退让得尽够了,人家在办报,我决不自行去投稿;人家在开会,我决不自己去演说。硬要我去,自然也可以的,但须任凭我说一点我所要说的话,否则,我宁可一声不响,算是死尸。但这里却必须我开口说话,而话又须合于校长之意。我不是别人,那知道别人的意思呢?"先意承志"的妙法,又未曾学过。其被摇头,实活该也。

但从去年以来,我居然大大地变坏,或者是进步了。虽或受着各方面的斫刺,似乎已经没有创伤,或者不再觉得痛楚;即使加我罪案,也并不觉着一点沉重了。这是我经历了许多旧的和新的世故之后,才获得的。我已经管不得许多,只好从退让到无可退避之地,进而和他们冲突,蔑视他们,并且蔑视他们的蔑视了。

我的信要就此收场。海上的月色是这样皎洁;波面映出一大片银鳞,闪烁摇动;此外是碧玉一般的海水,看去仿佛很温柔。我不信这样的东西是会淹死人的。但是,请你放心,这是笑话,不要疑心我要跳海了,我还毫没有跳海的意思。

　　　　　　　　　　　　　　鲁迅。一月十六夜,海上。

　　　原载 1927 年 2 月 12 日《语丝》周刊第 118 期。
　　　初收 1927 年 5 月上海、北京北新书局版《华盖集续编》。

十七日

日记 昙。午抵香港。

致 许广平

广平兄：

现在是十七夜十时,我在"苏州"船中,泊在香港海上。此船大约明晨九时开,午后四时可到黄浦,再坐小船到长堤,怕要八九点钟了。

这回一点没有风浪,平稳如在长江船上,明天是内海,更不成问题。想起来真奇怪,我在海上,竟历来不大遇到风波,但昨天也有人躺下不能起来的,或者我比较的不晕船也难说。

我坐的是"唐餐间",两人一房,一个人到香港上去了,所以此刻是独霸一间。至于到广州后先住那一个客栈,此刻不能决定。因为有一个侦探性的学生跟住我。这人大概是厦大校长所派,侦探消息的,因为那边的风潮未平,他怕我帮助学生,在广州活动。我在船上用各种方法斥拒,至于疾声厉色,令他不堪。但是不成功,他终于嬉皮笑脸,谬托知己,并不远离。大约此后的手段是和我住同一客栈,时时在我房中,探听中大情形。所以明天我当相机行事,能将他撇下便撇下,否则再设法。

此外还有三个学生,是广东人,要进中大的,我已通知他们一律戒严,所以此人在船上,是不能探得消息。

迅 （一月十七日）

十八日

日记 昙。晨发香港。午后雨,抵黄浦[埔],雇小舟至长堤,寓

31

宾兴旅馆。下午寄淑卿信。晚访广平。

十九日

日记 小雨。晨伏园,广平来访,助为移入中山大学。午后晴,
阅市。

二十日

日记 昙。上午得春台信,十三日发。下午广平来访,并邀伏
园赴荟芳园夜餐。夜观电影。风。

二十一日

日记 昙。上午广平来邀午饭,伏园同往。午后寄小峰信。下
午游小北,在小北园夕餐。黄尊生来访,未遇,留函而去。夜风。

二十二日

日记 昙。上午钟敬文,梁式,饶超华来访。黄尊生来访。午
后寄陈剑锵,朱辉煌,谢玉生,朱玉鲁信各一。下午寄矛尘信。同伏
园,广平至别有春夜饭,又往陆园饮茗。夜观本校演电影。小雨。

二十三日

日记 星期。昙。上午寄淑卿信。寄三弟信。午后梁匡平等
来邀至大观园饮茗,又同往世界语会,出至宝光照相。夜同伏园观
电影《一朵蔷薇》。

二十四日

日记 昙。午后甘乃光来。中大学生会代表李秀然来。徐文
雅,潘考鉴来。骝先来。伍叔傥来。下午寄钟宪民信。广平来并赠

土鲮鱼四尾,同至妙奇香夜饭,并同伏园。观电影,曰《诗人挖目记》,浅妄极矣。

二十五日

日记 昙。午后广平来。黄尊生来。下午往中大学生会欢迎会,演说约二十分钟毕,赴茶会。叶君来。刘弄潮来。雨。寄春台信。

二十六日

日记 昙。上午得春台信,十八日发。午后往医科欢迎会讲演半小时。至东郊花园小坐。下午得三弟信,十九日发。晚往骝先寓夜餐,同坐六人。风。

致 韦素园

漱园兄:

我十八日到校了,现即住在校内,距开学尚有一个月,所以没有职务上的事。但日日忙于会客及赴会演说,也很苦恼,这样下去,还是不行,须另设法避免才好。

本地出版物,是类乎宣传品者居多;别处出版者,《现代评论》倒是寄卖处很多。北新刊物也常见,惟未名社者不甚容易见面。闻创造社中人说,《莽原》每期约可销四十本。最风行的是《幻洲》,每期可销六百余。

旧历年一过,北新拟在学校附近设一售书处,我想:未名社书亦可在此出售,所以望即寄《坟》五十本,别的书各二十本。《莽原》合本五六部,二卷一号以下各十本来,挂号,"中山大学大钟楼,周……"收。待他们房子租定后,然后直接交涉。

这里很繁盛,饮食倒极便当;在他处,听得人说如何如何,追来一看,还是旧的,不过有许多工会而已,并不怎样特别。但民情,却比别处活泼得多。

买外国书还是不便当,这于我有损,现正在寻找,可有这样的书店。

迅　一,廿六

二十七日

日记　晴。上午黄尊生来并赠《楔形文字与中国文字之发生及进化》一本。午后寄矛尘信。寄漱园信。下午赴社会科学研究会演说。游海珠公园。

二十八日

日记　晴。午后梁匡平来。张之迈来。下午得淑卿信,十三日发。得钦文信,十七日发。得有麟信,十二日发。得季黻信,廿一日发。收本月薪水小洋及库券各二百五十。

二十九日

日记　晴。上午得淑卿信,十七日发。得阮和森信,十八日发。下午得语堂信。得真吾信,二十日发。得黎光明信。晚同伏园至大兴公司浴,在国民饭店夜餐。

致 许寿裳

季茀兄:

十九日信已到,现校中只缺豫科教授,大家俱愿以此微职相屈,望兄不弃，束装即来。所教何事，今尚未定，总之都甚容易，又须兼教本科二三小时，月薪为二百四十，合大洋约二百上下，以到校之月起算，甚望于二月（阳历）间到校。可以玩数天，开学则三月二日也。

此间生活费颇贵，然一人月用小洋百元足够，食物虽较贵而质料殊佳；惟房租贵，三小间约月需二十元上下。弟现住校中，来访者太多，殊不便，将来或须赁屋，亦未可知。

信到后乞即示行期。又如坐太古船，则"四川""新宁""苏州"等凡以Ｓ起头者皆较佳。"唐餐楼"每人约二十五六元。

来信仍寄校中。

迅　上　一月二十九夜

三十日

　日记　星期。晴。上午复黎光明信。复真吾信。寄季市信二。午县。广平来并赠土鲮鱼六尾。午后王有德茹苓、杨伟业少勤来。晚黄尊生，区声白来。夜廖立峨来。许君来，法科学生。

三十一日

　日记　晴。上午得季市信，二十三日嘉兴发。下午黎锦明，招勉之来。广平来。黎光明来。徐文雅，毕磊，陈辅国来并赠《少年先锋》十二本。收矛尘所转寄刊物及信一束，有广平信，去年十二月廿七日发。夜同伏园，广平观市上。

致 许寿裳

季茀兄：

　昨刚发寄信绍，沪，今晨得二十三日来信，俱悉。兄之聘书，已在我处，为豫科教授，月薪二百四十元，合大洋不过二百上下。此间生活费，有百元足矣，不至于苦。

至于所教功课，现尚无从说起，因为一切尚无头绪。总之，此校的程度是并不高深的，似乎无须怎样大豫备。

开学是三月二日，但望兄见信即来。可以较为从容，谈谈。所教功课，也许在本科也有几点钟。

校中要我做文科主任，我尚未答应。

从沪开来的轮船，太古公司者，"苏州"，"新宁"，"四川"等凡以 S 起首者最好。听说"苏州"尤佳。我坐的是"唐餐楼"（胜于官舱），价二十五元左右。

余面谈。

迅　上　正月三十一日

二月

一日

日记　晴。上午刘达尊赠酒两瓶,饼两合。广平来。午后得霁野信,十六日发。寄季市信。夜往骝先寓夜饭,同坐八人。得陈梦韶信,一月廿八日发。

二日

日记　晴。旧历元旦。午广平来并赠食品四种。

三日

日记　小雨。午后俞宗杰来。

四日

日记　晴。上午同廖立峨等游毓秀山,午后从高处跃下伤足,坐车归。

五日

日记　昙。下午叶,苏二君来。晚林霖,黎光明来。夜宋香舟来。

六日

日记　星期。昙。上午梅君来。晚得语堂电。

七日

日记　昙。下午得小峰信,一月二十三日发。夜寄有麟信。寄霁野信。

致 李霁野

季野兄：

一月十五日来信已到。漱园病已愈否？

《每日评论》附赠《莽原》，很像附送"美女月份牌"之类，我以为不合适。有麟曾函问我，我亦如此答复他。

兄所需学费，已在厦门汇出，想已到了？

迅　二,七

八日

日记　昙。下午广平来。傅孟真来。骊先来。得春台信，一月廿七日发。

九日

日记　小雨。午后广平来。下午孟真来。徐文雅来并赠《为什么》三本。收陈梦韶所寄诗稿一本。夜黎锦明来。寄淑卿信。孟真来。

十日

日记　昙。上午叶少泉来。午骊先来。午后收钦文所寄《赵先生的烦恼》四本。收卓治稿。收方仁稿。收三弟所寄书三种，计《经典集林》二本，《孔北海年谱》等四种一本，《玉谿生年谱会笺》四本，共泉四元。被任为文学系主任兼教务主任，开第一次教务会议。下午得霁野信，一月廿一日发。晚孟真来。

十一日

日记 昙。上午得敬隐渔信,去年十二月二十九日巴黎发。午朱寿恒等三人来。午后梁君度来。黎锦明来。下午山上政义来。夜张邦珍,罗蘅来。

十二日

日记 晴。上午开文科教授会议。

十三日

日记 星期。小雨,午后霁。梁君度来。杨成志来。下午张邦珍,罗蘅来。寄李小峰信。

十四日

日记 晴。午得语堂信,八日发。下午得季市信,八日发。招勉之,黎锦明来。

十五日

日记 小雨。午后开第二次教务会议。得陈炜谟信,一月廿八日北京发。得林毓德信,同日福州发。得方仁信,廿九日沪发。得三弟信,卅日发。得朱寿恒信,四日发。得矛尘信,七日发。夜张邦珍及其兄,姊来。雨。

十六日

日记 小雨。上午寄梁式信。得羡苏信,一月二十四日发。得谢玉生等信,五日发。午后寄谢玉生,朱斐信。寄朱寿恒信。收小峰所寄书一包五种。

十七日

日记　雨。上午叶少泉来。午得司徒乔信,一月十九日发。得季市信,十日发。午后得毛瑞章信,一月卅一日发。下午得羡苏信,三日发。得霁野信附杨树华信,一日发。得卓治信,五日长崎发。得伏园信,十二日韶州发。得朱国儒信。得林次木信。夜出宿上海旅馆。

十八日

日记　雨。晨上小汽船,叶少泉,苏秋宝,申君及广平同行,午后抵香港,寓青年会。夜九时演说,题为《无声之中国》,广平翻译。

无声的中国
二月十六日在香港青年会讲

以我这样没有什么可听的无聊的讲演,又在这样大雨的时候,竟还有这许多来听的诸君,我首先应当声明我的郑重的感谢。

我现在所讲的题目是:《无声的中国》。

现在,浙江,陕西,都在打仗,那里的人民哭着呢还是笑着呢,我们不知道。香港似乎很太平,住在这里的中国人,舒服呢还是不很舒服呢,别人也不知道。

发表自己的思想,感情给大家知道的是要用文章的,然而拿文章来达意,现在一般的中国人还做不到。这也怪不得我们;因为那文字,先就是我们的祖先留传给我们的可怕的遗产。人们费了多年的工夫,还是难于运用。因为难,许多人便不理它了,甚至于连自己的姓也写不清是张还是章,或者简直不会写,或者说道:Chang。虽然能说话,而只有几个人听到,远处的人们便不知道,结果也等于无声。又因为难，有些人便当作宝贝，像玩把戏似的，之乎者也，只有几个人懂，——其实是不知道可真懂，而大多数的人们却不懂得，结果也等于无声。

文明人和野蛮人的分别，其一，是文明人有文字，能够把他们的思想，感情，藉此传给大众，传给将来。中国虽然有文字，现在却已经和大家不相干，用的是难懂的古文，讲的是陈旧的古意思，所有的声音，都是过去的，都就是只等于零的。所以，大家不能互相了解，正像一大盘散沙。

将文章当作古董，以不能使人认识，使人懂得为好，也许是有趣的事罢。但是，结果怎样呢？是我们已经不能将我们想说的话说出来。我们受了损害，受了侮辱，总是不能说出些应说的话。拿最近的事情来说，如中日战争，拳匪事件，民元革命这些大事件，一直到现在，我们可有一部像样的著作？民国以来，也还是谁也不作声。反而在外国，倒常有说起中国的，但那都不是中国人自己的声音，是别人的声音。

这不能说话的毛病，在明朝是还没有这样厉害的；他们还比较地能够说些要说的话。待到满洲人以异族侵入中国，讲历史的，尤其是讲宋末的事情的人被杀害了，讲时事的自然也被杀害了。所以，到乾隆年间，人民大家便更不敢用文章来说话了。所谓读书人，便只好躲起来读经，校刊古书，做些古时的文章，和当时毫无关系的文章。有些新意，也还是不行的；不是学韩，便是学苏。韩愈苏轼他们，用他们自己的文章来说当时要说的话，那当然可以的。我们却并非唐宋时人，怎么做和我们毫无关系的时候的文章呢。即使做得像，也是唐宋时代的声音，韩愈苏轼的声音，而不是我们现代的声音。然而直到现在，中国人却还耍着这样的旧戏法。人是有的，没有声音，寂寞得很。——人会没有声音的么？没有，可以说：是死了。倘要说得客气一点，那就是：已经哑了。

要恢复这多年无声的中国，是不容易的，正如命令一个死掉的人道:"你活过来!"我虽然并不懂得宗教,但我以为正如想出现一个宗教上之所谓"奇迹"一样。

首先来尝试这工作的是"五四运动"前一年,胡适之先生所提倡的"文学革命"。"革命"这两个字,在这里不知道可害怕,有些地方是一听到就害怕的。但这和文学两字连起来的"革命",却没有法国革命的"革命"那么可怕,不过是革新,改换一个字,就很平和了,我们就称为"文学革新"罢,中国文字上,这样的花样是很多的。那大意也并不可怕,不过说:我们不必再去费尽心机,学说古代的死人的话,要说现代的活人的话;不要将文章看作古董,要做容易懂得的白话的文章。然而,单是文学革新是不够的,因为腐败思想,能用古文做,也能用白话做。所以后来就有人提倡思想革新。思想革新的结果,是发生社会革新运动。这运动一发生,自然一面就发生反动,于是便酿成战斗……。

但是,在中国,刚刚提起文学革新,就有反动了。不过白话文却渐渐风行起来,不大受阻碍。这是怎么一回事呢?就因为当时又有钱玄同先生提倡废止汉字,用罗马字母来替代。这本也不过是一种文字革新,很平常的,但被不喜欢改革的中国人听见,就大不得了了,于是便放过了比较的平和的文学革命,而竭力来骂钱玄同。白话乘了这一个机会,居然减去了许多敌人,反而没有阻碍,能够流行了。

中国人的性情是总喜欢调和,折中的。譬如你说,这屋子太暗,须在这里开一个窗,大家一定不允许的。但如果你主张拆掉屋顶,他们就会来调和,愿意开窗了。没有更激烈的主张,他们总连平和的改革也不肯行。那时白话文之得以通行,就因为有废掉中国字而用罗马字母的议论的缘故。

其实,文言和白话的优劣的讨论,本该早已过去了,但中国是总不肯早早解决的,到现在还有许多无谓的议论。例如,有的说:古文各省人都能懂,白话就各处不同,反而不能互相了解了。殊不知这只要教育普及和交通发达就好,那时就人人都能懂较为易解的白话文；至于古文，何尝各省人都能懂，便是一省里，也没有许多人懂得的。有的说：如果都用白话文，人们便不能看古书，中国的文化就灭亡了。其实呢，现在的人们大可以不必看古书，即使古书里真有好东西，也可以用白话来译出的，用不着那么心惊胆战。他们又有人说，外国尚且译中国书，足见其好，我们自己倒不看么？殊不知埃及的古书，外国人也译，非洲黑人的神话，外国人也译，他们别有用意，即使译出，也算不了怎样光荣的事的。

近来还有一种说法，是思想革新紧要，文字改革倒在其次，所以不如用浅显的文言来作新思想的文章，可以少招一重反对。这话似乎也有理。然而我们知道，连他长指甲都不肯剪去的人，是决不肯剪去他的辫子的。

因为我们说着古代的话，说着大家不明白，不听见的话，已经弄得像一盘散沙，痛痒不相关了。我们要活过来，首先就须由青年们不再说孔子孟子和韩愈柳宗元们的话。时代不同，情形也两样，孔子时代的香港不这样，孔子口调的"香港论"是无从做起的，"吁嗟阔哉香港也"，不过是笑话。

我们要说现代的，自己的话；用活着的白话，将自己的思想，感情直白地说出来。但是，这也要受前辈先生非笑的。他们说白话文卑鄙，没有价值；他们说年青人作品幼稚，贻笑大方。我们中国能做文言的有多少呢，其余的都只能说白话，难道这许多中国人，就都是卑鄙，没有价值的么？至于幼稚，尤其没有什么可羞，正如孩子对于老人，毫没有什么可羞一样。幼稚是会生长，会成熟的，只不要衰老，腐败，就好。倘说待到纯熟了才可以动手，那是虽是村妇也不至于这样蠢。她的孩子学走路，即使跌倒了，她决不至于叫孩子从此躺在床上，待到学会了走法再下地面来的。

青年们先可以将中国变成一个有声的中国。大胆地说话，勇敢地进行，忘掉了一切利害，推开了古人，将自己的真心的话发表出来。——真，自然是不容易的。譬如态度，就不容易真，讲演时候就

不是我的真态度,因为我对朋友,孩子说话时候的态度是不这样
的。——但总可以说些较真的话,发些较真的声音。只有真的声
音,才能感动中国的人和世界的人;必须有了真的声音,才能和世界
的人同在世界上生活。

我们试想现在没有声音的民族是那几种民族。我们可听到埃
及人的声音? 可听到安南,朝鲜的声音? 印度除了泰戈尔,别的声
音可还有?

我们此后实在只有两条路:一是抱着古文而死掉,一是舍掉古
文而生存。

原载香港某报(日期不详);1927 年 3 月 23 日《中央日
报》副刊转载。

初收 1932 年 9 月上海北新书局版《三闲集》。

十九日

日记 雨。下午演说,题为《老调子已经唱完》,广平翻译。

二十日

日记 星期。昙。晨同广平上小汽船,午后回校。得矛尘信二
函,五日及十四日发。得谢玉生信,十三日发。得杨立斋信,一月卅
一日发。得成仿吾信。得林次木信。得梁君度信。得季市信。下
午广平同季市来,偕至季市寓,晚往一景酒家晚餐。

二十一日

日记 晴。上午得许声闻信。午后开第三次教务会议。何思
敬,费鸿年来。晚同季市,广平至国民餐店夜餐。收钦文所寄小说
四本。

致 李霁野

霁野兄：

二月一日信前天才收到。学费已到否，念念。

柏烈威先生要译《阿Q正传》及其他，我是当然可以的。但王希礼君已经译过，不知于他（王）何如？倘在外国习惯上不妨有两种译本，那只管译印就是了。（我也没有与王希礼君声明，不允第二人译。）L夫人画如允我们转载，自然很好。

我现在真太忙了，连吃饭工夫也没有。前几天到香港讲演了两天，弄得头昏。连第廿九期《莽原》稿也还未作，望这（29）一期暂缺我的。

迅　二月廿一日

二十二日

日记　晴。午复许声闻信。复霁野信。寄梁君度信。复杨树华信。同季市，广平至陆园饮茗。往公园。至大观茶店夜餐。夜得静农信并书籍发票等，九日发。

二十三日

日记　昙。下午收未名社所寄书十三包。晚小雨。同季市，广平往市夜餐。

二十四日

日记　雨。上午得伏园信，十八日塘村发。赴文科教授会。下午叶少泉来。得郑宾于信。得矛尘信,二十日发。晚张秀哲,张死光,郭德金来。

二十五日

日记 晴,下午昙。开第四次教务会议。

致 章廷谦

矛尘兄:

廿日及以前的信,都收到了。伏园已于十日动身,从湖南走,大约月底可到武昌。

中大定于三月二日开学,里面的情形,非常曲折,真是一言难尽,不说也罢。我是来教书的,不意套上了文学系(非科)主任兼教务主任,不但睡觉,连吃饭的工夫也没有了。这样下去,是不行的,我想设法脱卸这些,专门做教员,不知道将来(开学后)可能够。但即使做教员,也不过是五日京兆,坐在革命的摇篮之上,随时可以滚出的。不过我以为教书可比办事务经久些,近来实也跑得吃力了。

绍原有电来索旅费,今天电汇了。红鼻,先前有许多人都说他好,可笑。这样的人,会看不出来。大约顾孟馀辈,尚以他为好货也。孟馀目光不大佳。

兄事,我曾商之骝先,校中只有教务助理员位置了,月薪小洋百,半现半库券(买[卖]起来,大概八折),兄及夫人如来此,只足苦苦地维持生活。我曾向骝先说,请兄先就此席;骝先且允当为别觅地方。兄如可以,望即函知。且于三月间来此。但于"按月发给"办法,不有妨乎?厦大薪水,总以尽量取得为宜。

本校考试,二十八日是最末一次,而朱斐们还不来,我虽已为报

46

名,不知二十七可能到。倘不到,则上半年不能入校,真做了牺牲了,可叹。

我在这里,被抬得太高,苦极。作文演说的债,欠了许多。阴历正月三日从毓秀山跳下,跌伤了,躺了几天。十七日到香港去演说,被英国人禁止在报上揭载了。真是钉子之多,不胜枚举。

我想不做"名人"了,玩玩。一变"名人","自己"就没有了。

季黻已来此地。

兄究竟行止何如(对于广州),乞示复。寄玉堂一笺,希便中转交。

迅 二,二五

斐君兄均此不另。

二十六日

日记 小雨。上午寄矛尘信。寄淑卿信。寄三弟信。午后得陈剑锵信。张秀哲等来。晚同季市,广平至国民餐店夜餐。

二十七日

日记 星期。雨。午钟敬文来。午后同季市,广平,月平至福来居午餐,又往大新公司饮茗及买什物。以照片一枚寄杨树华。夜饭于松花馆。刘侃元君来访,未遇,留片而去。得遇安信,十八日赣州发。

二十八日

日记 雨。

三月

一日

日记 昙。上午俞宗杰,龚宝贤来。午中山大学行开学典礼,演说十分钟,下午照相。得语堂信,二月二十三日发。夜同广平往陆园饮茗。

中山大学开学致语

中山先生一生致力于国民革命的结果,留下来的极大的纪念,是:中华民国。

但是,"革命尚未成功"。

为革命策源地的广州,现今却已在革命的后方了。设立在这里,如校史所说,将"以贯彻孙总理革命的精神"的中山大学,从此要开他的第一步。

那使命是很重大的,然而在后方。

中山先生却常在革命的前线。

但中山先生还有许多书。我想:中山大学与革命的关系,大概就等于许多书。但不是死书:他须有奋发革命的精神,增加革命的才绪,坚固革命的魄力的力量。

现在,四近没有炮火,没有鞭笞,没有压制,于是也就没有反抗,没有革命。所有的多是曾经革命,将要革命,或向往革命的青年,将在平静的空气中,度着探求学术的生活。但这平静的空气,必须为革命的精神所弥漫;这精神则如日光,永永放射,无远弗到。

否则，革命的后方便成为懒人享福的地方。

中山大学也还是无意义。

不过使国内多添了许多好看的头衔。

结末的祝词是：我先只希望中山大学中人虽然坐着工作而永远记得前线。

原载 1927 年 3 月《国立中山大学开学纪念册》。

初未收集。

二日

日记 雨。下午得紫佩信，二月十四日发。得绍原信。得矛尘信，廿四日发。得黎锦明信。得刘前度信并讲稿。夜同季市，广平至市饮茗。

三日

日记 昙。上午谷中龙来。寄陈炜谟信。寄刘侃元信。寄张秀哲信。下午得有麟信，二月二十四日发。得三弟信，十九日发。夜叶少泉来。

致 刘 随

前度先生：

惠函敬悉。讲演稿自然可以答应　先生在日报发表，今寄还。其中僭改了几处，乞鉴原为幸。顺祝

康健

鲁迅　三月三日

四日

日记 晴。上午复刘前度信并还稿。以《华盖集续编之续编》稿寄春台并信。下午范朗西来。得羡苏信,二月二十二日发。

五日

日记 晴。午后同何思敬访刘侃元。晚寄有麟信。寄三弟信。得卓治信并稿,二月廿三日长崎发。谢玉生等七人自厦门来,同至福来居夜饭,并邀孟真,季市,广平,林霖。夜濯足。

六日

日记 星期。晴。上午谢玉生,谷中龙等七人来。午同季市,月平,广平往国民餐店午餐。下午往中央公园。得王方仁信,二月十九日镇海发。夜雨。

七日

日记 昙。上午张秀哲赠乌龙茶一合。午后得刘国一信。得朱辉煌信。得郑仲谟信。晚同谢玉生,廖立峨,季市,广平观电影。得伏园信,二十四日衡阳发。

八日

日记 晴。下午谢玉生等来。夜雨。

九日

日记 昙。午后雨。得霁野及丛芜信,二月廿五日发。得王方仁信,廿八日镇海发。得丁丁山信,同日和县发。得卓治信,一日长崎[发]。收二月分薪水泉五百。

十日

日记　晴。下午梁君度来并赠去年所摄六人照相一枚。寄卓治信。寄春台信。

十一日

日记　晴。午后开第五次教务会议。梁君度，钟敬文来。得王方仁信，三日发。晚往中山先生二周纪念会演说。夜同季市，广平往陆园饮茗。

十二日

日记　昙。中山先生逝世二周年纪念，休假。上午赴纪念典礼。午后寄羡苏信。寄方仁信。寄紫佩信。下午晴。

十三日

日记　雨。星期休息。上午与季市，广平访孟真，在东方饭店午饭，晚归。

十四日

日记　风雨。上午得矛尘信，八日发。下午霁。得小峰信，三日发。

十五日

日记　雨。午后李竞何，黄延凯，邓染原，陈仲章来。晚寄小峰信。寄三弟信。蒋径三来，未遇，留赠《现代理想主义》一本。

致 韦丛芜

丛芜兄：

来信收到。贺你的重了六磅。

《格利佛游记》可以照来信办，无须看一遍了，我也没有话要说，否则邮寄往返，怕我没有工夫，压起来。

《莽原》只要能支持就好，无须社之流，我以为不妥当，我一向对于投稿《晨副》的人的稿子，是不登的。

密斯朱来访过一次，我还无暇去回看他。岭南大学想我去讲点东西，只听到私人对我表示过，我还没有答应他。但因近几天拉了一个他们的教员兼到中大来，所以我也许去讲一点，作为交换。

我这一个多月，竟如活在旋涡中，忙乱不堪，不但看书，连想想的工夫也没有。

迅 三月十五日

十六日

日记 雨。午后同季市，广平往白云路白云楼看屋，付定泉十元。往商务印书馆访徐少眉，交以孙少卿信。买《老子道德经》，《冲虚至德真经》各一本，泉六角。往珠江冰店夜餐。夜至拱北楼饮茶。

十七日

日记 雨。上午得伏园信，三日汉口发。下午理发。收未名社所寄《坟》六十本，《出了象牙之塔》十五本，又北新书局所寄书九包。晚寄霁野，丛芜信。

致 李霁野

霁野兄:

昨天收到受过检查的二月廿四日来信。漱园已渐愈,甚喜。我太忙,每天胡里胡涂的过去,文章久不作了,连《莽原》的稿子也没有寄,想到就很焦急。但住在校内,是不行的,从早十点至夜十点,都有人来找。我想搬出去,晚上不见客,或者可以看点书及作文。明天我想去寻房子。

北京的出版物久没有收到。《莽原》只收到第二卷第一三期各一本。前天看见创造社中人,说第三期一到,就卖完了,我问他到了多少本,他不说。他们忽云不销,忽云行,莫名其妙。我所做的东西,买者甚多,前几天至涨到照定价加五成,近已卖断。而无书,遂有真笔板之《呐喊》出现,千本以一星期卖完《坟》如出版,可寄百本来。

迅 三,一五

《坟》六十本,《象牙之塔》十五本,今日已到,纸包无一不破,书多破损。而北新之包,则一无破者。望此后寄书,可往北新参考其包装之法,以免损失。

十七。

十八日

日记 雨。上午得三弟信,十二日发。午后同季市,广平往陶陶居饮茗。下午阅书肆,在中原书店买《文心雕龙补注》一部四本,八角。夜在晋华斋饭。

十九日

日记　晴。下午得春台信,十四日发。夜张秀哲来,付以与饶伯康之介绍书。

二十日

日记　星期。晴。午后寄伏园信。寄春台信。寄三弟信。同季市,广平往白云楼看屋,不见守屋人,遂访梅恕曾君。晚往国民餐店夜餐。赴国民电影院观电影。夜得崔真吾信,十二日宁波发。

二十一日

日记　晴。午后得梅恕曾信。晚同季市,广平,月平往永汉电影院观《十诫》。

二十二日

日记　雨。上午得淑卿信,七日发,附敬隐渔信。得语堂信,十三日发。

二十三日

日记　晴。上午得谷英信。午后得谢玉生信,十五日厦门发。晚观电影。

二十四日

日记　昙。上午得春台信,十二日发。午后收上海北新局所寄书籍二十六包。下午得杨树华信及照片一枚,二十日汕头发。晚晴。夜小雨。

黄花节的杂感

黄花节将近了,必须做一点所谓文章。但对于这一个题目的文章,教我做起来,实在近于先前的在考场里"对空策"。因为,——说出来自己也惭愧,——黄花节这三个字,我自然明白它是什么意思的;然而战死在黄花冈头的战士们呢,不但姓名,连人数也不知道。

为寻些材料,好发议论起见,只得查《辞源》。书里面有是有的,可不过是:——

> "黄花冈。地名,在广东省城北门外白云山之麓。清宣统
> 三年三月二十九日,革命党数十人,攻袭督署,不成而死,丛葬
> 于此。"

轻描淡写,和我所知道的差不多,于我并不能有所裨益。

我又愿意知道一点十七年前的三月二十九日的情形,但一时也找不到目击耳闻的耆老。从别的地方——如北京,南京,我的故乡——的例子推想起来,当时大概有若干人痛惜,若干人快意,若干人没有什么意见,若干人当作酒后茶余的谈助的罢。接着便将被人们忘却。久受压制的人们,被压制时只能忍苦,幸而解放了便只知道作乐,悲壮剧是不能久留在记忆里的。

但是三月二十九日的事却特别,当时虽然失败,十月就是武昌起义,第二年,中华民国便出现了。于是这些失败的战士,当时也就成为革命成功的先驱,悲壮剧刚要收场,又添上一个团圆剧的结束。这于我们是很可庆幸的,我想,在纪念黄花节的时候便可以看出。

我还没有亲自遇见过黄花节的纪念,因为久在北方。不过,中山先生的纪念日却遇见过了:在学校里,晚上来看演剧的特别多,连凳子也踏破了几条,非常热闹。用这例子来推断,那么,黄花节也一定该是极其热闹的罢。

当三月十二日那天的晚上,我在热闹场中,便深深地更感得革

命家的伟大。我想,恋爱成功的时候,一个爱人死掉了,只能给生存的那一个以悲哀。然而革命成功的时候,革命家死掉了,却能每年给生存的大家以热闹,甚而至于欢欣鼓舞。惟独革命家,无论他生或死,都能给大家以幸福。同是爱,结果却有这样地不同,正无怪现在的青年,很有许多感到恋爱和革命的冲突的苦闷。

以上的所谓"革命成功",是指暂时的事而言;其实是"革命尚未成功"的。革命无止境,倘使世上真有什么"止于至善",这人间世便同时变了凝固的东西了。不过,中国经了许多战士的精神和血肉的培养,却的确长出了一点先前所没有的幸福的花果来,也还有逐渐生长的希望。倘若不像有,那是因为继续培养的人们少,而赏玩,攀折这花,摘食这果实的人们倒是太多的缘故。

我并非说,大家都须天天去痛哭流涕,以凭吊先烈的"在天之灵",一年中有一天记起他们也就可以了。但就广东的现在而论,我却觉得大家对于节日的办法,还须改良一点。黄花节很热闹,热闹一天自然也好;热闹得疲劳了,回去就好好地睡一觉。然而第二天,元气恢复了,就该加工做一天自己该做的工作。这当然是劳苦的,但总比枪弹从致命的地方穿过去要好得远;何况这也算是在培养幸福的花果,为着后来的人们呢。

三月二十四日夜。

原载 1927 年 3 月 29 日中山大学政治训育部编《政治训育》第 7 期"黄花节特号"。

初收 1928 年 10 月上海北新书局版《而已集》。

二十五日

日记 雨。上午黄延凯来。午后陈安仁来。下午得俞宗杰信。开教务会议。刘侃元来,未遇。晚得矛尘信,廿一日发。收沪北新局所寄书十五包。

二十六日

日记 晴。上午得语堂信,廿三日发。禂参化来。下午得吕云章信,十五日汉口发。寄谢玉生信。夜同季市,广平往陆园饮茗。濯足。

二十七日

日记 星期。晴。上午得贾华信,十八日星加坡发。晚寄淑卿信。寄霁野信。访刘侃元,赠以《彷徨》一本,在其寓夜饭,同座凡六人。夜雨。

二十八日

日记 雨。下午庄泽宣来。斥宋湜。夜张秀哲,张死光来。濯足。

二十九日

日记 黄花节。雨。晨得卓治信片,二十二日发。上午往岭南大学讲演十分钟,同孔容之归,在其寓小坐。下午晴。移居白云路白云楼二十六号二楼。夜雨。

三十日

日记 昙。上午得春台信。

三十一日

日记 昙。午后得谢玉生信,二十五日发。得朱辉煌信,同日发。得江绍原信,廿八日香港发。下午开组织委员会。陈安仁来。捐社会科学研究会泉十元。晚晴。

四月

一日

日记　晴,热。午后叶少泉来。江绍原来,同至福来居夜餐,并邀孟真,季市,广平。收辛岛骁所寄「斯文」一本。夜雨。

二日

日记　晴。上午以《坟》一本寄辛岛。下午寄霁野信。寄春台信。

三日

日记　星期。雨。下午浴。作《眉间赤》讫。

铸　剑

一

　　眉间尺刚和他的母亲睡下,老鼠便出来咬锅盖,使他听得发烦。他轻轻地叱了几声,最初还有些效验,后来是简直不理他了,格支格支地径自咬。他又不敢大声赶,怕惊醒了白天做得劳乏,晚上一躺就睡着了的母亲。

　　许多时光之后,平静了;他也想睡去。忽然,扑通一声,惊得他又睁开眼。同时听到沙沙地响,是爪子抓着瓦器的声音。

　　"好! 该死!"他想着,心里非常高兴,一面就轻轻地坐起来。

他跨下床，借着月光走向门背后，摸到钻火家伙，点上松明，向水瓮里一照。果然，一匹很大的老鼠落在那里面了；但是，存水已经不多，爬不出来，只沿着水瓮内壁，抓着，团团地转圈子。

"活该！"他一想到夜夜咬家具，闹得他不能安稳睡觉的便是它们，很觉得畅快。他将松明插在土墙的小孔里，赏玩着；然而那圆睁的小眼睛，又使他发生了憎恨，伸手抽出一根芦柴，将它直按到水底去。过了一会，才放手，那老鼠也随着浮了上来，还是抓着瓮壁转圈子。只是抓劲已经没有先前似的有力，眼睛也淹在水里面，单露出一点尖尖的通红的小鼻子，咻咻地急促地喘气。

他近来很有点不大喜欢红鼻子的人。但这回见了这尖尖的小红鼻子，却忽然觉得它可怜了，就又用那芦柴，伸到它的肚下去，老鼠抓着，歇了一回力，便沿着芦干爬了上来。待到他看见全身，——湿淋淋的黑毛，大的肚子，蚯蚓似的尾巴，——便又觉得可恨可憎得很，慌忙将芦柴一抖，扑通一声，老鼠又落在水瓮里，他接着就用芦柴在它头上捣了几下，叫它赶快沉下去。

换了六回松明之后，那老鼠已经不能动弹，不过沉浮在水中间，有时还向水面微微一跳。眉间尺又觉得很可怜，随即折断芦柴，好容易将它夹了出来，放在地面上。老鼠先是丝毫不动，后来才有一点呼吸；又许多时，四只脚运动了，一翻身，似乎要站起来逃走。这使眉间尺大吃一惊，不觉提起左脚，一脚踏下去。只听得吱的一声，他蹲下去仔细看时，只见口角上微有鲜血，大概是死掉了。

他又觉得很可怜，仿佛自己作了大恶似的，非常难受。他蹲着，呆看着，站不起来。

"尺儿，你在做什么？"他的母亲已经醒来了，在床上问。

"老鼠……。"他慌忙站起，回转身去，却只答了两个字。

"是的，老鼠。这我知道。可是你在做什么？杀它呢，还是在救它？"

他没有回答。松明烧尽了；他默默地立在暗中，渐看见月光的皎洁。

"唉!"他的母亲叹息说,"一交子时,你就是十六岁了,性情还是那样,不冷不热地,一点也不变。看来,你的父亲的仇是没有人报的了。"

他看见他的母亲坐在灰白色的月影中,仿佛身体都在颤动;低微的声音里,含着无限的悲哀,使他冷得毛骨悚然,而一转眼间,又觉得热血在全身中忽然腾沸。

"父亲的仇?父亲有什么仇呢?"他前进几步,惊急地问。

"有的。还要你去报。我早想告诉你的了;只因为你太小,没有说。现在你已经成人了,却还是那样的性情。这教我怎么办呢?你似的性情,能行大事的么?"

"能。说罢,母亲。我要改过……。"

"自然。我也只得说。你必须改过……。那么,走过来罢。"

他走过去;他的母亲端坐在床上,在暗白的月影里,两眼发出闪闪的光芒。

"听哪!"她严肃地说,"你的父亲原是一个铸剑的名工,天下第一。他的工具,我早已都卖掉了来救了穷了,你已经看不见一点遗迹;但他是一个世上无二的铸剑的名工。二十年前,王妃生下了一块铁,听说是抱了一回铁柱之后受孕的,是一块纯青透明的铁。大王知道是异宝,便决计用来铸一把剑,想用它保国,用它杀敌,用它防身。不幸你的父亲那时偏偏入了选,便将铁捧回家里来,日日夜夜地锻炼,费了整三年的精神,炼成两把剑。

"当最末次开炉的那一日,是怎样地骇人的景象呵!哗拉拉地腾上一道白气的时候,地面也觉得动摇。那白气到天半便变成白云,罩住了这处所,渐渐现出绯红颜色,映得一切都如桃花。我家的漆黑的炉子里,是躺着通红的两把剑。你父亲用井华水慢慢地滴下去,那剑嘶嘶地吼着,慢慢转成青色了。这样地七日七夜,就看不见了剑,仔细看时,却还在炉底里,纯青的,透明的,正像两条冰。

"大欢喜的光采，便从你父亲的眼睛里四射出来；他取起剑，拂拭着，拂拭着。然而悲惨的皱纹，却也从他的眉头和嘴角出现了。他将那两把剑分装在两个匣子里。

"'你只要看这几天的景象，就明白无论是谁，都知道剑已炼就的了。'他悄悄地对我说。'一到明天，我必须去献给大王。但献剑的一天，也就是我命尽的日子。怕我们从此要长别了。'

"'你……。'我很骇异，猜不透他的意思，不知怎么说的好。我只是这样地说。'你这回有了这么大的功劳……。'

"'唉！你怎么知道呢！'他说。'大王是向来善于猜疑，又极残忍的。这回我给他炼成了世间无二的剑，他一定要杀掉我，免得我再去给别人炼剑，来和他匹敌，或者超过他。'

"我掉泪了。

"'你不要悲哀。这是无法逃避的。眼泪决不能洗掉运命。我可是早已有准备在这里了！'他的眼里忽然发出电火似的光芒，将一个剑匣放在我膝上。'这是雄剑。'他说。'你收着。明天，我只将这雌剑献给大王去。倘若我一去竟不回来了呢，那是我一定不再在人间了。你不是怀孕已经五六个月了么？不要悲哀；待生了孩子，好好地抚养。一到成人之后，你便交给他这雄剑，教他砍在大王的颈子上，给我报仇！'"

"那天父亲回来了没有呢？"眉间尺赶紧问。

"没有回来！"她冷静地说："我四处打听，也杳无消息。后来听得人说，第一个用血来饲你父亲自己炼成的剑的人，就是他自己——你的父亲。还怕他鬼魂作怪，将他的身首分埋在前门和后苑了！"

眉间尺忽然全身都如烧着猛火，自己觉得每一枝毛发上都仿佛闪出火星来。他的双拳，在暗中捏得格格地作响。

他的母亲站起了，揭去床头的木板，下床点了松明，到门背后取过一把锄，交给眉间尺道："掘下去！"

眉间尺心跳着,但很沉静的一锄一锄轻轻地掘下去。掘出来的都是黄土,约到五尺多深,土色有些不同了,似乎是烂掉的材木。

"看罢!要小心!"他的母亲说。

眉间尺伏在掘开的洞穴旁边,伸手下去,谨慎小心地撮开烂树,待到指尖一冷,有如触着冰雪的时候,那纯青透明的剑也出现了。他看清了剑靶,捏着,提了出来。

窗外的星月和屋里的松明似乎都骤然失了光辉,惟有青光充塞宇内。那剑便溶在这青光中,看去好像一无所有。眉间尺凝神细视,这才仿佛看见长五尺余,却并不见得怎样锋利,剑口反而有些浑圆,正如一片韭叶。

"你从此要改变你的优柔的性情,用这剑报仇去!"他的母亲说。

"我已经改变了我的优柔的性情,要用这剑报仇去!"

"但愿如此。你穿了青衣,背上这剑,衣剑一色,谁也看不分明的。衣服我已经做在这里,明天就上你的路去罢。不要记念我!"她向床后的破衣箱一指,说。

眉间尺取出新衣,试去一穿,长短正很合式。他便重行叠好,裹了剑,放在枕边,沉静地躺下。他觉得自己已经改变了优柔的性情;他决心要并无心事一般,倒头便睡,清晨醒来,毫不改变常态,从容地去寻他不共戴天的仇雠。

但他醒着。他翻来覆去,总想坐起来。他听到他母亲的失望的轻轻的长叹。他听到最初的鸡鸣;他知道已交子时,自己是上了十六岁了。

二

当眉间尺肿着眼眶,头也不回的跨出门外,穿着青衣,背着青剑,迈开大步,径奔城中的时候,东方还没有露出阳光。杉树林的每一片叶尖,都挂着露珠,其中隐藏着夜气。但是,待到走到树林的那一头，露珠里却闪出各样的光辉,渐渐幻成晓色了。远望前面,便依稀看见灰黑色的城墙和雉堞。

和挑葱卖菜的一同混入城里,街市上已经很热闹。男人们一排一排的呆站着;女人们也时时从门里探出头来。她们大半也肿着眼眶;蓬着头;黄黄的脸,连脂粉也不及涂抹。

眉间尺预觉到将有巨变降临,他们便都是焦躁而忍耐地等候着这巨变的。

他径自向前走;一个孩子突然跑过来,几乎碰着他背上的剑尖,使他吓出了一身汗。转出北方,离王宫不远,人们就挤得密密层层,都伸着脖子。人丛中还有女人和孩子哭嚷的声音。他怕那看不见的雄剑伤了人,不敢挤进去;然而人们却又在背后拥上来。他只得宛转地退避;面前只看见人们的背脊和伸长的脖子。

忽然,前面的人们都陆续跪倒了;远远地有两匹马并着跑过来。此后是拿着木棍,戈,刀,弓弩,旌旗的武人,走得满路黄尘滚滚。又来了一辆四匹马拉的大车,上面坐着一队人,有的打钟击鼓,有的嘴上吹着不知道叫什么名目的劳什子。此后又是车,里面的人都穿画衣,不是老头子,便是矮胖子,个个满脸油汗。接着又是一队拿刀枪剑戟的骑士。跪着的人们便都伏下去了。这时眉间尺正看见一辆黄盖的大车驰来,正中坐着一个画衣的胖子,花白胡子,小脑袋;腰间还依稀看见佩着和他背上一样的青剑。

他不觉全身一冷,但立刻又灼热起来,像是猛火焚烧着。他一面伸手向肩头捏住剑柄,一面提起脚,便从伏着的人们的脖子的空处跨出去。

但他只走得五六步,就跌了一个倒栽葱,因为有人突然捏住了他的一只脚。这一跌又正压在一个干瘪脸的少年身上;他正怕剑尖伤了他,吃惊地起来看的时候,肋下就挨了很重的两拳。他也不暇计较,再望路上,不但黄盖车已经走过,连拥护的骑士也过去了一大阵了。

路旁的一切人们也都爬起来。干瘪脸的少年却还扭住了眉间尺的衣领，不肯放手，说被他压坏了贵重的丹田，必须保险，倘若不到八十岁便死掉了，就得抵命。闲人们又即刻围上来，呆看着，但谁也不开口；后来有人从旁笑骂了几句，却全是附和干瘪脸少年的。眉间尺遇到了这样的敌人，真是怒不得，笑不得，只觉得无聊，却又脱身不得。这样地经过了煮熟一锅小米的时光，眉间尺早已焦躁得浑身发火，看的人却仍不见减，还是津津有味似的。

　　前面的人圈子动摇了，挤进一个黑色的人来，黑须黑眼睛，瘦得如铁。他并不言语，只向眉间尺冷冷地一笑，一面举手轻轻地一拨干瘪脸少年的下巴，并且看定了他的脸。那少年也向他看了一会，不觉慢慢地松了手，溜走了；那人也就溜走了；看的人们也都无聊地走散。只有几个人还来问眉间尺的年纪，住址，家里可有姊姊。眉间尺都不理他们。

　　他向南走着；心里想，城市中这么热闹，容易误伤，还不如在南门外等候他回来，给父亲报仇罢，那地方是地旷人稀，实在很便于施展。这时满城都议论着国王的游山，仪仗，威严，自己得见国王的荣耀，以及俯伏得有怎么低，应该采作国民的模范等等，很像蜜蜂的排衙。直至将近南门，这才渐渐地冷静。

　　他走出城外，坐在一株大桑树下，取出两个馒头来充了饥；吃着的时候忽然记起母亲来，不觉眼鼻一酸，然而此后倒也没有什么。周围是一步一步地静下去了，他至于很分明地听到自己的呼吸。

　　天色愈暗，他也愈不安，尽目力望着前方，毫不见有国王回来的影子。上城卖菜的村人，一个个挑着空担出城回家去了。

　　人迹绝了许久之后，忽然从城里闪出那一个黑色的人来。

　　"走罢，眉间尺！国王在捉你了！"他说，声音好像鸱鸮。

　　眉间尺浑身一颤，中了魔似的，立即跟着他走；后来是飞奔。他站定了喘息许多时，才明白已经到了杉树林边。后面远处有银白的条纹，是月亮已从那边出现；前面却仅有两点磷火一般的那黑色人的眼光。

"你怎么认识我？……"他极其惶骇地问。

"哈哈！我一向认识你。"那人的声音说。"我知道你背着雄剑，要给你的父亲报仇，我也知道你报不成。岂但报不成；今天已经有人告密，你的仇人早从东门还宫，下令捕拿你了。"

眉间尺不觉伤心起来。

"唉唉，母亲的叹息是无怪的。"他低声说。

"但她只知道一半。她不知道我要给你报仇。"

"你么？你肯给我报仇么，义士？"

"阿，你不要用这称呼来冤枉我。"

"那么，你同情于我们孤儿寡妇？……"

"唉，孩子，你再不要提这些受了污辱的名称。"他严冷地说，"仗义，同情，那些东西，先前曾经干净过，现在却都成了放鬼债的资本。我的心里全没有你所谓的那些。我只不过要给你报仇！"

"好。但你怎么给我报仇呢？"

"只要你给我两件东西。"两粒磷火下的声音说。"那两件么？你听着：一是你的剑，二是你的头！"

眉间尺虽然觉得奇怪，有些狐疑，却并不吃惊。他一时开不得口。

"你不要疑心我将骗取你的性命和宝贝。"暗中的声音又严冷地说。"这事全由你。你信我，我便去；你不信，我便住。"

"但你为什么给我去报仇的呢？你认识我的父亲么？"

"我一向认识你的父亲，也如一向认识你一样。但我要报仇，却并不为此。聪明的孩子，告诉你罢。你还不知道，我怎么地善于报仇。你的就是我的；他也就是我。我的魂灵上是有这么多的，人我所加的伤，我已经憎恶了我自己！"

暗中的声音刚刚停止，眉间尺便举手向肩头抽取青色的剑，顺手从后项窝向前一削，头颅坠在地面的青苔上，一面将剑交给黑色人。

"呵呵!"他一手接剑,一手捏着头发,提起眉间尺的头来,对着那热的死掉的嘴唇,接吻两次,并且冷冷地尖利地笑。

笑声即刻散布在杉树林中,深处随着有一群磷火似的眼光闪动,倏忽临近,听到咻咻的饿狼的喘息。第一口撕尽了眉间尺的青衣,第二口便身体全都不见了,血痕也顷刻舔尽,只微微听得咀嚼骨头的声音。

最先头的一匹大狼就向黑色人扑过来。他用青剑一挥,狼头便坠在地面的青苔上。别的狼们第一口撕尽了它的皮,第二口便身体全都不见了,血痕也顷刻舔尽,只微微听得咀嚼骨头的声音。

他已经擎起地上的青衣,包了眉间尺的头,和青剑都背在背脊上,回转身,在暗中向王城扬长地走去。

狼们站定了,耸着肩,伸出舌头,咻咻地喘着,放着绿的眼光看他扬长地走。

他在暗中向王城扬长地走去,发出尖利的声音唱着歌:

哈哈爱兮爱乎爱乎!

爱青剑兮一个仇人自屠。

伙颐连翩兮多少一夫。

一夫爱青剑兮呜呼不孤。

头换头兮两个仇人自屠。

一夫则无兮爱乎呜呼!

爱乎呜呼兮呜呼阿呼,

阿呼呜呼兮呜呼呜呼!

三

游山并不能使国王觉得有趣;加上了路上将有刺客的密报,更使他扫兴而还。那夜他很生气,说是连第九个妃子的头发,也没有昨天那样的黑得好看了。幸而她撒娇坐在他的御膝上，特别扭了七十多回，这才使龙眉之间的皱纹渐渐地舒展。

午后，国王一起身，就又有些不高兴，待到用过午膳，简直现出怒容来。

"唉唉！无聊！"他打一个大呵欠之后，高声说。

上自王后，下至弄臣，看见这情形，都不觉手足无措。白须老臣的讲道，矮胖侏儒的打诨，王是早已听厌的了；近来便是走索，缘竿，抛丸，倒立，吞刀，吐火等等奇妙的把戏，也都看得毫无意味。他常常要发怒；一发怒，便按着青剑，总想寻点小错处，杀掉几个人。

偷空在宫外闲游的两个小宦官，刚刚回来，一看见宫里面大家的愁苦的情形，便知道又是照例的祸事临头了，一个吓得面如土色；一个却像是大有把握一般，不慌不忙，跑到国王的面前，俯伏着，说道：

"奴才刚才访得一个异人，很有异术，可以给大王解闷，因此特来奏闻。"

"什么?!"王说。他的话是一向很短的。

"那是一个黑瘦的，乞丐似的男子。穿一身青衣，背着一个圆圆的青包裹；嘴里唱着胡诌的歌。人问他，他说善于玩把戏，空前绝后，举世无双，人们从来就没有看见过；一见之后，便即解烦释闷，天下太平。但大家要他玩，他却又不肯。说是第一须有一条金龙，第二须有一个金鼎。……"

"金龙？我是的。金鼎？我有。"

"奴才也正是这样想。……"

"传进来！"

话声未绝，四个武士便跟着那小宦官疾趋而出。上自王后，下至弄臣，个个喜形于色。他们都愿意这把戏玩得解愁释闷，天下太平；即使玩不成，这回也有了那乞丐似的黑瘦男子来受祸，他们只要能挨到传了进来的时候就好了。

并不要许多工夫，就望见六个人向金阶趋进。先头是宦官，后面是四个武士，中间夹着一个黑色人。待到近来时，那人的衣服却是青的，须眉头发都黑；瘦得颧骨，眼圈骨，眉棱骨都高高地突出来。他恭敬地跪着俯伏下去时，果然看见背上有一个圆圆的小包袱，青色布，上面还画上一些暗红色的花纹。

　　"奏来！"王暴躁地说。他见他家伙简单，以为他未必会玩什么好把戏。

　　"臣名叫宴之敖者；生长汶汶乡。少无职业；晚遇明师，教臣把戏，是一个孩子的头。这把戏一个人玩不起来，必须在金龙之前，摆一个金鼎，注满清水，用兽炭煎熬。于是放下孩子的头去，一到水沸，这头便随波上下，跳舞百端，且发妙音，欢喜歌唱。这歌舞为一人所见，便解愁释闷，为万民所见，便天下太平。"

　　"玩来！"王大声命令说。

　　并不要许多工夫，一个煮牛的大金鼎便摆在殿外，注满水，下面堆了兽炭，点起火来。那黑色人站在旁边，见炭火一红，便解下包袱，打开，两手捧出孩子的头来，高高举起。那头是秀眉长眼，皓齿红唇；脸带笑容；头发蓬松，正如青烟一阵。黑色人捧着向四面转了一圈，便伸手擎到鼎上，动着嘴唇说了几句不知什么话，随即将手一松，只听得扑通一声，坠入水中去了。水花同时溅起，足有五尺多高，此后是一切平静。

　　许多工夫，还无动静。国王首先暴躁起来，接着是王后和妃子，大臣，宦官们也都有些焦急，矮胖的侏儒们则已经开始冷笑了。王一见他们的冷笑，便觉自己受愚，回顾武士，想命令他们就将那欺君的莠民掷入牛鼎里去煮杀。

　　但同时就听得水沸声；炭火也正旺，映着那黑色人变成红黑，如铁的烧到微红。王刚又回过脸来，他也已经伸起两手向天，眼光向着无物，舞蹈着，忽地发出尖利的声音唱起歌来：

　　　　哈哈爱兮爱乎爱乎！

爱兮血兮兮谁乎独无。

民萌冥行兮一夫壶卢。

彼用百头颅,千头颅兮用万头颅!

我用一头颅兮而无万夫。

爱一头颅兮血乎呜呼!

血乎呜呼兮呜呼阿呼,

阿呼呜呼兮呜呼呜呼!

随着歌声,水就从鼎口涌起,上尖下广,像一座小山,但自水尖至鼎底,不住地回旋运动。那头即随水上上下下,转着圈子,一面又滴溜溜自己翻筋斗,人们还可以隐约看见他玩得高兴的笑容。过了些时,突然变了逆水的游泳,打旋子夹着穿梭,激得水花向四面飞溅,满庭洒下一阵热雨来。一个侏儒忽然叫了一声,用手摸着自己的鼻子。他不幸被热水烫了一下,又不耐痛,终于免不得出声叫苦了。

黑色人的歌声才停,那头也就在水中央停住,面向王殿,颜色转成端庄。这样的有十余瞬息之久,才慢慢地上下抖动;从抖动加速而为起伏的游泳,但不很快,态度很雍容。绕着水边一高一低地游了三匝,忽然睁大眼睛,漆黑的眼珠显得格外精采,同时也开口唱起歌来:

王泽流兮浩洋洋;

克服怨敌,怨敌克服兮,赫兮强!

宇宙有穷止兮万寿无疆。

幸我来也兮青其光!

青其光兮永不相忘。

异处异处兮堂哉皇!

堂哉皇哉兮嗳嗳唷,

嗟来归来,嗟来陪来兮青其光!

头忽然升到水的尖端停住;翻了几个筋斗之后,上下升降起来,

眼珠向着左右瞥视,十分秀媚,嘴里仍然唱着歌:

阿呼呜呼兮呜呼呜呼,

爱乎呜呼兮呜呼阿呼!

血一头颅兮爱乎呜呼。

我用一头颅兮而无万夫!

彼用百头颅,千头颅……

唱到这里,是沉下去的时候,但不再浮上来了;歌词也不能辨别。涌起的水,也随着歌声的微弱,渐渐低落,像退潮一般,终至到鼎口以下,在远处什么也看不见。

"怎了?"等了一会,王不耐烦地问。

"大王,"那黑色人半跪着说。"他正在鼎底里作最神奇的团圆舞,不临近是看不见的。臣也没有法术使他上来,因为作团圆舞必须在鼎底里。"

王站起身,跨下金阶,冒着炎热立在鼎边,探头去看。只见水平如镜,那头仰面躺在水中间,两眼正看着他的脸。待到王的眼光射到他脸上时,他便嫣然一笑。这一笑使王觉得似曾相识,却又一时记不起是谁来。刚在惊疑,黑色人已经擎出了背着的青色的剑,只一挥,闪电般从后项窝直劈下去,扑通一声,王的头就落在鼎里了。

仇人相见,本来格外眼明,况且是相逢狭路。王头刚到水面,眉间尺的头便迎上来,很命在他耳轮上咬了一口。鼎水即刻沸涌,澎湃有声;两头即在水中死战。约有二十回合,王头受了五个伤,眉间尺的头上却有七处。王又狡猾,总是设法绕到他的敌人的后面去。眉间尺偶一疏忽,终于被他咬住了后项窝,无法转身。这一回王的头可是咬定不放了,他只是连连蚕食进去;连鼎外面也仿佛听到孩子的失声叫痛的声音。

上自王后,下至弄臣,骇得凝结着的神色也应声活动起来,似乎感到暗无天日的悲哀,皮肤上都一粒一粒地起粟;然而又夹着秘密的欢喜,瞪了眼,像是等候着什么似的。

黑色人也仿佛有些惊慌，但是面不改色。他从从容容地伸开那捏着看不见的青剑的臂膊，如一段枯枝；伸长颈子，如在细看鼎底。臂膊忽然一弯，青剑便蓦地从他后面劈下，剑到头落，坠入鼎中，泶的一声，雪白的水花向着空中同时四射。

他的头一入水，即刻直奔王头，一口咬住了王的鼻子，几乎要咬下来。王忍不住叫一声"阿唷"，将嘴一张，眉间尺的头就乘机挣脱了，一转脸倒将王的下巴下死劲咬住。他们不但都不放，还用全力上下一撕，撕得王头再也合不上嘴。于是他们就如饿鸡啄米一般，一顿乱咬，咬得王头眼歪鼻塌，满脸鳞伤。先前还会在鼎里面四处乱滚，后来只能躺着呻吟，到底是一声不响，只有出气，没有进气了。

黑色人和眉间尺的头也慢慢地住了嘴，离开王头，沿鼎壁游了一匝，看他可是装死还是真死。待到知道了王头确已断气，便四目相视，微微一笑，随即合上眼睛，仰面向天，沉到水底里去了。

四

烟消火灭；水波不兴。特别的寂静倒使殿上殿下的人们警醒。他们中的一个首先叫了一声，大家也立刻迭连惊叫起来；一个迈开腿向金鼎走去，大家便争先恐后地拥上去了。有挤在后面的，只能从人脖子的空隙间向里面窥探。

热气还炙得人脸上发烧。鼎里的水却一平如镜，上面浮着一层油，照出许多人脸孔：王后，王妃，武士，老臣，侏儒，太监。……

"阿呀，天哪！咱们大王的头还在里面哪，唉唉唉！"第六个妃子忽然发狂似的哭嚷起来。

上自王后，下至弄臣，也都恍然大悟，仓皇散开，急得手足无措，各自转了四五个圈子。一个最有谋略的老臣独又上前，伸手向鼎边一摸，然而浑身一抖，立刻缩了回来，伸出两个指头，放在口边吹个不住。

大家定了定神，便在殿门外商议打捞办法。约略费去了煮熟三锅小米的工夫，总算得到一种结果，是：到大厨房去调集了铁丝勺子，命武士协力捞起来。

　　器具不久就调集了，铁丝勺，漏勺，金盘，擦桌布，都放在鼎旁边。武士们便揎起衣袖，有用铁丝勺的，有用漏勺的，一齐恭行打捞。有勺子相触的声音，有勺子刮着金鼎的声音；水是随着勺子的搅动而旋绕着。好一会，一个武士的脸色忽而很端庄了，极小心地两手慢慢举起了勺子，水滴从勺孔中珠子一般漏下，勺里面便显出雪白的头骨来。大家惊叫了一声；他便将头骨倒在金盘里。

　　"阿呀！我的大王呀！"王后，妃子，老臣，以至太监之类，都放声哭起来。但不久就陆续停止了，因为武士又捞起了一个同样的头骨。

　　他们泪眼模胡地四顾，只见武士们满脸油汗，还在打捞。此后捞出来的是一团糟的白头发和黑头发；还有几勺很短的东西，似乎是白胡须和黑胡须。此后又是一个头骨。此后是三枝簪。

　　直到鼎里面只剩下清汤，才始住手；将捞出的物件分盛了三金盘：一盘头骨，一盘须发，一盘簪。

　　"咱们大王只有一个头。那一个是咱们大王的呢？"第九个妃子焦急地问。

　　"是呵……。"老臣们都面面相觑。

　　"如果皮肉没有煮烂，那就容易辨别了。"一个侏儒跪着说。

　　大家只得平心静气，去细看那头骨，但是黑白大小，都差不多，连那孩子的头，也无从分辨。王后说王的右额上有一个疤，是做太子时候跌伤的，怕骨上也有痕迹。果然，侏儒在一个头骨上发见了；大家正在欢喜的时候，另外的一个侏儒却又在较黄的头骨的右额上看出相仿的瘢痕来。

　　"我有法子。"第三个王妃得意地说，"咱们大王的龙准是很高的。"

太监们即刻动手研究鼻准骨，有一个确也似乎比较地高，但究竟相差无几；最可惜的是右额上却并无跌伤的瘢痕。

"况且，"老臣们向太监说，"大王的后枕骨是这么尖的么？"

"奴才们向来就没有留心看过大王的后枕骨……。"

王后和妃子们也各自回想起来，有的说是尖的，有的说是平的。叫梳头太监来问的时候，却一句话也不说。

当夜便开了一个王公大臣会议，想决定那一个是王的头，但结果还同白天一样。并且连须发也发生了问题。白的自然是王的，然而因为花白，所以黑的也很难处置。讨论了小半夜，只将几根红色的胡子选出；接着因为第九个王妃抗议，说她确曾看见王有几根通黄的胡子，现在怎么能知道决没有一根红的呢。于是也只好重行归并，作为疑案了。

到后半夜，还是毫无结果。大家却居然一面打呵欠，一面继续讨论，直到第二次鸡鸣，这才决定了一个最慎重妥善的办法，是：只能将三个头骨都和王的身体放在金棺里落葬。

七天之后是落葬的日期，合城很热闹。城里的人民，远处的人民，都奔来瞻仰国王的"大出丧"。天一亮，道上已经挤满了男男女女；中间还夹着许多祭桌。待到上午，清道的骑士才缓辔而来。又过了不少工夫，才看见仪仗，什么旌旗，木棍，戈戟，弓弩，黄钺之类；此后是四辆鼓吹车。再后面是黄盖随着路的不平而起伏着，并且渐渐近来了，于是现出灵车，上载金棺，棺里面藏着三个头和一个身体。

百姓都跪下去，祭桌便一列一列地在人丛中出现。几个义民很忠愤，咽着泪，怕那两个大逆不道的逆贼的魂灵，此时也和王一同享受祭礼，然而也无法可施。

此后是王后和许多王妃的车。百姓看她们，她们也看百姓，但哭着。此后是大臣，太监，侏儒等辈，都装着哀戚的颜色。只是百姓已经不看他们，连行列也挤得乱七八糟，不成样子了。

一九二六年十月作。

原载 1927 年 4 月 25 日、5 月 10 日《莽原》半月刊第 2 卷第 8、9 期，题作《眉间尺》，副题为"新编故事之一"；1932 年 3月编入《鲁迅自选集》时，改题《铸剑》。

后收 1936 年 1 月上海文化生活出版社版"文学丛刊"之一《故事新编》。

四日

　　日记　昙。上午寄未名社稿。寄春台信。午得饶超华信。得绍原信，往访未遇，留函而出。得郑仲谟信。得矛尘信，三月廿八日厦门发。夜小雨。

致 江绍原

绍原先生：

　　惠函收到，来校后适值外出，不能面谈为怅。英文功课一节，弟意仍以为只能请勉为其难，必不至于"闹笑话"。中大教员，非其专门而在校讲授者不少，不要紧的；起初因为预备功课之类，自然要忙，但后来就没有什么了。总之要请打消惠函中所说之意，余容明日面谈。

　　　　　　　　　　　　　　　　　　迅　四月四日

五日

　　日记　昙。下午得春台信，三月廿八日发，即复。夜雨。

六日

日记　雨。清明，休假。下午托广平买《中国大文学史》一本，泉三元。

略论中国人的脸

大约人们一遇到不大看惯的东西，总不免以为他古怪。我还记得初看见西洋人的时候，就觉得他脸太白，头发太黄，眼珠太淡，鼻梁太高。虽然不能明明白白地说出理由来，但总而言之：相貌不应该如此。至于对于中国人的脸，是毫无异议；即使有好丑之别，然而都不错的。

我们的古人，倒似乎并不放松自己中国人的相貌。周的孟轲就用眸子来判胸中的正不正，汉朝还有《相人》二十四卷。后来闹这玩艺儿的尤其多；分起来，可以说有两派罢：一是从脸上看出他的智愚贤不肖；一是从脸上看出他过去，现在和将来的荣枯。于是天下纷纷，从此多事，许多人就都战战兢兢地研究自己的脸。我想，镜子的发明，恐怕这些人和小姐们是大有功劳的。不过近来前一派已经不大有人讲究，在北京上海这些地方捣鬼的都只是后一派了。

我一向只留心西洋人。留心的结果，又觉得他们的皮肤未免太粗；毫毛有白色的，也不好。皮上常有红点，即因为颜色太白之故，倒不如我们之黄。尤其不好的是红鼻子，有时简直像是将要熔化的蜡烛油，仿佛就要滴下来，使人看得栗栗危惧，也不及黄色人种的较为隐晦，也见得较为安全。总而言之：相貌还是不应该如此的。

后来，我看见西洋人所画的中国人，才知道他们对于我们的相貌也很不敬。那似乎是《天方夜谈》或者《安兑生童话》中的插画，现在不很记得清楚了。头上戴着拖花翎的红缨帽，一条辫子在空中飞扬，朝靴的粉底非常之厚。但这些都是满洲人连累我们的。独有两眼歪斜，张嘴露齿，却是我们自己本来的相貌。不过我那时想，其实并不尽然，外国人特地要奚落我们，所以格外形容得过度了。

但此后对于中国一部分人们的相貌，我也逐渐感到一种不满，就是他们每看见不常见的事件或华丽的女人，听到有些醉心的说话的时候，下巴总要慢慢挂下，将嘴张了开来。这实在不大雅观；仿佛精神上缺少着一样什么机件。据研究人体的学者们说，一头附着在上颚骨上，那一头附着在下颚骨上的"咬筋"，力量是非常之大的。我们幼小时候想吃核桃，必须放在门缝里将它的壳夹碎。但在成人，只要牙齿好，那咬筋一收缩，便能咬碎一个核桃。有着这么大的力量的筋，有时竟不能收住一个并不沉重的自己的下巴，虽然正在看得出神的时候，倒也情有可原，但我总以为究竟不是十分体面的事。

日本的长谷川如是闲是善于做讽刺文字的。去年我见过他的一本随笔集，叫作《猫·狗·人》；其中有一篇就说到中国人的脸。大意是初见中国人，即令人感到较之日本人或西洋人，脸上总欠缺着一点什么。久而久之，看惯了，便觉得这样已经尽够，并不缺少东西；倒是看得西洋人之流的脸上，多余着一点什么。这多余着的东西，他就给它一个不大高妙的名目：兽性。中国人的脸上没有这个，是人，则加上多余的东西，即成了下列的算式：

人＋兽性＝西洋人

他借了称赞中国人，贬斥西洋人，来讽刺日本人的目的，这样就达到了，自然不必再说这兽性的不见于中国人的脸上，是本来没有的呢，还是现在已经消除。如果是后来消除的，那么，是渐渐净尽而只剩了人性的呢，还是不过渐渐成了驯顺。野牛成为家牛，野猪成为猪，狼成为狗，野性是消失了，但只足使牧人喜欢，于本身并无好处。人不过是人，不再夹杂着别的东西，当然再好没有了。倘不得已，我以为还不如带些兽性，如果合于下列的算式倒是不很有趣的：

人＋家畜性＝某一种人

中国人的脸上真可有兽性的记号的疑案，暂且中止讨论罢。我只要说近来却在中国人所理想的古今人的脸上，看见了两种多余。一到广州，我觉得比我所从来的厦门丰富得多的，是电影，而且大半是"国片"，有古装的，有时装。因为电影是"艺术"，所以电影艺术家便将这两种多余加上去了。

古装的电影也可以说是好看，那好看不下于看戏；至少，决不至于有大锣大鼓将人的耳朵震聋。在"银幕"上，则有身穿不知何时何代的衣服的人物，缓慢地动作；脸正如古人一般死，因为要显得活，便只好加上些旧式戏子的昏庸。

时装人物的脸，只要见过清朝光绪年间上海的吴友如的《画报》的，便会觉得神态非常相像。《画报》所画的大抵不是流氓拆梢，便是妓女吃醋，所以脸相都狡猾。这精神似乎至今不变，国产影片中的人物，虽是作者以为善人杰士者，眉宇间也总带些上海洋场式的狡猾。可见不如此，是连善人杰士也做不成的。

听说，国产影片之所以多，是因为华侨欢迎，能够获利，每一新片到，老的便带了孩子去指点给他们看道："看哪，我们的祖国的人们是这样的。"在广州似乎也受欢迎，日夜四场，我常见看客坐得满满。

广州现在也如上海一样，正在这样地修养他们的趣味。可惜电影一开演，电灯一定熄灭，我不能看见人们的下巴。

四月六日。

原载 1927 年 11 月 25 日《莽原》半月刊第 2 卷第 21、22 期合刊。

初收 1928 年 10 月上海北新书局版《而已集》。

七日

日记 雨。午后得谢玉生留函。得尚钺信。得董秋芳信，三月廿三日杭州发。得语堂信,廿七日发。下午谢玉生来。收北新沪局所寄书二十二包。晚朱辉煌,李光藻,陈延进来,从厦门。

八日

日记　雨。上午得霁野信,三月十一日发。得方仁信,卅一日发。下午得三弟信,二十八日发。得郑泗水信,廿四日上海发。晚修人,宿荷来,邀至黄浦[埔]政治学校讲演,夜归。

革命时代的文学

四月八日在黄埔军官学校讲

今天要讲几句的话是就将这"革命时代的文学"算作题目。这学校是邀过我好几次了,我总是推宕着没有来。为什么呢?因为我想,诸君的所以来邀我,大约是因为我曾经做过几篇小说,是文学家,要从我这里听文学。其实我并不是的,并不懂什么。我首先正经学习的是开矿,叫我讲掘煤,也许比讲文学要好一些。自然,因为自己的嗜好,文学书是也时常看看的,不过并无心得,能说出于诸君有用的东西来。加以这几年,自己在北京所得的经验,对于一向所知道的前人所讲的文学的议论,都渐渐的怀疑起来。那是开枪打杀学生的时候罢,文禁也严厉了,我想:文学文学,是最不中用的,没有力量的人讲的;有实力的人并不开口,就杀人,被压迫的人讲几句话,写几个字,就要被杀;即使幸而不被杀,但天天呐喊,叫苦,鸣不平,而有实力的人仍然压迫,虐待,杀戮,没有方法对付他们,这文学于人们又有什么益处呢?

在自然界里也这样,鹰的捕雀,不声不响的是鹰,吱吱叫喊的是雀;猫的捕鼠,不声不响的是猫,吱吱叫喊的是老鼠;结果,还是只会

78

开口的被不开口的吃掉。文学家弄得好，做几篇文章，也许能够称誉于当时，或者得到多少年的虚名罢，——譬如一个烈士的追悼会开过之后，烈士的事情早已不提了，大家倒传诵着谁的挽联做得好：这实在是一件很稳当的买卖。

但在这革命地方的文学家，恐怕总喜欢说文学和革命是大有关系的，例如可以用这来宣传，鼓吹，煽动，促进革命和完成革命。不过我想，这样的文章是无力的，因为好的文艺作品，向来多是不受别人命令，不顾利害，自然而然地从心中流露的东西；如果先挂起一个题目，做起文章来，那又何异于八股，在文学中并无价值，更说不到能否感动人了。为革命起见，要有"革命人"，"革命文学"倒无须急急，革命人做出东西来，才是革命文学。所以，我想：革命，倒是与文章有关系的。革命时代的文学和平时的文学不同，革命来了，文学就变换色彩。但大革命可以变换文学的色彩，小革命却不，因为不算什么革命，所以不能变换文学的色彩。在此地是听惯了"革命"了，江苏浙江谈到革命二字，听的人都很害怕，讲的人也很危险。其实"革命"是并不稀奇的，惟其有了它，社会才会改革，人类才会进步，能从原虫到人类，从野蛮到文明，就因为没有一刻不在革命。生物学家告诉我们："人类和猴子是没有大两样的，人类和猴子是表兄弟。"但为什么人类成了人，猴子终于是猴子呢？这就因为猴子不肯变化——它爱用四只脚走路。也许曾有一个猴子站起来，试用两脚走路的罢，但许多猴子就说："我们底祖先一向是爬的，不许你站！"咬死了。它们不但不肯站起来，并且不肯讲话，因为它守旧。人类就不然，他终于站起，讲话，结果是他胜利了。现在也还没有完。所以革命是并不稀奇的，凡是至今还未灭亡的民族，还都天天在努力革命，虽然往往不过是小革命。

大革命与文学有什么影响呢？大约可以分开三个时候来说：

（一）大革命之前，所有的文学，大抵是对于种种社会状态，觉得不平，觉得痛苦，就叫苦，鸣不平，在世界文学中关于这类的文学颇不少。但这些叫苦鸣不平的文学对于革命没有什么影响，因为叫苦鸣不平，并无力量，压迫你们的人仍然不理，老鼠虽然吱吱地叫，尽管叫出很好的文学，而猫儿吃起它来，还是不客气。所以仅仅有叫苦鸣不平的文学时，这个民族还没有希望，因为止于叫苦和鸣不平。例如人们打官司，失败的方面到了分发冤单的时候，对手就知道他没有力量再打官司，事情已经了结了；所以叫苦鸣不平的文学等于喊冤，压迫者对此倒觉得放心。有些民族因为叫苦无用，连苦也不叫了，他们便成为沉默的民族，渐渐更加衰颓下去，埃及，阿拉伯，波斯，印度就都没有什么声音了！至于富有反抗性，蕴有力量的民族，因为叫苦没用，他便觉悟起来，由哀音而变为怒吼。怒吼的文学一出现，反抗就快到了；他们已经很愤怒，所以与革命爆发时代接近的文学每每带有愤怒之音；他要反抗，他要复仇。苏俄革命将起时，即有些这类的文学。但也有例外，如波兰，虽然早有复仇的文学，然而他的恢复，是靠着欧洲大战的。

（二）到了大革命的时代，文学没有了，没有声音了，因为大家受革命潮流的鼓荡，大家由呼喊而转入行动，大家忙着革命，没有闲空谈文学了。还有一层，是那时民生凋敝，一心寻面包吃尚且来不及，那里有心思谈文学呢？守旧的人因为受革命潮流的打击，气得发昏，也不能再唱所谓他们底文学了。有人说："文学是穷苦的时候做的"，其实未必，穷苦的时候必定没有文学作品的；我在北京时，一穷，就到处借钱，不写一个字，到薪俸发放时，才坐下来做文章。忙的时候也必定没有文学作品，挑担的人必要把担子放下，才能做文章；拉车的人也必要把车子放下，才能做文章。大革命时代忙得很，同时又穷得很，这一部分人和那一部分人斗争，非先行变换现代社会底状态不可，没有时间也没有心思做文章；所以大革命时代的文学便只好暂归沉寂了。

（三）等到大革命成功后，社会底状态缓和了，大家底生活有余裕了，这时候就又产生文学。这时候底文学有二：一种文学是赞扬革命,称颂革命,——讴歌革命,因为进步的文学家想到社会改变,社会向前走,对于旧社会的破坏和新社会的建设,都觉得有意义,一方面对于旧制度的崩坏很高兴,一方面对于新的建设来讴歌。另有一种文学是吊旧社会的灭亡——挽歌——也是革命后会有的文学。有些的人以为这是"反革命的文学",我想,倒也无须加以这么大的罪名。革命虽然进行,但社会上旧人物还很多,决不能一时变成新人物,他们的脑中满藏着旧思想旧东西;环境渐变,影响到他们自身的一切,于是回想旧时的舒服,便对于旧社会眷念不已,恋恋不舍,因而讲出很古的话,陈旧的话,形成这样的文学。这种文学都是悲哀的调子,表示他心里不舒服,一方面看见新的建设胜利了,一方面看见旧的制度灭亡了,所以唱起挽歌来。但是怀旧,唱挽歌,就表示已经革命了,如果没有革命,旧人物正得势,是不会唱挽歌的。

不过中国没有这两种文学——对旧制度挽歌,对新制度讴歌;因为中国革命还没有成功,正是青黄不接,忙于革命的时候。不过旧文学仍然很多,报纸上的文章,几乎全是旧式。我想,这足见中国革命对于社会没有多大的改变,对于守旧的人没有多大的影响,所以旧人仍能超然物外。广东报纸所讲的文学,都是旧的,新的很少,也可以证明广东社会没有受革命影响;没有对新的讴歌,也没有对旧的挽歌,广东仍然是十年前底广东。不但如此,并且也没有叫苦,没有鸣不平;止看见工会参加游行,但这是政府允许的,不是因压迫而反抗的,也不过是奉旨革命。中国社会没有改变,所以没有怀旧的哀词,也没有崭新的进行曲,只在苏俄却已产生了这两种文学。他们的旧文学家逃亡外国,所作的文学,多是吊亡挽旧的哀词;新文学则正在努力向前走,伟大的作品虽然还没有,但是新作品已不少,他们已经离开怒吼时期而过渡到讴歌的时期了。赞美建设是革命进行以后的影响,再往后去的情形怎样,现在不得而知,但推想起来,大约是平民文学罢,因为平民的世界,是革命的结果。

现在中国自然没有平民文学,世界上也还没有平民文学,所有的文学，歌呀，诗呀，大抵是给上等人看的；他们吃饱了，睡在躺椅上，捧着看。一个才子出门遇见一个佳人，两个人很要好，有一个不才子从中捣乱，生出差迟来，但终于团圆了。这样地看看，多么舒服。或者讲上等人怎样有趣和快乐，下等人怎样可笑。前几年《新青年》载过几篇小说，描写罪人在寒地里的生活，大学教授看了就不高兴，因为他们不喜欢看这样的下流人。如果诗歌描写车夫，就是下流诗歌；一出戏里，有犯罪的事情，就是下流戏。他们的戏里的脚色，止有才子佳人，才子中状元，佳人封一品夫人，在才子佳人本身很欢喜，他们看了也很欢喜，下等人没奈何，也只好替他们一同欢喜欢喜。在现在，有人以平民——工人农民——为材料，做小说做诗，我们也称之为平民文学，其实这不是平民文学，因为平民还没有开口。这是另外的人从旁看见平民的生活，假托平民底口吻而说的。眼前的文人有些虽然穷，但总比工人农民富足些，这才能有钱去读书，才能有文章；一看好像是平民所说的，其实不是；这不是真的平民小说。平民所唱的山歌野曲，现在也有人写下来，以为是平民之音了，因为是老百姓所唱。但他们间接受古书的影响很大，他们对于乡下的绅士有田三千亩，佩服得不了，每每拿绅士的思想，做自己的思想，绅士们惯吟五言诗，七言诗；因此他们所唱的山歌野曲，大半也是五言或七言。这是就格律而言，还有构思取意，也是很陈腐的，不能称为真正的平民文学。现在中国底小说和诗实在比不上别国，无可奈何，只好称之曰文学；谈不到革命时代的文学，更谈不到平民文学。现在的文学家都是读书人，如果工人农民不解放，工人农民的思想，仍然是读书人的思想，必待工人农民得到真正的解放，然后才有真正的平民文学。有些人说："中国已有平民文学"，其实这是不对的。

诸君是实际的战争者，是革命的战士，我以为现在还是不要佩服文学的好。学文学对于战争，没有益处，最好不过作一篇战歌，或者写得美的，便可于战余休憩时看看，倒也有趣。要讲得堂皇点，则譬如种柳树,待到柳树长大,浓阴蔽日,农夫耕作到正午,或者可以坐在柳树底下吃饭,休息休息。中国现在的社会情状,止有实地的革命战争,一首诗吓不走孙传芳,一炮就把孙传芳轰走了。自然也有人以为文学于革命是有伟力的,但我个人总觉得怀疑,文学总是一种余裕的产物,可以表示一民族的文化,倒是真的。

人大概是不满于自己目前所做的事的,我一向只会做几篇文章,自己也做得厌了,而捏枪的诸君,却又要听讲文学。我呢,自然倒愿意听听大炮的声音,仿佛觉得大炮的声音或者比文学的声音要好听得多似的。我的演说只有这样多,感谢诸君听完的厚意!

原载 1927 年 6 月 12 日《黄埔生活》周刊第 4 期。

初收 1928 年 10 月上海北新书局版《而已集》。

九日

日记 雨。上午寄霁野信。下午收三月分薪水泉五百。得静农信,三月廿三日发。

致 李霁野

霁野兄:

三月十一日所发信,到四月八日收到了,或者因为经过检查等周折,所以这么迟延。我于四日寄出文稿一封,挂号的,未知已收到否?

《阿Q正传》单行本,如由未名社出,会引出一点问题,所以如何办法,我还得想一想。又,书后面的《未名丛书》广告,我想,凡北新所印的,也须列入,因为他们广告上,也列入未名社所印的书。

前回寄来的书籍，《象牙之塔》，《坟》，《关于鲁迅》三种，俱已卖完，望即续寄。《莽原》合本也即卖完，要者尚多，可即寄二十本来，此事似前信也说过。这里的学生对于期刊，多喜欢卖［买］合本，因为零本忽到忽不到，不容易卖［买］全。合本第二册，似可即订，成后寄卅本来。

《穷人》卖去十本，可再寄十本来。《往星中》及《外套》各卖去三本。

《白茶》及《君山》如印出，望即各寄二十本来。《黑假面人》也如此。

托罗兹基的文学批评如印成，我想可以销路较好。

《旧事重提》我稿已集齐，还得看一遍，名未定，但这是容易的。至于《小约翰》稿，则至今未曾动手，实在可叹。

上星期我到岭南大学去讲演，看见密斯朱。她也不大能收到《莽原》。

我似乎比先前不忙一点，但这非因事情减少，乃是我习惯了一点之故。《狂飙》停刊了，他们说被我阴谋害死的，可笑。现在又要出一种不知什么。尚钺有信来，对于我的《奔月》，大不舒服，其实我那篇不过有时开一点小玩笑，而他们这么头痛，真是禁不起一点风波。

漱园丛芜处希代致意，不另写信了。静农现在何处？

迅　四，九

信如直寄燕大，信面应如何写法？

致 台静农

静农兄：

三月廿三日来信，今天收到了。至于"前信"，我忘却了收到与否，因为我在开学之初，太忙，遗忘了许多别的事情。

《莽原》稿子，已于四日寄出一篇，可分两期登；此后只要有暇，当或译或作。第五六期，我都没有收到，第一期收到四本，第二期两本，第三四期没有，但我从发卖的二十本中见过了。

《白茶》，《君山》，《黑假面人》一出版，望即寄各二十本来。此外还有需要的书，详今晨所发的寄霁野信由未名社转中，望参照付邮。《莽原》合本，来问的人还不少。其实这期刊在此地是行销的，只是没有处买。第二卷另本，也都售罄，可以将从第一期至最近出版的一期再各寄十本来，但以挂号为稳，因此地邮政，似颇腐败也。（以后每期可寄卅本）

《象牙之塔》出再版不妨迟，我是说过的，意思是在可以移本钱去印新稿。但如有印资，则不必迟。其中似有错字，须改正，望寄破旧者一本来，看过寄还，即可付印。

《旧事重提》我想插画数张，自己搜集。但现在无暇，当略迟。

我的最近照相，只有去年冬天在厦门所照的一张，坐在一个坟的祭桌上，后面都是坟（厦门的山，几乎都如此）。日内当寄上，请转交柏君。或用陶君所画者未名社似有亦可，请他自由决定。

迅　四，九，夜

十日

　　日记　星期。昙。午寄春台信。寄静农信并照片一张。下午雨。

庆祝沪宁克复的那一边

在广州，我觉得纪念和庆祝的盛典似乎特别多。这是当革命的进行和胜利中，一定要有的现象。沪宁的克复，在看见电报的那天，我已经一个人私自高兴过两回了。这"别人出力我高兴"的报应之一，是搜索枯肠，硬做文章的苦差使。其实，我于做这等事，是不大合宜的，因为动起笔来，总是离题有千里之远。即如现在，何尝不想写得切题一些呢，然而还是胡思乱想，像样点的好意思总像断线风筝似的收不回来。忽然想到昨天在黄埔看见的几个来投学生军的青年，才知道在前线上拼命的原来是这样的人；自己在讲堂上胡说了几句便骗得听众拍手，真是应该羞愧。忽而想到十六年前也曾克复过南京，还给捐躯的战士立了一块碑，民国二年后，便被张勋毁掉了，今年顷又可以重立。忽而又想到香港《循环日报》上所载李守常在北京被捕的消息，他的圆圆的脸和中国式的下垂的黑胡子便浮在眼前，不知道他现在怎么样。

黑暗的区域里，反革命者的工作也正在默默地进行，虽然留在后方的是呻吟，但也有一部分人们高兴。后方的呻吟与高兴固然大不相同，然而无裨于事是一样的。最后的胜利，不在高兴的人们的多少，而在永远进击的人们的多少，记得一种期刊上，曾经引有列宁的话：

> "第一要事是，不要因胜利而使脑筋昏乱，自高自满；第二要事是，要巩固我们的胜利，使他长久是属于我们的；第三要事是，准备消灭敌人，因为现在敌人只是被征服了，而距消灭的程度还远得很。"

俄国究竟是革命的世家，列宁究竟是革命的老手，不是深知道历来革命成败的原因，自己又积有许多经验，是说不出来的。先前，中国革命者的屡屡挫折，我以为就因为忽略了这一点。小有胜利，便陶醉在凯歌中，肌肉松懈，忘却进击了，于是敌人便又乘隙而起。

前年，我作了一篇短文，主张"落水狗"还是非打不可，就有老实人以为苛酷，太欠大度和宽容；况且我以此施之人，人又以报诸我，报施将永无了结的时候。但是，外国我不知，在中国，历来的胜利者,有谁不苛酷的呢。取近例,则如清初的几个皇帝,民国二年后的袁世凯,对于异己者何尝不赶尽杀绝。只是他嘴上却说着什么大度和宽容,还有什么慈悲和仁厚;也并不像列宁似的简单明了,列宁究竟是俄国人,怎么想便怎么说,比我们中国人直爽得多了。但便是中国,在事实上,到现在为止,凡有大度,宽容,慈悲,仁厚等等美名,也大抵是名实并用者失败,只用其名者成功的。然而竟瞒过了一群大傻子,还会相信他。

庆祝和革命没有什么相干,至多不过是一种点缀。庆祝,讴歌,陶醉着革命的人们多,好自然是好的,但有时也会使革命精神转成浮滑。革命的势力一扩大,革命的人们一定会多起来。统一以后,我恐怕研究系也要讲革命。去年年底,《现代评论》,不就变了论调了么?和"三一八惨案"时候的议论一比照,我真疑心他们都得了一种仙丹,忽然脱胎换骨。我对于佛教先有一种偏见,以为坚苦的小乘教倒是佛教,待到饮酒食肉的阔人富翁,只要吃一餐素,便可以称为居士,算作信徒,虽然美其名曰大乘,流播也更广远,然而这教却因为容易信奉,因而变为浮滑,或者竟等于零了。革命也如此的,坚苦的进击者向前进行,遗下广大的已经革命的地方,使我们可以放心歌呼,也显出革命者的色彩,其实是和革命毫不相干。这样的人们一多,革命的精神反而会从浮滑,稀薄,以至于消亡,再下去是复旧。

广东是革命的策源地,因此也先成为革命的后方,因此也先有上面所说的危机。

当盛大的庆典的这一天,我敢以这些杂乱无章的话献给在广州的革命民众,我深望不至于因这几句出轨的话而扫兴,因为将来可以补救的日子还很多。倘使因此扫兴了,那就是革命精神已经浮滑的证据。

四月十日。

原载 1927 年 5 月 5 日《国民新闻・新出路》第 11 号。
初未收集。

十一日

日记　昙。上午得小峰信,三月卅日发。得伏园信,二十二日发。下午见毛子震,赠以《坟》一本。市立师校邀演说,同广平往,则训育未毕,遂出阅市,买著一元。

写在《劳动问题》之前

还记得去年夏天住在北京的时候,遇见张我权君,听到他说过这样意思的话:"中国人似乎都忘记了台湾了,谁也不大提起。"他是一个台湾的青年。

我当时就像受了创痛似的,有点苦楚;但口上却道:"不。那倒不至于的。只因为本国太破烂,内忧外患,非常之多,自顾不暇了,所以只能将台湾这些事情暂且放下。……"

但正在困苦中的台湾的青年,却并不将中国的事情暂且放下。他们常希望中国革命的成功,赞助中国的改革,总想尽些力,于中国的现在和将来有所裨益,即使是自己还在做学生。

张秀哲君是我在广州才遇见的。我们谈了几回,知道他已经译成一部《劳动问题》给中国,还希望我做一点简短的序文。我是不善于作序,也不赞成作序的;况且对于劳动问题,一无所知,尤其没有开口的资格。我所能负责说出来的,不过是张君于中日两国的文字,俱极精通,译文定必十分可靠这一点罢了。

但我这回却很愿意写几句话在这一部译本之前,只要我能够。

我虽然不知道劳动问题,但译者在游学中尚且为民众尽力的努力与诚意,我是觉得的。

我只能以这几句话表出我个人的感激。但我相信,这努力与诚意,读者也一定都会觉得的。这实在比无论什么序文都有力。

一九二七年四月十一日,鲁迅识于广州中山大学。

最初印入 1927 年广州国际社会问题研究社版《国际劳动问题》,题作《〈国际劳动问题〉小引》。

初收 1928 年 10 月上海北新书局版《而已集》。

十二日

日记 晴,午后骤雨一陈,即霁。

十三日

日记 昙,午后雨。寄董秋芳信。寄矛尘信。复郑泗水信。寄小峰信。下午得刘瑶信,三月廿四日汉口发。得淑卿信,二十一日发。得有麟信,二十六日发。得钦文信,二十七日发。捐社会科学研究会泉十。

十四日

日记 晴。午后得紫佩信,三月二十七日发。得丁山信,六日南京发。下午开教务会议。夜黄彦远,叶少泉及二学生来访,同至陆园饮茗,并邀绍原,广平。

十五日

日记 昙。午后寄淑卿信附与钦文笺。寄王方仁信。下午雨。赴中大各主任紧急会议。得谢玉生信。赠绍原酒两瓶。

十六日

　　日记　昙。下午捐慰问被捕学生泉十。

十七日

　　日记　昙。星期,休息。下午雨。

十八日

　　日记　昙。上午寄有麟信。午后得黄正刚信,十五日留。得学昭信,九日上海发。

十九日

　　日记　昙。上午寄丁山信。寄三弟信。午后雨即霁。得春台信,十日绍兴发。得王衡信,三月三十一日北京发。下午得孟真信。晚绍原邀饭于八景饭店,及季市,广平。夜看书店,买《五百石洞天挥麈》一部,二元八角,凡六本。𫘧先来。失眠。

二十日

　　日记　晴。上午得朱斐信,三月二十九日厦门发。晚大雷雨。

致 李霁野

寄野兄:

　　四日寄小说稿一篇,想已到。此地的邮局颇特别,文稿不能援印刷品例,须当作信的。此后又寄一信,忘记了日子。

　　今日看见几张《中央副刊》,托罗茨基的书,已经译傅东华译载了不少了,似乎已译完。我想,这种书籍,中国有两种译本就怕很难销售。你的译文如果进行未多,似乎还不如中止。但这也不过是我一个人的意见。

我在厦门时,很受几个"现代"派的人排挤,我离开的原因,一半也在此。但我为从北京请去的教员留面子,秘而不说。不料其中之一,终于在那里也站不住,已经钻到此地来做教授。此辈的阴险性质是不会改变的,自然不久还是排挤,营私。我在此的教务,功课,已经够多的了,那可以再加上防暗箭,淘闲气。所以我决计于二三日内辞去一切职务,离开中大。

此后何往,还未定;或者仍暂留此地,改定《小约翰》,俟暑假后再说。因为此刻开学已久已无处可以教书,我也想暂时不教书,休息一时再说,这一年来,实在忙得太苦了。来信可寄"广州芳草街四十四号二楼北新书屋"(非局字)收转。书籍亦径寄"北新书屋"收。这是一间小楼,卖未名社和北新局出板品的地方。

《莽原》第五六期各十本及给我之各二本,今天收到了。广东没有文艺书出版,所以外来之品,消场还好。《象牙之塔》卖完了,连样本都买了去。

这里现亦大讨其赤,中大学生被捕有四十余人,别处我不知道,报上亦不大纪载。其实这里本来一点不赤,商人之势力颇大,或者远在北京之上,被捕者盖大抵想赤之人而已。也有冤枉的,这几天放了几个。

再谈。

迅　四,二十,夜

静农
漱园兄均此不另。
丛芜

二十一日

日记　昙。上午寄霁野信。得龚珏信,十九日香港发。得钦文信,六日发。

二十二日

日记 昙。上午文科学生代表四人来,不见。广平邀游北门外田野,并绍原,季市,在宝汉茶店午饭。下午雨。在新北园晚餐。黎翼墀来二次,未遇。蒋径三来,[未]遇,留赠王以仁著《孤雁》一本。夜骢先来。

二十三日

日记 昙。午中大学生代表四人来。下午晴。寄龚珏信。夜玉生等来。

二十四日

日记 星期。晴。上午寄刘国一,朱玉鲁信并邮款一张,凡泉卅二。寄有麟信并稿。寄小峰信。午季市邀膳于美洲饭店,并绍原,广平,月平。下午阅旧书肆,买书六种共六十三本,计泉十六元。骢先来,未遇。

二十五日

日记 晴。上午寄矛尘信。午后往商务印书馆汇泉。夜玉生,谷中龙来。

二十六日

日记 晴。上午寄伏园信。寄春台信并伏园存款汇票一张,计泉式百三十三元三角三分,由商务印书馆付。晚寄三弟信。二黎君来。

老调子已经唱完

二月十九日在香港青年会讲演

今天我所讲的题目是"老调子已经唱完"：初看似乎有些离奇，其实是并不奇怪的。

凡老的，旧的，都已经完了！这也应该如此。虽然这一句话实在对不起一般老前辈，可是我也没有别的法子。

中国人有一种矛盾思想，即是：要子孙生存，而自己也想活得很长久，永远不死；及至知道没法可想，非死不可了，却希望自己的尸身永远不腐烂。但是，想一想罢，如果从有人类以来的人们都不死，地面上早已挤得密密的，现在的我们早已无地可容了；如果从有人类以来的人们的尸身都不烂，岂不是地面上的死尸早已堆得比鱼店里的鱼还要多，连掘井，造房子的空地都没有了么？所以，我想，凡是老的，旧的，实在倒不如高高兴兴的死去的好。

在文学上，也一样，凡是老的和旧的，都已经唱完，或将要唱完。举一个最近的例来说，就是俄国。他们当俄皇专制的时代，有许多作家很同情于民众，叫出许多惨痛的声音，后来他们又看见民众有缺点，便失望起来，不很能怎样歌唱，待到革命以后，文学上便没有什么大作品了。只有几个旧文学家跑到外国去，作了几篇作品，但也不见得出色，因为他们已经失掉了先前的环境了，不再能照先前似的开口。

在这时候，他们的本国是应该有新的声音出现的，但是我们还没有很听到。我想，他们将来是一定要有声音的。因为俄国是活的，虽然暂时没有什么声音，但他究竟有改造环境的能力，所以将来一定也会有新的声音出现。

再说欧美的几个国度罢。他们的文艺是早有些老旧了，待到世界大战时候，才发生了一种战争文学。战争一完结，环境也改变了，老调子无从再唱,所以现在文学上也有些寂寞。将来的情形如何,我们实在不能豫测。但我相信,他们是一定也会有新的声音的。

现在来想一想我们中国是怎样。中国的文章是最没有变化的,调子是最老的,里面的思想是最旧的。但是,很奇怪,却和别国不一样。那些老调子,还是没有唱完。

这是什么缘故呢?有人说,我们中国是有一种"特别国情"。——中国人是否真是这样"特别",我是不知道,不过我听得有人说,中国人是这样。——倘使这话是真的,那么,据我看来,这所以特别的原因,大概有两样。

第一,是因为中国人没记性,因为没记性,所以昨天听过的话,今天忘记了,明天再听到,还是觉得很新鲜。做事也是如此,昨天做坏了的事,今天忘记了,明天做起来,也还是"仍旧贯"的老调子。

第二,是个人的老调子还未唱完,国家却已经灭亡了好几次了。何以呢?我想,凡有老旧的调子,一到有一个时候,是都应该唱完的,凡是有良心,有觉悟的人,到一个时候,自然知道老调子不该再唱,将它抛弃。但是,一般以自己为中心的人们,却决不肯以民众为主体,而专图自己的便利,总是三翻四复的唱不完。于是,自己的老调子固然唱不完,而国家却已被唱完了。

宋朝的读书人讲道学,讲理学,尊孔子,千篇一律。虽然有几个革新的人们,如王安石等等,行过新法,但不得大家的赞同,失败了。从此大家又唱老调子,和社会没有关系的老调子,一直到宋朝的灭亡。

宋朝唱完了,进来做皇帝的是蒙古人——元朝。那么,宋朝的老调子也该随着宋朝完结了罢,不,元朝人起初虽然看不起中国人,后来却觉得我们的老调子,倒也新奇,渐渐生了羡慕,因此元人也跟着唱起我们的调子来了,一直到灭亡。

这个时候,起来的是明太祖。元朝的老调子,到此应该唱完了罢,可是也还没有唱完。明太祖又觉得还有些意趣,就又教大家接着唱下去。什么八股咧，道学咧，和社会，百姓都不相干，就只向着那条过去的旧路走，一直到明亡。

清朝又是外国人。中国的老调子，在新来的外国主人的眼里又见得新鲜了，于是又唱下去。还是八股，考试，做古文，看古书。但是清朝完结，已经有十六年了，这是大家都知道的。他们到后来，倒也略略有些觉悟，曾经想从外国学一点新法来补救，然而已经太迟，来不及了。

老调子将中国唱完，完了好几次，而它却仍然可以唱下去。因此就发生一点小议论。有人说："可见中国的老调子实在好，正不妨唱下去。试看元朝的蒙古人，清朝的满洲人，不是都被我们同化了么？照此看来，则将来无论何国，中国都会这样地将他们同化的。"原来我们中国就如生着传染病的病人一般，自己生了病，还会将病传到别人身上去，这倒是一种特别的本领。

殊不知这种意见，在现在是非常错误的。我们为甚么能够同化蒙古人和满洲人呢？是因为他们的文化比我们的低得多。倘使别人的文化和我们的相敌或更进步，那结果便要大不相同了。他们倘比我们更聪明，这时候，我们不但不能同化他们，反要被他们利用了我们的腐败文化，来治理我们这腐败民族。他们对于中国人，是毫不爱惜的，当然任凭你腐败下去。现在听说又很有别国人在尊重中国的旧文化了，那里是真在尊重呢，不过是利用！

从前西洋有一个国度，国名忘记了，要在非洲造一条铁路。顽固的非洲土人很反对，他们便利用了他们的神话来哄骗他们道："你们古代有一个神仙，曾从地面造一道桥到天上。现在我们所造的铁路，简直就和你们的古圣人的用意一样。"非洲人不胜佩服，高兴，铁路就造起来。——中国人是向来排斥外人的，然而现在却渐渐有人跑到他那里去唱老调子了，还说道："孔夫子也说过，'道不行，乘桴浮于海。'所以外人倒是好的。"外国人也说道："你家圣人的话实在不错。"

倘照这样下去，中国的前途怎样呢？别的地方我不知道，只好用上海来类推。上海是：最有权势的是一群外国人，接近他们的是一圈中国的商人和所谓读书的人，圈子外面是许多中国的苦人，就是下等奴才。将来呢，倘使还要唱着老调子，那么，上海的情状会扩大到全国，苦人会多起来。因为现在是不像元朝清朝时候，我们可以靠着老调子将他们唱完，只好反而唱完自己了。这就因为，现在的外国人，不比蒙古人和满洲人一样，他们的文化并不在我们之下。

那么，怎么好呢？我想，唯一的方法，首先是抛弃了老调子。旧文章，旧思想，都已经和现社会毫无关系了，从前孔子周游列国的时代，所坐的是牛车。现在我们还坐牛车么？从前尧舜的时候，吃东西用泥碗。现在我们所用的是甚么？所以，生在现今的时代，捧着古书是完全没有用处的了。

但是，有些读书人说，我们看这些古东西，倒并不觉得于中国怎样有害，又何必这样决绝地抛弃呢？是的。然而古老东西的可怕就正在这里。倘使我们觉得有害，我们便能警戒了，正因为并不觉得怎样有害，我们这才总是觉不出这致死的毛病来。因为这是"软刀子"。这"软刀子"的名目，也不是我发明的，明朝有一个读书人，叫做贾凫西的，鼓词里曾经说起纣王，道："几年家软刀子割头不觉死，只等得太白旗悬才知道命有差。"我们的老调子，也就是一把软刀子。

中国人倘被别人用钢刀来割，是觉得痛的，还有法子想；倘是软刀子，那可真是"割头不觉死"，一定要完的。

我们中国被别人用兵器来打，早有过好多次了。例如，蒙古人满洲人用弓箭，还有别国人用枪炮。用枪炮来打的后几次，我已经出了世了，但是年纪青。我仿佛记得那时大家倒还觉得一点苦痛的，也曾经想有些抵抗，有些改革。用枪炮来打我们的时候，听说是因为我们野蛮；现在，倒不大遇见有枪炮来打我们了，大约是因为我们文明了罢。现在也的确常常有人说，中国的文化好得很，应该保存。那证据，是外国人也常在赞美。这就是软刀子。用钢刀，我们也许还会觉得的，于是就改用软刀子。我想：叫我们用自己的老调子唱完我们自己的时候，是已经要到了。

中国的文化，我可是实在不知道在那里。所谓文化之类，和现在的民众有甚么关系，甚么益处呢？近来外国人也时常说，中国人礼仪好，中国人看馔好。中国人也附和着。但这些事和民众有甚么关系？车夫先就没有钱来做礼服，南北的大多数的农民最好的食物是杂粮。有什么关系？

中国的文化，都是侍奉主子的文化，是用很多的人的痛苦换来的。无论中国人，外国人，凡是称赞中国文化的，都只是以主子自居的一部份。

以前，外国人所作的书籍，多是嘲骂中国的腐败；到了现在，不大嘲骂了，或者反而称赞中国的文化了。常听到他们说："我在中国住得很舒服呵！"这就是中国人已经渐渐把自己的幸福送给外国人享受的证据。所以他们愈赞美，我们中国将来的苦痛要愈深的！

这就是说：保存旧文化，是要中国人永远做侍奉主子的材料，苦下去，苦下去。虽是现在的阔人富翁，他们的子孙也不能逃。我曾经做过一篇杂感，大意是说："凡称赞中国旧文化的，多是住在租界或安稳地方的富人，因为他们有钱，没有受到国内战争的痛苦，所以发出这样的赞赏来。殊不知将来他们的子孙，营业要比现在的苦人更其贱，去开的矿洞，也要比现在的苦人更其深。"这就是说，将来还是要穷的，不过迟一点。但是先穷的苦人，开了较浅的矿，他们的后人，却须开更深的矿了。我的话并没有人注意。他们还是唱着老调子，唱到租界去，唱到外国去。但从此以后，不能像元朝清朝一样，唱完别人了，他们是要唱完了自己。

这怎么办呢？我想，第一，是先请他们从洋楼，卧室，书房里踱出来，看一看身边怎么样，再看一看社会怎么样，世界怎么样。然后自己想一想，想得了方法，就做一点。"跨出房门，是危险的。"自然，唱老调子的先生们又要说。然而，做人是总有些危险的，如果躲在房里,就一定长寿,白胡子的老先生应该非常多;但是我们所见的有多少呢? 他们也还是常常早死,虽然不危险,他们也胡涂死了。

要不危险,我倒曾经发见了一个很合式的地方。这地方,就是:牢狱。人坐在监牢里,便不至于再捣乱,犯罪了;救火机关也完全,不怕失火;也不怕盗劫,到牢狱里去抢东西的强盗是从来没有的。坐监是实在最安稳。

但是,坐监却独独缺少一件事,这就是:自由。所以,贪安稳就没有自由,要自由就总要历些危险。只有这两条路。那一条好,是明明白白的,不必待我来说了。

现在我还要谢诸位今天到来的盛意。

原载 1927 年 3 月(?)日广州《国民新闻·新时代》,经作者修订后又载同年 5 月 11 日汉口《中央日报》副刊第 48 号。初收拟编书稿《集外集拾遗》。

《野草》题辞

当我沉默着的时候,我觉得充实;我将开口,同时感到空虚。

过去的生命已经死亡。我对于这死亡有大欢喜,因为我借此知道它曾经存活。死亡的生命已经朽腐。我对于这朽腐有大欢喜,因为我借此知道它还非空虚。

生命的泥委弃在地面上,不生乔木,只生野草,这是我的罪过。

野草,根本不深,花叶不美,然而吸取露,吸取水,吸取陈死人的血和肉,各各夺取它的生存。当生存时,还是将遭践踏,将遭删刈,直至于死亡而朽腐。

但我坦然,欣然。我将大笑,我将歌唱。

我自爱我的野草,但我憎恶这以野草作装饰的地面。

地火在地下运行，奔突；熔岩一旦喷出，将烧尽一切野草，以及乔木，于是并且无可朽腐。

但我坦然，欣然。我将大笑，我将歌唱。

天地有如此静穆，我不能大笑而且歌唱。天地即不如此静穆，我或者也将不能。我以这一丛野草，在明与暗，生与死，过去与未来之际，献于友与仇，人与兽，爱者与不爱者之前作证。

为我自己，为友与仇，人与兽，爱者与不爱者，我希望这野草的死亡与朽腐，火速到来。要不然，我先就未曾生存，这实在比死亡与朽腐更其不幸。

去罢，野草，连着我的题辞！

一九二七年四月二十六日，鲁迅记于广州之白云楼上。

原载 1927 年 7 月 2 日《语丝》周刊第 138 期。

初收 1927 年 7 月北京北新书局版"乌合丛书"之一《野草》。

致 孙伏园

寄给我的报，收到了五六张，零落不全。我的《无声的中国》，已看见了，这是只可在香港说说的，浅薄的很。我似乎还没有告诉你我到香港的情形。讲演原定是两天，第二天是你。你没有到，便由我代替了，题目是《老调子已经唱完》。这一篇在香港不准登出来，我只得在《新时代》上发表，今附上。梁式先生的按语有点小错，经过删改的是第一篇，不是这一篇。

我真想不到，在厦门那么反对民党，使兼士愤愤的顾颉刚，竟到这里来做教授了，那么，这里的情形，难免要变成厦大，硬直者逐，改革者开除。而且据我看来，或者会比不上厦大，这是我新得的感觉。我已于上星期四辞去一切职务，脱离中大了。我住在上月租定的屋里，想整理一点译稿，大约暂时不能离开这里。前几天也颇有流言，正如去年夏天我在北京一样。哈哈，真是天下老鸦一般黑哉！

据 1927 年 5 月 11 日《中央日报》副刊载孙伏园《鲁迅先生脱离广州中大》一文所引编入。

二十七日

日记 晴。午后绍原，风和来，各赠以《坟》一本。晚得陈基志信，廿日厦门发。

二十八日

日记 晴。上午谢玉生来。寄小峰信并《野草》稿子一本。下午得丛芜信，六日发。得淑卿信，十一日发。得三弟信，十七日发。得春台信，十七日发，又一信二十日发，附学昭及卓治笺；又一信二十二日发，并《北新》周刊五本，《文学周报》十本。夜中大学生会代表陈延光来，并致函一封。

二十九日

日记 昙。上午寄中山大学委员会信并还聘书，辞一切职务。寄骝先信。午后谢玉生来。得台静农信，十八日发。下午骝先来，得中山大学委员会信并聘书。

三十日

日记 昙，午后晴。下午收上海北新书局所寄书籍三十二包，又未名社者计八包。得紫佩明信片，十六日发。立峨来。绍原来。

五月

一日

日记 雨,午晴。夜谢玉生来,假以泉卅。星期。

《朝花夕拾》小引

我常想在纷扰中寻出一点闲静来,然而委实不容易。目前是这么离奇,心里是这么芜杂。一个人做到只剩了回忆的时候,生涯大概总要算是无聊了罢,但有时竟会连回忆也没有。中国的做文章有轨范,世事也仍然是螺旋。前几天我离开中山大学的时候,便想起四个月以前的离开厦门大学;听到飞机在头上鸣叫,竟记得了一年前在北京城上日日旋绕的飞机。我那时还做了一篇短文,叫做《一觉》。现在是,连这"一觉"也没有了。

广州的天气热得真早,夕阳从西窗射入,逼得人只能勉强穿一件单衣。书桌上的一盆"水横枝",是我先前没有见过的:就是一段树,只要浸在水中,枝叶便青葱得可爱。看看绿叶,编编旧稿,总算也在做一点事。做着这等事,真是虽生之日,犹死之年,很可以驱除炎热的。

前天,已将《野草》编定了;这回便轮到陆续载在《莽原》上的《旧事重提》,我还替他改了一个名称:《朝花夕拾》。带露折花,色香自然要好得多,但是我不能够。便是现在心目中的离奇和芜杂,我也还不能使他即刻幻化,转成离奇和芜杂的文章。或者,他日仰看流云时,会在我的眼前一闪烁罢。

我有一时,曾经屡次忆起儿时在故乡所吃的蔬果:菱角,罗汉豆,茭白,香瓜。凡这些,都是极其鲜美可口的;都曾是使我思乡的蛊惑。后来,我在久别之后尝到了,也不过如此;惟独在记忆上,还有旧来的意味留存。他们也许要哄骗我一生,使我时时反顾。

这十篇就是从记忆中抄出来的,与实际容或有些不同,然而我现在只记得是这样。文体大概很杂乱,因为是或作或辍,经了九个月之多。环境也不一:前两篇写于北京寓所的东壁下;中三篇是流离中所作,地方是医院和木匠房;后五篇却在厦门大学的图书馆的楼上,已经是被学者们挤出集团之后了。

一九二七年五月一日,鲁迅于广州白云楼记。

原载 1927 年 5 月 25 日《莽原》半月刊第 2 卷第 10 期。

初收 1928 年 9 月北京未名社版"未名新集"之一《朝花夕拾》。

二日

日记 昙,午后雨。寄淑卿信附致子佩函。寄上海北新书局信。下午晴。晚黎翼墀来,托其寄杨子毅信。开始整理《小约翰》译稿。

三日

日记 晴。上午寄台静农信并《〈朝华夕拾〉小引》一篇,又饶超华诗一卷。寄中山大学委员会信并还聘书。午得钦文信,四月廿一日杭州发。午后同季市,广平游沙面,在前田洋行买小玩具一组十枚,泉一元。至安乐园食雪糕。晚黎国昌来。黎翼墀来。夜谢玉生来。

四日

日记 昙。午后同广平往市买纸,遇绍原,遂至陆园饮茗。

五日

日记 昙。上午得霁野信,二十日发。下午雨,晚晴。黎仲丹招饮于南园,与季市同往,坐中共九人。朱辉煌,李光藻,陈延进等来,未遇,留函而去。夜雷雨。

六日

日记 昙。上午朱辉煌等来,假以泉六十。午山上政义来。午后得静农明信片,四月十九日发。下午绍原来。得伏园信,四月十七日发。夜谢玉生来。雨。

七日

日记 雨。无事。

八日

日记 星期。雨。下午蒋径三来。得罗济时信。

九日

日记 昙。上午绍原寄示矛尘信。晚雨。谢玉生,谷中龙来。沈鹏飞来,不见,置中大委员会函并聘书而去。

十日

日记 小雨。无事。

十一日

日记 昙。上午寄中山大学委员会信并还聘书。以矛尘信寄还绍原。午得静农信,四月廿六日发。绍原来。下午立峨来。夜寄静农信附致凤举信及霁野笺。复上海北新书局批发所信。

十二日

日记 晴。午后黎仲丹来。夜大雷雨。

十三日

日记 晴。上午得三弟信,五日发。下午陈延光来。得钦文信,一日发。得矛尘信,廿七日绍兴发,又一信三日杭州发,即转寄绍原。得三弟信,四月二十九日发。得春台信并《华盖集续编》一本,四日发。雨。晚谢玉生来。

十四日

日记 晴。上午寄静农信并照相三种。午寄三弟信内附致春台函一封。下午浴。得伏园信,四月二十九日发。得静农明信片,廿七日发。晚谢玉生及谷中龙来,为作一信致玉堂,松年。

十五日

日记 星期。晴。晚立峨来。寄矛尘信。

致 章廷谦

矛尘兄:

前天(十三),接到四月廿七日信;同时也接到五月三日信,即日转寄绍原了。

你要我的稿子,实在是一个问题,因为我现在无话可说。我现在正在整理《小约翰》的译稿,至快须下月初头才完,倘一间断,就难免因此放下,再开手就杳杳无期了。但也许可以译一点别的寄上,不过不能就有。

转载《莽原》的文章，自然可以的，但以我的文字为限。至于别人的，我想应该也可以，但如我说可以，则他们将来或至于和我翻脸时，就成了我的一条罪状。罪状就罪状，本来也无所不可，不过近于无聊。我想，你转载就转载，不必问的，如厦门的《民钟报》，即其例也。

我到此只三月，竟做了一个大傀儡。傅斯年我初见，先前竟想不到是这样人。当红鼻到此时，我便走了；而傅大写其信，给我，说他已有补救法，即使鼻赴京买书，不在校；且宣传于别人。我仍不理，即出校。现已知买书是他们的豫定计画，实是鼻们的一批大生意，因为数至五万元。但鼻系新来人，忽托以这么大事，颇不妥，所以托词于我之反对，而这是调和办法，则别人便无话可说了。他们的这办法，是我即不辞职，而略有微词，便可以提出的。

现在他们还在挽留我，当然无效，我是不走回头路的。季黻也已辞职，因为我一走，傅即探他的态度，所以也不干了。

据伏园上月廿七日来信云：玉堂已经就职了。所"就"何"职"，却未详。大约是外交上事务罢。镏先已做了这里的民政厅长，当然不会[回]浙。我也不想回浙，但未定到那里去，教界这东西，我实在有点怕了，并不比政界干净。

广东也没有什么事，先前戒严，常听到捕人等事。现在似乎戒[解]严了，我不大出门，所以不知其详。

你前信所问的两件事，关于《小说旧闻钞》的，已忘了书名。总之：倘列名于引用书目中的，皆见过。如在别人的文内引用，那我就没有见过。

我想托你办一件要公。即：倘有暇，请为我在旧书坊留心两种书，即《玉历钞传》和《二十四孝图》，要木板的，中国纸印的更好。如有板本不同的，不妨多买几种。

　　　　　　　　迅　上　五月十五日灯下
斐君兄均此致候不另。

十六日

日记 晴。上午风和来。午后略雨。

十七日

日记 雨,下午晴。广平为购牙雕玩具六种,泉三元。晚玉生来。黎静修来。

十八日

日记 昙。上午绍原来。下午得淑卿信,一日发,并钦文小说稿一包,二日发。雨。得小峰信,八日发自上海。

十九日

日记 昙。上午寄淑卿信。寄小峰信。收京寓所寄衣一包四件。午后大雨。

二十日

日记 雨,午后晴。寄伏园信。寄丛芜信。得绍原信并文稿。下午雨。得丁山信,十三日厦门发。得杨树华信并文稿数篇,《友中月刊》一本,五日汕头发。绍原来。晚谢玉生来,假去泉四十。收中大四月薪水二百五十。

二十一日

日记 晴。夜浴。

二十二日

日记 星期。晴,午后雨。

二十三日

日记 雨。上午收《自然界》一本，十二日寄。寄三弟信。下午绍原来。得静农明信片，八日发。得冯君培信并《昨日之歌》一本，九日发。得刘岘信，十日发。晚立峨来，赠以《华盖集续编》一本。

二十四日

日记 雨，午后晴。谢玉生来。晚接中大委员会信。

二十五日

日记 昙。上午复中大委员会信。下午绍原来。晚黎仲丹来。

二十六日

日记 晴。下午整理《小约翰》本文讫。

小约翰

[荷兰]F. 望·蔼覃

一

我要对你们讲一点小约翰。我的故事，那韵调好像一篇童话，然而一切全是曾经实现的。设使你们不再相信了，你们就无须看下去，因为那就是我并非为你们而作。倘或你们遇见小约翰了，你们对他也不可提起那件事，因为这使他痛苦，而且我便要后悔，向你们讲说这一切了。

约翰住在有大花园的一所老房子里。那里面是很不容易明白的，因为那房子里是许多黑暗的路，扶梯，小屋子，还有一个很大的仓库，花园里又到处是保护墙和温室。这在约翰就是全世界。他在那里面能够作长远的散步，凡他所发见的，他就给与一个名字。为了房间，他所发明的名字是出于动物界的：毛虫库，因为他在那里养过虫；鸡小房，因为他在那里寻着过一只母鸡。但这母鸡却并非自己跑去的，倒是约翰的母亲关在那里使它孵卵的。为了园，他从植物界里选出名字来，特别着重的，是于他紧要的出产。他就区别为一个覆盆子山，一个梨树林，一个地莓谷。园的最后面是一块小地方，就是他所称为天堂的，那自然是美观的罗。那里有一片浩大的水，是一个池，其中浮生着白色的睡莲，芦苇和风也常在那里絮语。那一边站着几个沙冈。这天堂原是一块小草地在岸的这一边，由丛莽环绕，野凯白勒茂盛地生在那中间。约翰在那里，常常躺在高大的草中，从波动的芦苇叶间，向着水那边的冈上眺望。当炎热的夏天的晚上，他是总在那里的，并且凝视许多时光，自己并不觉得厌倦。他想着又静又清的水的深处，在那奇特的夕照中的水草之间，有多么太平，他于是又想着远的，浮在冈上的，光怪陆离地著了色的云彩，——那后面是怎样的呢，那地方是否好看的呢，倘能够飞到那里去。太阳一落，这些云彩就堆积到这么高，至于像一所洞府的进口，在洞府的深处还照出一种淡红的光来。这正是约翰所期望的。"我能够飞到那里去么！"他想。"那后面是怎样的呢？我将来真，真能够到那里去么？"

他虽然时常这样地想望，但这洞府总是散作浓浓淡淡的小云片，他到底也没有能够靠近它一点。于是池边就寒冷起来，潮湿起来了，他又得去访问老屋子里的他的昏暗的小屋子。

他在那里住得并不十分寂寞；他有一个父亲，是好好地抚养他的，一只狗，名叫普烈斯多，一只猫，叫西蒙。他自然最爱他的父亲，然而普烈斯多和西蒙在他的估量上却并不这么很低下，像在成人的那样。他还相信普烈斯多比他的父亲更有很多的秘密，对于西蒙，他是怀着极深的敬畏的。但这也不足为奇！西蒙是一匹大的猫，有着光亮乌黑的皮毛，还有粗尾巴。人们可以看出，它颇自负它自己的伟大和聪明。在它的景况中，它总能保持它的成算和尊严，即使它自己屈尊，和一个打滚的木塞子游嬉，或者在树后面吞下一个遗弃的沙定鱼头去。当普烈斯多不驯良的胡闹的时候，它便用碧绿的眼睛轻蔑地瞋视它，并且想：哈哈，这呆畜生此外不再懂得什么了。

约翰对它怀着敬畏的事，你们现在懂得了么？和这小小的棕色的普烈斯多，他却交际得极其情投意合。它并非美丽或高贵的，然而是一匹出格的诚恳而明白的动物，人总不能使它和约翰离开两步，而且它于它主人的讲话是耐心地谨听的。我很难于告诉你们，约翰怎样地挚爱这普烈斯多。但在他的心里，却还剩着许多空间，为别的物事。他的带着小玻璃窗的昏暗的小房间，在那里也占着一个重要的位置，你们觉得奇怪罢？他爱那地毯，那带着大的花纹的，在那里面他认得脸面，还有它的形式，他也察看过许多回，如果他生了病，或者早晨醒了躺在床上的时候；——他爱那惟一的挂在那里的小画，上面是做出不动的游人，在尤其不动的园中散步，顺着平滑的池边，那里面喷出齐天的喷泉，还有媚人的天鹅正在游泳。然而他最爱的是时钟。他总以极大的谨慎去开它；倘若它敲起来了，就看它，以为这算是隆重的责任。但这自然只限于约翰还未睡去的时候。假使这钟因为他的疏忽而停住了，约翰就觉得很抱歉，他于是千百次的请他宽容。你们大概是要笑的，倘你们听到了他和他的钟或他的房间在谈话。然而留心罢，你们和你们自己怎样地时常谈话呵。这在你们全不以为可笑。此外约翰还相信，他的对手是完全懂得的，而且并不要求回答。虽然如此，他暗地里也还偶尔等候着钟或地毯的回音。

约翰在学校里虽然还有伙伴，但这却并非朋友。在校内他和他们玩耍和合伙，在外面还结成强盗团①，——然而只有单和普烈斯多

---

① Räuberbande，一种游戏的名目。

在一起,他才觉得实在的舒服。于是他不愿意孩子们走近,自己觉得完全的自在和平安。

他的父亲是一个智慧的,恳切的人,时常带着约翰向远处游行,经过树林和冈阜。他们就不很交谈,约翰跟在他的父亲的十步之后,遇见花朵,他便问安,并且友爱地用了小手,抚摩那永远不移的老树,在粗糙的皮质上。于是这好意的巨物们便在瑟瑟作响中向他表示它们的感谢。

在途中,父亲时常在沙土上写字母,一个又一个,约翰就拼出它们所造成的字来,——父亲也时常站定,并且教给约翰一个植物或动物的名字。

约翰也时常发问,因为他看见和听到许多谜。呆问题是常有的;他问,何以世界是这样,像现在似的,何以动物和植物都得死,还有奇迹是否也能出现。然而约翰的父亲是智慧的人,他并不都说出他所知道的一切。这于约翰是好的。

晚上,当他躺下睡觉之前,约翰总要说一篇长长的祷告。这是管理孩子的姑娘这样教他的。他为他父亲和普烈斯多祷告。西蒙用不着这样,他想。他也为他自己祷告得很长,临末,几乎永是发生那个希望,将来总会有奇迹出现的。他说过"亚门"之后,便满怀期望地在半暗的屋子中环视,到那在轻微的黄昏里,比平时显得更其奇特的地毯上的花纹,到门的把手,到时钟,从那里是很可以出现奇迹的。但那钟总是这么镝镏镝镏地走,把手是不动的;天全暗了,约翰也酣睡了,没有到奇迹的出现。然而总有一次得出现的,这他知道。

二

池边是闷热和死静。太阳因为白天的工作,显得通红而疲倦了,当未落以前,暂时在远处的冈头休息。光滑的水面,几乎全映出它炽烈的面貌来。垂在池上的山毛榉树的叶子,趁着平静,在镜中留神地端相着自己。孤寂的苍鹭,那用一足站在睡莲的阔叶之间的,也忘却了它曾经出去捉过虾蟆,只沉在遐想中凝视着前面。

这时约翰来到草地上了,为的是看看云彩的洞府。扑通,扑通!虾蟆从岸上跳下去了。水镜起了波纹,太阳的像裂成宽阔的绦带,山毛榉树的叶子也不高兴地颤动,因为他的自己观察还没有完。

山毛榉树的露出的根上系着一只旧的,小小的船。约翰自己上去坐,是被严厉地禁止的。唉!今晚的诱惑是多么强呵!云彩已经造成一个很大的门;太阳一定是要到那后面去安息。辉煌的小云排列成行,像一队全甲的卫士。水面也发出光闪,红的火星在芦苇间飞射,箭也似的。

约翰慢慢地从山毛榉树的根上解开船缆来。浮到那里去,那光怪陆离的中间!普烈斯多当它的主人还未准备之先,已经跳上船去了,芦苇的干子便分头弯曲,将他们俩徐徐赶出,到那用了它最末的光照射着他们的夕阳那里去。

约翰倚在前舱,观览那光的洞府的深处。——"翅子!"他想,"现在,翅子,往那边去!"——太阳消失了。云彩还在发光。东方的天作深蓝色。柳树沿着岸站立成行。它们不动地将那狭的,白色的叶子伸在空气里。这垂着,由暗色的后面的衬托,如同华美的浅绿的花边。

静着!这是什么呢?水面上像是起了一个吹动——像是将水劈成一道深沟的微风的一触。这是来自沙冈,来自云的洞府的。

当约翰四顾的时候,船沿上坐着一个大的蓝色的水蜻蜓。这么大的一个是他向来没有见过的。它安静地坐着,但它的翅子抖成一个大的圈。这在约翰,似乎它的翅子的尖端形成了一枚发光的戒指。

"这是一个蛾儿罢,"他想,"这是很少见的。"

指环只是增大起来,它的翅子又抖得这样快,至使约翰只能看见一片雾。而且慢慢地觉得它,仿佛从雾中亮出两个漆黑的眼睛来,并且一个娇小的,苗条的身躯,穿着浅蓝的衣裳,坐在大蜻蜓的处所。白的旋花的冠戴在金黄的头发上,肩旁还垂着透明的翅子,肥皂泡似的千色地发光。约翰战栗了。这是一个奇迹!

"你要做我的朋友么?"他低声说。

对生客讲话,这虽是一种异样的仪节,但此地一切是全不寻常的。他又觉得,似乎这陌生的蓝东西在他是早就熟识的了。

"是的,约翰!"他这样地听到,那声音如芦苇在晚风中作响,或是淅沥地洒在树林的叶上的雨声。

"我怎样称呼你呢?"约翰问道。

"我生在一朵旋花的花托里,叫我旋儿罢!"

旋儿微笑着,并且很相信地看着约翰的眼睛,致使他心情觉得异样地安乐。

"今天是我的生日,"旋儿说,"我就生在这处所,从月亮的最初的光线和太阳的最末的。人说,太阳是女性的,但他并不是,他是我的父亲!"

约翰便慨诺,明天在学校里去说太阳是男性的。

"看哪! 母亲的圆圆的白的脸已经出来了。——谢天,母亲! 唉! 不,她怎么又晦暗了呢!"

旋儿指着东方。在灰色的天际,在柳树的暗黑地垂在晴明的空中的尖叶之后,月亮大而灿烂地上升,并且装着一副很不高兴的脸。

"唉,唉,母亲! ——这不要紧。我能够相信他!"

那美丽的东西高兴地颤动着翅子,还用他捏在手里的燕子花来打约翰,轻轻地在面庞上。

"我到你这里来,在她是不以为然的。你是第一个。但我相信你,约翰。你永不可在谁的面前提起我的名字,或者讲说我。你允许么?"

"可以,旋儿,"约翰说。这一切于他还很生疏。他感到莫可名言的幸福,然而怕,他的幸福是笑话。他做梦么？靠近他在船沿上躺着普烈斯多,安静地睡着。他的小狗的温暖的呼吸使他宁帖。蚊虻们盘旋水面上,并且在菩提树空气中跳舞,也如平日一般。周围的一切都这样清楚而且分明;这应该是真实的。他又总觉得旋儿的深信的眼光,怎样地停留在他这里。于是那腴润的声音又发响了:

"我时常在这里看见你,约翰。你知道我在什么地方么？——我大抵坐在池的沙地上,繁密的水草之间,而且仰视你,当你为了喝水或者来看水甲虫和鲵鱼,在水上弯腰的时候。然而你永是看不见我。我也往往从茂密的芦苇中窥见你。我是常在那里的。天一热,我总在那里睡觉,在一个空的鸟巢中。是呵,这是很柔软的。"

旋儿高兴地在船沿上摇幌,还用他的花去扑飞蚊。

"现在我要和你作一个小聚会。你平常的生活是这么简单。我们要做好朋友,我还要讲给你许多事。比学校教师给你捆上去的好的多。他们什么都不知道。我有好得远远的来源,比书本子好得远。你倘若不信我,我就教你自己去看,去听去。我要携带你。"

"阿,旋儿,爱的旋儿！你能带我往那里去么?"约翰嚷着,一面指着那边,是落日的紫光正在黄金的云门里放光的处所。——这华美的巨像已经怕要散作苍黄的烟雾了。但从最深处,总还是冲出淡红的光来。

旋儿凝视着那光,那将他美丽的脸和他的金黄的头发镀上金色的,并且慢慢地摇头。

"现在不！现在不,约翰。你不可立刻要求得太多。我自己就从来没有到过父亲那里哩。"

"我是总在我的父亲那里的,"约翰说。

"不！那不是你的父亲。我们是弟兄,我的父亲也是你的。但你的母亲是地,我们因此就很各别了。你又生在一个家庭里,在人类中,而我是在一朵旋花的花托上。这自然是好得多。然而我们仍然能够很谅解。"

于是旋儿轻轻一跳，到了在轻装之下，毫不摇动的船的那边，一吻约翰的额。

但这于约翰是一种奇特的感觉。这是，似乎周围一切完全改变了。他觉得，这时他看得一切都更好，更分明。他看见，月亮现在怎样更加友爱地向他看，他又看见，睡莲怎样地有着面目，这都在诧异地沉思地观察他。现在他顿然懂得，蚊虻们为什么这样欢乐地上下跳舞，总是互相环绕，高高低低，直到它们用它们的长腿触着水面。他于此早就仔细地思量过，但这时却自然懂得了。

他又听得，芦苇絮语些什么，岸边的树木如何低声叹息，说是太阳下去了。

"阿，旋儿！我感谢你，这确是可观。是的，我们将要很了解了。"

"将你的手交给我，"旋儿说，一面展开彩色的翅子来。他于是拉着船里的约翰，经过了在月光下发亮的水蔷薇的叶子，走到水上去。

处处有一匹虾蟆坐在叶子上。但这时它已不像约翰来的时候似的跳下水去了。它只向他略略鞠躬，并且说："阁阁！"约翰也用了同等的鞠躬，回报这敬礼。他毫不愿意显出一点傲慢来。

于是他们到了芦苇旁，——这很广阔，他们还未到岸的时候，全船就隐没在那里面了。但约翰却紧牵着他的同伴，他们就从高大的干子之间爬到陆地上。

约翰很明白，他变为很小而轻了，然而这大概不过是想象。他能够在一枝芦干上爬上去，他却是未曾想到的。

"留神罢，"旋儿说，"你就要看见好看的事了。"

他们在偶然透过几条明亮的月光的，昏暗的丛莽之下，穿着丰草前行。

"你晚上曾在冈子上听到过蟋蟀么，约翰？是不是呢，它们像是在合奏，而你总不能听出，那声音是从什么地方来的。唔，它们唱，并非为了快乐，你所听到的那声音，是来自蟋蟀学校的，成百的蟋蟀们就在那里练习它们的功课。静静的罢,我们就要到了。"

嘶尔尔！嘶尔尔！

丛莽露出光来了,当旋儿用花推开草苇的时候,约翰看见一片明亮的,开阔的地面,小蟋蟀们就在那里做着那些事,在薄的,狭的冈草上练习它们的功课。

嘶尔尔！嘶尔尔！

一个大的,肥胖的蟋蟀是教员,监视着学课。学生们一个跟着一个的,向它跳过去,总是一跳就到,又一跳回到原地方。有谁跳错了,便该站在地菌上受罚。

"好好地听着罢,约翰！你也许能在这里学一点,"旋儿说。

蟋蟀怎样地回答,约翰很懂得。但那和教员在学校里的讲说,是全不相同的。最先是地理。它们不知道世界的各部分。它们只要熟悉二十六个沙冈和两个池。凡有较远的,就没有人能够知道一点点。那教师说,凡讲起这些的,不过是一种幻想罢了。

这回轮到植物学了。它们于此都学得不错,并且分给了许多奖赏:各样长的,特别嫩的,脆的草秆子。但约翰最为惊奇的是动物学。动物被区分为跳的,飞的和爬的。蟋蟀能够跳和飞,就站在最高位;其次是虾蟆。鸟类被它们用了种种愤激的表示,说成最大的祸害和危险。最末也讲到人类。那是一种大的,无用而有害的动物,是站在进化的很低的阶级上的,因为这既不能跳,也不能飞,但幸而还少见。一个小蟋蟀,还没有见过一个人,误将人类数在无害的动物里面了,就得了草秆子的三下责打。

约翰从来没有听到过这等事！

教师忽然高呼道:"静着！练跳！"

一切蟋蟀们便立刻停了学习,很敏捷很勤快地翻起筋斗来。胖教员带领着。

这是很滑稽的美观,致使约翰愉快得拍手。它们一听到,全校便骤然在冈上迸散,草地上也即成了死静了。

"唉,这是你呀,约翰! 你举动不要这么粗蛮! 大家会看出,你是生在人类中的。"

"我很难过,下回我要好好地留心,但那也实在太滑稽了。"

"滑稽的还多哩,"旋儿说。

他们经过草地,就从那一边走到冈上。呸! 这是厚的沙土里面的工作;——但待到约翰抓住旋儿的透明的蓝衣,他便轻易地,迅速地飞上去了。冈头的中途是一匹野兔的窠。在那里住家的兔子,用头和爪躺在洞口,以享受这佳美的夜气。冈蔷薇还在蓓蕾,而它那细腻的,娇柔的香气,是混和着生在冈上的麝香草的花香。

约翰常看见野兔躲进它的洞里去,一面就自己问:"那里面是什么情形呢? 能有多少聚在那里呢? 它们不担心么?"

待到他听见他的同伴在问野兔,是否可以参观一回洞穴,他就非常高兴了。

"在我是可以的,"那兔说。"但适值不凑巧,我今晚正把我的洞穴交出,去开一个慈善事业的典礼了,因此在自己的家里便并不是主人。"

"哦,哦,是出了不幸的事么?"

"唉,是呵!"野兔伤感地说。"一个大大的打击,我们要几年痛不完。从这里一千跳之外,造起一所人类的住所来了。这么大,这么大! ——人们便搬到那里去了,带着狗。我家的七个分子,就在那里被祸,而无家可归的还有三倍之多。于老鼠这一伙和土拨鼠的家属尤为不利。癞虾蟆也大受侵害了。于是我们便为着遗族们开一个会,各人能什么,他就做什么;我是交出我的洞来。大家总该给它们的同类留下一点什么的。"

富于同情的野兔叹息着,并且用它的右前爪将长耳朵从头上拉过来,来拭干一滴泪。这样的是它的手巾。

冈草里索索地响起来,一个肥胖的,笨重的身躯来到洞穴。

"看哪!"旋儿大声说,"硕鼠伯伯来了。"

那硕鼠并不留心旋儿的话,将一枝用干叶包好的整谷穗,安详地放在洞口,就灵敏地跳过野兔的脊梁,进洞去了。

"我们可以进去么?"实在好奇的约翰问。"我也愿意捐一点东西。"

他记得衣袋里还有一个饼干。当他拿了出来时,这才确实觉到,他变得怎样地小了。他用了两只手才能将这捧起来,还诧异在他的衣袋里怎么会容得下。

"这是很少见,很宝贵的!"野兔嚷着……"好阔绰的礼物!"

它十分恭敬地允许两个进门。洞里很黑暗;约翰愿意使旋儿在前面走。但即刻他们看见一点淡绿的小光,向他们近来了。这是一个火萤,为要使他们满意,来照他们的。

"今天晚上看来是要极其漂亮的,"火萤前导着说。"这里早有许多来客了。我觉得你们是妖精,对不对?"那火萤一面看定了约翰,有些怀疑。

"你将我们当作妖精去禀报就是了,"旋儿回答说。

"你们可知道,你们的王也在赴会么?"火萤接着道。

"上首在这里么? 这使我非常喜欢!"旋儿大声说,"我本身和他认识的。"

"阿呀!"火萤说,——"我不知道我有光荣,"因为惊讶,它的小光几乎消灭了。"是呵,陛下平时最爱的是自由空气,但为了慈善的目的,他倒是什么都可以的。这要成为一个很有光彩的会罢。"

那也的确。兔子建筑里的大堂,是辉煌地装饰了。地面踏得很坚实,还撒上含香的麝香草;进口的前面用后脚斜挂着一只蝙蝠;它禀报来客,同时又当着帘幕的差。这是一种节省的办法。大堂的墙上都用了枯叶,蛛网,以及小小的,挂着的小蝙蝠极有趣致地装璜着。无数的火萤往来其间,还在顶上盘旋,造成一个动心的活动的照耀。大堂上面是朽烂的树干所做的宝座,放着光,弄出金刚石一般的结果来。这是一个辉煌的情景!

早有了许多来客了。约翰在这生疏的环境中,觉得只像在家里的一半,惟有紧紧地靠着旋儿。他看见稀奇的东西。一匹土拨鼠极有兴会地和野鼠议论着美观的灯和装饰。一个角落里坐着两个肥胖的癞虾蟆,还摇着头诉说长久的旱天。一个虾蟆想挽着手引一个蝎虎穿过大堂去,这于它很为难,因为它是略有些神经兴奋和躁急的,所以它每一回总将墙上的装饰弄得非常凌乱了。

宝座上坐着上首,妖的王,围绕着一小群妖精的侍从,有几个轻蔑地俯视着周围。王本身是照着王模样,出格地和蔼,并且和各种来客亲睦地交谈。他是从东方旅行来的,穿一件奇特的衣服,用美观的,各色的花叶制成。这里并不生长这样的花,约翰想。他头上戴一个深蓝的花托,散出新鲜的香气,像新折一般。在手里他拿着莲花的一条花须,当作御杖。

一切与会的都爱着他的恩泽。他称赞这里的月光,还说,本地的火萤也美丽,几乎和东方的飞萤相同。他又很合意地看了墙上的装饰,一个土拨鼠还看出陛下曾经休憩,惬意地点着头。

"同我走,"旋儿对约翰说,"我要引见你。"于是他们直冲到王的座前。

上首一认出旋儿,便高兴地伸开两臂,并且和他接吻。这在宾客之间搅起了私语,妖精的侍从中是嫉妒的眼光。那在角落里的两个肥胖的癞虾蟆,絮说些"谄媚者""乞怜者"和"不会长久的"而且别有用意地点头。旋儿和上首谈得很久,用了异样的话,于是就将约翰招过去。

"给我手,约翰!"那王说。"旋儿的朋友就是我的朋友。凡我能够的,我都愿意帮助你。我要给你我们这一党的表记。"

上首从他的项链上解下一个小小的金的锁匙来,递给约翰。他十分恭敬地接受了,紧紧地捏在手里。

"这匙儿能是你的幸福,"王接着说,"这能开一个金的小箱,藏些高贵的至宝的。然而谁有这箱,我却不能告诉你。你只要热心地寻求。倘使你和我和旋儿长做好朋友而且忠实，那于你就要成功了。"

妖王于是和蔼地点着他美丽的头，约翰喜出望外地向他致谢。

坐在湿的莓苔的略高处的三个虾蟆，联成慢圆舞的领导，对偶也配搭起来了。有谁不跳舞，便被一个绿色的蜥蜴，这是充当司仪，并且奔忙于职务的，推到旁边去，那两个癞虾蟆就大烦恼，一齐诉苦，说它们不能看见了。这时跳舞已经开头。

但这确是可笑！各个都用了它的本相跳舞，并且自然地摆出那一种态度，以为它所做的比别个好得多。老鼠和虾蟆站起后脚高高地跳着，一个年老的硕鼠旋得如此粗野，使所有跳舞者都从它的前面躲向旁边，还有一匹惟一的肥胖的树蜗牛，敢于和土拨鼠来转一圈，但不久便被抛弃了，在前墙之下，以致她（译者按：蜗牛）因此得了腰胁痛，那实在的原因，倒是因为她不很懂得那些事。

然而一切都做得很诚实而庄严。大家很有几分将这些看作荣耀，并且惴惴地窥伺王，想在他的脸上看出一点赞赏的表示。王却怕惹起不满，只是凝视着前方。他的侍从人等，那看重它们的技艺的品格，来参与跳舞的，是高傲地旁观着。

约翰熬得很久了。待到他看见，一匹大的蜥蜴怎样地抢着一个小小的癞虾蟆时，时常将这可怜的癞虾蟆从地面高高举起，并且在空中抢一个半圆，便在响亮的哄笑里，发泄出他的兴致来了。

这惹起了一个激动。音乐暗哑了。王严厉地四顾。司仪员向笑者飞奔过去，并且严重地申斥他，举动须要合礼。

"跳舞是一件最庄重的事，"它说，"毫没有什么可笑的。这里是一个高尚的集会，大家在这里跳舞并非单为了游戏。各显各的特长，没有一个会希望被笑的。这是大不敬。除此之外，大家在这里是一个悲哀的仪节，为了重大的原因。在这里举动务须合礼，也不要做在人类里面似的事！"

这使约翰害怕起来了。他到处看见仇视的眼光。他和王的亲密给他招了许多的仇敌。旋儿将他拉在旁边：

"我们还是走的好罢，约翰！"他低声说，"你将这又闹坏了。是呵，是呵，如果从人类中教育出来的，就那样！"

他们慌忙从蝙蝠门房的翅子下潜行，走到黑暗的路上。恭敬的火萤等着他们。"你们好好地行乐了么？"它问。"你们和上首大王扳谈了么？"

"唉，是的！那是一个有趣的会，"约翰说，"你必须永站在这暗路上么？"

"这是本身的自由的选择，"火萤用了悲苦的声音说。"我再不能参与这样无聊的集会了。"

"去罢！"旋儿说，"你并不这样想。"

"然而这是实情。早先——早先有一时，我也曾参与过各种的会，跳舞，徘徊。但现在我是被忧愁扫荡了，现在……"它还这样的激动，至于消失了它的光。

幸而他们已近洞口，野兔听得他们临近，略向旁边一躲，放进月光来。

他们一到外面野兔的旁边，约翰说："那么，就给我讲你的故事罢，火萤！"

"唉！"火萤叹息，"这事是简单而且悲伤。这不使你们高兴。"

"讲罢，讲它就是！"大家都嚷起来。

"那么，你们都知道，我们火萤是极其异乎寻常的东西。是呵，我觉得，谁也不能否认，我们火萤是一切生物中最有天禀的。"

"何以呢？这我却愿意知道，"野兔说。

火萤渺视地回答道："你们能发光么？"

"不，这正不然，"野兔只得赞成。

"那么，我们发光，我们大家！我们还能够随意发光或者熄灭。光是最高的天赋，而一个生物能发最高的光。还有谁要和我们竞争前列么？我们男的此外还有翅子，并且能够飞到几里远。"

"这我也不能，"野兔谦逊地自白。

"就因为我们有发光的天赋，"火萤接着说，"别的动物也哀矜我们，没有鸟来攻击我们。只有一种动物，是一切中最低级的那个，搜寻我们，还捉了我们去。那就是人，是造物的最蛮横的出产。"

说到这里，约翰注视着旋儿，似乎不懂它。旋儿只微笑，并且示意他，教他不开口。

"有一回，我也往来飞翔，一个明亮的迷光，高兴地在黑暗的丛莽里。在寂寞的潮湿的草上，在沟的岸边。这里生活着她，她的存在，和我的幸福是分不开的。她华美地在蓝的碧玉光中灿烂着，当她顺着草爬行的时候，很强烈地蛊惑了我的少年的心。我绕着她飞翔，还竭力用了颜色的变换来牵引她的注意。幸而我看出，她已经怎样地收受了我的敬礼，腼腆地将她的光儿韬晦了。因为感动而发着抖，我知道收敛起我的翅子，降到我的爱者那里去，其时正有一种强大的声响弥满着空中。暗黑的形体近来了。那是人类。我骇怕得奔逃。他们追赶我，还用一种沉重的，乌黑的东西照着我打。但我的翅子担着我是比他们的笨重的腿要快一点的。待到我回来的时候……"

讲故事的至此停止说话了。先是寂静的刺激一刹那，——这时三个听的都惴惴地沉默着，——它才接着说：

"你们早经料到了。我的娇嫩的未婚妻，——一切中最灿烂和最光明的，——她是消失了，给恶意的人们捉去了。闲静的，潮湿的小草地是踏坏了，而她那在沟沿的心爱的住所是惨淡和荒凉。我在世界上是孤独了。"

多感的野兔仍旧拉过耳朵来，从眼里拭去一滴泪。

"从此以后我就改变了。一切轻浮的娱乐我都反对。我只记得我所失掉的她，还想着我和她再会的时候。"

"这样么？你还有这样的希望么？"野兔高兴地问。

"比希望还要切实，我有把握的。在那上面我将再会我的爱者。"

"然而……"野兔想反驳。

"兔儿,"火萤严肃地说,"我知道,只有应该在昏暗里彷徨的,才会怀疑。然而如果是看得见的,如果是用自己的眼来看的,那就凡有不确的事于我是一个疑案。那边!"光虫说,并且敬畏地仰看着种满星星的天空,"我在那边看见她!一切我的祖先,一切我的朋友,以及她,我看见较之在这地上,更其分明地发着威严的光辉。唉唉,什么时候我才能蓦地离开这空虚的生活,飞到那诱引着招致我的她那里去呢?唉唉!什么时候,什么时候?……"

光虫叹息着,离开它的听者,又爬进黑暗的洞里去了。

"可怜的东西!"野兔说,"我盼望,它不错。"

"我也盼望,"约翰赞同着。

"我以为未必,"旋儿说,"然而那倒很动人。"

"爱的旋儿,"约翰说,"我很疲倦,也要睡了。"

"那么来罢,你躺在这里我的旁边,我要用我的氅衣盖着你。"

旋儿取了他的蓝色的小氅衣,盖了约翰和自己。他们就这样躺在冈坡的发香的草上,彼此紧紧地拥抱着。

"你们将头放得这么平,"野兔大声说,"你们愿意枕着我么?"

这一个贡献他们不能拒绝。

"好晚上,母亲,"旋儿对月亮说。

于是约翰将金的小锁匙紧握在手中,将头靠在好心的野兔的蒙茸的毛上,静静地酣睡了。

三

他在那里呢,普烈斯多?——你的小主人在那里呢?——在船上,在芦苇间醒来的时候,怎样地吃惊呵!——只剩了自己,——主人是无踪无影地消失了。这可教人担心和害怕。——你现在已经奔波得很久,并且不住地奋亢的呜呜着寻觅他罢?——可怜的普烈斯多。你怎么也能睡得这样熟,且不留心你的主人离了船呢?平常是只要他一动,你就醒了的。你平常这样灵敏的鼻子,今天不为你所用了。你几乎辨不出主人从那里上岸,在这沙冈上也完全失掉了踪迹。你的热心的鼻也不帮助你。唉,这绝望!主人去了!无踪无影地去了!——那么,寻罢,普烈斯多,寻他罢!且住,正在你前面,在冈坡上,——那边不是躺着一点小小的,暗黑的东西么?你好好地看一看罢!

那小狗屹立着倾听了一些时,并且凝视着远处。于是它忽然抬起头来,用了它四条细腿的全力,跑向冈坡上的暗黑的小点那里去了。

一寻到,却确是那苦痛的失踪的小主人,于是它尽力设法,表出它的一切高兴和感谢来,似乎还不够。它摇尾,跳跃,呜呜,吠叫,并且向多时寻觅的人鼻着,舐着,将冷鼻子搁在脸面上。

"静静的罢,普烈斯多,到你的窠里去!"约翰在半睡中大声说。

主人有多么胡涂呵!凡是望得见的地方,没有一个窠在近处。

小小的睡眠者的精神逐渐清楚起来了。普烈斯多的鼻,——这是他每早晨习惯了的。但在他的灵魂之前,还挂着妖精和月光的轻微的梦影,正如丘冈景色上的晓雾一般。他生怕清晨的凉快的呼吸会将这些驱走。"合上眼睛,"他想,"要不然,我又将看见时钟和地毯,像平日似的。"

但他也躺得很异样。他觉得他没有被。慢慢地他小心着将眼睛睁开了一线。

明亮的光!蓝的天!云!

于是约翰睁大了眼睛,并且说:"那是真的么?"是呀!他躺在冈的中间。清朗的日光温暖他;他吸进新鲜的朝气去,在他的眼前还有一层薄雾环绕着远处的山林。他只看见池边的高的山毛榉树和自家的屋顶伸出在丛碧的上面。蜜蜂和甲虫绕着他飞鸣;头上唱着高飞的云雀，远处传来犬吠和远隔的城市的喧嚣。这些都是纯粹的事实。

然而他曾经梦见了什么还是没有什么呢？旋儿在那里呢？还有那野兔？

两个他都不见。只有普烈斯多坐在他身边，久候了似的摇着尾巴向他看。

"我真成了梦游者了么？"约翰自己问。

他的近旁是一个兔窟。这在冈上倒是常有的。他站起来，要去看它个仔细。在他紧握的手里他觉得什么呢？

他摊开手，他从脊骨到脚跟都震悚了。是灿烂着一个小小的，黄金的锁匙。

他默默地坐了许多时。

"普烈斯多！"他于是说，几乎要哭出来，"普烈斯多，这也还是实在的！"

普烈斯多一跃而起，试用吠叫来指示它的主人，它饥饿了，它要回家去。

回家么？是的，约翰没有想到这一层，他于此也很少挂念。但他即刻听到几种声音叫着他的名字了。他便明白，他的举动，大家是全不能当作驯良和规矩的，他还须等候那很不和气的话。

只一刹时，高兴的眼泪化为恐怖和后悔的眼泪了。但他就想着现是他的朋友和心腹的旋儿，想着妖王的赠品，还想着过去一切的华美的不能否认的真实，他静静地，被诸事羁绊着，向回家的路上走。

那遭际是比他所豫料的还不利。他想不到他的家属有这样地恐怖和不安。他应该郑重地认可，永不再是这么顽皮和大意了。这又给他一个羁绊。"这我不能，"他坚决地说。人们很诧异。他被讯问，恳求，恫吓。但他却只想着旋儿，坚持着。只要能保住旋儿的友情，他怕什么责罚呢——为了旋儿，他有什么不能忍受呢。他将小锁匙紧紧地按在胸前,并且紧闭了嘴唇,每一问,都只用耸肩来作回答。"我不能一定,"他永是说。

但他的父亲却道:"那就不管他罢,这于他太严紧了。他必是遇到了什么出奇的事情。将来总会有讲给我们的时候的。"

约翰微笑,沉默着吃了他的奶油面包,就潜进自己的小屋去。他剪下一段窗幔的绳子,系了那宝贵的锁匙,帖身挂在胸前。于是他放心去上学校了。

这一天他在学校里确是很不行。他做不出他的学课,而且也全不经意。他的思想总是飞向池边和昨夜的奇异的事件去。他几乎想不明白,怎么一个妖王的朋友现在须负做算术和变化动词的义务了。然而这一切都是真实,周围的人们于此谁也不知道,谁也不能够相信或相疑,连那教员都不,虽然他也深刻地瞥着眼,并且也轻蔑地将约翰叫作懒东西。他欣然承受了这不好的品评,还做着惩罚的工作,这是他的疏忽拉给他的。

"他们谁都猜不到。他们要怎样呵斥我,都随意罢。旋儿总是我的朋友,而且旋儿于我,胜过所有他们的全群,连先生都算上。"

约翰的这是不大恭敬的。对于他的同胞的敬意,自从他前晚听到议论他们的一切劣点之后,却是没有加增。

当教员讲述着,怎样只有人类是由上帝给与了理性,并且置于一切动物之上,作为主人的时候,他笑起来了。这又给他博得一个不好的品评和严厉的指摘。待到他的邻座者在课本上读着下面的话:"我的任性的叔母的年龄是大的,然而较之太阳,没有伊的那么大,"——约翰便赶快大声地叫道:"他的!"①

大家都笑他,连那教员,对于他所说那样的自负的胡涂,觉得诧异,教约翰留下,并且写一百回:"我的任性的叔母的年龄是大的,然而较之太阳,没有伊的那么大,——较之两个更大的,然而是我的

---

① 在荷兰文,太阳是女性的,所以须用"伊",称"他"便错。

胡涂。"

学生们都去了,约翰孤独地坐在广大的校区里面写。太阳光愉快地映射进来,在它的经过的路上使无数白色的尘埃发闪,还在白涂的墙上形成明亮的点,和时间的代谢慢慢地迁移。教员走了,高声地关了门。当约翰写到第二十五任性的叔母的时候,一匹小小的,敏捷的小鼠,有着乌黑的珠子眼和绸缎似的小耳朵,无声地从班级的最远的角上沿着壁偷偷走来了。约翰一声不响,怕赶走了那有趣的小动物。但这并不胆怯,径到约翰的座前。它用细小的明亮的眼睛暂时锋利地四顾,便敏捷地一跳,到了椅子上,再一跳就上了约翰在写着字的书桌。

"阿,阿,"他半是自言自语地说,"你倒是一匹勇敢的鼠子。"

"我却也不知道,我须怕谁,"一种微细的声音说,那小鼠还微笑似的露出雪白的小牙。

约翰曾经阅历过许多奇异的事,——但这时却还是圆睁了眼睛。这样地在白天而且在学校里,——这是不可信的。

"在我这里你无须恐怖,"他低声说,仍然是怕惊吓了那小鼠,——"你是从旋儿那里来的么?"

"我正从那里来,来告诉你,那教员完全有理,你的惩罚是恰恰相当的。"

"但是旋儿说的呵,太阳盖是男性,太阳是我们的父亲。"

"是的,然而此外用不着谁知道。这和人类有什么相干呢。你永不必将这么精微的事去对人类讲。他们太粗。人是一种可骇的恶劣和蛮野的东西,只要什么到了他的范围之内,他最喜欢将一切擒拿和蹂躏。这是我们鼠族从经验上识得的。"

"但是,小鼠,你为什么停在他们的四近的呢,你为什么不远远地躲到山林里去呢?"

"唉,我们现在不再能够了。我们太惯于都市风味了。如果小心着,并且时时注意,避开他们的捕机和他们的沉重的脚,在人类里也就可以支撑。幸而我们也还算敏捷的。最坏的是人类和猫结了一个联盟，借此来补救他们自己的蠢笨，——这是大不幸。但山林里却有枭和鹰，我们会一时都死完。好，约翰，记着我的忠告罢，教员来了！"

"小鼠，小鼠，不要走。问问旋儿，我将我的匙儿怎么办呢。我将这帖胸挂在颈子上。土曜日我要换干净的小衫，我很怕有谁会看见。告诉我罢，我藏在那里最是稳当呢，爱的小鼠。"

"在地里，永久在地里，这是最为稳当的。要我给你收藏起来么？"

"不，不要在这里学校里！"

"那就埋在那边冈子上。我要通知我的表姊，那野鼠去，教她必须留神些。"

"多谢，小鼠。"

蓬，蓬！教员到来了。这时候，约翰正将他的笔尖浸在墨水里，那小鼠是消失了。自己想要回家的教员，就赦免了约翰四十八行字。

两日之久，约翰在不断的忧惧中过活。他受了严重的监视，凡有溜到冈上去的机会，都被剥夺了。已经是金曜日，他还在带着那宝贵的匙儿往来。明天晚上他便须换穿干净的小衫，人会发见这匙儿，而且拿了去——他为了这思想而战栗。家里或园里他都不敢藏；他觉得没有一处是够安稳的。

金曜日的晚上了，黄昏已经闯进来。约翰坐在他卧室的窗前，出神地从园子的碧绿的丛草中，眺望着远处的冈阜。

"旋儿！旋儿！帮助我，"他忧闷地絮叨着。

近旁响着一种轻轻的拍翅声，他闻到铃兰的香味，还忽然听得熟识的，甜美的声音。

旋儿靠近他坐在窗沿上，摇动着一枝长梗的铃兰。

"你到底来了！——我是这么渴想你！"约翰说。

“同我走，约翰，我们要埋起你的匙儿。”

“我不能，”约翰惨淡地叹息说。

然而旋儿握了他的手，他便觉得他轻得正如一粒蒲公英的带着羽毛的种子，在静穆的晚天里，飘浮而去了。

“旋儿，”约翰飘浮着说，“我这样地爱你。我相信，我能为你放下一切的人们，连普烈斯多！”

旋儿吻他，问道：“连西蒙？”

“阿，我喜欢西蒙与否，这于它不算什么。我想，它以为这是孩子气的。西蒙就只喜欢那卖鱼的女人，而且这也只在它肚饿的时候。从你看来，西蒙是一匹平常的猫么，旋儿？”

“不，它先前是一个人。”

呼——蓬！——一个金虫①向约翰撞来了。

“你们不能看清楚一点么，”金虫不平地说，“妖精族纷飞着，好像他们将全部的空气都租去了！会无用到这样，总是单为了自己的快乐飘来飘去，——而我辈，尽着自己的义务，永是追求着食物，只要能吃多少，便尽量吃多少的，却被他们赶到路旁去了。”

它呶呶着飞了开去。

“我们不吃，它以为不好么？”约翰问。

“是呵，金虫类是这样的。金虫以为这是它们的最高的义务，大嚼得多。要我给你讲一个幼小的金虫的故事么？”

“好，讲罢，旋儿！”

“曾经有一个好看的幼小的金虫，是刚从地里钻出来的。唔，这是大奇事。它坐在黑暗的地下一整年，等候着第一个温暖的夜晚。待到它从地皮里伸出头来的时候，所有的绿叶和鸣禽，都使它非常慌张了。它不知道它究竟应该怎样开手。它用了它的触角，去摸近

---

① 旧称金牛儿，或金龟子，是一种金绿色的甲虫，食植物的花叶为害。幼虫躲在地里，白色，食植物的根，俗名地蚕；即旧书上的所谓蛴螬。

地的小草茎,并且扇子似的将这伸开去。于是它觉得,它是雄的。它是它种族中的一个美丽的模范,有着灿烂的乌黑的前足,厚积尘埃的后腹,和一个胸甲,镜子似的放光。幸而不久它在近处看见了一个别的金虫,那虽然没有这样美,然而前一天已经飞出,因此确是有了年纪的。因为它这样地年青,它便极其谦恭地去叫那一个。

"'什么事,朋友?'那一个从上面问,因为它看出这一个是新家伙了,'你要问我道路么?'

"'不,请你原谅,'幼小的谦恭地说,'我先不知道,这里我必须怎样开头。做金虫是应该怎么办的?'

"'哦,原来',那一个说,'那你不知道么? 我明白你,我也曾经这样的。好好地听罢,我就要告诉你了。金虫生活的最要义是大嚼。离此不远有一片贵重的菩提树林,那是为我们而种的,将它竭力地勤勉地大嚼,是我们所有的义务。'

"'谁将这菩提树林安置在那里的呢?'年幼的甲虫问。

"'阿,一个大东西,是给我们办得很好的。每早晨这就走过树林,有谁大嚼得最多的,这就带它去,到一所华美的屋子里。那屋子是放着清朗的光,一切金虫都在那里幸福地团聚着的。但要是谁不大嚼,反而整夜向各处纷飞的,它就要被蝙蝠捉住了。'

"'那是谁呢?'新家伙问。

"'这是一种可怕的怪物,有着锋利的牙,它从我们的后面突然飞来,用残酷的一嘎咕便吃尽了。'

"甲虫正在这么说,它们听得上面有清亮的霍的一声,透了它们的心髓。'呵,那就是!'长辈大声说。'你要小心它,青年朋友。感谢罢,恰巧我通知你了。你的前面有一个整夜,不要耽误罢。你吃得越少,祸事就越多,会被蝙蝠吞掉。只有能够挑选那正经的生活的本分的,才到有着清朗的光的屋子去。记着罢! 正经的生活的本分!'

"年纪大了一整天的那甲虫,于是在草梗之间爬开去了,并且将

129

这一个惘然地留下。——你知道么,什么是生活的本分,约翰?不罢?那幼小的甲虫也正不知道。这事和大嚼相连,它是懂得的。然而它须怎样,才可以到那菩提树林呢?

"它近旁竖着一枝瘦长的,有力的草梗,轻轻地在晚风中摇摆。它就用它六条弯曲的腿,很坚牢地抓住它。从下面望去,它觉得仿佛一个高大的巨灵而且很险峻。但那金虫还要往上走。这是生活的本分,它想,并且怯怯地开始了升进。这是缓慢的,它屡次滑回去,然而它向前;当它终于爬到最高的梢头,在那上面动荡和摇摆的时候,它觉得满足和幸福。它在那里望见什么呢?这在它,似乎看见了全世界。各方面都由空气环绕着,这是多么极乐呵!它尽量鼓起后腹来。它兴致很稀奇!它总想要升上去!它在大欢喜中掀起了翅鞘,暂时抖动着网翅。——它要升上去,永是升上去,——又抖动着它的翅子,爪子放掉了草梗,而且——阿,高兴呀!……呼——呼——它飞起来了——自由而且快乐——到那静穆的,温暖的晚空中。"——

"以后呢?"约翰问。

"后文并不有趣,我下回再给你讲罢。"

他们飞过池子了,两只迁延的白胡蝶和他们一同翩跹着。

"这一程往那里去呀,妖精们?"它们问。

"往大的冈蔷薇那里去,那在那边坡上开着花的。"

"我们和你们一路去!"

从远处早就分明看见,她有着她的许多嫩黄的,绵软的花。小蓓蕾已经染得通红,开了的花还显着红色的条纹,作为那一时的记号,那时她们是还是蓓蕾的。在寂寞的宁静中开着野生的冈蔷薇,并且将四近满注了她们的奇甜的香味。这是有如此华美,至使冈妖们的食养,就只靠着她们。胡蝶是在她们上面盘旋,还一朵一朵地去接吻。

"我们这来,是有一件宝贝要托付你们,"旋儿大声说,"你们肯给我们看管这个么？”

“为什么不呢？为什么不呢？”冈蔷薇细声说，“我是不以守候为苦的，——如果人不将我移去，我并不要走动。我又有锋利的刺。”

于是野鼠到了，学校里的小鼠的表姊，在蔷薇的根下掘了一条路。它就运进锁匙去。

“如果你要取回去，就应该再叫我。那么，你就用不着使蔷薇为难。”

蔷薇将她的带刺的枝条交织在进口上，并且郑重允许，忠实地看管着。胡蝶是见证。

第二天的早晨，约翰在自己的床上醒来了，在普烈斯多的旁边，在钟和地毯的旁边。那系着锁匙的挂在他颈上的绳子是消失了。

四

“煞派门！① 夏天是多么讨厌的无聊呵！”在老屋子的仓库里，很懊恼地一同站着的三个火炉中的一个叹息说，——“许多星期以来，我见不到活的东西，也听不到合理的话。而且这久远的内部的空虚！实在可怕！”

“我这里满是蜘蛛网，”第二个说，“这在冬天也不会有的。”

“我并且到处是灰尘，如果那黑的人再来的时候，一定要使我羞死。”

几个灯和火钩，那些，是因为预防生锈，用纸包着，散躺在地上各处的，对于这样轻率的语气，都毫无疑义地宣布抗争。

但谈论突然沉默了，因为吊窗已被拉起，冲进一条光线来，直到最暗的角上，而且将全社会都显出在它们的尘封的混乱里面了。

那是约翰，他来了，而且搅扰了它们的谈话。这仓库常给约翰

---

① Saperment，詈语，表厌恶之意。现在大概仅见于童话中，为非人类所用。

以强烈的刺激。现在,自从出了最近的奇事以来,他屡屡逃到那里去。他于此发现安静和寂寞。那地方也有一个窗,是用抽替关起来的,也望见冈阜的一面。忽然拉开窗抽替,并且在满是秘密的仓库之后,蓦地看见眼前有遥远的,明亮的景色,直到那白色的,软软地起伏着的连冈,是一种很大的享用。

从那天金曜日的晚上起,早过了三星期了,约翰全没有见到他的朋友。小锁匙也去了,他更缺少了并非做梦的证据。他常怕一切不过是幻想。他就沉静起来。他的父亲忧闷地想,约翰从在冈上的那晚以来,一定是得了病。然而约翰是神往于旋儿。

"他的爱我,不及我的爱他么?"当他站在屋顶窗的旁边,眺望着绿叶繁花的园中时,他琐屑地猜想着,"他为什么不常到我这里来,而且已经很久了呢?倘使我能够……。但他也许有许多朋友罢。比起我来,他该是更爱那些罢?……我没有别的朋友,——一个也没有。我只爱他。爱得很!唉,爱得很!"

他看见,一群雪白的鸽子的飞翔,怎样地由蔚蓝的天空中降下,这原是以可闻的鼓翼声,在房屋上面盘旋的。那仿佛有一种思想驱遣着它们,每一瞬息便变换方向,宛如要在它们所浮游着的夏光和夏气的大海里,成了排豪饮似的。

它们忽然飞向约翰的屋顶窗前来了,用了各种的鼓翼和抖翘,停在房檐上,在那里它们便忙碌地格磔着,细步往来。其中一匹的翅上有一枝红色的小翎。它拔而又拔,拔得很长久,待到它拔到嘴里的时候,它便飞向约翰,将这交给他。

约翰一接取,便觉得他这样地轻而且快了,正如一个鸽子。他伸开四肢,鸽子飞式的飞起来,约翰并且漂浮在它们的中央,在自由的空气中和清朗的日光里。环绕着他的更无别物,除了纯净的蓝碧和洁白的鸽翅的闪闪的光辉。

他们飞过了林中的大花园,那茂密的树梢在远处波动,像是碧海里的波涛。约翰向下看,看见他父亲坐在住房的畅开的窗边;西

132

蒙是拳着前爪坐在窗台上,并且晒太阳取暖。

"他们看见我没有?"他想,然而叫呢他却不敢。

普烈斯多在园子里奔波,遍颠着各处的草丛,各坐的墙后,还抓着各个温室的门户,想寻出小主人来。

"普烈斯多! 普烈斯多!"约翰叫着。小狗仰视,便摇尾,而且诉苦地呻吟。

"我回来,普烈斯多! 等着就是!"约翰大声说,然而他已经离得太远了。

他们飘过树林去,乌鸦在有着它们的窠的高的枝梢上,哑哑地叫着飞翔。这正是盛夏,满开的菩提树花的香气,云一般从碧林中升腾起来。在一枝高的菩提树梢的一个空巢里,坐着旋儿,额上的他的冠是旋花的花托,向约翰点点头。

"你到这里了? 这很好,"他说。"我教迎取你去了。我们就可以长在一处——如果你愿意。"

"我早愿意,"约翰说。

他于是谢了给他引导的友爱的鸽子,和旋儿一同降到树林中。

那地方是凉爽而且多荫。鹣鹣几乎永是嗯哨着这一套,但也微有一些分别。

"可怜的鸟儿,"旋儿说,"先前它是天堂鸟。这你还可以从它那特别的黄色的翅子上认出来,——但它改变了,而且被逐出天堂了。有一句话,这句话能够还给它原先的华美的衣衫,并且使它再回天堂去。然而它忘却了这句话。现在它天天在试验,想再觅得它。虽然有一两句的类似,但都不是正对的。"

无数飞蝇在穿过浓阴的日光中,飞扬的晶粒似的营营着。人如果留神倾听,便可以听出,它们的营营,宛如一场大的,单调的合奏,充满了全树林,仿佛是日光的歌唱。

繁密的深绿的莓苔盖着地面,而约翰又变得这么小了,他见得这像是大森林区域里的一座新林。干子是多么精美,丛生是多么茂密。要走通是不容易的,而且苔林也显得非常之大。

于是他们到了一座蚂蚁的桥梁。成百的蚂蚁忙忙碌碌地在四处走,——有几个在颚间衔着小树枝,小叶片或小草梗。这是有如此杂沓,至使约翰几乎头晕了。

许多工夫之后,他们才遇到一个蚂蚁,愿意和他们来谈天。它们全体都忙于工作。他们终于遇见一个年老的蚂蚁,那差使是,为着看守细小的蚜虫的,蚂蚁们由此得到它们的甘露。因为它的畜群很安静,它已经可以顾及外人了,还将那大的窠指示给他们。窠是在一株大树的根上盖造起来的,很宽广,而且包含着百数的道路和房间。蚜虫牧者加以说明,还引了访问者往各处,直到那有着稚弱的幼虫,从白色的褓襁中匍匐而出的儿童室。约翰是惊讶而且狂喜了。

年老的蚂蚁讲起,为了就要发生的军事,大家正在强大的激动里。对于离此不远的别一蚁群,要用大的强力去袭击,扫荡窠巢,劫夺幼虫或者杀戮;这是要尽全力的,大家就必须豫先准备那最为切要的工作。

"为什么要有军事呢?"约翰说,"这我觉得不美。"

"不然,不然!"看守者说,"这是很美的可以赞颂的军事。想罢,我们要去攻取的,是战斗蚂蚁呵;我们去,只为歼灭它们这一族,这是很好的事业。"

"你们不是战斗蚂蚁么?"

"自然不是! 你在怎样想呢? 我们是平和蚂蚁。"

"这是什么意思呢?"

"你不知道这事么? 我要告诉你。有那么一个时候,因为一切蚂蚁常常战争,免于大战的日子是没有的。于是出了一位好的有智慧的蚂蚁,它发见,如果蚂蚁们彼此约定,从此不再战争,便将省去许多的劳力。待到它一说,大家觉得这特别,并且就因为这原因,大家开始将它咬成小块了。后来又有别的蚂蚁们,也像它一样的意思。这些也都被咬成了小块。然而终于,这样的是这么多,致使这咬断的事,在别个也成了太忙的工作。从此它们便自称平和蚂蚁,而且都主张,那第一个平和蚂蚁是不错的;有谁来争辩,它们这边便将它撕成小块子。这模样,所有蚂蚁就几乎都成了平和蚂蚁了,那第一个平和蚂蚁的残体,还被慎重而敬畏地保存起来。我们有着头颅,是真正的。我们已经将别的十二个自以为有真头的部落毁坏,并且屠戮了。它们自称平和蚁,然而自然倒是战斗蚁,因为真的头为我们所有,而平和蚂蚁是只有一个头的。现在我们就要动手,去歼除那第十三个。这确是一件好事业。"

"是呵,是呵,"约翰说,"这很值得注意!"

他本有些怕起来了,但当他们谢了恳切的牧者并且作过别,远离了蚂蚁民族,在羊齿草丛的阴凉之下,休息在一枝美丽的弯曲的草梗上的时候,他便觉得安静得许多了。

"阿!"约翰叹息,"那是一个渴血的胡涂的社会!"

旋儿笑着,一上一下地低昂着他所坐的草梗。

"阿!"他说,"你不必责备它们胡涂。人们若要聪明起来,还须到蚂蚁那里去。"

于是旋儿指示约翰以树林的所有的神奇,——他们俩飞向树梢的禽鸟们,又进茂密的丛莽,下到土拨鼠的美术的住所,还看老树腔里的蜂房。

末后,他们到了一个围着树丛的处所。成堆成阜地生着忍冬藤。繁茂的枝条到处蔓延在灌木之上,群绿里盛装着馥郁的花冠。一只吵闹的白颊鸟,高声地唧唧足足着,在嫩枝间跳跃而且鼓翼。

"给我们在这里过一会罢,"约翰请托,"这里是美观的。"

"好,"旋儿说,"你也就要看见一点可笑的。"

地上的草里,站着蓝色的铃兰。约翰坐在其中的一株的近旁,并且开始议论那蜜蜂和胡蝶。这些是铃兰的好朋友,因此这谈天就像河流一般。

但是,那是什么呢？一个大影子来到草上,还有仿佛白云似的东西在铃兰上面飘下来。约翰几乎来不及免于粉身碎骨,——他飞向那坐在盛开的忍冬花里的旋儿。他这才看出,那白云是一块手巾,——并且,蓬!——在手巾上,也在底下的可怜的铃兰上,坐下了一个肥胖的太太。

他无暇怜惜它,因为声音的喧哗和树枝的骚扰充满了林中的隙地,而且,来了一大堆人们。

"那就,我们要笑了,"旋儿说。

于是他们来了,那人类——女人们手里拿着篮子和伞,男人们头上戴着高而硬的黑帽子。他们几乎统是黑的,漆黑的。他们在晴明的碧绿的树林里,很显得特殊,正如一个大而且丑的墨污,在一幅华美的图画上。

灌木被四散冲开,花朵踏坏了。又摊开了许多白手巾,柔顺的草茎和忍耐的莓苔是叹息着在底下担负,还恐怕遭了这样的打击,从此不能复元。

雪茄的烟气在忍冬丛上蜿蜒着,凶恶地赶走它们的花的柔香。粗大的声音吓退了欢乐的白颊鸟的鸣噪,这在恐怖和忿怒中唧唧地叫着,逃向近旁的树上去了。

一个男人从那堆中站起来,并且安在冈尖上。他有着长的,金色的头发和苍白的脸。他说了几句,大家便都大张着嘴,唱起歌来,有这么高声,致使乌鸦们都嘎嘎地从它们的窠巢飞到高处,还有好奇的野兔,本是从冈边上过来看一看的,也吃惊地跑走,并且直跑至整一刻钟之久,才又安全地到了沙冈。

旋儿笑了,用一片羊齿叶抵御着雪茄的烟气;约翰的眼里含了泪,却并不是因为烟。

"旋儿,"他说,"我要走开,有这么讨厌和喧闹。"

"不,我们还该停留。你就要笑,还有许多好玩的呢。"

唱歌停止了,那苍白男人便起来说话。他大声嚷,要使大家都懂得,但他所说的,却过于亲爱。他称人们为兄弟和姊妹,并且议论那华美的天然,还议论造化的奇迹,论上帝的日光,论花和禽鸟。

"这叫什么?"约翰问。"他怎么说起这个来呢？他认识你么？他是你的朋友么？"

旋儿轻蔑地摇那戴冠的头。

"他不认识我,——太阳,禽鸟,花,也一样地很少。凡他所说的,都是谎。"

人们十分虔敬地听着,那坐在蓝的铃兰上面的胖太太,还哭出来了好几回,用她的衣角来拭泪,因为她没有可使的手巾。

苍白的男人说,上帝为了他们的聚会,使太阳这样快活地照临。旋儿便讪笑他,并且从密叶中将一颗槲树子掷在他的鼻子上。

"他要换一个别的意见,"他说,"我的父亲须为他们照临,——他究竟妄想着什么!"

但那苍白的男人,却因为要防这仿佛从空中落下来似的槲树子,正在冒火了。他说得很长久,越久,声音就越高。末后,他脸上是青一阵红一阵,他捏起拳头,而且嚷得这样响,至于树叶都发抖,野草也吓得往来动摇。待到他终于再平静下去的时候,大家却又歌唱起来了。

"呸,"一只白头鸟,是从高树上下来看看热闹的,说,"这是可惊的胡闹! 倘是一群牛们来到树林里,我倒还要喜欢些。听一下子罢,呸!"

唔,那白头鸟是懂事的,也有精微的鉴别。

歌唱之后,大家便从篮子,盒子和纸兜里拉出各种食物来。许多纸张摊开了,小面包和香橙分散了。也看见瓶子。

于是旋儿便召集他的同志们,并且开手,进攻这宴乐的团体。

一匹大胆的虾蟆跳到一个年老的小姐的大腿上,紧靠着她正要咀嚼的小面包,并且停在那里,似乎在惊异它自己的冒险。这小姐发一声大叫,惊愕地凝视着攻击者,自己却不敢去触它。这勇敢的例子得了仿效。碧绿的青虫们大无畏地爬上了帽子,手巾和小面包,到处散布着愁闷和惊疑,大而胖的十字蜘蛛将灿烂的丝放在麦酒杯上,头上以及颈子上,而且在它们的袭击之后,总接着一声尖锐的叫喊;无数的蝇直冲到人们的脸上来,还为着好东西牺牲了它们的性命,它们倒栽在食品和饮料里,因为它们的身体连东西也弄得不能享用了。临末,是来了看不分明的成堆的蚂蚁,随处成百地攻击那敌人,不放一个人在这里做梦。这却惹起了混乱和惊惶!男人们和女人们都慌忙从压得那么久了的莓苔和小草上跳起来;——那可怜的小蓝铃儿也被解放了,靠着两匹蚂蚁在胖太太的大腿上的成功的袭击。绝望更加厉害了。人们旋转着,跳跃着,想在很奇特的态度中,来避开他们的追击者。苍白的男人抵抗了许多时,还用一枝黑色的小棍,愤愤地向各处打;然而两匹勇敢的蚂蚁,那是什么兵器都会用的,和一个胡蜂,钻进他的黑裤子,在腿肚上一刺,使他失了战斗的能力。

这快活的太阳也就不能久驻,将他的脸藏在一片云后面了。大雨淋着这战斗的两党。仿佛是因为雨,地面上突然生出大的黑的地菌的森林来似的。这是张开的雨伞。几个女人将衣裳盖在头上,于是分明看见白的小衫,白袜的腿和不带高跟的鞋子。不,旋儿觉得多么好玩呵!他笑得必须紧抓着花梗了。

雨越下越密了,它开始将树林罩在一个灰色的发光的网里。纷纷的水溜,从伞上,从高帽子上,以及水甲虫的甲壳一般发着闪的黑衣服上直流下来,鞋在湿透的地上劈劈拍拍地响。人们于是交卸了,并且成了小群默默地退走。只留下一堆纸,空瓶子和橙子皮,当作他们访问的无味的遗踪。树林中的空旷的小草地上,便又寂寂与安静起来,即刻只听得独有雨的单调的淅沥。

"唔,约翰,我们也见过人类了,你为什么不也讥笑他们呢?"

"唉,旋儿,所有人们都这样的么?"

"阿!有些个还要恶得多,坏得多呢。他们常常狂躁和胡闹,凡有美丽和华贵的,便毁灭它。他们砍倒树木,在他们的地方造起笨重的四角的房子来。他们任性踏坏花朵们,还为了他们的高兴,杀戮那凡有在他们的范围之内的各动物。他们一同盘据着的城市里,是全都污秽和乌黑,空气是浑浊的,且被尘埃和烟气毒掉了。他们是太疏远了天然和他们的同类,所以一回到天然这里,他们便做出这样的疯颠和凄惨的模样来。"

"唉,旋儿,旋儿!"

"你为什么哭呢,约翰? 你不必因为你是生在人类中的,便哭。我爱你,我是从一切别的里面,将你选出来的。我已经教你懂得禽鸟和胡蝶和花的观察了。月亮认识你,而这好的柔和的大地,也爱你如它的最爱的孩子一般。我是你的朋友,你为什么不高兴的呢?"

"阿,旋儿! 我高兴,我高兴的! 但我仍要哭,为着一切的这人类!"

"为什么呢? ——如果这使你忧愁,你用不着和他们在一处。你可以住在这里,并且永久追随着我。我们要在最密的树林里盘桓,在寂寞的,明朗的沙冈上,或者在池边的芦苇里。我要带你到各处去,到水底里,在水草之间,到妖精的宫阙里,到小鬼头①的住所里。我要同你飘泛,在旷野和森林上,在远方的陆地和海面上。我要使蜘蛛给你织一件衣裳,并且给你翅子,像我所生着的似的。我们要靠花香为生,还在月光中和妖精们跳舞。秋天一近,我们便和夏天一同迁徙,到那繁生着高大的椰树的地方,彩色的花伞挂在峰头,还有深蓝的海面在日光中灿烂,而且我要永久讲给你童话。你愿意么,约翰?"

"那我就可以永不住在人类里面了么?"

"在人类里忍受着你的无穷的悲哀,烦恼,艰窘和忧愁。每天每天,你将使你苦辛,而且在生活的重担底下叹息。他们会用了他们

————————

① Heinzelmännchen,身躯矮小的精怪。

的粗犷,来损伤或窘迫你柔弱的灵魂。他们将使你无聊和苦恼到死。你爱人类过于爱我么?"

"不,不!旋儿,我要留在你这里!"

他就可以对旋儿表示,他怎样地很爱他。他愿意将一切和所有自己这一面的抛弃和遗忘:他的小房子,他的父亲和普烈斯多。高兴而坚决地他重述他的愿望。

雨停止了,在灰色的云底下,闪出一片欢喜的微笑的太阳光,经过树林,照着湿而发光的树叶,还照着在所有枝梗上闪烁,并且装饰着张在槲树枝间的蛛网的水珠。从丛草中的湿地上,腾起一道淡淡的雾气来,夹带着千数甘美的梦幻的香味。白头鸟这时飞上了最高的枝梢,用着简短的,亲密的音节,为落日歌唱,——仿佛它要试一试,怎样的歌,才适宜于这严肃的晚静,和为下堕的水珠作温柔的同伴。

"这不比人声还美么,约翰?是的,白头鸟早知道敲出恰当的音韵了。这里一切都是谐和,一个如此完全的,你在人类中永远得不到。"

"什么是谐和,旋儿?"

"这和幸福是一件事。一切都向着它努力。人类也这样。但他们总是弄得像那想捉胡蝶的儿童。正因为他们的拙笨的努力,却将它惊走了。"

"我会在你这里得到谐和么?"

"是的,约翰!——那你就应该将人类忘却。生在人类里,是一个恶劣的开端,然而你还幼小,——你必须将在你记忆上的先前的人间生活,——除去;这些都会使你迷惑和错乱,纷争,零落;那你就要像我所讲的幼小的金虫一样了。"

"它后来怎样了呢?"

"它看见明亮的光,那老甲虫说起过的;它想,除了即刻飞往那里之外,它不能做什么较好的事了。它直线地飞到一间屋,并且落在人手里。它在那里受苦至三日之久;它坐在纸匣里,——人用一条线系在它腿上,还使它这样地飞,——于是它挣脱了,并且失去了一个翅子和一条腿,而且终于——其间它无助地在地毯上四处爬,也徒劳地试着往那园里去——被一只沉重的脚踏碎了。一切动物,约翰,凡是在夜里到处彷徨的,正如我们一样,是太阳的孩子。它们虽然从来没有见过它们的晃耀的父亲,却仍然永是引起一种不知不觉的记忆,向往着发光的一切。千数可怜的幽暗的生物,就从这对于久已迁移和疏远了的太阳的爱,得到极悲惨的死亡。一个不可解的,不能抗的冲动,就引着人类向那毁坏,向那警起他们而他们所不识的大光的幻象那里去。"

约翰想要发问似的仰视旋儿的眼。但那眼却幽深而神秘,一如众星之间的黑暗的天。

"你想上帝么?"他终于战战兢兢地问。

"上帝?"——这幽深的眼睛温和地微笑。——"只要你说出话来,约翰,我便知道你所想的是什么。你想那床前的椅子,你每晚上在它前面说那长的祷告的,——想那教堂窗上的绿绒的帏幔,你每日曜日的早晨看得它这么长久的,——想那你的赞美歌书的花纹字母,——想那带着长柄的铃包①,——想那坏的歌唱和熏蒸的人气。你用了那一个名称所表示的,约翰,是一个可笑的幻象,——不是太阳而是一盏大的煤油灯,成千成百的飞虫儿在那上面无助地紧粘着。"

"但这大光是怎么称呼呢,旋儿? 我应该向谁祷告呢?"

"约翰,这就像一个霉菌问我,这带着它旋转着的大地,应当怎样称呼。如果对于你的询问有回答,那你就将懂得它,有如蚯蚓之于群星的音乐了。祷告呢,我倒是愿意教给你的。"

旋儿和那在沉静的惊愕中,深思着他的话的小约翰,飞出树林,

---

① Klingelbeutel,教堂所用,募捐的器具。

这样高,至于沿着冈边,分明见得是长的金闪闪的一线。他们再飞远去,变幻的成影的丘冈景色都在他们的眼下飞逝,而光的线是逐渐宽广起来。沙冈的绿色消失了,岸边的芦苇见得黯淡,也如特别的浅蓝的植物,生长其间。又是一排连冈,一条伸长的,狭窄的沙线,于是就是那广远的雄伟的海。——蓝的是宽大的水面,直到远处的地平线,在太阳下,却有一条狭的线发着光,闪出通红的晃耀。

一条长的,白的飞沫的边镶着海面,宛如黄鼬皮上,镶了蓝色的天鹅绒。

地平线上分出一条柔和的,天和水的奇异的界线。这像是一个奇迹:直的,且是弯的,截然的,且是游移的,分明的,且是不可捉摸的。这有如曼长而梦幻地响着的琴声,似乎绕缭着,然而且是消歇的。

于是小约翰坐在沙阜边上眺望,——长久地不动地沉默着眺望,——一直到他仿佛应该死,仿佛这宇宙的大的黄金的门庄严地开开了,而且仿佛他的小小的灵魂,径飘向无穷的最初的光线去。

一直到从他那圆睁的眼里涌出的人世的泪,幕住了美丽的太阳,并且使那天和地的豪华,回向那暗淡的,颤动的黄昏里……

"你须这样地祷告!"其时旋儿说。

五

你当晴明的秋日,在树林里徘徊没有?当太阳如此沉静和明朗,在染色的叶子上发光,当树枝萧骚着,枯叶在你的脚下颤抖着的时候。

于是树林显得很疲倦,——它只是还能够沉思,并且生活在古老的记忆里。一片蓝色的雾围住它,有如一个梦挟着满是神秘的绚烂。还有那明晃晃的秋丝,飘泛在空气里懒懒地回旋,像是美丽的,沉静的梦。

单在莓苔和枯叶之间的湿地上,这时就骤然而且暧昧地射出菌类的奇异的形象来。许多胖的,不成样子而且多肉,此外是长的,还是瘦长,带着有箍的柄和染得亮晶晶的帽子。这是树林的奇特的梦。

于是在朽烂的树身上,也看见无数小小的白色的小干,都有黑的小尖子,像烧过似的。有几个聪明人以为这是一种香菌。约翰却学得一个更好的:

那是烛。它们在沉静的秋夜燃烧着,小鬼头们便坐在旁边,读着细小的小书。

这是在一个极其沉静的秋日,旋儿教给他的,而且约翰还饮着梦兴,其中含有从林地中升腾起来的熏蒸的气息。

"为什么这槲树的叶子带着这样的黑斑的呢?"

"是呵,这也是小鬼头们弄的,"旋儿说。"倘若他们夜里写了字,就将他们小墨水瓶里的剩余洒在叶子上。他们不能容忍这树。人从槲树的木材做出十字架和铃包的柄来。"

对于这细小的精勤的小鬼头们,约翰觉得新奇了,他还请旋儿允许,领他去见他们之中的一个去。

他已经和旋儿久在一处了,他在他的新生活中,非常幸福,使他对于忘却一切旧事物的誓约,很少什么后悔。他没有寂寞的一刹那,一寂寞是常会后悔的。旋儿永不离开他,跟着他就到处都是乡里。他安静地在挂在碧绿的芦干之间的,苇雀的摇动的窠巢里睡眠,虽然苇雀也大叫,或者乌鸦报凶似的哑哑着。他在潇潇的大雨或怒吼的狂风中,并不觉得恐怖,他就躲进空树或野兔的洞里去,或者他钻在旋儿的小氅衣下,如果他讲童话,他还倾听他的声音。

于是他就要看见小鬼头了。

这是适宜的日子。太沉静,太沉静。约翰似乎已经听到他们的细语和足音了,然而还是正午。禽鸟们是走了,都走了,只有嗌雀还馋着深红的莓果。一匹是落在圈套里被捕了,它张了翅子挂在那里,而且挣扎着,直到那紧紧夹住的爪子几乎撕开。约翰即刻去放了它,高兴地啾唧着,它迅速地飞去了。

菌类是彼此都陷在热烈的交谈中。

"看看我罢,"一个肥胖的鬼菌说。"你们见过这样的么? 看罢,我的柄是多么肥,多么白呀,我的帽子是多么亮呀。我是一切中最大的。而且在一夜里。"

"哼!"红色的捕蝇菌说,"你真蠢。这样棕色和粗糙。而我却在芦秆一般的我的苗条的柄上摇摆。我华美地红得像乌莓,还美丽地加了点。我比一切都美。"

"住口!"早就认识它们的约翰说,"你们俩都是毒的。"

"这是操守,"捕蝇菌说。

"你大概是人罢?"肥胖者讥笑地唠叨着,"那我早就愿意了,你吃掉我!"

约翰果然不吃。他拿起一条枯枝来,插进那多肉的帽里去。这见得很滑稽,其余的一切都笑了。还有一群微弱的小菌,有着棕色的小头,是大约两小时内一同钻出来的,并且往外直冲,为要观察这世界。那鬼菌因为愤怒变成蓝色了。这也正表白了它是有毒的种类。

地星在四尖的脚凳上,伸起它们的圆而肿起的小头。有时就用那圆的小头上的嘴里的极细的尘土,喷成一朵棕色的小云彩。那尘土落在湿地上,就有黑土组成的线,而且第二年便生出成百的新的地星来。

"怎样的一个美的生存呵!"它们彼此说。"扬尘是最高的生活目的。生活几多时,就扬尘几多时,是怎样的幸福呵!"

于是它们用了深信的向往,将小小的尘云驱到空气中。

"他们对么,旋儿?"

"为什么不呢? 它们那里还能够更高一点呢? 它们并不多要求幸福,因为此外它们再不能够了。"

夜已深,树影都飞进了一律的黑暗里的时候,充满秘密的树林的震动没有停。在草和丛莽中间,处处有小枝们瑟瑟着,格格着,枯的小叶子们籁籁着。约翰感觉着不可闻的鼓翼的风动,且知道不可辨的东西来到近旁了。现在他却听得有分明的声音在细语,还有脚在细步地跳跃了。看哪,丛莽的黑暗的深处,正有一粒小小的蓝的火星在发光,而且消失了。那边又一粒,而且又一粒!静着!……倘若他留神倾听,便听得树叶里有一种籁籁声,就在他极近旁,——靠近那黑暗的树干的所在。这蓝的小光就从它后面起来,并且停在尖上了。

现在约翰看见到处闪着火光;它们在黑暗的枝柯间飘浮,小跳着吹到地面,还有大的闪烁的一堆,如一个愉快的火,在众星间发亮。

"这是什么火呢?"约翰问。"这烧得辉煌。"

"这是一个朽烂的树干,"旋儿说。

他们走向一粒沉静的,明亮的小光去。

"那我就要给你介绍将知①了。他是小鬼头们中最年老,且最伶俐的。"

约翰临近的时候,他看见他坐在他的小光旁边。在蓝色的照映中,可以分明地辨别打皱的脸带着灰色的胡须;他蹙着眉头,高声地诵读着。小头上戴一顶槲斗的小帽还插一枝小翎,——前面坐着一个十字蜘蛛,并且对他倾听。

待到他们俩接近时,小鬼头便扬起眉毛来看,却不从他的小书上抬头。十字蜘蛛爬去了。

"好晚上,"小鬼头说,"我是将知。你们俩是谁呢?"

"我叫约翰。我很愿意和你相识。你在那里读什么呢?"

"这不合于你的耳朵,"将知说,"这仅只是为那十字蜘蛛的。"

---

① Wistik,德译 Wüsstich,"我将知道"之意。

"也给我看一看罢,爱的将知,"约翰恳求说。

"这我不可以。这是蜘蛛的圣书,我替它们保存着的,并且永不得交在别一个的手里。我有神圣的文件,那甲虫的和胡蝶的,刺猬的,土拨鼠的,以及凡有生活在这里的一切。它们不能都读,倘它们想要知道一些,我便读给它们听。这于我是一个大大的光荣,一个信任的职位,你懂么?"

那小男人屡次十分诚恳地点头,且向高处伸上一个示指去。

"你刚才做了什么了呢?"

"讲那涂鸦泼剌的故事。那是十字蜘蛛中的大英雄,很久以前活着的,而且有一个网,张在三棵大树上,它还在那里一日里捉获过一千二百匹飞蝇们。在涂鸦泼剌时代以前,蜘蛛们是都不结网,单靠着草和死动物营生的;涂鸦泼剌却是一个明晰的头脑,并且指出,活的动物也都为着蜘蛛的食料而创造。其时涂鸦泼剌又靠着繁难的计算,发明了十分精美的网,因为它是一位伟大的数学家。于是十字蜘蛛才结它的网,线交线,正如它所传授的一样,只是小得多。因为蜘蛛的族类也很变种了。涂鸦泼剌曾在它的网上捉获过大禽鸟,还杀害过成千的它自己的孩子们,——这曾是一个大的蜘蛛呵!末后,来了一阵大风,便拖着涂鸦泼剌和它的网带着紧结着网的三棵树,都穿过空中,到了远方的树林里,在那里它便永被崇拜了,因了它的大凶心和它的机巧。"

"这都是真实么?"约翰问。

"那是载在这书儿上的,"将知说。

"你相信这些么?"

小鬼头细着一只眼,且将示指放在鼻子上。

"在别种动物的圣书里,也曾讲过涂鸦泼剌,它被称为一个剽悍的和卑劣的怪物。我于此不加可否。"

"可也有一本地祇的书儿呢,将知?"

将知微微怀疑地看定了约翰。

"你究竟是一个什么东西呢,约翰?你有点——有点是人似的,我可以说。"

"不是,不是!放心罢,将知,"旋儿说,"我们是妖。约翰虽然先前常在人类里往来。但你可以相信他。这于他无损的。"

"是呵,是呵!那很好,然而我倒是地祇中的最贤明的,我并且长久而勤勉地研究过,直到知道了我现今所知道的一切。因了我的智慧,我就必须谨慎。如果我讲得太多,就毁损我的名声。"

"你以为在什么书儿上,是记着正确的事的呢?"

"我曾经读得很不少,但我却不信我读过这些书。那须不是妖精书,也不是地祇书。然而那样的书儿是应该存在的。"

"那是人类书么?"

"那我不知道,但我不大相信,因为真的书儿是应该能致大幸福和大太平的——在那上面,应该详细地记载着,为什么一切是这样的,像现状这样。那就谁也不能再多问或多希望了。人类还没有到这地步,我相信。"

"阿,实在的,"旋儿笑着说。

"然而也真有这样的一本书儿么?"约翰切望地问。

"有,有!"小鬼头低声说,"那我知道,——从古老的,古老的传说。静着呀!我又知道,它在那里,谁能够觅得它。"

"阿,将知!将知!"

"为什么你还没有呢?"旋儿问。

"只要耐心,——这就要来了。几个条件我还没有知道。但不久我就要觅得了。我曾毕生为此工作而且向此寻求。因为一觅得,则生活将如晴明的秋日,上是蓝色的天而周围是蓝色的雾;但没有落叶簌簌着,没有小枝格格着,也没有水珠点滴着;阴影将永不变化,树梢的金光将永不惨淡。谁曾读过这书,则凡是于我们显得明的,将是黑暗,凡是于我们显得幸福的,将是忧愁。是的,我都知道,而且我也总有一回要觅得它。"

那山鬼很高地扬起眉毛,并且将手指搁在嘴上。

"将知,你许能教给我罢。"约翰提议道,但他还未说完,便觉得有猛烈的风的一突,还看见一个又大又黑的形象,在自己前面迅速而无声地射过去了。

他回顾将知时,他还及见一只细小的脚怎样地消没在树干里,噗唏! 小鬼头连那书儿都跳进他的洞里去了。小光烧得渐渐地微弱了,而且忽然消灭了。那是非常奇特的烛。

"那是什么?"在暗中紧握着旋儿的约翰问。

"一个猫头鹰,"旋儿说。

两个都沉默了好些时。约翰于是问道:"将知所说的,你相信么?"

"将知却并不如他所自负似的伶俐。那样的书他永远觅不到,你也觅不到的。"

"然而有是有的罢?"

"那书儿的存在,就如你的影子的存在,约翰。你怎样地飞跑,你怎样地四顾着想攫取,也总不能抓住或拿回。而且你终于觉着,你是在寻觅自己呢。不要做呆子,并且忘掉了那山鬼的胡说罢! 我愿意给你讲一百个更好的故事呢。同我来,我们不如到林边去,看我们的好父亲怎样地从睡觉的草上,揭起那洁白的,绵软的露被来罢。同来呵!"

约翰走着,然而他不懂旋儿的话,也不从他的忠告。他看见灿烂的秋晨一到黎明,便想那书儿,在那上面,是写着为什么一切是这样,像现状这样的,——他并且低声自己反复着说道:"将知! 将知!"

<h1 style="text-align:center">六</h1>

从此以后,他在树林中和沙阜上,旋儿的旁边,似乎不再那么高

兴和自得了。凡有旋儿所讲述和指示的,都不能满足他的思想。他每次必想那小书,但议论却不敢。他所看见的,也不再先前似的美丽和神奇了。云是这样地黑而重,使他恐怖,仿佛就要从头上压下来。倘秋风不歇地摇撼和鞭扑这可怜的疲倦的林木,致使浅绿的叶腹,翻向上边,以及黄色的柯叶和枯枝在空气中飘摇时,也使他觉得悲痛。

旋儿所说的,于他不满足。许多是他不懂,即使提出一个,他所日夜操心的问题来,他也永是得不到圆满分明的答案。他于是又想那一切全都这样清楚和简单地写着的小书,想那将来的永是晴明而沉静的秋日。

"将知!将知!"

"约翰,我怕你终于还是一个人,你的友情也正如人类的一样,——在我之后和你说话的第一个,将你的信任全都夺去了。唉,我的母亲一点也不错。"

"不,旋儿!你却聪明过于将知,你也聪明如同小书。你为什么不告诉我一切的呢?就看罢!为什么风吹树木,致使它们必须弯而又弯呢?它们不能再,——最美的枝条折断,成百的叶儿纷坠,纵然它们也还碧绿和新鲜。它们都这样地疲乏,也不再能够支撑了,但仍然从这粗野的恶意的风,永是从新的摇动和打击。为什么这样的呢?风要怎样呢?"

"可怜的约翰!这是人的议论呵!"

"使它静着罢,旋儿。我要安静和日光。"

"你的质问和愿望都很像一个人,因此既没有回答,更没有满足。如果你不去学学质问和希望些较好的事,那秋日便将永不为你黎明,而你也将如说起将知的成千的人们一样了。"

"有这么多的人们么?"

"是的,成千的!将知做得很秘密,但他仍然是一个永不能沉默他的秘密的胡涂的饶舌者。他希望在人间觅得那小书,且向每个或者能够帮助他的人,宣传他的智慧。他并且已经将许多人们因此弄得不幸了。人们相信他,想自己觅得那书,正如几个试验炼金的一样地热烈。他们牺牲一切,——忘却了所有他们的工作和他们的幸福,而自己监禁在厚的书籍,奇特的工具和装置之间。他们将生活和健康抛在一旁,他们忘却了蔚蓝的天和这温和的慈惠的天然——以及他们的同类。有时他们也觅得紧要和有用的东西,有如从他们的洞穴里,掷上明朗的地面来的金块似的;他们自己和这不相干,让别人去享用,而自己却奋发地无休无息地在黑暗里更向远处掘和挖。他们并非寻金,倒是寻小书,他们沉沦得越深,离花和光就越远,由此他们希望得越多,而他们的期待也越滋长。有几个却因这工作而昏聩了,忘其所以,一直捣乱到苦恼的儿戏。于是那山鬼便将他们变得稚气。人看见,他们怎样地用沙来造小塔,并且计算,到它落成为止,要用多少粒沙;他们做小瀑布,并且细算那水所形成的各个涡和各个浪;他们掘小沟,还应用所有他们的坚忍和才智,为的是将这掘得光滑,而且没有小石头。倘有谁来搅扰了在他们工作上的这昏迷,并且问,他们做着什么事;他们便正经地重要地看定你,还喃喃道:'将知!将知!'

"是的,一切都是那么么的可恶的山鬼的罪!你要小心他,约翰!"

但约翰却凝视着对面的摇动和呼哨的树木;在他明澈的孩童眼上,嫩皮肤都打起皱来了。他从来没有这样严正地凝视过。

"而仍然,——你自己说过,——那书儿是存在的!阿,我确实知道,那上面也载着你所不愿意说出名字来的那大光。"

"可怜的,可怜的约翰!"旋儿说,他的声音如超出于暴风雨声之上的平和的歌颂。"爱我,以你的全存在爱我罢。在我这里,你所觅得的会比你所希望的还要多。凡你所不能想象的,你将了然,凡你所希望知道的,你将是自己。天和地将是你的亲信,群星将是你的同胞,无穷将是你的住所。"

"爱我,爱我,——霍布草蔓之于树似的围抱我,海之于地似的忠于我,——只有在我这里是安宁,约翰!"

旋儿的话销歇了,然而颂歌似的袅袅着。它从远处飘荡而来,匀整而且庄严,透了风的吹拂和呼啸,——平和如月色,那从相逐的云间穿射出来的。

旋儿伸开臂膊,约翰睡在他的胸前,用蓝的小氅衣保护着。

他夜里却醒来了。沉静是蓦地不知不觉地笼罩了地面,月亮已经沉没在地平线下。不动地垂着疲倦的枝叶,沉默的黑暗掩盖着树林。

于是问题来了,迅速而阴森地接续着,回到约翰的头里来,并且将还很稚弱的信任驱逐了。为什么人类是这样子的? 为什么他应该抛掉他们而且失了他们的爱? 为什么要有冬天? 为什么叶应该落而花应该死? 为什么? 为什么?

于是深深地在丛莽里,又跳着那蓝色的小光。它们来来去去。约翰严密地注视着它们。他看见较大的明亮的小光在黑暗的树干上发亮。旋儿酣睡得很安静。

"还有一个问,"约翰想,并且溜出了蓝的小氅衣,去了。

"你又来了?"将知说,还诚意地点头。"这我很喜欢。你的朋友在那里呢?"

"那边! 我只还想问一下。你肯回答我么?"

"你曾在人类里,实在的么? 你去办我的秘密么?"

"谁会觅得那书儿呢,将知?"

"是呵,是呵! 这正是那个,这正是! ——你愿意帮助我么,倘我告诉了你?"

"如果我能够,当然!"

"那就听着,约翰!"将知将眼睛张得可怕地大,还将他的眉毛扬得比平常更其高。于是他伸手向前,小声说:"人类存着金箱子,妖精存着金锁匙,妖敌觅不得,妖友独开之。春夜正其时,红嗉鸟深知。"

"这是真的么，这是真的么？"约翰嚷着，并且想着他的小锁匙。

"真的！"将知说。

"为什么还没有人得到呢？有这么多的人们寻觅它。"

"凡我所托付你的，我没有告诉过一个人，一个也不。"

"我有着，将知！我能够帮助你！"约翰欢呼起来，并且拍着手。"我去问问旋儿。"

他从莓苔和枯叶上飞回去。但他颠踬了许多回，他的脚步是沉重了。粗枝在他的脚下索索地响，往常是连小草梗也不弯曲的。

这里是茂盛的羊齿草丛，他曾在底下睡过觉。这于他显得多么矮小了呵。

"旋儿！"他呼唤。他就害怕了他自己的声音。

"旋儿！"这就如一个人类的声音似的发响，一匹胆怯的夜莺叫喊着飞去了。

羊齿丛下是空的，——约翰看见一无所有。

蓝色的小光消失了，围绕着他的是寒冷和无底的幽暗。他向前看，只见树梢的黑影，散布在星夜的空中。

他再叫了一回。于是他不再敢了。他的声音，响出来像是对于安静的天然的亵渎，对于旋儿的名字的讥嘲。

可怜的小约翰于是仆倒，在绝望的后悔里呜咽起来了。

七

早晨是寒冷而黯淡。黑色的光亮的树枝，被暴风雨脱了叶，在雾中哭泣。下垂的湿草上面，慌忙地跑着小约翰，凝视着前面，是树林发亮的地方，似乎那边就摆着他的目的。他的眼睛哭红了，并且因为恐惧和苦恼而僵硬了。他是这样地跑了一整夜，像寻觅着光明似的，——和旋儿在一处，他是安稳地如在故乡的感觉。每一暗处，都坐着抛弃的游魂,他也不敢回顾自己的身后。

他终于到了一个树林的边际。他望见一片牧场,那上面徐徐下着细微的尘雨。牧场中央的一株秃柳树旁站着一匹马。它不动地弯着颈子,雨水从它发亮的背脊和粘成一片的鬃毛上懒散地滴沥下来。

约翰还是跑远去,沿着树林。他用了疲乏的恐惧的眼光,看着那孤寂的马和晦暗的雨烟,微微呻吟着。

"现在是都完了,"他想,"太阳就永不回来了。于我就要永是这样,像这里似的。"

在他的绝望中,他却不敢静静地站定,——惊人的事就要出现了,他想。

他在那里看见一株带着淡黄叶子的菩提树下,有一个村舍的大的栅栏门和一间小屋子。

他穿进门去,走过宽广的树间路,棕色的和黄的菩提叶,厚铺在地面上。草坛旁边生着紫色的翠菊,还随便错杂着几朵彩色的秋花。

他走近一个池。池旁站着一所全有门户和窗的大屋。蔷薇丛和常春藤生在墙根。半已秃叶的栗树围绕着它,在地上和将落的枝叶之间,约翰还看见闪着光亮的棕色的栗子。

冰冷的死的感觉,从他这里退避了。他想到他自己的住所,——那地方也有栗树,当这时候他总是去觅光滑的栗子的。蓦地有一个愿望捆住他了,他似乎听得有熟识的声音在呼唤。他就在大屋旁边的板凳上坐下,并且静静地啜泣起来。

一种特别的气味又引得他抬了头。他近旁站着一个人,系着白色的围裙,还有烟管衔在嘴里。环着腰带有一条菩提树皮,他用它系些花朵。约翰也熟识这气味,他就记起了他在自己的园子里,并且想到那送他美丽的青虫和为他选取鹧鸪蛋的园丁。

他并不怕,——虽然站在他身边的也是一个人。他对那人说,他是被抛弃，而且迷路了，他还感谢地跟着他，进那黄叶的菩提树下的小屋去。

那里面坐着园丁的妻，织着黑色的袜子。灶头的煤火上挂一个大的水罐，且煮着。火旁的席子上坐着一匹猫，拳了前爪，正如约翰离家时候坐在那里的西蒙。

约翰要烘干他的脚，便坐在火旁边。"镝！——镝！——镝！——镝！"——那大的时钟说。约翰看看呼哨着从水罐里纷飞出来的蒸汽，看看活泼而游戏地超过瓦器，跳着的小小的火苗。

"我就在人类里了，"他想。

然而于他并无不舒服。他觉得完全安宁了。他们都好心而且友爱，还问他怎样是他最心爱的。

"我最爱留在这里，"他回答说。

这里给他安全，倘一回家，将就有忧愁和眼泪。他必须不开口，人也将说他做了错事了。一切他就须再看见，一切又须想一回。

他实在渴慕着他的小房子，他的父亲，普烈斯多，——但比起困苦的愁烦的再见来，他宁可在这里忍受着平静的渴慕。他又觉得，仿佛这里是可以毫无搅扰地怀想着旋儿，在家里便不行了。

旋儿一定是走掉了。远远地到了椰树高出于碧海之上的晴朗的地方去了。他情愿在这里忏悔，并且坚候他。

他因此请求这两个好心的人们，许他留在他那里。他愿意帮助养园和花卉。只在这一冬。因为他私自盼望，旋儿是将和春天一同回来的。

园丁和他的妻以为约翰是在家里受了严刻的待遇，所以逃出来的。他们对他怀着同情，并且许他留下了。

他的愿望实现了。他留下来，帮助那花卉和园子的养护。他们给他一间小房，有一个蓝板的床位。在那里，他早晨看那潮湿的黄色的菩提树叶子怎样地在窗前轻拂，夜间看那黑暗的树干，后面有星星们玩着捉迷藏的游戏，怎样地往来动摇。他就给星星们名字，而那最亮的一颗,他称之为旋儿。

给花卉们呢,那是他在故乡时几乎全都熟识的,他叙述自己的故事。给严正的大的翠菊,给彩色的莘尼亚,给洁白的菊花,那开得很长久,直到凛烈的秋天的。当别的花们全都死去时,菊花还挺立着,待到初雪才下的清晨,约翰一早走来看它们的时候,——它们也还伸着愉快的脸,并且说:"是的,我们还在这里呢!这是你没有想到的罢!"它们自以为勇敢,但三天之后,它们却都死了。

温室中这时还盛装着木本羊齿和椰树,在润湿的闷热里,并且挂着兰类的奇特的花须。约翰惊异地凝视在这些华美的花托上,一面想着旋儿。但他一到野外,一切是怎样地寒冷而无色呵,带着黑色的足印的雪,索索作响的滴水的秃树。

倘若雪团沉默着下得很久,树枝因着增长的茸毛而弯曲了,约翰便喜欢走到雪林的紫色的昏黄中去。那是沉静,却不是死。如果那伸开的小枝条的皎洁的白,分布在明蓝的天空中,或者过于负重的丛莽,摇去积雪,使它纷飞成一阵灿烂的云烟的时候,却几乎更美于夏绿。

有一次,就在这样的游行中,他走得很远,周围只看见戴雪的枝条,——半黑,半白,——而且各个声响,各个生命,仿佛都在灿烂的蒙茸里消融了,于是使他似乎见有一匹小小的白色的动物在他前面走。他追随它,——这不像是他所认识的动物,——但当他想要捉,这却慌忙消失在一株树干里了。约翰窥探着黑色的穴口,那小动物所伏匿的,并且自问道:"这许是旋儿罢?"

他不甚想念他。他以他为不好,他也不肯轻减他的忏悔。而在两个好人身边的生活,也使他很少疑问了。他虽然每晚必须读一点大而且黑的书,其中许多是关于上帝的议论,但他却认识那书,也读得很轻率。然而在他游行雪地以后的那一夜,他醒着躺在床上,眺望那地上的寒冷的月光。他蓦地看见一双小手,怎样地伸上床架来试探,并且紧紧地扳住了床沿。于是在两手之间显出一个白的小皮帽的尖来,末后,他看见扬起的眉毛之下,一对严正的小眼。

"好晚上,约翰!"将知说,"我到你这里来一下,为的是使你记念我们的前约。你不能觅得那书儿,是因为还不是春天。但你却想着那个么?那是怎样地一本厚书呀,那我看见你所读的?那不能是那正当的呵。不要信它罢!"

"我不信它,将知,"约翰说。他翻一个身,且要睡去了。然而那小锁匙却不肯离开他的心念。从此他每读那本厚书的时候,也就想到那匙儿,于是他看得很清楚,那不是那正当的。

八

"他就要来罢!"当积雪初融,松雪草到处成群出现时,约翰想。"他来不来呢?"他问松雪草。然而它们不知道,只将那下垂的小头,尽向地面注视,仿佛它们羞惭着自己的匆遽,也仿佛想要再回地里似的。

只要它们能!冰冷的东风怒吼起来了,雪积得比那可怜的太早的东西还要高。

许多星期以后,紫花地丁来到了;它们的甜香突过了丛莽,而当太阳悠长地温暖地照着生苔的地面的时候,那斑斓的莲馨花们也就成千成百地开起来。

怯弱的紫花地丁和它们的强烈的芳香是将要到来的豪华的秘密的前驱,快活的莲馨花却就是这愉快的现实。醒了的地,将最初的日光紧紧地握住了,还借此给自己做了一种金的装饰。

"然而现在!他现在却一定来了!"约翰想,他紧张地看着枝上的芽,它们怎样地逐日徐徐涌现,并且挣脱厚皮,直到那最初的淡绿的小尖,在棕色的鳞片之间向外窥探。约翰费了许多时光,看那绿色的小叶:他永是看不出它们如何转动,但倘或他略一转瞬,它们又仿佛就大了一点了。他想:"倘若我看着它们,它们是不敢的。"

枝柯已经织出阴来。旋儿还没有到,没有鸽子在他这里降下,没有小鼠和他谈天。倘或他对花讲话,它们只是点头,并不回答。"我的罚还没有完罢,"他想。

在一个晴朗的春日里,他来到池旁和屋子前。几个窗户都敞开了。是人们搬进那里去了罢?

站在池边的鸟莓的宿丛,已经都用嫩的小叶子遮盖了,所有枝条,都得到精细的小翅子了。在草地上,靠近鸟莓的宿丛,躺着一个女孩子。约翰只看见她浅蓝的衣裳和她金黄的头发。一匹小小的红嗉鸟停在她肩上,从她的手里啄东西。她忽而转过脸来向约翰注视着。

"好天,小孩儿,"她说,并且友爱地点点头。

约翰从头到脚都震悚了。这是旋儿的眼睛,这是旋儿的声音。

"你是谁呀?"他问,因为感动,他的嘴唇发着抖。

"我是荣儿,这里的这个是我的鸟。当你面前它是不害怕的。你可喜欢禽鸟么?"

那红嗉鸟在约翰面前并不怯。它飞到他的臂膊上。这正如先前一样。她应该一定是旋儿了,这蓝东西。

"告诉我,你叫什么,小孩儿,"旋儿的声音说。

"你不认识我么?你不知道我叫约翰么?"

"我怎样会知道呢?"

这是什么意思呢?那也还是熟识的甜美的声音,那也还是黑暗的,天一般深的眼睛。

"你怎么这样对我看呢,约翰?你见过我么?"

"我以为,是的。"

"你却一定是做梦了。"

"做梦了?"约翰想。"我是否一切都是做的梦呢?还是此时正在做梦呢?"

"你是在那里生的?"他问。

157

"离这里很远,在一个大都会里。"

"在人类里么?"

荣儿笑了,那是旋儿的笑。"我想,一定。你不是么?"

"唉,是的,我也是!"

"这于你难受么? ——你不喜欢人们么?"

"不! 谁能喜欢人们呢?"

"谁? 不,约翰。你却是怎样的一个稀奇的小家伙呵! 你更爱动物么?"

"阿,爱得多! 和那花儿们!"

"我早先原也这样的。只有一次。然而这些都不正当。我们应该爱人类,父亲说。"

"这为什么不正当? 我要爱谁,我就爱谁,有什么正当不正当。"

"呸,约翰! 你没有父母,或别的照顾你的谁么? 你不爱他们么?"

"是呵,"约翰沉思地说。"我爱我的父亲。但不是因为正当。也不因为他是一个人。"

"为什么呢?"

"这我不知道:因为他不像别的人们那样,因为他也爱花们和鸟们。"

"我也曾这样,约翰! 你看见了罢。"荣儿还将红嘴鸟叫回她的手上来,并且友爱地和它说话。

"这我知道,"约翰说,"我也喜欢你。"

"现在已经? 这却快呀!"女孩笑着。"但你最爱谁呢?"

"谁? ……"约翰迟疑起来了。他须提出旋儿的名字么? 对着人们可否提这名字的畏惧,在他的思想上是分不清楚的。然而那蓝衣服的金发东西,却总该就是那个名目了。此外谁还能给他这样的一个安宁而且幸福的感觉呢?

"你!"他突然说,且将全副眼光看着那深邃的眼睛。他大胆地敢于完全给与了；然而他还担心，紧张地看着对于他的贵重的赠品的接受。

荣儿又发一阵响亮的笑，但她便拉了他的手，而且她的眼光并不更冷漠，她的声音也没有减少些亲密。

"阿，约翰，"她说，"我怎么忽然挣得了这个呢？"

约翰并不回答，还是用了滋长的信任，对着她的眼睛看。荣儿站了起来，将臂膊围了约翰的肩头。她比他年纪大一点。

他们在树林里走，一面采撷些大簇的莲馨花，直至能够全然爬出，到了玲珑的花卉的山下。红嗉鸟和他们一起，从这枝飞到那枝，还用了闪闪的漆黑的小眼睛，向他们窥伺。

他们谈得并不多，却屡次向旁边互视。两个都惊讶于这相遇，且不知道彼此应该如何。然而荣儿就须回家了，——这使他难受。

"我该去了，约翰。但你还愿意和我同走一回么？你真是一个好孩子，"她在分离的时候说。

"唯！唯！"红嗉鸟说，并且在她后面飞。

当她已去，只留下她的影像时，他不再疑惑她是谁了。她和他是一个，对于那他，他是送给了一切自己的友爱的；旋儿这名字，在他这里逐渐响得微弱下去了，而且和荣儿混杂了。

他的周围也又如先前一样。花卉们高兴地点头，它们的芳香，则将他对于感动和养育他至今的家乡的愁思，全都驱逐了。在嫩绿中间，在微温的柔软的春气里，他觉得忽然如在故乡，正如一只觅得了它的窠巢的禽鸟。他应该伸出臂膊来，并且深深地呼吸。他太幸福了。在归途中，是嫩蓝衣的金发，飘泛在他眼前，总在他眼前，无论他向那一方面看。那是，仿佛他看了太阳，又仿佛日轮总是和他的眼光一同迁徙似的。

从那一日起，每一清晨，约翰便到池边去。他去得早，只要是垂在窗外的常春藤间的麻雀的争闹，或者在屋檐上鼓翼和初日光中喧嚷着的白头翁的咭哜或曼声的啾啾来叫醒他，他便慌忙走过湿草，来到房屋的近旁,还在紫丁香丛后等候,直到他听得玻璃门怎样地被推开了,并且看见一个明朗的风姿的临近。

他们于是经过树林和为树林作界的沙冈。他们闲谈着凡有他们所见的一切,谈树木和花草,谈沙冈。倘和她一同走,约翰就有一种奇特的昏迷的感觉:他每又来得这样地轻,似乎能够飞向空中了。但这却没有实现。他叙述花卉和动物的故事,就是从旋儿那里知道的。然而他已经忘却了如何学得那故事,而且旋儿也不再为他存在了,只有荣儿。倘或她对他微笑,或在她眼里看出友情,或和她谈心,纵意所如,毫无迟疑和畏怯,一如先前对着普烈斯多说话的时候,在他是一种享用。倘不相见,他便想她,每作一事,也必自问道,荣儿是否以为好或美呢。

她也显得很高兴;一相见,她便微笑,并且走得更快了。她也曾对他说,她的喜欢和他散步,是和谁也比不上的。

"然而约翰,"有一回,她问,"你从何知道,金虫想什么,嗌雀唱什么,兔洞里和水底里是怎样的呢?"

"它们对我说过,"约翰答道,"而且我自己曾到过兔洞和水底的。"

荣儿蹙了精美的双眉,半是嘲弄地向他看。但她在他那里寻不出虚伪来。

他们坐在丁香丛下,满丛垂着紫色的花。横在他们脚下的是池子带着睡莲和芦苇。他们看见黑色的小甲虫怎样地打着圈子滑过水面,红色的小蜘蛛怎样忙碌地上下泅水。这里是扰动着旋风般的生活。约翰沉在回忆中,看着深处,并且说:

"我曾经没入那里去过的,我顺着一枝荻梗滑下去,到了水底。地面全铺着枯叶子,走起来很软,也很轻。在那里永远是黄昏,绿色的黄昏,因为光线的透入是经过了绿的浮萍的。并且在我头上,看见垂着长而白的浮萍的小根。鲵鱼近来,而且绕着我游泳,它是很好奇的。这是奇特的,假如一个这么大的动物,从上面游来。——我也不能远望前面，那里是黑暗的，却也绿。就从那幽暗里，动物们都像黑色的影子一般走过来。生着桨爪的水甲虫和光滑的水蜘蛛，——往往也有一条小小的鱼儿。我走得很远，我觉得有几小时之远，在那中央，是一坐水草的大森林，其间有蜗牛向上爬着，水蜘蛛们做些光亮的小窠。刺鱼们飞射过去，并且时时张着嘴抖着鬐向我注视，它们是这样地惊疑。我在那里，和我几乎踏着它的尾巴了的一条鳗鱼，成了相识。它给我叙述它的旅行；它是一直到过海里的，它说。因此大家便将它当作池子的王了，因为谁也不及它游行得这么远。它却永是躺在泥泞里而且睡觉，除了它得到别个给它弄来的什么吃的东西的时候。它吃得非常之多。这就因为它是王；大家喜欢一个胖王，这是格外的体面。唉，在池子里是太好看了！"

"为什么你现在不能再到那里去了呢？"

"现在？"约翰问，并且用了睁大的沉思的眼睛对她看。"现在？我不再能够了，我会在那里淹死。然而现在也无须了。我愿意在这里，傍着丁香和你。"

荣儿骇异地摇着金发的头，并且抚摩约翰的头发。她于是去看那在池边像是寻觅种种食饵的红嗉鸟。它忽然抬起头，用了它的明亮的小眼睛，向两人凝眺了一瞬息。

"你可有些懂得么，小鸟儿？"

那小鸟儿很狡猾地向里一看，就又去寻觅和玩耍了。

"给我讲下去，约翰，讲那凡你所看见的。"

这是约翰极愿照办的，荣儿听着他，相信而且凝神地。

"然而为什么全都停止了呢？为什么你现在不能同我——到那边的各处去走呢？那我也很喜欢。"

约翰督促起他的记忆来，然而一幅他曾在那上面走过的晴朗的轻纱，却掩覆着深处。他已经不很知道，他怎样地失掉了那先前的幸福了。

"那我不很明白，你不必再问这些罢。一个可恶的小小的东西，将一切都毁掉了。但现在是一切已回来。比先前还要好。"

紫丁香花香从丛里在他们上面飘泛下来，飞蝇在水面上营营地叫，还有平静的日光，用了甘美的迷醉，将他们沁透了。直到家里的一口钟开始敲打，发出响亮的震动来，才和荣儿迅速地慌忙走去。

这一晚约翰到了他的小屋子里，看着溜过窗玻璃去的常春藤叶的月影的时候，似乎听得叩窗声。约翰以为这许是在风中颤动的一片常春叶。然而叩得很分明，总是一叩三下，使约翰只能轻轻地开了窗，而且谨慎地四顾。小屋边的藤叶子在蓝色的照映里发光，这之下，是一个满是秘密的世界。在那里有窠和洞，月光只投下一点小小的蓝色的星火来，这却使幽暗更加深邃。

许多时光，约翰凝视着那奇异的阴影世界的时候，他终于极清楚地，在高高地挨着窗，一片大的常春藤叶下面，看见藏着一个小小的小男人的轮廓。他从那轩起的眉毛下的睁大的骇诧的眼，即刻认出是将知了。在将知的长的鼻子的尖端，月亮画上了一点细小的星火。

"你忘掉我了么，约翰？为什么你不想想那个呢？这正是正当的时候了。你还没有向红嗉鸟问路么？"

"唉，将知，我须问什么呢？凡我能希望的，我都有了。我有荣儿。"

"但这却不会经久的。你还能更幸福——荣儿一定也如此。那匙儿就须放在那里么？想一想罢，多么出色呵，如果你们俩觅得那书儿。问问红嗉鸟去；我愿意帮助你，倘若我能够。"

"我可以问一问，"约翰说。

将知点点头，火速地爬下去了。

约翰在睡倒以前，还向着黑暗的阴影和发亮的常春藤叶看了许多时。第二天，他问红嗉鸟，是否知道向那小箱的路径。荣儿惊异地听着。约翰看见，那红嗉鸟怎样地点头，并且从旁向荣儿窥视。

"不是这里！不是这里！"小鸟啾唧着。

"你想着什么,约翰?"荣儿问。

"你不知道什么缘故么,荣儿? 你不知道在那里寻觅这个么? 你不等候着金匙儿么?"

"不,不! 告诉我,这是怎的?"

约翰叙述出他所知道的关于小书的事来。

"而且我存着匙儿;我想,你有着金箧。不是这样的么,小鸟儿?"

但那小鸟却装作似乎没有听到,只在嫩的碧绿的山毛榉树的枝柯里翩跹。

他们坐在一个冈坡上,这地方生长着幼小的山毛榉和枞树。一条绿色的道路斜引上去,他们便坐在这些的边缘,在沙冈上,在繁密的浓绿的莓苔上。他们可以从最小的树木的梢头,望见绿色的海带着明明暗暗的著色的波浪。

"我已经相信了,约翰,"荣儿深思地说,"你在寻觅的,我能够给你觅得。但你怎么对付那匙儿呢? 你怎么想到这里的呢?"

"是呵,这是怎的,这是怎么一回事呢?"约翰喃喃着,从树海上望着远方。

他们刚走出晴明的蔚蓝里,在他们的望中忽然浮起了两只白胡蝶。它们搅乱着,颤动着,而且在日光下闪烁着,无定地轻浮地飞舞。但它们却近来了。

"旋儿,旋儿!"约翰轻轻地说,蓦地沉在忆念里了。

"旋儿是谁?"荣儿问。

红嗉鸟啾唧着飞了起来,约翰还觉得那就在他面前草里的雏菊们,突然用了它们的大睁的白的小眼睛,非常可怕地对他看。

"他给你那匙儿么?"女孩往下问,——约翰点点头,沉默着,然而她还要知道得多一点,——"这是谁呢? 一切都是他教给你的么? 他在那里呢?"

"现在是不再有他了。现在是荣儿,单是荣儿,只还有荣儿。"他捏住她的臂膊,靠上自己的头去。

"胡涂孩子!"她说,且笑着。"我要使你觅得那书儿,——我知道,这在那里。"

"那我就得走,去取匙儿,那是很远呢。"

"不,不,这不必。我不用匙儿觅得它,——明早,明早呵,我准许你。"

当他们回家时,胡蝶们在他们前面翩跹着。

约翰在那夜,梦见他的父亲,梦见荣儿,还梦见许多另外的。那一切都是好朋友,站在他周围,而且亲密地信任地对他看。但忽然面目都改变了,他们的眼光是寒冷而且讥嘲,——他恐怖地四顾,——到处是惨淡的仇视的面目。他感到一种无名的恐怖,并且哭着醒来了。

九

约翰坐得很长久,而且等候着。空气是冷冷的,大的云接近了地面,不断的无穷的连续着飘浮。它们展开了暗灰色的,波纹无际的氅衣,还在清朗的光中卷起它们的傲慢的峰头,即在那光中发亮。树上的日光和阴影变换得出奇地迅疾,如永有烈焰飞腾的火。约翰于是觉得恐惧了;他思索着那书儿,难于相信,而还希望着,他今天将要觅得。云的中间,很高,奇怪的高,他看见清朗的凝固的蔚蓝,那上面是和平地扩张在不动的宁静中的,柔嫩的洁白的小云,精妙地蒙茸着。

"这得是这样,"他想,"这样高,这样明,这样静。"

于是荣儿来到了。然而红嗉鸟却不同来。"正好,约翰,"她大声叫,"你可以来,并且看那书去。"

"红嗉鸟在那里呢?"约翰迟疑着问。

"没有带来,我们并不是散步呵。"

他一同走，不住地暗想着：那是不能，——那不能是这样的，——一切都应该是另外的样子。

然而他跟随着在他前面放光的灿烂的金发。

唉！从此以后，小约翰就悲哀了。我希望他的故事在这里就完结。你可曾讨厌地梦见过一个魔幻的园，其中有着爱你而且和你谈天的花卉们和动物们的没有？于是你在梦里就有了那知觉，知道你就要醒来，并且将一切的华美都失掉了？于是你徒然费力于坚留它，而且你也不愿看那冰冷的晓色。

当他一同进去的时候，约翰就潜藏着这样的感觉。

他走到一所住房，那边一条进路，反响着他的脚步。他齅到衣服和食物的气味，他想到他该在家里时的悠长的日子，——想到学校的功课，想到一切，凡是在他生活上幽暗而且冰冷的。

他到了一间有人的房间。人有几多，他没有看。他们在闲谈，但他一进去，便寂静了。他注视地毯，有着很大的不能有的花纹带些刺目的色彩。色彩都很特别和异样，正如家乡的在他小屋子里的一般。

"这是园丁孩子么？"一个正对着他的声音说。"进来就是，小朋友，你用不着害怕的。"

一个别的声音在他近旁突然发响："晤，小荣，你有一个好宝贝儿哩。"

这都是什么意义呢？在约翰的乌黑的孩子眼上，又叠起深深的皱来，他并且惑乱地惊骇地四顾。

那边坐着一个穿黑的男人，用了冷冷的严厉的眼睛看着他。

"你要学习书中之书么？我很诧异，你的父亲，那园丁，那我以为是一个虔诚人的，竟还没有将这给了你。"

"他不是我的父亲，——他远得很。"

"晤，那也一样。——看罢，我的孩子！常常读着这一本，那就要到你的生活道上了……"

约翰却已认得了这书。他也不能这样地得到那一本,那应该是全然各别的。他摇摇头。

"不对,不对! 这不是我所想的那一本。我知道,这不是那一本!"

他听到了惊讶的声音,他也觉得了从四面刺他的眼光。

"什么? 你想着什么呢,小男人?"

"我知道那本书儿,那是人类的书。这本却是还不够,否则人类就安宁和太平了。这并不是。我想着的是一些各别的,人一看,谁也不能怀疑。那里面记着,为什么一切是这样的,像现状的这样,又清楚,又分明。"

"这能么? 这孩子的话是那里来的?"

"谁教你的,小朋友?"

"我相信,你看了邪书了,孩子,照它胡说出来罢。"

几个声音这样地发响,约翰觉得他面庞炽热起来,——他快要晕眩了,——房屋旋转着,地毯上的大花朵一上一下地飘浮。前些日子在学校里这样忠诚地劝戒他的小鼠在那里呢? 他现在用得着它了。

"我没有照书胡说,那教给我的,也比你们全班的价值要高些。我知道花卉们和动物们的话,我是它们的亲信。我明白人类是什么,以及他们怎样地生活着。我知道妖精们和小鬼头们的一切秘密,因为它们比人类更爱我。"

约翰听得自己的周围和后面,有窃笑和喧笑。在他的耳朵里,吟唱并且骚鸣起来了。

"他像是读过安兑生①了。"

"他是不很了了的。"

正对着他的男人说:

---

① H. Ch. Andersen(1805—1875),有名的童话作家,丹麦人。

"如果你知道安兑生，孩子，你就得多有些他对于上帝的敬畏和他的话。"

"上帝！"这个字他识得的，而且他想到旋儿的所说。

"我对于上帝没有敬畏。上帝是一盏大煤油灯，由此成千的迷误了，毁灭了。"

没有喧笑，却是可怕的沉静，其中混杂着嫌恶和惊怖。约翰在背上觉得钻刺的眼光。那是，就如在昨夜的他的梦里。

那黑衣男人立起身来，抓住了他的臂膊。他痛楚，而且几乎挫折了勇气。

"听着罢，我的孩子，我不知道，你是否不甚了了，还是全毁了，——这样的毁谤上帝在我这里却不能容忍。——滚出去，也不要再到我的眼前来，我说。懂么？"

一切的眼光是寒冷和仇视，就如在那一夜。

约翰恐怖地四顾。

"荣儿！——荣儿在那里？"

"是了，我的孩子要毁了！——你当心着，你永不准和她说话！"

"不，让我到她那里！我不愿意离开她。荣儿，荣儿！"约翰哭着。

她却恐怖地坐在屋角里，并不抬起眼来。

"滚开，你这坏种！你不听！你不配再来！"

而且那痛楚的紧握，带着他走过反响的路，玻璃门砰然阖上了。——约翰站在外面的黑暗的低垂的云物下。

他不再哭了，当他徐徐地前行的时候，沉静地凝视着前面。在他眼睛上面的阴郁的皱纹也更其深，而且永不失却了。

红嗉鸟坐在一座菩提树林中，并且向他窥看。他静静地站住，沉默地报答以眼光。但在它胆怯的侦察的小眼睛里，已不再见信任，当他更近一步的时候，那敏捷的小动物便鼓翼而去了。

"走罢！走罢！一个人！"同坐在园路上的麻雀们啾唧着，并且四散地飞开。

盛开的花们也不再微笑，它们却严正而淡漠地凝视，就如对于一切的生人。

但约翰并不注意这些事，他只想着那人们给他的侮辱；在他是，仿佛有冰冷的坚硬的手，污了他的最深处了。"他们得相信我，"他想，"我要取我的匙儿，并且指示给他们。"

"约翰！约翰！"一个脆的小声音叫道。那地方有一个小窠在一株冬青树里，将知的大眼睛正从窠边上望出来，"你往那里去？"

"一切都是你的罪，将知！"约翰说。"让我安静着罢。"

"你怎么也同人类去说呢，人类是不懂你的呵。你为什么将这样的事情去讲给人类的？这真是呆气！"

"他们笑骂我，又给我痛楚。那都是下贱东西；我憎恶他们。"

"不然，约翰，你爱他们。"

"不然！不然！"

"他们不像你这样，于你就少一些痛苦了，——他们的话，于你也就算不得什么了。对于人类，你须少介意一点。"

"我要我的匙儿。我要将这示给他们。"

"这你不必做，他们还是不信的。这有什么用呢？"

"我要蔷薇丛下的我的匙儿。你知道怎么寻觅它么？"

"是呀！——在池边，是么？是的，我知道它。"

"那就带领我去罢，将知！"

将知腾上了约翰的肩头，告诉他道路。他们奔走了一整天，——发风，有时下狂雨，但到晚上，云却平静了，并且伸成金色和灰色的长条。

他们来到约翰所认识的沙冈时，他的心情柔软了，他每次细语着："旋儿，旋儿。"

这里是兔窟，——以及沙冈，在这上面他曾经睡过一回的。灰色的鹿苔软而且湿，并不在他的脚下挫折作响。蔷薇开完了，黄色的月下香带着它们的迷醉的微香，成百地伸出花萼来。那长的傲兀的王烛花伸得更高,和它们的厚实的毛叶。

约翰细看那冈蔷薇的精细的淡褐色的枝柯。

"它在那里呢,将知？我看不见它。"

"那我不知道,"将知说,"是你藏了匙儿的,不是我。"

蔷薇曾经开过的地方,已是满是淡漠地向上望着的黄色的月下香的田野了。约翰询问它们,也问王烛；然而它们太傲慢,因为它们的长花是高过他,——约翰还去问沙地上的三色地丁花。

却没有一个知道一点蔷薇的事。它们一切都是这一夏天的。不但那这么高的自负的王烛。

"唉,它在那里呢？它在那里呢？"

"那么,你也骗了我了?"将知说,"这我早想到,人类总是这样的。"

他从约翰的肩头溜下,在冈草间跑掉了。

约翰在绝望中四顾,——那里站着一窠小小的冈蔷薇丛。

"那大蔷薇在那里呢?"约翰问,"那大的,那先前站在这里的?"

"我们不和人类说话,"那小丛说。这是他所听到的末一回,——四围的一切生物都沉静地缄默了,只有芦叶在轻微的晚风中瑟瑟地作响。

"我是一个人么,"约翰想。"不,这不能是,不能是。我不愿意是人。我憎恶人类。"

他疲乏,他的精神也迟钝了。他坐在小草地边的,散布着湿而强烈的气息的,柔软的苍苔上。

"我不能回去了,我也不能再见荣儿了。我的匙儿在那里呢？旋儿在那里呢？为什么我也须离开荣儿呢？我不能缺掉她。如果少了她,我不会死么？我总须生活着,且是一个人,——像其他的,那笑骂我的一个人么？"

于是他忽又看见那两个白胡蝶；那是从阳光方面向他飞来的。他紧张着跟在它们的飞舞之后,看它们是否指给他道路。它们在他的头上飞,彼此接近了,于是又分开了,在愉快的游戏中盘旋着。它们慢慢地离开阳光,终于飘过冈沿,到了树林里。那树林是只还有最高的尖,在从长的云列下面通红而鲜艳地闪射出来的夕照中发亮。

约翰跟定它们。但当它们飞过最前排的树木的时候,他便觉察出,怎样地有一个黑影追蹑着有声的鼓翼,并且将它们擒拿。一转瞬间,它们便消失了。那黑影却迅速地向他射过来,他恐怖地用手掩了脸。

"唉,小孩子! 你为什么坐在这里哭?"帖近他响着一个锋利的嘲笑的声音。约翰先曾看见,像是一只大的黑蝙蝠奔向他,待到他抬头去看的时候,却站着一个黑的小男人,比他自己大得很有限。他有一个大头带着大耳朵,黑暗地翘在明朗的暮天中,瘦的身躯和细细的腿。从他脸上,约翰只看见细小的闪烁的眼睛。

"你失掉了一点什么,小孩子? 那我愿意帮你寻。"他说。

但约翰沉默着摇摇头。

"看罢,你要我的这个么?"他又开始了,并且摊开手。约翰在那上面看见一点白东西,时时动弹着。那便是白色的胡蝶儿,快要死了,颤动着撕破的和拗断的小翅子。约翰觉到一个寒栗,似乎有人从后面在吹他,并且恐惧地仰看那奇特的家伙。"你是谁?"他问。

"你要知道我的名字么,小孩子? 那么,你就只称我穿凿①,简直穿凿。我虽然还有较美的名字,然而你是不懂的。"

"你是一个人么?"

"听罢! 我有着臂膊和腿和一个头——看看是怎样的一个头罢! ——那孩子却问我,我是否一个人哩! 但是,约翰,约翰!"那小男人还用咿咿哑哑的声音笑起来。

"你怎么知道我是谁呢?"约翰问。

_____

① Pleuzer,德译 Klauber,也可以译作挑选者,吹求者,挑剔者等。

"唉,这在我是容易的。我知道的还多得很。我也知道你从那里来以及你在这里做什么。我知道得怪气的多,几乎一切。"

"唉,穿凿先生……"

"穿凿,穿凿,不要客气。"

"你可也知道……?"但约翰骤然沉默了。"他是一个人,"他想。

"你想你的匙儿罢? 一定是!"

"我却自己想着,人类是不能知道那个的。"

"胡涂孩子! 将知已经泄漏了很多了。"

"那么你也和将知认识的?"

"呵,是的! 他是我的最好的朋友之一,——这样的我还很多。但这却不用将知我早知道了。我所知道的比将知还要广。一个好小子,然而胡涂,出格地胡涂。我不然! 全不然。"穿凿并且用了瘦小的手,自慰地敲他的大头。

"你知道么,约翰,"他说下去,"什么是将知的大缺点? 但你千万永不可告诉他,否则他要大大地恼怒的。"

"那么,是什么呢?"约翰问。

"他完全不存在。这是一个大缺点,他却不肯赞成,而且他还说过我,我是不存在的。然而那是他说诳。我是否在这里! 还有一千回!"

穿凿将胡蝶塞在衣袋里,并且突然在约翰面前倒立起来。于是他可厌地装着怪相笑,还吐出一条长长的舌头。约翰是,时当傍晚,和这样的一个奇特东西在沙冈上,心情本已愁惨了的,现在却因恐怖而发抖了。

"观察世界,这是一个很适宜的方法,"穿凿说,还总是倒立着。"如果你愿意,我也肯教给你。看一切都更清楚,更自然。"

他还将那细腿在空中开阖着,并且用手向四面旋转。当红色的夕光落在颠倒的脸上时,约翰觉得这很可厌——小眼睛在光中瞟着,还露出寻常看不见的眼白来。

"你看,这样是云彩如地面,而这地有如世界的屋顶。相反也一样地很可以站得住的。既没有上,也没有下。云那里许是一片更美的游步场。"

约翰仰视那连绵的云。他想,这颇像有着涌血的红畦的生翼的田野。在海上,灿烂着云的洞府的高门。

"人能够到那里去,并且进去么?"他问。

"无意识!"穿凿说,而使约翰很安心的,是忽然又用两脚来站立了。"无意识!倘你在那里,那完全同这里一模一样,——那就许是仿佛那华美再远一点儿。在那美丽的云里,是冥蒙的,灰色而且寒冷的。"

"我不信你,"约翰说,"我这才看清楚,你是一个人。"

"去罢!你不信我,可爱的孩子,因为我是一个人么?而你——你或者是别的什么么?"

"唉,穿凿,我也是一个人么?"

"你怎么想,一个妖精么?妖精们是不被爱的。"穿凿便交叉着腿坐在约翰的面前,而且含着怪笑目不转睛地对他看。约翰在这眼光之下,觉得不可名言地失措和不安,想要潜藏或隐去。然而他不复能够转眼了。"只有人类被爱,约翰,你听着!而且这是完全正当的,否则他们也许早已不存在了。你虽然还太年青,却一直被爱到耳朵之上。你正想着谁呢?"

"想荣儿,"约翰小声说,几乎听不见地。

"你对谁最仰慕呢?"

"对荣儿。"

"你以为没有谁便不能生活呢?"

约翰的嘴唇轻轻地说,"荣儿。"

"唉,哪,小子,"穿凿忍着笑,"你怎么自己想象,是一个妖精呢?妖们是并不痴爱人类的孩子的。"

"然而她是旋儿……"约翰在慌张中含胡地说。

于是穿凿便嫌忌地做作地注视，并且用他骨立的手捏住了约翰的耳朵。"这是怎样的无意识呢？你要用那蠢物来吓我么？他比将知还胡涂得远——胡涂得远。他一点不懂。那最坏的是，他其实就没有存在着，而且也没有存在过。只有我存在着，你懂么？——如果你不信我，我就要使你觉得，我就在这里。"

他还用力摇撼那可怜的约翰的耳朵。约翰叫道："我却认识他很长久，还和他巡游得很远的！"

"你做了梦，我说。你的蔷薇丛和你的匙儿在那里呢，说？——但你现在不要做梦了，你明白么？"

"噢！"约翰叫喊，因为穿凿在掐他。

天已经昏黑了，蝙蝠在他们的头边纷飞，还叫得刺耳。天空是黑而且重，——没有一片叶在树林里作声。

"我可以回家去么？"约翰恳求着。"向我的父亲？"

"你的父亲？你要在那里做什么？"穿凿问。"在你这样久远地出外之后，人将亲爱地对你叫欢迎。"

"我念家，"约翰说，他一面想着那明亮地照耀着的住室，他在那里常常挨近他父亲坐，并且倾听着他的笔锋声的。那里是平和而且舒畅。

"是呵，因为爱那并不存在的蠢才，你就无须走开和出外了。现在已经太迟。而这也不算什么，我早就要照管你了。我来做呢，或是你的父亲来做呢，本来总归是一件事。这样的一个父亲却不过是想象。你大概是为自己选定了他的罢？你以为再没有一个别的，会一样好，一样明白的么？我就一样好，而且明白得多，明白得多。"

约翰没有勇气回答了；他合了眼，疲乏地点头。

"而且对于这荣儿，你也不必寻觅了，"穿凿接下去。他将手放在约翰的肩头，紧接着他的耳朵说："那孩子也如别个一样，领你去上痴子索。当人们笑骂你的时候，你没有见她怎样地坐在屋角里，而且一句话也不说么？她并不比别人好。她看得你好，同你游嬉，就正如她和一个金虫玩耍。你的走开与否，她不在意，她也毫不知道那书儿。然而我却是——我知道那书在那里，还要带你去寻觅。我几乎知道一切。”

约翰相信他起来了。

“你同我去么？你愿意同我寻觅么？”

“我很困倦，”约翰说，“给我在无论什么地方睡觉罢。”

“我向来不喜欢这睡觉，”穿凿说，“这一层我是太活泼了。一个人应该永远醒着，并且思想着。但我要给你安静一会儿。——明晨见！”

于是他做出友爱的姿态，这是他刚才懂得做法的。约翰凝视着闪烁的小眼睛，直至他此外一无所见。他的头沉重了，他倚在生苔的冈坡上。似乎那小眼睛越闪越远，后来就像星星在黑暗的天空。他仿佛听到远处的声音发响，地面也从他底下远远地离开……于是他的思想停止了。

十

当他有些微知觉，觉得在他的睡眠中起了一点特别事情的时候，他还没有完全醒过来。但他不希望知道，也不愿意四顾。他要再回到宛如懒散的烟雾，正在徐徐消失着的那梦中，——其中是荣儿又来访他了，而且一如从前，抚摩他的头发，——其中他又曾在有池的园子里，看见了他的父亲和普烈斯多。

“噢！这好痛！是谁干的？”约翰睁开眼，在黎明中，他就在左近看见一个小小的形体，还觉出一只正在拉他头发的手来。他躺在床上，晨光是微薄而平均，如在一间屋子里。

然而那俯向着他的脸，却将他昨日的一切困苦和一切忧郁都叫醒了。这是穿凿的脸，鬼样较少，人样较多，但还如昨晚一样的可憎和可怕。

"唉,不！让我做梦,"他恳求道。

然而穿凿摇撼他："你疯了么,懒货？梦是痴呆,你在那里走不通的。人须工作,思想,寻觅,——因此,他才是一个人!"

"我情愿不是人,我要做梦!"

"那你就无法可救。你应该。现在你在我的守护之下了,你须和我一同工作并且思想。只有和我,你能够觅得你所希望的东西。而且直到觅得了那个为止,我也不愿意离开你。"

约翰从这外观上,感到了无限的忧惧。然而他却仿佛被一种不能抵御的威力,压制和强迫了。他不知不觉地降伏了。

冈阜,树木和花卉是过去了。他在一间狭窄的微明的小屋里,——他望见外面,凡目力所及,是房屋又房屋,作成长长的一式的排列,黯淡而且模胡。

烟气到处升作沉重的环,并且淡棕色雾似的,降到街道上。街上是人们忙乱地往来,正如大的黑色的蚂蚁。骚乱的轰闹,混沌而不绝地从那人堆里升腾起来。

"看呀,约翰!"穿凿说,"这岂不有点好看么？这就是一切人们和一切房子们,一如你所望见的那样远,——比那蓝的塔还远些,——也满是人们,从底下塞到上面。这不值得注意么？比起蚂蚁堆来,这是完全两样的。"

约翰怀着恐怖的好奇心倾听,似乎人示给了他一条伟大的可怕的大怪物。他仿佛就站在这大怪物的背上,又仿佛看见黑血在厚的血管中流过,以及昏暗的呼吸从百数鼻孔里升腾。当那骇人的声音将要兆凶的怒吼之前,就使他恐怖。

"看哪,人们都怎样地跑着呵,约翰,"穿凿往下说。"你可以看出,他们有所奔忙,并且有所寻觅,对不对？那却好玩,他自己正在寻觅什么,却谁都不大知道。倘若他们寻觅了一会儿,他们便遇见一个谁,那名叫永终的……"

"那是什么人呢?"约翰问。

“我的好相识之一，我早要给他绍介你了。那永终便说：‘你在寻觅我么？’大多数大概回答道：‘阿，不，我没有想到你！’但永终却又反驳道：‘除了我，你却不能觅得别的。’于是他们就只得和永终满足了。”

约翰懂得，他是说着死。

“而且这永是，永是这么下去么？”

“一定，永是。然而每日又来一堆新的人，即刻又寻觅起来，不知道为什么，而寻觅又寻觅，直到他们终于觅得永终，——这已经这样地经过了好一会儿了，也还要这样地经过好一会儿的。”

“我也觅不到别的东西么，穿凿，除了……”

“是呵，永终是你一定会觅得一回的，然而这不算什么；只是寻觅罢！不断地寻觅！”

“但是那书儿，穿凿，你曾要使我觅得的那书儿。”

“唔，谁知道呢！我没有说谎。我们应该寻觅，寻觅。我们寻觅什么，我们还知道得很少。这是将知教给我们的。也有这样的人，他们一生中寻觅着，只为要知道他们正在寻觅着什么。这是哲学家，约翰。然而倘若永终一到，那也就和他们的寻觅都去了。”

“这可怕，穿凿！”

“阿，不然，全不然。永终是一个实在忠厚的人。他被看错了。”

有人在门前的梯子上颠着脚。橐橐！橐橐！在木梯上面响。于是有人叩门了，仿佛是铁敲着木似的。

一个长的，瘦的男人进来了。他有深陷的眼睛和长而瘦的手。一阵冷风透过了那小屋。

“哦，这样！”穿凿说，“你来了，坐下罢！我们正谈到你。你好么？”

“工作！许多工作！”那长人说，一面拭着自己的骨出的灰白的额上的冷汗。

不动而胆怯地约翰看着那僵视着他的深陷的眼睛。眼睛是严正而且黑暗,然而并不残忍,也无敌意。几瞬息之后,他又呼吸得较为自由,他的心也跳得不大剧烈了。

"这是约翰,"穿凿说,"他曾经听说有那么一本书儿,里面记着,为什么一切是这样,像这似的,而且我们还要一同去寻觅,是么?"穿凿一面别有许多用意地微笑着。

"唉,这样,——唔,这是正当的!"死亲爱地说,且向约翰点头。

"他怕觅不到那个呢,——但我告诉他,他首先须要实在勤恳地寻觅。"

"诚然,"死说,"勤恳地寻觅那是正当的。"

"他以为你许是很残忍;但你看罢,约翰,你错了,对不对?"

"唉,是呵!"死亲爱地说,"人说我许多坏处。我没有胜人的外观,——但我以为这也还好。"

他疲乏地微笑,如一个忙碌于一件正在议论的严重事情的人。于是他的黑暗的眼光从约翰弯到远方,并且在大都市上沉思地恍忽着。

约翰长久不敢说话,终于他低声说:

"你现在要带着我么?"

"你想什么,我的孩子?"死说,从他的梦幻中仰视着。"不,现在还不。你应该长大,且成一个好人。"

"我不愿意是一个人,如同其他那样的。"

"去罢,去罢!"死说,"这无从办起。"

人可以听出他来,这是他的一种常用的语气。他接续着:

"人怎地能成一个好人,我的朋友穿凿可以教你的。这也有各样的方法;但穿凿教得最出色。成一个好人,实在是很好看,很值得期望的事。你不可以低廉地估计它,年青小子!"

"寻觅,思想,观察,"穿凿说。

"诚然,诚然,"死说;——于是对着穿凿道:"你想领他到谁那里去呢?"

"到号码博士那里，我的老学生。"

"唉，是呀，那是一个好学生，人的模范。在他这一类里，几乎完备了。"

"我会再见荣儿么？"约翰抖着问。

"那孩子想谁呀？"死问。

"唉，他曾经被爱了，至今还在幻想，成一个妖精，嘻嘻嘻。"穿凿阴险地微笑着。

"不然，我的孩子，这不相干，"死说，"这样的事情，你在号码博士那里便没有了。谁要寻觅你所寻觅的，他应该将所有别的都忘掉。一切或全无。①"

"我要以一铸将他造成一个人，我要指示他什么是恋爱，他就早要想穿了。"

穿凿又复高兴地笑起来，——死又将他的黑眼睛放在可怜的约翰上，那竭力忍住他的呜咽的。因为他在死面前羞愧。

死骤然起立。"我应该去了，"他说，"我谈过了我的时间。这里还有许多事情做。好天，约翰，我们要再见了。你只不可在我面前有害怕。"

"我在你面前没有害怕，——我情愿你带着我。请！带我去罢！"

死却温和地拒绝了他，这一类的请求，他是听惯了的。

"不，约翰，你现在去工作，寻觅和观察罢。不要再请求我。我只招呼一次，而且够是时候的。"

他一消失，穿凿又完全恣肆了。他跳过椅子，顺着地面滑走，爬上柜子和烟突去，还在开着的窗间，耍出许多可以折断颈子的技艺。

"这就是那永终呵，我的好朋友永终！"他大声说，——"你看不出他好来么？他确也见得有点儿可憎，而且很阴惨。但倘在他的工

---

① Alles oder Nichts，伊孛生的话，出于他所作的剧曲 Brand。

作上有了他的欢喜,他也能很高兴的,然而这工作常常使他无聊。这事也单调一点。"

"他该到那里去,是谁告诉他的呢,穿凿?"

穿凿猜疑地,侦察地用一目斜睨着约翰。

"你为什么问这个? 他走他自己的路。他一得来,他就带着。"

后来,约翰别有见地了。但现在他却没有知道得更分明,且相信穿凿所说的总该是真实的。

他们在街道上走,辗转着穿过蠕动的人堆。黑色的人们交错奔波着,笑着,喋喋着,显得这样地高兴而且无愁,不免使约翰诧异。他看见穿凿向许多人们点头,却没有一个人回礼,大家都看着自己的前面,仿佛他们一无所见似的。

"现在他们走着,笑着,似乎他们之中没有一个认识我。但这不过是景象。倘或我单独和他们在一处,他们就不再能够否认我,而且他们也就失却了兴趣了。"

在路上,约翰觉得有人跟在他后面走。他一回顾,他看出是那用了不可闻的大踏步,在人们中间往来的,长的苍白的人。他向约翰点头。

"人们也看见他么?"约翰问穿凿。

"一定,他们个个,然而他们连他也不愿意认识。唔,我喜欢让他们高傲。"

那混乱和喧闹使约翰昏聩了,这即刻又使他忘却了他的忧愁。狭窄的街道和将天的蔚蓝分成长条的高的房屋,沿屋走着的人们,脚步的橐橐和车子的隆隆,扰乱了那夜的旧的幻觉和梦境,正如暴风之于水镜上的影像一般。这在他,仿佛是人们之外更无别物存在,——仿佛他应该在无休无歇的绝息的扰乱里,一同做,一同跑。

于是他们到了沉静的都市的一部分,那地方站着一所大房屋,有着大而素朴的窗门。这显得无情而且严厉。里面是静静的,约翰还觉到一种不熟悉的刺鼻的气味夹着钝浊的地窖气作为底子的混合。一间小屋，里面是奇异的家具，还坐着一个孤寂的人。他被许多书籍，玻璃杯和铜的器具围绕着，那些也都是约翰所不熟悉的。一道寂寞的日光从他头上照入屋中，并且在盛着美色液体的玻璃杯间闪烁。那人努力地在一个黄铜管里注视，也并不抬头。

当约翰走得较近时，他听到他怎样地喃喃着：

"将知！将知！"

那人旁边，在一个长的黑架子上，躺着一点他所不很能够辨别的白东西。

"好早晨，博士先生，"穿凿说，然而那博士还是不抬头。

于是约翰吃惊了，因为他在竭力探视的那白东西，突然起了痉挛的颤抖的运动。他所见的是一只兔身上的白茸皮。有那动着的鼻子的小头，向下缚在铁架上，四条腿是在身上紧紧地绑起来。那想要摆脱的绝望的试验，只经过了一瞬息，这小动物便又静静地躺着了，只是那流血的颈子的急速的颤动，还在显示它没有死。

约翰还看见那圆圆的仁厚的眼睛，圆睁在它的无力的恐怖中，并且他仿佛有些熟识。唉，当那最初的有幸的妖夜里，在这柔软的，而现在是带着急速的恐怖的喘息而颤动着的小身体上，他曾经枕过自己的头。他的过去生活的一切记念，用了威力逼起他来了。他并不想，他却直闯到那小动物面前去：

"等一等！等一等！可怜的小兔，我要帮助你。"他并且急急地想解开那紧缚着嫩脚的绳子来。

但他的手同时也被紧紧地捏住了，耳边还响着尖利的笑声。

"这是什么意思，约翰？你还是这样孩子气么？那博士对你得怎样想呢？"

"那孩子要怎样？他在这里干什么？"那博士惊讶地问。

"他要成一个人，因此我带他到你这里来的。然而他还太小，也太孩子气。要寻觅你所寻觅的，这样可不是那条路呵，约翰！"

"是的，那样的路不是那正当的，"博士说。

"博士先生，放掉那小兔罢！"——

穿凿掐住了他的两手，至使他发起抖来。

"我们怎样约定的，小孩子？"他向他附耳说。"我们须寻觅，是不是？我们在这里并非在沙冈上旋儿身边和无理性的畜类里面。我们要是人类——人类！你懂得么？倘或你愿意止于一个小孩子，倘或你不够强，来帮助我，我就使你走，那就独自去寻觅！"

约翰默然，并且相信了，他愿意强。他闭了眼睛，想看不见那小兔。

"可爱的孩子！"博士说。"你在开初似乎还有一点仁厚。那是的确，第一回是看去很有些不舒服的。我本身就永不愿意看，我只要能避开就避开。然而这是不能免的，你还应该懂得：我们正是人类而非动物，而且人类的和科学的尊荣，是远出于几匹小兔的尊荣之上的。"

"你听到么？"穿凿说，"科学和人类！"

"科学的人，"博士接着说，"高于一切此外的人们。然而他也就应该将平常人的小感触，为了那大事业，科学，作为牺牲。你愿意做一个这样的人么？你觉得这是你的本分么，我的小孩子？"

约翰迟疑着，他不大懂得"本分"这一个字，正如那金虫一样。

"我要觅得那书儿，"他说，"那将知说过的。"——

博士惊讶了，并且问："将知？"

但穿凿却迅速地说道："他要这个，博士，我很明白的。他要寻觅那最高的智慧，他要给万有立一个根基。"

约翰点头。——"是的！"他对于这话所懂得的那些，即是他的目的。

"唉，那你就应该强，约翰，不要小气以及软心。那么我就要帮助你了。然而你打算打算罢：一切或全无。"——

于是约翰用着发抖的手，又将那解开的绳帮同捆在小兔的四爪上。

十一

"我们要试一试，"穿凿说，"我可能旋儿似的示给你许多美。"

他们向博士告了别，且约定当即回来之后，他便领着约翰到大城的一切角落巡行，他指示它，这大怪物怎样地生活，呼吸和滋养，它怎样地吸收自己并且从自己重行生长起来。

但他偏爱这人们紧挤着，一切灰色而干枯，空气沉重而潮湿的，阴郁的困苦区域。

他领他走进大建筑中之一，烟气从那里面升腾，这是约翰第一天就见过的。那地方主宰着一个震聋耳朵的喧闹，——到处鸣吼着，格磔着，撞击着，隆隆着，——大的轮子嗡嗡有声，长带蜿蜒着拖过去，黑的是墙和地面，窗玻璃破碎或则尘昏。雄伟的烟突高高地伸起，超过黑的建筑物，还喷出浓厚的旋转的烟柱来。在这轮子和机器的杂沓中，约翰看见无数人们带着苍白的脸，黑的手和衣服，默默地不住地工作着。

"这是什么?"他问。

"轮子，也是轮子，"穿凿笑着，"如果你愿意，也可以说是人。他们经营着什么，他们便终年的经营，一天又一天。在这种样子上，人也能是一个人。"

他们走到污秽的巷中，天的蔚蓝的条，见得狭如一指，还被悬挂出来的衣服遮暗了。人们在那里蠢动着，他们互相挨挤，叫喊，喧笑，有时也还唱歌。房屋里是小屋子，这样小，这样黑暗而且昏沉，至使约翰不大敢呼吸。他看见在赤地上爬着的相打的孩子，蓬着头发给消瘦的乳儿哼着小曲的年青姑娘。他听到争闹和呵斥，凡在他周围的一切面目，也显得疲乏，鲁钝，或漠不相关。

无名的苦痛侵入约翰了。这和他现以为愧的先前的苦痛，是不一样的。

"穿凿,"他问,"在这里活着的人们,永是这么苦恼和艰难么?也比我……"他不敢接下去了。

"固然,——而他们称这为幸福。他们活得全不艰难,他们已经习惯,也不知道别的了。那是一匹胡涂的不识好歹的畜生。看那两个坐在她门口的女人罢。她们满足地眺望着污秽的巷,正如你先前眺望你的沙冈。为这人们你无须颦蹙。否则你也须为那永不看见日光的土拨鼠颦蹙了。"

约翰不知道回答,也不知道为什么他却还要哭。

而且在喧扰的操作和旋转中间,他总看见那苍白的空眼的人,怎样地用了无声的脚步走动。

"总而言之统而言之是一个好人,对不对? 他从这里将人们带走。但这里他们也一样地怕他。"

已经是深夜,小光的百数在风中动摇,并且将长的波动的影像投到黑暗的水上的时候,这两个顺着寂静的街道趱行。古旧的高的房屋似乎因为疲劳,互相倚靠起来,并且睡着了。大部分已经合了眼。有几处却还有一个窗户透出黯淡的黄光。

穿凿给约翰讲那住在后面的许多故事,讲到在那里受着的苦楚,讲到在那里争斗着的困苦和生趣之间的争斗。他不给它省去最阴郁的;还偏爱选取最下贱和最难堪的事,倘若约翰因为他的惨酷的叙述而失色,沉默了,他便愉快得歪着嘴笑。

"穿凿,"约翰忽然问,"你知道一点那大光么?"

他以为这问题可以将他从沉重而可怕地压迫着他的幽暗里解放出来。

"空话! 旋儿的空话!"穿凿说,"幻想和梦境。人们和我自己之外,没有东西。你以为有一个上帝或相类的东西,乐于在这里似的地上,来主宰这样的废物们么? 而且这样的大光,也决不在这黑暗里放出这许多来的。"

"还有星星们呢,星星们?"约翰问,似乎他希望这分明的伟大,能够来抬高他面前的卑贱。

"那星星们么？你可知道你说了什么了，小孩子？那上面并不是小光，像你在这里四面看见的灯烛似的。那一切都是世界们。比起这带着千数的城镇的世界来，都大得多，我们就如一粒微尘，在它们之间飘浮着，而且那是既无所谓上，也无所谓下，到处都有世界们，永是世界们，而且这是永没，永没有穷尽。"

"不然！不然！"约翰恐惧地叫喊，"不要说这个，不要说这个罢！在广大的黑暗的田野上，我看见小光们在我上面。"

"是呀，你看去不过是小光们。你也向上面呆望一辈子，只能看见黑暗的田野里在你上面的小光们。然而你能，你应该知道，那是世界们，既无上，也无下，在那里，那球儿是带着那些什么都不算，并且不算什么地消失了去的，可怜的蠕动着的人堆儿。那么，就不要向我再说'星星们'了，仿佛那是二三十个似的，这是无意识。"

约翰沉默着。这会将卑贱提高的伟大，将卑贱压碎了。

"来罢，"穿凿说，"我们要看一点有趣的。"对他们传来了可爱的响亮的音乐。在黑暗的街道之一角，立着一所高大的房屋，从许多高窗内，明朗地透出些光辉。前面停着一大排车。马匹的顿足，空洞地在夜静中发响，它们的头还点着。哦！哦！闪光在车件的银钉上和车子的漆光上闪烁。

里面是明亮的光。约翰半被迷眩地看着百数抖着的火焰的，夺目的，颜色的镜子和花的光彩。鲜明的姿态溜过窗前，他们都用了微笑的仪容和友爱的态度互相亲近着。直到大厅的最后面，都转动着盛装的人们，或是舒徐的步伐，或是迅速的旋风一般的回旋。那大声的喧嚣和欢喜的声音，磨擦的脚步和萃缲的长衣，都夹在约翰曾在远处听到过的柔媚的音乐的悠扬中，成为一个交错，传到街道上。在外面，接近窗边，是两个黑暗的形体，只有那面目，被他们正在贪看的光辉，照得不一律而且鲜明。

"这美呵！这堂皇呵！"约翰叫喊。他耽溺于这么多的色采，光辉和花朵的观览了。"出了什么事？我们可以进去么？"

"哦，这你却称为美呀？或者你也许先选一个兔洞罢？但是看罢？人们怎样地微笑，辉煌，并且鞠躬呵。看哪，男人们怎么这样地体面和漂亮，女人们怎么这样地艳丽和打扮呵。跳舞起来又多么郑重，像是世界上的最重要事件似的！"

约翰回想到兔洞里的跳舞，也看出了几样使他记忆起来的事。然而这却一切盛大得远，灿烂得远了。那些盛装的年青女子们，倘若伸高了她们的长的洁白的臂膊，当活泼的跳舞中侧着脸，他看来也美得正如妖精一般。侍役们是整肃地往来，并且用了恭敬的鞠躬，献上那贵重的饮料。

"多么华美！多么华美！"约翰大声说。

"很美观，你不这样想么？"穿凿说。"但你也须比在你鼻子跟前的看得远一点。你现在只看见可爱的微笑的脸，是不是？唔，这微笑，大部分却是诓骗和作伪呵。那坐在厅壁下的和蔼的老太太们就如围着池子的渔人；年青的女人们是钓饵，先生们是那鱼。他们虽然这么亲爱地一同闲谈，——他们却嫉妒地不乐意于各人的钓得。倘若其中的一个年青女人高兴了，那是因为她穿得比别人美，或者招致的先生们比别人多，而先生们的特别的享乐是精光的脖子和臂膊。在一切微笑的眼睛和亲爱的嘴唇之后，藏着的全是另外一件事。而且那恭敬的侍役们，思想得全不恭敬。倘将他们正在想着的事骤然泄露出来，那就即刻和这美观的盛会都完了。"

当穿凿将一切指给他的时候，约翰便分明地看见仪容和态度中的作伪，以及从微笑的假面里，怎样地露出虚浮，嫉妒和无聊，或则倘将这假面暂置一旁，便忽然见了分晓。

"唉，"穿凿说，"应该让他们随意。人们也应该高兴高兴。用别样的方法，他们是全不懂得的。"

约翰觉得，仿佛有人站在他后面似的。他向后看：那是熟识的，长的形体。苍白的脸被夺目的光彩所照耀，致使眼睛形成了两个大黑点。他低声自己喃喃着,还用手指直指向华美的厅中。

"看呵!"穿凿说,"他又在寻出来了。"

约翰向那手指所指的处所看。他看见一个年老的太太怎样地在交谈中骤然合了眼,以及美丽的年青的姑娘怎样地打一个寒噤,因此站住并且凝视着前方。

"到什么时候呢?"穿凿问死。

"这是我的事,"死说。

"我还要将这一样的社会给约翰看一回,"穿凿说。他于是歪着嘴笑而且眨起眼睛来。"可以么?"

"今天晚上么?"死问。

"为什么不呢?"穿凿说。"那地方既无时间,又无时候。现在是,凡有永是如此的,以及凡有将要如此的,已经永在那里了。"

"我不能同去,"死说,"我有太多的工作。然而用了那名字,叫我们俩所认识的那个罢,而且没有我,你们也可以觅得道路的。"

于是他们穿过寂寞的街,走了一段路,煤气灯焰在夜风中闪烁,黑暗的寒冷的水拍着河堤。柔媚的音乐逐渐低微,终于在横亘大都市上的大安静里绝响了。

忽然从高处发出一种全是金属的声音,一片清朗而严肃的歌曲。

这都从高的塔里蓦地落到沉睡的都市上——到小约翰的沉郁昏暗的魂灵上。他惊异着向上看。那钟声挟了欢呼着升腾起来,而强有力地撕裂了死寂的,响亮的调子悠然而去了。这在沉静的睡眠和黑暗的悲戚中间的高兴的声音,典礼的歌唱,他听得很生疏。

"这是时钟,"穿凿说,"这永是这样地高兴,一年去,一年来。每一小时,他总用了同等的气力和兴致唱那同一的歌曲。在夜里,就比白天响得更有趣,——似乎是钟在欢呼它的无须睡觉,它下面是千数的忧愁和啼哭,而它却能够接续着一样地幸福地歌吟。然而倘若有谁死掉了,它便更其有趣地发响。"

又升腾了一次欢呼的声音。

"有一天,约翰,"穿凿接续着,"在一间寂静的屋子中的窗后面,将照着一颗微弱的小光。是一颗沉思着发抖,且使墙上的影子跳舞的,沉郁的小光。除了低微的梗塞的呜咽之外,屋子里更无声音作响。其中站着一张白幔的床,还有打皱的阴影。床上躺着一点东西,也是白而且静。这将是小约翰了。——阿,于是这歌便高声地高兴地响进屋里来,而且在歌声中,在他死后的最初时间中行礼。"——

十二下沉重的敲打,迟延着在空中吼动了。当末一击时,约翰仿佛便如入梦,他不再走动了,在街道上飘浮了一段,凭着穿凿的手的提携。在火速的飞行中,房屋和街灯都从旁溜过去了。死消失了。现在是房屋较为稀疏。它们排成简单的行列,其间是黑暗的满是秘密的洞穴,有沟,有水洼,有废址和木料,偶然照着煤气的灯光。终于来了一个大的门带着沉重的柱子和高的栅栏。一刹那间他们便飘浮过去,并且落在大沙堆旁的湿草上了。约翰以为在一个园子里了,因为他听得周围有树木瑟瑟地响。

"那么,留神罢,约翰! 还要以为我知道得比旋儿不更多。"

于是穿凿用了大声喊出一个短而黑暗的,使约翰战栗的名字来。幽暗从各方面反应这声响,风以呼啸的旋转举起它,——直到它在高天中绝响。

约翰看见,野草怎样地高到他的头,而刚才还在他脚下的小石子,怎样地已将他的眺望遮住了。穿凿,在他旁边,也同他一样小,用两手抓住那小石,使出全身的力量在转它。细而高的声音的一种纷乱的叫唤,从荒芜了的地面腾起。

"喂,谁在这里? 这是什么意思? 野东西!"这即刻发作了。

约翰看见黑色的形相忙乱着穿插奔跑。他认识那敏捷的黑色的马陆虫,发光的棕色的蠼螋带着它的细巧的铗子,鼠妇虫有着圆背脊,以及蛇一流的蜈蚣。其中有一条长的蚯蚓,电一般快缩回它的洞里去了。

穿凿斜穿过这活动的吵闹的群，走向蚯蚓的洞口。

"喂，你这长的裸体的坏种！——出来，带着你的红的尖鼻子！"穿凿大声说。

"得怎样呢？"那虫从深处问。

"你得出来，因为我要进去，你懂么，精光的嚼沙者！"

蚯蚓四顾着从洞口伸出它的尖头来，又向各处触探几回，这才慢慢地将那长的裸露的身子稍稍拖近地面去。

穿凿遍看那些因为好奇而奔集的别的动物。

"你们里面的一个得同去，并且在我们前面照着亮。不，黑马陆，你太胖，而且你带着你的千数条爪子会使我头昏眼花。喂，你，蠼螋！你的外观中我的意。同走，并且在你的铗子上带着光！马陆，跑，去寻一个迷光，或者给我拿一个烂木头的小灯来！"

他的出令的声音挥动了动物们，它们奉行了。

他们走下虫路去。他们前面是蠼螋带着发光的木头，于是穿凿，于是约翰。那下面是狭窄而黑暗。约翰看见沙粒微弱地照在淡薄的蓝色的微光中。沙粒都显得石一般大，半透明，由蚯蚓的身子磨成紧密的光滑的墙了。蚯蚓是好奇地跟随着。约翰向后看，只见它的尖头有时前伸，有时却等待着它的身子的拖近。

他们沉默着往下，——长而且深。在约翰过于峻峭的路，穿凿便搀扶他。那似乎没有穷尽；永是新的沙粒，永是那蠼螋接着向下爬，随着道路的转弯，转着绕着。终于道路宽一点了，墙壁也彼此离远了。沙粒是黑而且潮，在上面成为一个轩洞，洞面有水点引成光亮的条痕，树根穿入轩洞中，像僵了的蛇一样。

于是在约翰的眼前忽然竖着一道挺直的墙，黑而高，将他们之前的全空间都遮断了。蠼螋转了过来。

"好！那就同到了后面了。蚯蚓已经知道。这是它的家。"

"来，指给我们路！"穿凿说。

蚯蚓慢慢地将那环节的身子拖到黑墙根,并且触探着。约翰看出,墙是木头。到处散落成淡棕色的尘土了。那虫便往里钻,将长的柔软的身子滑过孔穴去。

"那么,你,"穿凿说,便将约翰推进那小的潮湿的孔里。一刹那间,他在软而湿的尘芥里吓得要气绝了,于是他觉得他的头已经自由,并且竭全力将自己从那小孔中弄出。周围似乎是一片大空间。地面硬且潮,空气浓厚而且不可忍受地郁闷。约翰几乎不敢呼吸,只在无名的恐怖中等待着。

他听到穿凿的声音空洞地发响,如在一个地窖里似的。

"这里,约翰,跟着我!"——

他觉得,他前面的地,怎样地隆起成山,——由穿凿引导着,他在浓密的幽暗中踏着这地面。他似乎走在一件衣服上,这随着脚步而高低。他在沟洼和丘冈上磕碰着,其时他追随着穿凿,直到一处平地上,紧紧地抓住了一枝长的梗,像是柔软的管子。

"我们站在这里好!灯来!"穿凿叫喊。

于是从远处显出微弱的小光,和那拿着的虫一同低昂着。光移得越近,惨淡的光亮照得空间越满,约翰的窘迫便也越大了。

他踏过的那山,是长而且白,捏在他手里的管子,是棕色的,还向下引成灿烂的波线。

他辨出一个人的顽长僵直的身体,以及他所立的冰冷的地方,是前额。

他面前就现出两个深的黑洞,是陷下的眼睛,那淡蓝的光还照出瘦削的鼻子和那灰色的,因了怖人的僵硬的死笑而张开的唇吻。

从穿凿的嘴里发一声尖利的笑,这又即刻在潮湿的木壁间断气了。

"这是一个惊奇,约翰!"

那长的虫从尸衣的折迭间爬出;它四顾着,将自己拖到下颚上,经过僵直的嘴唇,滑进那乌黑的嘴洞里去了。

"这就是跳舞会中的最美的，——你以为比妖精还美的。那时候，她的衣服和鬈发喷溢着甜香，那时候，眼睛是流盼而口唇是微笑，——现在固然是变了一点了。"

在他所有的震慑中，约翰的眼里却藏着不信。这样快么？——方才是那么华美，而现在却已经……？

"你不信我么？"穿凿歪了嘴笑着说。"那时和现在之间，已经是半世纪了。那里是既无时候，也无时间。凡已经过去的，将要是永久，凡将要来的，已经是过去了。这你不能想，然而应该信。这里一切都是真实，凡我所指示你的一切，是真的，真的！这是旋儿所不能主张的！"

穿凿嘻笑着跳到死尸的脸上往来，还开了一个极可恶的玩笑。他坐在眉毛上，牵着那长的睫毛拉开眼睑来。那眼睛，那约翰曾见它高兴地闪耀的，是疲乏地凝固了，而且在昏黄的小光中，皱蹙地白。

"那么，再下去！"穿凿大呼，"还有别的可看哩！"

蚯蚓慢慢地从右嘴角间爬出，而这可怕的游行便接下去了。

不是回转，——却是向一条新的，也这么长而且幽暗的道路。

"一个老的来了，"当又有一道黑墙阻住去路的时候，蚯蚓说。"他在这里已经很久了！"

这比起前一回来，稍不讨厌。除了一个不成形的堆，从中露着白骨之外，约翰什么也看不见。成百的虫豸们和昆虫们正在默默地忙着做工。那光惹起了惊动。

"你们从那里来？谁拿光到这里来？我们用不着这个！"

它们并且赶快向沟里洞里钻进去了。但它们认出了一个同种。

"你曾在这里过么？"虫们问。"木头还硬哩。"

首先的虫否认了。

他们再往远走，穿凿当作解释者，将他所知道的指给小约翰。来了一个不成样子的脸带着狞视的圆眼，膨胀的黑的嘴唇和面庞。

"这曾是一位优雅的先生，"他于是高兴地说，"你也许曾经见过他，这样地富，这样地阔，而且这样地高傲。他保住了他的尊大了。"

这样地进行。也有瘦损的，消蚀了的形体，在映着微光而淡蓝地发亮的白发之间，也有小孩子带着大头颅，也有中年的沉思的面目。

"看哪，这是在他们死后才变老的，"穿凿说。

他们走近了一个络腮胡子的男人，高吊着嘴唇，白色的牙齿在发亮。当前额中间，有一个圆的，乌黑的小洞。

"这人被永终用手艺草草完事了。为什么不忍耐一点呢？无论如何他大概总得到这里来的。"

而且又是道路，而且是新的道路，而且又是伸开的身体带着僵硬的丑怪的脸，和不动的，交叉着迭起来的手。

"我不往下走了，"蠼螋说，"这里我不大熟悉了。"

"我们回转罢，"蚯蚓说。

"前去，只要前去！"穿凿大叫起来。

这一行又前进。

"一切，凡你所见的，存在着，"穿凿进行着说，"这一切都是真的。只有一件东西不真。那便是你自己，约翰。你没有在这里，而且你也不能在这里。"

他看见约翰因了他的话，露出恐怖的僵直的眼光，便发了一通响亮的哗笑。

"这是一条绝路，我不前进了，"蠼螋烦躁着说。

"我却偏要前进，"穿凿说，而且一到道路的尽头，他便用两手挖掘起来了。"帮我，约翰！"

约翰在困苦中，不由自主地服从了，挖去那潮湿的微细的泥土。

他们浴着汗水默默地继续着工作，直到他们撞在黑色的木头上。

蚯蚓缩回了环节的头，并且向后面消失了。蠼螋也放下它的光,走了回去。

"你们进不去的,这木头太新,"它临走时说。

"我要!"穿凿说,并且用爪甲从那木头上撕下长而白的木屑来。

一种可怕的窘迫侵袭了约翰。然而他必得,他不能别的。

黑暗的空隙终于开开了。穿凿取了光,慌忙爬进去。

"这里,这里!"他叫着,一面跑往头那边。

但当约翰到了那静静地交叉着迭在胸脯上面的手那里的时候,他必须休息了。他见有瘦的,苍白的,在耳朵旁边半明半暗的手指,正在他前面。他忽然认得了,他认识手指的切痕和皱襞,长的,现在是染成深蓝了的指甲的形状。他在示指上看出一个棕色的小点来。这是他自己的手。

"这里,这里!"穿凿的声音从头那边叫喊过来。"看一下子罢,你可认识他么?"

可怜的约翰还想重行起来,走向那向他闪烁着的光去。然而他不再能够了。那小光消灭成完全的幽暗,他也失神地跌倒了。

十二

他落在一个深的睡眠里,直到那么深,在那里没有梦。

当他又从这幽暗中起来,——慢慢地——到了清晨的苍茫凉爽的光中,他拂去了斑斓的,温柔的旧梦。他醒了,有如露珠之从一朵花似的,梦从他的灵魂上滑掉了。

还在可爱的景象的错杂中,半做着梦的他的眼睛的表情,是平静而且和蔼。

但因了当着黯淡的白昼之前的苦痛,他如一个羞明者,将眼睛合上了。凡有在过去的早晨所曾见的,他都看见。这似乎已经很久,很远了。然而还是时刻刻重到他的灵魂之前,从哀愁的早晨起,直到寒栗的夜里。他不能相信,那一切恐怖,是会在一日之中出现的。他的窘迫的开初,仿佛已经是这样远,像失却在苍茫的雾里一般。

柔和的梦,无影无踪地从他的灵魂上滑去了——穿凿摇撼他——而沉郁的时光于是开始,懒散而且无色,是许多许多别的一切的前驱。

但是凡有在前夜的可怕的游行中所见的,却停留在他那里。这单是一个骇人的梦象么?

当他踌躇着将这去问穿凿的时候,那一个却嘲笑而诧异地看着他。

"你想什么?"他问。

然而约翰却看不出他眼里的嘲笑,还问,他看得如此清楚而且分明,如在面前的一切,是否真是这样地出现了?

"不,约翰,你却怎样地胡涂呵!这样的事情是决不能发生的。"

约翰不知道他须想什么了。

"我们就要给你工作了。那么,你便不再这样痴呆地问了。"

他们便到那要帮助约翰,来觅得他所寻觅的号码博士那里去。

在活泼的街道上,穿凿忽然沉静地站住了,并且从大众中指出一个人来给约翰看。

"你还认识他么?"他问,当约翰大惊失色,凝视着那人的时候,他便在街上发出一声响亮的哗笑来。

约翰在昨夜见过他,深深地在地下。——

博士亲切地接待他们,并且将他的智慧颁给约翰。他听至数小时之久,在这一天,而且在以后的许多天。

约翰所寻觅的,博士也还未曾觅得。他却几乎了,他说。他要使约翰上达,有如他自己一般。于是他们俩就要达了目的。

约翰倾听着,学习着,勤勉而且忍耐,——许多日之久,——许多月之久。他仅怀着些少的希望,然而他懂得,他现在应该进行,——进行到他所做得到。他觉得很奇特。他寻觅光明,越长久,而他的周围却越昏暗。凡他所学的一切的开端，是很好的，——只是他钻研得越深，那一切也就越凄凉，越黯淡。他用动物和植物，以及周围的一切来开手，如果观察得一长久，那便成为号码了。一切分散为号码，纸张充满着号码。博士以为号码是出色的，他并且说，号码一到，于他是光明，——但在约翰却是昏暗。

穿凿伴住他，倘或他厌倦和疲乏了，便刺戟他。享用或叹赏的每一瞬间，他便埋怨他。

约翰每当学到，以及看见花朵怎样微妙地凑合，果实怎样地结成，昆虫怎样不自觉地助了它们的天职的时候，是惊奇而且高兴。

"这却是出色。"他说，"这一切是算得多么详尽，而且造得多么精妙和合式呵！"

"是的，格外合式，"穿凿说，"可惜，那合式和精妙的大部分，是没有用处的。有多少花结果，有多少种子成树呢？"

"然而那一切仿佛是照着一个宏大的规划而作的，"约翰回答。"看罢！蜜蜂们自寻它们的蜜而不知道帮助了花，而花的招致蜜蜂是用了它们的颜色。这是一个规划，两者都在这上面工作，不识不知地。"

"这见得真好，但欠缺的也还多。假使那蜜蜂觉得可能，它们便在花下咬进一个洞去，损坏了那十分复杂的安排。伶俐的工师，被一个蜜蜂当作呆子！"

在人类和动物之间的神奇的凑合，那就显得更坏了。他从约翰以为美的和艺术的一切之中，指出不完备和缺点。他指示他能够侵略人和动物的，苦恼和忧愁的全军[①]，他还偏喜欢选取那最可厌的和最可恶的。

"这工师，约翰，对于他所做的一切，确是狡狯的，然而他忘却了一点东西。人们做得不歇手，只我要弭补一切损失。但看你的周围

---

① 大概是指病原菌。

罢！一柄雨伞,一个眼镜,还有衣服和住所,都是人类的补工。这和那大规划毫无关系。那工师却毫不盘算,人们会受寒,要读书,为了这些事,他的规划是全不中用的。他将衣服交给他的孩子们,并没有盘算他们的生长。于是一切人们,便几乎都从他们的天然衣服里长大了。他们便自己拿一切到手里去。全不再管那工师和他的规划。没有交给他们的,他们也无耻地放肆地拿来,——还有分明摆着的,是使他们死,于是他们便往往借了各种的诡计,在许多时光中,来回避这死。"

"然而这是人们之罪,"约翰大声说,"他们为什么任性远离那天然的呢?"

"呵,你这胡涂的约翰!倘或一个保姆使一个单纯的孩子玩耍火,并且烧起来了,——谁担负这罪呢?那不识得火的孩子,还是知道那要焚烧的保姆呢?如果人们在困苦中或不自然中走错了,谁有罪,他们自己呢,还是他们和他相比,就如无知无识的孩子们一般的,无所不知的工师呢?"

"他们却并非不知,他们曾经知道……"

"约翰,假如你告诉一个孩子,'不要弄那火,那是会痛的!'假使那孩子仍然弄,因为他不知道什么叫作痛,你就能给你脱去罪名,并且说:'看呀!这孩子是并非不知道的么?'你深知道,那是不来听你的话的。人们就如孩子一般耳聋和昏愦。但玻璃是脆的,粘土是软的。谁造了人类而不计算他们的昏愦,便如那等人一样,他用玻璃造兵器而不顾及它会破碎,用粘土做箭而不顾及它一定要弯曲。"

这些话像是纷飞的火滴一般,落在约翰的灵魂上。他的胸中萌生了大悲痛,将他那先前的,在夜间寂静和无眠的时候,常常因此而哭的苦痛驱除了。

唉!睡觉呵!睡觉呵!——曾有一时——多日之后,——睡觉在他是最好的时候了。其中没有思想,也没有悲痛,他的梦还是永永引导他重到他的先前的生活去。当他梦着的时候,他仿佛觉得很华美,但在白昼,却不再能够想象那是怎样了。他仅知道他的神往和苦痛,较胜于他现今所知道的空虚和僵死的感觉。有一回,他曾苦痛地神往于旋儿,有一回,他曾时时等候着荣儿。那是多么华美呵!

荣儿!——他还在神往么?——他学得越多,他的神往便越消失。因为这也散成片段了,而且穿凿又使他了然,什么是爱。他于是自愧,号码博士说,他还不能从中做出号码来,然而快要出现了。小约翰的周围,是这样的黑暗而又黑暗。

他微微觉得感谢,是在他和穿凿的可怕的游行里,没有看见荣儿。

当他和穿凿提及时,那人不说,却只狡狯地微笑。然而约翰懂得,这是并不怜恤他。

约翰一有并不学习和工作的时间,穿凿便利用着领他到人间去。他知道带他到各处,到病院中,病人们躺在大厅里,——苍白消瘦的脸带着衰弱或苦痛的表情的一长列——那地方是忧郁的沉静,仅被喘息和叫唤打断了。穿凿还指示他,其中的几个将永不能出这大厅去。倘在一定的时间,人们的奔流进向这厅,来访问他患病的亲戚的时候,穿凿便说:"看哪,大家都知道,便是他们也将进这屋子和昏暗的大厅里面来,为的是毕竟在一个黑箱子里抬出来。"

——"他们怎么能这样高兴呢?"约翰想。

穿凿领他到楼上的一间小厅中,其中充满着伤情的半暗,从邻室里,有风琴的遥响,不住地梦幻地传来。于是穿凿从众中指一个病人给他看,是顽钝地向前凝视着沿了墙懒懒地爬来的一线日光的。

"他在这里躺了七年了,"穿凿说。——"他是一个海员,他曾见印度的椰树,日本的蓝海,巴西的森林。现在他在七个长年的那些长日子,消受着一线日光和风琴游戏。他不再能走出这里了,然而还可以经过这样的一倍之久。"

从这一日起,约翰是极可怕的梦,他忽然醒来了,在小厅中,在如梦的声响中的伤情的半暗里,——至于直到他的结末,只看见将起将灭的黄昏。

穿凿也领他到大教堂,使他听在那里说什么。他引他到宴会,到盛大的典礼,到几家的闺房。

约翰学着和人们认识,而且他屡次觉得,他应该想想他先前的生活,旋儿讲给他的童话和他自己的经历,有一些人,是使他记起那想在星星中看见它亡故的伙伴的火萤的,——或者那金虫,那比别个老一天,而且谈论了许多生活本分的,——他听到故事,则使他记起涂鸦泼刺,那十字蜘蛛中的英雄,或者记起鳗鱼,那只是躺着吃,因为一个肥胖的年青的王,就显得特别体面的。对于自己,他却比为不懂得什么叫作生活本分,而飞向光中去的那幼小的金虫。他似乎无助地残废地在地毯上各处爬,用一条线系着身子,一条锋利的线,而穿凿则牵着,掣着它。

唉,他将永不能再觅得那园子了,——沉重的脚何时到来,并且将他踏碎呢?

他说起旋儿,穿凿便嘲弄他。而且他渐渐相信起来了,旋儿是从来没有的。

"然而,穿凿,那么,匙儿也就不成立了,那就全没有什么成立了。"

"全无!全无!只有人们和号码,这都是真的,存在的,无穷之多的号码。"

"然而,穿凿,那么,你就骗了我了。使我停止,使我不再寻觅罢,——使我独自一个罢!"

"死怎么对你说,你不知道了么?你须成一个人,一个完全的人。"

"我不愿意。这太可怕!"

"你必须——你曾经愿意了的。看看号码博士罢,他以为这太可怕么？你要同他一样。"

这是真实。号码博士仿佛长是平静而且幸福。不倦地不摇地他走他的路，学着而且教着，知足而且和平。

"看他罢，"穿凿说，"他看见一切，而仍然一无所见。他观察人类，似乎他自己是别的东西，和他们全不一样。他闯过疾病和困苦之间，似乎不会受伤，而且他还与死往还，如不死者。他只希望懂得他之所见，而凡有于他显然的，在他是一样地正当。只要一懂得，他便立即满足了。你也须这样。"

"我却永不能。"

——"好，那我就不能帮助你了。"

这永是他们的交谈的无希望的结束。约翰是疲乏而且随便了，寻觅又寻觅，是什么和为什么，他不复知道了。他已如旋儿所说的许多人们一般。

冬天来了，他几乎不知道。

当一个天寒雾重的早晨，潮湿的污秽的雪躺在街道上，并且从树木和屋顶上点滴着的时候，他和穿凿走着他平日的路。

在一处，他遇见一列年青的姑娘，手上拿着教科书。她们用雪互掷着，笑着，而且彼此捉弄着，她们的声音在雪地上清彻地发响。听不到脚步和车轮的声响，只有马的，或者一所店门的关闭，像似一个铃铛的声音。高兴的笑声，清彻地穿过这寂静。

约翰看见，一个姑娘怎样地看他而且向他凝望着，她穿一件小皮衣，戴着黑色的帽子。他熟识她的外貌，却仍不知道她是谁。她点头，而且又点一回头。

"这是谁呢？我认识她。"

"是的，这是可能的。她叫马理，有几个人称她荣儿。"

"不，这不能是。她不像旋儿。她是一个平常的姑娘。"

"哈！哈！哈！她不能像一个并不存在的或人的。然而她是，她是的。你曾经这样地很仰慕她，我现在要将你弄到她那里去了。"

"不，我不愿意见她。我宁可见她死，像别人一样。"

约翰不再向各处观看了，却是忙忙地前奔，并且喃喃着：

"这是结局。全不成立！全无！"

十三

最初的春晨的清朗温暖的日光，弥漫了大都市。明净的光进到约翰住着的小屋子中；低的顶篷上有一条大的光条，是波动着的运河的水的映象，颤抖而且闪动。

约翰坐在日照下的窗前，向大都市眺望，现在是全然另一景象了。灰色的雾，换成灿烂的蓝色的阳光，笼罩了长街的尽头和远处的塔。石片屋顶的光线闪作银白颜色；一切房屋以清朗的线和明亮的面穿过日光中，——这是浅蓝天中的一个温暖的渲染。水也仿佛有了生气了。榆树的褐色的嫩芽肥而有光，喧嚷的麻雀们在树枝间鼓翼。

当他在眺望时，约翰的心情就很奇特。日光将他置身于甜的昏迷中了。其中是忘却和难传的欢乐。他在梦里凝视着波浪的光闪，饱满的榆芽，还倾听着麻雀的啾唧。在这音响里是大欢娱。

他久没有这样地柔和了；他久没有觉得这样地幸福了。

这是他重行认识的往日的日照。这是往日叫他去到自由的太阳，到园子里，他于是在暖地上的一道旧墙荫中，——许多工夫，可以享用那温暖和光辉，一面凝视着面前的负暄的草梗。

在沉静中，于他是好极了，沉静给他以明确的家乡之感，——有如他所记得，多年以前在他母亲的腕中。他并不饮泣或神驰，而必须思想一切的过去。他沉静地坐着，梦着，除了太阳的照临之外，他什么也不希望了。

"你怎么这样沉思地坐着呢，约翰？"穿凿叫喊，"你知道，我是不容许做梦的。"

约翰恳求地抬起了出神的眼睛。

"再给我这样地停一会罢,"他祈求说,"太阳是这样好。"

"你在太阳里会寻出什么来呢,喂?"穿凿说。"它并非什么,不过是一枝大蜡烛,你坐在烛光下或是在日光下,完全一样的。看罢!街上的那阴影和亮处,——也即等于一个安静地燃烧着而不闪动的灯火的照映。而那光,也不过是照着世界上的极渺小的一点的一个极渺小的小火焰罢了。那边!那边!在那蔚蓝旁边,在我们上面和底下,是暗,冷而且暗!那边是夜,现在以及永久!"

但他的话于约翰没有效。沉静的温暖的日光贯澈了他,并且充满了他的全灵魂了,——在他是平和而且明晰。

穿凿带着他到号码博士的冰冷的住所去。日象还在他的精神上飘泛了一些时,于是逐渐黯淡了,当正午时分,在他是十足的幽暗。

但到晚间,他又在都市的街道上趱行的时候,空气闷热,且被潮湿的春气充塞了。一切的发香都强烈了十倍,而在这狭窄的街中,使他窘迫。惟在空旷处,他嗅出草和树林的新芽。在都市上,他看见春,在西方天际嫩红中的平静的小云里。

黄昏在都市上展开了嫩色的柔软的银灰的面纱。街上是寂静了,只在远处有一个手拉风琴弄出悲哀的节奏,——房屋向着红色的暮天,都扬起一律的黑影,还如无数的臂膊一般,在高处伸出它们的尖端和烟突来。

这在约翰,有如太阳末后照在大都市上时的和蔼的微笑,——和蔼地如同宽恕了一件傻事的微笑似的。那微微的温暖,还来抚摩约翰的双颊。

于是悲哀潜入了约翰的心,有这样沉重,致使他不能再走,且必须将他的脸伸向远天中深深地呼吸了。春天在叫他,他也听到。他要回答,他要去。这一切在他是后悔,爱,宽恕。

他极其神往地向上凝视。从他模胡的眼里涌出泪来。

"去罢！约翰！你不要发呆罢，人们看着你哩，"穿凿说。

蒙胧而昏暗地向两旁展开着长的单调的房屋的排列。是温和的空气中的一个苦恼，是春声里面的一声哀呼。

人们坐在门内和阶沿上，以消受这春天。这于约翰像是一种嘲侮。污秽的门畅开着，浑浊的空间等候着那些人。在远处还响着手拉风琴的悲哀的音调。"呵，我能够飞开这里，远去，冈上，海上！"

然而他仍须伴着高的小屋子，而且他醒着躺了这一夜。

他总要想念他父亲，以及和他同行的远道的散步，——如果他走在他的十步之后，那父亲就给他在沙土上写字母。他总要想念那地丁花生在灌木之间的处所，以及和父亲同去搜访的那一天。他整夜看见他的父亲的脸一如先前，他在夜间安静的灯光中顾盼他，还倾听他笔锋写字的声响。

于是他每晨祈求穿凿，还给他回乡一回，往他的家和他的父亲，再看一遍沙冈和园子。现在他觉出他先前的爱父亲，过于普烈斯多和他的小屋子了，因为他现在只为他而祈求。

"那就只告诉我，他怎样了，我出外这么久，他还在恼我么？"

穿凿耸一耸肩。——"即使你知道了，于你有什么益呢？"

春天却过去了，呼唤他，越呼越响。他每夜梦见冈坡上的暗绿的苔藓，透了嫩的新叶而下的阳光。

"这是不能长久如此的，"约翰想，"我就要支持不住了。"

每当他不能入睡的时候，他往往轻轻地起来，走到窗前，向着暗夜凝视。他看见蒸腾的蒙茸的小云，怎么慢慢地溜过月轮旁边，平和地飘浮在柔和的光海里。他便想，在那远方，冈阜是怎样地微睡在闷热的深夜中！在深的小树林间，绝无新叶作响，潮湿的莓苔和鲜嫩的桦条也将发香，那该是怎样地神奇呵。他仿佛听得远处有虾蟆的抑扬的合唱，满是秘密地浮过田野来，还有唯一的鸟的歌曲，是足以伴那严肃的寂静的，它将歌曲唱得如此低声地哀怨地开头，而且陡然中断，以致那寂静显得更其寂静了。鸟在呼唤他，一切都在呼唤他。他将头靠着窗沿，并且在他的臂膊上呜咽起来了。

"我不能！——我受不住。倘我不能就去，我一定会就死了。"

第二天穿凿叫他醒来的时候，他还坐在窗前，他就在那里睡着了，头靠在臂膊上。——

日子过去了，又长又热，——而且无变化。然而约翰没有死，他还应该担着他的苦痛。

有一日的早晨，号码博士对他说：

"我要去看一个病人，约翰，你愿意同我去么？"

号码博士有博学的名声，而且对于病和死，有许多人来邀请他的帮助。约翰是屡次伴过他的。

穿凿在这早晨异常地高兴。他总是倒立，跳舞，翻筋斗，并且玩出各种疯狂似的说笑来。他不住地非常秘密地窃笑着，像一个准备着给人一吓的人。

但号码博士却只是平常一样严正。

这一日他们走了远的路。用铁路，也用步行。约翰是还没有一同到过外边的。

这是一个温暖的，快乐的日子。约翰从车中向外望，那广大的碧绿的牧场，带着它欲飞的草和吃食的家畜，都在他身边奔过去了。他看见白胡蝶在种满花卉的地上翩跹，空气为了日热发着抖。

但他忽而悚然了：那地方展布着长的，起伏的连冈。

"唉，约翰，"穿凿窃笑着，"那就要中你的意了，你看罢！"

半信半疑地约翰注视着沙冈。沙冈越来越近。仿佛是两旁的长沟，正在绕着它们的轴子旋转，还有几所人家，都在它们旁边扑过去了。

于是来了树木；茂密的栗树，盛开着，带着千数大的或红或白的花房，暗蓝绿色的枞树，高大而堂皇的菩提树。

这就是真实：他须再见他的沙冈。列车停止了，——三人于是在成荫的枝柯下面行走。

这是深绿的莓苔，这是日光在林地上的圆点，这是桦条和松针的幽香。

"这是真实么？——这是实际么？"约翰想，"幸福要来了罢？"

他的眼睛发光了，他的心大声地跳着。他快要相信他的幸福了。这些树木，这地面，他很熟识，——他曾经屡次在这树林道中往来。

只有他们在道路上，此外没有人。然而约翰要回顾，仿佛有谁跟着他们似的。他又似乎从槲树枝间，望见一个黑暗的人影，每当那路的最末的转角，便看不分明了。

穿凿阴险地暧昧地注视他。号码博士大踏步走，看着目前的地面。

道路于他更熟识，更相信了，他认得每一丛草，每一块石。约翰忽然剧烈地吃了惊，因为他站在他自己的住所前面了。

屋前的栗树，展开着它那大的手一般的叶子。直到上面的最高枝梢上，在繁密的圆圆的丛叶里，煊赫着华美的白色的繁花。

他听到开门的熟识的声响，——他又齅到他自己的住所的气味。于是他认出了各进路，各门户，每一点，——都带着一种离乡的苦痛的感觉。凡有一切，都是他的生活的，他的寂寞而可念的儿童生活的一部分。对于这些一切物事，他曾经和它们谈天，和它们在自己的理想生活中过活，这里是他决不放进一个他人的。然而现在他却觉得从这全部老屋分离，推出了，连着它们的各房间，各进路和各屋角。他觉得这分离极难挽回，他的心绪正如他在探访一个坟庄，这样地凄凉和哀痛。

只要有普烈斯多迎面跳来，那也许就减少一点非家的况味，然而普烈斯多却一定已经跑掉，或者死掉了。

然而父亲在那里呢？

他回顾开着的门和外面的日光下的园子，他看见那人，那似乎在路上追随着他们的，现在已经走向房屋来了。他越来越近，那走近仿佛只见加增。他一近门，门口便充满了一个大的，寒冷的影子。于是约翰就认出了这人。

屋里是死静，他们沉默着走上楼梯去。有一级是一踏常要作响的，——这约翰知道。现在他也听到，怎样地发了三回响，——这发响像是苦痛的呻吟。但到第四回的足踏，却如隐约的呃逆了。

而且约翰在上面还听到一种喘息，低微而一律，有如缓慢的时钟的走动，是一种苦痛而可怕的声音。

他的小屋子的门畅开着。约翰赶紧投以胆怯的一瞥。那地毯上的奇异的花纹是诧异而无情地凝视他，时钟站得静静地。

他们走进那发出声音来的房里去。这是父亲的卧室。太阳高兴地照着放下的绿色的床帏。西蒙，那猫，坐在窗台上的日照里。全房充满着葡萄酒和樟脑的郁闷的气味。一种低微的抽噎，现在就从近处传来了。

约翰听到柔软的声音的细语和小心的脚步的微声。于是绿帏便被掣起了。

他看见了父亲的脸，这是他近来常在目前看见的。然而完全两样了。亲爱的严正的外貌已经杳然，但在可怕地僵视。苍白了，还带着灰色的阴影。看见眼白在半闭的眼睑下，牙齿在半开的口中。头是陷枕中间，每一呻吟便随着一抬起，于是又疲乏地落在旁边了。

约翰屹立在床面前，大张了僵直的眼睛，瞠视着熟识的脸。他想什么，他不知道，——他不敢用手指去一触，他不敢去握那疲乏地放在白麻布上的，衰老的干枯的双手。

环绕他的一切都黑了，那太阳，那明朗的房子，那外面的丛绿，以及历来如此蔚蓝的天空，——一切，凡有在他后面的，黑了，黑，昏昧地，而且不可透彻地。在这一夜，他也别无所见，只在前面看见苍白的头。他还应该接着只想这可怜的头，这显得如此疲乏，而一定永是从新和苦痛的声息一同抬起的。

定规的动作在一转瞬间变化了。呻吟停歇，眼睑慢慢地张开，眼睛探索似地向各处凝视,嘴唇也想表出一点什么来。

"好天,父亲!"约翰低声说,并且恐怖地发着抖,看着那探索的眼睛。那困倦的眼光于是看了他一刹时,一种疲乏的微笑,便出现在陷下的双颊上。细瘦的皱缩的手从麻布上举起,还向约翰作了一种不分明的动作,就又无力地落下了。

"唉,什么!"穿凿说,"只莫是愁叹场面!"

"给我闪开,约翰,"号码博士说,"我们应该看一看,我们得怎么办。"

博士开手检查了,约翰却离开卧床,站在窗口。他凝视那日照的草和清朗的天空,以及宽阔的栗树叶,叶上坐着肥大的蓝蝇,在日光中莹莹地发闪。那呻吟又以那样的定规发作了。

一匹黑色的白头鸟在园里的高草间跳跃,——大的,红黑的胡蝶在花坛上盘旋,从高树的枝柯中,冲出了野鸽的柔媚的钩辀,来到约翰的耳朵里。

里面还是那呻吟,永是如此,永是如此。他必须听,——而且这来得一律,没有变换,就如下坠的水滴,会使人发狂。他紧张着等候那每一间歇,而这永是又发作了,——可怕如死的临近的脚步。

而外面是温暖的,适意的日和。一切在负暄,在享受。因了甘美的欢乐,草颤抖着,树叶簌簌着,——高在树梢上,深在蠢动的蔚蓝中,飘浮着一只平静地鼓翼的苍鹭。

约翰不懂这些,这一切于他都是疑团。他的灵魂是这样地错乱和幽暗。——

"怎么这一切竟同时到我这里呢?"他自己问。

"我真是他么?这是我的父亲,我本身的父亲么?——我的,我约翰的?"

在他,似乎是他在说起一个别的人。一切是他所听到的故事。他听得有一个人讲,讲约翰,讲他所住的房屋,讲他舍去而垂死的他的父亲。他自己并非那他,他是听到了谈讲。这确是一般悲惨的故事,很悲惨。但他和这是不相干的。

是的！——是的！偏是！他自己就是那他,他！约翰！

——"我不懂得这事情,"号码博士站起身来的时候,说,"这是一个疑难的症候。"

穿凿站在约翰的近旁。

"你不要来看一看么,约翰？这是一件有趣味的事情。博士不懂它。"

——"放下我,"约翰说,也不回头,"我不能想。"

但穿凿却立在约翰的后面,对他絮语,照例尖利地传入他的耳朵来。

"不想？——你相信,你不能想么？那是你错了。你应该想。你即使看着丛绿和蓝色的天,那是于你无益的。旋儿总是不来的。而且在那边的生病的人,无论如何就要死的。这你看得很明白,同我们一样。他的苦恼是怎样呢,你可想想么？"

"我不知道那些,我不要知道那些。"

约翰沉默了,并且倾听着呻吟,这响得如低微的苛责的哀诉。号码博士在一本小书上写了一点略记。床头坐着那曾经追随他们的黑暗的形象。——低着头,向病人伸开了长臂膊,深陷的眼睛看定了时钟。

尖利的絮语又在他的耳边发作了。

"你为什么这样凄凉地注视呢,约翰？你确有你的意志的。那边横着沙冈,那边有日光拂着丛绿,那边有禽鸟在歌唱和胡蝶在翩跹。你还希望什么呢,等候旋儿么？如果他在一个什么地方,那他就一定在那地方的,而他为什么不来呢？——他可是太怕那在头边的幽暗朋友么？但他是永在那里的。"

"你可看出,一切事情都是想象么,约翰？"

"你可听清那呻吟么？这比刚才已经微弱一点了,你能听出它不久就要停止。那么,怎么办呢？当你在外面冈蔷薇之间跑来跑去的时候,也曾有过这么多的呻吟了。你为什么站在这里,悲伤着,而不像你先前一般,到沙冈去呢?看哪!那边是一切烂熳着,馥郁着,而且歌唱着,像毫无变故似的。你为什么不参与一切兴趣和一切生活的呢?"

"你方才哀诉着,神往着,——那么,我就带领你去,到你要去的地方,我也不再和你游览了,我让你自由,通过高草,躺在凉荫中,并且任飞蝇绕着你营营,并且吸取那嫩草的香味,我让你自由,就去罢!再寻旋儿去罢!"

"你不愿意,那你就还是独独相信我。凡我所说给你的,是真实不是?说谎的是旋儿,还是我呢?"

"听那呻吟!——这么短,这么弱。这快要平静了。"

"你不要这样恐怖地四顾罢,约翰。那平静得越早,就越好。那么,就不再有远道的游行,你也永不再和他去搜访地丁花了。因为你走开了,这二年他曾经和谁游行了呢?——是的,你现在已经不能探问他。你将永不会知道了。你就只得和我便满足。假使你略早些认识我,你现在便不这样苦恼地注视了。你从来不这样,像现在似的。从你看来,你以为号码博士像是假惺惺么?这是会使他忧闷的,正如在日照中打呼卢的那猫一样。而且这是正当的。这样的绝望有什么用呢?这是花卉们教给你的么?如果一朵被折去了,它们也不悲哀。这不是幸福么?它们无所知,所以它们是这样。你曾经开始,知道一点东西了,那么,为幸福计,你也就应该知道一切。这惟我能够教授你。一切,或简直全无。"

"听我。他是否你的父亲,于你有什么相干呢?他是一个垂死的人,——这是一件平常事。"

"你还听到那呻吟么?——很微弱,不是么?——这就要到结局了。"

约翰在恐怖的窘迫中,向卧床察看。西蒙,那猫,跳下窗台,伸一伸四肢,——并且打着呼卢在床上垂死者的身边躺下了。

那可怜的,疲乏的头已经不再动弹,——挤在枕头里静静地躺着,——然而从半开的口中却还定规地发出停得很短的疲乏的声音。这也低下去了,难于听到了。

于是死将黑暗的眼睛从时钟转到沉埋的头上,并且抬起手来。于是寂静了。僵直的容貌上蒙上了一层青苍的阴影。寂静,渺茫的空虚的寂静!——

约翰等待着,等待着。——

然而那定规的声息不再回来了。止于寂静,——大的,呼哨的寂静。

在最末的时刻,也停止了倾听的紧张,这在约翰,仿佛是灵魂得了释放,而且坠入了一个黑的,无底的空虚。他越坠越深。环绕他的是寂静和幽暗。

于是响来了穿凿的声音,仿佛出自远方似的。

"哦,这故事那也就到结局了。"

"好的,"号码博士说,"那么,你可以看一看这是什么了。我都交付你。我应该去了。"

还半在梦里,约翰看见晃耀着闪闪的小刀。

那猫做了一个弓腰,在身体旁边冷起来了,它又寻得了日照。

约翰看见,穿凿怎样地拿起一把小刀,仔细地审视,并且走向床边来。

于是约翰便摆脱了昏迷,当穿凿走到床边之前,他就站在他前面。

"你要怎么?"他问。因为震悚,他大张着眼睛。

"我们要看看,这是怎么一回事,"穿凿说。

"不用,"约翰说,而且他的声音响得深如一个男子的声音。

"这是干什么?"穿凿发着激烈的闪烁的眼光,问。"你能禁止我这事么? 你不知道我有多么强么?"

"我不要这事,"约翰说。他咬了牙关,并且深深地呼吸。他看定穿凿,还向他伸出手去。

然而穿凿走近了。于是约翰抓住他的手腕,而且和他格斗。

穿凿强,他是知道的,他向来未曾反抗他。但是他不退缩,不气馁。

小刀在他眼前闪烁,他瞥见红焰和火花,然而他不弛懈,并且继续着格斗。

他知道他倘一失败,将有何事发生。他认识那事,他先前曾经目睹过。然而躺在他后面的是什么呢,他的父亲,而且他不愿意看见那件事。①

当他们喘息着格斗时中,他们后面横着已死的身体,伸开而且不动,一如躺着一般。在平静的瞬息间,眼白分明如一条线,嘴角吊起,显着僵直的露齿的笑容。独有那两人在他们的争斗中撞着卧床的时候,头便微微地往来摇动。

约翰还是支持着,——呼吸不济,他什么都看不见了。当他眼前张起了一层血似的通红的面纱。但他还站得住。

于是在他掌握中的那两腕的抵抗力,慢慢地衰退了。他两手中的紧张减少,臂膊懒散地落下,而且捏着拳的手里是空虚了。

他抬眼看时,穿凿消失了。只有死还坐在床上,并且点头。

"这是你这边正当的,约翰,"他说。

"他会再来么?"约翰低声说。死摇摇头。

"永不,谁敢对他,就不再见他了。"

"旋儿呢? 那么,我将再见旋儿呢?"

那幽暗的人看着约翰许多时。他的眼光已不复使人恐怖了——却是温和而加以诚恳:他吸引约翰如一个至大的深。

"独有我能领你向旋儿去。独由我能觅得那书儿。"

"那么你带着我罢,——现今,不再有人在这里了,——你也带

---

① 用小刀的事,指医学上的尸体解剖。

着我罢，像别人一样！我不愿意再下去了——……"

死又摇摇头。

"你爱人类，约翰。你自己不知道，然而你永是爱了他们。成一个好人，那是较好的事。"

"我不愿意——你带着我罢……"

"不然，不然。你愿意——你不能够别样的……"

于是那长的，黑暗的形体，在约翰眼前如雾了。它散成茫昧的形状，一道霏微的灰色的烟霭，透过内房，并且升到日光里去了。

约翰将头俯在床沿上，哭那死掉的人。

十四

许多时之后，他抬起头来。日光斜照进来，且有通红的光焰。这都如直的金杖一般。

"父亲！父亲！"约翰低声说。

外面的全自然，是因了太阳，被灿烂的金黄的炽浪所充满了。每一片叶，都绝不动弹地挂着，而且一切沉默在严肃的太阳崇奉中。

而且和那光，一同飘来了一种和软的声息，似乎是明朗的光线们唱着歌：

"太阳的孩子！太阳的孩子！"

约翰昂了头，倾听着。在他耳朵里瑟瑟地响：

"太阳的孩子！太阳的孩子！"

这像是旋儿的声音。只有他曾经这样地称呼过他的，——他现在是在叫他么？——

然而他看见了身边的相貌——他不愿意再听了。

"可怜的，爱的父亲！"他说。

然而他周围又忽地作响，从各方面围着他，这样强，这样逼，致使他因为这神奇的怅触而发抖了。

"太阳的孩子！太阳的孩子！"

约翰站起身来，且向外面看日。怎样的光！那光是怎样地华美呵！这涨满了全树梢，并且在草莽间发闪，还洒在黑暗的阴影里。这又充满了全天空，一直高到蔚蓝中，最初的柔嫩的晚云所组成的处所。

从草地上面望去，他在绿树和灌木间看见冈头。它们的顶上横着赤色的金，阴影里悬着天的蓝郁。

它们平静地展伸着，躺在嫩采的衣装里。它们的轮廓的轻微的波动，是祷告似的招致和平的。约翰又觉得仿佛先前旋儿教他祷告的时候了。

在蓝衣中的光辉的形相，不是他么？看哪！在光中央闪烁，在金蓝的雾里，向他招呼的，不是旋儿么？

约翰慌忙走出，到日光中。他在那里停了一瞬息。他觉到光的神圣的敬礼，枝柯这样地寂静，他几乎不敢动弹了。

然而他前面那里又是光辉的形相。那是旋儿，一定的！那是。金发的发光的头转向他了，嘴半开了，似乎他要呼唤。他用右手招致他，左手擎着一点东西。他用纤瘦的指尖高高地拿着它，并且在他手中辉煌和闪烁。

约翰发一声热情洋溢的幸福的欢呼，奔向那心爱的现象去。然而那形相却升上去了，带着微笑的面目和招致的手，在他前面飘浮。也屡次触着地面，慢慢地弯腰向下，但又即轻捷地升腾，向远处飘泛，仿佛因风而去的种子似的。

约翰也愿意升腾，像他先前，像在他的梦里一般，飘向那里去，然而大地掣回他的脚，他的脚步也沉重地在草地上绊住了。他穿过灌木，尽力觅他的道路，柯叶瑟瑟地拂着他的衣裳，枝条也鞭打他的脸。他喘息着爬上苔封的冈坡。然而他不倦地追随着，并且目不转睛地看着旋儿的发光的现象和他擎起的手里闪烁的东西。

他于是到了冈中间。炎热的谷里盛开着冈蔷薇，用了它们千数浅黄的花托,在日光中眺望。也开着许多别的花,明蓝的,黄的和紫的,——郁闷的热躺在小谷上,并且抱着放香的杂草。强烈的树脂的气味,布满空气中。约翰前行时,微微地觉得麝香草和柔软地在他脚下的干枯的鹿苔的香气。这是微醺的美观。

他又看见,在可爱的,他所追随的形象之前,斑斓的冈胡蝶怎样地翩跹着。小而红的和黑色的胡蝶,还有沙眸子,是带着淡蓝色的绸似的翅子的有趣的小蝶儿。生活在冈蔷薇上的金色的甲虫,绕着他的头飞鸣,又有肥胖的土蜂,在晒萎的冈草间嗡嗡着跳舞。

只要他能到旋儿那里,那是怎样地华美,怎样地幸福呵。

然而旋儿飘远了,越飘越远。他必须绝息地追随。高大的浅色叶片的棘丛迎面而来,并且抓他,用了它们的刺。他奔跑时,倘将那黯淡而蒙茸的王烛挤开了,它们便摇起伸长的头来。他爬上沙冈去,有刺的冈草将他的两手都伤损了。

他冲过桦树的矮林,那地方是草长至膝,有水禽从闪烁于丛莽之间的小池中飞起。茂密的,开着白花的山栀子,将它的香气夹杂着桦树枝和繁生在湿地上的薄荷的芳香。

但那树林,那丛绿,那各色的花朵,都过去了。只有奇异的,淡黄的海蓟,生长在黯淡的稀疏的冈草里。

在最末的冈排之巅,约翰看见了旋儿的形象。那东西在高擎的手里,耀眼地生光。那边有一种大而不停的腾涌,十分秘密地引诱着作声,被凉风传到。那是海。约翰觉得,这于他相近了,一面慢慢地上了冈头。他在那上面跪下,并且向着海凝望。

当他从冈沿上起来的时候,红焰绕着他的周围。晚云为了光的出发,已自成了群了。它们如一道雄伟的峰峦的大圈子,带着红炽的墙,围绕着落日。海上是一条活的紫火的大路,即是一条发焰的灿烂的光路,引向遥天的进口的。

太阳之后,眼睛还未能审视的处所,在光的洞府的深处,蠕动着蓝和明红参杂起来的娇嫩的色采。在外面,沿着全部的远天,晃耀着通红的烈焰和光条,以及从垂死的火的流血的毛毳中来的明亮的小点。

约翰等待着——直到那日轮触着了通日的红炽的路的最外的末端。

他于是向下看。在那路的开端上,是他所追随的光辉的形象。一种乘坐器具,清晰而晃耀如水晶,在宽广的火路上飘浮。船的一边,立着旋儿的苗条的丰姿,金的物件在他手中灿烂。在别一端,约翰看出那幽暗的死来。

"旋儿! 旋儿!"约翰叫喊。但在这一时,当约翰将近那神奇的乘具的时候,他一瞥道路的远的那一端。在大火云所围绕的明亮的空间之中,他看见一个小小的黑色的形相。这逐渐大起来了,近来了一个人,静静地在汹涌的火似的水上走。

红炽的波涛在他的脚下起伏,然而他沉静而严正地近来了。

这是一个人,他的脸是苍白的,他的眼睛深而且暗。有这样地深,就如旋儿的眼睛,然而在他的眼光里是无穷的温和的悲痛,为约翰所从来没有在别的眼里见过的。

"你是谁呢?"约翰问,"你是人么?"

"我更进!"他说。

"你是耶稣,你是上帝么?"约翰问。

"不要称道那些名字,"那人说,"先前,它们是纯洁而神圣如教士的法衣,贵重如养人的粒食,然而它们变作傻子的呆衣饰了。不要称道它们,因为它们的意义成为迷惑,它的崇奉成为嘲笑。谁希望认识我,他从自己抛掉那名字,而且听着自己。"

"我认识你,我认识你,"约翰说。

"我是那个,那使你为人们哭的,虽然你不能领会你的眼泪。我是那个,那将爱注入你的胸中的,当你没有懂得你的爱的时候。我和你同在,而你不见我;我触动你的灵魂,而你不识我。"

"为什么我现在才看见你呢?"

"必须许多眼泪来弄亮了见我的眼睛。而且不但为你自己,你却须为我哭,那么,我于你就出现,你也又认识我如一个老朋友了。"

"我认识你! ——我又认识你了。我要在你那里!"

约翰向他伸出手去。那人却指向晃耀的乘具,那在火路上慢慢地漂远的。

"看哪!"他说。"这是往凡有你所神往的一切的路。别一条是没有的。没有这两条你将永远觅不到那个。就选择罢。那边是大光,在那里,凡你所渴欲认识的,将是你自己。那边,"他指着黑暗的东方,"那地方是人性和他们的悲痛,那地方是我的路。并非你所熄灭了的迷光,倒是我将和你为伴。看哪,那么你就明白了。就选择罢!"

于是约翰慢慢地将眼睛从旋儿的招着的形相上移开。并且向那严正的人伸出手去。并且和他的同伴,他逆着凛烈的夜风,上了走向那大而黑暗的都市,即人性和他们的悲痛之所在的艰难的路。

⋯⋯⋯⋯⋯⋯⋯⋯⋯⋯⋯⋯⋯⋯⋯⋯⋯⋯⋯⋯⋯⋯⋯
⋯⋯⋯⋯⋯⋯⋯⋯⋯⋯⋯⋯⋯⋯⋯⋯⋯⋯⋯⋯⋯⋯⋯

我大概还要给你们讲一回小约翰,然而那就不再像一篇童话了。

未另发表。

1928 年 1 月由北京未名社作为"未名丛刊"之一出版。

二十七日

日记　晴。午得淑卿信,十二日发,又明信片,十三日发。得刘国一信,十二日汉口发。得王希礼信,五日上海发。

二十八日

日记　晴。上午得绍原信。午立峨来。晚大雨。

二十九日

日记 星期。晴。下午译《小约翰》序文讫。绍原来。夜浴。

《小约翰》原序

在我所译的科贝路斯的《运命》（Couperus' *Noodlot*）出版后不数月，能给现代荷兰文学的第二种作品以一篇导言，公之于世，这是我所欢喜的。在德国迄今对于荷兰的少年文学的漠视，似乎逐渐消灭，且以正当的尊重和深的同情的地位，给与这较之其他民族的文学，所获并不更少的荷兰文学了。

人们于荷兰的著作，只给以仅少的注重，而一面于凡有从法国，俄国，北欧来的一切，则热烈地向往，最先的原因，大概是由于久已习惯了的成见。自从十七世纪前叶，那伟大的诗人英雄约思忒望覃蓬兑勒（Joost van den Bondel，1587—1679）以他的圆满的表现，获得荷兰文学的花期之后，荷兰的文学底发达便入于静止状态，这在时光的流驶里，其意义即与长久的退化相同了。凡荷兰人的可骇的保守的精神，旧习的拘泥，得意的自满，因而对于进步的完全的漠视，永不愿有所动摇——这些都忠实地在文学上反映出来，也便将她做成了一个无聊的文学。他们的讲道德和教导的苦吟的横溢，不可忍受的宽泛，温暖和深入的心声的全缺，荷兰文学是久为站在 Mynheer 和 Mevouw（译者注：荷兰语，先生和夫人）的狭隘细小的感觉范围之外的人们所不能消受的。

在几个成功的尝试之后，至八十年代的开头，荷兰文学上才发生了新鲜活泼的潮流，将她从古老的旧弊中撕出了。我在这里应该简略地记起几个人，在荷兰著作界上，他们是取得旧和新倾向之间的中间位置的，并且也可以看作现代理想的智力的提倡者，在最后的几年,他们都在荷兰读者的文学底见解上,唤起了一种很大的转变来。

这里首先应该称道的是天才的台凯尔(Eduard Douwes Dekker,1820—87),他用了谟勒泰都黎(Multatuli)这一个名号作文,而他一八六〇年所发表的传奇小说 *Max Havelaar*,在文学上也造成了分明的变动。这书是将崭新的材料输入于文学的,此外还因为描写的特殊体格,那荷兰散文的温暖生动的心声,便突然付与了迄今所不识的圆熟和转移,所以这也算作荷兰的文学底发达上的一块界石。谟勒泰都黎之次,在此所当列举的是两个批评家兼美学家蒲司堪海忒(C. Busken-Huet,1826—86)和孚斯美尔(Karl Vosmaer,1826—88)。虽然孚斯美尔晚年时,当新倾向发展起来的时候,对之颇为漠视,遂在青年中造成许多敌人,然而他确有不可纷争的劳绩,曾给新倾向开路,直到一个一定之点,于是他们能够从此前进了。新理想的更勇敢的先锋是蒲司堪海忒,他在《文学底幻想和批评》这标题之中,所集成的论著,是在凡有荷兰底精神所表出的一切中,最为圆满的了。

人也可以举出波士本图珊夫人(Gertrude Bosboom-Toussaint,1812—86)作为一个新倾向的前驱,她的最初的传奇小说和人情小说,是还站在盘旋于自满的宽泛中的范围里和应用普通材料的旧荷兰史诗上的,但后来却转向社会底和心理学底问题,以甚大的熟练,运用于几种传奇小说上,如 *Major Frans* 及 *Raymond de schrijn-werker*。

继八十年代初的新倾向之后,首先的努力,是表面的,对于形式。人们为韵文和散文寻求新的表现法,这就给荷兰语的拙笨弄到了流动和生命。于是先行试验,将那已经全没在近两世纪由冷的回想所成的诗的尘芥之中的,直到那时很被忽略了的抒情诗,再给以荣誉。直到那时候,几乎没有一篇荷兰的抒情诗可言,现在则这些不惮于和别民族的相比较的抒情诗,已占得强有力的地位了。

在这里,那青年夭死的沛克(Jacques Perk,1860—81)首先值得声叙,他那一八八三年出版的诗,始将一切的优秀联合起来,以极短的时期,助荷兰的抒情诗在世界文学上得了光荣的位置。

少年荷兰的抒情诗人中,安忒卫普(Antwerp)人波勒兑蒙德(Pol de Mont,geb.1859)实最著名于德国。他那在许多结集上所发表的诗,因为思想的新颖和勇敢,还因为异常的形式的圆满,遂以显见。他对于无可非议的外形的努力,过于一切,往往大不利于他的诗。加以他的偏爱最烦重最复杂的韵律,致使他的诗颇失掉些表现的简单和自然,而这些是抒情底诗类的第一等的必要。

一切的形式圆满,而有表现的自然者,从一八五九年生于亚摩斯达登(Amsterdam)的斯华司(Helene Swarth)可以觅得。她受教育于勃吕舍勒(Brüssel),较之故乡的语言,却是法兰西语差堪自信,因此她最初发表的两本诗集,*Fleurs du Rêve*(1879)和 *Les Printannières*(1881),也用法兰西语的。后来她才和荷兰文学做了亲近的相识,但她于此却觉得熟悉不如德文。这特在她的精神生活上,加了深而持久的效力。她怎样地在极短时期中,闯入了幼时本曾熟习,而现在这才较为深信了的荷兰语的精神里,是她用这种语言的第一种著作 *Eenzame Bloemen*(1883)就显示着的,在次年的续集 *Blauwe Bloemen* 里便更甚了。后来她还发表了许多小本子的诗,其中以 *Sneeuwvlohken*(1888)和 *Passiebloemen*(1892)为最有凡新荷兰的抒情诗所能表见的圆满。

繁盛地开着花的荷兰抒情诗的别的代表者,还可称道的是普林思(J. Winkker Prins),科贝路斯(Louis Couperus),跋尔卫(Albert Verwey),望蔼覃(Frederik van Eeden),戈尔台尔(Simon Gorter),珂斯台尔(E. B. Koster)及其他等等。

固有的现代的印记,即在最近时代通过一切文学而赋给以新的理想和见解的大变动,一到荷兰文学上,其效力在抒情诗却较在起于八十年代后半的小说为少。外来的影响,是无可否认的。显著的是法兰西,荷兰和它向来就有活泼的精神的往还,这便在少年文学上收了效果。弗罗培尔(Flaubert),左拉(Zola),恭果尔们(Goncourts),一部分也有蒲尔治(Bourget)和舒士曼(Huysmans),联合了屡被翻译的俄国和北欧的诗人,在现代荷兰小说的发达上加了一个广远的影响。

现代荷兰散文作家的圆舞烈契尔(Frans Retscher),以他的两部小说集《裸体模特儿之研究》和《我们周围的人们》揭晓。这些小说,因为它们的苦闷的实况的描写,往往至于无聊。其余则不坏,除了第一本结集使人猜作以广告为务的名目。

实况的描写较为质实的是蒂谟(Alberdingk Thym),以望兑舍勒(L. van Deyssel)的假名写作,那两本小说《爱》和《小共和国》,都立了强有力的才士的证明,虽然他的小说得到一般的趣味时,他也还很站在摹仿的区域里。

在新近的荷兰的诗家世代之中,最年青而同时又最显著的,是那已经说过的科贝路斯(Louis Couperus),生于一八六三年。当他已以诗人出名之后,在一八九〇年公表了一种传奇小说 *Eline Vere*。在那里,他给我们从荷兰首都的社会世界里,提出巧妙的典型来。落于心理学底小说的领城内较甚者,是他两种后来的公布,一八九一年的 *Noodlot*(《运命》)和一八九二年的 *Extaze*。在凡有现代荷兰文学迄今所能做到的一切中,*Noodlot* 确是最独立和最艺术的优秀的创作。

已经称道的之外,还有一大列现代的叙事诗人在劳作,我要从他们中略叙其最显著者。

一个特殊的有望的才士是兑斯丕(Vosmeer de Spie),他那往年发表的心理学底小说 *Een Passie*(《伤感》),激起了相当的注视。蔼曼兹(Marcellus Emants)以蒲尔治的摹仿者出名,曾公布了不少的可取的小说。同时,什普干斯(Emile Scipgens)也以人情小说家显达。作为传奇小说作家,还可称道的是望格罗宁干(van Groeningen)

和亚莱德里诺(A. Aletrino)，他们的小说 *Martha de Bruin* 和 *Zuster Bertha*，可算作现代荷兰文学中的最好的作品。倘我临末还说及兑美斯台尔(Johan de Meester)，他的小说 *Een Huwelijk*（《嫁娶》）正如他的巴黎的影画 *Parijsche Schimmen*，证明着优秀的观察才能，则我以为已将现代文学，凭其卓越的代表者们而敬叙了。

在一八八五年，新倾向也创立了一种机关，*de Nieuwe Gids*（《新前导》），这样立名，是因为对待旧的荷兰的月刊 *de Gids*。这新的期刊是一种战斗和革命的机关，对于文学上的琐屑和陈腐，锋利而且毫无顾虑地布成战线，还给新理想勇敢地开出道路来。现今是新倾向在荷兰也闯通了，最高贵的期刊也为他们开了栏，而那旧的《前导》，那后来一如既往，止为荷兰的最著名的文学机关的，是成了那样的期刊，即将科贝路斯的小说，首先提出于荷兰的读者了。

可以看作群集于《新前导》周围的青年著作家的精神的领袖的，是拂来特力克望蔼覃(Frederik van Eeden)，象征写实底童话诗《小约翰》的作者，那新的期刊即和它一同出世，并且由德文的翻译，使读者得以接近了。我在下面，将应用了译者给我的样样的说明，为这全体世界文学中不见其比的，如此完全奇特的，纯诗的故事的作者交出一二切近的报告。

一八六〇年生于哈来谟(Haarlem)，望蔼覃从事于医学的研究，以一八八六年毕业。他为富裕的父母的儿子，他遂可以和他的本业，在课余时一同研习他向来爱好的文学。

当大学生时，他已以几篇趣剧的作者出名，其中的两篇，曾开演于亚摩斯达登和洛泰登(Rotterdam)的剧场，得了大的功效。《小约翰》的发表，在一八八五年，只一下，便将他置身于荷兰诗人的最前列了。他的知识的广博，在他的各种小篇文字中，明白地表示着。那他所共同建立的机关，也逐年一律揭出论著来，论荷兰的，法兰西的或英吉利的文学，论社会问题，论科学的对象，无不异常分明，因了他所表出的分明的论证。他也以抒情诗人显，在荷兰迄今所到达的抒情诗里,他的诗也可以算是最好的。一八九〇年他发表了一篇较大的诗,《爱伦,苦痛之歌》(德译 *Ellen, ein Lied des Schmerzes*),远胜于他先前的著作,并且在近数十年的一切同类作品中占了光荣的地位。一八八六年受了学位之后,蔼覃便到南希(Nancy),在有名的力波尔(Liébaul)的学校里研究催眠医术(Hypnotische Heilmethode)。此后不久,他在亚摩斯达登设立了一所现在很是繁忙的心理治疗法(Psychotherapie)的施医院。在接近亚摩斯达登的一处小地方蒲松(Bussum),他造起一所幽静的艺术家住所来,他在他的眷属中间,可以休息他的努力的职务,并且不搅乱地生活于他的艺术。在那里,在乡村的寂寞的沉静中,新近他完成了一种较大的作品,《约翰跋妥尔,爱之书》(德译 *Johannes Viator, das Buch von der Liebe*)。在这密接下文的诗的作品中,那成熟的艺术家,将凡有《小约翰》的作者使人期待的事都圆满了。

愿这译本也在德国增加新朋友,并且帮助了我们对于荷兰文学的渐渐苏醒的兴趣,至于稳固和进步。

一八九二年七月,在美因河边之法兰克福(Frankfurt am Main)。

保罗·贲赫。

未另发表。

初收 1928 年 1 月北京未名社版"未名丛刊"之一《小约翰》。

三十日

日记 晴。午谢玉生来。午后寄矛尘信。寄淑卿信。寄三弟信。收北新局船运之书籍十一捆,即函复。下午得织芳信,廿二日上海发。得北新书局信。

致 章廷谦

矛尘兄：

我滚出中大以后，似乎曾寄两信，一往道圩，一往杭，由郑介石转。但是否真是如此，记不清楚了，也懒得查日记，好在这些也无关紧要，由它去罢。

十来天以前见绍原，知道你因闻季和我已"他亡"，急欲知其底细，当时因为他已写信，我又忙于整理译稿，所以无暇写信。其实是我固在此地，住白云楼上吃荔支也。不过事太凑巧，当红鼻到粤之时，正清党发生之际，所以也许有人疑我之滚，和政治有关，实则我之"鼻来我走"与鼻不两立，大似梅毒菌，真是倒楣之至之宣言，远在四月初上也。然而顾傅为攻击我起见，当有说我关于政治而走之宣传，闻香港《工商报》，即曾说我因"亲共"而逃避云云，兄所闻之流言，或亦此类也欤。然而"管他妈的"可也。

中大当初开学，实在不易，因内情纠纷，我费去气力不少。时既太平，红鼻莅至，学者之福气可谓好极。日前中大图书馆征求家谱及各县志，厦大的老文章，又在此地应用了，则前途可想。骊先其将如玉堂也欤。绍原似乎也很寂寞，该校情形，和北大很不同，大约他也看不惯。

前天听说中大内部又发生暗潮了，似是邹（鲁）派和朱派之争，也即顾傅辈和别人之争，也即本地人和非本地人之争，学生正在大帖标语，拥朱驱邹。后事如何，未知分解。鼻以此地已入平静时代而来，才来而平静时代即有"他亡"之概，人心不古，诚堪浩叹。幸我已走出，否则又将被人推出去冲锋，如抱犊山之洋鬼子，岂不冤乎冤哉而且苦乎。

敝人身体甚好，可惜，此地热了，但我想别处必也热，所以姑且在此逗留若干天再说。荔支已上市，吃过两三回了，确比运到上海者好,以其新鲜也。

纸完了,信也完了罢。

迅 五,卅

斐君兄及小燕兄均此请安不另。

三十一日

日记 晴。下午作《小约翰》序文讫,并译短文一篇。夜寄饶超华信。复冯君培信。复有麟信。微雨。

《小约翰》引言

在我那《马上支日记》里,有这样的一段——

"到中央公园,径向约定的一个僻静处所,寿山已先到,略一休息,便开手对译《小约翰》。这是一本好书,然而得来却是偶然的事。大约二十年前罢,我在日本东京的旧书店头买到几十本旧的德文文学杂志,内中有着这书的绍介和作者的评传,因为那时刚译成德文。觉得有趣,便托丸善书店去买来了;想译,没有这力。后来也常常想到,但是总被别的事情岔开。直到去年,才决计在暑假中将它译好,并且登出广告去,而不料那一暑假过得比别的时候还艰难。今年又记得起来,翻检一过,疑难之处很不少,还是没有这力。问寿山可肯同译,他答应了,于是就开手,并且约定,必须在这暑假期中译完。"

这是去年,即一九二六年七月六日的事。那么,二十年前自然是一九〇六年。所谓文学杂志,绍介着《小约翰》的,是一八九九年八月一日出版的《文学的反响》(*Das litterarische Echo*),现在是大概早成了旧派文学的机关了，但那一本却还是第一卷的第二十一期。原作的发表在一八八七年，作者只二十八岁；后十三年，德文译本才印出，译成还在其前，而翻作中文是在发表的四十整年之后，他已经六十八岁了。

日记上的话写得很简单，但包含的琐事却多。留学时候，除了听讲教科书，及抄写和教科书同种的讲义之外，也自有些乐趣，在我，其一是看看神田区一带的旧书坊。日本大地震后，想必很是两样了罢，那时是这一带书店颇不少，每当夏晚，常常猬集着一群破衣旧帽的学生。店的左右两壁和中央的大床上都是书，里面深处大抵跪坐着一个精明的掌柜，双目炯炯，从我看去很像一个静踞网上的大蜘蛛，在等候自投罗网者的有限的学费。但我总不免也如别人一样，不觉逡巡而入，去看一通，到底是买几本，弄得很觉得怀里有些空虚。但那破旧的半月刊《文学的反响》，却也从这样的处所得到的。

我还记得那时买它的目标是很可笑的，不过想看看他们每半月所出版的书名和各国文坛的消息，总算过屠门而大嚼，比不过屠门而空咽者好一些，至于进而购读群书的野心，却连梦中也未尝有。但偶然看见其中所载《小约翰》译本的标本，即本书的第五章，却使我非常神往了。几天以后，便跑到南江堂去买，没有这书，又跑到丸善书店，也没有，只好就托他向德国去定购。大约三个月之后，这书居然在我手里了，是莃垒斯（Anna Fles）女士的译笔，卷头有赉赫博士（Dr. Paul Rache）的序文，《内外国文学丛书》（*Bibliothek die Gesamt-Litteratur des In-und-Auslandes*，verlag von Otto Hendel，Halle a. d. S.）之一，价只七十五芬涅，即我们的四角，而且还是布面的！

这诚如序文所说，是一篇"象征写实底童话诗"。无韵的诗，成人的童话。因为作者的博识和敏感，或者竟已超过了一般成人的童话了。其中如金虫的生平，菌类的言行，火萤的理想，蚂蚁的平和论，都是实际和幻想的混合。我有些怕，倘不甚留心于生物界现象的，会因此减少若干兴趣。但我预觉也有人爱，只要不失赤子之心，而感到什么地方有着"人性和他们的悲痛之所在的大都市"的人们。

这也诚然是人性的矛盾，而祸福纠缠的悲欢。人在稚齿，追随"旋儿"，与造化为友。福乎祸乎，稍长而竟求知：怎么样，是什么，为什么？于是招来了智识欲之具象化：小鬼头"将知"；逐渐还遇到科学研究的冷酷的精灵："穿凿"。童年的梦幻撕成粉碎了；科学的研究呢，"所学的一切的开端，是很好的，——只是他钻研得越深，那一切也就越凄凉，越黯淡。"——惟有"号码博士"是幸福者，只要一切的结果，在纸张上变成数目字，他便满足，算是见了光明了。谁想更进，便得苦痛。为什么呢？原因就在他知道若干，却未曾知道一切，遂终于是"人类"之一，不能和自然合体，以天地之心为心。约翰正是寻求着这样一本一看便知一切的书，然而因此反得"将知"，反遇"穿凿"，终不过以"号码博士"为师，增加更多的苦痛。直到他在自身中看见神，将径向"人性和他们的悲痛之所在的大都市"时，才明白这书不在人间，惟从两处可以觅得：一是"旋儿"，已失的原与自然合体的混沌；一是"永终"——死，未到的复与自然合体的混沌。而且分明看见，他们俩本是同舟……。

假如我们在异乡讲演，因为言语不同，有人口译，那是没有法子的，至多，不过怕他遗漏，错误，失了精神。但若译者另外加些解释，申明，摘要，甚而至于阐发，我想，大概是讲者和听者都要讨厌的罢。因此，我也不想再说关于内容的话。

我也不愿意别人劝我去吃他所爱吃的东西，然而我所爱吃的，却往往不自觉地劝人吃。看的东西也一样，《小约翰》即是其一，是自己爱看，又愿意别人也看的书，于是不知不觉，遂有了翻成中文的意思。这意思的发生，大约是很早的，因为我久已觉得仿佛对于作者和读者，负着一宗很大的债了。

然而为什么早不开手的呢？"忙"者，饰辞；大原因仍在很有不懂的处所。看去似乎已经懂，一到拔出笔来要译的时候，却又疑惑起来了，总而言之，就是外国语的实力不充足。前年我确曾决心，要利用暑假中的光阴，仗着一本辞典来走通这条路，而不料并无光阴，我的至少两三个月的生命，都死在"正人君子"和"学者"们的围攻里了。到去年夏，将离北京，先又记得了这书，便和我多年共事的朋友，曾经帮我译过《工人绥惠略夫》的齐宗颐君，躲在中央公园的一间红墙的小屋里，先译成一部草稿。

我们的翻译是每日下午，一定不缺的是身边一壶好茶叶的茶和身上一大片汗。有时进行得很快，有时争执得很凶，有时商量，有时谁也想不出适当的译法。译得头昏眼花时，便看看小窗外的日光和绿荫，心绪渐静，慢慢地听到高树上的蝉鸣，这样地约有一个月。不久我便带着草稿到厦门大学，想在那里抽空整理，然而没有工夫；也就住不下去了，那里也有"学者"。于是又带到广州的中山大学，想在那里抽空整理，然而又没有工夫；而且也就住不下去了，那里又来了"学者"。结果是带着逃进自己的寓所——刚刚租定不到一月的，很阔，然而很热的房子——白云楼。

荷兰海边的沙冈风景，单就本书所描写，已足令人神往了。我这楼外却不同：满天炎热的阳光，时而如绳的暴雨；前面的小港中是十几只蜑户的船，一船一家，一家一世界，谈笑哭骂，具有大都市中的悲欢。也仿佛觉得不知那里有青春的生命沦亡，或者正被杀戮，或者正在呻吟，或者正在"经营腐烂事业"和作这事业的材料。然而我却渐渐知道这虽然沉默的都市中，还有我的生命存在，纵已节节败退，我实未尝沦亡。只是不见"火云"，时霎阴雨，若明若昧，又像整理这译稿的时候了。于是以五月二日开手，稍加修正，并且誊清，月底才完，费时又一个月。

可惜我的老同事齐君现不知漫游何方，自去年分别以来，迄今未通消息，虽有疑难，也无从商酌或争论了。倘有误译，负责自然由我。加以虽然沉默的都市，而时有侦察的眼光，或扮演的函件，或京式的流言，来扰耳目，因此执笔又时时流于草率。务欲直译，文句也反成蹇涩；欧文清晰，我的力量实不足以达之。《小约翰》虽如波勒兑蒙德说，所用的是"近于儿童的简单的语言"，但翻译起来，却已够感困难，而仍得不如意的结果。例如末尾的紧要而有力的一句："Und mit seinem Begleiter ging er den frostigen Nachtwinde entgegen, den schweren Weg nach der grossen, finstern Stadt, wo die Menschheit war und ihr Weh."那下半，被我译成这样拙劣的"上了走向那大而黑暗的都市即人性和他们的悲痛之所在的艰难的路"了，冗长而且费解，但我别无更好的译法，因为倘一解散，精神和力量就很不同。然而原译是极清楚的：上了艰难的路，这路是走向大而黑暗的都市去的，而这都市是人性和他们的悲痛之所在。

　　动植物的名字也使我感到不少的困难。我的身边只有一本《新独和辞书》，从中查出日本名，再从一本《辞林》里去查中国字。然而查不出的还有二十余，这些的译成，我要感谢周建人君在上海给我查考较详的辞典。但是，我们和自然一向太疏远了，即使查出了见于书上的名，也不知道实物是怎样。菊呀松呀，我们是明白的，紫花地丁便有些模胡，莲馨花（primel）则连译者也不知道究竟是怎样的形色，虽然已经依着字典写下来。有许多是生息在荷兰沙地上的东西，难怪我们不熟悉，但是，例如虫类中的鼠妇（Kellerassel）和马陆（Lauferkäfer），我记得在我的故乡是只要翻开一块湿地上的断砖或碎石来就会遇见的。我们称后一种为"臭婆娘"，因为它浑身发着恶臭；前一种我未曾听到有人叫过它，似乎在我乡的民间还没有给它定出名字；广州却有："地猪"。

　　和文字的务欲近于直译相反，人物名却意译，因为它是象征。小鬼头 Wistik 去年商定的是"盖然"，现因"盖"者疑词，稍有不妥，索性擅改作"将知"了。科学研究的冷酷的精灵 Pleuzer 即德译的 Klauber，本来最好是译作"挑剔者"，挑谓挑选，剔谓吹求。但自从陈源教授造出"挑剔风潮"这一句妙语以来，我即敬避不用，因为恐怕《闲话》的教导力十分伟大，这译名也将蓦地被解为"挑拨"。以此为学者的别名，则行同刀笔，于是又有重罪了，不如简直译作"穿凿"。况且中国之所谓"日凿一窍而'混沌'死"，也很像他的将约翰从自然中拉开。小姑娘 Robinetta 我久久不解其义，想译音；本月中旬托江绍原先生设法作最末的查考，几天后就有回信——

ROBINETTA 一名，韦氏大字典人名录未收入。我因为疑心她与 ROBIN 是一阴一阳，所以又查 ROBIN，看见下面的解释：

ROBIN：是 ROBERT 的亲热的称呼，

而 ROBERT 的本训是"令名赫赫"（！）

那么，好了，就译作"荣儿"。

英国的民间传说里，有叫作 Robin good fellow 的，是一种喜欢恶作剧的妖怪。如果荷兰也有此说，则小姑娘之所以称为 Robinetta 者，大概就和这相关。因为她实在和小约翰开了一个可怕的大玩笑。

《约翰跋妥尔》一名《爱之书》，是《小约翰》的续编，也是结束。我不知道别国可有译本；但据他同国的波勒兑蒙德说，则"这是一篇象征底散文诗，其中并非叙述或描写，而是号哭和欢呼"；而且便是他，也"不大懂得"。

原译本上赉赫博士的序文，虽然所说的关于本书并不多，但可以略见十九世纪八十年代的荷兰文学的大概，所以就译出了。此外我还将两篇文字作为附录。一即本书作者拂来特力克望蔼覃的评传，载在《文学的反响》一卷二十一期上的。评传的作者波勒兑蒙德，是那时荷兰著名的诗人，赉赫的序文上就说及他，但于他的诗颇致不满。他的文字也奇特，使我译得很有些害怕，想中止了，但因为究竟可以知道一点望蔼覃的那时为止的经历和作品，便索性将它译完，算是一种徒劳的工作。末一篇是我的关于翻译动植物名的小记，没有多大关系的。

评传所讲以外及以后的作者的事情，我一点不知道。仅隐约还记得欧洲大战的时候,精神底劳动者们有一篇反对战争的宣言,中国也曾译载在《新青年》上,其中确有一个他的署名。

　　一九二七年五月三十日,鲁迅于广州东堤寓楼之西窗下记。

　　　　原载 1927 年 6 月 26 日《语丝》周刊第 137 期,题作《〈小约翰〉序》。

　　　　初收 1928 年 1 月北京未名社版"未名丛刊"之一《小约翰》。

读的文章和听的文字

［日本］鹤见祐辅

有一天,亚那托尔法兰斯和朋友们静静地谈天:——

　　"批评家时常说,摩理埃尔(Jean B. P. Molière)的文章是不好的。这是看法的不同。摩理埃尔所措意的处所,不是用眼看的文章而是用耳朵来听的文章,为戏曲作家的他,与其诉于读者的眼,是倒不如诉于来看戏的看客的耳朵的。看客是大意的。要使无论怎样大意的看客也听到,他便反复地说;要使无论怎样怠慢的看客也懂得,他便做得平易。于是文章就冗漫,重复了。然而这一点还不够。又应该想到扮演的伶人。没本领的伶人,一定是用不高明的说白的。于是他就构造了遇到无论怎样没本领的伶人也不要紧的的文章。

　　"所以,使看客确凿懂得为止,摩理埃尔常将一样的话,反复说到三四回。

　　"六行或八行的诗的句子里,真的要紧的大概不过两行。其余就只是猫的打呼卢一般的东西。这其间,可以使听众平心静气,等候着要紧的句子的来到。他就是这么做法。"

这文豪的短短的谈话中,含着有志于演说的人所当深味的意义。

文章和演说之不同,就在这里。诉于耳的方法,和诉于目的时候是全然两样的。所谓听众者,凡事都没有读者似的留心。简洁的文字,有着穿透读者的心胸的力量,然而在听众的头里,却毫不相干地过去了。听众者,是从赘辩之中,拾取兴趣和理解的。像日本语似的用着象形文字的国语,演说尤不可简洁高尚。否则,只有辩士自己懂。

法兰斯还进而指出摩理埃尔很注意于音律的事来。既然是为了诉于耳的做戏而作的剧本,则音律比什么都紧要,是不消说得的。

一

雄辩的大部分,是那音调和音律。有好声音,能用悦耳的音律的人,一定能夺去在他面前的听众的魂灵。凡是古来的雄辩家列传中的人物,都是银一般声音的所有者,而又极用意于音乐底的旋律的。因此,在今日试读古代的著名演说的记录,常常觉得诧异,不知道如此平凡的思想和文章,当时何以会感动人们到那么样。这是,因为,雄辩者,和雕刻是两样的,是属于不能保存至百年之后的种类的。

二

因此,所谓真正的雄辩家,我以为世间盖不易有。人格之力,思想之深以外,还必须具备那样的声音和乐耳。我时常听人说,要学演说,可以到说书的那里练声音去。但这一说是难于赞成的。从说书和谣曲上练出来的有一种习气的声音,决不是悦耳的声音。况且在这些职业的声音的背后的联想,也毁损这应该神圣的纯真的雄辩的权威。真的雄辩家,一定也如真的诗人一样,是生成的。纵令约翰勃赉德(John Bright)是怎样伟大的人物罢,但他倘没有天生的银一般澄澈的声音,则他可能将那一半的感动,给与那时的英国人呢,是很可疑的。

三

所以,所谓文章家和所谓雄辩家,是否一个人可以兼做的呢,倒很是疑问。诉于耳的人,易为音律所拘,诉于目者,又易偏于思想。假使有对于文辩二事,无不兼长者,则他一定是有着将这二事,全然区别开来,各各使用的特别能力的天才。

一九二四年六月三日。

原载 1927 年 7 月 10 日《莽原》半月刊第 2 卷第 13 期。
初收 1928 年 5 月上海北新书局版《思想·山水·人物》。

本月

拂来特力克·望·蔼覃

[荷兰]波勒·兑·蒙德

在新倾向的诗人们——我永远不懂为什么,大概十年以前,人还称为颓废派的——之中,戈尔台尔,跋尔卫,克罗斯(Kloos),斯华司,望兑舍勒,科贝路斯,望罗夷(van Looy),蔼仑斯(Ehrens),——那拂来特力克望蔼覃,那诗医,确是最出名的,最被读的,最被爱的,而且还是许多许多的读者。望兑舍勒因为实况的描写有时有些粗率,往往将平均读者推开,克罗斯因了诗体和音调上的一点艰涩,斯华司是因了过甚的细致和在她的感觉的表现上有些单调。而他触动，他引诱，借着他的可爱的简明，借着理想的清晰，借着儿童般的神思，还联结着思想的许多卓拔的深。

当他在八十年代之初，发表了他的最初的大的散文诗，《小约翰》（*Der kleine Johannes*），这迄今，——在荷兰的一件大稀罕事，——已经到了第四版的，这书惹起了偌大的注目，一个真的激动在北方和南方，而且竟在麻木的荷兰人那里。

许许多，是的，大部分，是愤怒了，对于那真的使人战栗的坟墓场面，当那穿凿，那科学底研究的无情的精神，"不住地否认的精神"，将可怜的幼小的约翰，领到坟墓之间，死尸之间，蛆虫之间，那在经营腐烂事业的……

许多人以为这是"过度"（overspannen，荷兰人所最喜欢的一个字），然而几乎一切都进了那在故事的开端的，魅人的牧歌的可爱的幻惑里：寂寞的梦幻的孩子在冈阜间的生活，在华美的花朵和许多动物之中，这些是作者自己也还是孩子一般永远信任的：兔，虾蟆，火萤和蜻蜓，这都使荷兰的冈阜风景成为童话的国土，一个童话的国土，就如我们的诗人爱之过于一切似的。

这故事的开演，至少是大部分，乃在幻惑之乡，那地方是花卉和草，禽鸟和昆虫，都作为有思想的东西，互相谈话，而且和各种神奇的生物往还，这些生物是全不属于精神世界，也全不属于可死者的，并且主宰着一种现时虽是极优胜，极伟大者也难于企及的力量和学问。

但在"童话"这字的本义上，《小约翰》也如谟勒泰都黎的小威绥（Woutertje）的故事似的，一样地这样少。却更胜于前一作品，仅有所闻和所见，在外界所能觉察的诗。这全体的表现虽是近于儿童的简单的语言，而有这样强制的威力，使人觉得并非梦境，却在一个亲历的真实里。

《小约翰》也如哲学底童话一般，有许多隐藏的自传。这小小的寓言里面的人物：旋儿，将知，荣儿，穿凿，我们对于自然的诗，有着不自识的感觉，这些便是从这感觉中拔萃出来的被发见的人格化，而又是不可抵抗的知识欲，最初的可爱的梦，或是那真实的辛辣的反话，且以它们的使人丧气的回答，来对一切我们的问题：怎么样，是什么，为什么？

《爱伦，苦痛之歌》，作为抒情诗的全体，是一个伤感的心的真实的呼号，而且那纯净伟大的人性的高贵而正直的显现，我们在这书的每一页中都能看出。蔼覃的这工作，是具有大的简素和自然的性质的，凡在一首强烈的伤感和纯净的感觉的歌中，尤须特别地从高估计。没有无端的虚掷，没有徒然的繁碎，而且在每一吟，在每一短歌或歌中，仍然足有很多的景象，为给思想和语气以圆备的表现起见，在极严的自己批评之际是极有用的。

将这歌的纯粹栖息在语气上的内容，加以分析，是我极须自警的。倘将这一类的诗，一如诗人在这"语气"里所分给我们的那样，照字面复述，怎样地自从爱伦出现之后，生活才在十分灿烂里为他展开，怎样地他为了她那出自心魂的对于他的善举的感化，在那歌中向她致谢，我以为是一种亵黩。所有现存的仇敌，沉默着和耗费着的，"不要声音也不要眼光的"，却只是可怜的肉体自己，将他的星儿从他的臂膊上掣去的太早，遂使这歌的大部分，除是一个止于孤寂的诗人的灵魂的无可慰安的哀诉，他的寂寞的歌的哀诉，大苦痛的卓拔的表白之外，不能会有别样了。

从他的《苦痛之歌》的外面的形式看来，望蔼覃可以被称为一个极其音乐底诗人。"爱伦"的拈来和表出，即全如一种音乐底工作，但这工作，为那善于出惊的通常的读者，则又作别论。

然而这音乐底，几乎只限于字声的谐美，一种谐美，此外只能在我们的独创而天才的戈尔台尔那里可以觅得它。一切的子夜小歌，虽然我在第二首里指出了很失律的一行，——最末的夹出（Intermezzo）中的诗，尤其是可惜不能全懂的："All, mooie dingen verminderen"和《尾声》(*Nachspiel*)，在这观点上都负着赏誉。

这歌的最圆满的部分，照我的意见是第二和第三吟。单用这短歌(Sonett)，已足举一个诗人如望蔼覃者为大的，真的，高的艺术家了。诗句是稀罕的，几乎是女性的娇柔，时时触动读者。在有几篇，例如这子夜小歌的第三首，是诗人用了仅足与一篇古代极简的民歌相比的简单来表出，在言语，形式，景象上，完全未加修饰的。例之一："现在我愿意去死"，人将读而又读，永不会厌倦。

《约翰跋妥尔》，蔼覃的第三种显著的工作，据我的意见是被荷兰的读者完全误会了，连那原有文学的修养者。由我看来，这是一本书，只有我们时代的最美者足与相比的，却绝不是因了它的高尚的艺术的形式，也不是因了在里面说及的哲学的纯粹，这是一篇象征底散文诗，其中并非叙述或描写，而是号哭和欢呼，如现在已经长成了的约翰，当他在一个满是人类的悲痛的大都市中，择定了他的住所之后，在那里经历着哀愁的道路，由哀愁与爱，得了他自己的性格的清净，这两者是使他成为明洁的，遐想的和纯觉的人的。我不大懂得这书，这个，我乐于承诺，并非这样地容易懂得，有如通行的抗宣斯(Conscience)的一个故事，或者颇受欢迎的望伦芮普(van Lennep)，或如珂支菲勒特(Koetsveld)或培克斯坦因(Bechstein)的一篇童话。这是一本书，人可以如侃丕斯(Thomas à Kempis)的一般，读十遍，是的，读一百遍，为的是永远从中发见新的和美的。

《弟兄》是用戏曲底形式所成就的，而诗人却还称它为悲剧……并非照着古式的悲剧，倒不如说是一篇叙事诗，那外面的服饰使人忆及悲剧，但仍然并不尽合，虽然从中也发生合唱。这是一篇戏曲底叙事诗，一如玛达赫的《人的悲剧》(Madachs *Tragädie des Menschen*)，浩司呵荙的《流人》(Hausohofers *Vorbannte*)，瞿提的《孚司德》(Goethes *Faust*)。我不愿深入这书的哲学底观察，虽然望蔼覃有着这样的一个目的，也是真的。在我，那《弟兄》用了艺术家的眼睛便够观察，而且我乐于承认，这工作，即使也有些人对于全体的结构或几部分有所责备，然而远过于中庸了。要从它来期待大的戏曲底效果，是不行的，但它的最好的地方，如彼得和伊凡在墨斯科侯家的弟兄血战，却给我们一个大的，成形的景象。

这《弟兄》的大反对，除了《理亚波》(*Lioba*)便难于着想了。这戏曲，较好不如说是这戏曲底童话，所施给我们的印象，大部分其实是风俗图。然而较之那样的戏曲，即倘有艺术家们，如那时在波亚(Lugné Poé)之下，最新的法国和德国的戏场改革者所曾经实演的许多新试验一般，起而开演，便将收获不少的欢迎，如那别有较胜于它之处的默退林克的《沛莱亚和美理桑》(Maeterlincks *Pelléas et Mélisande*)者，也已相去得如此之远。

按材料和根本思想，《理亚波》彻头彻尾是德国底。在拈得上，尤其是在结末上，多多少少，和《孚司德》的第二分相同。

"Jam vitae flamina,

　　rumpe, o anima!

Ignis ascendere

gestit, et tendere

ad coeli atria;

　　Haec mea patria. "

虽然也还远一点，这不使人忆及《孚司德》的奇美的结末合唱："一切过去的不过是一样"么？因为叙述恋爱，这一样的根本思想也贯彻全篇中。

这篇的开首，是那女的主要人物，将作苦行的童贞的理亚波，当她将入庵院的前一天，立在她的花卉之间；她在高兴她还无须穿童贞的法服。她沉思地站着时，有游猎的事接近了。她观看苍鹭和鹰在空中的斗争，而当她打算救那可怜的受伤的鸟的时候，近来了荷兰的诺尔王，赫拉尔特(Harald)。王一见她柔和地怀抱和爱护那禽鸟时，他对她说：

"阿，你温和的柔顺的小姑娘，

你要这么柔和地怀抱这野的鸟儿，

你不肯喜欢是一个母亲么，

并且静稳地抚育一个小儿?"

他用这话触动了理亚波心情中的强有力之处,即母爱的冲动。她随着年老的白发的王,忘却了禁欲的誓愿,而且成为他的妻了。然而她没有生产一个孩子,永不生产,虽然人们责备她,以为她有和一个勇士私通的有罪的恋爱——和她在寂寞中爱过的丹珂勒夫(Tancolf),纵或全然无罪,因为她的嘴唇只有一次当月夜里在沙冈上触着他的马的胸脯,——却生了一个孩子。她丈夫死后,被一切所摈弃了,负着重罪,她和他一同烧死在烈焰的船里。

既不论那直到现在还未完成的《影像和实质之歌》(德译 Liede von Schein und Wesen),更不论那哲学底,社会底,医学底和文学底论著的种种的结集,这固然含有许多值得注意的,而且也如凡有望蔼罩所写的一切一样,在现今的荷兰文学上,显然是最高和最贵的东西,然而我为纸幅所限,我临末只还要揭出《零星的韵言》(Enkele Verzen)来,这是几月以前所发表的他的最近的工作,克罗斯也在《新前导》上说过:"诗人只是那个,那诗,无论为谁,都不仅是空洞的文字游戏,却是他的灵魂的成了音乐的感觉……"

倘在这一种光中观察它,则拂来特力克望蔼罩的这《零星的韵言》,在我们现今的文学所能提示的书籍里,是属于最美的。宛如看不见地呼吸着,喷出它的幽静的生活来的,幽静而洁白的花朵者,是这韵文。它将永远生存。

望蔼罩,先前以医生住在亚摩斯达登,自停止了手术以来,就也如许多别的北荷兰的著作家一样,住在蒲松。他不仅是最大的我们的现存的诗人之一,也是最良善,最高超的人。到他那里去,人说,正如往老王大辟(David),是"负着负担的人,以及有着信仰的人"。的确,虽然他从来不索报酬,而他医治他的病者,抚养衰老者,无告者,人说,他的医治,大抵是用那上帝给他多于别个诗人的,神奇的力，——磁力的崇高的电流，那秘密，他已经试验而且参透了。因为充当医生，他也是属于第一等……

　　未另发表。
　　初收 1928 年 1 月北京未名社版"未名丛刊"之一《小约翰》。

六月

一日

日记 晴,午雨。下午得三弟信,五月二十四日发。绍原来。晚得静农信,十七日发。得郑泗水信,二十六日厦门发。

书斋生活与其危险

一

我们的过活,是一面悟,一面迷。无论怎样的圣僧,要二六时中继续着纯一无垢的心境,是不能够的。何况是凡虑之浅者。有时悲,有时愤,而有时则骄。这无穷的内心的变化,我们不但羞于告诉人,还怕敢写在日记上。便是被赞为政治家中所少见的高德的格兰斯敦,日记上也只写一点简单的事:这是很有意味的。

虽是以英国政界的正直者出名的穆来,那回忆录也每一页中,总有使读者不能餍足的处所。尤其是例如他劝首相格兰斯敦引退,而推罗思培黎卿为后任这事,他的心里可有自己来做将来的首相的希望,抬了头的呢,就很使读者觉得怀疑。这是因为凡有对于人生的诸相,赤裸裸地,正直地加以观察者,深知道人间内心的动机,是复杂到至于自己也意识不到的。

237

我所熟识的一个有名的美国的学者，有一天突然对我说：——

"食和性的欲求，满足了之后，实在会有复杂的可讶的各种动机，在人心上动作起来的。"

这是意味深长的话，现在还留存在我的耳朵中。倘将沁透着自己内心的这可讶的各种动机的存在，加以检讨，便使我们非常谦逊。如果是深深地修行了自己反省的人，会对着别人说些什么我是单为爱国心所支配的，单为义务心所驱使的那样大胆的话的么？

然而太深的内省，却使人成为怀疑底和冷嘲底。对于别人大声疾呼的国家论和修身讲话之类，觉得很像呆气的把戏，甚至于以为深刻的伪善和欺骗。于是就总想衔着烟卷，静看着那些人们的缎幕戏文。这在头脑优良的人，尤其是容易堕进去的陷阱。

专制主义使人们变成冷嘲，约翰穆勒所说的这话，可以用了新的意思再来想一想。专制治下的人民，没有行动的自由，也没有言论的自由。于是以为世间都是虚伪，但倘想矫正它，便被人指为过激等等，生命先就危险。强的人们，毅然反抗，得了悲惨的末路了。然而中人以下的人们，便以这世间为"浮世"，吸着烟卷，讲点小笑话，敷衍过去。但是，当深夜中，涌上心来的痛愤之情，是抑制不住的。独居时则愤慨，在人们之前则欢笑，于是他便成为极其冷嘲的人而老去了。生活在书斋里，沉潜于内心的人们，一定是昼夜要和这样的诱惑战斗的。

二

但是，比起这个来，还有一种平凡的危险，在书斋生活者的身边打漩涡。我们对于自己本身，总有着两样的评价。一样是自己对于自己的评价，还有一样是别人对于自己本身所下的评价。这两样评价间的矛盾，是多么苦恼着人间之心呵。对于所谓"世评"这东西，毫不关心者,从古以来果有几人呢?听说便是希腊的圣人梭格拉第斯,当将要服毒而死的那一夜,还笑对着周围的门徒们道,"我死后,雅典的市民便不再说梭格拉第斯是丑男人了罢。"在这一点,便可以窥见他没有虚饰的人样子,令人对于这老人有所怀念。虽是那么解脱了的哲人,对于世评,也是不能漠不关心的。

这所谓世评,然而却能使我们非常谦逊,给与深的反省的机缘。动辄易陷于自以为是的我们,因为在世上的评价之小,反而多么刺戟了精进之心呵。所谓"经过磨炼的人"者,在或一意义上,就是凭着世间的评价,加减了自己的评价的人。然而度着和实生活相隔绝的生活的人们,却和这世间的评价毫无交涉,一生只是正视着自己的内心。所以他对于自己本身,只有惟一无二的评价,好坏都是自己所给与的评价。这评价过大时,我们便给加上一个"夸大妄想狂"的冠称,将这些人们结束掉。这样的自挂招牌的人们,并不一定发生于书斋里,自然是不消说得的。然而书斋生活者的不绝的危险,却就在此。

这样的书斋生活者的缺点,有两层。就是:他本身的修业上的影响,和及于社会一般的影响。第一层姑且勿论,第二层我却痛切地感得。凡书斋生活者,大抵是作为学者,思想家,文艺家等,有效力及于实社会的。因此,他所有的缺点,便不是他个人的缺点,而是他之及于社会上的缺点。于是书斋生活者所有的这样的唯我独尊底倾向,乃至独善的性癖,对于社会一般,就有两种恶影响。一种,是他们的思想本身的缺点,即容易变成和社会毫无关系的思想。还有一种,是社会对于他们的思想的感想,即社会轻视了这些自以为是的思想家的言论。其结果,是成了思想家和实社会的隔绝。思想和实生活的这样的隔绝,自然并非单是思想家之罪,在专制政治之下,这事就更甚。因为反正是说了也不能行,思想家便容易流于空谈放论了。

如果我们人类生活的目的，是在文化的发达，则有贡献于这文化的发达的这些思想家们的努力，我们是应该尊重，感谢的。但若书斋生活者因了上述的缺点，和实生活完全隔绝，则在社会的文化发达上，反有重大的障碍。因此，社会也就有省察一番的必要了。

这是，在乎两面的接近。不过我现在却只说书斋生活者这一面走过来。也就是说，书斋生活者要有和实生活，实世间相接触的努力。我的这种意见，是不为书斋生活者所欢迎的。然而尊敬着盎格鲁撒逊人的文化的我，却很钦仰他们的在书斋生活和街头生活之间，常保着圆满的调和。新近物故的穆来卿，一面是那么样的思想家，而同时又是实际政治家，我总是感到无穷的兴味。并且以为对于这样的人，能够容认，包容，在这一点上就有着盎格鲁撒逊人的伟大的。读了穆来卿的文籍，我所感的是他总凭那实生活的教训，来矫正了独善底态度。

三

曾是美国的大统领的威尔逊，也是思想家兼实际政治家这一层，是相像的。然而威尔逊的晚年，思想家的独断底倾向，却逐渐显著起来了。这是因为他在书斋中不知不觉地得来的缺点。侃思教授的名著《平和的经济底诸效果》里面，这样地写着：——

"他没有一件连细目都具备了的计画。他不但如此不知世事，心的作用也迟钝，不会通融的。所以他一遇见鲁意乔治似的敏捷而变通自在的人，便不知所措了。他于咄嗟之间，提出改正案之类的智慧，丝毫也没有。偶尔只有一种本领，是豫先在地面上掘了洞，拼命忍耐着。然而这要应急，是往往来不及的。那么，为补充这样的缺点起见，问问带来的顾问们的意见罢。这也不做。在华盛顿,也持续着讨人厌的他的超然底态度。他的出格的顾忌癖,致使不容周围放着一个同格的人。(中略)加以发了他的神学癖和师长癖,就更加危险了。他是不妥协的。他的良心所不许的。即使必须让步的时候,他也以主义之人而坚守着。于是欧洲的政治家们便表面上装作尊重他的主义模样,实则用了微妙的纤细的蛛丝,将他的手脚重重捆住了。完全背反着他的主义一样的平和条约做出来了。然而他离开巴黎的时候,一定是诚心诚意,自以为贯彻了自己之所信的。不,便是现在,一定也还在这样想。"

这侃思教授的威尔逊评,在我,全部是不能首肯的。他自己就是书斋中人的侃思教授,将实际政治的表里,太用了平面底的论理来批评了。但在这威尔逊评中,却将书斋生活者的性格底弱点,非常鲜明地,而且演剧底地描出着。

使我来说,则威尔逊在书斋生活者之中,是少有的事务家,政略家。然而虽是这非凡的实务底思想家,也终于不免书斋生活者的缺陷。在这一点上,是使我们味得无限的教训的。在日本的历史上,则新井白石,在支那的历史上,则王安石,倘将他们的性格之类研究起来,一定可以发见,是因为这样的缺点,致使九仞之功,亏于一篑的罢。

我的结论,是:所以书斋生活是有着这样的自以为是的缺点的,而在东洋,却比英美尤有更多的危险,所以要收纳思想家的思想,应该十分注意。还有,一面因着社会一般的切望,书斋生活者应加反省;而一面也应该造出使思想家可以更容易地和实社会相接触的社会来。

这是《思想·山水·人物》中的一篇,不写何时所作,大约是有所为而发的。作者是法学家,又喜欢谈政治,所以意见如此。

数年以前，中国的学者们曾有一种运动，是教青年们躲进书斋去。我当时略有一点异议，意思也不过怕青年进了书斋之后，和实社会实生活离开，变成一个呆子，——胡涂的呆子，不是勇敢的呆子。不料至今还负着一个"思想过激"的罪名，而对于实社会实生活略有言动的青年，则竟至多遭意外的灾祸。译此篇讫，遥想日本言论之自由，真"不禁感概系之矣"！

作者要书斋生活者和社会接近，意在使知道"世评"，改正自己一意孤行的偏宕的思想。但我以为这意思是不完全的。第一，要先看怎样的"世评"。假如是一个腐败的社会，则从他所发生的当然只有腐败的舆论，如果引以为鉴，来改正自己，则其结果，即非同流合污，也必变成圆滑。据我的意见，公正的世评使人谦逊，而不公正或流言式的世评，则使人傲慢或冷嘲，否则，他一定要愤死或被逼死的。

一九二七年六月一日，译者附记。

原载 1927 年 6 月 25 日《莽原》半月刊第 2 卷第 12 期。

初收 1928 年 5 月上海北新书局版《思想·山水·人物》。

译者附记未收集。

二日

日记 晴。上午复郑泗水信。下午得三弟信片，五月二十五日发。晚黎仲丹来。浴。

三日

日记 晴。上午寄杨树华信并《中国小说史略》一本，且还其稿。寄台静农信并译稿两篇,校正《出了象牙之塔》一本。寄北京语丝社稿一篇。收中大四月分半月薪水二百五十。午得淑卿信,五月十九日发。得饶超华信。下午雨。晚黎仲丹送食物四种,收芒果四枚,酒两瓶。

四日

日记 旧历端午。晴。午后寄饶超华信。谢玉生来。下午大雨。

五日

日记 星期。昙。午前绍原来。得钦文信,五月廿六日发。午后雨。季市向沪。

六日

日记 晴。上午得中大委员会信,允辞职。立峨来,赠以《自己的园地》一本。

七日

日记 雨。午得静农信,五月廿七日〔发〕。得寄野信,同日发。得春台信,二十八日发。

八日

日记 昙。上午得三弟信,二日发。午后理发。下午雨。晚寄三弟信附与春台笺。复沪北新书局信。

九日

日记 昙。上午许菊仙来运季市什物去。午后雨。托广平往广雅图书局买书十种共三十七本,泉十四元四角。晚谢玉生来。

十日

日记 雨。上午寄丁山信。寄淑卿信。以副刊二张寄霁野。晚蒋径三来。

十一日

日记 昙。上午得陈学昭信并绘信片三枚,五月廿九日西贡发。午前绍原来。得小峰信,卅日发。得矛尘信,卅日发。收寄野所寄书二包,内《孝图》四种十一本,《玉历》三种三本。午后晴。寄香港循环日报馆信。晚雨。夜浴。谢玉生,朱辉煌来。

十二日

日记 星期。昙,午后晴。寄矛尘信。

致 章廷谦

矛尘兄:

五月卅日的信,昨天收到了。《玉历钞传》还未到。我早搬出中大,住在一间洋房里,所以信寄芳草街者,因为我那时豫计该街卖书处之关门,当在我的寓所之后。季黻先也住在这里,现在他走了,六日上船的,故五月卅日以前有人在杭州街上所见之人,必非季黻也。倘在六月十五以后,则我不能决矣。

鼻之口中之鲁迅,可恶无疑,而且一定还有其他种种。鼻之腹中,有古史,有近史,此其所以为"学者";而我之于鼻,则除乞药揸鼻一事外,不知其他,此其所以非"学者"也。难于伺候哉此鼻也,鲁迅与之共事,亦可恶,不与共事,亦可恶,仆仆杭沪宁燕而宣传其可恶,于是乎鲁迅之可恶彰闻于天下矣,于是乎五万元之买书成为天经地义矣。岂不懿欤！休哉！

我很感谢你和介石向子公去争,以致此公将必请我们入研究院。然而我有何物可研究呢？古史乎,鼻已"辨"了；文学乎,胡适之已"革命"了,所余者,只有"可恶"而已。可恶之研究,必为子公所大不乐闻者也,其实,我和此公,气味不投者也,民元以后,他所赏识者,袁希涛蒋维乔辈,则十六年之顷,其所赏识者,也就可以类推了。

绍原,我想,他是在这里的。钱之不我许,是的确的。他很冤枉,因为系我绍介,有人说他鲁迅派。其实我何尝有什么派,一定介绍同派呢。而广东人和"学者"们,倘非将一人定为某一派,则心里便不舒服,于是说他也要走。还有人疑心我要运动他走。其实我是不赞成他走的,连季黻辞职时(因为走时,傅斯年探听他什么态度),我也反对过。而别人猜测我,都与我的心思背驰,因此我觉得我在中国人中,的确有点特别,非彼辈所能知也。

我之"何时离粤"与"何之"问题,一时殊难说。我现在因为有国库券,还可取几文钱,所以住在这里,反正离开也不过寓沪,多一番应酬。我这十个月中,屡次升沉,看看人情世态,有趣极了。我现已编好两部旧稿,整理出一部译的小说。此刻正在译一点日本人的论文,豫备寄给你的,但日内未必完工,因为太长。每日吃鱼肝油,胖起来了,恐怕还要"可恶"几年哩。至于此后,则如暑假前后,咱们的"介石同志"打进北京,我也许回北京去,但一面也想漂流漂流,可恶一通,试试我这个人究竟受得多少明枪暗箭。总而言之,现在是过一天算一天,没有一定者也。

"出亡"的流言,我想是故意造的,未必一定始于愈之,或者倒是鼻一流人物。他们现在也大有此意,而无隙可乘,因为我竟不离粤,否则,无人质证,此地便流言蜂起了,他们只在香港的报上造一点小谣言,一回是说我因亲共而躲避,今天是说我已往汉口(此人是现代派,我疑是鼻之同党),我已寄了一封信,开了一点小玩笑,但不知可能登出,因为这里言论界之暗,实在过于北京。

在这月以内,如寄我信,可寄"广九车站,白云楼二十六号二楼许寓收转",下月则且听下回分解可也。

迅　上

斐君兄均此不另　小燕兄亦均此不另。

十三日

日记　昙。上午寄静农,霁野信。午后晴。得绍原信,即复之。晚绍原来。从广雅书局补得所买书之阙叶,亦颇[有]版失而无从补者。

十四日

日记　晴。上午得三弟信,六日发,于是《小约翰》全书具成。

《小约翰》动植物译名小记

关于动植物的译名,我已经随文解释过几个了,意有未尽,再写一点。

我现在颇记得我那剩在北京的几本陈旧的关于动植物的书籍。当此"讨赤"之秋,不知道它们无恙否?该还不至于犯禁罢?然而虽在"革命策源地"的广州,我也还不敢妄想从容;为从速完结一件心愿起见,就取些巧,写信去问在上海的周建人君去。我们的函件往返是七回,还好,信封上背着各种什么什么检查讫的印记,平安地递到了,不过慢一点。但这函商的结果也并不好。因为他可查的德文书也只有 Hertwig 的动物学和 Strassburger 的植物学，自此查得学名，然后再查中国名。他又引用了几回中国唯一的《植物学大辞典》。

但那大辞典上的名目，虽然都是中国字，有许多其实乃是日本名。日本的书上确也常用中国的旧名，而大多数还是他们的话，无非写成了汉字。倘若照样搬来，结果即等于没有。我以为是不大妥当的。

只是中国的旧名也太难。有许多字我就不认识，连字音也读不清；要知道它的形状，去查书，又往往不得要领。经学家对于《毛诗》上的鸟兽草木虫鱼，小学家对于《尔雅》上的释草释木之类，医学家对于《本草》上的许多动植，一向就终于注释不明白，虽然大家也七手八脚写下了许多书。我想，将来如果有专心的生物学家，单是对于名目，除采取可用的旧名之外，还须博访各处的俗名，择其较通行而合用者，定为正名，不足，又益以新制，则别的且不说，单是译书就便当得远了。

以下，我将要说的照着本书的章次，来零碎说几样。

第一章开头不久的一种植物 Kerbel 就无法可想。这是属于伞形科的，学名 Anthriscus。但查不出中国的译名，我又不解其义，只好译音：凯白勒。幸而它只出来了一回，就不见了。日本叫它ジャク。

第二章也有几种：——

Buche 是欧洲极普通的树木，叶卵圆形而薄，下面有毛，树皮褐色，木材可作种种之用，果实可食。日本叫作橅（Buna），他们又考定中国称为山毛榉。《本草别录》云："榉树，山中处处有之，皮似檀槐，叶如栎槲。"很近似。而《植物学大辞典》又称椈。椈者，柏也，今不据用。

约翰看见一个蓝色的水蜻蜓（Libelle）时，想道："这是一个蛾儿罢。"蛾儿原文是 Feuerschmetterling，意云火胡蝶。中国名无可查考，但恐非胡蝶；我初疑是红蜻蜓，而上文明明云蓝色，则又不然。现在姑且译作蛾儿，以待识者指教。

旋花（Winde）一名鼓子花，中国也到处都有的。自生原野上，叶作戟形或箭镞形，花如牵牛花，色淡红或白，午前开，午后萎，所以日本谓之昼颜。

旋儿手里总爱拿一朵花。他先前拿过燕子花（Iris）；在第三章上，却换了 Maiglöckchen（五月钟儿）了，也就是 Maiblume（五月花）。中国近来有两个译名：君影草，铃兰。都是日本名。现用后一名，因为比较地可解。

第四章里有三种禽鸟，都是属于燕雀类的——

一，pirol。日本人说中国叫"剖苇"，他们叫"苇切"。形似莺，腹白，尾长，夏天居苇丛中，善鸣噪。我现在译作鹧鹩，不知对否。

二，Meise。身子很小，嘴小而尖，善鸣。头和翅子是黑的，两颊却白，所以中国称为白颊鸟。我幼小居故乡时，听得农人叫它"张飞鸟"。

三，Amsel。背苍灰色，胸腹灰青，有黑斑；性机敏，善于飞翔。日本的《辞林》以为即中国的白头鸟。

第五章上还有两个燕雀类的鸟名：Rohrdrossel und Drossel。无从考查，只得姑且直译为苇雀和嗌雀。但小说用字，没有科学上那么缜密，也许两者还是同一的东西。

热心于交谈的两种毒菌，黑而胖的鬼菌（Teufelsschwamm）和细长而红，且有斑点的捕蝇菌（Fliegenschwamm），都是直译，只是"捕"字是添上去的。捕蝇菌引以自比的鸟莓（Vogelbeere），也是直译，但我们因为莓字,还可以推见这果实是红质白点,好像桑葚一般的东西。《植物学大辞典》称为七度灶,是日本名 Nanakamado 的直译,而添了一个"度"字。

将种子从孔中喷出,自以为大幸福的小菌,我记得中国叫作酸浆菌,因为它的形状,颇像酸浆草的果实。但忘了来源,不敢用了;索性直译德语的 Erdstern,谓之地星。《植物学大辞典》称为土星菌,我想,大约是译英语的 Earthstar 的,但这 Earth 我以为也不如译作"地",免得和天空中的土星相混。

第六章的霍布草(Hopfen)是译音的,根据了《化学卫生论》。

红喙鸟(Rotkehlchen)是译意的。这鸟也属于燕雀类,嘴阔而尖,腹白,头和背赤褐色,鸣声可爱。中国叫作知更雀。

第七章的翠菊是 Aster;莘尼亚是 Zinnia 的音译,日本称为百日草。

第八章开首的春天的先驱是松雪草(Schneeglöckchen),德国叫它雪钟儿。接着开花的是紫花地丁(Veilchen),其实并不一定是紫色的,也有人译作堇草。最后才开莲馨花(Primel od. Schlüsselblume),日本叫樱草,《辞林》云:"属樱草科,自生山野间。叶作卵状心形。花茎长,顶生伞状的花序。花红紫色,或白色;状似樱花,故有此名。"

这回在窗外常春藤上吵闹的白头翁鸟,是 Star 的翻译,不是第四章所说的白头鸟了。但也属于燕雀类,形似鸠而小,全体灰黑色,顶白;栖息野外,造巢树上,成群飞鸣。一名白头发。

约翰讲的池中的动物,也是我们所要详细知道的。但水甲虫是 Wasserkäfer 的直译,不知其详。水蜘蛛(Wasserläufer)其实也并非蜘蛛,不过形状相像,长只五六分,全身淡黑色而有光泽,往往群集水面。《辞林》云：中国名水黾。因为过于古雅，所以不用。鲵鱼（Salamander）是两栖类的动物，状似蜥蜴，灰黑色，居池水或溪水中，中国有些地方简直以供食用。刺鱼原译作 Stichling，我想这是不对的，因为它是生在深海的底里的鱼。Stachelfisch 才是淡水中的小鱼，背部及腹部有硬刺，长约一尺，在水底的水草的茎叶或须根间作窠，产卵于内。日本称前一种为硬鳍鱼，俗名丝鱼；后一种为棘鳍鱼。

Massliebchen 不知中国何名，姑且用日本名，曰雏菊。

小约翰自从失掉了旋儿，其次荣儿之后，和花卉虫鸟们也疏远了。但在第九章上还记着他遇见两种高傲的黄色的夏花：Nachtkerze und Königskerze，直译起来，是夜烛和王烛，学名 Oenother biennis et Verbascum thapsus. 两种都是欧洲的植物，中国没有名目的。前一种近来输入得颇多；许多译籍上都沿用日本名：月见草，月见者，玩月也，因为它是傍晚开的。但北京的花儿匠却曾另立了一个名字，就是月下香；我曾经采用在《桃色的云》里，现在还仍旧。后一种不知道底细，只得直译德国名。

第十一章是凄惨的游览坟墓的场面，当然不会再看见有趣的生物了。穿凿念动黑暗的咒文，招来的虫们，约翰所认识的有五种。蚯蚓和蜈蚣，我想，我们也谁都认识它，和约翰有同等程度的。鼠妇和马陆较为生疏，但我已在引言里说过了。独有给他们打灯笼的 Ohrwurm，我的《新独和辞书》上注道：蠼螋。虽然明明译成了方块字，而且确是中国名，其实还是和 Ohrwurm 一样地不能懂，因为我终于不知道这究竟是怎样的东西。放出"学者"的本领来查古书，有的，《玉篇》云："蛷螋，虫名；亦名蠼螋。"还有《博雅》云："蛷螋，蛷蛷也。"也不得要领。我也只好私淑号码博士，看见中国式的号码便算满足了。还有一个最末的手段，是译一段日本的《辞林》来说明它的形状："属于直翅类中蠼螋科的昆虫。体长一寸许；全身黑褐色而有黄色的脚。无翅;有触角二十节。尾端有歧,以挟小虫之类。"

第十四章以 Sandäuglein 为沙眸子,是直译的,本文就说明着是一种小胡蝶。

还有一个 münze,我的《新独和辞书》上除了货币之外,没有别的解释。乔峰来信云:"查德文分类学上均无此名。后在一种德文字典上查得 münze 可作 minze 解一语,而 minze 则薄荷也。我想,大概不错的。"这样,就译为薄荷。

一九二七年六月十四日写讫。鲁迅。

未另发表。

初收 1928 年 1 月北京未名社版"未名丛刊"之一《小约翰》。

十五日

日记 晴。无事。

十六日

日记 晴。上午得陈翔冰信,六日厦门发。得春台信,三日发。得有麟信,八日发。收《文学大纲》第二及第三册各一本,盖振铎所赠。晚立峨来。雨。夜浴。

十七日

日记 晴。下午绍原,馥泉等来。晚黎仲丹来。

十八日

日记 晴。上午得郝昜蕳信,十一日厦门发。叶少泉来。下午寄小峰信。晚寄三弟信附与春台函。玉生来。立峨等来。

十九日

　　日记　星期。晴,下午雨。寄有麟信。晚晴。得紫佩信,三
日发。

二十日

　　日记　晴。晚复紫佩信。寄淑卿信。

二十一日

　　日记　晴,晚风。朱辉煌等来。

专门以外的工作

[日本]鹤见祐辅

一

　　思想是小鸟似的东西,忽地飞向空中去。去了以后,就不能再
捉住了。除了一出现,便捉来关在小笼中之外,没有别的法。所以
我们应该如那亚美利加的文人霍桑(N. Hawthorne)一般,不离身地
带着一本小簿子,无论在电车里,在吃饭时,只要思想一浮出,便即
刻记下来。

　　要而言之,所谓人生者,是这样的断云似的思想的集积。

二

　　我想,思想和我们的实际生活之间,仿佛有着不少的间隔。也

许这原是应该这样的。因为我们的生活，是想要达到我们所思索之处的努力的继续。但即使如此，思索和生活之间，是应该有一脉的连锁的。而社会思想和社会生活之间，尤其应该有密接的关系。然而事实却反是，我们常常发见和实际生活相去颇远的社会思想。有时候，则这思想和实生活全不相干，而我们却看见它越发被认为高尚的思想。而且大家并不以这样的事情为极其可怪，是尤使我们惊异的。

三

但是，仔细一想，也可以说是毫不足怪。人类之于真实的意义上的自由，是从来未曾享受过的，常在或一种外界的压迫之下过活。所以我们就怕敢自由地思索，自由地发言。这倾向，在所谓专制政治的国度里，尤其显著。因此，在专制政治的国中，我们不但不能将所思索者发表，连思索这一件事，也须谨慎着暗地里做。尤其是对于思索和实行的关系上，是先定为思索是到底没有实行的希望的。于是思想便逐渐有了和实生活离开的倾向；就是思索这一件事，化为一种知能底游戏了。所以阅读的人，也就称这样的游戏底技巧为高远，越和实生活不相干，就越受欢迎。英国的自由思想家约翰穆勒所说的"专制政治使人们成为冷嘲"，就是这心境。

四

此外也还有社会思想和实生活隔离的原因。这就是思想这件事，成了专门家的工作。因为我们的街头的生活，和所谓思想家的书斋的生活，是没交涉的。我并非说，数学和天文学应该到街头去思索。我不过要指出社会问题和伦理哲学问题等，只在离开街头的书斋里思索的不健全来。

我们在今日,还叹赏数千年的古昔所记述的古典的含蓄之深远。这就因为当时的先觉者们,还不是专门的思想家的缘故。所以那思索,是受着实生活的深刻的影响的。那文字之雄浑和综合底,也可以说,也自有其所由来之处。

五

我们通览古来的社会思想家,而检点其经历,便可得颇有兴味的发见。称为东洋的学问的渊源的孔子,在壮年时代,是街头的实行家。称为西洋文明之父的亚理士多德,也曾和亚历山大帝在实际政治里锻炼过。虽有各种的诽难,而总留一大鸿爪于政治学说史上的玛基亚惠利,是过了长久的官吏生活的人。经济学家的理嘉特是股票商,英国政治学者的第一名培约德是银行家。此外,则英国自由思想家的巨擘穆勒是商业公司的职员,文明批评家马太亚诺德是教育家等,其例不止一二。

在这里,我们就发见深的教训。就是:凡伟大者,向来总不出于以此为职业的专门家之间。

六

这是因为专门家易为那职业所拘的缘故。在自己并不知觉之间,成就了一种精神底型范,于是将张开心眼,从高处大处达观一切的自由的心境失掉了。所谓"专门家的褊狭"者,便是这个。欧洲战争开始时,各国为了职业底军人的褊狭,用去许多牺牲。又如俄国的革命,德国的革命,那专门底行政官的官僚的积弊,也不知是多么大的原因哩。学问的发达,亦复如此。从来,新的伟大的思想和发见,多出于大学以外。不但如此,妨害新思想和新发见者,不倒是常常是大学么?蹒跚于所谓大学这一个狭小社会里的专门学者,在过去时代,多么阻害了人类的文化的发展呵。宗教就更甚。人类在寻求真的信仰时,想来阻止他的,不常是以宗教为专门的教士的偏见么?

我们虽在现今,也还惊眺着妨碍人类发达之涂的专门家的弊害。而且以感谢之心,记忆着这专门家的弊害达到极度时,总有起而救济的外行人出现。划新纪元于英国的政治论者,不是一个银行的办事员培约德的《英国宪法论》么?以新方向给近代的历史学者,不是一个药材行小伙计出身的小说家威尔士么?而且专门家们,怎样地嗤笑,冷笑,嘲笑了这些人们之无学呵。但是,世间的多数者的民众,对于这些外行人的政治论和历史论,不是那么共鸣着,赞同着么?

一九二〇年的初夏,我目睹了英国劳动党将非战论的最后通牒,递给那时的政府,以阻止出兵波兰的外交底一新事件的时候,以为是世界外交史上一大快心事,佩服了。那年之秋,我从巴黎往伦敦,会见英国劳动党的首领妥玛司时,谈及这一事;且问他英国劳动党的外交政策,何以会有这样的泼剌的新味的呢?妥玛司莞尔而答道:——

"这是因为我们用了新的眼睛,看着英国的外交的缘故。"

以新眼看外交,在他的这话中,我感到了无穷的兴味。英国劳动党的生命之源就在此。他们是外行人。

因此,我对于专门底思想家以外的人的思想,学者以外的人的学问,军人以外的人的军事论,官吏以外的人的行政论,是感到深的兴趣。大抵陈旧的环境,即失了对于人们的精神,给以刺戟的力量。在惯了的世界里,一种颓废的气氛,是容易发酵的。我们为从这没有刺戟的境涯中蝉蜕而出起见,应该始终具有十二分的努力。而且对于从这样新境涯中出来的思想和发见,也应该先有一种心的准备,能给以谦虚的倾听。倘有了那样的大模大样的居心,以为专门家坐在高的宝座上,俯视着外行人这地面上的劳役者,是不对的。在世间日见其分业化,专门化了的现代,就越有更加留意于专门家以外的思想的必要。

<h1 align="center">七</h1>

　　然而专门家以外的思想有着各种弱点的事，却也应该注意的。专门家的立说，其用心甚深，故虽无大功，而亦无大过。专门家以外的人之说则反是，因为大胆，即容易一转而陷于无谋的独断。但这是普通可以想到的事。我们所更该留心的外行人的思想底缺陷，还有一点在。

　　讲到专门以外的意见时，我们须在念头上放着两种的区别。就是，所谓外行人者，是另有专门的呢，还是别无什么专门的职业的人。前一种，是对于自己专门以外的问题，有着兴味而工作者，例如医学家的森鸥外之作小说。反之，后一种是不愁自己的生活的人，因为趣味，却研究着什么事。就是并不当作职业，只为嗜好，而研究，思索着什么的人。这委实是在可羡的境涯中的人们，就是被称为"有闲阶级"的人们；是英语所称为 independent gentleman（独立的绅士）的阶级。从来之所谓文明呀，文化呀，大抵是这些有闲阶级之所产的。人说，集积了不为生活所累，一味潜心于思索的人们的劳作，乃形成了今日的我们的文明。一面和生活奋斗，而仍有出色的贡献的人们，自然也有的，但是稀见的例外。

　　我在这里所要说的，并非那样的有闲阶级的劳作。是一面为自己的生活劳役，而一面又有贡献于他的专门职业以外的问题的人们的事绩。于此更加一层限制，是有着别的工作，而却有所贡献于社会诸学的人们的事。

<h1 align="center">八</h1>

　　支配了英国的十九世纪后半的社会思想的人们之中，有约翰穆

勒和马太亚诺德。这两个，都是为了生活而有着职业的人。所以这两个思想家，是所谓在工作的余暇，调弄文笔的。关于穆勒，讲的人很多，我在这里不说了。所要说的，是马太亚诺德。

马太亚诺德被推为近代英文界的巨擘，有英国的散文，到他乃入于完璧之域之称。英国的天才政治家迪式来黎于一八八一年顷，在一个夜宴上会见亚诺德，招呼道，"在生存中，入了古典之列的人呀，"是有名的话。他的文章，就风靡了英国上下到这样。他之对抗着当时盛极的穆勒的自由主义思想，牵德国的学风，以谈比自由更高尚的道念的支配，理知的胜利也，真有震动一世之概。将从渐渐窒碍了的自由思想转向进步底保守思想的当时的英国，和他的思想共鸣，可以说，也非无故的。

但是，有着这样的文章和思想，他竟不能在英国的政治思想上留下一个伟大的痕迹，又是什么缘故呢？在这里，我们就发见那努力于专门底职业以外的事业的人们所容易陷入的弊窦。一言以蔽之，则曰：亚诺德疲惫了。他也如穆勒一样，为生活而劳动，窃寸暇以著作的人。所以他的文章，大概是一天的职务完毕后所做的；就是作于他的新锐的精神力已被消费之后。因此，虽以他那样的天才，而较之埋头于其事业，倾全精魂以力作的人们，在力量上，当然已不免有了轩轾了。

九

作为比这更大的理由，算作他的弱点的，则为他是教育家。凡是对于专门以外的事，有着兴味的人，所当常有戒心的，是当他奉行他真有兴味的事业，即奉行他的真的天职时，他又常蒙其专门的职业的影响。就是这一个重大的事实。尤其是在亚诺德，看那职业怎样地影响了他的思想和文章，颇是一种极有兴味的研究。

他是教育家。所以职业所给与他的环境，大抵是思想未熟的青年,在指导熏陶着这些青年之间,他便不知不觉,养成了一切教育家所通有的性癖了。就是,凡有度着仅以比自己知识少,思索力低,于是单是倾听着自己的所说,而不能十分反驳的人们为对手的生活者,即在不经意中,失却自己反省的机会,而严格地批判自己的所说的力,也就消磨了。所以亚诺德虽然怀着天禀之才,也失了将自己加以反省和研钻的习惯。思想的发达,是出于受了四面八方的反击,而和它力争,抗论之中的,在什么都是唯唯倾听的听众里,决无能够一样地发达之理。故为人师者,是大抵容易养成独裁底,专制底,独断底思索力的。

然而用之当时,真有效力的思想,却并非这样的片段的思想,而应该是更其洗练,更其锻炼的。亚诺德的思想,却正缺少这从同年辈,同知识的人们的攻击而生的锻炼。因此,他的思想便势必至于多有奔放之想,奔放之言。这就使他在实际社会上不留他的言说的实迹。

同一意义的事,我们也可以见于新井白石,王安石,威尔逊。关于这些人们的事业的成败,许多批评家往往单纯地以"因为是学者"一语了之。但因为是学者,即迂远于当世的事务,是决无此理的。那真的理由,倒在送半生于学窗下的人们,即一向继续着未受反驳的思索。于是虽然办着当世的事务,而一遭同一知力的政敌的反驳,便现出柔脆的弱点来了。侃斯教授叙述巴黎平和会议的光景的文字中,也曾指摘过威尔逊对于鲁意乔治和克理曼沙的捷速的驳论,缺少即刻反驳的机转,而讷讷不能说话的事来。以威尔逊那么的天才,那作为学者而专和青年相对的半生的习惯,尚且将一世的事业都带累了。

十

虽然有这许多缺点,而亚诺德在英国文学史,政治思想史上的功绩,也还是不能没的。他的散文,只要英语存在,总要作为英文学中的宝玉,永久生存的罢。比起做教育家的他的事业来,倒是因为做文人的他的余技,在文化史上贻留不朽之名的。这样看来,则我们虽然埋头于日常衣食的生活中,而窃取半宵的闲事业,却也许未必一定是闲事业罢。

天下有借父祖的产业,能将二六时尽用于所好的事业者,是幸福的人。但是,一周七日中的六日,虽然用于糊口之道了,而尚有所余的一日,则还可以不必深忧人生。我们能够善用了这一日,使天禀的本来面目活跃。与其以为因为没有余暇,遂不能展天赋之才,而终日咒诅社会组织,孰若活用着我们所有的半日,即将人生的精魂,扑进职业以外的余技里去之为愈呢。

十一

能过专门的职业,适合于天赋的艺能和好尚的生活者,是幸福的人。因为他就可以在自己的职业中,发见安心立命的境地。但即使对于专门之业,并不觉得满心的幸福,也是无妨的事。因为他能窃取零碎的余暇,发见那生活于专门以外的事业的真的别天地的。

一九二三,八,一,原作。

一九二七,六,二一,译。

原载 1927 年 7 月 30 日、8 月 6 日《语丝》周刊第 142、143 期。

初收 1928 年 5 月上海北新书局版《思想·山水·人物》。

二十二日

日记 晴。上午得三弟信,十八日发,午后复。雨一陈。浴。

下午绍原来。

二十三日

日记 晴。晨睡中盗潜入，窃取一表而去。上午得伏园信，五月九日发。得有麟信，十五日发。得矛尘信，十四日发。得季市信，十三日发。得杨树华信，十六日发。得静农信，七日发。得霁野，丛芜信，九日发。得淑卿信，七日发。午后蒋径三来。下午雨一阵。蒋径三来。绍原来还书。晚寄矛尘信。寄季市信。寄三弟信。

致 章廷谦

矛尘兄：

十四日信今日已到。浙江的研究院，一定当在筹备与未筹备之间；"教育厅则确已决定俟下半年并入浙江大学"，既闻命矣。然而浙江大学安在哉？

乔峰来函谓前得一电，以土步病促其急归，因（一）缺钱，（二）须觅替人接事，不能如电遄赴，发信问状，则从此不得音信。盖已犯罪于八道湾矣。顷观来信，则土步之病已愈，而乔峰盖不知，拼命谋生，仍不见谅，悲夫。

鼻又赴沪，此人盖以"学者"而兼"钻者"矣，吾卜其必将蒙赏识于"孑公"。顷得季芾来信，已至嘉兴，信有云："浙省亦有办大学之事，……我想傅顾不久都会来浙的。"语虽似奇，而亦有理。我从上帝之默示，觉得鼻之于粤，乃专在买书生意及取得别一种之"干脩"，下半年上堂讲授，则殆未必，他之口吃，他是自己知道的。所以也许对于浙也有所图也，如研究教授之类。

中大又聘容肇祖之兄容庚为教授，也是口吃的。广东中大，似乎专爱口吃的人。

傅近来颇骂适之,不知何故。据流言,则胡于他先有不敬之语云。(谓傅所学之名目甚多,而一无所成。)

中大对于绍原,是留他的。但自然不大舒服。傅拜帅而鼻为军师,阵势可想而知。他颇有愿在浙江谋事之口风,但我则主张其先将此间聘书收下,因为浙江大学,先就渺茫,他岂能吸西北风而等候哉?他之被谥为"鲁迅派",我早有所闻,其实他们是知道他并不是的。所以用此流言者,乃激将法,防其入于"鲁迅派"也。所以"谥"之而已,不至于排斥他。

我当于三四天内寄上译稿一束,大约有二三万字罢,如以为可用,可先在副刊上一用,但须留版权,因为这是李老板催我译的,他将来想出版。

我在此,须编须译的事,大抵做完了,明日起,便做《唐宋传奇集考证》。此后何往,毫无主意,或者七月间先到上海再看。回北京似亦无聊,又住在突出在后园的灰棚里给别人校刊小说,细想起来,真是何为也哉!但闽粤行后,经验更丰,他日畅谈,亦一快也。

迅 六,廿三。

斐君兄均此。

小燕弟亦均此。

二十四日

日记 晴,下午大雨。得陈梦韶信,十三日发。夜浴。

二十五日

日记 昙。上午襦参化来,赠以《华盖集续编》一本。晚谢玉生来。

二十六日

日记 星期。晴。上午仲殊等来。下午绍原来。

二十七日

日记 晴。午后捐广东救伤队泉五元。寄矛尘译稿一篇。寄小峰译稿三篇。得霁野信,十二日发。晚立峨与其友来,赠以《桃色之云》一本。夜浴。

断　想

[日本]鹤见祐辅

一　落　日

从麻布区六本木的停留场起,沿着电车路,向青山六丁目那边走,途中是有一种趣旨的。从其次的材木町停留场起,径向霞町的街路,尤其有着特色。当冬天的晴朗的清晨,秩父的连山在一夜里已经变了皓白,了然浮在绀碧的空中。向晚,则看见富士山。衬着这样的背景,连两边的屋顶都看得更加有趣。

昨天傍晚,我走了这一段路。忽然看见对面的街道上面,大的落日正要沉下去了。因为带着阴晦的光线的关系,见得好像桃红色的大团块。这在自己的心里,便唤起了非常的庄严之感来。

我忽而想到人间的晚年。想到那显着这样伟大的姿态,静静地降到地平线上去的人。这样的光景,是使见者的心中发生不可名言的感慨的。

这样的人,最近的日本可曾有呢? 无论怎么说,大隈侯的晚年,是有着一种伟大的。这就如难于说明的一种触觉一样。先前,在美国的首都华盛顿静静地死去的威尔逊（Woodrow Wilson），当那最后，确也有沉降的日轮似的庄严。法国的亚那托尔法兰斯（Anatole France）等，也令人发生这样的感想。

二　毕　德

　　然而虽然还没有进入这样的人生的决算期的人在中途时，也有已经使我们感到伟大的。这和圆熟的伟大，也许有些不同。似乎总有着尖角的处所。虽然是伟大，而在年青的人们中，窥见这样的伟大的一鳞片甲的时候，尤使我们觉到难以言语形容的爽快。例如年仅二十四岁的毕德（W. Pitt），做首相的总选举的光景之类，一定曾给那时的英国人以非常的感动的。到了现在，回头一看，他是英国第一个成功的政治家了，但在那时，他以一个后辈，与一切英国政界的巨星为敌，单集合些第二流的政客，作了新内阁，然而忽地决行总选举的时候，一定是见得非常之轻举妄动的。清贫的他，岁入仅三百镑，而不但固辞了首相应得的年俸三千镑的兼职，让给友人，还避开了安全的选举区，却从最危险的侃勃烈其出马。这总选举倘一败，人说，他的一生，大概就要被政敌的联合势力驱逐于政界之外的。实在有焚舟断桥之概。但我们却正在这样鲜明的态度上，可以看出贯彻千古的人性的伟大来。

三　麦唐纳

　　现在是英国的首相而劳动党的首领麦唐纳（R. MacDonald）氏，在暴风一般的喝采里站出来了。当发表劳动党内阁的政纲，且扬言大命一下，便于二十四小时中，奏闻新内阁的人员的时候，真使我们受着一种悲壮之感。麦唐纳身在辙轲失意的底层时，不就是三年前的事么？他的言论惹了祸，他在战时和战后，怎样地大受着反动底舆论的迫害呵。他不但受政敌的迫害,也为劳动党内部所反对。那时大家说,对于智识阶级出身的他,是不愿意给在劳动党的领袖的位置的。不但如此,一个年青的学者对我说,连使他往议会去也不情愿。不知道可是为此,他落选了好几回。劳动党的副书记弥耳敦君虽曾告诉我,决没有这样的事,然而年青的拉思基(Laski)教授等却愤慨道,事实是这样。但他是英国劳动党中唯一的天才底议院政治家,则大家的评论都一致的。

我在伦敦的千九百二十年之际,是妥玛司和克伦士等辈的全盛期,他是埋在暗淡的失意的底里的。我将离开伦敦的前两日,他刚从南俄乔具亚的远旅归来。我虽然送了从波士顿带来的绍介信去,但终于来不及了。不久,我没有会见他,便离了英国。他现在是当了选,占得议席,成为劳动党的首领,且将作英国的首相了,而久居逆境中,终不一屈其所信的他,到底以英国政界的第一人而出现的处所,确有着一种的庄严。

在置身于世情冷热之间,勇气满身,战斗不倦的人的生涯上,是具有难于名状的威严的。威尔逊当一九一九年,从巴黎的平和会议半途归国的时候,他直航波士顿了。这地方,是反对党首领洛俱的根据地。他就在公会堂疾呼道:"倘有和我的主义政策宣战的人,我很喜欢应战。因为在我的皮肤一分之下跳动着的血液的一滴一滴,都是我祖先的传统底战斗精神的余沥。"那斗志满幅之状,真可以说是他的全人的面目,跃然如见了。

四 迪式来黎

凡翻阅英国史者,无论是谁,总要着眼于迪式来黎(B. Disraeli)的生涯。他的一生,正如他的小说一般,很富于波澜和兴趣。他的三十九年的议院生活中,三十二年以在野的政客而耗费了。这一点,他在英国首相列传中,是逆运第一。关于他的许多逸闻之中,最引我的兴趣的，是下面的话。他的多年的苦斗，终于收了效果的一八七四年的有一天，他完毕了基尔特会堂的宴会之后，到保守党的俱乐部去。政友来谈起庄园的事情。有目睹了这情形的旁观者，述说道：——

"我从来没有见过那样的奇特的表情。他显着仿佛是看着别一世界似的，洞然的眼。"

听了这话的一个有名的政治家，却道：——

"他那时候，是并没有听着乡村的事的。他一定正在想，自己终于做了大英帝国的大宰相了。"

我一想到藏在这逸闻里的政治家的浮沉，便感到无穷的兴味。长久的格兰斯敦的人望，渐次衰落了，在补缺选举上，保守党步步得胜。这不仅是人望，这是自己费了三十年功夫，建筑起来的政党组织的胜利。自己经过伦敦的街道，许多市民便追在马车后面欢呼。而今夜又怎样？岂不是在基尔特会堂的宴席上，自己要演说，站起身来的时候，满堂的喝采便暴风似的追踪而起，连自己话也不能说了么？岂不是连侍役们也将手里的桌布，抛上空中，欢呼着么？自己现在确已将英国捉住了。他一定是这样想着的。倘用日本式来说，则这是他七十岁的时候。到了长久的一生的终末，他的太阳这才升起来的。在他的坚忍不拔的生涯中，有些地方就隐现着难于干犯的伟大。

五　费厄泼赖

我常常自问自答：英国的历史，为什么那么惹起外国人的兴味的呢？也常常质问各样的英国人和美国人。然而满足的说明，却从来没有听到过。

有些注释，例如英国的政治史上，多有可作别国的模范的事实呀；英国的政治家，早已蝉蜕了地方底色采，领会了世界底气氛呀之类:都不能使我满足。有一个英国人,说是因为英国人才辈出之故,则更是信口开河,难教我们首肯。只是,我们在英国史上,屡次接触到人间的伟大。这就因为英国是"费厄泼赖"(Fair play)的国度的缘故。参透了竞技的真谛的英国人,便也将竞技的"费厄泼赖",应用到一切社会的生活上去。恬然说谎,从背后谋杀政敌似的卑怯万分的事,是不做的。而且,这样的卑怯的竞技法,社会也不容许。这样的人,便被社会葬送了。所以那争斗,就分明起来。从中现出人间的伟大来,大概并不是偶然的事。这就因为英国的空气的安排,是可以使伟大的人物出现的。

六　有幸的国度

然而,爱好"费厄泼赖"的精神,不仅是因了爱好运动竞技而起,是无疑的。这就因为英国是有幸的国度。

久远的人类的历史,可以说,是平和的农耕人种,被剽悍的游牧人种所征服的记录。而被征服者的农民,则归根结蒂,总以自己所有的文明之力,再将无学的征服者征服。但是,无学而强健的游牧人种,用了强大的暴力,将温顺而勤勉的农耕人种强行压倒的光景,却使人感到一种愤怒似的不愉快。宋朝之灭亡,西罗马之没落,是明显的例。或如蒙古的远征军长驱而入小亚细亚,蹂躏了耕种于底格里斯河附近的农民,将八千年来沾润此处的灌溉用运河破坏殆尽,遂至成为现在那样的荒野的故事,则虽在今日,也还使读史者的胸臆里感到无限的感愤的。

七　古今千年

但因为英国是岛国,所以竟免了这样残忍的征服之祸。十一世纪的康圭拉尔威廉的入寇,也未成文明灭绝之殃,终不过是相类的文明的接木似的结果。还和顽固无比的人种苏格兰人圆满地相合，造成协力一致的国家了。比起对岸的日耳曼，因为有东边的斯拉夫和西边的腊丁人的夹击，遂无高枕而卧之暇的苦境来，真不知有多少天幸。所以在这国度里，历史和传统，都没有中绝之患，继续着的。和砦寨碛边的石垒一般，垒而又崩，崩而又垒的欧洲大陆的诸国有所不同，正是必然之数。

早已自觉了海是英国民的生命这一层，尤为这国民的达见。海不但保障了他们的生存，并且借着海，雄大了他们的思想。海是使人们伟大的。使英国的人格广而深者，一定是海。倘不知道利用这天与的境涯，英国人决不能筑起那样的伟大来。如果虽然是海国，而没有将这海国的天惠，十分味读领会的力量的国民，则这国民是到底没有在世界人文史上遗留不朽的痕迹的资格的。

以海兴国，以海保障文化的国民，在过去时代有二。这都是小国。一是古代希腊的共和国，一是现在的大英帝国。这二者都是对于起自东方的专制主义底大陆军国，站在保障自己的生存的地位上。希腊和波斯王达留斯的大陆军战，英国和法兰西皇帝的拿破仑战。而皆借海为助，将这威压底大众粉碎了。地中海文明的时代，于是便成了希腊文明的时代；大西洋文明的时代也一样，化了英吉利全盛的时期。而这两国的政治底传统，就做着西洋文明的骨子。

凡以大陆军兴国的人民，说也奇怪，一定堕于专制政治，而国民各自的才能至于萎缩。借海兴国的人民却反是，在内治，是施行宽大的自由政治，常常培养着文化的渊源的。要而言之，国家既然是国民努力的总和，则压迫了国民的自由，即没有可以繁荣之理；而不从国民本身的心脏中涌出的文明，也没有会有永久的生命之理的。

罗马帝国在初期时，气象实在庄严。这就因为罗马人以自由农民的举国皆兵之国而兴的缘故。这一点，美国的建国当初，是很相像的。美国也是自由农民所尝试的平民政治。然而罗马却随着版图的扩大，逐渐富足起来，及至化为第二期的冒险底富豪的跃进时代,而后年已见军人专制之端。及苏耳拉和玛留斯出,则坠入第三期的职业军人的武断政治,自由的内政,一转而化为专制政治了。这时候,在罗马史上,已没有真的伟大的人物出现。美国现在,是正在进向冒险底富豪的跃进时代里去。但和罗马的古代不同,国民的教育普及着,所以未必会有职业底军人全盛的时代罢。然而美国究竟能否也如英国一样,成为有内容的伟大的国民呢,我却还怀着不少的疑惑。在美国,是含有许多可以堕落的素因的。现在的排日法案的吵闹,不过是末节。其所以出此的素因,是在美国的政治组织里面的。这就因为美国的地理底,人种底,传统底素因,和英国全然两样的缘故。

现在,说也奇怪,日本是正有着和古希腊及英国相似的地理底,人种底以及传统底境遇。天时也将如地中海时代之福希腊,大西洋时代之福英国一般,于太平洋时代福日本么? 是否利用其境遇,是系于日本国民的决心的。

八 威尔逊之死

从此我想先写些威尔逊的事。

生成赢弱的威尔逊,竟活到六十七岁零两个月,用日本式算起来,就是六十九岁,实在还是意外的长寿。但从他本身的个人底得失而言,则五年以前没有死,或者不再活六七年,是可惜的。他选而又选,却在最坏的时候死掉了。

他以美国人而论,则是瘦而长的人。从幼小时候起,因为胃弱,曾经退过几回学。成年以后,因了过度的用功,就容易感冒风寒,时常要头痛。他做了大统领的时候,家里的人们还担忧,怕他做不满四年的。尤其是有了想不到的欧洲大战,有了巴黎的平和会议,所以周围的人便以为总不能到底安然无事。果然,他在全国游说的途中,从血管的硬化,成了半身不遂的重病了。是积年的辛劳,一时并发的。奇怪的是和列宁一样的病状。列宁是发病之后，不久就死了，他却躺在不治的病床上至四年半才死掉。运命为什么这样执拗地磨折他的呢？历来的美国大统领中，没有一个像他那样送了不幸的晚年的人。便是永眠之后，已在恩怨的彼岸的现在，也不能说他已经真实地得了慰安。连死了以后，也还有人追着加以坏话和碎话。

然而这也并非单是他。华盛顿和林肯的晚年的冷落又如何？世态炎凉的激变，如美国者是少有的。现在敬之如神明的华盛顿，在职时尝痛愤于骂詈和谗谤，曾说道，我与其为美国的大统领，还不如求死去的平安。到林肯，可更甚了。甚至于被骂为恶魔的化身一样。然而二人都在生前目睹了自己的事业的成功，而且也没有生威尔逊那样的苦痛的病症。

当威尔逊晚年时，有着拿破仑似的阴惨的处所。正如百战百胜的拿破仑，仅因为败于滑铁卢的一战，便被幽囚于圣海伦那的孤岛上，给恶意的英吉利的小官呵斥死了的一般，威尔逊在内政上，是举了历代大统领所未有的功绩的，欧战时候，又显了全世界民众的偶像一般的威容，而在最后，国际联盟案刚被上议院一否决，共和党的小人辈便加以失败政治家似的待遇，终于穷死了。

然而这悲壮的四年半的受难，也许正是天意，使他的记念，可以永久刻在人类的心中罢。用英文所写的传记，单是我所收集的，就有十二册。但真使他传于后世的事业，却应该惟有从他最后四年半的日记，言行录，书简集等，窥见了他泪痕如新的人这才能够的。

九　他的随笔

人的真实的姿态，是显现于日常不经意的片言只句之中的。威尔逊之真的为人，较之在他的教令，演说，论文上，一定是他的家庭内的闲谈中更明显。其次，表现着他的，大概要算他时时在美国有名的大杂志上发表的随笔了罢。较之他的论文和演说，我更爱读他的随笔。他的随笔集里，有一种称为《不外文章》（*Mere Literature*）的，和马太亚诺德的《杂糅随笔》（*Mixed Essays*），穆来卿的《评论杂集》（*Critical Miscellanies*）之类相似。他们三个都是从十九世纪末到二十世纪初的散文大家这一层，也极相似的。正如亚诺德和穆来以其文章，永久留遗在英国文化史上一般，威尔逊说不定也将由他的文章，在美国文学史上占得不朽的位置。但于他不利的，是只因为他政治上的功绩太显著，于是文学上的功绩便容易被人忘却了。他究竟将借着他的才能的那一部分，留记忆于百年之后呢，这非到百年之后，是不得而知的。但我们现在由他的《冥想录》，记得阿垒留斯（Aurelius）的名字，而那时的罗马人，则因为自以为罗马帝国者，是万世不灭的大强国，所以对于阿垒留斯为罗马皇帝的名誉和为著作家的名誉，一定是没有想到来比较一番的。但在今日，使东洋人的我们说起来，则阿垒留斯曾为罗马帝国的皇帝，是不足挂齿的事，倒是一卷《冥想录》，在人类文化上，不知道是多么贵重的宝贝了。所以千百年后，威尔逊的名字，也许却因了他的著述或一句演说，会被人记得的罢。

从经历而言，威尔逊应该和格兰斯敦最相像。他的少年的时候，也仿佛十分崇拜格兰斯敦似的。但将他的性格和事业，仔细地一研究，则两者之间，极其不同。格兰斯敦是属于鲁意乔治（D. Lloyd George）和罗斯福（Th. Roosevelt）的典型的，而威尔逊则可归于周的文王，或者古希腊的贝理克来斯（Pericles）的范畴里，他之中，有一种可以说是东洋底，高蹈底的气氛。

这一定也出于文学底情操的；这情操也就是他的性情的根本底基调。我去游历他的诞生地司坦敦这小邑的时候，便感得了感化过幼小的威尔逊的环境，是怎样的了。这小邑是一个山村，绕以翠色欲滴的峰峦，雪难陀亚的溪流在脚下流过，声音如鸣环珮。他生长在秀丽的山河的怀抱里，得以悟入那幽玄的天地诸相的机缘，身边一定是不断的。尤其是，羸弱的他，眺着伏笈尼亚之山和加罗拉那之海，则超人间底的，出世间的思想，大概也就自然而然地成就了。

他的爱诵英国的湖畔诗人渥特渥思（W. Wordsworth），说不定也就是因为这些地方而起。他所爱读的书，和亚诺德是一路的。亚诺德的爱读书，是《圣书》和渥特渥思。对于渥特渥思，穆来卿也一样；他在《评论杂集》里，曾以渥特渥思为"将静谧，底力，坚忍，目的，惠赐于人魂中，而打开那平和的心境的人类的恩人。"这三大思想家，都汲其流于渥特渥思，也颇有惹起我们的兴趣之处的。

十　政治和幽默

然而穆来卿的二大爱读书的另一种，却不是《圣书》了。一生以无神论者终始的他的思想底背景，似乎是十八世纪的法兰西哲学。他是参透了服尔德（Voltaire）的理性论的。法兰西革命前期的思想家的绍介，就占着他的浩瀚的全集的大半。他这样地和英国的寺院思想抗衡。这一点，和以牧师为父，为外祖父，自己也终生生活在《圣书》里的威尔逊，是完全两样的。

除爱读书之外，亚诺德还有和威尔逊共通的性格。就是两人都喜欢幽默。亚诺德是明朗的幽默家。他也如罗马的诗人呵累条斯（Horatius）一样，相信"含笑谈真理，又有何妨"的。不但如此，他还以为作者应该使读者快乐。他因此常常论及兴趣，气品，清楚，爱娇。然而他的心的深处，是解悟着这些都是方便，不过用作鼓吹道念和道理于人的一助的。

这一点，他完全和威尔逊异曲同工。威尔逊是也已经入了幽默的悟道的。和这古板的穆来卿，却完全两样。穆来卿也如格兰斯敦一样，是不懂幽默的人。他的文情，是庄重，清雅，明邕的。但若读之终日，则大抵的人，总不免头涨。将这和威尔逊的随笔之温情恻恻动人者相较，不同得很多。

只要看威尔逊的小品文《像人样》冒头的几句，也就可以窥见其为人：——

　　"书籍之中，最为希罕的书籍，是读的书。培约德（W. Bage-hot）玩笑地说。且又接着说道，文章的妙法，是像人样地写。这是万分明白的事，只要经验也就知道，每年从印刷局出现的许多书，为读而作的，却不大有。令人思索的书，是有的罢；还有，给教训，给智识，给吃惊，刺戟，改良，使气愤乃至使发笑，这是也许有用的罢。然而我们的读书——倘若具有真的读书家的热心和趣味——并非想要更加博识，乃是从不情愿蜷伏在小天地里的心——正如寻求快乐者的心，而不是寻求教训者的心——从想要看见，赏味人间世和事业世的心而起的。是由于求伴侣，求精神的更新，求思想的摄取，求头脑的自由任意的冒险的。尤其是在求得可以访到好友的大世界。"

他自此更进而说明所谓像人样的事，以为这就在成为纯真的人，从私心解放了的人。于是指示道：——

　　"那么，怎样办，才可以从私心解放呢？怎么办，才能够脱出做作和模仿呢？我们可能自求为纯真的人么？这是只要没有全缺了幽默之心的人，则达到这境地，是并不难的。"

懂得幽默的人，无论在怎样的境地，都能打开那春光骀荡的光明世界来。所谓读书，不过是打开这境地的引子罢了。

十一　大亚美利加人历

威尔逊和亚诺德的类似，不过如此。亚诺德一面力说民主政体，却又极怕民主政体之堕于凡俗政治，他在《民主政体论》里说，"所谓国民的伟大者，并非出于个人的数目之多。各个人的自由而且能动，乃是生于这数目，自由，活动，被较平凡的个人所有的理想更高的或一种高尚的理想所使用的时候的。"于是以为防民主政体的堕落者,在国家的高远的理想,并且进而力说服从的美德,以与约翰穆勒(John Mill)的个人自由论相抗。还鼓吹德国的理想底国家哲学,说是从来使一民众的德操向上者,是贵族,贵族既失,则代之者,乃在以国家本身为国民德教的中心,且以为"这实在是防御英国的亚美利加化的唯一的道路"云。

在这一端,亚诺德究竟是欧洲人。和威尔逊是美洲人的,根本底地不一样。使威尔逊说起来,则亚诺德所害怕的"亚美利加化",却正是人类的幸福。他在《伟大的亚美利加人历》里这样说过:——

"生于亚美利加,育于亚美利加的伟大的人物,都不是伟大的亚美利加人。生在我们之中的大人物,也有不过是伟大的英国人的人;有些人们,则思想性行为地方所限,或是新英洲底伟人,或是南方底伟人。倘要寻求真的伟大的亚美利加人,则我们应该分明地创造出美国式伟大的标准和典型,选取那将这具显了的人们。"

于是他又将亚美利加主义下了定义,说:——

"第一,是富于满怀希望的自信力的精神。这是进步到乐天底的。而且又有要做成国民底模范的事业的功名心。没有炫学之风,没有地方底的气味,没有思索底的风习,也没有大脾气。虽有遵法之心,却不以法律为万能;生气横溢,故教养亦有所不足;有广泛而宽宏的心情;决断虽强,而能原谅人。具显了这样一切的性格者,林肯也。"

他就照着年代,将伟人列记下去。

他第一个举出来的,是弗兰克林(B. Franklin)。他这样地说明他的特色:——

"弗兰克林者,说起来,就是复合美国人。他是多趣味,多方面的,而人格上却有统一;一面是实际底政治家,而一面又是贤明的哲学者。他是从民众中来的,所以是平民底。他虽然从无名的民众中出身,是民众底法律的拥护者,而同时又相信人间努力的差别性。"

在这里,就有亚诺德和他的思想上的不同。他是相信美国应该自成其和欧洲诸国不同的独立的特有的发达的。他分明相信着以民众为基础的美国社会的特有的使命。他彻头彻尾是全民政治的信者。他相信民众者,在民众的本身中就有着可以成为伟大的力量。

他在他的《新自由主义》里,这样说:

"国家的更新,是从底里来,不是从顶上来的。只有从无名的民众中出身的天才,才是使国民的生气和活力一新的天才。"

这是他一生的信条。这不但是和英国人的亚诺德不同之处,也是和同是美国人的罗斯福,达孚德(W. H. Taft)不同之处。

十二 亚 诺 德

在更其根本底的处所,威尔逊是和亚诺德不同的。这就是一个是实行家,一个是旁观者而且是批评家。

马太亚诺德(Matthew Arnold)的思想和文章,是风靡了当时的英国的。一八八一年三月十八日在蔼黎卿的夜会的席上,天才政治家迪式来黎遇见了他。招呼道:"在生存中,入了古典之列的唯一的英国人呀。"这是有名的话。虽然如此,而他竟不能在英国政治思想史上留下伟大的痕迹来。这又是什么缘故呢?华拉司教授曾在《我们的社会遗传》中,论及这事道:——

"其理由有二。其一,是因为德国的自由主义,支配不完德国的彻底精神。(即德国成了军国主义的国度,而没有成为亚诺德所说明那样的理性和道念的支配的国度。)又其一,是因为亚诺德不过讲了德国的理性底认真相和彻底相的教,自己却没有实行。大概,或一种理论底方法的赞助者,是应该自己实行这方法,以示模范,同时也闹着各种的失败的。然而亚诺德没有做。他也和穆勒相等,是官,他的著作,都成于办公时间之前或之后。他又是教育家,照例只和比自己不发达的较低的头脑的青年往来。他也如穆勒一样,回避着对于政治底发见的努力。"

在这一点,他的对于人生的态度,是和威尔逊颇异其趣的。他是在幽静的书斋里思索,读书,作诗,作论,旁观人生。那风韵高超,乘风入云一般的文体,是第三者的他,在安全地带里用以自娱的吟咏。至于威尔逊,则完全不同。他彻头彻尾是亚美利加人。他并非托之随笔,在纸上自述其雅怀;乃是将自己以为正当,自己所欲实行的事,发表于世的。这些,都是一个一个宣战的布告;是认真的他的事业。一九一六年的大统领选举战的时候,他就将普林斯敦大学教授时代所出版的《美国宪法论》中的《大统领论》这一章,印成了单行本。那意思是在使世人看看他做第一期大统领时候所实行的事,和他数十年前所作的政治论是一致还是两歧,于是加以批判,而据以作再选与否的判断的标准。这在政治家,实在是大胆万分,而且痛快无比的。

这是从他的思想上的根本观念出发的。他的思想的根本,是责任论。他以个性的发扬,为政治的基调。然尊重个性,即不得不认个性的责任。个人的对于神的责任,个人的对于社会国家的责任,个人的对于自己本身的责任,凡这些严正的责任,每一个人,对于其行为,都应该负担的。这出现于他的政治思想上,遂成为大统领责任论,美国议会的委员政治的无责任政治攻击论。

所以他并非人生批评家。他的哲学,也不是书斋里的概念游戏。这都是取以自负责任,自来实行的认真的信仰。这一点,他是纯粹的亚美利加人。他是斗志满幅的实际家。在晚年,带累了他的,就是他的太多的斗志,他的过于严格的责任观念。为大统领的重大责任的自觉,终于使他落到不治的重病里去了。

十三　穆　来

穆来(John Morley)卿和威尔逊，仿佛相似，而其实很不同。穆来卿在晚年时，批评威尔逊道：——

"亚美利加的报纸，很援助了威尔逊的理想主义呵。但是，他没有能够使人民改宗呀。我觉得这很可怜。抱着没有在地下生根的理想主义的人，我是不喜欢的。"

他倒是较喜欢罗斯福。在美国人之中，他最尊敬林肯。竟至于说，那功绩，格兰斯敦还远不及他。

同是学者底子的政治家，而二人却不相容。这在各种意义上，是很有兴味的。

这是因为他们俩没有见了面，亲密地交谈的缘故。他们俩都是很有脾气的人；什么事都有一样道理的人。所以靠了日报和杂志，远远地互相怒目而视，是到底不会了解的。那证据，就是和穆来卿同时代的，学究的政治家的普拉思卿。最初，他和威尔逊是不对的。普拉思的《美国平民政治论》一出版，威尔逊便给加了一篇颇为严厉的批评。后来，普拉思到普林斯敦大学来讲演，就住在正做校长的威尔逊的家里，谈得颇投机。假使穆来卿也到美国，会见了威尔逊，谈些法兰西革命前期的思想之类的事，即一定不会再讲那样的坏话的。

穆来卿是冷静到过于冷静的人。喜欢十八世纪的法兰西哲学，自己也一生以无神论者终始。既没有幽默，也毫无感伤底的处所。而威尔逊已经有了那么年纪，却还闹着孩子似的玩笑，写些感伤底的随笔，所以他就觉得讨厌不堪了罢。

穆来是近代英国所出的最可夸的人杰之一。作法律家，作新闻记者，作哲学者，又作政治家，他似的作了坚实的工作而死的人，是少有的。他评穆勒道：——

> "和穆勒的声名的浮沉一同,同时代的英国人的知能底声
> 名浮沉着。"

也可以移以评他自己和他的同时代的英国人的。一到不复崇敬穆
来的伟大的时候,也就是英国人的知能底退步渐渐开始的时候了。

他在法兰西哲学家康陀尔绥(M. de Condorcet)的评传里说,凡
有志于改良社会的政治家的动机,是出于下列三者中之一的。就
是:一,对于正义和纯正的道理而发的理性底爱著;二,对于社会民
众的辛惨而发的深刻的爱情的情绪;三,基于烈息留似的,热望那贤
明而有秩序的政治的本能。

他以为多数政治家,大概是混有若干这三种的动机的。但他自
己,则第一的动机包藏得最为多量,却明明白白。而威尔逊,乃自第
三的动机出发。他的心里,是有着希求贤明的政治而不已的本能
的。那纯理的政治哲学,倒是补出来的说明。在这一端,可以说,他
和穆来卿是出发于全然不同的处所的。穆来的文章,无夸张,无虚
饰,严正到使人会腰直,而威尔逊反是,富于波澜抑扬,有绚烂瑰丽
之迹者,大概就因为一个是理性之人,而一个是殉情之人的缘故罢。
威尔逊决不是哲学者。

十四　爽朗的南人

要窥见威尔逊之为人,只要一检点他的爱读书便知道。我会见
他的时候,试问道:——

"现在正读着你所爱读的《南锡斯台》(Nancy Stan)。还可以请
教后进可读的别的书籍的事么?"

这正是欧洲战争完结后的第四天,他要赴巴黎的平和会议的忙
碌的时候。讲着政治的事的他,一听到我的质问,便显出极其高兴
的神色。他是较之讲公务,更爱谈闲天的人,听说往访的新闻记者,
有时谈起小说来,他便非常高兴,会谈到忘却了正经事的。

他于是首先讲起英国的政治学者培约德；其次，是讲巴克（E. Burke），迭仪生（A. Tennyson），渥特渥思。这四人，是将深的影响给于他的思想的人们，凡是研究威尔逊的人，一定非探讨不可的文献罢。

对于培约德，他曾做过一篇小品文，题曰《文学的政治家》。在这短篇里，似乎他的性情，就照样地流露着：——

　　"文学底政治家者，是兼有深识当世的时务的天才，以及和这不相远离的用心的人。他因了知识，想象力，有同情的洞察力，所以对于政府和政策，就如看着翻开的书，然而不将自己的性格随便参入书中，却将那书中的记事，朗诵给别人听，以为娱乐。"

他遂进而论及文学者常轻政治，政治家也常常轻蔑文学者，更进而说及真的政治家，是政治的师表，于是引出培约德来。

他记明培约德生于一八二六年二月，死于一八七七年三月之后，引了线，写道：——惟三月，不是我们都情愿死的月分么。——这小品文，是距今约三十年，他三十五六岁的时候所做的。然而情愿死在三月里的他，却在寒冷的二月初头死掉了。

我似乎懂得他情愿死在三月里的心情。这是因为我偶然在三月间到了他诞生的司坦敦，他结婚的萨文那，他最初设立法律事务所的亚德兰多的缘故。司坦敦这小邑，是南方的常例，日光佳丽，四围的峰峦碧到成蓝的。他所诞生的宅前，杨和梣的枝条正在吐芽，尤其是萨文那，因为更南，在美观的街道上，满开着桃花，柳树的芽显着嫩绿了。他的少年时代，是度在这样秀丽的山河里的。携着渥特渥思的诗集，他常在河边徘徊。后来过着北方的生活，他大概一定还神往于故乡的景色。他全生涯是南人。所以倘是死，他就愿意死在桃花盛开的三月里，当寒冷的二月，围绕着冷淡的共和党的政治家们而死，无论怎么想，总觉得是悲惨的。

他记载培约德所生的故乡，这样说：——

"他是生于英国东南端的萨玛舍忒细亚的。这是小小的农园和牧场的地方。有丘,有沼,有向阳而下降的谷,潮风挟着雾,包在愉快的氛围气中的地方。培约德漫游完毕之后,也说,除西班牙的西北海岸之外,天下不见有如此的地方。这样的山河之气,大概一定浸润于少年培约德的脑里,而且很渲染了他的为人的。所以他也如这乡国一般,兼有着光,变化,丰醇,想象的深邃。"

这也可以移作批评他自己的文章。

十五　他的女性观

　　威尔逊的《培约德论》中,说着他自己的趣味性行的处所,是兴味颇深的。他说:——

　　"培约德以得之于母的天禀的舌辩,愉悦了为他之友的少数有福的人们。"

　　而培约德是短命的;五十一岁就死掉了。法兰西的条尔戈(T. Turgot)和康陀尔绥,虽然是偶然,都死于五十一岁。以这一点而论,则威尔逊的六十七,穆来的八十六,乃是少见的长寿了。

　　"但虽然短命,他的生涯却是兴味极深的生涯。何以呢,因为他将一般以为不能并立的两件事——商务和文学——兼备于一身,而任何一面都没有受着妨碍。"

　　这一点,是盎格鲁撒逊文化的特征罢。一面和实务相关,一面做着思想底工作,不就是使英国所以伟大如今日的缘故么?尝了实际社会的经验的人,这才能尝试真正的政论的。历来世界的政治学上的文献,大抵成于实务家之手。亚里士多德(Aristoteles)曾和亚历山大王参与政治的实际;马基雅惠利(Machiavelli)也是体验了意大利政治的表里之后,才发表他的政治论的。约翰穆勒在久为公司办事员的生活之间,编成了他的经济论和政治论。培约德也是银行的办事员,过着平板的生活,而观察着社会的实相。在学者中,像威尔逊那样对于实社会的问题有着兴味者,是少有的。然而,假如他并不从大学校长一跃而为州知事,为大统领,在他生涯的初期,略度一点做议员的实际生活,则他之为大统领的治绩,后来当不至于有那样的蹉跌的罢,这是大家所惋惜的。

威尔逊于是还论及培约德的母亲。这是表现着威尔逊的女性观的。威尔逊直到晚年,还反对妇女参政权。他在一九一七,八年顷,还抱着良妻贤母主义的思想。待到看见了欧洲战争中的妇女的工作,也能和男子一般,这才深深感服,赞成妇女参政权了;这是一九一八年九月在上议院的演说才始声明的。那时以前,他所推赏为理想的女性者,是奥斯丁(Jane Austin)的小说《自负和偏见》里叫作伊利沙白的一个年青女人,以及莱恩(E. M. Lane)所作小说《南锡斯台》的女主角。

对于培约德的母亲,威尔逊曾这样说:——

"她除容色美丽之外,还抱着给人以生气似的优越的奇智。这样的精神,是我们所最愿见于女性的。——就是,虽使听者为之动而不因之怒,虽耸动人而不与以局促之感,虽使之娱乐而在娱乐中即静静地隐与以教训的精神。"

她即这样地刺戟她的明敏的爱儿,使他起攻学之志,使他娱乐,使他努力,一生作了有益的伴侣。这事仿佛是给了威尔逊很深的印象似的,他和我谈话的时候,还以幽静的口气说道:——

"培约德是幸福的人。他有好母亲。"

威尔逊是始终想念着女性的感化之及于伟大的男性的事的。

十六 培约德论

培约德爱伦敦的市街。他是都会的赞美者。人间生活研究者的他,爱着都会生活,是当然的。离了人间,即无政治。这一层,他是有着可作政治学者的天禀的性情。所以他，从没有离开伦敦至六星期以上，说不定这也是他之短命的一个原因。

他是继承了父业，做着船主和银行家的事的，到后来，则做了有名的经济杂志《伦敦经济家》的主笔。从这时候起，这杂志便占了欧美两大陆的财政金融问题的指导者的地位，人们至于称培约德为无冠的财政大臣了。这时候，他还和朝野的名士交游，目睹英国财政界的情谊，就作了那名著《英国宪法论》。这一卷书，真不知怎样地影响了威尔逊的政治思想，因此也不知道怎样地影响了美国现代政治史。

"培约德最使我们佩服之处，是他有着谅解下根之人的力。具有了解比自己知能较低的人们的力与否，是真的天才的试金石。他以多年参与实务的关系上，知道实务家的资格，是存于简洁的义务心和径直的忠实心。因为有此，所以世间是安定的，成为可居的世界。支配这世界者，是平凡人，这事，他是领解着的，而他还具有了解这些平凡人的能力的。"

威尔逊于是进而对于平常人加以详细的说明；终于得到结论道，真的成功的政治家，是平凡政治家。他写道：——

"使一般平凡人，觉得即使自己来做，也不能更好的政治家，是立宪治下最占势力的政治家。"

他更进一步，以为使社会统一结合之力，是没有生气的平凡的判断力：——

"所以，培约德说过的，惟有罗马人和英吉利人似的没有智慧的国民，能长久成为自主底国民。这是因为既无智慧，也无想象力，不想另外试行一点新的事，这国便自然长久继续下去了。"

培约德也这样说：——

"所谓立宪政治家之典型者，有平凡的思想，有非凡的手段的人之谓也。"

而且以丕尔(Robert Peel)为最好的例子。

罗拔丕尔这人,我以为是有趣的研究的对象。批评过丕尔的迪式来黎的话有云:"丕尔是欠缺想象力的政治家。"这是因为迪式来黎自己是极富于想象力的政治家的缘故,所以深切地觉出了丕尔的这一个弱点的罢。然而许多历史家说,丕尔在英国之为议院政治家,是无人可与比肩的第一的人杰。我自己想,倘将这英国首相丕尔,和原敬来比较其时代和人物,大概可以成就一种很有趣的研究的罢。

威尔逊对于想象力——Imagination——曾有有趣的研究。他以为想象力有两种,一是创造的想象力,又其一,是理解底想象力。前者是空想,后者是理解。于是更将理解底想象力分为二分,其一,是照着行动的前路的灯火,又其一,是电气似的刺戟奋发人的力。培约德属于前者,嘉勒尔(Th. Carlyle)属于后者。

"培约德不像嘉勒尔那样焦躁,愤怒。他比嘉勒尔更有正视事物的力。他知道愚笨的力量和价值。"

培约德是悟入了东洋之所谓"运根钝"的真谛的。鲁钝者,是国家社会的础石,因为有此,所以人间能够继续着平凡的共同生活,而自治的政治得以施行下去的。

威尔逊这样地对我说过:——

"我常常被人责难,以为太不听别人的意见。然而我这样地当着大统领,施行政治,是为着亚美利加全国的人们的。即使会见了聚在这首都里的少数的政治家,又有什么用呢?我倒不如当决定大事的时候,就关在这屋子里,安静地冥想起来。我是纯粹的亚美利加人。所以我就去问在我的心底里的真的亚美利加人的意见。亚美利加的一平民,对于这问题,是怎样想的呢,自问自答着。这样地所得的我的决心,是亚美利加人全体的决心。不是住在华盛顿的少数政治家的决心。所以我无论受了怎样的责难,也不迷惑的。因为大统领是全国民的公仆呵。"

将这几句话,和培约德的议论一比较,那一致符合之迹,是历历可见的。

要而言之,威尔逊者,是伟大的平凡人。

十七　新时代的开幕

和威尔逊之死同时,亚美利加将分划一个时期,从此进向别的时代去了罢,我很觉得要这样。也可以说,他是亚美利加的新时代的开幕的人。然而要更切帖,则也可以将他算作亚美利加的旧时代的收束的人。亚美利加从此一定将以非常的速力,变化起来。而从这新的亚美利加受着最大的影响者,是日本。所以我们一面赞叹威尔逊的人物和时代,一面也应该刮目看着将来的美国的新性的。

要而言之,这是人口和土地的问题。

哈佛大学的教授伊思德博士在他的近作,称为《立在歧路上的人类》这一部书里,曾切言从今再过七十六年,即一到纪元二千年,则地球上的人类当达三十五亿,而人类生活遂陷于非常的困难。这原不是必待教授而后知道的事。人口和食物的问题刻刻加紧,是我们在最近十年间的日常生活上所经验的。以前的美国,是在那广大的沃野上,生活着寥寥的少数人。所以美国的内政外交,即都以肚子饱着的国民为基础,这时代,不妨说,已以威尔逊的治世八年为结局,永久逝去了。和此后的日本人有交涉者,乃是人口逐渐充满起来的新美国。

英国的政治家麦珂来(Th. B. Macaulay)卿,是没有赞成十九世纪初在英国的选举法扩张的。人以美国的普通选举为例,去诘问他。他立即揭破道:——

　　"今日的美国,实行着民主政体,略无障碍者,因为美国有无限的自由土地的缘故。一到将来,丧失了这自由土地,苦于

没有可耕之地的时候,这才可以说,到了试验美国政治家的真
手段的时候了。"

当南北战争的数年前后,他给美国的友人的书翰中,也说着一样意
思的话。这达见,到了今日,才始渐为美国上下所认识了。

第三代大统领哲斐生,也抱着和麦珂来相同的见解。他在一七
八一年的年底,写给驻在巴黎的美国公使馆书记官马波亚的信里,
曾力陈"主农论",以为:——

"耕地的人们,是神的选民——倘若神是有选民的——神
在他们的胸中,贮藏着质实纯粹的德操。"

遂更进而主张道:——

"关于制造工业的执行,则愿以欧罗巴为我们的工场罢!"

他是怕由工场劳动者的增进,成为美国国民德操低降的原因,而以
农民的道德,为国家的基础的。但是,我们于此所当注意者,是他之
所谓农民,乃是自作农民,在大体上,即是中地主的意思。这是他和
麦珂来所论的归一的地方。

这二大政治家,是不约而同,将美国民主政体的基础,归之于自
作农民的道德和经济生活的。就是说,惟在美国有无限的空地,凡
有肩一把锄的男人,都能成为顶天立地独立不羁的地主的时代,才
能望美国民主政治的发达。罗马建国之初,也是自由而平等的自作
农民的国家。罗马的衰亡,是始于自作农民因了大资本家的压迫,
丧失其自由的时候的。

选出威尔逊,支撑威尔逊的政策者,是这些美国中西部一带的
农民,然而美国的国本,在暗中推迁了。自作农民被大地主所压迫,
逐渐变为赁耕农民了。农业劳动者渐次从田园移到都会的工场去。
于是和从来全不相同的东欧诸国的移民,则作为工场劳动者,而流
入美国。一到美国的人口从一亿增到二亿的时候,便已经不是先前
似的单是盎格鲁撒逊系的农民,这时候,转旋亚美利加的政治家,已
不能是威尔逊了,当这时候,世界是在入于太平洋时代。

十八 拉孚烈德

今年秋天的总选举,谁当选为美国的大统领呢,是颇有兴味的问题。

现在揭出姓名来的候补者之中,三人各有不同的特色,牵引我们的注意。一个,是现任大统领的共和党的柯列芝(C. Coolidge),又一个,是民主党的麦卡陀(W. G. McAdoo),此外的一个是听说要组织第三党的拉孚烈德(Robert Marion la Follette)。

以纽约为中心的东方一带的资本家,希望柯列芝的再选,是当然的。他那样的平凡的政治家,不很给政局以变化,所以惹起我们的兴味也不多。

但到民主党的麦卡陀,却完全两样了。他虽然曾是服尔街的财权的顾问律师,而中途却颇显明了进步主义的色彩。做着威尔逊内阁的财政总长的他的治绩,是被称颂为哈弥耳敦以来的能手的。做着战争当时国办的铁路的总理的他,很改善了劳动者的待遇,颇使许多资本家气愤。尤其是退职之后,一有矿山劳动者同盟罢工的事,他便从纽约的事务所突然发表了声明书,列举了有利于坑夫的数字,这越使资本家气愤了。他就被攻击,说是想做大统领,所以去买劳动者的欢心。但他对于这样的政敌的攻击,完全不管,只是如心纵意的做。他在财政总长时代,娶了年青的威尔逊的女儿作为后妻,尤给他的政敌以攻击的材料。所以威尔逊在世时候,他是不出来候补的。他还有一个政敌,叫作麦可谟,这年青的麦可谟,是使威尔逊选为大统领的最有力的人。然而他想做检事总长而不得,固辞了驻法大使,终身怨着麦卡陀,在不遇之中穷死了。一九二〇年的大统领豫选会时,他还于病后特到旧金山来,为击破麦卡陀而奋斗。但在威尔逊去,麦可谟去了的今日,麦卡陀的星颇有些亮起来了。他的脑也许比威尔逊好罢。但在思想上,总不见得是威尔逊的后继者。

最惹世间的兴味的人，倒是拉孚烈德罢。他是真正老牌的亚美利加人；是一世的快男子。他在威斯康辛州的知事时代，曾以他的进步的设施，耸动了全美的视听。达孚德的大统领时代，他曾率领了上议院的谋叛组，屡陷达孚德于穷地。一九一二年的共和党大统领豫选会时，他被罗斯福摔了一交；于是深恨罗斯福。美国对德宣战以前，他高唱着平和论，震撼了一世。开战以后，全国民的迫害遂及于他和他的一家；终于连将他逐出上议院的议席的动议都提出了。但他却毅然和所有迫害抵抗，为真理和自由而奋斗。

因为威尔逊在平和会议和欧洲的政治家妥协，失了人望之后，全美国自由主义者的人心，便逐渐归向拉孚烈德去。一九二〇年的总选举，带着社会主义色彩的农民劳动党，将推他为大统领候补者。但他因为自己是自由主义者而非社会主义者，将这拒绝了。到一九二二年的选举，在美国上下两院的共和党的多数一减少，他所率领的第三党，遂隐然握了美国政界的 casting vote（决定投票）。这离他几乎被逐于上议院的时候，不过五年而已。世上炎凉之变，是可观的。

他是短身材，赭色脸的，眼光烂烂，一见像是小狮子似的风采。而议论风发，一激昂，便抓住对手的肩头，向前直拖过去。初会的时候，我没有留心，几乎被从椅子上拉下去了。其时他正讲着农民的苦境，感慨之极，所以随手乱拉近旁的人的。其次，他又一面讲着什么事，忽然站起，用力一拉我的左脚。我用两手紧捏着椅子，踏住了。他于是就在屋子里转着走。对于自己的议论一激昂，他仿佛就完全忘其所以似的。那天真烂漫的毫无做作的样子，真使我深深佩服了。

他是精力的块似的人；不熄的火团似的人。单是这一点，来做应该冷静的行政长官，也许就不合式。但我想，这样的人，是只在亚美利加才能有的。在目下亚美利加的过渡期，他和罗斯福似的人，是应时代的要求而生的。而这样的人一增加，于是美国和英国的差异，也就逐渐明了起来了。

十九　使英国伟大的力

这回英国劳动党内阁的出现，其给予全世界的感动，是很不平常的。去今正是十九年前，我是第一高等学校的学生，曾以非常的感慨，远眺着班那曼内阁的出现。而且心跳着读了登在那时定阅的《评论的评论》上的威廉斯台德所作的新内阁人物评。青年卡谛尔继老张伯伦之后而为殖民次长，工人出身的约翰朋士做了阁员，都以为是希罕的事件。然而较之这回的劳动党内阁的出现，却还要算温暾得很了。尤其是，英国总是不待革命，而秩序整然地顺应着时势的变化，进行下去的样子，我以为是大可羡慕的。

伦敦维多利亚停车场略南，在遏克斯敦广场的劳动党本部的光景，就记得起来。那三层的煤黑的砖造屋子里，充满了忙碌地出入的人们了罢。高雅的显泰生的笑容，刻着长久的苦战之痕的麦唐纳的深刻的表情，一定从中可以看见。想起来，历史是很久了。十九世纪初头的急进党徒（Chartist）的运动姑且勿论，最初送两个劳动者议员到议会去，距今就正是五十年。而终于到了劳动者在贵族崇拜的英国里，组织独立的内阁的时候了。这也可以说是比俄国革命，比德国革命，有更深的意义的。因为和穆勒所说的"不知过去而加以蔑视的新机轴，都容易以反动收梢"的话的意义，可以比照。过去的传统，我们是不能全然脱离它而生存的。蔑视了过去的激变，必遭这过去的力所反噬，拨回到比以前更甚的反动政治去。这是世界历史已经指示过我们许多回的教训。然而英国这回的政变，却如成熟的果实，从枝头落下似的自然。所以不像会后退；更何况以反动政治收梢那样，是丝毫也不会的。

原因该有种种罢，但在我的眼中，以为最大的理由者，乃是因为英国人已经悟入了中庸的道德。所谓 moderation（中庸），是英国民的真性格。他们于凡有政治，文学，经济，外交，都无不一贯以中庸之德。身体壮健而意志强固的他们，病底的极端，无论作为思想，作为行为，是都不容纳的。无论什么时候，总取平均。史家房龙评古希腊道："中庸之道，姑于希腊。"然则也可以说，在近代，领会了这事者，是英国。现在试细看英国劳动党内阁出现之迹，也就可以窥见英国人的通性的 moderation 的发露。所以并无欧洲大陆诸国的激变那样的演剧味，而同时也没有那些国度似的反动底后退之忧。

德国既败北，结了停战条约的这一夜，美国的思想家华尔博士忽然对我说：——

"何以后进的德国，敌全世界而败，富强四百年的英国，交全世界而胜的呢？"

更自己对答这问题道：——

"一言而尽。曰：moderation。德国不知中庸之德而自亡，英国常留着二分的宽裕，而掌握了世界的霸权了。"

少顷之后，他于是又说道：——

"日本所可以学学的，是这一点。"

二十　女王的盛世

劳动内阁的出现，倒并没有很给我感兴。最使我发生感慨的，是直至劳动党内阁出现为止的路径；是曾以议院政治颁给全世界的英国，现在又将以新的政治的原则和实际底活用颁给全世界的一件事。

这要而言之，是菲宾协会（Fabian Society）的人们的四十年努力的结果。是继续了四十年质实艰难的努力，到底得了今日的收获的。那达见，诚意，粘韧的底力，实在使我们敬服。

在伦敦劳动党本部里，和副书记密特尔敦君谈天的时候，他突如说：——

"英国劳动党的本体，是六百五十万人的劳动组合员。然而转旋这六百五十万人的动力，是四万人的独立劳动党员。而指导这四万人的政治家者，则是仅仅四千人的菲宾协会会员。菲宾协会是英国劳动党的头脑。"

自己以筋肉劳动者出身的密特尔敦的这些话，是含着深的意味的。

菲宾协会的历史，是从一八八三年十月二十四日，十六个青年男女，聚会在伦敦的股票交易所员辟司君的小小的家里的时候开始的。从此隔一星期聚集一回，作社会问题的研究，这就是起源。这也不过是无名的青年们的集会。然而奇怪，从此同志竟逐渐增加，发表了深邃的研究，遂隐然成为从英国的思想界，扩大而转动世界的思潮这模样了。但是，于此也有两个大原因，助成了这幸运的发达的。

其一，是时代；又其一，是人物。就是，当时的英国，是在最合于这样的研究团体的发达的境遇上，而会员之中，又来了惠勃夫妇（Sydney and Beatrice Webb），来了培那特箫（Bernard Shaw），来了华拉司（Graham Wallas），来了阿里跋（Sydney Olivier）。这些人们，现在是已经成就了可以将永久的痕迹遗留史上的事业了，而在当时，则全是无名，无产的青年。然则映在这些富于感激性的纯洁的青年男女的眼中的当时的英国，究竟是怎样的状况呢？

这正是迪式来黎的光怪陆离的六年间的内阁已经倒掉，格兰斯敦的第二次内阁成立得不多久，而那密特罗襄征战的狮子吼，还在鸣动于全英国的时分。正是外以迪式来黎的外交的手段，国威大张，内由格兰斯敦的道德底热情，民心振起的时候。尤其是维多利亚女王年届六十四岁，盛年时的剧烈的气象，将渐入圆熟之期，民望日隆的时代。

斯忒律支在被人称为不朽的名著的《维多利亚女王传》里，记载那时的女王，这样说：——

> "慌张忙碌的日子过去了。时光的难测的抚触，已现于女王的脸上。年迈静静地前来，置温和的手于女王之上。头发的颜色，从灰色变成银色了，在渐就圆熟中，容颜渐增了温婉。略肥而低的身体，借着杖子徐行。而同时，女王的身上也起了变化了。迄今为止，许多年以批评底，较确，则不如说是以反感对女王的国民的态度，都一变了。"

这样子，内外两面，都到了英国的繁荣时代。

所以英国有名的评论杂志《旁观报》，在一八八二年夏的志上，这样说：——

> "英国未尝有今日似的平和而且幸福。"

然而全英国的青年的胸中，却有难以抑止的烦恼。而这涨满了英国全土的青年的烦恼，遂产生了菲宾协会。

二十一　菲宾协会生

所谓这涨满了英国全土的青年的烦恼，是什么呢？就是一见似乎达了平和幸福的绝顶的当时的英国，而那深处，却萌芽着激烈的思想底动摇。而且当老年的英国人和中年的英国人们陶醉于英国的繁荣之际，青年们却睁开了锐利的心眼，洞见了正在变化的一种时代相。

当时的青年们，是失望于政治家了。那结果，是青年的心完全从政党离开。对于政治家之无学和政党的无定见，无话可说了。而使当时的英国青年烦恼者，尤其是没有思想底指导者，他们常感着彷徨于暗夜的旷野上似的寂寞。

威尔士（H. G. Wells）在那《世界史大纲》里，喝破道："英国在十九世纪后半五十年间，被叫作格兰斯敦这一个无学的政治家所支配。"这虽似奇矫之言，而实不然。格兰斯敦精通希腊的古典，是确凿的;他懂得神学,也确凿的。但作为十九世纪后半的政治家,则他却缺少最要紧的知识。这一点,他的政敌而贵族党的首领迪式来黎的识见,要高明得多。迪式来黎是在那小说《希比尔》里,已经豫见了将要起来的社会运动的。抱着比这两人更进步的思想的政治家,是年青的约瑟张伯伦。但这快男子后来却一转而埋头于帝国主义了。以政界的巨人,尚且这样地对于社会问题并无理解,则在当时的英国,别的群小政客之盲聋于变迁的时代相,不问可知。所以一见似乎泰平无事的维多利亚女王后期,其实乃是孵化着当来的暴风雨的重大的时代。

老年中年的人们和青年的思想底分离,在家庭为尤甚。父母和子女之间,因思想底差异而起的冲突,是不绝的。到处重演着家庭的悲剧。这是达尔文的进化论发表后二十三年。可以称为"人文史上的大革命"的大发见,于老人们却并无影响。在老年中年的人们,比这穷学者的著作,倒是内阁大臣的演说和大富翁的意见,不知道要切要得多少倍。但在纯洁的青年,则达尔文的原则,却是万分重大的事业。较之一时的富贵权势,更其尊重贯万世的真理的发见的青年们,遂为达尔文的进化论所感奋了。斯宾塞和赫胥黎这些学者,又来祖述了以指导民心。然而中年以上的人们,对于这些学者的著作却不加一顾。于此遂有了老年和青年的思想底反目。

和达尔文并驾,震动了当时的青年的思想,是法兰西的哲学者恭德的新理想。他的人道主义,被看作暗夜的炬火一般。这是从根本上变革从来的社会组织,而建设以纯正的理性为根据的新社会的新福音。要而言之,无论是达尔文,是恭德,都是对于碰壁的十九世纪的文化,给与一大转向的狮子吼。

加以显理乔治的单税论,又从美国的一角响过来了。这又震动了英国的青年。他们已经不能像先前一样,安住在传统和习惯里,过那不加思索的生活了。

这一年——一八八三年,是约翰穆勒死后的第十年。当时的英国人对于穆勒所抱的感想,我们是连想象也不能够的。穆勒的一言一语,实有左右当时英国的社会思想之观。穆勒一死,青年们就失其师表了。而穆勒所遗的著作则甚动人,成为崇拜的中心。穆勒在那《经济学》上,用了表敬意于社会主义的写法,即给了青年以深的印象,使青年生出加以研究的意思来。就在这一八八三年的三月十四日,马克斯死在伦敦了;但马克斯对于当时的菲宾协会的创设者们,却并无影响。

菲宾协会是在这样的氛围气中产生的。因为在时代的底里所伏流的急潮,震动了强于感受的青年的心胸,使生这样的感想:——

"英国若照原样,是不行的。"

菲宾协会竟至成立为一种会,是其翌年,一八八四年的一月四日。

二十二 惠 勒

从菲宾协会正式成立起,至英国劳动内阁的成立,恰需整四十年。这一定是他们立这协会的时候,所未曾梦想的罢。他们所决议的会的目的,是:——

> "成立依最高尚的道德底基础,以再造社会为究竟的目的的会。"

当选定名称时,依波特摩亚的提议,称为菲宾协会。这意思,是说,凡有志于社会改良者,当如罗马的名将菲彪斯(Fabius Quintus)之战班尼拔尔(Hannibal),用常避锐锋,以逸待劳之策,遂于最后的一战,大败班尼拔尔似的,在羽翼未成时,和强大的旧势力作正面冲突,是愚蠢的。当以逸待劳。我们当无论多少年,也隐忍自重。因此,遂定了这名称。果然,他们隐忍了四十年之久,到底造成劳动党了。无名青年的努力之不可侮,这就是证据。

但在当初,他们是没有什么定见的。不过以为这样下去,总归不行，为确保人类生活的幸福计，应该改造现社会。这也可见他们并非空疏的夸大妄想狂的一群。为这样的主义而战斗的确信，也未曾一定的。仅是抱着谦虚而诚实的烦恼和怀疑。

他们隔星期会集一次，朗诵自作的论文，并且互相批评。后来渐渐发行小本子，颁布于各地了。这样莫名其妙的团体，何以成长发达到这样的呢？这是因了下列的两个原因的。第一，是合于时代的要求，而且走了别的同类团体的先著；第二，是会员中得了有为的青年。

协会的正式成立这一年的五月十六日，叫作培那特萧的二十七岁的青年初次出席；九月五日，遂被选为会员。他忽然现了头角，翌年一月二日，即当选为干部的一员了。其年的五月一日，殖民部的小官什特尼惠勃（现内阁商务大臣）入会。这在菲宾协会的历史上，是可以纪念的日子。为什么呢？从此以后，他的功绩之显著，至于要分不清是菲宾协会的惠勃呢，还是惠勃的菲宾协会了。和他同时，又有同是殖民部的小官什特尼阿里跋（现内阁印度事务大臣）入会。其翌年一八八六年四月，叫作格兰华拉司的青年入会。于是菲宾协会的四枝柱子就齐全了。

那时惠勃还是二十六岁的青年。他并不践大学的正规的课程，而应各种的竞争试验，显示着优秀的成绩。在往考殖民部的文官高等试验，走到试验场时，一个大学出身的应试者看见这矮小而穿着不合式的衣服的青年，误为官厅的小使，托他做事，他便昂然回答道：——

"我同你一样是应试的。"

而且在数百人的竞争者之中，他以第二名的成绩合格，进了殖民部了。然而官僚生活，他是不能满足的。他便孜孜地研究经济学。在菲宾协会里，他遂忽以头脑的明晰拔群。从此菲宾协会的文献，便几乎都成于他一人之手。七年后，他三十三岁的时候，当选为伦敦市会议员，于是离开官界，而作为不羁独立的思想家，开始了一半政治，一半学究的生活了。英国有了新的社会主义的研究，亏他之处是很多的。威尔士做的小说《新马基雅惠利》中,用了阿思凯培黎这姓名而出现的就是他。成于威尔士之笔的培黎即惠勃的印象,是:——

"阿思凯并没有他夫人那样的体面的风采。

"然而是结实的矮小的人,圆的下部突出的平得异样的宽广的,平平滑滑的脸,一见也如额在脸中央的一般。"

我会见惠勃的时候,他已经六十岁以上了;但就如威尔士所写那样的人。威尔士还写出培黎君的特征道:——

"一从著作得了钱,即刻增加起书记来,是这人的化费,用许多助手,做着各种精密的调查,时表的针似的勤勉的人。"

这样子,用了在海底里筑起珊瑚岛来的虫一般的热心,惠勃将改造英国的文献,默默地完功而去了。

二十三　萧

较之惠勃的阴沉的书斋生活,萧的活动,是热闹的。他的存在,真不知道要给菲宾协会多少明亮。不但此也,假使没有他,菲宾协会被威尔士蹂躏了也说不定的。他和威尔士的争闹,是学究底的菲宾协会史中的一个大场面。

现在虽然是世界的大文豪的萧,但在年青时加入菲宾协会的时候,却也曾刻苦,也曾用功。只要看他自己所写的处所,就可以想见他努力的痕迹。是有志于政治和社会运动者所当熟读玩味的文章:——

"我执拗地巡行着,只要有讨论会和市边的小讨论会演说会,便去讲演,至于使朋友们以为发了疯了。有时是开一个拟国会,自己当作地方局总裁,提出菲宾协会内阁的法案去。每日曜日,一定要讲一通自己所要研究的题目。这样地渐渐对于地租,利子,利润,保守主义,自由主义,社会主义,共产主义,劳动组合主义,民主政体这些问题,可以无需稿子,能够演说,也才始领悟了社会民本主义,而且能够向无论怎样的听众,都从听众的地位上,向他们说教了。(中略)

"凡是有志于研究社会主义的人,倘没有将一周间的两三晚上用在演说和讨论上的热心,是不行的。倘想得到世间的知识,则非有即使用了怎样龌龊的,零碎底方法,也要得到它的觉悟不可。也上戏场,也跳舞,也喝酒,也向情人的交际,倘没有无处不往的元气,就不成。倘不这样,是到底不能成一个真的思想宣传家之类的。"

他是用了这样的情热,才成了英国数一数二的雄辩家的,便是今日,也说在英国谁都比不上萧的善于谈论。这是青年时代这样火一般的热心的练习的奖赏。民主政治之世,是言论和文章的时代;寡头政治之世,是面谈的时代;官僚政治之世,是事务的时代。孰好孰坏的区别是没有的。要而言之,是遇到了那时代的人们的幸不幸。这里无非说,萧是生在英国那样的民众政治的国度里,磨练了他文章和辩论的武器,风靡着一世罢了。

他一面练习辩论,一面也以文章为菲宾协会尽力。从这协会所发表的所谓《菲宾论文》,曾经萧的推敲的很不少,所以除内容充实之外,也以文字之洗炼动人。从一八八四年起至一九一五年止的三十一年间,协会所发行的论文计一百七十八篇,单行本十九本。其中萧的论文十三,单行本一;而成于惠勃的手者,则论文三十八,单行本四。他们黾勉之迹,即此可以窥见了。

协会自此又进而活动于伦敦市政;作为全国底运动,则努力于八小时劳动问题,且试行地方游说,设支部于各地,在各大学内也设起支部来。自此更与自由党相联络,参划国政。但一八九三年独立劳动党一成立,菲宾协会员加入者颇多。一九〇〇年,劳动代表委员会成;至一九〇六年,这改称英国劳动党,遂即被包含于这大组织中,一直到现在。

二十四　威尔士

菲宾协会的历史中,颇有兴味的一出,是威尔士和别的老会员,尤其是和培那特萧的大闹。

威尔士的成为菲宾协会员,已经颇属后期了,在一九〇三年的二月。比惠勃和萧的入会,要迟到十八九年。而那入会的动机,则如他的《二十世纪的豫想》的一九一四年版的序上所说,是由于惠勃夫妻的恳切的劝诱的。其文云:——

"从写了这书以至今日之间,我尝出入于菲宾协会。(原注:这 *anticipation* 是一九〇一年才出版的,属于威尔士初期的创作。)现在回想起那时的突然的入会和大闹的退会来,也是有趣的事。那时候,我是毫不知道那个协会的。然而这书,以及其次所作的《发达途上的人类》,却将惠勃夫妇引到我的世界里来了。这两人坐着脚踏车,赶忙从伦敦那边跑来,对于我的著作加以批评,并且劝告说,入菲宾协会去,给同人们以刺戟罢。"

这"赶忙从伦敦那边跑来"的一句,光景跃如,使人仿佛如见惠勃夫妇和威尔士的会见,是有名的文字。当时是脚踏车的全盛时代,一想到连那谨严的惠勃也坐了这东西,赶忙跑来了么,我们便觉得浮出轻轻的微笑。

于是威尔士遂成了菲宾协会的一员。其时是一九〇三年的二月。

一九〇六年二月九日,他在协会的聚集时所朗读的,是有名的题作《菲宾同人的弱点》的论文。他攻击历来的因循姑息的方针,且谓倘欲有大贡献于社会改造,则当中止了现在似的地下室运动,而堂堂地打出天下去。因为那文词之有生气,思想之有新机,他的数语,忽然惹起会内的大问题了。和其时相前后,英国正举行总选举,自由党以大多数破了保守党;新起的劳动党则从十一人一跃而为五十二人。菲宾协会为审查威尔士的提案,任命出特别委员来。这特别委员会的报告书,以一九○六年年底发表,一并也发表了从来的理事会的反对意见书。讨论从这时起至翌一九○七年春止,续行了前后七回。那议论,是威尔士和萧的个人底白兵战。天下的视听,集中于菲宾协会,会员加到前年的五倍,即加添了一二六七人了。威尔士朗诵他的原稿,至一小时。是他一流的名文。但可惜的是他全没有演说的技巧。其翌周,培那特萧即试加以有名的驳论。作为讨论家,这两个文豪,是不能相比较的。萧的雄辩,将威尔士的所说斫得体无完肤。在聚集了一时天下的视听的菲宾讨论会上,威尔士于是大败了。菲宾协会是几乎被新来的威尔士所蹂躏,因萧的雄辩而得救的。人说,假使威尔士是雄辩家,则英国的社会主义史怕要完全两样了罢。他自己回想当时,以萧的态度为不可解。至一九○八年的九月,他便退出协会了。

威尔士在菲宾协会的活动,和他的退会同时告终。他并非可以踢蹃于一定的团体内的性格的人物。天才都如此,他是有着难御的奔放性的。所以与其使他为团体的一员,倒不如为独立不羁的评论家,为新意横溢的著作家,更可有多所贡献于社会。他是死于菲宾协会里,而复活于英国论坛上了。他的六十卷的小说,评论,历史,时评,将作为二十世纪初头的人类生活的记录,永久留在文化史上的罢。

二十五　吃着烙鸡子

知道了劳动内阁成立的一瞬间,浮上我的脑里来的,不是麦唐纳,也不是显泰生,却是青年的滔纳君的模样。我想,滔纳现在做着什么呢?

初见滔纳君的时候,是去今三年以前,即一九二○年秋十月。伦敦的秋易老,哈特公园的丛树,那黄叶日见其临风飘坠了。通过了威斯忒敏司达寺左手的,古风的中世纪一模一样的门,顺着红砖路,就走到一个广庭。四面有熏满煤烟的砖造的房子。这地方是典斯耶特。我就在那三号的简素的屋子的地下室里,会见了滔纳。

这地下室,是木桌旁边围绕着十二把粗木椅的食堂。一边是一个大的火炉,就在那里打开三四个鸡卵来,做烙鸡子给人吃。是凡有对于劳动党有同情的学者们,以每水曜日一点钟为期,在这里聚会,和一盘烙鸡子一起,啜着一杯加啡,纵谈一切的处所。

基尔特社会主义的提倡者科尔(G. D. H. Cole),霍勃生,现在做了卫生次长的格林渥特,济木曼,吞啤会堂的主干迈隆,滔纳等思想界的新进们,都聚到这里来的。也因了他们所聚会的地名,称为红狮广场同人。

我的第一的目的,是在会见科尔。我对于年未三十,而震惊了全世界的科尔,是抱着强烈的好奇心的。科尔君走来坐在先到的我的左侧的时候,我不觉局促起来了。还是我大三四岁。这么一想,我就觉得深的羞愧之情。被介绍之后,暗暗地注意一看,是长身材的瘦而苍白的青年。似乎是神经质,看去总是像学者。我便觉到评论家拉特克理夫君在全国自由党俱乐部里,吐弃似的所说的:——

> "科尔么?科尔是野心家啊。劳动内阁一成立,会说要做
> 总理大臣的罢。"

的话,完全是坏话。科尔君不像是那样的人。我一面这样想,一面默默地吃着烙鸡子。

门推开了,囊囊地走进一个男人来。不甚合式的衣服和泥污的靴;不知道几天不梳了,长着乱蓬蓬的头发,不剃的脸上,是稀疏的髭须。这奇怪的男子窘促地在别人的椅子后面绕了一转,便在我右手的恰恰空着的椅上坐下了。

于是领导我的梭勃君绍介道:——

"喂,滔纳,邻座是从日本来的鹤见君呢。"

我才知道这原来是滔纳(R. H. Towney),注意地察看他。试问伦敦各处的任何人,只有滔纳的坏话一回也没有听到过。连那辛辣

的拉特克理夫君,也激赏道:

"滔纳是了不得的。他是一无所求而从事于劳动运动的。"

我想,那滔纳,原来是这样一个随随便便的人么?

他有着腴润的红红的面庞,微笑着,默默地吃起烙鸡子来了。

二十六 滔 纳

吃完东西以后,我和希尔敦君到劳动部,讨了统计之类,回到旅店来。这一晚,看着威尔士的小说《庄严的探索》就过去了。后来虽然躺在床上,却总是睡不着。因为不知怎地,仿佛觉得触着了英国的真髓似的。

在巴黎的客舍里过了半年之中,渐渐深感到英国的伟大。从纽约越大西洋以看英国,又从巴黎越英法海峡以看英国,英国的伟大,逐渐觉到了。我常常在赛因河畔徘徊,一面想:英国何以成了那么伟大的国度的呢?这伟大性的秘密,在那里呢?而到底似乎捉住了这秘密的本相,于是便整顿行李,渡到伦敦来。

我每去访问人,总提出这一个质问:"请举出代表现代英国的生命的五个人名来。"那回答是有趣的。鲁意乔治,诺思克理夫(North-cliffe),这是大概一致的。其次是小说家威尔士,这也大抵一致。其次的两个便很各别了。

在床上想来想去的时候,于是听到橐橐地叩门的声音。跳起来开门一看,侍役拿着一封信立在外面。是伦琪君寄来的回信:——

"回答你所询问的五个人:鲁意乔治,诺思克理夫,威尔士,还有科尔和安该勒(Norman Angell)。"

我不禁爽然了。评论家的伦琪君,举出年青的科尔和平和论者的安该勒来么?英国人的说话真可以。这人名使我很感动了。

这一晚无论如何总是睡不着。便试将感想随便写在手帖上,这是我的积习。在这晚上,心里总塞着滔纳的事。安该勒是伟大的,科尔也伟大的。然而使英国伟大起来的,岂非倒是滔纳那样的人么?这样的感想,在心里充满了。

我无端想起王政维新的事来。于是又想到大化改新的事。这两个时期,是日本民族蓦进的,跳跃的可夸的时期。那时候,是灵感了天启的青年们,六七为群,聚在各处,办着新时代的准备的。一种纯粹的感激,像是不可见的手,将他们一步一步推向前方了。恰如今天会见的壮年们的那样。我忽然想,西乡南洲这人的年青时候,不就如滔纳似的人么?我并且任凭着自己的感激,试作了一篇《滔纳之歌》一流的东西。因为觉得不愿意用散文写。抄在这里的价值是没有的,但现在重读起来,单是我,却便记起那夜的各种的感想。

二十七 政治是从利权到服务

这些人们,是想着悠久的人类的运命的。五十年后,无论是他们,是我们,都要化了白骨,成为黄土的罢。眼前的小得失,小波澜,都要消得无影无踪的罢。但是滔纳和科尔的工作,是一定要年年增大的。他们生得不徒然。他们大约也要死得不徒然。他们是要永久活在人类文化史里的。这些人们的达见,和纯一无垢的精神,是永远培植英国的力。

滔纳是在比利时战场上死过一回的,但延长了不可思议的生命一直到现在。所以他自己就算作已死之身,献出全人来,以从事于社会运动。毫无所求的服事的精神,是拘囚了这壮年的灵魂的。映在并无私心的他的眼里的现代社会,是怎样的呢?他在近作《基于获得心的社会的弊病》里,曾指摘出现代社会以个人的物质底利欲心为基调,而不本于真的服务之念来。他这样说:——

“所谓现代的文明的重荷者,并不如许多人所想似的,在产业产品的分配的不公平,经营的专制主义,以至关于其施行手段的深刻的冲突。真的弊病,是在产业占了太出格的重要地位。产业者,不过是获得我们的生活资料的一种手段。而将这当作仿佛比别的一切人类活动更其重大的东西,于此就有现代社会的弊病。恰如十七世纪的人们,以宗教为人类最大的事业,发生战争一般,现代的人们以产业为人类生活的最重大事,是错误的。所以要矫正现代的弊病,则当使各人明白经济的利益不过是人类生活的一部分,而得财者,乃是一种手段,将用以另达别的伟大的目的。就是应该改造社会,使各个人的经济活动能力,隶属于更高尚的社会底服务。"

这看去很是平凡的真理,他是用了精密的实行手段说明着的。这就是说,要从以经济底权利为本的社会,改造成以社会服务为本的世界。而且因为是滔纳,所以那一言更有千钧之重。从碰壁的十九世纪的物欲全盛的世间,现在是出现了这样的青年,正潜心于英国的社会改造了。这不和我们的王政维新的历史很相像么?

英国的劳动党内阁,是以这样的伟大的背景出现的。使政治思想的根柢,从利权转向服务去的运动,是英国最近的政变的基调。这单是仅止于英国的运动么?

一九二四年二月至三月记。

原载 1927 年 9 月 1 日、11 月 1 日、12 月 1 日、12 月 16 日,1928 年 1 月 1 日《北新》半月刊第 1 卷第 45、46 期合刊,第 2 卷第 1、3、4、5 期。

初收 1928 年 5 月上海北新书局版《思想·山水·人物》。

善政和恶政

[日本]鹤见祐辅

对于人类社会的生活,要求平等的运动,是起源颇早的。即使不能一切平等，至少，单是我们的发挥能力的机会，愿得均等的希望，怀抱着的却很多。这更加上一层限制，是希求仅于我们在或一方面的活动，借了对于一切能力的公平的批判，得到评价。

我们是将文笔的世界，当作这样机会均等的社会的。我们是以为如沙士比亚，如巢林子，都和门第阅历无关，只仗了他的思想和文章，遗不朽的声价于文化史上的。然而，如果仔细地一检点，真是这样的么？假使沙士比亚所作的戏曲里，表现着可使那时的英国王朝颠覆的思想，可能够留存到今日不能？假使巢林子的文章，是否认当时的支配阶级德川氏的政治思想的，果能够印刷出来么？要而言之，文学者的声名，也不能和其社会的政治问题全无关系的。

据亚那托尔法斯所指摘，则如法兰西的文学者思想家视为最上的名誉的法国学士院的会员选定，乃全由政治底情实，和作品的价值无关。他更进而举出例来，以见历来之所谓文豪，几乎都借了政治的背景，以造成他的声价。他叫道：——

"朋友，从实招来罢，将那文学底声名，和作品的价值几乎无关的事。"

而他的列坐的朋友道：——

"这错处，是在法国学士院和恶政结了恶因缘。"

他就厉声说：——

"那么，请教你，恶政和善政的区别是怎样的？我想着。岂不是善政者，是同党的政治，恶政者，是敌党的政治么？"

一语道破，可谓讽刺彻骨了。我希望日本的善政论者们，玩味这文字的意味。

一九二四，七，三。

原载 1927 年 7 月 15 日《北新》周刊第 1 卷第 39、40 期合刊。

初收 1928 年 5 月上海北新书局版《思想·山水·人物》。

人生的转向

[日本]鹤见祐辅

这是真实的事。

十月末的寒风,在户外飒飒作响。只燃着两隅的方罩电灯的大房里,很有些黯淡模样。暖炉里的火忽然生焰,近旁便明亮起来。

在亚美利加人中不常见的淡雅的主人,屋子里毫不用一点强烈的颜色。朴素的木制的桌椅,都涂作黑色;墙壁是淡黄的;从窗幔到画幅,都避着惹眼的色彩。暖炉周围的,也是黑边的书箱里,乱放着各样的书。我看见这书箱,常常觉得奇怪,心里想,只有一点不完全的书籍,竟会在杂志发表出那么多的议论来。

主人是暖炉的右侧,我左侧,而美貌的夫人是暖炉的正面,都坐在沙发上。从先前起,三人这样地赏味着夕饷后的幽闲。主人是时行的小说家,夫人是女作家。在纽约的慌忙的生活中,去访问这一家,在我是难得的乐事之一。

我忽然问起"怎么办,才能学好英文"来。于是主人微笑着,暂时无言,这是这人的癖。

"这虽然是还没有和人讲过的事,"他一面用铁钩拨旺炉里的火,谈起来了。

"我觉得人的生涯,是奇怪的。现在虽然这样地做着小说,但在哈佛大学走读的时候,可是苦学得可以哩。刚出了法律科,无事可做,就当《波士顿通信》的记者。每天每天,从清早起,一直到夜深,做着事。但是我苦心孤诣地写了出来的记事,还是一篇也不准署名。就是在角落里和别的记事抛在一起。月薪呢,一星期二十元,到底是混不下去的。每天每天,到客寓里,才吁一口气。

"但是，有一天，我也并没有什么意思，便拿起铅笔来簌簌地写了一篇短篇小说。于是将这装在信箱里，试寄到那时最流行的《玛克卢亚杂志》去了。是谁的绍介都没有的呵。于是，过了两星期，不是玛克卢亚社寄了挂号信来么？拆开来一看，不是装着六十五元的汇票么？就是那一篇短篇小说的稿费呵。

"这时候，我看着拿在手里的六十五元的汇票，想了。这是只费了五六点钟写成的小说的收获，这是和从早到夜，流着汗的记者生活的一个月的收入相匹敌的。自己的活路，就在这里了！我不觉这样地叫了出来，于是我即刻向新闻社辞了职，专心做起小说来。

"从此渐渐流行起来了，现在是这样地也过着并不很窘的生活，也做些政治论文，也去演说，人们也注意起来了，好不奇怪呵——"

于是三人都暂时沉默着。

主人又说出话来了：——

"五六年前，西边的辛锡那台街上，曾经有过一件出名的犯罪案子。我受了纽约的一个大的杂志社的委托，为了要写那案子的记事，便往那条街去了。有一天，有一个男人到旅店里来访我。问起来，他是新闻记者，在这街上的报馆里办事多年了，然而薪水少，混不下去。他说：想做小说家；请将做小说家的法子教我罢。我立刻就问他：你有铅笔么？一问，他说是有的。于是我又问他：你有纸么？唔，于是，他不又说是有的么？到这里，我就对他说了。此外，小说家不是没有必需的东西了么？你只要用这铅笔写在这纸上，不就完事了么？这么一来，他吃惊了。说是岂不是没有可写的东西么？那么，我就即刻告诉他了。唔，没有可写的东西？你没有知道这街上的犯罪案子么？知道？是的罢。这耸动了全美国的视听的事件的真相，知道得最仔细的，不就是这街上的新闻记者么？将这事照样地写下来，不就是出色的小说么？于是他一迭连声，说着懂得懂得，回去了。用这案子做材料的小说果然得了成功，他现在已经成为一流的小说家了。

"所以,你的问题也是这样的。要英文做得好,秘诀是一点也没有的。只在专心勤勤恳恳地做。除此之外,文章的上达的方法是没有的。"

实在是不错的,我想。但突然又问道:——

"亚美利加的小说家的稿费,究竟是怎样的呢?"

"是呵,"主人说。"一到布斯达庚敦(Booth Tarkington)和伊文柯普(Irvin Cobb)等辈,印出来的五六页的短篇(原注:一页约比日本的大数倍),大抵二千元罢。就是我似的程度的,短篇小说的时价也要一千元。买的人,是二十个三十个也有的呵。大抵是交给经手人去卖的。那么,这经手人便送到各处去看去,价钱也渐渐抬起来。"

于是我对他讲起日本的出版界的事,如尾崎红叶的时代,要一月一百元的收入也为难,以及独步的事情等。但主人却道:——

"这是正当的呀。惟其如此,这才有纯文艺发生的。法兰西不也是这样的么? 亚美利加那样,是邪路呵。这样子,是不会有真的艺术品的。"

我问他是什么缘故。

"什么缘故? 不是全没有什么缘故么? 你的国里和法兰西的小说家,做小说,是起于真的创作欲的冲动的。但是,亚美利加的,是什么动机呢? 看我自己,不就懂得么? Commercialism(商业主义)呵。从这 Commercialism 的动机出来的小说,会有大作品的么,先生?"

主人说完,又默默地沉思起来了。

讲了这些话的一年之后,他赞助了哈定大统领的选举,那政治底才干为中外所赏识,一跃而做欧洲的一大国的大使去了。他是已经第二次的人生的转向,正在化作国际政治家。这未必单因为亚美利加是广大的自由的国度的缘故罢。

一九二三，八，十四。

原载 1927 年 8 月 1 日《北新》周刊第 1 卷第 41、42 期
合刊。

初收 1928 年 5 月上海北新书局版《思想·山水·人物》。

闲　谈

[日本]鹤见祐辅

世间忙碌起来，所谓闲谈者，就要逐渐消灭下去么，那是决不然
的。倒是越忙碌，我们却越要寻求有趣的闲谈。那证据，是凡有闲
谈的名人，大抵是忙碌的人，或者经过了忙碌的生活的人。

听说，在西洋，谈天的洗炼，是起于巴黎的客厅的。人说，法兰
西人为了交换有趣的谈话而访问人，英吉利人为了办事而访问人。
巴黎的马丹阿培尔农的客厅，至今还是脍炙人口。这是有名的文人
政客，聚在夫人的客厅里，大家倾其才藻，谈着闲天的。

在这样的闲谈里受了洗炼，所以法兰西语的纯粹，更加醇化
了罢。

英国政治家的闲谈的记录中，也有一种使人倾慕之处。昨年物
故的穆来卿，在做格兰斯敦第三次内阁的爱尔兰事务大臣，住在达
勃林的时候，同事的亚斯圭斯，文人的来雅尔，来访问他。就在凤凰
公园左近的官舍中，一直闲谈到深夜。其时是初秋，夜暗中微风拂
拂之际罢。忽然，亚斯圭斯从嘴上取去雪茄烟，问道：——

“假如现在骤然要被流放到无人岛里去了，而只准有一个人，带
一部或一作家的全集，那么，你带谁的书去呢？”

大家便举出样样的作家的名字来。亚斯圭斯却道：——

“我是带了巴尔札克（Balzac）的传记去。”

于是谈到巴尔札克的天才的多方面。穆来说，真的天才，倘做了伦敦的流行儿，便不中用了。于是还谈到无论是迭仪生，是渥特渥思，都离开了世间过活。裴偷（G. Byron）却相反，身虽在流窜的境地中，而心则常在伦敦的社交界，因此将作品的价值下降了。蔼里渥德（George Eliot）是每星期只见客一次的等等。

这时候，是穆来为了爱尔兰问题，正在困苦中的时候。他和这些远远地从伦敦来访问的友人食前食后闲谈之后，仿佛是得了无限的慰借似的。

在十月二十五日的日记上，他这样写着：——

"晚餐前后约一小时，亚斯圭斯，来雅尔和自己，作极其愉快的闲谈。亚斯圭斯后来对吾妻说，从来没有那么愉快的谈天过。那时我们谈到穆勒和斯宾塞，还大家讲些回忆和轶话。谈话从我的心里流水似的涌出。一月以来，没有遇见过这样的气氛。而且因为晚餐，去换衣服的时候，忽然在自己的胸中，泛出了这些友而兼师的先导者的清白的人们的事，项日来的政治上的重荷，便一时从肩上脱然滑下了。"

这一句，可谓简而道破了闲谈的价值。

没有闲谈的世间，是难住的世间；不知闲谈之可贵的社会，是局促的社会。而不知道尊重闲谈的妙手的国民，是不在文化发达的路上的国民。

一九二四，六，三○。

原载 1927 年 8 月 16 日《北新》周刊第 1 卷第 43、44 期合刊。

初收 1928 年 5 月上海北新书局版《思想·山水·人物》。

二十八日

日记 晴。无事。

二十九日

日记 晴。头痛发热。晚谢玉生来。得淑卿信,十二日发,附赵南柔信,东京发。得钟敬文,杨成志信,二十五日发。收矛尘所寄《玉历钞传》,《学堂日记》各一本。服阿斯匹林三粒。

三十日

日记 晴。上午绍原来。得矛尘信,二十一日发。午后收小说月报社所寄《血痕》五本。收中山大学送来五月分薪水泉五百。下午寄淑卿信。晚立峨等来。朱辉煌等来。

致 李霁野

霁野兄:

六月六十二日信,都收到了。季黻早已辞职回家。风举我到此后,曾寄他一信,没有回信,所以也不便再写信了。

托罗茨基的书我没有带出,现已写信给密斯许,托她在寓中一寻,如寻到,当送上。

从北新书屋寄上钱百元,寄款时所写的寄银人和收银人,和信面上所写者同。

这里的北新书屋,我想关闭了,因为我不久总须走开,所以此信到后,请不必再寄书籍来了。

我看看各处的情形,觉得北京倒不坏,所以下半年也许回京去。

这几天我生病,这一类热病,闽粤很多的,几天可好,没有什么要紧。

迅 六,卅

中国的学者 　　　　（达）

学者在国家的地位：只如湖山花鸟：供人们欣赏的么：那么：学者
只是国家的妆饰品：说不到实用上去：人们对于学者的崇拜：也
只在他的文学艺术上罢了：然而欧美近代的文明：何一非学者的
脑力所构成：人们对于学者：不但是文学艺术上的崇拜：而给予
人类以精神和物质：也足令世界人类：永远纪念着：但是中国的
学者：又怎样呢：我们以为中国也许没有学者罢：若是我国也有
学者：那么在最近的过去时期中：多少也给我们开辟一处思想的
新领域：而使人们得了一种新倾向：但是我们中国的所谓学者：
大半是开倒车：人们也许承认康有为辜鸿铭一流人：是学者罢：然
而他们的思想是这样的：我们要靠他领导时：只好向后转：最可
惜者：现代诗人邓南遮：在一度参加战争之后：便减少了人们的
热望么：若说丁文江们：充军阀杀人的刽子手：这简直变了恶魔
了：那么：中国的学者：还是埋头伏案：做他学者的生活好了：若向
政治上混：终会给政治的炉火：变换了气质：这又何苦来呢：

　　这是一九二七年（注意：二十世纪已经过了1/4以上！）六月
　　九日香港的《循环日报》的社论。
　　硬拉 D'Annunzio 入籍而骂之，真是无妄之灾。然而硬将
　　外人名字译成中国式的人们，亦与有罪焉。
　　我们在中国谈什么文艺呢？
　　呜呼邓南遮！
　　　　附注：——
　　但该报发如此之"新"的议论，是少有的。前几天转载严
　　修们反对跳舞的信，还有许多空白字。你想，严先生之
　　文而还以为有违碍字样，则方正可知。

　　　　　　　　　　　　　　　　　　　六，九，夜。

致 台静农

静农兄：

七日信早到。《白茶》至今未到，大约又不知怎么了罢，可叹。

京中传说，顾吉刚在广大也辞职，是为保持北大的地位的手段。顾吉刚们的言行如果能使我相信，我对于中国的前途还要觉得光明些。

迅　六，卅

七月

一日

日记　雨。上午托广平买《史通通释》一部六本,泉三元。服阿思匹林共三粒。

二日

日记　雨。上午寄霁野及静农信并北新书局卖书款百元。收矛尘所寄《玉历钞传警世》一本。下午托广平买闹钟一口,五元四角。晚立峨来,赠以《阿尔志跋绥夫短篇小说集》一本。服规那丸共四粒。

三日

日记　星期。晴,午雨。得未名社所寄《玉历钞传》等一包五本。下午从广雅局买《东塾读书记》,《清诗人征略》,《松心文钞》,《桂游日记》各一部共二十三本,七元七角。绍原来。蒋径三来。晚寄小峰信。复钟敬文,杨志成[成志]信。服规那丸共三粒。

四日

日记　晴。晨阿斗为从广雅书局买来《太平御览》一部八十本,四十元。上午得三弟信,六月二十五发[写],附柏生笺,十六日发,春台信,廿四写[发]。晚黎仲丹来。

五日

日记　晴。晚谢玉生来。

六日

日记 晴。上午得禙参化信。下午得丛芜信,六月廿一日发。

七日

日记 晴。午后寄丛芜信。下午立峨来。径三来。夜齿痛。雨。

《游仙窟》序言

《游仙窟》今惟日本有之,是旧钞本,藏于昌平学;题宁州襄乐县尉张文成作。文成者,张鷟之字;题署著字,古人亦常有,如晋常璩撰《华阳国志》,其一卷亦云常道将集矣。张鷟,深州陆浑人;两《唐书》皆附见《张荐传》,云以调露初登进士第,为岐王府参军,屡试皆甲科,大有文誉,调长安尉迁鸿胪丞。证圣中,天官刘奇以为御史;性躁卞,傥荡无检,姚崇尤恶之;开元初,御史李全交劾鷟讪短时政,贬岭南,旋得内徙,终司门员外郎。《顺宗实录》亦谓鷟博学工文词,七登文学科。《大唐新语》则云,后转洛阳尉,故有《咏燕诗》,其末章云,"变石身犹重,衔泥力尚微,从来赴甲第,两起一双飞。"时人无不讽咏。《唐书》虽称其文下笔立成,大行一时,后进莫不传记,日本新罗使至,必出金宝购之,而又訾为浮艳少理致,论著亦率诋诮芜秽。鷟书之传于今者,尚有《朝野金载》及《龙筋凤髓判》,诚亦多诋诮浮艳之辞。《游仙窟》为传奇,又多俳调,故史志皆不载;清杨守敬作《日本访书志》,始著于录,而贬之一如《唐书》之言。日本则初颇珍秘,以为异书;尝有注,似亦唐时人作。河世宁曾取其中之诗十余首入《全唐诗逸》,鲍氏刊之《知不足斋丛书》中;今矛尘将具印之,而全文始复归华土。不特当时之习俗如酬对舞咏,时语如赚眄婪媉,可资博

312

识;即其始以骈俪之语作传奇,前于陈球之《燕山外史》者千载,亦为治文学史者所不能废矣。

中华民国十六年七月七日,鲁迅识。

最初印入 1929 年 2 月上海北新书局版《游仙窟》。

初未收集。

致 章廷谦

矛尘兄:

我于不记得那一天寄上一信,随后又寄译稿一卷,想已到。至于六月廿一的来信,则前几天早收到了;《玉历钞传》亦到,可惜中无活无常,另外又得几本有的,而鬼头鬼脑,没有"迎会"里面的那么可爱,也许终于要自己来画罢。

前几天生热病,就是玉堂在厦,生得满脸通红的躺在床上的那一流,我即用 Aspirin 及金鸡那霜攻击之,这真比鼻之攻击我还利害,三天就好了,昨天就几乎已经复原,我于是对于廖大夫忽有不敬之意。但有一事则尚佩服,即鼻请其治红,彼云"没有好方子,只要少吃饭就会好的"是也。此事出在你尚未到厦之前,伏园之代为乞药于远在广州之毛大夫者以此,因鼻不愿"少吃饭"也。玉堂无一信来;春台亦谓久不得其兄信,我则日前收到一封,系五十日以前所发,不但已经检查,并且曾用水浸过而又晒干,寄信如此费事,则失落之多可想,而非因"东皮"而不理亦可想矣。

我国文已日见其不通,昨作了一点《游仙窟》序,自觉不好,姑且"手写"寄上,而"手写"亦不佳。不如仍用排印,何如?其本文,则校正了一些,当与此信同时寄出。前闻坚士说,日本有影印之旧本一卷,寄赠北大,此当是刻本之祖,我想将来可借那一本来照样石印,或并注而印成阔气之本子,那时我倘不至于更加不通,当作一较为顺当之序或跋也。

看我自己的字,真是可笑,我未曾学过,而此地还有人勒令我写中堂,写名片,做"名人"做得苦起来了。我的活无常画好后,也许有人要我画扇面,但我此后拟专画活无常,则庶几不至于有人来领教,我想,这东西是大家不大喜欢的。

绍原前几天已行,你当已见过,再见时乞代致候。我亦无事报告,但闻傅主任赴香港,不知奔波何事;何主任(思源)赴宁,此地的《国民新闻》编辑即委了别人了。

下半年中大文科教员,闻有丁山,容肇祖,鼻,罗常培,盖即除去你,我,玉堂之厦大国学研究院耳,一笑。

中大送五月的薪水来,其中自然含有一点意思。但鲁迅已经"不好",则收固不好,不收亦岂能好,我于是不发脾气,松松爽爽收下了。此举盖颇出于他们意料之外;而我则忽而大阔,买四十元一部之书,吃三块钱一合之饼干,还吃糯米糍(荔支)龙牙蕉,此二种甚佳,上海无有,绍原未吃,颇可惜。

春台小峰之争,盖其中还有他们的纠葛,但观《北新周刊》所登广告,则确已多出关于政治之小本子广州近来,亦惟定价两三角之小本子能多销,盖学生已穷矣,而陈翰笙似大有关系,或者现代派已侵入北新,亦未可知,因凡现代派,皆不自开辟,而袭取他人已成之局者也。近日有钟敬文要在此开北新分局,小峰令来和我商量合作,我已以我情愿将"北新书局"关门,而不与闻答之。钟之背后有鼻。他们鬼祟如此。天下那有以鬼祟而成为学者的。我情愿"不好",而且关门,虽将愈"不好",亦"听其自然"也耳。

> 迅　七,七(洋七夕)

斐君兄均此不另

(再:顷闻中大情形颇改变,鼻辈计划,恐归水泡矣。骠亦未必稳。洋七夕之夜。）

八日

日记 昙,风。上午寄矛尘信并《游仙窟》序一篇,又本文一卷。寄语丝社译稿一篇。晚谢玉生来,未见。立峨来。复襧参化信。

九日

日记 昙。晚得春台信,六月廿七日九江发。得小峰信,一日发。得严既澄信,自杭州来。得史绍昌信,即复。

十日

日记 星期。晴。上午得襧参化信。下午得北京北新局信。蒋径三,陈次二来约讲演。夜复襧参化信。

十一日

日记 晴。夜寄淑卿信。作《略谈香港》一篇。

略谈香港

本年一月间我曾去过一回香港,因为跌伤的脚还未全好,不能到街上去闲走,演说一了,匆匆便归,印象淡薄得很,也早已忘却了香港了。今天看见《语丝》一三七期上辰江先生的通信,忽又记得起来,想说几句话来凑热闹。

我去讲演的时候,主持其事的人大约很受了许多困难,但我都不大清楚。单知道先是颇遭干涉;中途又有反对者派人索取入场券,收藏起来,使别人不能去听;后来又不许将讲稿登报,经交涉的结果,是削去和改窜了许多。

然而我的讲演,真是"老生常谈",而且还是七八年前的"常谈"。

从广州往香港时,在船上还亲自遇见一桩笑话。有一个船员,不知怎地,是知道我的名字的,他给我十分担心。他以为我的赴港,说不定会遭谋害;我遥遥地跑到广东来教书,而无端横死,他——广东人之一——也觉得抱歉。于是他忙了一路,替我计画,禁止上陆时如何脱身,到埠捕拿时如何避免。到埠后,既不禁止,也不捕拿,而他还不放心,临别时再三叮嘱,说倘有危险,可以避到什么地方去。

我虽然觉得可笑,但我从真心里十分感谢他的好心,记得他的认真的脸相。

三天之后,平安地出了香港了,不过因为攻击国粹,得罪了若干人。现在回想起来,像我们似的人,大危险是大概没有的。不过香港总是一个畏途。这用小事情便可以证明。即如今天的香港《循环日报》上,有这样两条琐事:

▲陈国被控窃去芜湖街一百五十七号地下布裤一条,昨由史司判笞十二藤云。

▲昨晚夜深。石塘嘴有两西装男子,……遇一英警上前执行搜身。该西装男子用英语对之。该英警不理会,且警以□□□。于是双方缠上警署。……

第一条我们一目了然,知道中国人还在那里被抽藤条。"司"当是"藩司""臬司"之"司",是官名;史者,姓也,英国人的。港报上所谓"政府","警司"之类,往往是指英国的而言,不看惯的很容易误解,不如上海称为"捕房"之分明。

第二条是"搜身"的纠葛,在香港屡见不鲜。但三个方围不知道是甚么。何以要避忌?恐怕不是好的事情。这□□□似乎是因为西装和英语而得的;英警嫌恶这两件:这是主人的言语和服装。颜之推以

316

为学鲜卑语,弹琵琶便可以生存的时代,早已过去了。

在香港时遇见一位某君,是受了高等教育的人。他自述曾因受屈,向英官申辩,英官无话可说了,但他还是输。那最末是得到严厉的训斥,道:"总之是你错的:因为我说你错!"

带着书籍的人也困难,因为一不小心,会被指为"危险文件"的。这"危险"的界说,我不知其详。总之一有嫌疑,便麻烦了。人先关起来,书去译成英文,译好之后,这才审判。而这"译成英文"的事先就可怕。我记得蒙古人"入主中夏"时,裁判就用翻译。一个和尚去告状追债,而债户商同通事,将他的状子改成自愿焚身了。官说道好;于是这和尚便被推入烈火中。我去讲演的时候也偶然提起元朝,听说颇为"X司"所不悦,他们是的确在研究中国的经史的。

但讲讲元朝,不但为"政府"的"X司"所不悦,且亦为有些"同胞"所不欢。我早知道不稳当,总要受些报应的。果然,我因为谨避"学者",搬出中山大学之后,那边的《工商报》上登出来了,说是因为"清党",已经逃走。后来,则在《循环日报》上,以讲文学为名,提起我的事,说我原是"《晨报副刊》特约撰述员",现在则"到了汉口"。我知道这种宣传有点危险,意在说我先是研究系的好友,现是共产党的同道,虽不至于"枪终路寝",益处大概总不会有的,晦气点还可以因此被关起来。便写了一封信去更正:

"在六月十日十一日两天的《循环世界》里,看见徐丹甫先生的一篇《北京文艺界之分门别户》。各人各有他的眼光,心思,手段。他耍他的,我不想来多嘴。但其中有关于我的三点,我自己比较的清楚些,可以请为更正,即:

"一,我从来没有做过《晨报副刊》的'特约撰述员'。

"二,陈大悲被攻击后,我并未停止投稿。

"三,我现仍在广州,并没有'到了汉口'。"

从发信之日到今天,算来恰恰一个月,不见登出来。"总之你是这样的:因为我说你是这样"罢。幸而还有内地的《语丝》;否则,"十二藤"，"□□□"，那里去诉苦！

我现在还有时记起那一位船上的广东朋友，虽然神经过敏，但怕未必是无病呻吟。他经验多。

若夫"香江"（案：盖香港之雅称）之于国粹，则确是正在大振兴而特振兴。如六月二十五日《循环日报》"昨日下午督宪府茶会"条下，就说：

"（上略）赖济熙太史即席演说，略谓大学堂汉文专科异常重要，中国旧道德与乎国粹所关，皆不容缓视，若不贯彻进行，深为可惜，（中略）周寿臣爵士亦演说汉文之宜见重于当世，及汉文科学之重要，关系国家与个人之荣辱等语，后督宪以华语演说，略谓华人若不通汉文为第一可惜，若以华人而中英文皆通达，此后中英感情必更融洽，故大学汉文一科，非常重要，未可以等闲视之云云。（下略）"

我又记得还在报上见过一篇"金制军"的关于国粹的演说，用的是广东话，看起来颇费力；又以为这"金制军"是前清遗老，遗老的议论是千篇一律的，便不去理会它了。现在看了辰江先生的通信，才知道这"金制军"原来就是"港督"金文泰，大英国人也。大惊失色，赶紧跳起来去翻旧报。运气，在六月二十八日这张《循环日报》上寻到了。因为这是中国国粹不可不振兴的铁证，也是将来"中国国学振兴史"的贵重史料，所以毫不删节，并请广东朋友校正误字（但末尾的四句集《文选》句，因为不能悬揣"金制军"究竟如何说法，所以不敢妄改），剪贴于下，加以略注，希《语丝》记者以国学前途为重，予以排印，至纫公谊：

▲六月二十四号督辕茶会金制军演说词

列位先生，提高中文学业，周爵绅，赖太史，今日已经发挥尽致，毋庸我详细再讲略，我对于呢件事，觉得有三种不能不办嘅原因，而家想同列位谈谈，（第一）系中国人要顾全自己祖国学问呀，香港地方，华人居民，最占多数，香港大学学生，华人子弟,亦系至多,如果在呢间大学,徒然侧重外国科学文字,对于中国历代相传嘅大道宏经,反转当作等闲,视为无足轻重嘅学业,岂唔系一件大憾事吗,所以为香港中国居民打算,为大学中国学生打算,呢一科实在不能不办,(第二)系中国人应该整理国故呀,中国事物文章,原本有极可宝贵嘅价值,不过因为文字过于艰深,所以除晓书香家子弟,同埋天分极高嘅人以外,能够领略其中奥义嘅,实在很少,为呢个原故,近年中国学者,对于(整理国故)嘅声调已经越唱越高,香港地方,同中国大陆相离,仅仅隔一衣带水,如果今日所提倡嘅中国学科,能够设立完全,将来集合一班大学问嘅人,将向来所有困难,一一加以整理,为后生学者,开条轻便嘅路途,岂唔系极安慰嘅事咩,所以为中国发扬国光计,呢一科更不能不办,(第三)就系令中国道德学问,普及世界呀,中国通商以来,华人学习语言文字,成通材嘅,虽然项背相望,但系外国人精通汉学,同埋中国人精通外国科学,能够用中国言语文字翻译介绍各国高深学术嘅,仍然系好少,呢的岂系因外国人,同中国外洋留学生,唔愿学华国文章,不过因中国文字语言,未曾用科学方法整理完备,令到呢两班人,抱一类(可望而不可即)之叹啫,如果港大(华文学系)得到成立健全,就从前所有困难,都可以由呢处逐渐解免,个时中外求学之士,一定多列门墙,争自濯磨,中外感情,自然更加浓浃,唔哈有乜野隔膜略,所以为中国学问及世界打算,呢一科亦不能不办,列位先生,我记得十几年前有一班中国外洋留学生,因为想研精中国学问,也曾出过一份(汉风杂志),个份杂志,书面题辞,有四句集文选句,十分动人嘅,我愿借嚟贡献过列位,而且望列位实行个四句题辞嘅意思,对于(香港大学文科,华文系)赞襄尽力,务底于成,个四句题辞话,(怀旧之蓄念,发思古之幽情,光祖宗之玄灵,大汉之发天声,)

略注:

这里的括弧，间亦以代曲钩之用。爵绅盖有爵的绅士，不知其详。呢＝这。而家＝而今。嘅＝的。系＝是。唔＝无，不。晓＝了。同埋＝和。咩＝呢。啫＝呵。唔哙有乜野＝不会有什么。嚟＝来。过＝给。话＝说。

注毕不免又要发感慨了。《汉风杂志》我没有拜读过；但我记得一点旧事。前清光绪末年，我在日本东京留学，亲自看见的。那时的留学生中，很有一部分抱着革命的思想，而所谓革命者，其实是种族革命，要将土地从异族的手里取得，归还旧主人。除实行的之外，有些人是办报，有些人是钞旧书。所钞的大抵是中国所没有的禁书，所讲的大概是明末清初的情形，可以使青年猛省的。久之印成了一本书，因为是《湖北学生界》的特刊，所以名曰《汉声》，那封面上就题着四句古语：摅怀旧之蓄念，发思古之幽情，光祖宗之玄灵，振大汉之天声！

这是明明白白，叫我们想想汉族繁荣时代，和现状比较一下，看是如何，——必须"光复旧物"。说得露骨些，就是"排满"；推而广之，就是"排外"。不料二十年后，竟变成在香港大学保存国粹，而使"中外感情，自然更加浓浃"的标语了。我实在想不到这四句"集《文选》句"，竟也会被外国人所引用。

这样的感慨，在现今的中国，发起来是可以发不完的。还不如讲点有趣的事做收梢，算是"余兴"。从予先生在《一般》杂志（目录上说是独逸）上批评我的小说道："作者的笔锋……并且颇多诙谐的意味，所以有许多小说，人家看了，只觉得发松可笑。换言之，即因为此故，至少是使读者减却了不少对人生的认识。"悲夫，这"只觉得"也！但我也确有这种的毛病，什么事都不能正正经经。便是感慨，也不肯一直发到底。只是我也自有我的苦衷。因为整年的发感慨，倘是假的，岂非无聊？倘真，则我早已感愤而死了，那里还有议论。我想，活着而想称"烈士"，究竟是不容易的。

我以为有趣，想要介绍的也不过是一个广告。港报上颇多特别的广告,而这一个最奇。我第一天看《循环日报》,便在第一版上看见的了,此后每天必见,我每见必要想一想,而直到今天终于想不通是怎么一回事:——

香港城余蕙卖文
人和旅店余蕙屏联榜幅发售
　香港对联　　香港七律
　香港七绝　　青山七律
　获海对联　　获海七绝
　花地七绝　　花地七律
　日本七绝　　圣经五绝
　英皇七绝　　英太子诗
　戏子七绝　　广昌对联
　三金六十员
　五金五十员
　七金四十员
　屏条加倍
　　　　人和旅店主人谨启
　　　小店在香港上环海傍门牌一百一十八号

　　　　　　　　　　　七月十一日,于广州东堤。

原载 1927 年 8 月 13 日《语丝》周刊第 144 期。
初收 1928 年 10 月上海北新书局版《而已集》。

十二日

日记　晴。晚得谢玉生信。夜澡身。

致 江绍原

绍原先生：

一别遂将十日，真所谓"隙驷不留尺波电逝"者欤？寄给我的讲义，前四天已收到，大约颇在邮局里躺了好几天也。

前几天中大有些人颇惶惶，因为留先曾电阻聘定的地质学者，令其缓来。我以为这些都是地质调查所中人物，今民厅将卸，则止之殊不足怪。

而他们似乎仍惶惶，以为冥冥之中有敌进攻，不特教厅不稳，即校副亦危，将来当厄于第 n 次之清党。傅之赴港，乃觅何，商方略也。而何之某报编辑，则确已归于乌有。然闻校事幸尚有李支持。说者谓此支持，可以延至年底。不知确否？

近一两天平静些了，偶有"拥护正副校长"云云之贴纸出现，但即被撕。

顾购书教授致此地某君信，内有云（大意），"因鲁迅未离广州，所以或不复去，蔡先生留我在南京做事。"我不过不与同校，他扩大了：不与同省。伟哉！然而此中可参中大消息。季黻之预言，已渐实现了。

我因已允往市教育局之"学术讲演会"讲几点钟，所以须八月间才能走。此举无什么深意，不过小出风头，给几个人不高兴而已。有人不高兴，我即高兴，我近来良心之坏已至如此。

冯大帅不知何时可以打进北京，倘八月间能坐津浦快车而到前门，岂不快哉！

迅 启上 七，十二。

见川岛时，希告以近事。但他不深知细情，恐怕亦无甚么趣味也。

十三日

日记　晴。上午得王衡来信,六月廿四日发。寄绍原信。下午黎仲丹来。晚谢玉生来。夜复王衡信。抄《朝华夕拾》后记讫。

《朝花夕拾》后记

我在第三篇讲《二十四孝》的开头,说北京恐吓小孩的"马虎子"应作"麻胡子",是指麻叔谋,而且以他为胡人。现在知道是错了,"胡"应作"祜",是叔谋之名,见唐人李济翁做的《资暇集》卷下,题云《非麻胡》。原文如次:——

"俗怖婴儿曰:麻胡来!不知其源者,以为多髯之神而验刺者,非也。隋将军麻祜,性酷虐,炀帝令开汴河,威棱既盛,至稚童望风而畏,互相恐吓曰:麻祜来!稚童语不正,转祜为胡。只如宪宗朝泾将郝玼,蕃中皆畏惮,其国婴儿啼者,以玼怖之则止。又,武宗朝,闾阎孩孺相胁云:薛尹来!咸类此也。况《魏志》载张文远辽来之明证乎?"(原注:麻祜庙在睢阳。郎方节度李丕即其后。丕为重建碑。)

原来我的识见,就正和唐朝的"不知其源者"相同,贻讥于千载之前,真是咎有应得,只好苦笑。但又不知麻祜庙碑或碑文,现今尚在睢阳或存于方志中否?倘在,我们当可以看见和小说《开河记》所载相反的他的功业。

因为想寻几张插画,常维钧兄给我在北京搜集了许多材料,有几种是为我所未曾见过的。如光绪己卯(1879)肃州胡文炳作的《二百卌孝图》——原书有注云:"卌读如习。"我真不解他何以不直称四十,而必须如此麻烦——即其一。我所反对的"郭巨埋儿",他于我还未出世的前几年,已经删去了。序有云:——

> "……坊间所刻《二十四孝》,善矣。然其中郭巨埋儿一事,
> 揆之天理人情,殊不可以训。……炳窃不自量,妄为编辑。凡
> 矫枉过正而刻意求名者,概从割爱;惟择其事之不诡于正,而人
> 人可为者,类为六门。……"

这位肃州胡老先生的勇决,委实令我佩服了。但这种意见,恐怕
是怀抱者不乏其人,而且由来已久的,不过大抵不敢毅然删改,笔之于
书。如同治十一年(1872)刻的《百孝图》,前有纪常郑绩序,就说:

> "……况迩来世风日下,沿习浇漓,不知孝出天性自然,反
> 以孝作另成一事。且择古人投炉埋儿为忍心害理,指割股抽肠
> 为损亲遗体。殊未审孝只在乎心,不在乎迹。尽孝无定形,行
> 孝无定事。古之孝者非在今所宜,今之孝者难泥古之事。因此
> 时此地不同,而其人其事各异,求其所以尽孝之心则一也。子夏
> 曰:事父母能竭其力。故孔门问孝,所答何尝有同然乎? ……"

则同治年间就有人以埋儿等事为"忍心害理",灼然可知。至于这一
位"纪常郑绩"先生的意思,我却还是不大懂,或者像是说:这些事现
在可以不必学,但也不必说他错。

这部《百孝图》的起源有点特别,是因为见了"粤东颜子"的《百
美新咏》而作的。人重色而己重孝,卫道之盛心可谓至矣。虽然是
"会稽俞葆真兰浦编辑",与不佞有同乡之谊,——但我还只得老实
说:不大高明。例如木兰从军的出典,他注云:"隋史"。这样名目的
书,现今是没有的;倘是《隋书》,那里面又没有木兰从军的事。

而中华民国九年(1920),上海的书店却偏偏将它用石印翻印
了,书名的前后各添了两个字:《男女百孝图全传》。第一叶上还有
一行小字道:家庭教育的好模范。又加了一篇"吴下大错王鼎谨识"
的序,开首先发同治年间"纪常郑绩"先生一流的感慨:——

> "慨自欧化东渐,海内承学之士,嚣嚣然侈谈自由平等之说,

致道德日就沦胥，人心日益浇漓，寡廉鲜耻，无所不为，侥幸行险，人思幸进，求所谓砥砺廉隅，束身自爱者，世不多睹焉。……起观斯世之忍心害理，几全如陈叔宝之无心肝。长此滔滔，伊何底止？……"

其实陈叔宝模胡到好像"全无心肝"，或者有之，若拉他来配"忍心害理"，却未免有些冤枉。这是有几个人以评"郭巨埋儿"和"李娥投炉"的事的。

至于人心，有几点确也似乎正在浇漓起来。自从《男女之秘密》，《男女交合新论》出现后，上海就很有些书名喜欢用"男女"二字冠首。现在是连"以正人心而厚风俗"的《百孝图》上也加上了。这大概为因不满于《百美新咏》而教孝的"会稽俞葆真兰浦"先生所不及料的罢。

从说"百行之先"的孝而忽然拉到"男女"上去，仿佛也近乎不庄重，——浇漓。但我总还想趁便说几句，——自然竭力来减省。

我们中国人即使对于"百行之先"，我敢说，也未必就不想到男女上去的。太平无事，闲人很多，偶有"杀身成仁舍生取义"的，本人也许忙得不暇检点，而活着的旁观者总会加以绵密的研究。曹娥的投江觅父，淹死后抱父尸出，是载在正史，很有许多人知道的。但这一个"抱"字却发生过问题。

我幼小时候，在故乡曾经听到老年人这样讲：——

"……死了的曹娥，和她父亲的尸体，最初是面对面抱着浮上来的。然而过往行人看见的都发笑了，说：哈哈！这么一个年青姑娘抱着这么一个老头子！于是那两个死尸又沉下去了；停了一刻又浮起来，这回是背对背的负着。"

好！在礼义之邦里，连一个年幼——呜呼，"娥年十四"而已——的死孝女要和死父亲一同浮出，也有这么艰难！

我检查《百孝图》和《二百卅孝图》，画师都很聪明，所画的是曹

娥还未跳入江中，只在江干啼哭。但吴友如画的《女二十四孝图》
(1892)却正是两尸一同浮出的这一幕，而且也正画作"背对背"，如
第一图的上方。我想，他大约也知道我所听到的那故事的。还有
《后二十四孝图说》，也是吴友如画，也有曹娥，则画作正在投江的情
状，如第一图下。

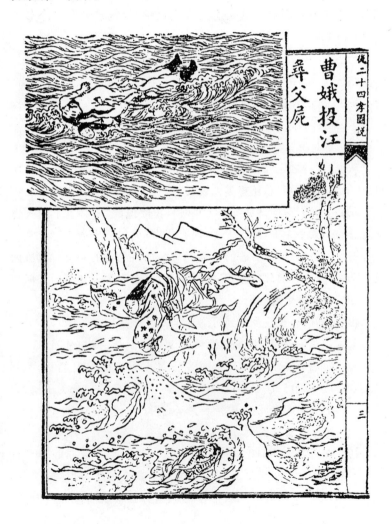

就我现今所见的教孝的图说而言,古今颇有许多遇盗,遇虎,遇火,遇风的孝子,那应付的方法,十之九是"哭"和"拜"。

中国的哭和拜,什么时候才完呢?

至于画法,我以为最简古的倒要算日本的小田海僊本,这本子早已印入《点石斋丛画》里,变成国货,很容易入手的了。吴友如画的最细巧,也最能引动人。但他于历史画其实是不大相宜的;他久居上海的租界里,耳濡目染,最擅长的倒在作"恶鸨虐妓","流氓拆梢"一类的时事画,那真是勃勃有生气,令人在纸上看出上海的洋场来。但影响殊不佳,近来许多小说和儿童读物的插画中,往往将一切女性画成妓女样,一切孩童都画得像一个小流氓,大半就因为太看了他的画本的缘故。

而孝子的事迹也比较地更难画,因为总是惨苦的多。譬如"郭巨埋儿",无论如何总难以画到引得孩子眉飞色舞,自愿躺到坑里去。还有"尝粪心忧",也不容易引人入胜。还有老莱子的"戏彩娱亲",题诗上虽说"喜色满庭帏",而图画上却绝少有趣的家庭的气息。

我现在选取了三种不同的标本,合成第二图。上方的是《百孝图》中的一部分,"陈村何云梯"画的,画的是"取水上堂诈跌卧地作婴儿啼"这一段。也带出"双亲开口笑"来。中间的一小块是我从"直北李锡彤"画的《二十四孝图诗合刊》上描下来的,画的是"著五色斑斓之衣为婴儿戏于亲侧"这一段;手里捏着"摇咕咚",就是"婴儿戏"这三个字的点题。但大约李先生觉得一个高大的老头子玩这样的把戏究竟不像样,将他的身子竭力收缩,画成一个有胡子的小孩子了。然而仍然无趣。至于线的错误和缺少,那是不能怪作者的,也不能埋怨我,只能去骂刻工。查这刻工当前清同治十二年(1873)时,是在"山东省布政司街南首路西鸿文堂刻字处"。下方的是"民国壬戌"(1922)慎独山房刻本,无画人姓名,但是双料画法,一面"诈跌卧地",一面"为婴儿戏",将两件事合起来,而将"斑斓之衣"

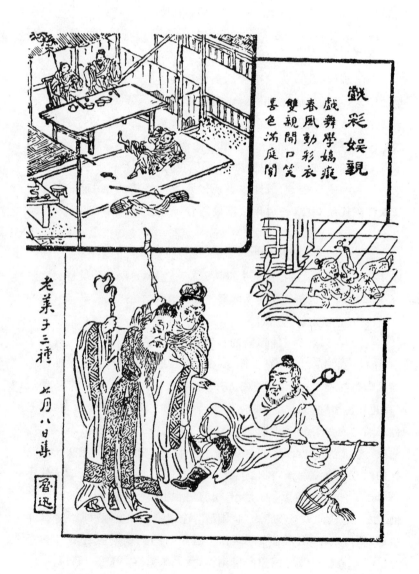

戲彩娛親

戲舞學嬌癡
春風動彩衣
雙親開口笑
喜色滿庭闈

老萊子三種
七月八日集

忘却了。吴友如画的一本，也合两事为一，也忘了斑斓之衣，只是老莱子比较的胖一些，且缩着双丫髻，——不过还是无趣味。

人说，讽刺和冷嘲只隔一张纸，我以为有趣和肉麻也一样。孩子对父母撒娇可以看得有趣，若是成人，便未免有些不顺眼。放达的夫妻在人面前的互相爱怜的态度，有时略一跨出有趣的界线，也容易变为肉麻。老莱子的作态的图，正无怪谁也画不好。像这些图画上似的家庭里，我是一天也住不舒服的，你看这样一位七十岁的老太爷整年假惺惺地玩着一个"摇咕咚"。

汉朝人在宫殿和墓前的石室里，多喜欢绘画或雕刻古来的帝王，孔子弟子，列士，列女，孝子之类的图。宫殿当然一椽不存了；石室却偶然还有，而最完全的是山东嘉祥县的武氏石室。我仿佛记得那上面就刻着老莱子的故事。但现在手头既没有拓本，也没有《金石萃编》，不能查考了；否则，将现时的和约一千八百年前的图画比较起来，也是一种颇有趣味的事。

关于老莱子的，《百孝图》上还有这样的一段：——
　　"……莱子又有弄雏娱亲之事：尝弄雏于双亲之侧，欲亲之喜。"（原注：《高士传》。）
谁做的《高士传》呢？嵇康的，还是皇甫谧的？也还是手头没有书，无从查考。只在新近因为白得了一个月的薪水，这才发狠买来的《太平御览》上查了一通，到底查不着，倘不是我粗心，那就是出于别的唐宋人的类书里的了。但这也没有什么大关系。我所觉得特别的，是文中的那"雏"字。

我想，这"雏"未必一定是小禽鸟。孩子们喜欢弄来玩耍的，用泥和绸或布做成的人形，日本也叫 Hina，写作"雏"。他们那里往往存留中国的古语；而老莱子在父母面前弄孩子的玩具，也比弄小禽鸟更自然。所以英语的 Doll，即我们现在称为"洋囡囡"或"泥人儿"，而文字上只好写作"傀儡"的，说不定古人就称"雏"，后来中绝，便只残存于日本了。但这不过是我一时的臆测,此外也并无什么坚实的凭证。

这弄雏的事,似乎也还没有人画过图。

我所搜集的另一批,是内有"无常"的画像的书籍。一曰《玉历钞传警世》(或无下二字),一曰《玉历至宝钞》(或作编)。其实是两种都差不多的。关于搜集的事,我首先仍要感谢常维钧兄,他寄给我北京龙光斋本,又鉴光斋本;天津思过斋本,又石印局本;南京李光明庄本。其次是章矛尘兄,给我杭州玛瑙经房本,绍兴许广记本,最近石印本。又其次是我自己,得到广州宝经阁本,又翰元楼本。

这些《玉历》,有繁简两种,是和我的前言相符的。但我调查了一切无常的画像之后,却恐慌起来了。因为书上的"活无常"是花袍,纱帽,背后插刀;而拿算盘,戴高帽子的却是"死有分"!虽然面貌有凶恶和和善之别,脚下有草鞋和布(?)鞋之殊,也不过画工偶然的随便,而最关紧要的题字,则全体一致,曰:"死有分"。呜呼,这明明是专在和我为难。

然而我还不能心服。一者因为这些书都不是我幼小时候所见的那一部,二者因为我还确信我的记忆并没有错。不过撕下一叶来做插画的企图,却被无声无臭地打得粉碎了。只得选取标本各一——南京本的死有分和广州本的活无常——之外,还自己动手,添画一个我所记得的目连戏或迎神赛会中的"活无常"来塞责,如第三图上方。好在我并非画家,虽然太不高明,读者也许不至于嗔责罢。先前想不到后来,曾经对于吴友如先生辈颇说过几句蹊跷话,不料曾几何时,即须自己出丑了,现在就预先辩解几句在这里存案。但是,如果无效,那也只好直抄徐(印世昌)大总统的哲学:听其自然。

还有不能心服的事,是我觉得虽是宣传《玉历》的诸公,于阴间的事情其实也不大了然。例如一个人初死时的情状,那图像就分成两派。一派是只来一位手执钢叉的鬼卒,叫作"勾魂使者",此外什么都没有;一派是一个马面,两个无常——阳无常和阴无常——而

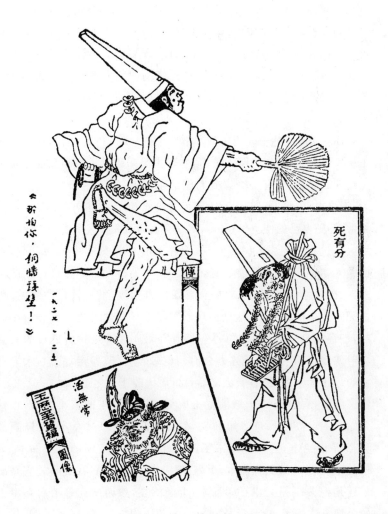

死有分

活無常

玉歷至寶鈔

圖像

（新怕你，惆怅颓望！

一九二八、二五.

L.）

并非活无常和死有分。倘说，那两个就是活无常和死有分罢，则和单个的画像又不一致。如第四图版上的 A，阳无常何尝是花袍纱帽？只有阴无常却和单画的死有分颇相像的，但也放下算盘拿了扇。这还可以说大约因为其时是夏天，然而怎么又长了那么长的络腮胡子了呢？难道夏天时疫多，他竟忙得连修刮的工夫都没有了么？这图的来源是天津思过斋的本子，合并声明；还有北京和广州本上的，也相差无几。

B 是从南京的李光明庄刻本上取来的，图画和 A 相同，而题字则正相反了：天津本指为阴无常者，它却道是阳无常。但和我的主张是一致的。那么，倘有一个素衣高帽的东西，不问他胡子之有无，北京人，天津人，广州人只管去称为阴无常或死有分，我和南京人则叫他活无常，各随自己的便罢。"名者，实之宾也"，不关什么紧要的。

不过我还要添上一点 C 图，是绍兴许广记刻本中的一部分，上面并无题字，不知宣传者于意云何。我幼小时常常走过许广记的门前，也闲看他们刻图画，是专爱用弧线和直线，不大肯作曲线的，所以无常先生的真相，在这里也难以判然。只是他身边另有一个小高帽，却还能分明看出，为别的本子上所无。这就是我所说过的在赛会时候出现的阿领。他连办公时间也带着儿子(?)走，我想，大概是在叫他跟随学习，预备长大之后，可以"无改于父之道"的。

除勾摄人魂外，十殿阎罗王中第四殿五官王的案桌旁边，也什九站着一个高帽脚色。如 D 图，1 取自天津的思过斋本，模样颇漂亮；2 是南京本，舌头拖出来了，不知何故；3 是广州的宝经阁本，扇子破了；4 是北京龙光斋本，无扇，下巴之下一条黑，我看不透它是胡子还是舌头；5 是天津石印局本，也颇漂亮，然而站到第七殿泰山王的公案桌边去了；这是很特别的。

又，老虎噬人的图上，也一定画有一个高帽的脚色，拿着纸扇子暗地里在指挥。不知道这也就是无常呢，还是所谓"伥鬼"？但我乡戏文上的伥鬼都不戴高帽子。

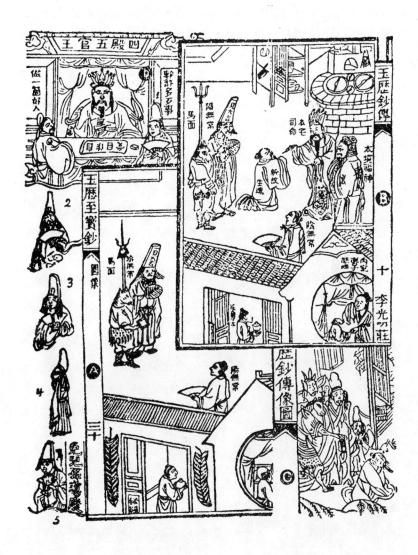

研究这一类三魂渺渺，七魄茫茫，"死无对证"的学问，是很新颖，也极占便宜的。假使征集材料，开始讨论，将各种往来的信件都编印起来，恐怕也可以出三四本颇厚的书，并且因此升为"学者"。但是，"活无常学者"，名称不大冠冕，我不想干下去了，只在这里下一个武断：——

《玉历》式的思想是很粗浅的："活无常"和"死有分"，合起来是人生的象征。人将死时，本只须死有分来到。因为他一到，这时候，也就可见"活无常"。

但民间又有一种自称"走阴"或"阴差"的，是生人暂时入冥，帮办公事的脚色。因为他帮同勾魂摄魄，大家也就称之为"无常"；又以其本是生魂也，则别之曰"阳"，但从此便和"活无常"隐然相混了。如第四图版之 A，题为"阳无常"的，是平常人的普通装束，足见明明是阴差，他的职务只在领鬼卒进门，所以站在阶下。

既有了生魂入冥的"阳无常"，便以"阴无常"来称职务相似而并非生魂的死有分了。

做目连戏和迎神赛会虽说是祷祈，同时也等于娱乐，扮演出来的应该是阴差，而普通状态太无趣，——无所谓扮演，——不如奇特些好，于是就将"那一个无常"的衣装给他穿上了；——自然原也没有知道得很清楚。然而从此也更传讹下去。所以南京人和我之所谓活无常，是阴差而穿着死有分的衣冠，顶着真的活无常的名号，大背经典，荒谬得很的。

不知海内博雅君子，以为何如？

我本来并不准备做什么后记，只想寻几张旧画像来做插图，不料目的不达，便变成一面比较，剪贴，一面乱发议论了。那一点本文或作或辍地几乎做了一年，这一点后记也或作或辍地几乎做了两个月。天热如此，汗流浃背，是亦不可以已乎：爰为结。

一九二七年七月十一日，写完于广州东堤寓楼之西窗下。

原载 1927 年 8 月 10 日《莽原》半月刊第 2 卷第 15 期。

初收 1928 年 9 月北京未名社版"未名新集"之一《朝花夕拾》。

十四日

日记 晴。晚黎仲丹赠荔支一筐,分其半赠北新书屋同人。

十五日

日记 晴。上午寄霁野,静农信并《〈朝华夕拾〉后记》一篇,《小约翰》译稿一本。寄北京北新书局信并稿一篇。转寄绍原《语丝》一三七期五本。午后雨即霁。晚立峨来。夜浴。

十六日

日记 晴。晨得矛尘信,三日发。得季市信,五日杭州发。上午同广平往街买草帽一顶,钱二元八角,次至美利权食冰酪,至太平分馆午餐。午后往知用中学校讲演一时半,广平翻译。下午得三弟信,五日发。

十七日

日记 星期。昙,风,晚雨。玉生来。寄矛尘信。寄三弟信。

致 章廷谦

矛尘兄:

三日来信,昨收到。副刊,你自然总有一天要不编的,但我尚不料会如此之快,殆所谓革命时代,一切变动不居者也。十来天以前,严既澄先生给我一信,说他在办《三五日报》副刊,要我投稿,现在就想托你带我的译稿去访他一回(报馆在青年路,新六号),问他要否?如要,就交与。将来之稿费(来信言有稿费),并托你代收,寄与乔峰。但倘或不要,或该报又已改组,或严公又已不编,则自然只能作罢,再想第二法。

你近一年来碰钉子已非一次,而观来信之愤慨,则似于"国故"仍未了然,此可慨也。例如,来信因介石之不获头绪,季茀之没有地方,而始以为"令人灰心",其实浙江是只能如此的,不能有更好之事,我从钱武肃王的时代起,就灰心了。又例如,广大电聘三沈二马陈朱皆不至,来信颇有以广大为失败之口吻。其实是,这里当发电时,就明知他们不来,也希望他们不来的,不过借作聘请罗常培容庚辈之陪衬而已。倘来,倒不妙了。

倘或三沈二马之流,竟有不知趣者,而来广大。那后事如何呢?这也极容易预言的。傅顾辈去和他们商量大计,不与闻,则得不管事之名;与闻,则变成傀儡,一切坏事,归他负担。倘有独立的主张,则被暗地里批评到一钱不值。

绍原似颇嫌广大,但我以为浙更无聊。所谓研究院者,将来当并"自然科学"而无之。他最好是下半年仍在粤,但第一须搬出学校,躲入一屋,对于别人,或全不交际,或普作泛泛之交际,如此,则几个月之薪水,当可以有把握的。至于浙之大学,恕我直言,骗局而已,即当事诸公,请他们问问自己,岂但毫无把握,可曾当作一件事乎?

不过到九月间,此地如何,自然也是一个疑问。我看不透,因为我不熟此地情形,但我想,未必一如现在。

我想赠你一句话:专管自己吃饭,不要对人发感慨。(此所谓"人"者,生人不必说,即可疑之熟人,亦包括在内。)并且积下几个钱来。

我到杭玩玩与否,此刻说不定,因为我已经近于"刹那主义",明天的事,今天就不想。但临时自然要通知你。现在我已答应了这里市教育局的夏期学术讲演,须八月才能动身了。此举无非游戏,因为这是鼻辈所不乐闻的。以几点钟之讲话而出风头,使鼻辈又睡不着几夜,这是我的大获利生意。

这里的"北新书屋"我拟于八月中关门,因为钟敬文(鼻之傀儡)要来和我合办,我则关门了,不合办。此后来信,如八月十日前发,可寄"广九车站旁,白云楼二十六号二楼,许寓收转",以后寄乔峰收转。

半农不准《语丝》发行,实在可怕,不知道他何从得到这样的权力的。我前几天见他删节 Hugo 文的案语(登《莽原》11 期),就觉得他"狄克推多"得骇人,不料更甚了。《语丝》若停,实在可惜,但有什么法子呢?北新内部已经鱼烂,如徐志摩陈什么(忘其名)之侵入,如小峰春台之争,都是坍台之征。我近来倒已寄了几回译作去了,倘要完结,也另外无法可想,只得听之。人毁之而我补救之,"人"不太便宜,我不太傻么?

迅 上 七,十七

斐君兄均此问好不另

革命时代,变动不居,这里的报纸又开始在将我排入"名人"之列了,这名目是鼻所求之不得的,所以我倒也还要做几天玩玩。

十八日

日记 晴。上午立峨来。得汪馥泉信,一日发。夜朱辉煌等来,还泉廿。

十九日

日记 昙。午后得小峰信,十三日发。下午雨。晚谢玉生,谷铁民来别,并留赠食品四种。寄季市信。

二十日

日记 晴。上午转寄绍原《语丝》一三八期五本。午立峨来,代玉生假去泉十元。下午雨。晚寄饶超华信。寄小峰信。寄淑卿信。

二十一日

日记 晴。下午蒋径三来。晚董长志来。

二十二日

日记 晴。午后大雨一陈。夜浴。

二十三日

日记 晴。上午蒋径三,陈次二来,邀至学术讲演会讲二小时,广平翻译。午同径三,广平至山泉饮茗。午后阅市,买《文学周报》四本归。下午骤雨一陈。

二十四日

日记 星期。昙。午后得陈翔鹤寄赠之《不安定的灵魂》一本。得霁野及静农信,四日发。得有麟信,七日发。得对门徐思道信并文稿,下午复。晚小雨。立峨来。夜大风雨,盖海上有飓风。

二十五日

日记 昙。下午复霁野,静农信。复有麟信。晚立峨来。雨。得淑卿信,十二日发。

二十六日

日记 雨。上午往学术讲演会讲二小时,广平翻译。午往美利权买食品四种,二元七角。往永华药房买药物四种,三元一角五分。

往商务印书馆买单行本《四部丛刊》八种十一本，二元九角。夜朱辉煌，李光藻来。服泻丸三。

二十七日

日记　晴。上午转寄绍原《语丝》一三九期五本。下午雨。

致 江绍原

绍原先生：

今夜偶阅《夷白斋诗话》（明顾元庆著，收在何文焕辑刊之《历代诗话》中），见有一则，颇可为"撒园荽"之旁证，特录奉：——

南方谚语有"长老种芝麻，未见得。"余不解其意。偶阅唐诗，始悟斯言其来远矣。诗云："蓬鬓荆钗世所稀，布裙犹是嫁时衣。胡麻好种无人种，合是归时底不归？"胡麻，即今芝麻也，种时，必夫妇两手同种，其麻倍收。长老，言僧也，必无可得之理，故云。

鲁迅　七，二七

二十八日

日记　晴。上午寄绍原信。下午骤雨一阵。得矛尘信，十九日发。晚立峨来。

致 章廷谦

矛尘兄：

十九日来信，廿八日收到了，快极。广州我想未必比杭州热，二百八九十度罢。

季茀尚无信来，但看这名目，似乎就无聊。夫浙江之不能容纳人才，由来久矣，现今在外面混混的人，那一个不是曾被本省赶出？我想，便是荩白之流，也不会久的，将一批一批地挤出去，终于止留下旧日的地头蛇。我常叹新官僚不比旧官僚好，旧者如破落户，新者如暴发户，倘若我们去当听差，一定是破落户子弟容易侍候，若遇暴发户子弟，则贱相未脱而遽大摆其架子，其蠢臭何可向迩哉。夫汉人之为奴才，三百多年矣，一旦成为主人，自然有手足无措之概，荩白辈其标本也。

给丁山电中之"才年"，盖影射耳，似我非我，可以欺丁山，而我亦不能抗议。此种计画，鼻盖与闻其事的，而对绍原故作恐慌者，以欺绍原，表明于中大内情，他丝毫不知道也。其问我何以不骂他者，亦非真希望我骂，不过示人以不怕耳，外强中干者也。无人骂之，尚且要失眠，而况有人骂之乎？我未曾骂，尚且念念于我之骂，而况我竟骂之乎？骂是我总要骂的，但当与骂吧儿狗之方法不同。至于写入小说，他似乎还不配，因为非大经艺术化，则小说中有此辈一人，即十分可厌也。你要知道∠的小玩艺，是很容易的。只要看明末清初苏州一带地方人的互相标榜和攻讦的著作就好了。

况且以"才"署名，亦大可笑，我给别人的信，从未有自称为"才"者。蠢才乎，天才乎，杀才乎，奴才乎？其实我函电署名，非"树"则"迅"，傅与鼻是知道的。

吧儿跑到南京了，消息如别纸，今附上。

《游仙窟》我以为可以如此印：这一次，就照改了付印。至于借得影本后，还可以连注再印一回，或排或影（石印），全是旧式，那时候，则作札记一篇附之。至于书头上附印无聊之校勘如《何典》者，太"小家子"相，万不可学者也。

译稿之处置，前函已奉告，但如他们不要或尚未送去，则交小峰亦可。但，这一篇，于周刊是不相宜的，我选择材料时，有点区别，所以《北新》如可免登，则以不登为宜。而我也可以从别方面捞几个零钱用。

小峰和春台之战，究竟是如何的内情，我至今还不了然；即伏园与北新之关系，我也不了然。我想，小 and 春之间，当尚有一层中间之隔膜兼刺戟品；不然，不至于如此。我以为这很可惜，然而已经无可补救了。至于春台之出而为叭儿辈效力，我也觉得不大好，何至于有深仇重怨到这样呢？

北京我本想去，但有一件事，使我迟疑。我的一个旧学生，新近逃到南京了，因为替马二在北京办报，其把柄为张髯所得。他筹办时，对我并不声明给谁办的，但要我一篇文章，登第一期，而且必待此文到后才出版。敝文刚到，他便逃了。因此，我很疑心，他对于马二，不会说这报是我主持的么？倘如此，则我往北京，也不免有请进"优待室"之虑，所以须待到沪后，打听清楚才行。而西三条屋中，似乎已经增添了人，如"大太太"的兄弟之类，我回去，亦无处可住也。至于赴杭与否，那时再看。

倘至九月而现状不变，我以为绍原不如仍到此地来，以装傻混饭；在浙与宁，吃饭必更费力也，但我觉得到九月时，情形如何，是一问题。南京也有人来叫我去编什么期刊，我已谢绝了。前天，离敝寓不远，市党部后门炸了一个炸弹，但我却连声音也无所闻，直至今天看香港报才知道的。

迅　上　七，二八，夜

斐君兄均此不另

　　陈西滢张奚若也来此地活动，前天我们在丁惟汾先生处看见，丁先生要我将他们领到胡汉民处，我说有事，便跑出来了，出来告诉□□，于是□□在《市民日报》大骂驱逐投机分子陈西滢，倒也有趣，现在不知道他们活动的怎样。

七月七日发

吧儿狗也终于"择主而事"了。

二十九日

日记　雨，上午霁。下午复矛尘信。

三十日

日记　晴。上午转寄绍原《语丝》百卅期五本。夜雨。

关于小说目录两件

去年夏，日本辛岛骁君从东京来，访我于北京寓斋，示以涉及中国小说之目录两种：一为《内阁文库书目》，录内阁现存书；一为《舶载书目》数则，彼国进口之书帐也，云始元禄十二年（一六九九）或其前年而迄于宝历四年（一七五四），现存三十本。时我方将走厦门避仇，卒卒鲜暇，乃托景宋君钞其前者之传奇演义类，置之行箧。不久复遭排摈，自闽走粤，汔无小休，况乃披览。而今复将北迈，整装睹之，蠹食已多，怅然兴叹。窃念录中之刊印时代及作者名字，此土新本，概已删落，则此虽止简目，当亦为留心小说史者所乐闻也，因借《语丝》，以传同好。惜辛岛君远隔海天，未及征其同意，遂成专擅，因以为歉耳。别有清钱曾所藏小说目二段，昔从《也是园书目》钞出，以其可知清初收藏家所珍庋者是何等书，并缀于末。一九二七年七月三十日之夜，鲁迅于广州东堤寓楼记。

甲　内阁文库图书第二部汉书目录

子　第十类，小说。

一　杂事（未钞）

二　传奇演义，杂记

《历代神仙通鉴》（二十二卷，目一卷。明阳宣史撰。清版。二十
　　四本。）

《盘古唐虞传》（明钟惺。清版。二本。）

《有夏志传》（明钟惺编。清版。四本。）

《有夏志传》（同上。清版。八本。）

《列国志传》（明陈继儒校。明版。一二本。）

《英雄谱》（一名《三国水浒全传》。二十卷，目一卷，图像一卷。明熊
　　飞编。明版。一二本。）

《水浒全书》（百二十回。明李贽评。明版。三二本。）

《忠义水浒传》（百回。明李贽批评。明版。二十本。）

《水浒传》（七十回；二十卷。王望如评论。清版。二十本。）

《水浒传》（七十回；七十五卷，首一卷。清金圣叹批注。雍正十二年
　　刊。二四本。）

《水浒传》（同上。伊达邦成等校。明治十六年刊。一二本。）

《水浒后传》（四十回；十卷，首一卷。清蔡奡评定。清版。五本。）

《水浒后传》（同上。清版。十本。）

《水浒志传评林》（二十五卷。第一至七卷缺。明版。六本。）

《南北两宋志传》（二十卷。明陈继儒。明版。十本。）

《绣像金枪全传》（五十回，十卷。第四十六回以下缺。清废闲主人
　　校。道光三年刊。八本。）

《皇明英武传》（八卷。万历十九年刊。四本。）

《皇明英烈传》（明版。六本。）

《皇明中兴圣烈传》（五卷。明乐舜日。明版。二本。）

《全像二十四尊罗汉传》（六卷。明朱星祚编。万历三十二年刊。
　　二本。）

《平妖传》（四十回。宋罗贯中。明龙子犹补。明版。八本。）

《平妖传》(四十回。明张无咎校。明版。六本。)

《平虏传》(吟啸主人。明版。二本。)

《承运传》(四卷。明版。二本。)

《八仙传》(明吴元泰。明版。二本。)

《金云翘传》(二十回,四卷。青心才人。清版。二本。)

《钟馗全传》(四卷。安正堂补正。明版。一本。)

《飞龙全传》(六十回。清吴璿删订。嘉庆二年刊。一六本。)

《绣像飞跎全传》(三十二回,四卷。嘉庆二十二年刊。二本。)

《再生缘全传》(二十卷。清香叶阁主人校。道光二年刊。三二本。)

《金石缘全传》(二十四回。清版。六本。)

《玉茗堂传奇》(四种,八卷。明汤显祖。明版。八本。)

《玉茗堂传奇》(同上。明沈际飞点次。明版。八本。)

《五种传奇再团圆》(五卷。步月主人。清版。二本。)

《两汉演义传》(十八卷,首一卷。明袁宏道评。明版。一六本。)

《三国志演义》(十二卷。宋罗贯中。万历十九年刊。一二本。)

《三国志演义》(二十卷。万历三十三年刊。八本。)

《三国志演义》(二十卷。明杨春元校。万历三十八年刊。五本。)

《后七国乐田演义》(二十回。烟水散人。乾隆四十五年刊。二本。)

《唐书演义》(八卷。明熊钟谷。嘉靖三十二年刊。四本。)

《唐书演义》(明徐渭批评。明版。八本。)

《残唐五代史演义传》(六十回,二卷。宋罗本。明汤显祖批评。清
  版。四本。)

《反唐演义全传》(姑苏如莲居士编。清版。十本。)

《两宋志传通俗演义》(二十卷。明陈尺蠖斋评释。明版。十本。)

《封神演义》(百回,二十卷。明许仲琳编。明版。二十本。)

《人物演义》(四十卷,首一卷。明版。一六本。)

《孙庞斗志演义》(二十卷。吴门啸客。明版。四本。)

《孙庞斗志演义》(同上。明版。三本。)

《孙庞演义》（四卷。澹园主人编。清版。二本。）

《武穆演义》（八卷。明熊大本编。《后集》三卷，明李春芳编。嘉靖
　　三十一年刊。十本。）

《宋武穆王演义》（十卷。明熊大本编。明版。五本。）

《岳王传演义》（明金应鳌编。明版。八本。）

《全相平话》（十五卷。元版。五本。）

《新编宣和遗事》（二集二卷。清版。二本。）

《圣叹外书三国志》（六十卷，首一卷。第三十八至四十二卷缺。清
　　毛宗岗评。乾隆十七年刊。二二本。）

《东周列国志》（二十三卷，首一卷。清蔡奡评。清版。二四本。）

《新列国志》（百八回。墨憨斋。明版。一二本。）

《禅真逸史》（四十回。明清心道人编。清版。一二本。）

《禅真逸史》（同上。清版。四本。）

《艳史》（四十四回；首一卷。明齐东野人编。明版。九本。）

《女仙外史》（百回。清吕熊。清版。二十本。）

《蟫史》（二十卷，绣像二卷。磊砢山房主人。清版。一二本。）

《西洋记》（百回，二十卷。明罗懋登。清版。二十本。）

《西游记》（百回。明李贽批评。明版。十本。）

《全像西游记》（百回。华阳洞天主人校。明版。十本。）

《西游真诠》（百回。明李贽等评。清版。十本。）

《绣像西游真诠》（百回。清陈士斌评；金人瑞加评。清版。二四本。）

《绣像西游真诠》（同上。清版。二十本。）

《绣像西游真诠》（同上。清版。十本。）

《西游证道书》（百回。明汪象旭等笺评。明版。二十本。）

《后西游记》（四十回。清天花才子评点。乾隆四十八年刊。十本。）

《丹忠录》（四十回。明孤愤生。热肠人偶评。明版。四本。）

《醋胡芦》（二十回，四卷。伏雌教主编。心月主人等评。明版。
　　四本。）

《全像金瓶梅》（百回，二十卷。明版。二一本。）

《金瓶梅》（百回。清张竹坡批评。清版。二四本。）

《金瓶梅》（同上。清版。二十本。）

《国色天香》（十卷。明谢友可。万历二十五年刊。十本。）

《玉娇梨》（二十卷。荑荻散人。明版。四本。）

《新编剿闯通俗小说》（十回。明版。二本。）

《新编剿闯通俗小说》（同上。西吴懒道人。日本写本。二本。）

《古今小说》（四十卷。绿天馆主人评次。明版。五本。）

《红楼梦》（百二十回。清程伟元编。清版。二四本。）

《红楼梦图咏》（清改琦。明治十五年刊。四本。）

《龙图公案》（听玉斋评点。明版。五本。）

《绣像龙图公案》（十卷。明李贽评。嘉靖七年刊。六本。）

《拍案惊奇》（三十九卷。《宋公明闹元宵杂剧》一卷。明版。八本。）

《袖珍拍案惊奇》（十八卷。清版。八本。）

《海外奇谭》（《忠臣库》十回。清鸿蒙陈人译。文化十二年刊。
　　三本。）

《海外奇谭》（同上。日本版。三本。）

《飞花咏》（一名《玉双鱼》。十六回。明版。四本。）

《韩湘子》（三十回。雉衡山人编。明版。六本。）

《警寤钟》（十六回，四卷。嗤嗤道人。清版。二本。）

《五凤吟》（二十回。嗤嗤道人。清版。二本。）

《引凤箫》（十六回，四卷。枫江半云友。清版。二本。）

《幻中真》（十回，四卷。烟霞散人编。清版。二本。）

《鸳鸯配》（十二回，四卷。烟水散人编。清版。二本。）

《疗妒缘》（八回，四卷。静恬主人。清版。二本。）

《照世杯》（四回，四卷。酌元亭主人。谐道人批评。明和二年刊。
　　五本。）

《隔帘花影》（四十八回。清版。八本。）

《冯伯玉风月相思小传》（明版。一本。）

《孔淑方双鱼扇坠传》（明版。一本。）

《苏长公章台柳传》（明版。一本。）

《张生彩鸾灯传》（明版。一本。）

《绿窗女史》（明版。一四本。）

《情史类略》（二十四卷。詹詹外史。明版。一二本。）

《吴姬百媚》（二卷。宛瑜子。明版。二本。）

《铁树记》（十五回，二卷。明竹溪散人邓氏编。明版。二本。）

《飞剑记》（十一回。明竹溪散人邓氏编。明版。二本。）

《咒枣记》（十四回，二卷。明竹溪散人。明版。二本。）

《东游记》（明吴元泰。明版。二本。）

《增补全相燕居笔记》（十卷。明林近阳编。明版。四本。）

《增补燕居笔记》（十卷。明何大抡编。明版。四本。）

《荆钗记》（明版。二本。）

《人海记》（清查慎行。日本写本。二本。）

《清平山堂志》（十五种。明版。三本。）

《丰韵情书》（六卷。明竹溪主人编。明版。二本。）

《山水争奇》（三卷。明邓志谟。明版。二本。）

《风月争奇》（三卷。明邓志谟。明版。一本。）

《花鸟争奇》（三卷。明邓志谟。明版。二本。）

《童婉争奇》（三卷。明竹溪风月主人编。日本写本。一本。）

《梅雪争奇》（三卷。明邓志谟编。明版。一本。）

《蔬果争奇》（三卷。明邓志谟。明版。一本。）

《鼓掌绝尘》（四集四十回；首一卷。明金木散人。明版。一二本。）

《霞房搜异》（二卷。明袁中道编。明版。四本。）

《艳异编》（四十卷。续十九卷。明王世贞。汤显祖批评。明版。一
　　六本。）

《艳异编》（十二卷。明版。六本。）

《广艳异编》(三十五卷。明吴大震。明版。十本。)

《一见赏心编》(十四卷。鸠兹洛源子编。明版。四本。)

《一见赏心编》(同上。明版。二本。)

《吴骚合编》(骚隐居士。明版。四本。)

《洒洒编》(六卷。明邓志谟校。明版。四本。)

《金谷争奇》(明版。四本。)

《今古奇观》(四十卷。清版。一六本。)

《怪石录》(清沈心。日本写本。一本。)

《豆棚闲话》(十二卷。艾衲居士。嘉庆三年刊。四本。)

《海天余话》(四卷。芙蓉沜老渔编。清版。二本。)

《花阵绮言》(十二卷。楚江仙叟石公编。明版。七本。)

《醒世恒言》(四十卷。明可一居士评。明版。一六本。)

《喻世明言》(二十四卷。明可一居士评。明版。六本。)

《西湖二集》(三十四卷。附《西湖秋色一百韵》。明周楫。明版。一
    二本。)

《西湖拾遗》(四十八卷。清陈树基。清版。一六本。)

《西湖佳话》(十六卷。清墨浪子。清版。十本。)

《五色石》(八卷。服部诚一评点。明治十八年刊。四本。)

《八洞天》(八卷。五色石主人编。明版。二本。)

《缀白裘》(十二集,四十八卷。清钱德仓。乾隆四十二年刊。二
    四本。)

《人中画》(四卷。乾隆四十五年刊。二本。)

《笑林广记》(十二卷。游戏主人编。乾隆四十六年刊。四本。)

《笑林广记》(同上。乾隆四十六年刊。二本。)

《开卷一笑》(十四卷。明李贽编。明版。五本。)

《开卷一笑》(同上。明版。六本。)

《四书笑》(开口世人编。日本写本。一本。)

《笑府》(十三卷。清墨憨斋。清版。四本。)

《笑府》(钞录,二卷。日本版。一本。)

《笑府》(钞录,一卷。森仙吉编。明治十六年刊。一本。)

《三笑新编》(四十八回,十二卷。清吴毓昌。嘉庆十八年刊。一二本。)

《花间笑语》(五卷。清酿花使者。日本写本。二本。)

《慵斋丛话》(十卷。朝鲜成任。日本写本。五本。)

《笔苑杂记》(二卷。朝鲜徐居正。日本写本。一本。)

《谿谷漫笔》(二卷。朝鲜张维。日本写本。一本。)

《补闲》(三卷。朝鲜崔滋。日本写本。一本。)

  三 杂剧(以下均未钞)

  四 异闻

  五 琐语

  迅案:此目虽非详密,而已裨多闻。如《女仙外史》,俞樾见《在园杂志》,始知谁作(《茶香室丛钞》云),此则明题吕熊。《封神演义》编者为明许仲琳,而中国现行众本皆逸其名,梁章钜述林樾亭语(见《浪迹续谈》及《归田琐记》),仅云"前明一名宿"而已。他如竹溪散人及风月主人之为邓志谟;日本之《忠臣藏》,在百余年前(文化十二年即一八一五年)中国人已曾翻译,曰《海外奇谭》,亦由此可见。墨憨斋冯犹龙好刻杂书,此目中有三种,曰:《平妖传》,《新列国志》,《笑府》。记北京《孔德月刊》中曾有考,似未列第二种。自品青病后,月刊遂不可复得,旧有者又被人持去,无从详案矣。

乙 也是园书目

  宋人词话

《灯花婆婆》

《种瓜张老》

《紫罗盖头》

《女报冤》

《风吹轿儿》

《错斩崔宁》

《山亭儿》

《西湖三塔》

《冯玉梅团圆》

《简帖和尚》

《李焕生五阵雨》

《小金钱》

《宣和遗事》四卷

《烟粉小说》四卷

《奇闻类记》十卷

《湖海奇闻》二卷

　　　通俗小说

《古今演义三国志》十二卷

《旧本罗贯中水浒传》二十卷

《梨园广记》二十卷

　　　迅案：词话中之《错斩崔宁》及《冯玉梅团圆》两种，今见于江
阴缪氏所翻刻之宋残本《京本通俗小说》中；钱曾所收，盖单行本。

　　　原载 1927 年 8 月 27 日、9 月 3 日《语丝》周刊
第146、147 期。
　　　初未收集。

三十一日

　　日记　昙。星期。上午得顾颉刚信，二十五日发。下午雨一

陈。收《东方杂志》一本。晚陈延进,李光藻来,假去泉卅。寄矛尘信。寄淑卿信。夜澡身。服补写丸一粒。

辞顾颉刚教授令"候审"

来　信

鲁迅先生:

　　顷发一挂号信,以未悉先生住址,由中山大学转奉,嗣恐先生未能接到,特探得尊寓所在,另钞一分奉览。

　　敬请大安。

颉刚敬上。十六,七,廿四。

钞　件

鲁迅先生:

　　颉刚不知以何事开罪于先生,使先生对于颉刚竟作如此强烈之攻击,未即承教,良用耿耿。前日见汉口《中央日报副刊》上,先生及谢玉生先生通信,始悉先生等所以反对颉刚者,盖欲伸党国大义,而颉刚所作之罪恶直为天地所不容,无任惶骇。诚恐此中是非,非笔墨口舌所可明了,拟于九月中回粤后提起诉讼,听候法律解决。如颉刚确有反革命之事实,虽受死刑,亦所甘心,否则先生等自当负发言之责任。务请先生及谢先生暂勿离粤,以俟开审,不胜感盼。

　　敬请大安,谢先生处并候。

中华民国十六年七月廿四日

回　信

颉刚先生：

　　来函谨悉，甚至于吓得绝倒矣。先生在杭盖已闻仆于八月中须离广州之讯，于是顿生妙计，命以难题。如命，则仆尚须提空囊赁屋买米，作穷打算，恭候偏何来迟，提起诉讼。不如命，则先生可指我为畏罪而逃也；而况加以照例之一传十，十传百乎哉？但我意早决，八月中仍当行，九月已在沪。江浙俱属党国所治，法律当与粤不异，且先生尚未启行，无须特别函挽听审，良不如请即就近在浙起诉，尔时仆必到杭，以负应负之责。倘其典书卖裤，居此生活费綦昂之广州，以俟月余后或将提起之诉讼，天下那易有如此十足笨伯哉！《中央日报副刊》未见；谢君处恕不代达，此种小傀儡，可不做则不做而已，无他秘计也。此复，顺请

著安！

　　　　　　　　　　　　　　　　　　　鲁迅。

未另发表。

初收 1932 年 9 月上海北新书局版《三闲集》。

致　章廷谦

矛尘兄：

　　廿九日寄一函，已达否？鼻在杭盖已探得我八月中当离粤，今日得其来信，阅之不禁失笑，即作一复，给他小开玩笑。今俱录奉，

以作笑资。季黻尚无信来,兄如知其住址,乞转送一阅为荷。

迅　七,卅一

　　此信后附顾颉刚"来函"及鲁迅"复函"抄件。略,见《辞
顾颉刚教授令"候审"》文。

八月

一日

日记　雨。上午收三弟所寄《自然界》一本。午后复顾颉刚信。寄北京北新书局稿一封。

二日

日记　昙。上午得绍原信，午复。褚参化来。下午邓荣燊来。晚同广平，月平往高第街观七夕供物，在晋华斋晚饭。买《六醴斋医书》一部二十二本，三元五角。夜陈延进来，假去泉廿。李光藻赴沪来别。

致 江绍原

绍原先生：

日前录奉诗话一条，乃与"撒园荽"有关者，想已达览。七月廿二日来函，顷已奉到。支持家者，谓济深也。昨日之香港《循环报》两则，剪下附上，然则前之所闻，似非无因了，而留先之教授不妨兼做官之说，殆已自动的取消乎？

梦麟之叹，鼻之宣传之力也，其劳劳于攻我之状可想。但仅博得梦麟之感慨，不亦微乎其微哉。致丁山电用"材年"者，鼻盖与闻其事，今之故作张皇，则所以表明他非幕中人。不过是小玩意，旧例不少，观明末野史，则现状之可藉以了然者颇多。何思源名氏，我未曾在意中，何得与之为难，其实鼻亦明知之，其云云者，是搆陷之一法,不足与辩也。

鼻盖在杭闻我八月中当离粤,昨得其一函,廿四写,廿六发,云:九月中当到粤给我打官司,令我勿走,"听候开审"。命令未来之被告,使他恭候月余,以俟打渺渺茫茫之官司,可谓天开奇想。实则他知我必不恭候,于是可指我为畏罪而逃耳。因复一函,言我九月已在沪,可就近在杭州起诉云,两信稿都已录寄川岛矣。鼻专在这些小玩意上用工夫,可笑可怜,血奔鼻尖而至于赤,夫岂"天实为之"哉。

中国士大夫之好行小巧,真应"大发感慨",明即以此亡。而江浙尤为此种小巧渊薮。我意现状如无大异,先生何妨仍来此地,孟德固有齐鲁方士夸诞遗风,然并不比鼻更可怕,在江浙,恐鼻族尤多,不会更好的。在此与孟德辈不即不离,似当尚可居若干月;但第一著则须搬出钟楼也。

有人言见黎国昌坐在注册科办事;又有人言闻孟德将改为图书馆主任。总而言之,中大举棋无定,终必一榻胡涂。

季茀之职衔颇新颖,大约是清闲之官乎。

广州倒并不热。日前有飓风,海上死人不少,而香港一带因有备,却无大损,科学之力如此。我正在慢慢准备启行,但太古船员正罢工,不知本月中能解决否,若坐邮船,则行李太多,很不便也。

青梅酒长久不喝了。荔支已过,杨桃上市,此物初吃似不佳,惯则甚好,食后如[已]用肥皂水洗口,极爽。秋时尚有,如来此,不可不吃,特先为介绍。

迅 启上 八月二日

⊙许崇清有留任教育厅长消息

广东省政府决于今(八月一日)日改组、新委各厅长亦自当同时就职、但闻新任教育厅长朱家骅、再向中央力辞不干、以便专心办理中大、今日当不随同就职、届时教育厅政务、依旧由许崇清留任、至将来教育厅长一职、有无变更仍须静候中央明令发表云。

⊙李文范接任民政厅之红示

昨三十日民政厅前贴出纸示云、为布告事、现奉中华民国国民政府令开、任命李文范兼广东民政厅厅长等因、兹定于八月一日下午二时接印视事、除分别呈报令行外、合行布告所属一体知照、厅长李文范、七月三十日。

三日

日记 雨。修理旧书。晚立峨来,假以泉十。夜浴。

四日

日记 晴。上午得朱可铭信,七月十一日发。

五日

日记 晴。上午寄朱骝先信索顾颉刚函。寄市教育局讲演稿。寄北京北新局稿一篇。

魏晋风度及文章与药及酒之关系
九月间在广州夏期学术演讲会讲

我今天所讲的,就是黑板上写着的这样一个题目。

中国文学史,研究起来,可真不容易,研究古的,恨材料太少,研究今的,材料又太多,所以到现在,中国较完全的文学史尚未出现。

今天讲的题目是文学史上的一部份，也是材料太少，研究起来很有困难的地方。因为我们想研究某一时代的文学，至少要知道作者的环境，经历和著作。

汉末魏初这个时代是很重要的时代，在文学方面起一个重大的变化，因当时正在黄巾和董卓大乱之后，而且又是党锢的纠纷之后，这时曹操出来了。——不过我们讲到曹操，很容易就联想起《三国志演义》，更而想起戏台上那一位花面的奸臣，但这不是观察曹操的真正方法。现在我们再看历史，在历史上的记载和论断有时也是极靠不住的，不能相信的地方很多，因为通常我们晓得，某朝的年代长一点，其中必定好人多；某朝的年代短一点，其中差不多没有好人。为什么呢？因为年代长了，做史的是本朝人，当然恭维本朝的人物，年代短了，做史的是别朝人，便很自由地贬斥其异朝的人物，所以在秦朝，差不多在史的记载上半个好人也没有。曹操在史上年代也是颇短的，自然也逃不了被后一朝人说坏话的公例。其实，曹操是一个很有本事的人，至少是一个英雄，我虽不是曹操一党，但无论如何，总是非常佩服他。

研究那时的文学，现在较为容易了，因为已经有人做过工作：在文集一方面有清严可均辑的《全上古三代秦汉三国晋南北朝文》。其中于此有用的，是《全汉文》，《全三国文》，《全晋文》。

在诗一方面有丁福保辑的《全汉三国晋南北朝诗》。——丁福保是做医生的，现在还在。

辑录关于这时代的文学评论有刘师培编的《中国中古文学史》。这本书是北大的讲义，刘先生已死，此书由北大出版。

上面三种书对于我们的研究有很大的帮助。能使我们看出这时代的文学的确有点异彩。

我今天所讲，倘若刘先生的书里已详的，我就略一点；反之，刘先生所略的，我就较详一点。

董卓之后，曹操专权。在他的统治之下，第一个特色便是尚刑名。他的立法是很严的,因为当大乱之后,大家都想做皇帝,大家都想叛乱,故曹操不能不如此。曹操曾自己说过:"倘无我,不知有多少人称王称帝!"这句话他倒并没有说谎。因此之故,影响到文章方面,成了清峻的风格。——就是文章要简约严明的意思。

此外还有一个特点,就是尚通脱。他为什么要尚通脱呢?自然也与当时的风气有莫大的关系。因为在党锢之祸以前,凡党中人都自命清流,不过讲"清"讲得太过,便成固执,所以在汉末,清流的举动有时便非常可笑了。

比方有一个有名的人,普通的人去拜访他,先要说几句话,倘这几句话说得不对,往往会遭倨傲的待遇,叫他坐到屋外去,甚而至于拒绝不见。

又如有一个人,他和他的姊夫是不对的,有一回他到姊姊那里去吃饭之后,便要将饭钱算回给姊姊。她不肯要,他就于出门之后,把那些钱扔在街上,算是付过了。

个人这样闹闹脾气还不要紧,若治国平天下也这样闹起执拗的脾气来,那还成甚么话?所以深知此弊的曹操要起来反对这种习气,力倡通脱。通脱即随便之意。此种提倡影响到文坛,便产生多量想说甚么便说甚么的文章。

更因思想通脱之后,废除固执,遂能充分容纳异端和外来的思想,故孔教以外的思想源源引入。

总括起来,我们可以说汉末魏初的文章是清峻,通脱。在曹操本身,也是一个改造文章的祖师,可惜他的文章传的很少。他胆子很大,文章从通脱得力不少,做文章时又没有顾忌,想写的便写出来。

所以曹操征求人才时也是这样说,不忠不孝不要紧,只要有才便可以。这又是别人所不敢说的。曹操做诗,竟说是"郑康成行酒伏地气绝",他引出离当时不久的事实,这也是别人所不敢用的。还有一样,比方人死时,常常写点遗令,这是名人的一件极时髦的事。

当时的遗令本有一定的格式，且多言身后当葬于何处何处，或葬于某某名人的墓旁；操独不然，他的遗令不但没有依着格式，内容竟讲到遗下的衣服和伎女怎样处置等问题。

陆机虽然评曰"贻尘谤于后王"，然而我想他无论如何是一个精明人，他自己能做文章，又有手段，把天下的方士文士统统搜罗起来，省得他们跑在外面给他捣乱。所以他帷幄里面，方士文士就特别地多。

孝文帝曹丕，以长子而承父业，篡汉而即帝位。他也是喜欢文章的。其弟曹植，还有明帝曹叡，都是喜欢文章的。不过到那个时候，于通脱之外，更加上华丽。丕著有《典论》，现已失散无全本，那里面说："诗赋欲丽"，"文以气为主"。《典论》的零零碎碎，在唐宋类书中；一篇整的《论文》，在《文选》中可以看见。

后来有一般人很不以他的见解为然。他说诗赋不必寓教训，反对当时那些寓训勉于诗赋的见解，用近代的文学眼光看来，曹丕的一个时代可说是"文学的自觉时代"，或如近代所说是为艺术而艺术（Art for Art's Sake）的一派。所以曹丕做的诗赋很好，更因他以"气"为主，故于华丽以外，加上壮大。归纳起来，汉末，魏初的文章，可说是："清峻，通脱，华丽，壮大。"在文学的意见上，曹丕和曹植表面上似乎是不同的。曹丕说文章事可以留名声于千载；但子建却说文章小道，不足论的。据我的意见，子建大概是违心之论。这里有两个原因，第一，子建的文章做得好，一个人大概总是不满意自己所做而羡慕他人所为的，他的文章已经做得好，于是他便敢说文章是小道；第二，子建活动的目标在于政治方面，政治方面不甚得志，遂说文章是无用了。

曹操曹丕以外，还有下面的七个人：孔融，陈琳，王粲，徐幹，阮瑀，应场，刘桢，都很能做文章，后来称为"建安七子"。七人的文章很少流传，现在我们很难判断；但，大概都不外是"慷慨"，"华丽"罢。华丽即曹丕所主张，慷慨就因当天下大乱之际，亲戚朋友死于乱者特多,于是为文就不免带着悲凉,激昂和"慷慨"了。

七子之中,特别的是孔融,他专喜和曹操捣乱。曹丕《典论》里有论孔融的,因此他也被拉进"建安七子"一块儿去。其实不对,很两样的。不过在当时,他的名声可非常之大。孔融作文,喜用讥嘲的笔调,曹丕很不满意他。孔融的文章现在传的也很少,就他所有的看起来,我们可以瞧出他并不大对别人讥讽,只对曹操。比方操破袁氏兄弟,曹丕把袁熙的妻甄氏拿来,归了自己,孔融就写信给曹操,说当初武王伐纣,将妲己给了周公了。操问他的出典,他说,以今例古,大概那时也是这样的。又比方曹操要禁酒,说酒可以亡国,非禁不可,孔融又反对他,说也有以女人亡国的,何以不禁婚姻?

其实曹操也是喝酒的。我们看他的"何以解忧?惟有杜康"的诗句,就可以知道。为什么他的行为会和议论矛盾呢?此无他,因曹操是个办事人,所以不得不这样做;孔融是旁观的人,所以容易说些自由话。曹操见他屡屡反对自己,后来借故把他杀了。他杀孔融的罪状大概是不孝。因为孔融有下列的两个主张:

第一,孔融主张母亲和儿子的关系是如瓶之盛物一样,只要在瓶内把东西倒了出来,母亲和儿子的关系便算完了。第二,假使有天下饥荒的一个时候,有点食物,给父亲不给呢?孔融的答案是:倘若父亲是不好的,宁可给别人。——曹操想杀他,便不惜以这种主张为他不忠不孝的根据,把他杀了。倘若曹操在世,我们可以问他,当初求才时就说不忠不孝也不要紧,为何又以不孝之名杀人呢?然而事实上纵使曹操再生,也没人敢问他,我们倘若去问他,恐怕他把我们也杀了!

与孔融一同反对曹操的尚有一个祢衡,后来给黄祖杀掉的。祢衡的文章也不错,而且他和孔融早是"以气为主"来写文章的了。故在此我们又可知道,汉文慢慢壮大起来,是时代使然,非专靠曹操父子之功的。但华丽好看,却是曹丕提倡的功劳。

这样下去一直到明帝的时候,文章上起了个重大的变化,因为出了一个何晏。

何晏的名声很大，位置也很高，他喜欢研究《老子》和《易经》。至于他是怎样的一个人呢？那真相现在可很难知道，很难调查。因为他是曹氏一派的人，司马氏很讨厌他，所以他们的记载对何晏大不满。因此产生许多传说，有人说何晏的脸上是搽粉的，又有人说他本来生得白，不是搽粉的。但究竟何晏搽粉不搽粉呢？我也不知道。

但何晏有两件事我们是知道的。第一，他喜欢空谈，是空谈的祖师；第二，他喜欢吃药，是吃药的祖师。

此外，他也喜欢谈名理。他身子不好，因此不能不服药。他吃的不是寻常的药，是一种名叫"五石散"的药。

"五石散"是一种毒药，是何晏吃开头的。汉时，大家还不敢吃，何晏或者将药方略加改变，便吃开头了。五石散的基本，大概是五样药：石钟乳，石硫黄，白石英，紫石英，赤石脂；另外怕还配点别样的药。但现在也不必细细研究它，我想各位都是不想吃它的。

从书上看起来，这种药是很好的，人吃了能转弱为强。因此之故，何晏有钱，他吃起来了；大家也跟着吃。那时五石散的流毒就同清末的鸦片的流毒差不多，看吃药与否以分阔气与否的。现在由隋巢元方做的《诸病源候论》的里面可以看到一些。据此书，可知吃这药是非常麻烦的，穷人不能吃，假使吃了之后，一不小心，就会毒死。先吃下去的时候，倒不怎样的，后来药的效验既显，名曰"散发"。倘若没有"散发"，就有弊而无利。因此吃了之后不能休息，非走路不可，因走路才能"散发"，所以走路名曰"行散"。比方我们看六朝人的诗，有云："至城东行散"，就是此意。后来做诗的人不知其故，以为"行散"即步行之意，所以不服药也以"行散"二字入诗，这是很笑话的。

走了之后，全身发烧，发烧之后又发冷。普通发冷宜多穿衣，吃热的东西。但吃药后的发冷刚刚要相反：衣少，冷食，以冷水浇身。

倘穿衣多而食热物，那就非死不可。因此五石散一名寒食散。只有一样不必冷吃的，就是酒。

吃了散之后，衣服要脱掉，用冷水浇身；吃冷东西；饮热酒。这样看起来，五石散吃的人多，穿厚衣的人就少；比方在广东提倡，一年以后，穿西装的人就没有了。因为皮肉发烧之故，不能穿窄衣。为豫防皮肤被衣服擦伤，就非穿宽大的衣服不可。现在有许多人以为晋人轻裘缓带，宽衣，在当时是人们高逸的表现，其实不知他们是吃药的缘故。一班名人都吃药，穿的衣都宽大，于是不吃药的也跟着名人，把衣服宽大起来了！

还有，吃药之后，因皮肤易于磨破，穿鞋也不方便，故不穿鞋袜而穿屐。所以我们看晋人的画像或那时的文章，见他衣服宽大，不鞋而屐，以为他一定是很舒服，很飘逸的了，其实他心里都是很苦的。

更因皮肤易破，不能穿新的而宜于穿旧的，衣服便不能常洗。因不洗，便多虱。所以在文章上，虱子的地位很高，"扪虱而谈"，当时竟传为美事。比方我今天在这里演讲的时候，扪起虱来，那是不大好的。但在那时不要紧，因为习惯不同之故。这正如清朝是提倡抽大烟的，我们看见两肩高耸的人，不觉得奇怪。现在就不行了，倘若多数学生，他的肩成为一字样，我们就觉得很奇怪了。

此外可见服散的情形及其他种种的书，还有葛洪的《抱朴子》。

到东晋以后，作假的人就很多，在街旁睡倒，说是"散发"以示阔气。就像清时尊读书，就有人以墨涂唇，表示他是刚才写了许多字的样子。故我想，衣大，穿屐，散发等等，后来效之，不吃也学起来，与理论的提倡实在是无关的。

又因"散发"之时，不能肚饿，所以吃冷物，而且要赶快吃，不论时候，一日数次也不可定。因此影响到晋时"居丧无礼"。——本来魏晋时，对于父母之礼是很繁多的。比方想去访一个人，那么，在未访之前，必先打听他父母及其祖父母的名字，以便避讳。否则，嘴上一说出这个字音,假如他的父母是死了的,主人便会大哭起来——他记得父母了——给你一个大大的没趣。晋礼居丧之时,也要瘦,不多吃饭,不准喝酒。但在吃药之后,为生命计,不能管得许多,只好大嚼,所以就变成"居丧无礼"了。

居丧之际,饮酒食肉,由阔人名流倡之,万民皆从之,因为这个缘故,社会上遂尊称这样的人叫作名士派。

吃散发源于何晏,和他同志的,有王弼和夏侯玄两个人,与晏同为服药的祖师。有他三人提倡,有多人跟着走。他们三人多是会做文章,除了夏侯玄的作品流传不多外,王何二人现在我们尚能看到他们的文章。他们都是生于正始的,所以又名曰"正始名士"。但这种习惯的末流,是只会吃药,或竟假装吃药,而不会做文章。

东晋以后,不做文章而流为清谈,由《世说新语》一书里可以看到。此中空论多而文章少,比较他们三个差得远了。三人中王弼二十余岁便死了,夏侯何二人皆为司马懿所杀。因为他二人同曹操有关系,非死不可,犹曹操之杀孔融,也是借不孝做罪名的。

二人死后,论者多因其与魏有关而骂他,其实何晏值得骂的就是因为他是吃药的发起人。这种服散的风气,魏,晋,直到隋,唐,还存在着,因为唐时还有"解散方",即解五石散的药方,可以证明还有人吃,不过少点罢了。唐以后就没有人吃,其原因尚未详,大概因其弊多利少,和鸦片一样罢?

晋名人皇甫谧作一书曰《高士传》,我们以为他很高超。但他是服散的,曾有一篇文章,自说吃散之苦。因为药性一发,稍不留心,即会丧命,至少也会受非常的苦痛,或要发狂;本来聪明的人,因此也会变成痴呆。所以非深知药性,会解救,而且家里的人多深知药性不可。晋朝人多是脾气很坏,高傲,发狂,性暴如火的,大约便是服药的缘故。比方有苍蝇扰他,竟至拔剑追赶;就是说话,也要胡胡涂涂地才好,有时简直是近于发疯。但在晋朝更有以痴为好的,这大概也是服药的缘故。

魏末，何晏他们以外，又有一个团体新起，叫做"竹林名士"，也是七个，所以又称"竹林七贤"。正始名士服药，竹林名士饮酒。竹林的代表是嵇康和阮籍。但究竟竹林名士不纯粹是喝酒的，嵇康也兼服药，而阮籍则是专喝酒的代表。但嵇康也饮酒，刘伶也是这里面的一个。他们七人中差不多都是反抗旧礼教的。

　　这七人中，脾气各有不同。嵇阮二人的脾气都很大；阮籍老年时改得很好，嵇康就始终都是极坏的。

　　阮年青时，对于访他的人有加以青眼和白眼的分别。白眼大概是全然看不见眸子的，恐怕要练习很久才能够。青眼我会装，白眼我却装不好。

　　后来阮籍竟做到"口不臧否人物"的地步，嵇康却全不改变。结果阮得终其天年，而嵇竟丧于司马氏之手，与孔融何晏等一样，遭了不幸的杀害。这大概是因为吃药和吃酒之分的缘故：吃药可以成仙，仙是可以骄视俗人的；饮酒不会成仙，所以敷衍了事。

　　他们的态度，大抵是饮酒时衣服不穿，帽也不带。若在平时，有这种状态，我们就说无礼，但他们就不同。居丧时不一定按例哭泣；子之于父，是不能提父的名，但在竹林名士一流人中，子都会叫父的名号。旧传下来的礼教，竹林名士是不承认的。即如刘伶——他曾做过一篇《酒德颂》，谁都知道——他是不承认世界上从前规定的道理的，曾经有这样的事，有一次有客见他，他不穿衣服。人责问他；他答人说，天地是我的房屋，房屋就是我的衣服，你们为什么进我的裤子中来？至于阮籍，就更甚了，他连上下古今也不承认，在《大人先生传》里有说："天地解兮六合开，星辰陨兮日月颓，我腾而上将何怀？"他的意思是天地神仙，都是无意义，一切都不要，所以他觉得世上的道理不必争，神仙也不足信，既然一切都是虚无，所以他便沉湎于酒了。然而他还有一个原因，就是他的饮酒不独由于他的思想，大半倒在环境。其时司马氏已想篡位，而阮籍名声很大，所以他讲话就极难，只好多饮酒，少讲话，而且即使讲话讲错了，也可以借醉得到人的原谅。只要看有一次司马懿求和阮籍结亲,而阮籍一醉就是两个月,没有提出的机会,就可以知道了。

阮籍作文章和诗都很好,他的诗文虽然也慷慨激昂,但许多意思都是隐而不显的。宋的颜延之已经说不大能懂,我们现在自然更很难看得懂他的诗了。他诗里也说神仙,但他其实是不相信的。嵇康的论文,比阮籍更好,思想新颖,往往与古时旧说反对。孔子说:"学而时习之,不亦说乎?"嵇康做的《难自然好学论》,却道,人是并不好学的,假如一个人可以不做事而又有饭吃,就随便闲游不喜欢读书了,所以现在人之好学,是由于习惯和不得已。还有管叔蔡叔,是疑心周公,率殷民叛,因而被诛,一向公认为坏人的。而嵇康做的《管蔡论》,就也反对历代传下来的意思,说这两个人是忠臣,他们的怀疑周公,是因为地方相距太远,消息不灵通。

但最引起许多人的注意,而且于生命有危险的,是《与山巨源绝交书》中的"非汤武而薄周孔"。司马懿因这篇文章,就将嵇康杀了。非薄了汤武周孔,在现时代是不要紧的,但在当时却关系非小。汤武是以武定天下的;周公是辅成王的;孔子是祖述尧舜,而尧舜是禅让天下的。嵇康都说不好,那么,教司马懿篡位的时候,怎么办才是好呢?没有办法。在这一点上,嵇康于司马氏的办事上有了直接的影响,因此就非死不可了。嵇康的见杀,是因为他的朋友吕安不孝,连及嵇康,罪案和曹操的杀孔融差不多。魏晋,是以孝治天下的,不孝,故不能不杀。为什么要以孝治天下呢?因为天位从禅让,即巧取豪夺而来,若主张以忠治天下,他们的立脚点便不稳,办事便棘手,立论也难了,所以一定要以孝治天下。但倘只是实行不孝,其实那时倒不很要紧的,嵇康的害处是在发议论;阮籍不同,不大说关于伦理上的话,所以结局也不同。

但魏晋也不全是这样的情形,宽袍大袖,大家饮酒。反对的也很多。在文章上我们还可以看见裴頠的《崇有论》,孙盛的《老子非大贤论》,这些都是反对王何们的。在史实上,则何曾劝司马懿杀阮籍有好几回，司马懿不听他的话，这是因为阮籍的饮酒，与时局的关系少些的缘故。

然而后人就将嵇康阮籍骂起来，人云亦云，一直到现在，一千六百多年。季札说："中国之君子，明于礼义而陋于知人心。"这是确的，大凡明于礼义，就一定要陋于知人心的，所以古代有许多人受了很大的冤枉。例如嵇阮的罪名，一向说他们毁坏礼教。但据我个人的意见，这判断是错的。魏晋时代，崇奉礼教的看来似乎很不错，而实在是毁坏礼教，不信礼教的。表面上毁坏礼教者，实则倒是承认礼教，太相信礼教。因为魏晋时所谓崇奉礼教，是用以自利，那崇奉也不过偶然崇奉，如曹操杀孔融，司马懿杀嵇康，都是因为他们和不孝有关，但实在曹操司马懿何尝是著名的孝子，不过将这个名义，加罪于反对自己的人罢了。于是老实人以为如此利用，亵黩了礼教，不平之极，无计可施，激而变成不谈礼教，不信礼教，甚至于反对礼教。——但其实不过是态度，至于他们的本心，恐怕倒是相信礼教，当作宝贝，比曹操司马懿们要迂执得多。现在说一个容易明白的比喻罢，譬如有一个军阀，在北方——在广东的人所谓北方和我常说的北方的界限有些不同，我常称山东山西直隶河南之类为北方——那军阀从前是压迫民党的，后来北伐军势力一大，他便挂起了青天白日旗，说自己已经信仰三民主义了，是总理的信徒。这样还不够，他还要做总理的纪念周。这时候，真的三民主义的信徒，去呢，不去呢？不去，他那里就可以说你反对三民主义，定罪，杀人。但既然在他的势力之下，没有别法，真的总理的信徒，倒会不谈三民主义，或者听人假惺惺的谈起来就皱眉，好像反对三民主义模样。所以我想，魏晋时所谓反对礼教的人，有许多大约也如此。他们倒是迂夫子，将礼教当作宝贝看待的。

还有一个实证，凡人们的言论，思想，行为，倘若自己以为不错的，就愿意天下的别人，自己的朋友都这样做。但嵇康阮籍不这样，不愿意别人来模仿他。竹林七贤中有阮咸，是阮籍的侄子，一样的饮酒。阮籍的儿子阮浑也愿加入时，阮籍却道不必加入，吾家已有阿咸在，够了。假若阮籍自以为行为是对的，就不当拒绝他的儿子，而阮籍却拒绝自己的儿子，可知阮籍并不以他自己的办法为然。至于嵇康，一看他的《绝交书》，就知道他的态度很骄傲的；有一次，他在家打铁——他的性情是很喜欢打铁的——钟会来看他了，他只打铁，不理钟会。钟会没有意味，只得走了。其时嵇康就问他："何所闻而来，何所见而去?"钟会答道："闻所闻而来，见所见而去。"这也是嵇康杀身的一条祸根。但我看他做给他的儿子看的《家诫》——当嵇康被杀时，其子方十岁，算来当他做这篇文章的时候，他的儿子是未满十岁的——就觉得宛然是两个人。他在《家诫》中教他的儿子做人要小心，还有一条一条的教训。有一条是说长官处不可常去，亦不可住宿；官长送人们出来时，你不要在后面，因为恐怕将来官长惩办坏人时，你有暗中密告的嫌疑。又有一条是说宴饮时候有人争论，你可立刻走开，免得在旁批评，因为两者之间必有对与不对，不批评则不像样，一批评就总要是甲非乙，不免受一方见怪。还有人要你饮酒，即使不愿饮也不要坚决地推辞，必须和和气气的拿着杯子。我们就此看来，实在觉得很希奇：嵇康是那样高傲的人，而他教子就要他这样庸碌。因此我们知道，嵇康自己对于他自己的举动也是不满足的。所以批评一个人的言行实在难，社会上对于儿子不像父亲，称为"不肖"，以为是坏事，殊不知世上正有不愿意他的儿子像自己的父亲哩。试看阮籍嵇康，就是如此。这是，因为他们生于乱世，不得已，才有这样的行为，并非他们的本态。但又于此可见魏晋的破坏礼教者，实在是相信礼教到固执之极的。

不过何晏王弼阮籍嵇康之流，因为他们的名位大，一般的人们就学起来，而所学的无非是表面，他们实在的内心，却不知道。因为只学他们的皮毛，于是社会上便很多了没意思的空谈和饮酒。许多人只会无端的空谈和饮酒，无力办事，也就影响到政治上，弄得玩"空城计"，毫无实际了。在文学上也这样，嵇康阮籍的纵酒，是也能做文章的，后来到东晋，空谈和饮酒的遗风还在，而万言的大文如嵇阮之作，却没有了。刘勰说："嵇康师心以遣论，阮籍使气以命诗。"这"师心"和"使气"，便是魏末晋初的文章的特色。正始名士和竹林名士的精神灭后，敢于师心使气的作家也没有了。

到东晋，风气变了。社会思想平静得多，各处都夹入了佛教的思想。再至晋末，乱也看惯了，篡也看惯了，文章便更和平。代表平和的文章的人有陶潜。他的态度是随便饮酒，乞食，高兴的时候就谈论和作文章，无尤无怨。所以现在有人称他为"田园诗人"，是个非常和平的田园诗人。他的态度是不容易学的，他非常之穷，而心里很平静。家常无米，就去向人家门口求乞。他穷到有客来见，连鞋也没有，那客人给他从家丁取鞋给他，他便伸了足穿上了。虽然如此，他却毫不为意，还是"采菊东篱下，悠然见南山"。这样的自然状态，实在不易模仿。他穷到衣服也破烂不堪，而还在东篱下采菊，偶然抬起头来，悠然的见了南山，这是何等自然。现在有钱的人住在租界里，雇花匠种数十盆菊花，便做诗，叫作"秋日赏菊效陶彭泽体"，自以为合于渊明的高致，我觉得不大像。

陶潜之在晋末，是和孔融于汉末与嵇康于魏末略同，又是将近易代的时候。但他没有什么慷慨激昂的表示，于是便博得"田园诗人"的名称。但《陶集》里有《述酒》一篇，是说当时政治的。这样看来，可见他于世事也并没有遗忘和冷淡，不过他的态度比嵇康阮籍自然得多，不至于招人注意罢了。还有一个原因，先已说过，是习惯。因为当时饮酒的风气相沿下来，人见了也不觉得奇怪，而且汉魏晋相沿，时代不远，变迁极多，既经见惯，就没有大感触，陶潜之比孔融嵇康和平，是当然的。例如看北朝的墓志，官位升进，往往详细写着，再仔细一看，他是已经经历过两三个朝代了，但当时似乎并不为奇。

据我的意思，即使是从前的人，那诗文完全超于政治的所谓"田园诗人"，"山林诗人"，是没有的。完全超出于人间世的，也是没有的。既然是超出于世，则当然连诗文也没有。诗文也是人事，既有诗，就可以知道于世事未能忘情。譬如墨子兼爱，杨子为我。墨子当然要著书；杨子就一定不著，这才是"为我"。因为若做出书来给别人看，便变成"为人"了。

由此可知陶潜总不能超于尘世，而且，于朝政还是留心，也不能忘掉"死"，这是他诗文中时时提起的。用别一种看法研究起来，恐怕也会成一个和旧说不同的人物罢。

自汉末至晋末文章的一部分的变化与药及酒之关系，据我所知的大概是这样。但我学识太少，没有详细的研究，在这样的热天和雨天费去了诸位这许多时光，是很抱歉的。现在这个题目总算是讲完了。

原载 1927 年 8 月 11、12、13、15、16、17 日《民国日报》副刊《现代青年》第 173—178 期，记录稿（邱桂英、罗西记）经作者审订。又载同年 11 月 16 日《北新》半月刊第 2 卷第 2 号。初收 1928 年 10 月上海北新书局版《而已集》。

六日

日记 昙，午后晴。得有麟信，七月二十五日发。下午雨一阵。夜朱辉煌来，假以泉卅。李光藻亦至。

七日

日记 星期。晴。上午转寄绍原《语丝》一四一期。寄有麟信。下午寄三弟信。

八日

日记 晴，午后雨。下午得矛尘信，七月卅日发，晚复。得朱骝先信附顾颉刚函。晚陈延进来。

书苑折枝

　　余颇懒,常卧阅杂书,或意有所会,虑其遗忘,亦惮于钞写,但偶夹一纸条以识之。流光电逝,情随事迁,检书偶逢昔日所留纸,辄自诧置此何意,且悼心境变化之速,有如是也。长夏索居,欲得消遣,则录其尚能省记者,略加案语,以贻同好云。十六年八月八日,楮冠病叟漫记。

唐欧阳询《艺文类聚》二十五引梁简文帝《诫当阳公大心书》:立身之道,与文章异。立身先须谨重,文章且须放荡。

　　案:帝王立言,诫饬其子,而谓作文“且须放荡”,非大有把握,那能尔耶?后世小器文人,不敢说出,不敢想到。

清褚人获《坚瓠九集》卷四:《通鉴博论》:“汉高祖取天下,皆功臣谋士之力。天下既定,吕后杀韩信彭越英布等,夷其族而绝其祀。传至献帝,曹操执柄,遂杀伏后而灭其族。或谓献帝即高祖也;伏后即吕后也;曹操即韩信也;刘备即彭越也;孙权即英布也。故三分天下而绝汉。”虽穿凿疑似之说,然于报施之理,似亦不爽。

　　案:韩信托生而为曹操,彭越为孙权,陈豨为刘备,三分汉室,以报夙怨,见《五代史平话》开端。小说尚可,而乃据以论史,大奇。《博论》明宗室涵虚子(?)作,今传本颇少。

宋张耒《明道杂志》:京师有富家子,少孤专财,群无赖百方诱导之。而此子甚好看弄影戏,每弄至斩关羽,辄为之泣下,嘱弄者且缓之。一日,弄者曰:云长古猛将,今斩之,其鬼或能祟,请既斩而祭之。此子闻,甚喜。弄者乃求酒肉之费。此子出银器数十。至日,斩罢,大陈饮食如祭者,群无赖聚享之,乃白此子,请遂散此器。此子不敢逆,于是共分焉。旧闻此事,不信。近见事,有类是事。聊记之,以发异日之笑。

案：发笑又作别论。由此可知宋时影戏已演三国故事，而其中有"斩关羽"。我尝疑现在的戏文，动作态度和画脸都与古代影灯戏有关，但未详考，记此以俟博览者探索。

原载 1927 年 9 月 1 日《北新》周刊第 1 卷第 45、46 期合刊。署名楮冠。

初未收集。

致 章廷谦

矛尘兄：

七月卅日信，今天到了。我不知道《五三日报》内情，现既如此，请你不要给他了罢，交与小峰。但我以为登《北新》实不宜，书小而文长，登《语丝》较好，希转告。合于《北新》的，我当另寄。

鼻信已由前函奉告，是要我在粤恭候，何尝由我定。我想该鼻未尝发癫，乃是放刁，如泼妇装作上吊之类；倘有些癫，则必是中大的事有些不顺手也。谢早不在此，孙林处信不能通，好在被告有我在，够了。大约即使得罪于鼻，尚当不至于成为弥天重犯，所以我也不豫备对付他，静静地看其发疯，较为有趣。他用这样的方法吓我是枉然的；他不知道我当做《阿Q正传》到 Q 被捉时，做不下去了，曾想装作酒醉去打巡警，得一点牢监里的经验。

我本决于月底走了，房子已回复，而招商无船，太古公司又罢工，从香港转，则行李太多，很不便，所以至此刻止，还未决定怎么办。倘不能走，则当函告赤鼻，叫他到这里来告，或到别处去，也要通知他。《中央副刊》我未见，不知登的是那一封；但打起官司来，我在法庭上还有话，也许比玉堂的"启事"有趣。

据报上说，骥先要专心办中大了，有人见他和人游东山，有一种"优游态度"云。而旧教厅长，今又被派为委员了，则骥先之并教厅而做不成可知。中大内部不知如何，殊难测。然上月被力逐之教务副主任，现在有人见其日日坐在注册部办事，并无"优游态度"，则殊不可解。大约一切事情，都胡里胡涂，没有一定办法，所谓"东倒吃羊头，西倒吃猪头"，苟延而已。

令尊大人的事真险，好在现在没有事了。其实"今故"是发源于"国故"的，我曾想提出古事若干条，要可以代表古今一切玩艺儿的，作为教本，给如川岛一流的小孩子们看，但这事太难，我读书又太少，恐怕不会成功了。例如，江浙是不能容人才的，三国时孙氏即如此，我们只要将吴魏人才一比，即可知曹操也杀人，但那是因为和他开玩笑。孙氏却不这样的也杀，全由嫉妒。我之不主张绍原在浙，即根据《三国志演义》也。广东还有点蛮气，较好。

这里倒并不很热，常有大风，盖海上正多飓风也。我现想编定《唐宋传奇集》，还不大动手，而大吃其水果，物美而价廉。周围的事情是真多，竟会沿路开枪而茶店里掷炸弹，一时也写不完。我希望不远可以面谈，因为我须"听候开审"，总得到杭州的。

迅　上　八月八日夜

斐君兄均此致候。

九日

日记　昙。上午得三弟信，七月卅一日发。午后小雨。下午寄襌参化信并演讲稿。寄沪北新书局稿三种。晴。朱辉煌来别。夜雨。

读书杂谈

七月十六日在广州知用中学讲

因为知用中学的先生们希望我来演讲一回，所以今天到这里和诸君相见。不过我也没有什么东西可讲。忽而想到学校是读书的所在，就随便谈谈读书。是我个人的意见，姑且供诸君的参考，其实也算不得什么演讲。

说到读书，似乎是很明白的事，只要拿书来读就是了，但是并不这样简单。至少，就有两种：一是职业的读书，一是嗜好的读书。所谓职业的读书者，譬如学生因为升学，教员因为要讲功课，不翻翻书，就有些危险的就是。我想在坐的诸君之中一定有些这样的经验，有的不喜欢算学，有的不喜欢博物，然而不得不学，否则，不能毕业，不能升学，和将来的生计便有妨碍了。我自己也这样，因为做教员，有时即非看不喜欢看的书不可，要不这样，怕不久便会于饭碗有妨。我们习惯了，一说起读书，就觉得是高尚的事情，其实这样的读书，和木匠的磨斧头，裁缝的理针线并没有什么分别，并不见得高尚，有时还很苦痛，很可怜。你爱做的事，偏不给你做，你不爱做的，倒非做不可。这是由于职业和嗜好不能合一而来的。倘能够大家去做爱做的事，而仍然各有饭吃，那是多么幸福。但现在的社会上还做不到，所以读书的人们的最大部分，大概是勉勉强强的，带着苦痛的为职业的读书。

现在再讲嗜好的读书罢。那是出于自愿，全不勉强，离开了利害关系的。——我想，嗜好的读书，该如爱打牌的一样，天天打，夜夜打，连续的去打，有时被公安局捉去了，放出来之后还是打。诸君要知道真打牌的人的目的并不在赢钱，而在有趣。牌有怎样的有趣呢，我是外行，不大明白。但听得爱赌的人说，它妙在一张一张的摸起来，永远变化无穷。我想，凡嗜好的读书，能够手不释卷的原因也就是这样。他在每一叶每一叶里，都得着深厚的趣味。自然，也可以扩大精神，增加智识的，但这些倒都不计及，一计及，便等于意在赢钱的博徒了，这在博徒之中，也算是下品。

不过我的意思，并非说诸君应该都退了学，去看自己喜欢看的书去，这样的时候还没有到来；也许终于不会到，至多，将来可以设法使人们对于非做不可的事发生较多的兴味罢了。我现在是说，爱看书的青年，大可以看看本分以外的书，即课外的书，不要只将课内的书抱住。但请不要误解，我并非说，譬如在国文讲堂上，应该在抽屉里暗看《红楼梦》之类；乃是说，应做的功课已完而有余暇，大可以看看各样的书，即使和本业毫不相干的，也要泛览。譬如学理科的，偏看看文学书，学文学的，偏看看科学书，看看别个在那里研究的，究竟是怎么一回事。这样子，对于别人，别事，可以有更深的了解。现在中国有一个大毛病，就是人们大概以为自己所学的一门是最好，最妙，最要紧的学问，而别的都无用，都不足道的，弄这些不足道的东西的人，将来该当饿死。其实是，世界还没有如此简单，学问都各有用处，要定什么是头等还很难。也幸而有各式各样的人，假如世界上全是文学家，到处所讲的不是"文学的分类"便是"诗之构造"，那倒反而无聊得很了。

不过以上所说的，是附带而得的效果，嗜好的读书，本人自然并不计及那些，就如游公园似的，随随便便去，因为随随便便，所以不吃力，因为不吃力，所以会觉得有趣。如果一本书拿到手，就满心想道，"我在读书了！""我在用功了！"那就容易疲劳，因而减掉兴味，或者变成苦事了。

我看现在的青年，为兴味的读书的是有的，我也常常遇到各样的询问。此刻就将我所想到的说一点，但是只限于文学方面，因为我不明白其他的。

第一，是往往分不清文学和文章。甚至于已经来动手做批评文章的，也免不了这毛病。其实粗粗的说，这是容易分别的。研究文章的历史或理论的,是文学家,是学者;做做诗,或戏曲小说的,是做文章的人,就是古时候所谓文人,此刻所谓创作家。创作家不妨毫不理会文学史或理论,文学家也不妨做不出一句诗。然而中国社会上还很误解,你做几篇小说,便以为你一定懂得小说概论,做几句新诗,就要你讲诗之原理。我也尝见想做小说的青年,先买小说法程和文学史来看。据我看来,是即使将这些书看烂了,和创作也没有什么关系的。

事实上,现在有几个做文章的人,有时也确去做教授。但这是因为中国创作不值钱,养不活自己的缘故。听说美国小名家的一篇中篇小说,时价是二千美金;中国呢,别人我不知道,我自己的短篇寄给大书铺,每篇卖过二十元。当然要寻别的事,例如教书,讲文学。研究是要用理智,要冷静的,而创作须情感,至少总得发点热,于是忽冷忽热,弄得头昏,——这也是职业和嗜好不能合一的苦处。苦倒也罢了,结果还是什么都弄不好。那证据,是试翻世界文学史,那里面的人,几乎没有兼做教授的。

还有一种坏处,是一做教员,未免有顾忌;教授有教授的架子,不能畅所欲言。这或者有人要反驳:那么,你畅所欲言就是了,何必如此小心。然而这是事前的风凉话,一到有事,不知不觉地他也要从众来攻击的。而教授自身,纵使自以为怎样放达,下意识里总不免有架子在。所以在外国,称为"教授小说"的东西倒并不少,但是不大有人说好,至少,是总难免有令人发烦的炫学的地方。

所以我想,研究文学是一件事,做文章又是一件事。

第二,我常被询问:要弄文学,应该看什么书?这实在是一个极难回答的问题。先前也曾有几位先生给青年开过一大篇书目。但从我看来,这是没有什么用处的,因为我觉得那都是开书目的先生自己想要看或者未必想要看的书目。我以为倘要弄旧的呢,倒不如姑且靠着张之洞的《书目答问》去摸门径去。倘是新的,研究文学,则自己先看各种的小本子,如本间久雄的《新文学概论》,厨川白村的《苦闷的象征》,瓦浪斯基们的《苏俄的文艺论战》之类,然后自己再想想，再博览下去。因为文学的理论不像算学，二二一定得四，所以议论很纷歧。如第三种，便是俄国的两派的争论，——我附带说一句，近来听说连俄国的小说也不大有人看了，似乎一看见"俄"字就吃惊，其实苏俄的新创作何尝有人绍介，此刻译出的几本，都是革命前的作品，作者在那边都已经被看作反革命的了。倘要看看文艺作品呢，则先看几种名家的选本，从中觉得谁的作品自己最爱看，然后再看这一个作者的专集，然后再从文学史上看看他在史上的位置；倘要知道得更详细，就看一两本这人的传记，那便可以大略了解了。如果专是请教别人，则各人的嗜好不同，总是格不相入的。

第三，说几句关于批评的事。现在因为出版物太多了，——其实有什么呢，而读者因为不胜其纷纭，便渴望批评，于是批评家也便应运而起。批评这东西，对于读者，至少对于和这批评家趣旨相近的读者，是有用的。但中国现在，似乎应该暂作别论。往往有人误以为批评家对于创作是操生杀之权，占文坛的最高位的，就忽而变成批评家；他的灵魂上挂了刀。但是怕自己的立论不周密，便主张主观，有时怕自己的观察别人不看重，又主张客观；有时说自己的作文的根柢全是同情，有时将校对者骂得一文不值。凡中国的批评文字，我总是越看越胡涂，如果当真，就要无路可走。印度人是早知道的，有一个很普通的比喻。他们说：一个老翁和一个孩子用一匹驴子驮着货物去出卖，货卖去了，孩子骑驴回来，老翁跟着走。但路人责备他了，说是不晓事，叫老年人徒步。他们便换了一个地位，而旁人又说老人忍心；老人忙将孩子抱到鞍鞯上，后来看见的人却说他们残酷；于是都下来，走了不久，可又有人笑他们了，说他们是呆子，空着现成的驴子却不骑。于是老人对孩子叹息道，我们只剩了一个办法了，是我们两人抬着驴子走。无论读，无论做，倘若旁征博访，结果是往往会弄到抬驴子走的。

不过我并非要大家不看批评，不过说看了之后，仍要看看本书，自己思索，自己做主。看别的书也一样，仍要自己思索，自己观察倘只看书，便变成书厨，即使自己觉得有趣，而那趣味其实是已在逐渐硬化，逐渐死去了。我先前反对青年躲进研究室，也就是这意思，至今有些学者，还将这话算作我的一条罪状哩。

听说英国的培那特萧（Bernard Shaw），有过这样意思的话：世间最不行的是读书者。因为他只能看别人的思想艺术，不用自己。这也就是勖本华尔（Schopenhauer）之所谓脑子里给别人跑马。较好的是思索者。因为能用自己的生活力了，但还不免是空想，所以更好的是观察者，他用自己的眼睛去读世间这一部活书。

这是的确的，实地经验总比看，听，空想确凿。我先前吃过干荔支，罐头荔支，陈年荔支，并且由这些推想过新鲜的好荔支。这回吃过了，和我所猜想的不同，非到广东来吃就永不会知道。但我对于萧的所说，还要加一点骑墙的议论。萧是爱尔兰人，立论也不免有些偏激。我以为假如从广东乡下找一个没有历练的人，叫他从上海到北京或者什么地方，然后问他观察所得，我恐怕是很有限的，因为他没有练习过观察力。所以要观察，还是先要经过思索和读书。

总之，我的意思是很简单的：我们自动的读书，即嗜好的读书，请教别人是大抵无用，只好先行泛览，然后决择而入于自己所爱的较专的一门或几门；但专读书也有弊病，所以必须和实社会接触，使所读的书活起来。

原载 1927 年 8 月 18、19、22 日《民国日报》副刊《现代青年》第 179、180、181 期，记录稿（黄易安记）经作者修订。又载 9 月 16 日《北新》周刊第 47、48 期合刊。

初收 1928 年 10 月上海北新书局版《而已集》。

书苑折枝（二）

宋周密《癸辛杂识》续集下：盐官县学教谕黄谦之，永嘉人，甲午岁题桃符云，"宜入新年怎生呵"，"百事大吉那般者"。为人告之官，遂罢。

案：元上谕多用白话直译，"怎生呵""那般者"皆谕中习见语，故黄以为戏。今人常非薄今白话而不思元时敕，盖以其已"古"也。甲午是忽必烈至元三十一年（1295），其年正月，忽必烈死。

同上别集下：或作散经名《物外平章》，云，"尧舜禹汤文武，一人一堆黄土；皋夔稷卨伊周，一人一个髑髅。大抵四五千年，著甚来由发颠？假饶四海九州都是你底，逐日不过吃得半升米。日夜宦官女子守定，终久断送你这泼命。说甚公侯将相，只是这般模样。管甚宣葬敕葬，精魂已成魑魅。姓名标在青史，却干俺咱甚事？世事总无紧要，物外只供一笑。"此语亦可发一笑也。

案：近长沙叶氏刻《木皮道人鼓词》，昆山赵氏刻《万古愁曲》，上海书贾又据以石印作小本，遂颇流行。二书作者生明末，见世事无可为，乃强置己身于世外，作旁观放达语，其心曲与此宋末之作正同。

宋唐庚《文录》：《南征赋》，"时廓舒而浩荡，复收敛而凄凉。"词虽不工，自谓曲尽南迁时情状也。

案：今日用之《民气赋》或《群众运动赋》，亦自曲尽情状。

清严元照《蕙榜杂记》：西湖岳庙有严嵩和鄂王《满江红》词石刻，甚宏壮。词既慷慨，书亦瘦劲可观，末题华盖殿大学士。后人磨去姓名，改题夏言。虽属可笑，然亦足以惩奸矣。

案：严嵩偏和岳飞词，有如是诈伪；后人留词改名，有如是自欺；严先生以为可笑而又许其惩奸，有如是两可：寥寥六十字，写尽三态。

原载 1927 年 9 月 16 日《北新》周刊第 1 卷 47、48 期合刊。署名楮冠。

初未收集。

书苑折枝（三）

明陆容《菽园杂记》四：僧慧暕涉猎儒书而有戒行，永乐中尝预修《大典》，归老太仓兴福寺。……尝语坐客云："此等秀才，皆是讨债者。"客问其故，曰："洪武间秀才做官，吃多少辛苦，受多少惊怕，与朝廷出多少心力，到头来小有过犯，轻则充军，重则刑戮，善终者十二三耳。其时士大夫无负国家，国家负士大夫多矣。这便是还债的。近来圣恩宽大，法网疏阔，秀才做官，饮食衣服舆马宫室子女妻妾，多少好受用，干得几许好事来？到头全无一些罪过。今日国家无负士大夫，天下士大夫负国家多矣。这便是讨债者。"……

> 案：无论什么局面，当开创之际，必靠许多"还债的"；创业既定，即发生许多"讨债者"。此"讨债者"发生迟，局面好；发生早，局面糟；与"还债的"同时发生，局面完。呜呼"还债的"也！

元人《东南纪闻》一：刘平国宰，京口人。（中略）有《漫塘集》，文挟伟气。其尺牍有云："今之所谓豪杰士者，古之所谓破落户者也。"意有所指，知者以为名言。（下略）

> 案：也可以说：豪杰士者，破落户之已阔者也。破落户者，豪杰士之未阔或终于不阔者也。

清陈祖范《掌录》上：行事之颠倒者：三国时孙吴立制，奔亲丧者罪大辟；北齐敕道士剃发为沙门；宋宣和中，敕沙门著冠为道士；……元祐焚《史记》于国子；……政和间著令，士庶习诗赋者杖一百！

> 案：知道古来做过如许颠倒事，当时也并不为奇，便可以消去对于时事的诧异心不少。

原载 1927 年 10 月 16 日《北新》周刊第 1 卷第 51、52 期合刊。署名楮冠。

初未收集。

十日

日记 昙,下午雨。夜寄淑卿信。寄三弟信。

十一日

日记 昙,午晴。立峨来。午后同广平往前鉴街警察四区分署取迁入证,出至西堤买消化药一瓶,四元五角。在亚洲酒店夜餐。夜陈延进来,并交谢玉生连州来信,四日发。澡身。

十二日

日记 昙,午后晴。得春台信,廿八日汉发。得淑卿信,廿七日发。得未名社所寄《孝行录》一部二本,《莽原》十三期两本,廿八日发。得上海北新局书总帐,一日发。下午修补《六醴斋医书》。晚蒋径三来。

十三日

日记 昙,午晴。下午同广平往共和书局商量移交书籍。在登云阁买《益雅堂丛书》一部廿本,《唐土名胜图会》一部六本,甚蚀,共泉七元。晚浴。

十四日

日记 星期。晴。上午收共和书局信。下午黎仲丹来。陈延进来,托其致立峨信。张襄武同其夫人许东平及孺子来,并市酒肴见饷,夜去,赠以英译《阿Q正传》一本,其孺子玩具一串也。

十五日

日记 晴。上午至芳草街北新书屋将书籍点交于共和书局，何春才，陈延进，立峨，广平相助，午讫，同往妙奇香午饭。李华延来，未遇，留片而去。

十六日

日记 雨。上午立峨来。

十七日

日记 晴。上午立峨来。午后寄绍原信。寄静农，霁野信。下午修补《六醴斋医书》讫。晚陈延进来，并以摄景一枚见赠。寄矛尘信。夜浴。

致 章廷谦

矛尘兄：

日前寄一函，意专在阻止将敝稿送于姨副，故颇匆匆。这几天我是专办了收束伏翁所办的书店一案，昨天弄完了，除自己出汗生痱子外，还请帮忙人吃了一回饭，计花去小洋六元，别人做生意而我折本，岂不怪哉！

遥想一月以前，一个獐头鼠目而赤鼻之"学者"，奔波于"西子湖"边而发挥咱们之"不好"，一面又想出起诉之"无聊之极思"来，湖光山色，辜负已尽，念及辄为失笑。禹是虫，故无其人；据我最近之研究：迅盖禽也，亦无其人，鼻当可聊以自慰欤。案迅即卂，卂实即隼之简笔，与禹与禺，也与它无异，如此解释，则"準"字迎刃而解，即从水，隼声，不必附会从"淮"之类矣。我于文字亦颇有发明，惜无人与我通信,否则亦可集以成《今史辨》也。

近偶见该《古史辨》,惊悉上面乃有自序一百多版。查汉朝钦犯司马蜓,因割掉卵脮而发牢骚,附于偌大之《史记》之后,文尚甚短,今该学者不过鼻子红而已矣,而乃已浩浩洋洋至此,殆真所谓文豪也哉。禹而尚在,也只能忍气吞声,自认为并无其人而已。

此地下半年之中大文科,实即去年之厦大而撵走了鼻所不喜之徒,而傅乃大贴广告,谓足为全国模范。不过这是半月以前的事,后来如何,须听下回分解矣。我诸事大略已了,本即可走,而太古公司洋鬼子,偏偏罢工,令我无船可坐;此地又渐热,在西屋中九蒸九晒,炼得遍身痱子。继而思之,到上海恐亦须挤在小屋中,不会更好,所以也就心平气和,"听其自然",生痱子就生痱子,长疙瘩就长疙瘩,无可无不可也。总之:一有较便之船,我即要走;但要我苦心孤诣,先搬往番鬼所管之香港以上邮船,则委实懒于奋发耳。好在近来鼻之起诉计划,当亦有所更改或修正,我亦无须急急如律令矣。

《语丝》中所讲的话,有好些是别的刊物所不肯说,不敢说,不能说的。倘其停刊,亦殊可惜,我已寄稿数次,但文无生气耳。见新月社书目,春台及学昭姑娘俱列名,我以为太不值得。其书目内容及形式,一副徐志摩式也。吧儿辈方携眷南下,而情状又变,近当又皇皇然若丧家,可怜也夫。

迅　八,十七。

斐君兄及小燕弟均此致候。

致 江绍原

绍原先生:

先前寄过几封信,想已到。细目记不清了,只记得有一封是钞一段关于种胡麻的古书的。

很久以前,得汪馥泉先生来信,要我作一篇文章和写一个书面,且云成后可请先生转寄。文章之做,尚未有期,但将书面寄上,乞转寄为荷。如此之字而可写书面,真是可笑可叹,我新近还写了一幅小中堂,此种事非到广东盖不易遇也。

报载骝先到香港,不知何也,大约是漫游欤?

近来因结束书店,忙了几天。本可走了,而太古公司无船,坐邮船嫌行李多,坐货船太苦,所以还在观望;总之:一有相宜之船,便当走耳。但日期还说不定。

天气似乎比先前热了,我因常晒在西窗下,所以已经弄得满身小疙瘩,虽无性命之忧,而亦颇以为窘也。变化繁多,中大下半年不知如何,我疑未必能维持现状。

支持家评留先云,政治非其所长,教育幼稚。其终于"专心办学"而取"优游状态"者,大约即因此之故。

迅　上　八,十七。

十八日

日记　晴。下午得台静农信附凤举笺,八月一日发。晚蒋径三来。

十九日

日记　晴。上午蒋径三见借《唐国史补》。得霁野信,四日发。下午同春才,立峨,广平往西关图明馆照相,又自照一象,出至在山茶店饮茗。寄李小峰信。夜沐。

二十日

日记　雨。晨寄张凤举信。午后风。春才,立峨来。晚大风雨。

二十一日

日记 星期。昙。上午得三弟信,十五日发。下午晴。晚寄静农及霁野信。寄淑卿信。寄三弟信。

二十二日

日记 晴。终日编次《唐宋传奇集》,撰札记。

二十三日

日记 晴。仍作《传奇集》札记。夜浴。

二十四日

日记 晴。仍作《传奇集》札记,大旨粗具。

《唐宋传奇集》稗边小缀

《古镜记》见《太平广记》卷二百三十,改题《王度》,注云:出《异闻集》。《太平御览》(九百十二)引其程雄家婢一事,作隋王度《古镜记》,盖缘所记皆隋时事而误。《文苑英华》(七百三十七)顾况《戴氏广异记》序云"国朝燕公《梁四公记》,唐临《冥报记》,王度《古镜记》,孔慎言《神怪志》,赵自勤《定命录》,至如李庾成张孝举之徒,互相传说。"则度实已入唐,故当为唐人。惟《唐书》及《新唐书》皆无度名。其事迹之可藉本文考见者,如下:

大业七年五月,自御史罢归河东;六月,归长安。 八年四月,在台;冬,兼著作郎,奉诏撰国史。 九年秋,出兼芮城令;冬,以御史带芮城令,持节河北道,开仓赈给陕东。 十年,弟勣自六合丞弃官归,复出游。 十三年六月,勣归长安。

由隋入唐者有王绩,绛州龙门人,《新唐书》(一九六)《隐逸传》云:"大业中,举孝悌廉洁……不乐在朝,求为六合丞。以嗜酒不任事,时天下亦乱,因劾,遂解去。叹曰:'罗网在天下,吾且安之!'乃还乡里。……初,兄凝为隋著作郎,撰《隋书》,未成,死。绩续余功,亦不能成。"则《新唐书》之绩及凝,即此文之勘及度,或度一名凝,或《新唐书》字误,未能详也。《唐书》(一九二)亦有绩传,云:"贞观十八年卒。"时度已先殁,然不知在何年。宋晁公武《郡斋读书志》(十四)类书类有《古镜记》一卷,云:"右未详撰人,纂古镜故事。"或即此。《御览》所引一节,文字小有不同。如"为下邽陈思恭义女"下有"思恭妻郑氏"五字,"遂将鹦鹉"之"将"作"劫",皆较《广记》为胜。

《补江总白猿传》据明长洲《顾氏文房小说》覆刊宋本录,校以《太平广记》四百四十四所引改正数字。《广记》题曰《欧阳纥》,注云:出《续江氏传》,是亦据宋初单行本也。此传在唐宋时盖颇流行,故史志屡见著录:

《新唐书》《艺文志》子部小说家类:《补江总白猿传》一卷。

《郡斋读书志》史部传记类:《补江总白猿传》一卷。 右不详何人撰。述梁大同末欧阳纥妻为猿所窃,后生子询。《崇文目》以为唐人恶询者为之。

《直斋书录解题》子部小说家类:《补江总白猿传》一卷。无名氏。欧阳纥者,询之父也。询貌猕猿,盖常与长孙无忌互相嘲谑矣。此传遂因其嘲广之,以实其事。托言江总,必无名子所为也。

《宋史》《艺文志》子部小说类:《集补江总白猿传》一卷。

长孙无忌嘲欧阳询事,见刘悚《隋唐嘉话》(中)。其诗云:"耸膊成山字,埋肩不出头。谁家麟阁上,画此一猕猴!"盖询耸肩缩项,状类猕猴。而老玃窃人妇生子,本旧来传说。汉焦延寿《易林》(坤之剥)已云:"南山大玃,盗我媚妾。"晋张华作《博物志》,说之甚详(见卷三《异兽》)。唐人或妒询名重,遂牵合以成此传。其曰"补江总"

者,谓总为欧阳纥之友,又尝留养询,具知其本末,而未为作传,因补之也。

《离魂记》见《广记》三百五十八,原题《王宙》,注云出《离魂记》,即据以改题。"二男并孝廉擢第,至丞尉"句下,原有"事出陈玄祐《离魂记》云"九字,当是羡文,今删。玄祐,大历时人,馀未知其审。

《枕中记》今所传有两本,一在《广记》八十二,题作《吕翁》,注云出《异闻集》;一见于《文苑英华》八百三十三,篇名撰人名毕具。而《唐人说荟》竟改称李泌作,莫喻其故也。沈既济,苏州吴人(《元和姓纂》云吴兴武康人),经学该博,以杨炎荐,召拜左拾遗史馆修撰。贞元时,炎得罪,既济亦贬处州司户参军。后入朝,位礼部员外郎,卒。撰《建中实录》十卷,人称其能。《新唐书》(百三十二)有传。既济为史家,笔殊简质,又多规诲,故当时虽薄传奇文者,仍极推许。如李肇,即拟以庄生寓言,与韩愈之《毛颖传》并举(《国史补》下)。《文苑英华》不收传奇文,而独录此篇及陈鸿《长恨传》,殆亦以意主箴规,足为世戒矣。

在梦寐中忽历一世,亦本旧传。晋干宝《搜神记》中即有相类之事。云"焦湖庙有一玉枕,枕有小坼。时单父县人杨林为贾客,至庙祈求。庙巫谓曰:君欲好婚否?林曰:幸甚。巫即遣林近枕边,因入坼中。遂见朱楼琼室,有赵太尉在其中。即嫁女与林,生六子,皆为秘书郎。历数十年,并无思归之志。忽如梦觉,犹在枕旁,林怆然久之。"(见宋乐史《太平寰宇记》百二十六引。现行本《搜神记》乃后人钞合,失收此条。)盖即《枕中记》所本。明汤显祖又本《枕中记》以作《邯郸记》传奇,其事遂大显于世。原文吕翁无名,《邯郸记》实以吕洞宾,殊误。洞宾以开成年下第入山,在开元后,不应先已得神仙术,且称翁也。然宋时固已溷为一谈,吴曾《能改斋漫录》,赵与峕《宾退录》皆尝辨之。明胡应麟亦有考正,见《少室山房笔丛》中之《玉壶遐览》。

《太平广记》所收唐人传奇文,多本《异闻集》。其书十卷,唐末

386

屯田员外郎陈翰撰，见《新唐书》《艺文志》，今已不传。据《郡斋读书志》（十三）云，"以传记所载唐朝奇怪事，类为一书"，及见收于《广记》者察之，则为撰集前人旧文而成。然照以他书所引，乃同是一文，而字句又颇有违异。或所据乃别本，或翰所改定，未能详也。此集之《枕中记》，即据《文苑英华》录，与《广记》之采自《异闻集》者多不同。尤甚者如首七句《广记》作"开元十九年，道者吕翁经邯郸道上，邸舍中设榻，施担囊而坐。""主人方蒸黍"作"主人蒸黄粱为馔"。后来凡言"黄粱梦"者，皆本《广记》也。此外尚多，今不悉举。

《任氏传》见《广记》四百五十二，题曰《任氏》，不著所出，盖尝单行。"天宝九年"上原有"唐"字。案《广记》取前代书，凡年号上著国号者，大抵编录时所加，非本有，今删。他篇皆仿此。

右第一分

李吉甫《编次郑钦说辨大同古铭论》，清赵钺及劳格撰之《唐御史台精舍题名考》（三）云见于《文苑英华》。先未写出，适又无《文苑英华》可借，因据《广记》三百九十一录其文，本题《郑钦说》，则复依赵钺劳格说改也。文亦原非传奇，而《广记》注云出《异闻记》，盖其事奥异，唐宋人固已以小说视之，因编于集。李吉甫字弘宪，赵人，贞元初，为太常博士；累仕至翰林学士中书舍人。元和二年，以中书侍郎同中书门下平章事，出为淮南节度使，旋复入相。九年十月，暴疾卒，年五十七。赠司空，谥忠懿。两《唐书》（旧一四八新一四六）皆有传。郑钦说则《新唐书》（二百）附见《儒学》《赵冬曦传》中。云开元初繇新津丞请试五经擢第，授巩县尉，集贤院校理，右补阙，内供奉。雅为李林甫所恶。韦坚死，钦说时位殿中侍御史，尝为坚判官，贬夜郎尉，卒。

《柳氏传》出《广记》四百八十五，题下注云许尧佐撰。《新唐书》（二百）《儒学》《许康佐传》云："贞元中，举进士宏辞，连中之。……其诸弟皆擢进士第，而尧佐最先进；又举宏辞，为太子校书郎。八年，康佐继之。尧佐位谏议大夫。"柳氏事亦见于孟棨《本事诗》(《情感》第一),自云开成中在梧州闻之大梁凤将赵唯,乃其目击。所记与尧佐传并同,盖事实也。而述翊复得柳氏后事较详审,录之:

后罢府闲居,将十年。李相勉镇夷门,又署为幕吏。时韩已迟暮,同列皆新进后生,不能知韩。举目为"恶诗"。韩邑邑不得意,多辞疾在家。唯末职韦巡官者,亦知名士,与韩独善。一日,夜将半,韦叩门急。韩出见之,贺曰:"员外除驾部郎中,知制诰。"韩大愕然曰:"必无此事,定误矣。"韦就座曰:"留邸状报制诰阙人。中书两进名,御笔不点出。又请之,且求圣旨所与。德宗批曰:'与韩翊。'时有与翊同姓名者,为江淮刺史。又具二人同进。御笔复批曰:'春城无处不飞花,寒食东风御柳斜。日暮汉宫传蜡烛,轻烟散入五侯家。'又批曰:'与此韩翊。'"韦又贺曰:"此非员外诗耶?"韩曰:"是也。是知不误矣。"质明,而李与僚属皆至。时建中初也。

后来取其事以作剧曲者,明有吴长孺《练囊记》,清有张国寿《章台柳》。

《柳毅传》见《广记》四百十九卷,注云出《异闻集》。原题无传字,今增。据本文,知为陇西李朝威作,然作者之生平不可考。柳毅事则颇为后人采用,金人已撱以作杂剧(语见董解元《弦索西厢》);元尚仲贤有《柳毅传书》,翻案而为《张生煮海》;李好古亦有《张生煮海》;明黄说仲有《龙箫记》。用于诗篇,亦复时有。而胡应麟深恶之,曾云:"唐人小说如柳毅传书洞庭事,极鄙诞不根,文士亟当唾去,而诗人往往好用之。夫诗中用事,本不论虚实,然此事特诞而不情。造言者至此,亦横议可诛者也。何仲默每戒人用唐宋事,而有'旧井潮深柳毅祠'之句,亦大卤莽。今特拈出,为学诗之鉴。"(《笔丛》三十六)申绎此意,则为凡汉晋人语,倘或近情,虽诞可用。古人欺以其方,即明知而乐受,亦未得为笃论也。

《李章武传》出《广记》卷三百四十。原题无传字,篇末注云出李景亮为作传,今据以加。景亮,贞元十年详明政术可以理人科擢第,见《唐会要》,馀未详。

《霍小玉传》出《广记》四百八十七,题下注云蒋防撰。防字子徵(《全唐文》作微),义兴人,澄之后。年十八,父诚令作《秋河赋》,援笔即成。于简遂妻以子。李绅即席命赋《鞲上鹰》诗。绅荐之。后历翰林学士中书舍人(明凌迪知《古今万姓统谱》八十六)。长庆中,绅得罪,防亦自尚书司封员外郎知制诰贬汀州刺史(《旧唐书》《敬宗纪》),寻改连州。李益者,字君虞,系出陇西,累官右散骑常侍。太和中,以礼部尚书致仕。时又有一李益,官太子庶子,世因称君虞为"文章李益"以别之,见《新唐书》(二百三)《李益传》。益当时大有诗名,而今遗集苓落,清张澍曾裒集为一卷,刻《二酉堂丛书》中,前有事辑,收罗李事甚备。《霍小玉传》虽小说,而所记盖殊有因,杜甫《少年行》有句云:"黄衫年少宜来数,不见堂前东逝波",即指此事。时甫在蜀,殆亦从传闻得之。益之友韦夏卿,字云客,京兆万年人,亦两《唐书》(旧一六五新一六二)皆有传。李肇《国史补》中)云:"散骑常侍李益少有疑病",而传谓小玉死后,李益乃大猜忌,则或出于附会,以成异闻者也。明汤海若尝取其事作《紫箫记》。

右第二分

李公佐所作小说,今有四篇在《太平广记》中,其影响于后来者甚钜,而作者之生平顾不易详。从文中所自述,得以考见者如次:

贞元十三年,泛潇湘苍梧。(《古岳渎经》) 十八年秋,自吴之洛,暂泊淮浦。(《南柯太守传》)

元和六年五月,以江淮从事受使至京,回次汉南。(《冯媪传》) 八年春,罢江西从事,扁舟东下,淹泊建业。(《谢小娥传》) 冬,在常州。(《经》) 九年春,访古东吴,泛洞庭,登包山。(《经》) 十三年夏月,始归长安,经泗滨。(《谢传》)

《全唐诗》末卷有李公佐仆诗。其本事略谓公佐举进士后,为钟陵从事。有仆夫执役勤瘁，迨三十年。一旦，留诗一章，距跃凌空而去。诗有"颛蒙事可亲"之语，注云："公佐字颛蒙"，疑即此公佐也。然未知《全唐诗》采自何书，度必出唐人杂说，而寻检未获。《新唐书》（七十）《宗室世系表》有千牛备身公佐，为河东节度使说子，灵盐朔方节度使公度弟，则别一人也。《唐书》《宣宗纪》载有李公佐，会昌初，为杨府录事，大中二年，坐累削两任官，却似颛蒙。然则此李公佐盖生于代宗时，至宣宗初犹在，年几八十矣。惟所见仅孤证单文，亦未可遽定。

《古岳渎经》出《广记》四百六十七，题为《李汤》，注云出《戎幕闲谈》，《戎幕闲谈》乃韦绚作，而此篇是公佐之笔甚明。元陶宗仪《辍耕录》（二十九）云："东坡《濠州涂山》诗'川锁支祁水尚浑'注，'程演曰：《异闻集》载《古岳渎经》：禹治水，至桐柏山，获淮涡水神，名曰巫支祁。'"其出处及篇名皆具，今即据以改题，且正《广记》所注之误。《经》盖公佐拟作，而当时已被其淆惑。李肇《国史补》（上）即云："楚州有渔人，忽于淮中钓得古铁锁，挽之不绝。以告官。刺史李汤大集人力，引之。锁穷，有青猕猴跃出水，复没而逝。后有验《山海经》云，水兽好为害，禹锁于军山之下，其名曰无支祁。"验今本《山海经》无此语，亦不似逸文。肇殆为公佐此作所误，又误记书名耳。且亦非公佐据《山海经》逸文，以造《岳渎经》也。至明，遂有人径收之《古逸书》中。胡应麟（《笔丛》三十二）亦有说，以为"盖即六朝人踵《山海经》体而赝作者。或唐文士滑稽玩世之文，命名《岳渎》可见。以其说颇诡异，故后世或喜道之。宋太史景濂亦稍隐括集中，总之以文为戏耳。罗泌《路史》辩有无支祁；世又讹禹事为泗州大圣，皆可笑。"所引文亦与《广记》殊有异同：禹理水作禹治淮水；走雷作迅雷；石号作水号；五伯作土伯；搜命作授命；千作等山；白首作白面；奔轻二字无；闻字无；章律作童律，下重有童律二字；鸟木由作乌木由，下亦重有三字；庚辰下亦重有庚辰字；桓下有胡字；聚作丛；以数千载作以千数；大索作大械；末四字无。颇较顺利可诵识。然未审元瑞所据者为善本，抑但以意更定也，故不据改。

朱熹《楚辞辩证》（下）云：《天问》，鲧窃帝之息壤以堙洪水，特战国时俚俗相传之语，如今世俗僧伽降无之祈，许逊斩蛟蜃精之类。本无依据，而好事者遂假托撰造以实之。是宋时先讹禹为僧伽。王象之《舆地纪胜》（四十四淮南东路盱眙军）云："水母洞在龟山寺，俗传泗州僧伽降水母于此。"则复讹巫支祁为水母。褚人获《坚瓠续集》（二）云："《水经》载禹治水至淮，淮神出见。形一猕猴，爪地成水。禹命庚辰执之。遂锁于龟山之下，淮水乃平。至明，高皇帝过龟山，令力士起而视之。因拽铁索盈两舟，而千人拔之起。仅一老猿，毛长盖体，大吼一声，突入水底。高皇帝急令羊豕祭之，亦无他患。"是又讹此文为《水经》，且坚嫁李汤事于明太祖矣。

《南柯太守传》出《广记》四百七十五，题《淳于棼》，注云出《异闻录》。《传》是贞元十八年作，李肇为之赞，即缀篇末。而元和中肇作《国史补》，乃云"近代有造谤而著者，《鸡眼》《苗登》二文；有传蚁穴而称者，李公佐《南柯太守》；有乐伎而工篇什者，成都薛涛，有家僮而善章句者，郭氏奴（不记名）。皆文之妖也。"（卷下）约越十年，遂诋之至此，亦可异矣。棼事亦颇流传，宋时，扬州已有南柯太守墓，见《舆地纪胜》（三十七淮南东路）引《广陵行录》。明汤显祖据以作《南柯记》，遂益广传至今。

《庐江冯媪传》出《广记》三百四十三，注云出《异闻传》。事极简略，与公佐他文不类。然以其可考见作者踪迹，聊复存之。《广记》旧题无传字，今加。

《谢小娥传》出《广记》四百九十一，题李公佐撰。不著所从出，或尝单行欤，然史志皆不载。唐李复言作《续玄怪录》，亦详载此事，盖当时已为人所艳称。至宋，遂稍讹异，《舆地纪胜》（三十四江南西路）记临江军人物，有谢小娥，云："父自广州部金银纲，携家入京，舟过霸滩，遇盗，全家遇害。小娥溺水，不死，行乞于市。后佣于盐商李氏家，见其所用酒器，皆其父物，始悟向盗乃李也。心衔之，乃置刀藏之,一夕,李生置酒,举室酣醉。娥尽杀其家人,而闻于官。事闻诸朝,特命以官。娥不愿,曰:'已报父仇,他无所事,求小庵修道。'朝廷乃建尼寺,使居之,今金池坊尼寺是也。"事迹与此传似是而非,且列之李逖与傅雺之间,殆已以小娥为北宋末人矣。明凌濛初作通俗小说(《拍案惊奇》十九),则据《广记》。

贞元十一年,太原白行简作《李娃传》,亦应李公佐之命也。是公佐不特自制传奇,且亦促侪辈作之矣。《传》今在《广记》卷四百八十四,注云出《异闻集》。元石君宝作《李亚仙花酒曲江池》,明薛近兖作《绣襦记》,皆本此。胡应麟(《笔丛》四十一)论之曰:"娃晚收李子,仅足赎其弃背之罪,传者亟称其贤,大可哂也。"以《春秋》决传奇狱,失之。行简字知退(《新唐书》《宰相世系表》云,字退之),居易弟也。贞元末,登进士第。元和十五年,授左拾遗,累迁司门员外郎主客郎中。宝历二年冬,病卒。两《唐书》皆附见《居易传》(旧一六六新一一九)。有集二十卷,今不存。传奇则尚有《三梦记》一篇,见原本《说郛》卷四。其刘幽求一事尤广传,胡应麟(《笔丛》三十六)又云:"《太平广记》梦类数事皆类此。此盖实录,馀悉祖此假托也。"案清蒲松龄《聊斋志异》中之《凤阳士人》,盖亦本此。

《说郛》于《三梦记》后,尚缀《纪梦》一篇,亦称行简作。而所记年月为会昌二年六月,时行简卒已十七年矣。疑伪造,或题名误也。附存以备检:

> 行简云:长安西市帛肆有贩粥求利而为之平者,姓张,不得名。家富于财,居光德里。其女,国色也。尝因昼寝,梦至一处,朱门大户,棨节森然。由门而入,望其中堂,若设燕张乐之为,左右廊皆施帏幄。有紫衣吏引张氏于西廊幙次,见少女如张等辈十许人,花容绰约,花钿照耀。既至,吏促张妆饰,诸女迭助之理泽傅粉。有顷,自外传呼"侍郎来!"自隙间窥之,见一紫绶大官。张氏之兄尝为其小吏,识之,乃言曰:"吏部沈公也。"俄又呼曰:"尚书来!"又有识者,并帅王公也。逡巡复连呼

曰:"某来!""某来!"皆郎官以上,六七个坐厅前。紫衣吏曰:"可出矣。"群女旋进,金石丝竹铿鍧,震响中署。酒酣,并州见张氏而视之,尤属意。谓之曰:"汝习何艺能?"对曰:"未尝学声音。"使与之琴,辞不能。曰:"第操之!"乃抚之而成曲。予之筝,亦然;琵琶,亦然。皆平生所不习也。王公曰:"恐汝或遗。"乃令口受诗:"鬟梳闹埽学宫妆,独立闲庭纳夜凉。手把玉簪敲砌竹,清歌一曲月如霜。"张曰:"且归辞父母,异日复来。"忽惊啼,瘳,手扪衣带,谓母曰:"尚书诗遗矣!"索笔录之。问其故,泣对以所梦,且曰:"殆将死乎?"母怒曰:"汝作魔耳。何以为辞? 乃出不祥言如是。"因卧病累日。外亲有持酒肴者,又有将食味者。女曰:"且须膏沐澡渝。"母听,良久,艳妆盛色而至。食毕,乃遍拜父母及坐客,曰:"时不留,某今往矣。"自授衾而寝。父母环伺之,俄尔遂卒。会昌二年六月十五日也。

二十年前,读书人家之稍豁达者,偶亦教稚子诵白居易《长恨歌》。陈鸿所作传因连类而显,忆《唐诗三百首》中似即有之。而鸿之事迹颇晦,惟《新唐书》《艺文志》小说类有陈鸿《开元升平源》一卷,注云:"字大亮,贞元主客郎中。"又《唐文粹》(九十五)有陈鸿《大统纪序》云:"少学乎史氏,志在编年。贞元丁(案当作乙)酉岁,登太常第,始闲居遂志,迺修《大统纪》三十卷。……七年,书始成,故绝笔于元和六年辛卯。"《文苑英华》(三九二)有元稹撰《授丘纾陈鸿员外郎制》,云:"朝议郎行太常博士上柱国陈鸿……坚于讨论,可以事举……可虞部员外郎。"可略知其仕历。《长恨传》则有三本。一见于《文苑英华》七百九十四;明人又附刊一篇于后,云出《丽情集》及《京本大曲》,文句甚异,疑经张君房辈增改以便观览,不足据。一在《广记》四百八十六卷中,明人掇以实丛刊者皆此本,最为广传。而与《文苑》本亦颇有异同,尤甚者如"其年夏四月"至篇末一百七十二字,《广记》止作"至宪宗元和元年,盩厔尉白居易为歌以言其事。并前秀才陈鸿作传,冠于歌之前,目为《长恨歌传》"而已。自称前秀才陈鸿，为《文苑》本所无，后人亦决难臆造，岂当时固有详略两本欤，所未详也。今以《文苑英华》较不易见，故据以入录。然无诗，则以载于《白氏长庆集》者足之。

《五色线》（下）引陈鸿《长恨传》云："贵妃赐浴华清池，清澜三尺，中洗明玉，既出水，力微不胜罗绮。"今三本中均无第二三语。惟《青琐高议》（七）中《赵飞燕别传》有云："兰汤滟滟，昭仪坐其中，若三尺寒泉浸明玉。"宋秦醇之所作也。盖引者偶误，非此传逸文。

本此传以作传奇者，有清洪昉思之《长生殿》，今尚广行。蜗寄居士有杂剧曰《长生殿补阙》，未见。

《东城老父传》出《广记》四百八十五。《宋史》《艺文志》史部传记类著录陈鸿《东城父老传》一卷，则曾单行。传末贾昌述开元理乱，谓"当时取士，孝悌理人而已，不闻进士宏词拔萃之为其得人也。"亦大有叙"开元升平源"意。又记时人语云："生儿不用识文字，斗鸡走马胜读书。贾家小儿年十三，富贵荣华代不如。"同出于陈鸿所作传，而远不如《长恨传》中"生女勿悲酸，生男勿喜欢"之为世传诵，则以无白居易为作歌之为之也。

《资治通鉴考异》卷十二所引有《升平源》，云世以为吴兢所撰，记姚元崇藉骑射邀恩，献纳十事，始奉诏作相事。司马光驳之曰："果如所言，则元崇进不以正。又当时天下之事，止此十条，须因事启沃，岂一旦可邀。似好事者为之，依托兢名，难以尽信。"案兢，汴州浚仪人，少励志，贯知经史。魏元忠荐其才堪论撰，诏直史馆，修国史。私撰《唐书》《唐春秋》，叙事简核，人以董狐目之。有传在《唐书》（旧一百二新一三二）。《开元升平源》，《唐志》本云陈鸿作，《宋史》《艺文志》史部故事类始著吴兢《贞观政要》十卷，又《开元升平源》一卷。疑此书本不著撰人名氏，陈鸿吴兢，并后来所题。二人于史皆有名，欲假以增重耳。今姑置之《东城老父传》之后，以从《通鉴考异》写出，故仍题兢名。

　　右第三分

元稹字微之，河南河内人，以校书郎累仕至中书舍人，承旨学士。由工部侍郎入相，旋出为同州刺史，改越州，兼浙东观察使。太和初，入为尚书左丞，检校户部尚书，兼鄂州刺史武昌军节度使。五年七月，卒于镇，年五十三。两《唐书》（旧一六六新一七四）皆有传。于文章亦负重名，自少与白居易唱和。当时言诗者称"元白"，号为"元和体"。有《元氏长庆集》一百卷，《小集》十卷，今惟《长庆集》六十卷存。《莺莺传》见《广记》四百八十八。其事之振撼文林，为力甚大。当时已有杨巨源李绅辈作诗以张之；至宋，则赵令畤拈以制《商调蝶恋花》（在《侯鲭录》中）；金有董解元作《弦索西厢》；元有王实甫《西厢记》，关汉卿《续西厢记》；明有李日华《南西厢记》，陆采亦有《南西厢记》，周公鲁有《翻西厢记》；至清，查继佐尚有《续西厢》杂剧云。

因《莺莺传》而作之杂剧及传奇，曩惟王关本易得。今则刘氏暖红室已刊《弦索西厢》，又聚赵令畤《商调蝶恋花》等较著之作十种为《西厢记十则》。市肆中往往而有，不难致矣。

《莺莺传》中已有红娘及欢郎等名，而张生独无名字。王楙《野客丛书》（二十九）云："唐有张君瑞，遇崔氏女于蒲。崔小名莺莺。元稹与李绅语其事，作《莺莺歌》。"客中无赵令畤《侯鲭录》，无从知《商调蝶恋花》中张生是否已具名字。否则宋时当尚有小说或曲子，字张为君瑞者。漫识于此，俟有书时考之。

《周秦行纪》余所见凡三本。一在《广记》卷四百八十九；一在《顾氏文房小说》中，末一行云"宋本校行"；一附于《李卫公外集》内，是明刊本。后二本较佳，即据以互校转写，并从《广记》补正数字。三本皆题牛僧孺撰。僧孺，字思黯，本陇西狄道人，居宛叶间。元和初，以贤良方正对策第一，条指失政，鲠讦不避权贵，因不得意。后渐仕至御史中丞，以户部侍郎同中书门下平章事。又累贬为循州长史。宣宗立，乃召还，为太子少师。大中二年，年六十九卒，赠太尉，谥文简。两《唐书》(旧一七二新一七四)皆有传。僧孺性坚僻,与李德裕交恶,各立门户,终生不解。又好作志怪,有《玄怪录》十卷,今已佚,惟辑本一卷存。而《周秦行纪》则非真出僧孺手。晁公武(《郡斋读书志》十三)云:"贾黄中以为韦瓘所撰。瓘,李德裕门人,以此诬僧孺"者也。案是时有两韦瓘,皆尝为中书舍人。一年十九入关,应进士举,二十一进士状头,榜下除左拾遗,大中初任廉察桂林,寻除主客分司。见莫休符《桂林风土记》。一字茂宏,京兆万年人,韦夏卿弟正卿之子也。"及进士第,仕累中书舍人。与李德裕善。……李宗闵恶之,德裕罢,贬为明州长史。"见《新唐书》(一六二)《夏卿传》,则为作《周秦行纪》者。胡应麟(《笔丛》三十二)云:"中有'沈婆儿作天子'等语,所为根蒂者不浅。独怪思黯罹此巨谤,不亟自明,何也?牛李二党曲直,大都鲁卫间。牛撰《玄怪》等录,亡只词搆李,李之徒顾作此以危之。于戏,二子者,用心睹矣!牛迄功名终,而子孙累叶贵盛。李挟高世之才,振代之绩,卒沦海岛,非忌刻忮害之报耶?辄因是书,播告夫世之工谮愬者。"乞灵于果报,殊未足以餍心。然观李德裕所作《周秦行纪论》,至欲持此一文,致僧孺于族灭,则其阴谲险很,可畏实甚。弃之者众,固其宜矣。论犹在集(外集四)中,迻录于后:

言发于中,情见乎辞。则言辞者,志气之来也。故察其言而知其内,玩其辞而见其意矣。余尝闻太牢氏(凉国李公尝呼牛僧孺为太牢。凉公名不便,故不书。)好奇怪其身,险易其行。以其姓应国家受命之谶,曰:"首尾三麟六十年,两角犊子恣狂颠,龙蛇相斗血成川。"及见著《玄怪录》,多造隐语,人不可解。其或能晓一二者,必附会焉。纵司马取魏之渐,用田常有齐之由。故自卑秩,至于宰相,而朋党若山,不可动摇。欲有意摆撼者,皆遭诬坐,莫不侧目结舌,事具史官刘轲《日历》。余得太牢《周秦行纪》,反覆睹其太牢以身与帝王后妃冥遇,欲证其身非人臣相也,将有意于"狂颠"。及至戏德宗为"沈婆儿",以代宗皇后为"沈婆"，令人骨战。可谓无礼于其君甚矣！怀异志于图谶明矣！余少服臧文仲之言曰："见无礼于其君者，如鹰鹯之逐鸟雀也。"故贮太牢已久。前知政事，欲正刑书，力未胜而罢。余读国史，见开元中，御史汝南子谅弹奏牛仙客，以其姓符图谶。虽似是，而未合"三麟六十"之数。自裴晋国与余凉国（名不便）彭原（程）赵郡（绅）诸从兄，嫉太牢如仇，颇类余志。非怀私忿，盖恶其应谶也。太牢作镇襄州日，判复州刺史乐坤《贺武宗监国状》曰："闲事不足为贺。"则恃姓敢如此耶！会余复知政事，将欲发觉，未有由。值平昭义，得与刘从谏交结书，因窜逐之。嗟乎，为人臣阴怀逆节，不独人得诛之，鬼得诛矣。凡与太牢胶固，未尝不是薄流无赖辈，以相表里。意太牢有望，而就佐命焉，斯亦信符命之致。或以中外罪余于太牢爱憎，故明此论，庶乎知余志。所恨未暇族之，而余又罢。岂非王者不死乎？遗祸胎于国，亦余大罪也。倘同余志，继而为政，宜为君除患。历既有数，意非偶然，若不在当代，必在于子孙。须以太牢少长，咸置于法，则刑罚中而社稷安，无患于二百四十年后。嘻！余致君之道，分隔于明时。嫉恶之心，敢辜于早岁？因援毫而摅宿愤。亦书《行纪》之迹于后。

论中所举刘轲，亦李德裕党。《日历》具称《牛羊日历》，牛羊，谓牛僧孺杨虞卿也，甚毁此二人。书久佚，今有辑本，缪荃荪刻之《藕香零拾》中。又有皇甫松，著《续牛羊日历》，亦久佚。《资治通鉴考异》（卷二十）引一则，于《周秦行纪》外，且痛诋其家世，今节录之：

> 太牢早孤。母周氏，冶荡无检。乡里云："兄弟羞赧，乃令改醮。"既与前夫义绝矣，及贵，请以出母追赠。《礼》云："庶氏之母死，何为哭于孔氏之庙乎？"又曰："不为伋也妻者，是不为白也母。"而李清心妻配牛幼简，是夏侯铭所谓"魂而有知，前夫不纳于幽壤，殁而可作，后夫必诉于玄穹。"使其母为失行无适从之鬼，上罔圣朝，下欺先父，得曰忠孝智识者乎？作《周秦行

纪》，呼德宗为"沈婆儿"，谓睿真皇太后为"沈婆"。此乃无君甚矣！

盖李之攻牛，要领在姓应图谶，心非人臣，而《周秦行纪》之称德宗为"沈婆儿"，尤所以证成其罪。故李德裕既附之论后，皇甫松《续历》亦严斥之。今李氏《穷愁志》虽尚存（《李文饶外集》卷一至四，即此），读者盖寡；牛氏《玄怪录》亦早佚，仅得后人为之辑存。独此篇乃屡刻于丛书中，使世间由是更知僧孺名氏。时世既迁，怨亲俱泯，后之结果，盖往往非当时所及料也。

李贺《歌诗编》（一）有《送沈亚之歌》，序言元和七年送其下第归吴江，故诗谓"吴兴才人怨春风，桃花满陌千里红，紫丝竹断骢马小，家住钱塘东复东。"中复云"春卿拾才白日下，掷置黄金解龙马，携笈归江重入门，劳劳谁是怜君者"也。然《唐书》已不详亚之行事，仅于《文苑传序》一举其名。幸《沈下贤集》迄今尚存，并考宋计有功《唐诗纪事》，元辛文房《唐才子传》，犹能知其概略。亚之字下贤，吴兴人。元和十年，进士及第，历殿中侍御史内供奉。太和初，为德州行营使者柏耆判官。耆贬，亚之亦谪南康尉；终郢州掾。其集本九卷，今有十二卷，盖后人所加。中有传奇三篇。亦并见《太平广记》，皆注云出《异闻集》，字句往往与集不同。今者据本集录之。

《湘中怨辞》出《沈下贤集》卷二。《广记》在二百九十八，题曰《太学郑生》，无序及篇末"元和十三年"以下三十六字。文句亦大有异，殆陈翰编《异闻集》时之所删改欤。然大抵本集为胜。其"遂我"作"逐我"，则似《广记》佳。惟亚之好作涩体，今亦无以决之。故异同虽多，悉不复道。

《异梦录》见集卷四。唐谷神子已取以入《博异志》。《广记》则在二百八十二，题曰《邢凤》，较集本少二十余字，王炎作王生。炎为王播弟，亦能诗，不测《异闻集》何为没其名也。《沈下贤集》今有长沙叶氏观古堂刻本，及上海涵芬楼影印本。二十年前则甚希觏。余所见者为影钞小草斋本，既录其传奇三篇，又以丁氏八千卷楼钞本校改数字。同是十二卷本《沈集》，而字句复颇有异同，莫知孰是。如王炎诗"择水葬金钗"，惟小草斋本如此，他本皆作"择土"。顾亦难遽定"择水"为误。此类甚多，今亦不备举。印本已渐广行，易于入手，求详者自可就原书比勘耳。

梦中见舞弓弯，亦见于唐时他种小说。段成式《酉阳杂俎》（十四）云："元和初，有一士人，失姓字，因醉卧厅中。及醒，见古屏上妇人等悉于床前踏歌。歌曰：'长安女儿踏春阳，无处春阳不断肠。舞袖弓腰浑忘却，蛾眉空带九秋霜。'其中双鬟者问曰：'如何是弓腰？'歌者笑曰：'汝不见我作弓腰乎？'乃反首，鬟及地，腰势如规焉。士人惊惧，因叱之。忽然上屏，亦无其他。"其歌与《异梦录》者略同，盖即由此曼衍。宋乐史撰《杨太真外传》，卷上注中记杨国忠卧睹屏上诸女下床自称名，且歌舞。其中有"楚宫弓腰"，则又由《酉阳杂俎》所记而传讹。凡小说流传，大率渐广渐变，而推究本始，其实一也。

《秦梦记》见集卷二，及《广记》二百八十二，题曰《沈亚之》，异同不多。"击髆舞"当作"击髆舞"，"追酒"当作"置酒"，各本俱误。"如今日"之"今"字，疑衍，小草斋本有，他本俱无。

《无双传》出《广记》四百八十六，注云薛调撰。调，河中宝鼎人，美姿貌，人号为"生菩萨"。咸通十一年，以户部员外郎加驾部郎中，充翰林承旨学士，次年，加知制诰。郭妃悦其貌，谓懿宗曰："驸马盍若薛调乎。"顷之，暴卒，年四十三，时咸通十三年二月二十六日也。世以为中鸩云（见《新唐书》《宰相世系表》，《翰苑群书》及《唐语林》四）。胡应麟（《笔丛》四十一）云："王仙客……事大奇而不情，盖润饰之过。或乌有。无是类，不可知。"案范摅《云溪友议》（上）载"有崔郊秀才者，寓居于汉上，蕴精文艺，而物产罄悬。亡何，与姑婢通，每有阮咸之从。其婢端丽，饶彼音律之能，汉南之最也。姑鬻婢于连帅。帅爱之，以类无双，给钱四十万，宠眄弥深。郊思慕不已，即强亲府署，愿一见焉。其婢因寒食来从事冢，值郊立于柳阴，马上连泣，誓若山河。崔生赠以诗曰：'公子王孙逐后尘，绿珠垂泪滴罗巾。

侯门一入深如海,从此萧郎是路人。'"诗闻于帅,遂以归崔。无双下原有注云:"即薛太保之爱妾,至今图画观之。"然则无双不但实有,且当时已极艳传。疑其事之前半,或与崔郊姑婢相类;调特改薛太尉家为禁中,以隐约其辞。后半则颇有增饰,稍乖事理矣。明陆采尝拈以作《明珠记》。

柳珵《上清传》见《资治通鉴考异》卷十九。司马光驳之云:"信如此说,则参为人所劫,德宗岂得反云'蓄养侠刺'。况陆贽贤相,安肯为此。就使欲陷参,其术固多,岂肯为此儿戏。全不近人情。"亦见于《太平广记》卷二百七十五,题曰《上清》,注云出《异闻集》。"相国窦公"作"丞相窦参",后凡"窦公"皆只作一"窦"字;"隶名掖庭"下有"且久"二字;"怒陆贽"上有"至是大悟因"五字;"这"作"老";"恣行媒孽"下有"乘间攻之"四字;"特救"下有"削"字。余尚有小小异同,今不备举。此篇本与《刘幽求传》同附《常侍言旨》之后。《言旨》亦珵作,《郡斋读书志》(十三)云,记其世父柳芳所谈。芳,蒲州河东人;子登,冕;登子璟,见《新唐书》(一三二)。珵盖璟之从兄弟行矣。

《杨娼传》出《广记》四百九十一,原题房千里撰。千里字鹄举,河南人,见《新唐书》《宰相世系表》。《艺文志》有房千里《南方异物志》一卷,《投荒杂录》一卷,注云:"太和初进士第,高州刺史。"是其所终官也。此篇记叙简率,殊不似作意为传奇。《云溪友议》(上)又有《南海非》一篇,谓房千里博士初上第,游岭徼。有进士韦滂自南海致赵氏为千里妾。千里倦游归京,暂为南北之别。过襄州遇许浑,托以赵氏。浑至,拟给以薪粟,则赵已从韦秀才矣。因以诗报房,云:"春风白马紫丝缰,正值蚕眠未采桑。五夜有心随暮雨,百年无节待秋霜。重寻绣带朱藤合,却认罗裙碧草长。为报西游减离恨,阮郎才去嫁刘郎。"房闻,哀恸几绝云云。此传或即作于得报之后,聊以寄慨者欤。然韦縠《才调集》(十)又以浑诗为无名氏作,题云:"客有新丰馆题怨别之词,因诘传吏,尽得其实,偶作四韵嘲之。"

《飞烟传》出《说郛》卷三十三所录之《三水小牍》,皇甫枚撰。亦见于《广记》四百九十一,飞烟作非烟。《三水小牍》本三卷,见《宋史》《艺文志》及《直斋书录解题》。今止存二卷,刻于卢氏《抱经堂丛书》及缪氏《云自在龛丛书》中。就书中可考见者,枚字遵美,安定人。三水,安定属邑也。咸通末,为汝州鲁山令;光启中,僖宗在梁州,赴调行在。明姚咨跋云:“天祐庚午岁,旅食汾晋,为此书。”今书中不言及此,殆出于枚之自序,而今失之。缪氏刻本有逸文一卷,收《非烟传》,然仅据《广记》所引,与《说郛》本小有异同,且无篇末一百十余字。《广记》不云出于何书,盖尝单行也,故仍录之。

《虬髯客传》据明《顾氏文房小说》录,校以《广记》百九十三所引《虬髯传》,互有详略,异同,今补正二十余字。杜光庭字宾至,处州缙云人。先学道于天台山,仕唐为内供奉。避乱入蜀,事王建,为金紫光禄大夫,谏议大夫,赐号广成先生。后主立,以为传真天师,崇真馆大学士。后解官,隐青城山,号东瀛子。年八十五卒。著书甚多,有《谏书》一百卷,《历代忠谏书》五卷,《道德经广圣义疏》三十卷,《录异记》十卷,《广成集》一百卷,《壶中集》三卷。此外言道教仪则,应验,及仙人,灵境者尚二十余种,八十余卷。今惟《录异记》流传。光庭尝作《王氏神仙传》一卷,以悦蜀主。而此篇则以窥觑神器为大戒,殆尚是仕唐时所为。《宋史》《艺文志》小说类著录作“《虬髯客传》一卷”。宋程大昌《考古编》(九)亦有题《虬须传》者一则,云:“李靖在隋,常言高祖终不为人臣。故高祖入京师,收靖,欲杀之。太宗救解,得不死。高祖收靖,史不言所以,盖讳之也。《虬须传》言靖得虬须客资助,遂以家力佐太宗起事。此文士滑稽,而人不察耳。又杜诗言‘虬须似太宗’。小说亦辨人言太宗虬须,须可挂角弓。是虬须乃太宗矣。而谓虬须授靖以资,使佐太宗,可见其为戏语也。”须皆作须。今为虬髯者,盖后来所改。惟高祖之所以收靖,则当时史实未尝讳言。《通鉴考异》(八)云:“柳芳《唐历》及《唐书》《靖传》云:‘高祖击突厥于塞外。靖察高祖,知有四方之志。因自锁上变,将诣江都,至长安,道塞不通而止。’案太宗谋起兵,高祖尚未知;知之，犹不从。当击突厥之时，未有异志，靖何从察知之？又上变当乘驿取疾，何为自锁也？今依《靖行状》云：'昔在隋朝，曾经忤旨。及兹城陷，高祖追责旧言，公忼慨直论，特蒙宥释。'"柳芳唐人，记上变之嫌，即知城陷见收之故矣。然史实常晦，小说辄传，《虬髯客传》亦同此例，仍为人所乐道，至绘为图，称曰"三侠"。取以作曲者，则明张凤翼张太和皆有《红拂记》，凌初成有《虬髯翁》。

　　右第四分

　　《冥音录》出《广记》四百八十九。中称李德裕为"故相"，则大中或咸通后作也。《唐人说荟》题朱庆馀撰，非。

　　《东阳夜怪录》出《广记》四百九十。叙王洙述其所闻于成自虚，夜中遇精魅，以隐语相酬答事。《唐人说荟》即题洙作，非也。郑振铎（《中国短篇小说集》）云："所叙情节，类似牛僧孺的《元无有》，也许这两篇是同出一源的。"案《元无有》本在《玄怪录》中，全书已佚。此条《广记》三百六十九引之：

　　　　宝应中，有元无有，常以仲春末独行维扬郊野。值日晚，风雨大至。时兵荒后，人户多逃。遂入路旁空庄。须臾霁止，斜月方出。无有坐北窗，忽闻西廊有行人声。未几，见月中有四人，衣冠皆异，相与谈谐吟咏甚畅。乃云："今夕如秋，风月若此，吾辈岂不为一言以展平生之事也？"其一人即曰云云。吟咏既朗，无有听之具悉。其一衣冠长人，即先吟曰："齐纨鲁缟如霜雪，寥亮高声予所发。"其二黑衣冠短陋人，诗曰："嘉宾良会清夜时，煌煌灯烛我能持。"其三故敝黄衣冠人，亦短陋，诗曰："清冷之泉候朝汲，桑绠相牵常出入。"其四故黑衣冠人，诗曰："爨薪贮泉相煎熬，充他口腹我为劳。"无有亦不以四人为异，四人亦不虞无有之在堂隍也，递相褒赏。观其自负，则虽阮嗣宗《咏怀》，亦若不能加矣。四人迟明方归旧所。无有就寻之，堂中惟有故杵，灯台，水桶，破铛。乃知四人即此物所为也。

《灵应传》出《广记》四百九十二，无撰人名氏。《唐人说荟》以为于逖作，亦非。传在记龙女之贞淑，郑承符之智勇，而亦取李朝威《柳毅传》中事，盖受其影响，又稍变易之。泾原节度使周宝字上珪，平州卢龙人。在镇务耕力，聚粮二十万石，号良将。黄巢据宣歙，乃徙宝镇海军节度使，兼南面招讨使。后为钱镠所杀。《新唐书》（一八六）有传。

右第五分

《隋遗录》上下卷，据原本《说郛》七十八录出，以《百川学海》校之。前题唐颜师古撰。末有无名氏跋，谓会昌中，僧志彻得于瓦棺寺阁南双阁之荀笔中。题《南部烟花录》，为颜公遗稿。取《隋书》校之，多隐文。后乃重编为《大业拾遗记》。原本缺落凡十七八，悉从而补之矣云云。是此书本名《南部烟花录》，既重编，乃称《大业拾遗记》。今又作《隋遗录》，跋所未言，殆复由后来传刻者所改钗。书在宋元时颇已流行，《郡斋读书志》及《通考》并著《南部烟花录》；《通志》著《大业拾遗录》；《宋史》《艺文志》史部传记类亦有颜师古《大业拾遗》一卷，子部小说类又有颜师古《隋遗录》一卷，盖同书而异名，所据凡两本也。本文与跋，词意荒率，似一手所为。而托之师古，其术与葛洪之《西京杂记》，谓钞自刘歆之《汉书》遗稿者正等。然才识远逊，故罅漏殊多，不待吹求，已知其伪。清《四库全书总目》（一四三）云："王得臣《麈史》称其'极恶可疑.'姚宽《西溪丛语》亦曰：'《南部烟花录》文极俚俗。又载陈后主诗云，夕阳如有意，偏向小窗明。此乃唐人方域诗，六朝语不如此。唐《艺文志》所载《烟花录》，记幸广陵事，此本已亡，故流俗伪作此书'云云。然则此亦伪本矣。今观下卷记幸月观时与萧后夜话，有'侬家事一切已托杨素了'之语，是时素死久矣。师古岂疏谬至此乎？其中所载炀帝诸作，及虞世南赠袁宝儿作，明代辑六朝诗者，往往采掇，皆不考之过也。"

《炀帝海山记》上下卷，出《青琐高议》后集卷五，先据明张梦锡刻本录,而校以董氏所刻士礼居本。明钞原本《说郛》三十二卷中亦有节本一卷,并取参校。篇题下原有小注,上卷云"说炀帝宫中花木",下卷云"记炀帝后苑鸟兽",皆编者所加,今削。其书盖欲侈陈炀帝奢靡之迹,如郭氏《洞冥》,苏鹗《杜阳》之类,而力不逮。中有《望江南》调八阕,清《四库目》云,乃李德裕所创,段安节《乐府杂录》述其缘起甚详,亦不得先于大业中有之。

《炀帝迷楼记》录自原本《说郛》三十二。明焦竑作《国史》《经籍志》,并《海山记》皆著录,盖尝单行。清《四库目》(一四三)谓"亦见《青琐高议》。……竟以迷楼为在长安,乖谬殊甚。"然《青琐高议》中实无有,殆纪昀等之误也。周中孚(《郑堂读书记》)更推阐其评语,以为后称"大业九年,帝幸江都,有迷楼。"而末又云"帝幸江都,唐帝提兵号令入京,见迷楼,大惊曰:'此皆民膏血所为也!'乃命焚之。经月,火不灭。则竟以迷楼为在长安,等诸项羽之焚阿房,乖谬殊极"云。

《炀帝开河记》从原本《说郛》卷四十四录出。《宋史》《艺文志》史部地理类著录一卷,注云不知作者。清《四库目》以为"词尤鄙俚,皆近于委巷之传奇,同出依托,不足道。"按唐李匡文《资暇集》(下)云:"俗怖婴儿曰'麻胡来!'不知其源者,以为多髯之神而验刺者,非也。隋将军麻祜,性酷虐。炀帝令开汴河,威棱既盛,至稚童望风而畏,互相恐嚇曰'麻祜来!'稚童语不正,转祜为胡。"末有自注云:"麻祜庙在睢阳。郾方节度使李丕即其后。丕为重建碑。"然则叔谋虐焰,且有其实,此篇所记,固亦得之口耳之传,非尽臆造矣。惜李丕所立碑文,今未能见,否则当亦有足资参证者。至冢中诸异,乃颇似本《西京杂记》所叙广陵王刘去疾发冢事,附会曼衍作之。

右四篇皆为《古今逸史》所收。后三篇亦见于《古今说海》,不题撰人。至《唐人说荟》,乃并云韩偓撰。致尧生唐末,先则颠沛危朝,后乃流离南裔,虽赋艳诗,未为稗史。所作惟《金銮密记》一卷,诗二卷,《香奁集》一卷而已。且于史事,亦不至荒陋如是。此盖特里巷

404

稍知文字者所为，真所谓街谈巷议，然得冯犹龙掇以入《隋炀艳史》，遂弥复纷传于世。至今世俗心目中之隋炀，殆犹是昼游西苑，夜止迷楼者也。

明钞原本《说郛》一百卷，虽多脱误，而《迷楼记》实佳。以其尚存俗字，如"你"之类，刻本则大率改为"尔"或"汝"矣。世之雅人，憎恶口语，每当纂录校刊，虽故书雅记，间亦施以改定，俾弥益雅正。宋修《唐书》，于当时恒言，亦力求简古，往往大减神情，甚或莫明本意。然此犹撰述也。重刊旧文，辄亦不赦，即就本集所收文字而言，宋本《资治通鉴考异》所引《上清传》中之"这獠奴"，明清刻本《太平广记》引则俱作"老獠奴"矣；顾氏校宋本《周秦行纪》中之"屈两个娘子"及"不宜负他"，《广记》引则作"屈二娘子"及"不宜负也"矣。无端自定为古人决不作俗书，拼命复古，而古意乃寝失也。

右第六分

《绿珠传》一卷，出《琳琅秘室丛书》。其所据为旧钞本，又以别本校之。末有胡珽跋，云："旧本无撰人名氏。案马氏《经籍考》题'宋史官乐史撰'。宋人《续谈助》亦载此传，而删节其半。后有西楼北斋跋云：'直史馆乐史，尤精地理学，故此传推考山水为详，又皆出于地志杂书者。'余谓绿珠一婢子耳，能感主恩而奋不顾身，是宜刊以风世云。咸丰三年八月，仁和胡珽识。"今再勘以《说郛》三十八所录，亦无甚异同。疑所谓旧钞本或别本者，即并从《说郛》出尔。旧校稍烦，其必改"越"为"粤"之类，尤近自扰，今悉不取。

《杨太真外传》二卷，取自《顾氏文房小说》。署史官乐史撰，《唐人说荟》收之，诬谬甚矣。然其误则始于陶宗仪《说郛》之题乐史为唐人。此两本外，又尝见京师图书馆所藏丁氏八千卷楼旧钞本，称为"善本"，然实凡本而已，殊无佳处也。《宋史》《艺文志》史部传记类著录"曾致尧《广中台记》八十卷，又《绿珠传》一卷"，颇似《传》亦曾致尧作；又有"《杨妃外传》一卷"，注云："不知作者"；又有"乐史

《滕王外传》一卷，又《李白外传》一卷，《洞仙集》一卷，《许迈传》一卷，《杨贵妃遗事》二卷，"注云："题岷山叟上"。书法函胡，殆不可以理析。然《续谈助》一跋而外，尚有《郡斋读书志》(九，传记类)云："《绿珠传》一卷，右皇朝乐史撰。"又"《杨贵妃外传》二卷，右皇朝乐史撰。叙唐杨妃事迹，讫孝明之崩。"而《直斋书录解题》(七，传记类)亦云："《杨妃外传》一卷，直史馆临川乐史子正撰。"则《绿珠》《杨妃》二传，皆乐史之作甚明。《杨妃传》卷数，宋时已分合不同，今所传者盖晁氏所见二卷本也。但书名又小变耳。

乐史，抚州宜黄人，自南唐入宋，为著作佐郎，出知陵州。以献赋召为三馆编修，迁著作郎，直史馆。观绿珠太真二传结衔，则皆此时作。后转太常博士，出知舒黄商三州，再入文馆，掌西京勘磨司，赐金紫。景德四年卒，年七十八。事详《宋史》(三百六)《乐黄目传》首。史多所著作，在三馆时，曾献书至四百二十余卷，皆叙科第孝悌神仙之事。又有《太平寰宇记》二百卷，征引群书至百余种，今尚存。盖史既博览，复长地理，故其辑述地志，即缘滥于采录，转成繁芜。而撰传奇如《绿珠》《太真》传，又不免专拾旧文，如《语林》、《世说新语》、《晋书》、《明皇杂录》、《开天传信记》、《长恨传》、《酉阳杂俎》、《安禄山事迹》等，稍加排比，且常拳拳于山水也。

右第七分

宋刘斧秀才作《翰府名谈》二十五卷，又《摭遗》二十卷，《青琐高议》十八卷，见《宋史》《艺文志》子部小说类。今惟存《青琐高议》。有明张梦锡刊本，前后集各十卷，颇难得。近董康校刊士礼居写本，亦二十卷，又有别集七卷，《宋志》所无。然宋人即时有引《青琐摭遗》者，疑即今所谓别集。《宋志》以为《翰府名谈》之《摭遗》，盖亦误尔。其书杂集当代人志怪及传奇，漫无条贯，间有议，亦殊浅率。前有孙副枢序，不称名而称官，甚怪；今亦莫知为何人。此但选录其较整饬曲折者五篇。作者三人：曰魏陵张实子京，曰谯川秦醇子复（或作子履），曰淇上柳师尹。皆未考始末。一篇无撰人名。

《流红记》出前集卷五，题下原有注云"红叶题诗娶韩氏"，今删。唐孟棨《本事诗》（《情感》第一）有顾况于洛乘门苑水中得大梧叶，上有题诗，况与酬答事。"帝城不禁东流水，叶上题诗欲寄谁"者，况和诗也。范摅《云溪友议》（下）又有《题红怨》，言卢渥应举之岁，于御沟得红叶，上有绝句，置于巾箱。及宣宗放宫人，渥获其一。"睹红叶而吁嗟久之，曰：'当时偶题随流，不谓郎君收藏巾箧。'验其书，无不讶焉。诗曰：'水流何太急，深宫尽日闲。殷勤谢红叶，好去到人间。'"宋人作传奇，始回避时事，拾旧闻附会牵合以成篇，而文意并瘁。如《流红记》，即其一也。

《赵飞燕别传》出前集卷七，亦见于原本《说郛》三十二，今参校录之。胡应麟（《笔丛》二十九）云："戊辰之岁，余偶过燕中书肆，得残刻十数纸，题《赵飞燕别集》。阅之，乃知即《说郛》中陶氏删本。其文颇类东京，而末载梁武答昭仪化鼋事。盖六朝人作，而宋秦醇子复补缀以传者也。第端临《通考》渔仲《通志》并无此目。而文非宋所能。其间叙才数事，多俊语，出伶玄右，而淳质古健弗如。惜全帙不可见也。"又特赏其"兰汤滟滟"等三语，以为"百世之下读之，犹勃然兴。"然今所见本皆作别传，不作集；《说郛》本亦无删节，但较《高议》少五十余字，则或写生所遗耳。《高议》中录秦醇作特多，此篇及《谭意歌传》外，尚有《骊山记》及《温泉记》。其文芜杂，亦间有俊语。倘精心作之，如此篇者，尚亦能为。元瑞虽精鉴，能作《四部正讹》，而时伤嗜奇，爱其动魄，使勃然兴，则辄冀其为真古书以增声价。犹今人闻伶玄《飞燕外传》及《汉杂事秘辛》为伪书，亦尚有怫然不悦者。

《谭意歌传》出别集卷二，本无"传"字，今加。有注云："记英奴才华秀色"，今削。意歌，文中作意哥，未知孰是。唐有谭意哥，盖薛涛李冶之流，辛文房《唐才子传》曾举其名，然无事迹。秦醇此传，亦不似别有所本，殆窃取《莺莺传》《霍小玉传》等为前半，而以团圆结之尔。

《王幼玉记》出前集卷十，题下有注云："幼玉思柳富而死"，今删。

《王榭》出别集卷四，有注云："风涛飘入乌衣国"，今删；而于题下加"传"字，刘禹锡《乌衣巷》诗，本云："朱雀桥边野草花，乌衣巷口夕阳斜。旧来王谢堂前燕，飞入寻常百姓家。"此篇改谢成榭，指为人名，且以乌衣为燕子国号，殊乏意趣。而宋张敦颐《六朝事迹编类》乃已引为典据，此真所谓"俗语不实流为丹青"者矣。因录之，以资谈助。

《梅妃传》出《说郛》三十八，亦见于《顾氏文房小说》，取以相校，《说郛》为长。二本皆不云何人作，《唐人说荟》取之，题曹邺者，妄也。唐宋史志亦未见著录。后有无名氏跋，言"得于万卷朱遵度家，大中二年七月所书。"又云"惟叶少蕴与予得之。"案朱遵度好读书，人目为"朱万卷"。子昂，称"小万卷"，由周入宋，为衡州录事参军，累仕至水部郎中。景德四年卒，年八十三。《宋史》（四三九）《文苑》有传。少蕴则叶梦得之字，梦得为绍圣四年进士，高宗时终于知福州，是南北宋间人。年代远不相及，何从同得朱遵度家书。盖并跋亦伪，非真识石林者之所作也。今即次之宋人著作中。

《李师师外传》出《琳琅秘室丛书》，云所据为旧钞本。后有黄廷鉴跋云："《读书敏求记》云，吴郡钱功甫秘册藏有《李师师小传》，牧翁曾言悬百金购之而不获见者。偶闻邑中萧氏有此书，急假录一册。文殊雅洁，不类小说家言。师师不第色艺冠当时，观其后慷慨捐生一节，饶有烈丈夫概。亦不幸陷身倡贱，不得与坠崖断臂之俦，争辉彤史也。张端义《贵耳集》载有师师佚事二则，传文例举其大，故不载，今并附录于后。又《宣和遗事》载有师师事，亦与此传不尽合，可并参观之。琴六居士书。"《贵耳集》二则，今仍逐录于后，然此篇未必即端义所见本也。

道君北狩，在五国城或在韩州，凡有小小凶吉丧祭节序，北人必有赐赍。一赐必要一谢表。北人集成一帙，刊在榷场中。

传写四五十年,士大夫皆有之,余曾见一本。更有《李师师小传》,同行于时。

　　道君幸李师师家,偶周邦彦先在焉。知道君至,遂匿于床下。道君自携新橙一颗,云"江南初进来"。遂与师师谑语。邦彦悉闻之,檃括成《少年游》云:"并刀如水,吴盐胜雪,纤手破新橙。"后云:"城上已三更,马滑霜浓,不如休去,直是少人行。"李师师因歌此词。道君问谁作。李师师奏云:"周邦彦词。"道君大怒,坐朝宣谕蔡京云:"开封府有监税周邦彦者,闻课额不登,如何京尹不案发来?"蔡京罔知所以,奏云:"容臣退朝呼京尹叩问,续得复奏。"京尹至,蔡以御前圣旨谕之。京尹云:"惟周邦彦课额增羡。"蔡云:"上意如此,只得迁就。"将上,得旨:"周邦彦职事废弛,可日下押出国门!"隔一二日,道君复幸李师师家,不见李师师。问其家,知送周监税。道君方以邦彦出国门为喜,既至,不遇。坐久至更初,李始归,愁眉泪睫,憔悴可掬。道君大怒云:"尔往那里去?"李奏:"臣妾万死,知周邦彦得罪,押出国门,略致一杯相别。不知官家来。"道君问:"曾有词否?"李奏云:"有《兰陵王》词。"今"柳阴直"者是也。道君云:"唱一遍看。"李奏云:"容臣妾奉一杯,歌此词为官家寿。"曲终,道君大喜,复召为大晟乐正。后官至大晟乐乐府待制。邦彦以词行,当时皆称美成词;殊不知美成文笔,大有可观,作《汴都赋》。如笺奏杂著,皆是杰作,可惜以词掩其他文也。当时李师师家有二邦彦,一周美成,一李士美,皆为道君狎客。士美因而为宰相。吁,君臣遇合于倡优下贱之家,国之安危治乱,可想而知矣。

　　右第八分终

　　　　最初印入 1928 年 2 月上海北新书局版《唐宋传奇集》下册。

　　　　初未收集。

二十五日

　　日记　晴。下午蒋径三为持伏园书簏来。晚立峨,春才来并交照相。

二十六日

　　日记　晴。无事。牙痛,服阿司匹林片二粒。

二十七日

　　日记　晴。无事。夜服补写丸一粒。

二十八日

　　日记　星期。晴。上午黎仲丹来。夜对河楼屋失火小焚。

二十九日

　　日记　晴。午后立峨来。夜浴。

三十日

　　日记　黎明暴风雨,时作时止终日。

三十一日

　　日记　昙,午后小雨,下午晴。理发。晚立峨来。夜雨。

九月

一日

日记　晴。无事。

二日

日记　晴。晚寄淑卿信。

三日

日记　晴。晚立峨来，付以泉百。

辞"大义"

　　我自从去年得罪了正人君子们的"孤桐先生"，弄得六面碰壁，只好逃出北京以后，默默无语，一年有零。以为正人君子们忘记了这个"学棍"了罢，——哈哈，并没有。

　　印度有一个泰戈尔。这泰戈尔到过震旦来，改名竺震旦。因为这竺震旦做过一本《新月集》，所以这震旦就有了一个新月社，——中间我不大明白了——现在又有一个叫作新月书店的。这新月书店要出版的有一本《闲话》，这本《闲话》的广告里有下面这几句话：

　　　　"……鲁迅先生（语丝派首领）所仗的大义，他的战略，读过《华盖集》的人，想必已经认识了。但是现代派的义旗，和它的主将——西滢先生的战略，我们还没有明了。……"

　　"派"呀，"首领"呀，这种谥法实在有些可怕。不远就又会有人来诮骂。甲道:看哪!鲁迅居然称为首领了。天下有这种首领的么?乙道:他就专爱虚荣。人家称他首领,他就满脸高兴。我亲眼看见的。

但这是我领教惯的教训了,并不为奇。这回所觉得新鲜而惶恐的,是忽而将宝贵的"大义"硬塞在我手里,给我竖起大旗来,叫我和"现代派"的"主将"去对垒。我早已说过:公理和正义,都被正人君子夺去了,所以我已经一无所有。大义么,我连它是圆柱形的呢还是椭圆形的都不知道,叫我怎么"仗"?

"主将"呢,自然以有"义旗"为体面罢。不过我没有这么冠冕。既不成"派",也没有做"首领",更没有"仗"过"大义"。更没有用什么"战略",因为我未见广告以前,竟没有知道西滢先生是"现代派"的"主将",——我总当他是一个喽罗儿。

我对于我自己,所知道的是这样的。我想,"孤桐先生"尚在,"现代派"该也未必忘了曾有人称我为"学匪","学棍","刀笔吏"的,而今忽假"鲁迅先生"以"大义"者,但为广告起见而已。

呜呼,鲁迅鲁迅,多少广告,假汝之名以行!

九月三日。

原载 1927 年 10 月 1 日《语丝》周刊第 151 期,题作《随感录五十三 辞"大义"》。

初收 1928 年 10 月上海北新书局版《而已集》。

通 信

小峰兄:

收到了几期《语丝》,看见有《鲁迅在广东》的一个广告,说是我的言论之类,都收集在内。后来的另一广告上,却变成"鲁迅著"了。我以为这不大好。

我到中山大学的本意，原不过是教书。然而有些青年大开其欢迎会。我知道不妙，所以首先第一回演说，就声明我不是什么"战士"，"革命家"。倘若是的，就应该在北京，厦门奋斗；但我躲到"革命后方"的广州来了，这就是并非"战士"的证据。

不料主席的某先生——他那时是委员——接着演说，说这是我太谦虚，就我过去的事实看来，确是一个战斗者，革命者。于是礼堂上劈劈拍拍一阵拍手，我的"战士"便做定了。拍手之后，大家都已走散，再向谁去推辞？我只好咬着牙关，背了"战士"的招牌走进房里去，想到敝同乡秋瑾姑娘，就是被这种劈劈拍拍的拍手拍死的。我莫非也非"阵亡"不可么？

没有法子，姑且由它去罢。然而苦矣！访问的，研究的，谈文学的，侦探思想的，要做序，题签的，请演说的，闹得个不亦乐乎。我尤其怕的是演说，因为它有指定的时候，不听拖延。临时到来一班青年，连劝带逼，将你绑了出去。而所说的话是大概有一定的题目的。命题作文，我最不擅长。否则，我在清朝不早进了秀才了么？然而不得已，也只好起承转合，上台去说几句。但我自有定例：至多以十分钟为限。可是心里还是不舒服，事前事后，我常常对熟人叹息说：不料我竟到"革命的策源地"来做洋八股了。

还有一层，我凡有东西发表，无论讲义，演说，是必须自己看过的。但那时太忙，有时不但稿子没有看，连印出了之后也没有看。这回变成书了，我也今天才知道，而终于不明白究竟是怎么一回事，里面是怎样的东西。现在我也不想拿什么费话来捣乱，但以我们多年的交情，希望你最好允许我实行下列三样——

一，将书中的我的演说，文章等都删去。

二，将广告上的著者的署名改正。

三，将这信在《语丝》上发表。

这样一来，就只剩了别人所编的别人的文章，我当然心安理得，无话可说了。但是，还有一层，看了《鲁迅在广东》，是不足以很知道鲁迅之在广东的。我想，要后面再加上几十页白纸，才可以称为"鲁迅在广东"。

回想起我这一年的境遇来，有时实在觉得有味。在厦门，是到时静悄悄，后来大热闹；在广东，是到时大热闹，后来静悄悄。肚大两头尖，像一个橄榄。我如有作品，题这名目是最好的，可惜被郭沫若先生占先用去了。但好在我也没有作品。

至于那时关于我的文字，大概是多的罢。我还记得每有一篇登出，某教授便魂不附体似的对我说道："又在恭维你了！看见了么？"我总点点头，说，"看见了。"谈下去，他照例说，"在西洋，文学是只有女人看的。"我也点点头，说，"大概是的罢。"心里却想：战士和革命者的虚衔，大约不久就要革掉了罢。

照那时的形势看来，实在也足令认明了我的"纸糊的假冠"的才子们生气。但那形势是另有缘故的，以非急切，姑且不谈。现在所要说的，只是报上所表见的，乃是一时的情形；此刻早没有假冠了，可惜报上并不记载。但我在广东的鲁迅自己，是知道的，所以写一点出来，给憎恶我的先生们平平心——

一，"战斗"和"革命"，先前几乎有修改为"捣乱"的趋势，现在大约可以免了。但旧衔似乎已经革去。

二，要我做序的书，已经托故取回。期刊上的我的题签，已经撤换。

三，报上说我已经逃走，或者说我到汉口去了。写信去更正，就没收。

四，有一种报上，竭力不使它有"鲁迅"两字出现，这是由比较两种报上的同一记事而知道的。

五，一种报上，已给我另定了一种头衔，曰：杂感家。评论是"特长即在他的尖锐的笔调，此外别无可称。"然而他希望我们和《现代评论》合作。为什么呢？他说："因为我们细考两派文章思想，初无什么大别。"（此刻我才知道，这篇文章是转录上海的《学灯》的。原来如此，无怪其然。写完之后，追注。）

六，一个学者，已经说是我的文字损害了他，要将我送官了，先给我一个命令道："暂勿离粤，以俟开审！"

阿呀，仁兄，你看这怎么得了呀！逃掉了五色旗下的"铁窗斧钺风味"，而在青天白日之下又有"缧绁之忧"了，"孔子曰：'非其罪也。'以其子妻之。"怕未必有这样侥幸的事罢，唉唉，呜呼！

但那是其实没有什么的，以上云云，真是"小病呻吟"。我之所以要声明，不过希望大家不要误解，以为我是坐在高台上指挥"思想革命"而已。尤其是有几位青年，纳罕我为什么近来不开口。你看，再开口，岂不要永"勿离粤，以俟开审"了么？语有之曰：是非只为多开口，烦恼皆因强出头。此之谓也。

我所遇见的那些事，全是社会上的常情，我倒并不觉得怎样。我所感到悲哀的，是有几个同我来的学生，至今还找不到学校进，还在颠沛流离。我还要补足一句，是：他们都不是共产党，也不是亲共派。其吃苦的原因，就在和我得。所以有一个，曾得到他的同乡的忠告道："你以后不要再说你是鲁迅的学生了罢。"在某大学里，听说尤其严厉，看看《语丝》，就要被称为"语丝派"；和我认识，就要被叫为"鲁迅派"的。

这样子，我想，已经够了，大足以平平正人君子之流的心了。但还要声明一句，这是一部分的人们对我的情形。此外，肯忘掉我，或者至今还和我来往，或要我写字或讲演的人，偶然也仍旧有的。

《语丝》我仍旧爱看，还是他能够破破我的岑寂。但据我看来，其中有些关于南边的议论，未免有一点隔膜。譬如，有一回，似乎颇以"正人君子"之南下为奇，殊不知《现代》在这里，一向是销行很广的。相距太远，也难怪。我在厦门，还只知道一个共产党的总名，到此以后，才知道其中有 CP 和 CY 之分。一直到近来，才知道非共产党而称为什么 Y 什么 Y 的，还不止一种。我又仿佛感到有一个团体，是自以为正统，而喜欢监督思想的。我似乎也就在被监督之列，有时遇见盘问式的访问者,我往往疑心就是他们。但是否的确如此,也到底摸不清,即使真的,我也说不出名目,因为那些名目,多是我所没有听到过的。

以上算是牢骚。但我觉得正人君子这回是可以审问我了:"你知道苦了罢?你改悔不改悔?"大约也不但正人君子,凡对我有些好意的人,也要问的。我的仁兄,你也许即是其一。我可以即刻答复:"一点不苦,一点不悔。而且倒很有趣的。"

土耳其鸡的鸡冠似的彩色的变换,在"以俟开审"之暇,随便看看,实在是有趣的。你知道没有?一群正人君子,连拜服"孤桐先生"的陈源教授即西滢,都舍弃了公理正义的栈房的东吉祥胡同,到青天白日旗下来"服务"了。《民报》的广告在我的名字上用了"权威"两个字,当时陈源教授多么挖苦呀。这回我看见《闲话》出版的广告,道:"想认识这位文艺批评界的权威的,——尤其不可不读《闲话》!"这真使我觉得飘飘然,原来你不必"请君入瓮",自己也会爬进来!

但那广告上又举出一个曾经被称为"学棍"的鲁迅来,而这回偏尊之曰"先生",居然和这"文艺批评界的权威"并列,却确乎给了我一个不小的打击。我立刻自觉:阿呀,痛哉,又被钉在木板上替"文艺批评界的权威"做广告了。两个"权威",一个假的和一个真的,一个被"权威"挖苦的"权威"和一个挖苦"权威"的"权威"。呵呵!

祝你安好。我是好的。

鲁迅。九,三。

原载 1927 年 10 月 1 日《语丝》周刊第 151 期。
初收 1928 年 10 月上海北新书局版《而已集》。

四日

日记 晴。星期。无事。

答有恒先生

有恒先生：

你的许多话，今天在《北新》上看见了。我感谢你对于我的希望和好意，这是我看得出来的。现在我想简略地奉答几句，并以寄和你意见相仿的诸位。

我很闲，决不至于连写字工夫都没有。但我的不发议论，是很久了，还是去年夏天决定的，我豫定的沉默期间是两年。我看得时光不大重要，有时往往将它当作儿戏。

但现在沉默的原因，却不是先前决定的原因，因为我离开厦门的时候，思想已经有些改变。这种变迁的径路，说起来太烦，姑且略掉罢，我希望自己将来或者会发表。单就近时而言，则大原因之一，是：我恐怖了。而且这种恐怖，我觉得从来没有经验过。

我至今还没有将这"恐怖"仔细分析。姑且说一两种我自己已经诊察明白的，则：

一，我的一种妄想破灭了。我至今为止，时有一种乐观，以为压迫，杀戮青年的，大概是老人。这种老人渐渐死去，中国总可比较地有生气。现在我知道不然了，杀戮青年的，似乎倒大概是青年，而且对于别个的不能再造的生命和青春，更无顾惜。如果对于动物，也要算"暴殄天物"。我尤其怕看的是胜利者的得意之笔："用斧劈死"呀，……"乱枪刺死"呀……。我其实并不是急进的改革论者，我没有反对过死刑。但对于凌迟和灭族，我曾表示过十分的憎恶和悲痛，我以为二十世纪的人群中是不应该有的。斧劈枪刺，自然不说是凌迟，但我们不能用一粒子弹打在他后脑上么？结果是一样的，对方的死亡。但事实是事实，血的游戏已经开头，而角色又是青年，并且有得意之色。我现在已经看不见这出戏的收场。

二，我发见了我自己是一个……。是什么呢？我一时定不出名目来。我曾经说过：中国历来是排着吃人的筵宴，有吃的，有被吃的。被吃的也曾吃人，正吃的也会被吃。但我现在发见了，我自己也帮助着排筵宴。先生，你是看我的作品的，我现在发一个问题：看了之后，使你麻木，还是使你清楚；使你昏沉，还是使你活泼？倘所觉的是后者，那我的自己裁判，便证实大半了。中国的筵席上有一种“醉虾”，虾越鲜活，吃的人便越高兴，越畅快。我就是做这醉虾的帮手，弄清了老实而不幸的青年的脑子和弄敏了他的感觉，使他万一遭灾时来尝加倍的苦痛，同时给憎恶他的人们赏玩这较灵的苦痛，得到格外的享乐。我有一种设想，以为无论讨赤军，讨革军，倘捕到敌党的有智识的如学生之类，一定特别加刑，甚于对工人或其他无智识者。为什么呢，因为他可以看见更锐敏微细的痛苦的表情，得到特别的愉快。倘我的假设是不错的，那么，我的自己裁判，便完全证实了。

所以，我终于觉得无话可说。

倘若再和陈源教授之流开玩笑罢，那是容易的，我昨天就写了一点。然而无聊，我觉得他们不成什么问题。他们其实至多也不过吃半只虾或呷几口醉虾的醋。况且听说他们已经别离了最佩服的“孤桐先生”，而到青天白日旗下来革命了。我想，只要青天白日旗插远去，恐怕“孤桐先生”也会来革命的。不成问题了，都革命了，浩浩荡荡。

问题倒在我自己的落伍。还有一点小事情。就是，我先前的弄“刀笔”的罚，现在似乎降下来了。种牡丹者得花，种蒺藜者得刺，这是应该的，我毫无怨恨。但不平的是这罚仿佛太重一点，还有悲哀的是带累了几个同事和学生。

他们什么罪孽呢，就因为常常和我往来，并不说我坏。凡如此的，现在就要被称为“鲁迅党”或“语丝派”，这是“研究系”和“现代派"宣传的一个大成功。所以近一年来,鲁迅已以被"投诸四裔"为原则了。不说不知道,我在厦门的时候,后来是被搬在一所四无邻居的大洋楼上了,陪我的都是书,深夜还听到楼下野兽"唔唔"地叫。但我是不怕冷静的,况且还有学生来谈谈。然而来了第二下的打击:三个椅子要搬去两个,说是什么先生的少爷已到,要去用了。这时我实在很气愤,便问他:倘若他的孙少爷也到,我就得坐在楼板上么? 不行! 没有搬去,然而来了第三下的打击,一个教授微笑道:又发名士脾气了。厦门的天条,似乎是名士才能有多于一个的椅子的。"又"者,所以形容我常发名士脾气也,《春秋》笔法,先生,你大概明白的罢。还有第四下的打击,那是我临走的时候了,有人说我之所以走,一因为没有酒喝,二因为看见别人的家眷来了,心里不舒服。这还是根据那一次的"名士脾气"的。

这不过随便想到一件小事。但,即此一端,你也就可以原谅我吓得不敢开口之情有可原了罢。我知道你是不希望我做醉虾的。我再斗下去,也许会"身心交病"。然而"身心交病",又会被人嘲笑的。自然,这些都不要紧。但我何苦呢,做醉虾?

不过我这回最侥幸的是终于没有被做成为共产党。曾经有一位青年,想以独秀办《新青年》,而我在那里做过文章这一件事,来证成我是共产党。但即被别一位青年推翻了,他知道那时连独秀也还未讲共产。退一步,"亲共派"罢,终于也没有弄成功。倘我一出中山大学即离广州,我想,是要被排进去的;但我不走,所以报上"逃走了""到汉口去了"的闹了一通之后,倒也没有事了。天下究竟还有光明,没有人说我有"分身法"。现在是,似乎没有什么头衔了,但据"现代派"说,我是"语丝派的首领"。这和生命大约并无什么直接关系,或者倒不大要紧的,只要他们没有第二下。倘如"主角"唐有壬似的又说什么"墨斯科的命令",那可就又有些不妙了。

笔一滑,话说远了,赶紧回到"落伍"问题去。我想,先生,你大约看见的,我曾经叹息中国没有敢"抚哭叛徒的吊客"。而今何如?

你也看见,在这半年中,我何尝说过一句话?虽然我曾在讲堂上公表过我的意思,虽然我的文章那时也无处发表,虽然我是早已不说话,但这都不足以作我的辩解。总而言之,现在倘再发那些四平八稳的"救救孩子"似的议论,连我自己听去,也觉得空空洞洞了。

还有,我先前的攻击社会,其实也是无聊的。社会没有知道我在攻击,倘一知道,我早已死无葬身之所了。试一攻击社会的一分子的陈源之类,看如何?而况四万万也哉?我之得以偷生者,因为他们大多数不识字,不知道,并且我的话也无效力,如一箭之入大海。否则,几条杂感,就可以送命的。民众的罚恶之心,并不下于学者和军阀。近来我悟到凡带一点改革性的主张,倘于社会无涉,才可以作为"废话"而存留,万一见效,提倡者即大概不免吃苦或杀身之祸。古今中外,其揆一也。即如目前的事,吴稚晖先生不也有一种主义的么?而他不但不被普天同愤,且可以大呼"打倒……严办"者,即因为赤党要实行共产主义于二十年之后,而他的主义却须数百年之后或者才行,由此观之,近于废话故也。人那有遥管十余代以后的灰孙子时代的世界的闲情别致也哉?

话已经说得不少,我想收梢了。我感于先生的毫无冷笑和恶意的态度,所以也诚实的奉答,自然,一半也借此发些牢骚。但我要声明,上面的说话中,我并不含有谦虚,我知道我自己,我解剖自己并不比解剖别人留情面。好几个满肚子恶意的所谓批评家,竭力搜索,都寻不出我的真症候。所以我这回自己说一点,当然不过一部分,有许多还是隐藏着的。

我觉得我也许从此不再有什么话要说,恐怖一去,来的是什么呢,我还不得而知,恐怕不见得是好东西罢。但我也在救助我自己,还是老法子:一是麻痹,二是忘却。一面挣扎着,还想从以后淡下去的"淡淡的血痕中"看见一点东西,誊在纸片上。

鲁迅。九,四。

原载 1927 年 10 月 1 日《北新》周刊第 1 卷第 49、50 期合刊。

初收 1928 年 10 月上海北新书局版《而已集》。

反"漫谈"

我一向对于《语丝》没有恭维过,今天熬不住要说几句了:的确可爱。真是《语丝》之所以为《语丝》。

像我似的"世故的老人"是已经不行,有时不敢说,有时不愿说,有时不肯说,有时以为无须说。有此工夫,不如吃点心。但《语丝》上却总有人出来发迂论,如《教育漫谈》,对教育当局去谈教育,即其一也。

"不可与言而与之言",即是"知其不可为而为之",一定要有这种人,世界才不寂寞。这一点,我是佩服的。但也许因为"世故"作怪罢,不知怎地佩服中总带一些腹诽,还夹几分伤惨。徐先生是我的熟人,所以再三思维,终于决定贡献一点意见。这一种学识,乃是我身做十多年官僚,目睹一打以上总长,这才陆续地获得,轻易是不肯说的。

对"教育当局"谈教育的根本误点,是在将这四个字的力点看错了:以为他要来办"教育"。其实不然,大抵是来做"当局"的。

这可以用过去的事实证明。因为重在"当局",所以——

一 学校的会计员,可以做教育总长。

二 教育总长,可以忽而化为内务总长。

三 司法,海军总长,可以兼任教育总长。

曾经有一位总长,听说,他的出来就职,是因为某公司要来立案,表决时可以多一个赞成者,所以再作冯妇的。但也有人来和他谈教育。我有时真想将这老实人一把抓出来,即刻勒令他回家陪太太喝茶去。

所以：教育当局，十之九是意在"当局"，但有些是意并不在"当局"。

这时候，也许有人要问：那么，他为什么有举动呢？

我于是勃然大怒道：这就是他在"当局"呀！说得露骨一点，就是"做官"！不然，为什么叫"做"？

我得到这一种彻底的学识，也不是容易事，所以难免有一点学者的高傲态度，请徐先生恕之。以下是略述我所以得到这学识的历史——

我所目睹的一打以上的总长之中，有两位是喜欢属员上条陈的。于是听话的属员，便纷纷大上其条陈。久而久之，全如石沉大海。我那时还没有现在这么聪明，心里疑惑：莫非这许多条陈一无可取，还是他没有工夫看呢？但回想起来，我"上去"（这是专门术语，小官进去见大官也）的时候，确是常见他正在危坐看条陈；谈话之间，也常听到"我还要看条陈去"，"我昨天晚上看条陈"等类的话。那究竟是怎么一回事呢？

有一天，我正从他的条陈桌旁走开，跨出门槛，不知怎的忽蒙圣灵启示，恍然大悟了——

哦！原来他的"做官课程表"上，有一项是"看条陈"的。因为要"看"，所以要"条陈"。为什么要"看条陈"？就是"做官"之一部分。如此而已。还有另外的奢望，是我自己的胡涂！

"于我来了一道光"，从此以后，我自己觉得颇聪明，近于老官僚了。后来终于被"孤桐先生"革掉，那是另外一回事。

"看条陈"和"办教育"，事同一例，都应该只照字面解，倘再有以上或更深的希望或要求，不是书呆子，就是不安分。

我还要附加一句警告：倘遇漂亮点的当局，恐怕连"看漫谈"也可以算他的一种"做"——其名曰"留心教育"——但和"教育"还是没有关系的。

九月四日。

原载 1927 年 10 月 8 日《语丝》周刊第 152 期,题作《随感录五十五　反"漫谈"》。
初收 1928 年 10 月上海北新书局版《而已集》。

忧"天乳"

《顺天时报》载北京辟才胡同女附中主任欧阳晓澜女士不许剪发之女生报考,致此等人多有望洋兴叹之概云云。是的,情形总要到如此,她不能别的了。但天足的女生尚可投考,我以为还有光明。不过也太嫌"新"一点。

男男女女,要吃这前世冤家的头发的苦,是只要看明末以来的陈迹便知道的。我在清末因为没有辫子,曾吃了许多苦,所以我不赞成女子剪发。北京的辫子,是奉了袁世凯的命令而剪的,但并非单纯的命令,后面大约还有刀。否则,恐怕现在满城还拖着。女子剪发也一样,总得有一个皇帝(或者别的名称也可以),下令大家都剪才行。自然,虽然如此,有许多还是不高兴的,但不敢不剪。一年半载,也就忘其所以了;两年以后,便可以到大家以为女人不该有长头发的世界。这时长发女生,即有"望洋兴叹"之忧。倘只一部分人说些理由,想改变一点,那是历来没有成功过。

但现在的有力者,也有主张女子剪发的,可惜据地不坚。同是一处地方,甲来乙走,丙来甲走,甲要短,丙要长,长者剪,短了杀。这几年似乎是青年遭劫时期,尤其是女性。报载有一处是鼓吹剪发的,后来别一军攻入了,遇到剪发女子,即慢慢拔去头发,还割去两乳……。这一种刑罚,可以证明男子短发,已为全国所公认。只是女人不准学。去其两乳,即所以使其更像男子而警其妄学男子也。

以此例之,欧阳晓澜女士盖尚非甚严欤?

今年广州在禁女学生束胸,违者罚洋五十元。报章称之曰"天乳运动"。有人以不得樊增祥作命令为憾。公文上不见"鸡头肉"等字样,盖殊不足以餍文人学士之心。此外是报上的俏皮文章,滑稽议论。我想,如此而已,而已终古。

我曾经也有过"杞天之虑",以为将来中国的学生出身的女性,恐怕要失去哺乳的能力,家家须雇乳娘。但仅只攻击束胸是无效的。第一,要改良社会思想,对于乳房较为大方;第二,要改良衣装,将上衣系进裙里去。旗袍和中国的短衣,都不适于乳的解放,因为其时即胸部以下掀起,不便,也不好看的。

还有一个大问题,是会不会乳大忽而算作犯罪,无处投考? 我们中国在中华民国未成立以前,是只有"不齿于四民之列"者,才不准考试的。据理而言,女子断发既以失男女之别,有罪,则天乳更以加男女之别,当有功。但天下有许多事情,是全不能以口舌争的。总要上谕,或者指挥刀。

否则,已经有了"短发犯"了,此外还要增加"天乳犯",或者也许还有"天足犯"。呜呼,女性身上的花样也特别多,而人生亦从此多苦矣。

我们如果不谈什么革新,进化之类,而专为安全着想,我以为女学生的身体最好是长发,束胸,半放脚(缠过而又放之,一名文明脚)。因为我从北而南,所经过的地方,招牌旗帜,尽管不同,而对于这样的女人,却从不闻有一处仇视她的。

九月四日。

原载 1927 年 10 月 8 日《语丝》周刊第 152 期,题作《随感录五十六　忧"天乳"》。

初收 1928 年 10 月上海北新书局版《而已集》。

五日

　　日记　雨。下午寄小峰信于上海并稿。寄语丝社稿。

六日

　　日记　晴。无事。

七日

　　日记　晴。上午立峨，汉华买鸡鱼豚菜来，作馔同午餐。

八日

　　日记　晴。下午蒋径三来。立峨来并以摄景一枚见赠。晚黎仲丹赠月饼四合。

九日

　　日记　晴。无事。

革"首领"

　　这两年来，我在北京被"正人君子"杀退，逃到海边；之后，又被"学者"之流杀退，逃到另外一个海边；之后，又被"学者"之流杀退，逃到一间西晒的楼上，满身痱子，有如荔支，兢兢业业，一声不响，以为可以免于罪戾了罢。阿呀，还是不行。一个学者要九月间到广州来，一面做教授，一面和我打官司，还豫先叫我不要走，在这里"以俟开审"哩。

　　以为在五色旗下，在青天白日旗下，一样是华盖罩命，晦气临头罢，却又不尽然。不知怎地，于不知不觉之中，竟在"文艺界"里高升

425

了。谓予不信，有陈源教授即西滢的《闲话》广告为证，节抄无趣，剪而贴之——

"徐丹甫先生在《学灯》里说：'北京究是新文学的策源地，根深蒂固，隐隐然执全国文艺界的牛耳。'究竟什么是北京文艺界？质言之，前一两年的北京文艺界，便是现代派和语丝派交战的场所。鲁迅先生（语丝派首领）所仗的大义，他的战略，读过《华盖集》的人，想必已经认识了。但是现代派的义旗，和它的主将——西滢先生的战略，我们还没有明了。现在我们特地和西滢先生商量，把《闲话》选集起来，印成专书，留心文艺界掌故的人，想必都以先睹为快。

"可是单把《闲话》当作掌故又错了。想——

欣赏西滢先生的文笔的，

研究西滢先生的思想的，

想认识这位文艺批评界的权威的——

尤其不可不读《闲话》！"

这很像"诗哲"徐志摩先生的，至少，是"诗哲"之流的"文笔"，所以如此飘飘然，连我看了也几乎想要去买一本。但，只是想到自己，却又迟疑了。两三个年头，不算太长久。被"正人君子"指为"学匪"，还要"投畀豺虎"，我是记得的。做了一点杂感，有时涉及这位西滢先生，我也记得的。这些东西，"诗哲"是看也不看，西滢先生是即刻叫它"到应该去的地方去"，我也记得的。后来终于出了一本《华盖集》，也是实情。然而我竟不知道有一个"北京文艺界"，并且我还做了"语丝派首领"，仗着"大义"在这"文艺界"上和"现代派主将"交战。虽然这"北京文艺界"已被徐丹甫先生在《学灯》上指定，隐隐然不可动摇了，而我对于自己的被说得有声有色的战绩，却还是莫名其妙，像着了狐狸精的迷似的。

现代派的文艺，我一向没有留心，《华盖集》里从何提起。只有某女士窃取"琵亚词侣"的画的时候，《语丝》上（也许是《京报副刊》

上)有人说过几句话,后来看"现代派"的口风,仿佛以为这话是我写的。我现在郑重声明:那不是我。我自从被杨荫榆女士杀败之后,即对于一切女士都不敢开罪,因为我已经知道得罪女士,很容易引起"男士"的义侠之心,弄得要被"通缉"都说不定的,便不再开口。所以我和现代派的文艺,丝毫无关。

但终于交了好运了,升为"首领",而且据说是曾和现代派的"主将"在"北京文艺界"上交过战了。好不堂哉皇哉。本来在房里面有喜色,默认不辞,倒也有些阔气的。但因为我近来被人随手抑扬,忽而"权威",忽而不准做"权威",只准做"前驱";忽而又改为"青年指导者";甲说是"青年叛徒的领袖"罢,乙又来冷笑道:"哼哼哼。"自己一动不动,故我依然,姓名却已经经历了几回升沉冷暖。人们随意说说,将我当作一种材料,倒也罢了,最可怕的是广告底恭维和广告底嘲骂。简直是膏药摊上挂着的死蛇皮一般。所以这回虽然蒙现代派追封,但对于这"首领"的荣名,还只得再来公开辞退。不过也不见得回回如此,因为我没有这许多闲工夫。

背后插着"义旗"的"主将"出马,对手当然以阔一点的为是。我们在什么演义上时常看见:"来将通名!我的宝刀不斩无名之将!"主将要来"交战"而将我升为"首领",大概也是"不得已也"的。但我并不然,没有这些大架子,无论吧儿狗,无论臭茅厕,都会唾过几口吐沫去,不必定要脊梁上插着五张尖角旗(义旗?)的"主将"出台,才动我的"刀笔"。假如有谁看见我攻击茅厕的文字,便以为也是我的劲敌,自恨于它的气味还未明了,再要去嗅一嗅,那是我不负责任的。恐怕有人以这广告为例,所以附带声明,以免拖累。

至于西滢先生的"文笔","思想","文艺批评界的权威",那当然必须"欣赏","研究"而且"认识"的。只可惜要"欣赏"……这些,现在还只有一本《闲话》。但我以为咱们的"主将"的一切"文艺"中,最好的倒是登在《晨报副刊》上的,给志摩先生的大半痛骂鲁迅的那一封信。那是发热的时候所写,所以已经脱掉了绅士的黑洋服,真相跃如了。而且和《闲话》比较起来，简直是两样态度，证明着两者之中，有一种是虚伪。这也是要"研究"……西滢先生的"文笔"等等的好东西。

然而虽然是这一封信之中，也还须分别观之。例如："志摩，……前面是遥遥茫茫荫在薄雾的里面的目的地"之类。据我看来，其实并无这样的"目的地"，倘有，却不怎么"遥遥茫茫"。这是因为热度还不很高的缘故，倘使发到九十度左右，我想，那便可望连这些"遥遥茫茫"都一扫而光，近于纯粹了。

九月九日，广州。

原载 1927 年 10 月 15 日《语丝》周刊第 153 期，题作《随感录六十四　革首领》。

初收 1928 年 10 月上海北新书局版《而已集》。

十日

日记　旧历中秋。晴。下午陈延进来，赠以照相一枚。夜纂《唐宋传奇集》略具，作序例讫。

匪笔三篇*

今之"正人君子"，论事有时喜欢讲"动机"。案动机，我自己知道，绍介这三篇文章是未免有些有伤忠厚的。旅资将尽，非逐食不可了，许多人已知道我将于八月中走出广州。七月末就收到了一封所谓"学者"的信，说我的文字得罪了他，"拟于九月中回粤后提起诉讼，听候法律解决"。且叫我"暂勿离粤，以俟开审"。命令被告枵腹恭候于异地，以俟自己雍容布置，慢慢开审，真是霸道得可观。第二天偶在报纸上看见飞天虎寄亚妙信，有"提防剑仔"的话，不知怎地忽而欣然独笑，还想到别的两篇东西，要执绍介之劳了。这种拉扯牵连，若即若离的思想，自己也觉得近乎刻薄，——但是，由它去罢，好在"开审"时总会结帐的。

在我的估计上，这类文章的价值却并不在文人学者的名文之下。先前也曾收集，得了五六篇，后来只在北京的《平民周刊》上发表过一篇模范监狱里的一个囚人的自序，其余的呢，我跑出北京以后，不知怎样了，现在却还想搜集。要夸大地说起来，则此类文章，于学术上也未始无用；我记得 Lombroso 所做的一本书——大约是《天才与狂人》，请读者恕我手头无书，不能指实——后面，就附有许多疯子的作品。然而这种金字招牌，我辈却无须挂起来。

这回姑且将现成的三篇介绍，都是从香港《循环日报》上采取的。以其都不是韵文，所以取阮氏《文笔对》之说，名之曰：笔。倘有好事之徒，寄我材料，无任欢迎。但此后拟不限有韵无韵，并且廓大范围，并收土匪，骗子，犯人，疯子等等的创作。但经文人润色，或拟作赝作者不收。

其实，古如陈涉帛书，米巫题字，近如义和团传单，同善社乩笔，也都是这一流。我想，凡见于古书的，也都可以抄出来编为一集，和现在的来比照，看思想手段，有什么不同。

来件想托北新书局代收，当择尤发表，——但这是我倘不忙于"以俟开审"或下了牢监的话。否则，自己的文章也就是材料，不必旁搜博采了。

闲话休题，言归正传：

　　　一　撕票布告　　　潘　平

　　广州佛山缸瓦栏维新码头发现烂艇一艘，有水浸淹其中，用蓑衣覆盖男子尸身一具，露出手足，旁有粗碗一只，白旗一面,书明云云。由六区水警,将该尸艇移泊西医院附近。验得该尸颈旁有一枪孔,直贯其鼻,显系生前轰毙。查死者年约三十岁,乃穿短线衫裤,剪平头装者。

南海紫洞潘平布告。

为布告事:昨四月念六日,在禄步共掳得乡人十余名,困留月余,并望赎音。兹提出禄步笋洞沙乡,姓许名进洪一名,枪毙示众,以儆其余。四方君子,特字周知,切勿视财如命! 此布。

（据七月十三日《循环报》。）

二　致信女某书　　　　　金吊桶

广西梧州洞天酒店相命家金吊桶,原名黄卓生,新会人,日前有行骗陈社恩,黄心,黄作梁夫妇银钱单据,为警备司令部将其捕获,又搜获一封固之信,内空白信笺一张,以火烘之,发现字迹如下:

今日民国十六年五月二十九日,吕纯阳先师下降,查明汝信女系广西人。汝今生为人,心善清洁,今天上玉皇赐横财四千五百两银过你,汝信享福养儿育女。但此财分作八回中足,今年七月尾只中白鸽票七百五十元左右。老来结局有个子,第三位有官星发达,有官太做。但汝终身要派大三房妾伴,不能坐正位。今生条命极好。汝前世犯了白虎五鬼天狗星,若想得横财旺子,要用六元六毫交与金吊桶先生代汝解除,方得平安无事。若不信解除,汝条命得来十分无夫福无子福,有子死子,有夫死夫。但见字要求先生共汝解去此凶星为要可也。汝想得财得子者,为夫福者,有夫权者,要求先生共汝行礼,交合阴阳一二回,方可平安。如有不顺从先生者,汝条命冇好处,无安乐也。……　（据七月二十六日《循环报》。）

三　诘妙嫦书　　　飞天虎

香港永乐街如意茶楼女招待妙嫦,年仅双十,寓永吉街三十号二楼。七月二十九日晚十一时许,散工之后,偕同女侍三数人归家,道经大道中永吉街口,遇大汉三四人,要截于途,诘妙嫦曰:汝其为妙玲乎？嫦不敢答,闪避而行。讵大汉不使去,逞凶殴之,凡两拳,且曰:汝虽不语,固认识汝之面目者也！嫦被殴,大哭不已,归家后,以为大汉等所殴者为妙玲,故尚自怨无辜被辱,不料翌早复接恐吓信一通,按址由邮局投至,遂知昨晚之被殴,确为寻己,乃将事密报侦探,并告以所疑之人,务使就捕雪恨云。

亚妙女招待看！启者:久在如意茶楼,用诸多好言,殴辱我兄弟,及用滚水来陆之兄弟,灵端相劝,置之不理,与续大发雌雄,反口相齿,亦所谓恶不甚言矣。昨晚在此二人殴打已捶,亦非介意,不过小小之用。刻下限你一星期内答复,妥讲此事,若有无答复,早夜出入,提防剑仔,决列对待,及难保性命之虞,勿怪书不在先,至于死地之险也。诸多未及,难解了言,顺候,此询危险。七月初一晚,卅六友飞天虎谨。　　　（据八月一日《循环报》。）

原载 1927 年 9 月 10 日《语丝》周刊第 148 期。

初收 1932 年 9 月上海北新书局版《三闲集》。

谈“激烈”

带了书籍杂志过“香江”,有被视为“危险文字”而尝“铁窗斧钺风味"之险,我在《略谈香港》里已经说过了。但因为不知道怎样的是"危险文字",所以时常耿耿于心。为什么呢?倒也并非如上海保安会所言,怕"中国元气太损",乃是自私自利,怕自己也许要经过香港,须得留神些。

今年似乎是青年特别容易死掉的年头。"千里不同风,百里不同俗。"这里以为平常的,那边就算过激,滚油煎指头。今天正是正当的,明天就变犯罪,藤条打屁股。倘是年青人,初从乡间来,一定要被煎得莫明其妙,以为现在是时行这样的制度了罢。至于我呢,前年已经四十五岁了,而且早已"身心交病",似乎无须这么宝贵生命,思患豫防。但这是别人的意见,若夫我自己,还是不愿意吃苦的。敢乞"新时代的青年"们鉴原为幸。

所以,留神而又留神,果然,"天助自助者",今天竟在《循环日报》上遇到一点参考资料了。事情是一个广州执信学校的学生,路过(!)香港,"在尖沙嘴码头,被一五七号华差截搜行李,在其木杠(谨案:箱也)之内,搜获激烈文字书籍七本。计开:执信学校印行之《宣传大纲》六本,又《侵夺中国史》一本。此种激烈文字,业经华民署翻译员择译完竣,昨日午乃解由连司提讯,控以怀有激烈文字书籍之罪。……"抄报太麻烦,说个大略罢,是:"择译"时期,押银五百元出外;后来因为被告供称书系朋友托带,所以"姑判从轻罚银二十五元,书籍没收焚毁"云。

执信学校是广州的平正的学校,既是"清党"之后,则《宣传大纲》不外三民主义可知,但一到"尖沙嘴",可就"激烈"了;可怕。惟独对于友邦,竟敢用"侵夺"字样,则确也未免"激烈"一点,因为忘了他们正在替我们"保存国粹"之恩故也。但"侵夺"上也许还有字,记者不敢写出来。

我曾经提起过几回元朝,今夜思之,还不很确。元朝之于中文书籍,未尝如此留心。这一著倒要推清朝做模范。他不但兴过几回"文字狱",大杀叛徒,且于宋朝人所做的"激烈文字",也曾细心加以删改。同胞之热心"复古"及友邦之赞助"复古"者,似当奉为师法者也。

清朝人改宋人书,我曾经举出过《茅亭客话》。但这书在《琳琅秘室丛书》里,现在时价每部要四十元,倘非小阔人,那能得之哉?近来却另有一部了,是商务印书馆印的《鸡肋编》,宋庄季裕著,每本只要五角,我们可以看见清朝的文澜阁本和元钞本有如何不同。今摘数条如下:

"燕地……女子……冬月以栝蒌涂面,……至春暖方涤去,久不为风日所侵,故洁白如玉也。今使中国妇女,尽污于殊俗,汉唐和亲之计,盖未为屈也。"(清人将"今使中国"以下二十二字,改作"其异于南方如此"七字。)

"自古兵乱,郡邑被焚毁者有之,虽盗贼残暴,必赖室庐以处,故须有存者。靖康之后,金虏侵凌中国,露居异俗,凡所经过,尽皆焚爇。如曲阜先圣旧宅,自鲁共王之后,但有增葺。莽卓巢温之徒,犹假崇儒,未尝敢犯。至金寇,遂为烟尘。指其像而诟曰'尔是言夷狄之有君者!'中原之祸,自书契以来,未之有也。"(清朝的改本,可大不同了,是"孔子宅在今仙源故鲁城中归德门内阙里之中。……遭汉中微,盗贼奔突,自西京未央建章之殿,皆见隳坏,而灵光岿然独存。今其遗址,不复可见。而先圣旧宅,近日亦遭兵爇之厄,可叹也夫。")

抄书也太麻烦,还是不抄下去了。但我们看第二条,就很可以悟出上海保安会所切望的"循规蹈矩"之道。即:原文带些愤激,是"激烈",改本不过"可叹也夫",是"循规蹈矩"的。何以故呢?愤激便有揭竿而起的可能,而"可叹也夫"则瘟头瘟脑,即使全国一同叹气,其结果也不过是叹气,于"治安"毫无妨碍的。

但我还要给青年们一个警告:勿以为我们以后只做"可叹也夫"的文章,便可以安全了。新例我还未研究好,单看清朝的老例,则准其叹气,乃是对于古人的优待,不适用于今人的。因为奴才都叹气,虽无大害，主人看了究竟不舒服。必须要如罗素所称赞的杭州的轿夫一样，常是笑嘻嘻。

但我还要给自己解释几句：我虽然对于"笑嘻嘻"仿佛有点微词，但我并非意在鼓吹"阶级斗争"，因为我知道我的这一篇，杭州轿夫是不会看见的。况且"讨赤"诸君子，都不肯笑嘻嘻的去抬轿，足见以抬轿为苦境，也不独"乱党"为然。而况我的议论，其实也不过"可叹也夫"乎哉！

现在的书籍往往"激烈"，古人的书籍也不免有违碍之处。那么，为中国"保存国粹"者，怎么办呢？我还不大明白。仅知道澳门是正在"征诗"，共收卷七千八百五十六本，经"江霞公太史（孔殷）评阅"，取录二百名。第一名的诗是：

南中多乐日高会。。。　　良时厚意愿得常。。。
陵松万章发文彩。。。　　百年贵寿齐辉光。。。

这是从香港报上照抄下来的，一连三圈，也原本如此，我想大概是密圈之意。这诗大约还有一种"格"，如"嵌字格"之类，但我是外行，只好不谈。所给我益处的，是我居然从此悟出了将来的"国粹"，当以诗词骈文为正宗。史学等等，恐怕未必发达。即要研究，也必先由老师宿儒，先加一番改定工夫。唯独诗词骈文，可以少有流弊。故骈文入神的饶汉祥一死，日本人也不禁为之慨叹，而"狂徒"又须挨骂了。

日本人拜服骈文于北京，"金制军""整理国故"于香港，其爱护中国，恐其沦亡，可谓至矣。然而裁厘加税，大家都不赞成者何哉？盖厘金乃国粹，而关税非国粹也。"可叹也夫"！

今是中秋，璧月澄澈，叹气既完，还不想睡。重吟"征诗"，莫名其妙，稿有余纸，因录"江霞公太史"评语，俾读者咸知好处，但圈点是我僭加的——

"以谢启为题，寥寥二十八字。既用古诗十九首中字，复嵌全限内字。首二句是赋，三句是兴，末句是兴而比。步骤井然，举重若轻,绝不吃力。虚室生白,吉祥止止。洵属巧中生巧,难上加难。至其胎息之高古,意义之纯粹,格调之老苍,非寝馈汉魏古诗有年,未易臻斯境界。"

九月十一日,广州。

原载 1927 年 10 月 8 日《语丝》周刊第 152 期。

初收 1928 年 10 月上海北新书局版《而已集》。

《唐宋传奇集》序例

东越胡应麟在明代,博涉四部,尝云:"凡变异之谈,盛于六朝,然多是传录舛讹,未必尽幻设语。至唐人,乃作意好奇,假小说以寄笔端。如《毛颖》《南柯》之类尚可,若《东阳夜怪》称成自虚,《玄怪录》元无有,皆但可付之一笑,其文气亦卑下亡足论。宋人所记,乃多有近实者,而文彩无足观。"其言盖几是也。厥于诗赋,旁求新涂,藻思横流,小说斯灿。而后贤秉正,视同土沙,仅赖《太平广记》等之所包容,得存什一。顾复缘贾人贸利,撮拾彫镌,如《说海》,如《古今逸史》,如《五朝小说》,如《龙威秘书》,如《唐人说荟》,如《艺苑捃华》,为欲总目烂然,见者眩惑,往往妄制篇目,改题撰人,晋唐稗传,黥劓几尽。夫蚁子惜鼻,固犹香象,嫫母护面,讵逊毛嫱,则彼虽小说,讵称卑卑不足厕九流之列者乎,而换头削足,仍亦骇心之厄也。昔尝病之,发意匡正。先辑自汉至隋小说,为《钩沈》五部讫;渐复录唐宋传奇之作,将欲汇为一编,较之通行本子,稍足凭信。而屡更颠沛,不遑理董,委诸行箧,分饱蟫蠹而已。今夏失业,幽居南中,偶见郑振铎君所编《中国短篇小说集》,埽荡烟埃,斥伪返本,积年堙郁,一旦霍然。惜《夜怪录》尚题王洙,《灵应传》未删于逖,盖于故旧,犹

435

存眷恋。继复读大兴徐松《登科记考》，积微成昭，钩稽渊密，而于李微及第，乃引李景亮《人虎传》作证。此明人妄署，非景亮文。弥叹虽短书俚说，一遭篡乱，固贻害于谈文，亦飞灾于考史也。顿忆旧稿，发箧谛观，黯澹有加，渝敝则未。乃略依时代次第，循览一周。谅哉，王度《古镜》，犹有六朝志怪余风，而大增华艳。千里《杨倡》，柳珵《上清》，遂极庳弱，与诗运同。宋好劝惩，摭实而泥，飞动之致，眇不可期，传奇命脉，至斯以绝。惟自大历以至大中中，作者云蒸，郁术文苑，沈既济许尧佐擢秀于前，蒋防元稹振采于后，而李公佐白行简陈鸿沈亚之辈，则其卓异也。特《夜怪》一录，显托空无，逮今允成陈言，在唐实犹新意，胡君顾贬之至此，窃未能同耳。自审所录，虽无秘文，而曩曾用心，仍自珍惜。复念近数年中，能恳恳顾及唐宋传奇者，当不多有。持此涓滴，注彼说渊，献我同流，比之芹子，或亦将稍减其考索之劳，而得玩绎之乐耶。于是杜门摊书，重加勘定，匝月始就，凡八卷，可校印。结愿知幸，方欣已歇。顾旧乡而不行，弄飞光于有尽，嗟夫，此亦岂所以善吾生，然而不得已也。犹有杂例，并缀左方：

一，本集所取资者，为明刊本《文苑英华》；清黄晟刊本《太平广记》，校以明许自昌刻本；涵芬楼影印宋本《资治通鉴考异》；董康刻士礼居本《青琐高议》，校以明张梦锡刊本及旧钞本；明翻宋本《百川学海》；明钞本原本《说郛》；明顾元庆刊本《文房小说》；清胡珽排印本《琳琅秘室丛书》等。

一，本集所取，专在单篇。若一书中之一篇，则虽事极煊赫，或本书已亡，亦不收采。如袁郊《甘泽谣》之《红线》，李复言《续玄怪录》之杜子春，裴铏《传奇》之《昆仑奴》《聂隐娘》等是也。皇甫枚《飞烟传》，虽亦是《三水小牍》逸文，然《太平广记》引则不云出于何书，似曾单行，故仍入录。

一，本集所取，唐文从宽，宋制则颇加决择。凡明清人所辑丛刊，有妄作者，辄加审正，黜其伪欺，非敢刊落，以求信也。日本有

436

《游仙窟》，为唐张文成作，本当置《白猿传》之次，以章矛尘君，方图版行，故不编入。

一，本集所取文章，有复见于不同之书，或不同之本，得以互校者，则互校之。字句有异，惟从其是。亦不历举某字某本作某，以省纷烦。倘读者更欲详知，则卷末具记某篇出于何书何卷，自可覆检原书，得其究竟。

一，向来涉猎杂书，遇有关于唐宋传奇，足资参证者，时亦写取，以备遗忘。比因奔驰，颇复散失。客中又不易得书，殊无可作。今但会集丛残，稍益以近来所见，并为一卷，缀之末简，聊存旧闻。

一，唐人传奇，大为金元以来曲家所取资，耳目所及，亦举一二。第于词曲之事，素未用心，转贩故书，谅多讹略，精研博考，以俟专家。

一，本集篇卷无多，而成就颇亦匪易。先经许广平君为之选录，最多者《太平广记》中文。惟所据仅黄晟本，甚虑讹误。去年由魏建功君校以北京大学图书馆所藏明长洲许自昌刊本，乃始释然。逮今缀缉杂札，拟置卷末，而旧稿潦草，复多沮疑，蒋径三君为致书籍十余种，俾得检寻，遂以就绪。至陶元庆君所作书衣，则已贻我于年余之前者矣。广赖众力，才成此编，谨藉空言，普铭高谊云尔。

中华民国十有六年九月十日，鲁迅校毕题记。时大夜弥天，璧月澄照，饕蚊遥叹，余在广州。

原载 1927 年 10 月 16 日《北新》周刊第 1 卷第 51、52 期合刊。后印入 1927 年 12 月上海北新书局版《唐宋传奇集》。初未收集。

十一日

日记 星期。晴。下午蒋径三来，同往艳芳照相，并邀广平。

阅书坊。在商业书店买英译《文学与革命》一本,泉七元,拟赠立峨。

十二日

日记 昙。下午寄谢玉生信。寄淑卿信。寄上海北新书局帐目。寄北京语丝社稿两篇。晚立峨来,赠以书。夜吕君,梁君来访。

十三日

日记 晴。晚延进,立峨来。

十四日

日记 晴。上午得三弟信,五日发,夜复。

可 恶 罪

这是一种新的"世故"。

我以为法律上的许多罪名,都是花言巧语,只消以一语包括之,曰:可恶罪。

譬如,有人觉得一个人可恶,要给他吃点苦罢,就有这样的法子。倘在广州而又是"清党"之前,则可以暗暗地宣传他是无政府主义者。那么,共产青年自然会说他"反革命",有罪。若在"清党"之后呢,要说他是 CP 或 CY,没有证据,则可以指为"亲共派"。那么,清党委员会自然会说他"反革命",有罪。再不得已,则只好寻些别的事由,诉诸法律了。但这比较地麻烦。

我先前总以为人是有罪,所以枪毙或坐监的。现在才知道其中的许多,是先因为被人认为"可恶",这才终于犯了罪。

许多罪人,应该称为"可恶的人"。

　　　　　　　　　　　　　　九，十四。

　　原载 1927 年 10 月 22 日《语丝》周刊第 154 期，题作《随感录六十八　可恶罪》。

　　初收 1928 年 10 月上海北新书局版《而已集》。

新时代的放债法

　　还有一种新的"世故"。

　　先前，我总以为做债主的人是一定要有钱的，近来才知道无须。在"新时代"里，有一种精神的资本家。

　　你倘说中国像沙漠罢，这资本家便乘机而至了，自称是喷泉。你说社会冷酷罢，他便自说是热；你说周围黑暗罢，他便自说是太阳。

　　阿！世界上冠冕堂皇的招牌，都被拿去了。岂但拿去而已哉。他还润泽，温暖，照临了你。因为他是喷泉，热，太阳呵！

　　这是一宗恩典。

　　不但此也哩。你如有一点产业，那是他赏赐你的。为什么呢？因为倘若他一提倡共产，你的产业便要充公了，但他没有提倡，所以你能有现在的产业。那自然是他赏赐你的。

　　你如有一个爱人，也是他赏赐你的。为什么呢？因为他是天才而且革命家，许多女性都渴仰到五体投地。他只要说一声"来！"便都飞奔过去了，你的当然也在内。但他不说"来！"所以你得有现在的爱人。那自然也是他赏赐你的。

　　这又是一宗恩典。

　　还不但此也哩！他到你那里来的时候，还每回带来一担同情！一百回就是一百担——你如果不知道，那就因为你没有精神的眼晴——经过一年,利上加利,就是二三百担……

阿阿！这又是一宗大恩典。

于是乎是算账了。不得了,这么雄厚的资本,还不够买一个灵魂么？但革命家是客气的,无非要你报答一点,供其使用——其实也不算使用,不过是"帮忙"而已。

倘不如命地"帮忙",当然,罪大恶极了。先将忘恩负义之罪,布告于天下。而且不但此也,还有许多罪恶,写在账簿上哩,一旦发布,你便要"身败名裂"了。想不"身败名裂"么,只有一条路,就是赶快来"帮忙"以赎罪。

然而我不幸竟看见了"新时代的新青年"的身边藏着这许多账簿,而他们自己对于"身败名裂"又怀着这样天大的恐慌。

于是乎又得新"世故"：关上门,塞好酒瓶,捏紧皮夹。这倒于我很保存了一些润泽,光和热——我是只看见物质的。

九,十四。

原载 1927 年 10 月 22 日《语丝》周刊第 154 期,题作《随感录七十　新时代的避债法》。

初收 1928 年 10 月上海北新书局版《而已集》。

十五日

日记　晴。作杂论数则。夜浴。

扣丝杂感

以下这些话,是因为见了《语丝》(一四七期)的《随感录》(二八)而写的。

这半年来，凡我所看的期刊，除《北新》外，没有一种完全的：《莽原》、《新生》、《沉钟》。甚至于日本文的《斯文》，里面所讲的都是汉学，末尾附有《西游记传奇》，我想和演义来比较一下，所以很切用，但第二本即缺少，第四本起便杳然了。至于《语丝》，我所没有收到的统共有六期，后来多从市上的书铺里补得，惟有一二六和一四三终于买不到，至今还不知道内容究竟是怎样。

这些收不到的期刊，是遗失，还是没收的呢？我以为两者都有。没收的地方，是北京，天津，还是上海，广州呢？我以为大约也各处都有。至于没收的缘故，那可是不得而知了。

我所确切知道的，有这样几件事。是《莽原》也被扣留过一期，不过这还可以说，因为里面有俄国作品的翻译。那时只要一个"俄"字，已够惊心动魄，自然无暇顾及时代和内容。但韦丛芜的《君山》，也被扣留。这一本诗，不但说不到"赤"，并且也说不到"白"，正和作者的年纪一样，是"青"的，而竟被禁锢在邮局里。黎锦明先生早有来信，说送我《烈火集》，一本是托书局寄的，怕他们忘记，自己又寄了一本。但至今已将半年，一本也没有到。我想，十之九都被没收了，因为火色既"赤"，而况又"烈"乎，当然通不过的。

《语丝》一三二期寄到我这里的时候是出版后约六星期，封皮上写着两个绿色大字道："扣留"，另外还有检查机关的印记和封条。打开看时，里面是《猓猓人的创世记》、《无题》、《寂寞札记》、《撒园荽》、《苏曼殊及其友人》，都不像会犯禁。我便看《来函照登》，是讲"情死""情杀"的，不要紧，目下还不管这些事。只有《闲话拾遗》了。这一期特别少，共只两条。一是讲日本的，大约也还不至于犯禁。一是说来信告诉"清党"的残暴手段的，《语丝》此刻不想登。莫非因为这一条么？但不登何以又不行呢？莫明其妙。然而何以"扣留"而又放行了呢？也莫明其妙。

这莫明其妙的根源，我以为在于检查的人员。

中国近来一有事，首先就检查邮电。这检查的人员，有的是团长或区长,关于论文诗歌之类,我觉得我们不必和他多谈。但即使是读书人,其实还是一样的说不明白,尤其是在所谓革命的地方。直截痛快的革命训练弄惯了,将所有革命精神提起,如油的浮在水面一般,然而顾不及增加营养。所以,先前是刊物的封面上画一个工人,手捏铁铲或鹤嘴锹,文中有"革命! 革命!""打倒! 打倒!"者,一帆风顺,算是好的。现在是要画一个少年军人拿旗骑在马上,里面"严办! 严办!"这才庶几免于罪戾。至于什么"讽刺","幽默","反语","闲谈"等类,实在还是格不相入。从格不相入,而成为视之懔然,结果即不免有些弄得乱七八糟,谁也莫明其妙。

还有一层,是终日检查刊物,不久就会头昏眼花,于是讨厌,于是生气,于是觉得刊物大抵可恶——尤其是不容易了然的——而非严办不可。我记得书籍不切边,我也是作俑者之一,当时实在是没有什么恶意的。后来看见方传宗先生的通信(见本《丝》一二九),竟说得要毛边装订的人有如此可恶,不觉满肚子冤屈。但仔细一想,方先生似乎是图书馆员,那么,要他老是裁那并不感到兴趣的毛边书,终于不免生气而大骂毛边党,正是毫不足怪的事。检查员也同此例,久而久之,就要发火,开初或者看得详细点,但后来总不免《烈火集》也可怕,《君山》也可疑,——只剩了一条最稳当的路:扣留。

两个月前罢,看见报上记着某邮局因为扣下的刊物太多,无处存放了,一律焚毁。我那时实在感到心痛,仿佛内中很有几本是我的东西似的。呜呼哀哉! 我的《烈火集》呵。我的《西游记传奇》呵。我的……。

附带还要说几句关于毛边的牢骚。我先前在北京参与印书的时候,自己暗暗地定下了三样无关紧要的小改革,来试一试。一,是首页的书名和著者的题字,打破对称式;二,是每篇的第一行之前,留下几行空白;三,就是毛边。现在的结果,第一件已经有恢复香炉烛台式的了;第二件有时无论怎样叮嘱,而临印的时候,工人终于将第一行的字移到纸边,用"迅雷不及掩耳的手段",使你无可挽救;第三件被攻击最早，不久我便有条件的降伏了。与李老板约：别的不管，只是我的译著，必须坚持毛边到底！但是，今竟如何？老板送给我的五部或十部，至今还确是毛边。不过在书铺里，我却发见了毫无"毛"气，四面光滑的《彷徨》之类。归根结蒂，他们都将彻底的胜利。所以说我想改革社会，或者和改革社会有关，那是完全冤枉的，我早已瘟头瘟脑，躺在板床上吸烟卷——彩凤牌——了。

言归正传。刊物的暂时要碰钉子，也不但遇到检查员，我恐怕便是读书的青年，也还是一样。先已说过，革命地方的文字，是要直截痛快，"革命！革命！"的，这才是"革命文学"。我曾经看见一种期刊上登载一篇文章，后有作者的附白，说这一篇没有谈及革命，对不起读者，对不起对不起。但自从"清党"以后，这"直截痛快"以外，却又增添了一种神经过敏。"命"自然还是要革的，然而又不宜太革，太革便近于过激，过激便近于共产党，变了"反革命"了。所以现在的"革命文学"，是在顽固这一种反革命和共产党这一种反革命之间。

于是又发生了问题，便是"革命文学"站在这两种危险物之间，如何保持她的纯正——正宗。这势必至于必须防止近于赤化的思想和文字，以及将来有趋于赤化之虑的思想和文字。例如，攻击礼教和白话，即有趋于赤化之忧。因为共产派无视一切旧物，而白话则始于《新青年》，而《新青年》乃独秀所办。今天看见北京教育部禁止白话的消息，我逆料《语丝》必将有几句感慨，但我实在是无动于中。我觉得连思想文字，也到处都将窒息，几句白话黑话，已经没有什么大关系了。

那么，谈谈风月，讲讲女人，怎样呢？也不行。这是"不革命"。"不革命"虽然无罪，然而是不对的！

现在在南边，只剩了一条"革命文学"的独木小桥，所以外来的许多刊物，便通不过，扑通！扑通！都掉下去了。

但这直捷痛快和神经过敏的状态，其实大半也还是视指挥刀的指挥而转移的。而此时刀尖的挥动，还是横七竖八。方向有个一定之后，或者可以好些罢。然而也不过是"好些"，内中的骨子，恐怕还不外乎窒息，因为这是先天性的遗传。

先前偶然看见一种报上骂郁达夫先生，说他《洪水》上的一篇文章，是不怀好意，恭维汉口。我就去买《洪水》来看，则无非说旧式的崇拜一个英雄，已和现代潮流不合，倒也看不出什么恶意来。这就证明着眼光的钝锐，我和现在的青年文学家已很不同了。所以《语丝》的莫明其妙的失踪，大约也许只是我们自己莫明其妙，而上面的检查员云云，倒是假设的恕词。

至于一四五期以后，这里是全都收到的，大约惟在上海者被押。假如真的被押，我却以为大约也与吴老先生无关。"打倒……打倒……严办……严办……"，固然是他老先生亲笔的话，未免有些责任，但有许多动作却并非他的手脚了。在中国，凡是猛人（这是广州常用的话，其中可以包括名人，能人，阔人三种），都有这种的运命。

无论是何等样人，一成为猛人，则不问其"猛"之大小，我觉得他的身边便总有几个包围的人们，围得水泄不透。那结果，在内，是使该猛人逐渐变成昏庸，有近乎傀儡的趋势。在外，是使别人所看见的并非该猛人的本相，而是经过了包围者的曲折而显现的幻形。至于幻得怎样，则当视包围者是三棱镜呢，还是凸面或凹面而异。假如我们能有一种机会，偶然走到一个猛人的近旁，便可以看见这时包围者的脸面和言动，和对付别的人们的时候有怎样地不同。我们在外面看见一个猛人的亲信，谬妄骄恣，很容易以为该猛人所爱的是这样的人物。殊不知其实是大谬不然的。猛人所看见的他是娇嫩老实，非常可爱，简直说话会口吃，谈天要脸红。老实说一句罢，虽是"世故的老人"如不佞者，有时从旁看来也觉得倒也并不坏。

但同时也就发生了胡乱的矫诏和过度的巴结，而晦气的人物呀，刊物呀，植物呀，矿物呀，则于是乎遭灾。但猛人大抵是不知道的。凡知道一点北京掌故的，该还记得袁世凯做皇帝时候的事罢。

要看日报，包围者连报纸都会特印了给他看，民意全部拥戴，舆论一致赞成。直要待到蔡松坡云南起义，这才阿呀一声，连一连吃了二十多个馒头都自己不知道。但这一出戏也就闭幕，袁公的龙驭上宾于天了。

包围者便离开了这一株已倒的大树，去寻求别一个新猛人。

我曾经想做过一篇《包围新论》，先述包围之方法，次论中国之所以永是走老路，原因即在包围，因为猛人虽有起仆兴亡，而包围者永是这一伙。次更论猛人倘能脱离包围，中国就有五成得救。结末是包围脱离法。——然而终于想不出好的方法来，所以这新论也还没有敢动笔。

爱国志士和革命青年幸勿以我为懒于筹画，只开目录而没有文章。我思索是也在思索的，曾经想到了两样法子，但反复一想，都无用。一，是猛人自己出去看看外面的情形，不要先"清道"。然而虽不"清道"，大家一遇猛人，大抵也会先就改变了本然的情形，再也看不出真模样。二，是广接各样的人物，不为一定的若干人所包围。然而久而久之，也终于有一群制胜，而这最后胜利者的包围力则最强大，归根结蒂，也还是古已有之的运命：龙驭上宾于天。

世事也还是像螺旋。但《语丝》今年特别碰钉子于南方，仿佛得了新境遇，这又是什么缘故呢？这一点，我自以为是容易解答的。

"革命尚未成功"，是这里常见的标语。但由我看来，这仿佛已经成了一句谦虚话，在后方的一大部分的人们的心里，是"革命已经成功"或"将近成功"了。既然已经成功或将近成功，自己又是革命家，也就是中国的主人翁，则对于一切，当然有管理的权利和义务。刊物虽小事，自然也在看管之列。有近于赤化之虑者无论矣，而要说不吉利语，即可以说是颇有近于"反革命"的气息了，至少，也很令人不欢。而《语丝》，是每有不肯凑趣的坏脾气的，则其不免于有时失踪也，盖犹其小焉者耳。

九月十五日。

原载 1927 年 10 月 22 日《语丝》周刊第 154 期。

初收 1928 年 10 月上海北新书局版《而已集》。

"公理"之所在

在广州的一个"学者"说，"鲁迅的话已经说完，《语丝》不必看了。"这是真的，我的话已经说完，去年说的，今年还适用，恐怕明年也还适用。但我诚恳地希望他不至于适用到十年二十年之后。倘这样，中国可就要完了，虽然我倒可以自慢。

公理和正义都被"正人君子"拿去了，所以我已经一无所有。这是我去年说过的话，而今年确也还是如此。然而我虽然一无所有，寻求是还在寻求的，正如每个穷光棍，大抵不会忘记银钱一样。

话也还没有说完。今年，我竟发见了公理之所在了。或者不能说发见，只可以说证实。北京中央公园里不是有一座白石牌坊，上面刻着四个大字道，"公理战胜"么？——Yes，就是这个。

这四个字的意思是"有公理者战胜"，也就是"战胜者有公理"。

段执政有卫兵，"孤桐先生"秉政，开枪打败了请愿的学生，胜矣。于是东吉祥胡同的"正人君子"们的"公理"也蓬蓬勃勃。慨自执政退隐，"孤桐先生""下野"之后，——呜呼，公理亦从而零落矣。那里去了呢？枪炮战胜了投壶，阿！有了，在南边了。于是乎南下，南下，南下……

于是乎"正人君子"们又和久违的"公理"相见了。

《现代评论》的一千元津贴事件，我一向没有插过嘴，而"主将"也将我拉在里面，乱骂一通，——大约以为我是"首领"之故罢。横竖说也被骂，不说也被骂，我就回敬一杯，问问你们所自称为"现代派"者，今年可曾幡然变计，另外运动，收受了新的战胜者的津贴没有？

　　还有一问，是："公理"几块钱一斤？

　　　　　原载 1927 年 10 月 22 日《语丝》周刊第 154 期，题作《随

　　感录六十七　"公理"之所在》。

　　　　　初收 1928 年 10 月上海北新书局版《而已集》。

"意表之外"

　　有恒先生在《北新周刊》上诧异我为什么不说话，我已经去信公开答复了。还有一层没有说。这也是一种新的"世故"。

　　我的杂感常不免于骂。但今年发见了，我的骂对于被骂者是大抵有利的。

　　拿来做广告，显而易见，不消说了。还有：

　　1，天下以我为可恶者多，所以有一个被我所骂的人要去运动一个以我为可恶的人，只要摊出我的杂感来，便可以做他们的"兰谱"，"相视而笑，莫逆于心"了。"咱们一伙儿"。

　　2，假如有一个人在办一件事，自然是不会好的。但我一开口，他却可以归罪于我了。譬如办学校罢，教员请不到，便说：这是鲁迅说了坏话的缘故；学生闹一点小乱子罢，又是鲁迅说了坏话的缘故。他倒干干净净。

　　我又不学耶稣，何苦替别人来背十字架呢？

　　但"江山好改，本性难移"，也许后来还要开开口。可是定了"新法"了，除原先说过的"主将"之类以外，新的都不再说出他的真姓名，只叫"一个人"，"某学者"，"某教授"，"某君"。这么一来，他利用的时候便至少总得费点力，先须加说明。

　　你以为"骂"决非好东西罢，于有些人还是有利的。人类究竟是

可怕的东西。就是能够咬死人的毒蛇，商人们也会将它浸在酒里，什么"三蛇酒"，"五蛇酒"，去卖钱。

这种办法实在比"交战"厉害得多，能使我不敢写杂感。但再来一回罢，写"不敢写杂感"的杂感。

原载 1927 年 10 月 22 日《语丝》周刊第 154 期，题作《随感录六十九 "意表之外"》。

初收 1928 年 10 月上海北新书局版《而已集》。

十六日

日记 晴。上午以《奂卿传》寄还王以刚。以《朝花夕拾》定稿寄未名社。寄北京语丝社信并稿。得姜君信。托阿斗从图书馆买《南海百咏》一本，二角；《广雅丛刊》中之杂考订书类十三种共二十四本，泉六元七角五分。下午得小峰信，十日上海发。大风，微雨即霁。晚立峨及李君来。

十七日

日记 晴，风。晚董长志来并交卓治信，七月十一日巴黎发。陈延进来。蒋径三来。夜复姜仇信。寄小峰信并《唐宋传奇集》序。

十八日

日记 星期。晴。夜寄语丝社信。寄沪北新稿。始整行李。

十九日

日记 晴。上午寄崔真吾信。寄王方仁信。晚得翟永坤信二封，八月廿二，廿九日发。

致 翟永坤

永坤兄：

八月廿二，廿八日两信，今天（九月十九）一同收到了，一个学生给我送来的。你似乎还没有知道，中山大学的一切职务，我于三月间早已辞去了，在此已经闲住了六个月，现在是肚子饿而头昏。我本来早想走，但先前是因为别的原因，后来是太古船员罢工，没有船，总是走不成。现在听说有船了，所以我想于本月之内动身。

我先到上海，无非想寻一点饭，但政，教两界，我想不涉足，因为实在外行，莫名其妙。也许翻译一点东西卖卖罢。北大改组的事已在报上看见了。此地自从捉去了若干学生不知道数目，几十或百余罢以后，听说很乐观，已成为中国第一个大学。

这里新闻是一定应该有的，可惜我不大知道，也知不清楚。

《鲁迅在广东》我没有见过，不知道是怎样的东西，大约是集些报上的议论罢。但这些议论是一时的，彼一时，此一时，现在很两样。

时光的确快，记得我们在马路上见了之后，已经一年多了，我漂流了两省，幻梦醒了不少，现在是胡胡涂涂。想起北京来，觉得也并不坏，而且去年想捉我的"正人君子"们，现已大抵南下革命了，大约回去也不妨。不过有几个学生，因为是我的学生，所以学校还未进妥近来有些这样的情形，连和我熟识的学生，也会有人疑心他脾气和我相似，喜欢揭穿假面具，所以看得讨厌。我想陪着他们暂时漂流，到他们有书读了，我再静下来。

看看二十来篇作品的工夫，总可以有的。但近一年来，我全没给人选文章。有一个高长虹，先前叫我给他选了一本文章，后来他在报上说，我将他最好的几篇都选掉了，因为我妒贤嫉能，怕他出名，所以将好的故意压下。从此以后，我便不做选文的事，有暇便自己玩玩。你如不相信高长虹的话,可以寄来,我有暇时再看,但诗不必寄,因为我不懂这一门。稿寄"上海,新闸路,仁济里北新书局李小峰"收转。

这里还是夏天,穿单衣,一做事便流汗。去年我在厦门时,十一月上山去,看见石榴花,用惯于北方的眼睛看来,好像造物在和我开玩笑。

鲁迅　九月十九夜

致 章廷谦

矛尘兄:

久不得来信,大约你以为我早动身了,而岂知我至今尚九蒸九晒于二楼之上也哉! 听说太古船员诸公已复工,则我真将走成,现已理行李两天,拟于廿七八搬入客栈,遇有船则上之也。

自然先到上海,其次,则拟往南京,不久留的,大约至多两三天,因为要去看看有麟,有一点事,但不是谋饭碗,孑公复膺大学院长,饭仍是蒋维乔袁希涛口中物也。复次当到杭州,看看西湖北湖之类,而且可以畅谈。但这种计画,后来也许会变更,此刻实在等于白说。

此地已较凉。梁漱溟已为委员,我看他是要阔的。市民正拟欢迎张发奎将军,牌楼搭得空前之好。各种厅长多已换。黄浦〔埔〕学校已停办。截至今日止,如此而已。

中大今日(或明日,记不清了)开学,行授旗式,旗乃校旗也,青天白日外加红边,新定的。何日开课,未闻。绍原先生已行了罢。该校的安否,大概很与政局相关的,所以本学期如何,实在说不清。但他若取中立之状态,则无妨。

《语丝》的一四一,二两期,终于没有收到,大概没收了。这里的一部分青年已将郁达夫看作危险人物,大奇。广西禁《洪水》与《独秀文存》。汕头之创造社被封。北新出了一本《鲁迅在广东》,好些人向我来要,而我一向不知道。关于出版界之所闻,大略如此。

新月书店的目录,你看过了没有?每种广告都飘飘然,是诗哲手笔。春台列名其间,我觉得太犯不上也。最可恶者《闲话》广告将我升为"语丝派首领",而云曾与"现代派主将"陈西滢交战,故凡看《华盖集》者,也当看《闲话》云云。我已作杂感寄《语丝》以骂之,此后又做了四五篇。

风举说燕大要我去教书,已经回复他了,我大约还须漂流几天。我一去,一定又有几个学生要同去,这是我力所不及的,别人容易误会为我专是呼朋引类。我也许此后不能教书了。但可玩玩时,姑且玩玩罢。

在二楼上,近来又编好了一部《唐宋传奇集》。到上海后,当为新作家选小说,共有三部。此后,真该玩玩了,一面寻饭碗。

迅 上 九月十九夜

斐君太太前均此请安。燕兄及在绍兴的某兄均此致候。

二十日

日记 小雨。上午复翟永坤信。寄矛尘信。得台静农信,八日发。

二十一日

日记 昙。午后春才,立峨来。

二十二日

日记 小雨。无事。

某笔两篇

昨天又得幸逢了两种奇特的广告,仍敢执绍介之劳。标点是我所加的,以醒眉目。该称什么笔呢,想了两天两夜,没有好结果。姑且称为"某笔",以俟博雅君子教正。这回的"动机"比较地近于纯正,除希望"有目共赏"外,似乎并不含有其他的副作用了。但又发生了一种妄想。记得前清时,曾有一种专选各种报上较好的论说的,叫作《选报》。现在如有好事之徒,也还可以办这一类的刊物。每省须有访员数人,专收该地报上奇特的社论,记事,文艺,广告等等,汇刊成册,公之于世。则其显示各种"社会相"也,一定比游记之类要深切得多。不知 CF 男士以为何如? 一九二七年九月二十二日午饭之前。

其 一

熊仲卿 榜名文蔚。历任民国县长,所长,处长,局长,厅长。通儒,显宦,兼作良医,尤擅女科。住本港跑马地黄泥涌道门牌五十五号一楼中医熊寓,每日下午应诊及出诊。电话总局五二七零。

(右一则见九月二十一日香港《循环日报》。)

谨案:以吾所闻,向来或称世医,以其数代为医也;或称儒医,以其曾做八股也;或称官医,以其亦为官家所雇也;或称御医,以其曾经走进(?)太医院也。若夫"县长,所长,处长,局长,厅长。通儒,显宦",而又"兼作良医",则诚旷古未有者矣。而五"长"做全,尤为难得云。

其　二

征求父母广告　余现已授中等教育有年，品行端正，纯无嗜好。因不幸父母相继逝世，余独取家资，来学广州。自思自觉单身儿子，有非常之寂寞。于是自愿甘心为人儿子。并自愿倾家产而从四方人事而无儿子者。有相当之家庭，且欲儿子者，请来函报告（家庭状况经济地位若何），并写明通讯地址。俟我回复，方接洽面商。阅报诸君而能介绍我好事成功者，应以百金敬酬。不成功者，当有谢谢。申一〇六

通讯处　广东省立第一中学校余希成具。

（右一则见同日广州《民国日报》。）

谨案：我辈生当浇漓之世，于"征求伴侣"等类广告，早经司空见惯，不以为奇。昔读茅泮林所辑《古孝子传》，见有三男皆无母，乃共迎养一不相干之老妪，当作母亲一事，颇以为奇。然那时孝廉方正，可以做官，故尚能疑为别有作用也。而此广告则挟家资以求亲，悬百金而待荐，雒诵之余，乌能不欣人心之复返于淳古，表而出之，以为留心世道者告，而为打爹骂娘者劝哉？特未知阅报诸君，可知广州有欲儿子者否？要知道倘为介绍，即使好事不成，亦有"谢谢"者也。

原载 1927 年 11 月 26 日《语丝》周刊第 156 期。
初收 1932 年 9 月上海北新书局版《三闲集》。

怎 么 写
夜记之一

写什么是一个问题，怎么写又是一个问题。

今年不大写东西，而写给《莽原》的尤其少。我自己明白这原因。说起来是极可笑的，就因为它纸张好。有时有一点杂感，子细一看，觉得没有什么大意思，不要去填黑了那么洁白的纸张，便废然而止了。好的又没有。我的头里是如此地荒芜，浅陋，空虚。

可谈的问题自然多得很，自宇宙以至社会国家，高超的还有文明，文艺。古来许多人谈过了，将来要谈的人也将无穷无尽。但我都不会谈。记得还是去年躲在厦门岛上的时候，因为太讨人厌了，终于得到"敬鬼神而远之"式的待遇，被供在图书馆楼上的一间屋子里。白天还有馆员，钉书匠，阅书的学生，夜九时后，一切星散，一所很大的洋楼里，除我以外，没有别人。我沉静下去了。寂静浓到如酒，令人微醺。望后窗外骨立的乱山中许多白点，是丛冢；一粒深黄色火，是南普陀寺的琉璃灯。前面则海天微茫，黑絮一般的夜色简直似乎要扑到心坎里。我靠了石栏远眺，听得自己的心音，四远还仿佛有无量悲哀，苦恼，零落，死灭，都杂入这寂静中，使它变成药酒，加色，加味，加香。这时，我曾经想要写，但是不能写，无从写。这也就是我所谓"当我沉默着的时候，我觉得充实，我将开口，同时感到空虚"。

莫非这就是一点"世界苦恼"么？我有时想。然而大约又不是的，这不过是淡淡的哀愁，中间还带些愉快。我想接近它，但我愈想，它却愈渺茫了，几乎就要发见仅只我独自倚着石栏，此外一无所有。必须待到我忘了努力，才又感到淡淡的哀愁。

那结果却大抵不很高明。腿上钢针似的一刺，我便不假思索地用手掌向痛处直拍下去，同时只知道蚊子在咬我。什么哀愁，什么夜色，都飞到九霄云外去了，连靠过的石栏也不再放在心里。而且这还是现在的话，那时呢，回想起来，是连不将石栏放在心里的事也没有想到的。仍是不假思索地走进房里去，坐在一把唯一的半躺椅——躺不直的藤椅子——上，抚摩着蚊喙的伤，直到它由痛转痒，渐渐肿成一个小疙瘩。我也就从抚摩转成搔，掐，直到它由痒转痛，比较地能够打熬。

此后的结果就更不高明了，往往是坐在电灯下吃柚子。

虽然不过是蚊子的一叮，总是本身上的事来得切实。能不写自然更快活，倘非写不可，我想，也只能写一些这类小事情，而还万不能写得正如那一天所身受的显明深切。而况千叮万叮，而况一刀一枪，那是写不出来的。

尼采爱看血写的书。但我想，血写的文章，怕未必有罢。文章总是墨写的，血写的倒不过是血迹。它比文章自然更惊心动魄，更直截分明，然而容易变色，容易消磨。这一点，就要任凭文学逞能，恰如冢中的白骨，往古来今，总要以它的永久来傲视少女颊上的轻红似的。

能不写自然更快活，倘非写不可，我想，就是随便写写罢，横竖也只能如此。这些都应该和时光一同消逝，假使会比血迹永远鲜活，也只足证明文人是侥幸者，是乖角儿。但真的血写的书，当然不在此例。

当我这样想的时候，便觉得"写什么"倒也不成什么问题了。

"怎样写"的问题，我是一向未曾想到的。初知道世界上有着这么一个问题，还不过两星期之前。那时偶然上街，偶然走进丁卜书店去，偶然看见一叠《这样做》，便买取了一本。这是一种期刊，封面上画着一个骑马的少年兵士。我一向有一种偏见，凡书面上画着这样的兵士和手捏铁锄的农工的刊物，是不大去涉略的，因为我总疑心它是宣传品。发抒自己的意见，结果弄成带些宣传气味了的伊孛生等辈的作品，我看了倒并不发烦。但对于先有了"宣传"两个大字的题目，然后发出议论来的文艺作品，却总有些格格不入，那不能直吞下去的模样，就和雒诵教训文学的时候相同。但这《这样做》却又有些特别，因为我还记得日报上曾经说过，是和我有关系的。也是凡事切己，则格外关心的一例罢，我便再不怕书面上的骑马的英雄，将它买来了。回来后一检查剪存的旧报，还在的，日子是三月七日，

可惜没有注明报纸的名目,但不是《民国日报》,便是《国民新闻》,因为我那时所看的只有这两种。下面抄一点报上的话:

"自鲁迅先生南来后,一扫广州文学之寂寞,先后创办者有《做什么》,《这样做》两刊物。闻《这样做》为革命文学社定期出版物之一,内容注重革命文艺及本党主义之宣传。……"

开首的两句话有些含混,说我都与闻其事的也可以,说因我"南来"了而别人创办的也通。但我是全不知情。当初将日报剪存,大概是想调查一下的,后来却又忘却,搁下了。现在还记得《做什么》出版后,曾经送给我五本。我觉得这团体是共产青年主持的,因为其中有"坚如","三石"等署名,该是毕磊,通信处也是他。他还曾将十来本《少年先锋》送给我,而这刊物里面则分明是共产青年所作的东西。果然,毕磊君大约确是共产党,于四月十八日从中山大学被捕。据我的推测,他一定早已不在这世上了,这看去很是瘦小精干的湖南的青年。

《这样做》却在两星期以前才见面,已经出到七八期合册了。第六期没有,或者说被禁止,或者说未刊,莫衷一是,我便买了一本七八合册和第五期。看日报的记事便知道,这该是和《做什么》反对,或对立的。我拿回来,倒看上去,通讯栏里就这样说:"在一般 CP 气焰盛张之时,……而你们一觉悟起来,马上退出 CP,不只是光退出便了事,尤其值得 CP 气死的,就是破天荒的接二连三的退出共产党登报声明。……"那么,确是如此了。

这里又即刻出了一个问题。为什么这么大相反对的两种刊物,都因我"南来"而"先后创办"呢?这在我自己,是容易解答的:因为我新来而且灰色。但要讲起来,怕又有些话长,现在姑且保留,待有相当的机会时再说罢。

这回且说我看《这样做》。看过通讯,懒得倒翻上去了,于是看目录。忽而看见一个题目道:《郁达夫先生休矣》,便又起了好奇心,立刻看文章。这还是切己的琐事总比世界的哀愁关心的老例,达夫先生是我所认识的,怎么要他"休矣"了呢?急于要知道。假使说的是张龙赵虎,或是我素昧平生的伟人,老实说罢,我决不会如此留心。

原来是达夫先生在《洪水》上有一篇《在方向转换的途中》,说这一次的革命是阶级斗争的理论的实现,而记者则以为是民族革命的理论的实现。大约还有英雄主义不适宜于今日等类的话罢,所以便被认为"中伤"和"挑拨离间",非"休矣"不可了。

我在电灯下回想,达夫先生我见过好几面,谈过好几回,只觉他稳健和平,不至于得罪于人,更何况得罪于国。怎么一下子就这么流于"偏激"了?我倒要看看《洪水》。

这期刊,听说在广西是被禁止的了,广东倒还有。我得到的是第三卷第二十九至三十二期。照例的坏脾气,从三十二期倒看上去,不久便翻到第一篇《日记文学》,也是达夫先生做的,于是便不再去寻《在方向转换的途中》,变成看谈文学了。我这种模模胡胡的看法,自己也明知道是不对的,但"怎么写"的问题,却就出在那里面。

作者的意思,大略是说凡文学家的作品,多少总带点自叙传的色彩的,若以第三人称来写出,则时常有误成第一人称的地方。而且叙述这第三人称的主人公的心理状态过于详细时,读者会疑心这别人的心思,作者何以会晓得得这样精细?于是那一种幻灭之感,就使文学的真实性消失了。所以散文作品中最便当的体裁,是日记体,其次是书简体。

这诚然也值得讨论的。但我想,体裁似乎不关重要。上文的第一缺点,是读者的粗心。但只要知道作品大抵是作者借别人以叙自己,或以自己推测别人的东西,便不至于感到幻灭,即使有时不合事实,然而还是真实。其真实,正与用第三人称时或误用第一人称时毫无不同。倘有读者只执滞于体裁,只求没有破绽,那就以看新闻记事为宜,对于文艺,活该幻灭。而其幻灭也不足惜,因为这不是真的幻灭,正如查不出大观园的遗迹,而不满于《红楼梦》者相同。倘作者如此牺牲了抒写的自由,即使极小部分,也无异于削足适履的。

第二种缺陷,在中国也已经是颇古的问题。纪晓岚攻击蒲留仙的《聊斋志异》,就在这一点。两人密语,决不肯泄,又不为第三人所闻,作者何从知之?所以他的《阅微草堂笔记》,竭力只写事状,而避去心思和密语。但有时又落了自设的陷阱,于是只得以《春秋左氏传》的"浑良夫梦中之噪"来解嘲。他的支绌的原因,是在要使读者信一切所写为事实,靠事实来取得真实性,所以一与事实相左,那真实性也随即灭亡。如果他先意识到这一切是创作,即是他个人的造作,便自然没有一切挂碍了。

一般的幻灭的悲哀,我以为不在假,而在以假为真。记得年幼时,很喜欢看变戏法,猢狲骑羊,石子变白鸽,最末是将一个孩子刺死,盖上被单,一个江北口音的人向观众装出撒钱模样道:Huazaa! Huazaa! 大概是谁都知道,孩子并没有死,喷出来的是装在刀柄里的苏木汁,Huazaa 一够,他便会跳起来的。但还是出神地看着,明明意识着这是戏法,而全心沉浸在这戏法中。万一变戏法的定要做得真实,买了小棺材,装进孩子去,哭着抬走,倒反索然无味了。这时候,连戏法的真实也消失了。

我宁看《红楼梦》,却不愿看新出的《林黛玉日记》,它一页能够使我不舒服小半天。《板桥家书》我也不喜欢看,不如读他的《道情》。我所不喜欢的是他题了家书两个字。那么,为什么刻了出来给许多人看的呢?不免有些装腔。幻灭之来,多不在假中见真,而在真中见假。日记体,书简体,写起来也许便当得多罢,但也极容易起幻灭之感;而一起则大抵很厉害,因为它起先模样装得真。

《越缦堂日记》近来已极风行了,我看了却总觉得他每次要留给我一点很不舒服的东西。为什么呢?一是钞上谕。大概是受了何焯的故事的影响的,他提防有一天要蒙"御览"。二是许多墨涂。写了尚且涂去,该有许多不写的罢?三是早给人家看,钞,自以为一部著作了。我觉得从中看不见李慈铭的心,却时时看到一些做作,仿佛受了欺骗。翻翻一部小说,虽是很荒唐,浅陋,不合理,倒从来不起这样的感觉的。

听说后来胡适之先生也在做日记,并且给人传观了。照文学进化的理论讲起来,一定该好得多。我希望他提前陆续的印出。

但我想,散文的体裁,其实是大可以随便的,有破绽也不妨。做作的写信和日记,恐怕也还不免有破绽,而一有破绽,便破灭到不可收拾了。与其防破绽,不如忘破绽。

原载 1927 年 10 月 10 日《莽原》半月刊第 18、19 期合刊。

初收 1932 年 9 月上海北新书局版《三闲集》。

致 台静农、李霁野

静农兄:
霁野

《朝华夕拾》改定稿,已挂号寄上,想已到。

静农兄九月八日信,前天收到了。小说要出,很好。可寄上海北新李小峰收转。来信同。

这里的生活费太贵,太古船已有,我想于月底动身了,到上海去。那边较便当,或者也可以卖点文章。这里是什么都不知道。可看的刊物也没有。

先前是时时想走,现在是收拾行李(有十来件,讨厌极了),《莽原》久不做了。现在写了一点,今寄上。以后想写几回这样的东西。

附上四张照相,是一月前照的,R 女士如要,请交去。如已无用,便中希送西三条寓。

前回来信说寄来的《二十四孝》之类之中,有几本是维钧兄的。

我即函询那几种,终无回信,大约我的信失落了。今仍希告我,以便先行邮还。因为带着走,不大便当。

我很好,请勿念。我想,上船之期,大约本月廿八九罢。

此地居然也凉起来了,有些秋意。

密斯朱寿恒闻已结婚。今年的岭南大学,听说严极了,学生及职教员好发议论的,就得滚蛋。收回中国自办了。

迅 九,二十二夜。

二十三日

日记 昙。下午寄语丝社稿。寄静农,霁野信并《夜记》一篇,照相四枚。寄淑卿信。晚陈延进来。

述香港恭祝圣诞

记者先生:

文宣王大成至圣先师孔夫子圣诞,香港恭祝,向称极盛。盖北方仅得东邻鼓吹,此地则有港督督率,实事求是,教导有方。侨胞亦知崇拜本国至圣,保存东方文明,故能发扬光大,盛极一时也。今年圣诞,尤为热闹,文人雅士,则在陶园雅集,即席挥毫,表示国粹。各学校皆行祝圣礼,往往欢迎各界参观,夜间或演新剧,或演电影,以助圣兴。超然学校每年祝圣,例有新式对联,贴于门口,而今年所制,尤为高超。今敬谨录呈,乞昭示内地,以愧意欲打倒帝国主义者:

乾 男校门联

本鲁史,作《春秋》,罪齐田恒,地义天经,打倒贼子乱臣,免得赤化宣传,讨父仇孝,共产公妻,破坏纲常伦纪。

堕三都,出藏甲,诛少正卯,风行雷厉,铲除贪官悍吏,训练青年德育,修身齐家,爱亲敬长,挽回世道人心。

　坤　女校门联

母凭子贵,妻藉夫荣,方今祝圣诚心,正宜遵檩三从,岂可开口自由,埋口自由,一味误会自由,趋附潮流成水性。

男禀乾刚,女占坤顺,此际尊孔主义,切勿反违四德,动说有乜所谓,有乜所谓,至则不知所谓,随同社会出风头。

埋犹言合,乜犹言何,有犹言无,盖女子小人,不知雅训,故用俗字耳。舆论之类,琳琅尤多,今仅将载于《循环日报》者录出一篇,以见大概:

孔诞祝圣言感　　　　佩蘅

金风送爽。凉露惊秋。转瞬而孔诞时期届矣。迩来圣教衰落。邪说嚣张。礼孔之举。惟港中人士。犹相沿奉行。至若内地。大多数不甚注意。盖自新学说出。而旧道德日即于沦亡。自新人物出。而古圣贤胥归于淘汰。一般学子。崇持列宁马克思种种谬说。不惜举二千年来炳若日星之圣教。摧陷而廓清之。其诋人也。不曰腐化即曰老朽。实则若曹少不更事。卤莽灭裂。不惜假新学说以便其私图。而古人之大义微言。俨如肉中刺。眼中钉。必欲拔除之而后快。孔子且在于打倒之列。更何有孔诞之可言。呜呼。长此以往。势不至等人道于禽兽不止。何幸此海隅之地。古风未泯。经教犹存。当此祝圣时期。济济跄跄一时称盛耶。虽然。吾人祝圣。特为此形式上之纪念耳。尤当注重孔教之精神。孔教重伦理。重实行。所谓齐家治国平天下。由近及远。由内及外。皆有轨道之可循。天不变道亦不变。自有碻凿之理由在。虽暴民嚣张。摧残圣教。然浮云之翳。何伤日月之明。吾人当蒙泉剥果之余。伤今思古。首当发挥大义。羽翼微言。子舆氏谓能言距杨墨者。圣人之徒。生今之世。群言淆乱。异说争鸣。众口铄金。积非成是。与圣教为难者。向只杨墨。就贵词而辟之。为吾道作干城。树中流之砥柱。若乎张皇耳目。涂饰仪文。以敷衍为心。作例行之举。则非吾所望于祝圣诸公也。感而书之如此。

香港孔圣会则于是日在太平戏院日夜演大尧天班。其广告云：

祝大成之圣节,乐奏钧天,彰正教于人群,欢腾大地。我国数千年来,崇奉孔教,诚以圣道足以维持风化,挽救人心者也。本会定期本月廿七日演大尧天班。是日演《加官大送子》,《游龙戏凤》。夜通宵先演《六国大封相》及《风流皇后》新剧。查《风流皇后》一剧,情节新奇,结构巧妙。惟此剧非演通宵,不能结局,故是晚经港政府给发数特别执照。演至通宵。……预日沽票处在荷李活道中华书院孔圣会办事所。

丁卯年八月廿四日,　　　　　　　　　香港孔圣会谨启。

《风流皇后》之名,虽欠雅驯,然"子见南子",《论语》不讳,惟此"海隅之地,古风未泯"者,能知此意耳。余如各种电影,亦复美不胜收,新戏院则演《济公传》四集,预告者尚有《齐天大圣大闹天宫》,新世界有《武松杀嫂》,全系国粹,足以发扬国光。皇后戏院之《假面新娘》虽出邻邦,然观其广告云："孔子有言,'始吾于人也,听其言而信其行,今吾于人也,听其言而观其行,于予与改是。'请君今日来看《假面新娘》以证孔子之言,然后知圣人一言而为天下法,所以不愧称为万世师表也。"则固亦有裨圣教者耳。

嗟夫！乘桴浮海,曾闻至圣之微言,崇正辟邪,幸有大英之德政。爱国劬古之士,当亦必额手遥庆,恨不得受一廛而为氓也。专此布达,即颂　　辑祺。

　　　　　　　　　　　　圣诞后一日,华约瑟谨启。

原载 1927 年 11 月 26 日《语丝》周刊第 156 期,题作《来函照登》。署名华约瑟。

初收 1932 年 9 月上海北新书局版《三闲集》。

二十四日

日记 晴。午后同广平往西堤广鸿安栈问船期。往商务印书馆汇泉。往创造社选取《磨坊文札》一本,《创造月刊》,《洪水》,《沉钟》,《莽原》各一本,《新消息》二本,坚不收泉。买网篮一只归。晚蒋径三来。

小 杂 感

蜜蜂的刺,一用即丧失了它自己的生命;犬儒的刺,一用则苟延了他自己的生命。

他们就是如此不同。

约翰穆勒说:专制使人们变成冷嘲。

而他竟不知道共和使人们变成沉默。

要上战场,莫如做军医;要革命,莫如走后方;要杀人,莫如做刽子手。既英雄,又稳当。

与名流学者谈,对于他之所讲,当装作偶有不懂之处。太不懂被看轻,太懂了被厌恶。偶有不懂之处,彼此最为合宜。

世间大抵只知道指挥刀所以指挥武士,而不想到也可以指挥文人。

又是演讲录，又是演讲录。

但可惜都没有讲明他何以和先前大两样了；也没有讲明他演讲时，自己是否真相信自己的话。

阔的聪明人种种譬如昨日死。

不阔的傻子种种实在昨日死。

曾经阔气的要复古，正在阔气的要保持现状，未曾阔气的要革新。

大抵如是。大抵！

他们之所谓复古，是回到他们所记得的若干年前，并非虞夏商周。

女人的天性中有母性，有女儿性；无妻性。

妻性是逼成的，只是母性和女儿性的混合。

防被欺。

自称盗贼的无须防，得其反倒是好人；自称正人君子的必须防，得其反则是盗贼。

楼下一个男人病得要死，那间壁的一家唱着留声机；对面是弄孩子。楼上有两人狂笑；还有打牌声。河中的船上有女人哭着她死去的母亲。

人类的悲欢并不相通，我只觉得他们吵闹。

每一个破衣服人走过,叭儿狗就叫起来,其实并非都是狗主人的意旨或使嗾。

叭儿狗往往比它的主人更严厉。

恐怕有一天总要不准穿破布衫,否则便是共产党。

革命,反革命,不革命。

革命的被杀于反革命的。反革命的被杀于革命的。不革命的或当作革命的而被杀于反革命的,或当作反革命的而被杀于革命的,或并不当作什么而被杀于革命的或反革命的。

革命,革革命,革革革命,革革……。

人感到寂寞时,会创作;一感到干净时,即无创作,他已经一无所爱。

创作总根于爱。

杨朱无书。

创作虽说抒写自己的心,但总愿意有人看。

创作是有社会性的。

但有时只要有一个人看便满足:好友,爱人。

人往往憎和尚,憎尼姑,憎回教徒,憎耶教徒,而不憎道士。

懂得此理者,懂得中国大半。

要自杀的人,也会怕大海的汪洋,怕夏天死尸的易烂。

但遇到澄静的清池,凉爽的秋夜,他往往也自杀了。

凡为当局所“诛”者皆有“罪”。

刘邦除秦苛暴,"与父老约,法三章耳。"

而后来仍有族诛,仍禁挟书,还是秦法。

法三章者,话一句耳。

一见短袖子,立刻想到白臂膊,立刻想到全裸体,立刻想到生殖器,立刻想到性交,立刻想到杂交,立刻想到私生子。

中国人的想象惟在这一层能够如此跃进。

九月二十四日。

原载 1927 年 12 月 17 日《语丝》周刊第 4 卷第 1 期。

初收 1928 年 10 月上海北新书局版《而已集》。

二十五日

日记 星期。昙。上午得静农及霁野信,十七日发,下午又得霁野信,十四日发。下午暴风雨。晚立峨来。径三来并赠茗二合,饼干壹大箱。夜复静农,寄野信。寄共和书局信。

致 台静农

静农兄:

九月十七日来信收到了。请你转致 半农先生,我感谢他的好意,为我,为中国。但我很抱歉,我不愿意如此。

诺贝尔赏金,梁启超自然不配,我也不配,要拿这钱,还欠努力。世界上比我好的作家何限,他们得不到。你看我译的那本《小约翰》,我那里做得出来,然而这作者就没有得到。

或者我所便宜的，是我是中国人，靠着这"中国"两个字罢，那么，与陈焕章在美国做《孔门理财学》而得博士无异了，自己也觉得好笑。

我觉得中国实在还没有可得诺贝尔赏金的人，瑞典最好是不要理我们，谁也不给。倘因为黄色脸皮人，格外优待从宽，反足以长中国人的虚荣心，以为真可与别国大作家比肩了，结果将很坏。

我眼前所见的依然黑暗，有些疲倦，有些颓唐，此后能否创作，尚在不可知之数。倘这事成功而从此不再动笔，对不起人；倘再写，也许变了翰林文字，一无可观了。还是照旧的没有名誉而穷之为好罢。

未名社出版物，在这里有信用，但售处似乎不多。读书的人，多半是看时势的，去年郭沫若书颇行，今年上半年我的书颇行，现在是大卖戴季陶讲演录了蒋介石的也行了一时。这里的书，要作者亲到而阔才好，就如江湖上卖膏药者，必须将老虎骨头挂在旁边似的。

还有一些琐事，详寄季野信中，不赘。

迅　上　九月二十五日

致 李霁野

霁野兄：

十二日信已到，内无致共和附信。

《白茶》或者只十三，是我弄错的，此事只可如此了结。

北新书屋账等一二天再算详账云云，而至今未有照办者，因为我太忙。能结账的只有我一个人。其实是早已结好，约欠八十元。我到邮局去汇款时，因中央银行挤兑之故，票价骤落，邮局也停止汇兑了，只得中止，一直到现在。这一笔款只能待我到上海时再寄。

廿九日有船，倘买得到船票，就坐这船，十月六七可到上海。

这里的文艺，很销沉，昨天到创造社去一看，知道未名社的书都卖完了，只剩许多《莽原》。投稿于《莽原》之饶超华君，前回寄回的照相中，坐在我和伏园之间的就是他。回家路经汕头，被捕，现在似乎已释出。他是除了做那样的诗之外，全无其他的，而也会遭灾，则情形可想。但那是小地方；广州市比较地好一点。

书面的事，说起来很难，我托了几个人，都无回信。本地，是无法可想的，似乎只能画一个军人骑在马上往前跑。就是所谓"革命！革命！"《朝华夕拾》我托过春台，没有画来，他与北新闹开，不知怎的和新月社去联合了。让我再想一想看。

《象牙之塔》的封面，上一次太印在中间了，下面应该不留空白。这回如来得及，望改正。

《莽原》稿已寄上一篇，我本想多写几篇这一类的东西，但开始走路之后，不知能有工夫否？此地万不愿住，或在上海小住，未知是否可能，待到后再看。此地大学，已成了现代派的大本营了。

关于诺贝尔事，详致静农函中，兹不赘。

创造社和我们，现在感情似乎很好。他们在南方颇受迫压了，可叹。看现在文艺方面用力的，仍只有创造，未名，沉钟三社，别的没有，这三社若沉默，中国全国真成了沙漠了。南方没有希望。

　　　　　　　　　　　　　迅　九，二五。

续收到十三日来信了。共和的收单，似乎应未名社收，今仍寄回。

二十六日

　　日记　昙。上午寄语丝社稿。下午雨。立峨来，交以泉五十。晚关生，长志来。

二十七日

日记 昙。午同广平由广鸿安旅店运行李上太古公司"山东"船,立峨相送。下午发广州。夜半抵香港。

二十八日

日记 昙。泊香港。

二十九日

日记 晴。下午发香港。

再谈香港

我经过我所视为"畏途"的香港,算起来九月二十八日是第三回。

第一回带着一点行李,但并没有遇见什么事。第二回是单身往来,那情状,已经写过一点了。这回却比前两次仿佛先就感到不安,因为曾在《创造月刊》上王独清先生的通信中,见过英国雇用的中国同胞上船"查关"的威武:非骂则打,或者要几块钱。而我是有十只书箱在统舱里,六只书箱和衣箱在房舱里的。

看看挂英旗的同胞的手腕,自然也可说是一种经历,但我又想,这代价未免太大了,这些行李翻动之后,单是重行整理捆扎,就须大半天;要实验,最好只有一两件。然而已经如此,也就随他如此罢。只是给钱呢,还是听他逐件查验呢?倘查验,我一个人一时怎么收拾呢?

船是二十八日到香港的,当日无事。第二天午后,茶房匆匆跑来了,在房外用手招我道:

"查关！开箱子去！"

我拿了钥匙，走进统舱，果然看见两位穿深绿色制服的英属同胞，手执铁签，在箱堆旁站着。我告诉他这里面是旧书，他似乎不懂，嘴里只有三个字：

"打开来！"

"这是对的，"我想，"他怎能相信漠不相识的我的话呢。"自然打开来，于是靠了两个茶房的帮助，打开来了。

他一动手，我立刻觉得香港和广州的查关的不同。我出广州，也曾受过检查。但那边的检查员，脸上是有血色的，也懂得我的话。每一包纸或一部书，抽出来看后，便放在原地方，所以毫不凌乱。的确是检查。而在这"英人的乐园"的香港可大两样了。检查员的脸是青色的，也似乎不懂我的话。他只将箱子的内容倒出，翻搅一通，倘是一个纸包，便将包纸撕破，于是一箱书籍，经他搅松之后，便高出箱面有六七寸了。

"打开来！"

其次是第二箱。我想，试一试罢。

"可以不看么？"我低声说。

"给我十块钱。"他也低声说。他懂得我的话的。

"两块。"我原也肯多给几块的，因为这检查法委实可怕，十箱书收拾妥帖，至少要五点钟。可惜我一元的钞票只有两张了，此外是十元的整票，我一时还不肯献出去。

"打开来！"

两个茶房将第二箱抬到舱面上，他如法泡制，一箱书又变了一箱半，还撕碎了几个厚纸包。一面"查关"，一面磋商，我添到五元，他减到七元，即不肯再减。其时已经开到第五箱，四面围满了一群看热闹的旁观者。

箱子已经开了一半了，索性由他看去罢，我想着，便停止了商议，只是"打开来"。但我的两位同胞也仿佛有些厌倦了似的，渐渐

470

不像先前一般翻箱倒箧，每箱只抽二三十本书，抛在箱面上，便画了查讫的记号了。其中有一束旧信札，似乎颇惹起他们的兴味，振了一振精神，但看过四五封之后，也就放下了。此后大抵又开了一箱罢，他们便离开了乱书堆：这就是终结。

我仔细一看，已经打开的是八箱，两箱丝毫未动。而这两个硕果，却全是伏园的书箱，由我替他带回上海来的。至于我自己的东西，是全部乱七八糟。

"吉人自有天相，伏园真福将也！而我的华盖运却还没有走完，噫吁唏……"我想着，蹲下去随手去拾乱书。拾不几本，茶房又在舱口大声叫我了：

"你的房里查关，开箱子去！"

我将收拾书箱的事托了统舱的茶房，跑回房舱去。果然，两位英属同胞早在那里等我了。床上的铺盖已经掀得稀乱，一个凳子躺在被铺上。我一进门，他们便搜我身上的皮夹。我以为意在看看名刺，可以知道姓名。然而并不看名刺，只将里面的两张十元钞票一看，便交还我了。还嘱咐我好好拿着，仿佛很怕我遗失似的。

其次是开提包，里面都是衣服，只抖开了十来件，乱堆在床铺上。其次是看提篮，有一个包着七元大洋的纸包，打开来数了一回，默然无话。还有一包十元的在底里，却不被发现，漏网了。其次是看长椅子上的手巾包，内有角子一包十元，散的四五元，铜子数十枚，看完之后，也默然无话。其次是开衣箱。这回可有些可怕了。我取锁匙略迟，同胞已经捏着铁签作将要毁坏铰链之势，幸而钥匙已到，始庆安全。里面也是衣服，自然还是照例的抖乱，不在话下。

"你给我们十块钱，我们不搜查你了。"一个同胞一面搜衣箱，一面说。

我就抓起手巾包里的散角子来，要交给他。但他不接受，回过头去再"查关"。

话分两头。当这一位同胞在查提包和衣箱时，那一位同胞是在查网篮。但那检查法,和在统舱里查书箱的时候又两样了。那时还不过捣乱,这回却变了毁坏。他先将鱼肝油的纸匣撕碎,掷在地板上,还用铁签在蒋径三君送我的装着含有荔枝香味的茶叶的瓶上钻了一个洞。一面钻,一面四顾,在桌上见了一把小刀。这是在北京时用十几个铜子从白塔寺买来,带到广州,这回削过杨桃的。事后一量,连柄长华尺五寸三分。然而据说是犯了罪了。

"这是凶器,你犯罪的。"他拿起小刀来,指着向我说。

我不答话,他便放下小刀,将盐煮花生的纸包用指头挖了一个洞。接着又拿起一盒蚊烟香。

"这是什么?"

"蚊烟香。盒子上不写着么?"我说。

"不是。这有些古怪。"

他于是抽出一枝来,嗅着。后来不知如何,因为这一位同胞已经搜完衣箱,我须去开第二只了。这时却使我非常为难,那第二只里并不是衣服或书籍,是极其零碎的东西:照片,钞本,自己的译稿,别人的文稿,剪存的报章,研究的资料……。我想,倘一毁坏或搅乱,那损失可太大了。而同胞这时忽又去看了一回手巾包。我于是大悟,决心拿起手巾包里十元整封的角子,给他看了一看。他回头向门外一望,然后伸手接过去,在第二只箱上画了一个查讫的记号,走向那一位同胞去。大约打了一个暗号罢,——然而奇怪,他并不将钱带走,却塞在我的枕头下,自己出去了。

这时那一位同胞正在用他的铁签,恶狠狠地刺入一个装着饼类的坛子的封口去。我以为他一听到暗号,就要中止了。而孰知不然。他仍然继续工作,挖开封口,将盖着的一片木板摔在地板上,碎为两片,然后取出一个饼,捏了一捏,掷入坛中,这才也扬长而去了。

天下太平。我坐在烟尘陡乱,乱七八糟的小房里,悟出我的两位同胞开手的捣乱,倒并不是恶意。即使议价,也须在小小乱七八糟之后,这是所以"掩人耳目"的,犹言如此凌乱,可见已经检查过。

472

王独清先生不云乎？同胞之外，是还有一位高鼻子，白皮肤的主人翁的。当收款之际，先看门外者大约就为此。但我一直没有看见这一位主人翁。

后来的毁坏，却很有一点恶意了。然而也许倒要怪我自己不肯拿出钞票去，只给银角子。银角子放在制服的口袋里，沉垫垫地，确是易为主人翁所发见的，所以只得暂且放在枕头下。我想，他大概须待公事办毕，这才再来收账罢。

皮鞋声橐橐地自远而近，停在我的房外了，我看时，是一个白人，颇胖，大概便是两位同胞的主人翁了。

"查过了？"他笑嘻嘻地问我。

的确的，主人翁的口吻。但是，一目了然，何必问呢？或者因为看见我的行李特别乱七八糟，在慰安我，或在嘲弄我罢。

他从房外拾起一张《大陆报》附送的图画，本来包着什物，由同胞撕下来抛出去的，倚在壁上看了一回，就又慢慢地走过去了。

我想，主人翁已经走过，"查关"该已收场了，于是先将第一只衣箱整理，捆好。

不料还是不行。一个同胞又来了，叫我"打开来"，他要查。接着是这样的问答——

"他已经看过了。"我说。

"没有看过。没有打开过。打开来！"

"我刚刚捆好的。"

"我不信。打开来！"

"这里不画着查过的符号么？"

"那么，你给了钱了罢？你用贿赂……"

"…………"

"你给了多少钱？"

"你去问你的一伙去。"

他去了。不久，那一个又忙忙走来，从枕头下取了钱，此后便不

473

再看见，——真正天下太平。

我才又慢慢地收拾那行李。只见桌子上聚集着几件东西，是我的一把剪刀，一个开罐头的家伙，还有一把木柄的小刀。大约倘没有那十元小洋，便还要指这为"凶器"，加上"古怪"的香，来恐吓我的罢。但那一枝香却不在桌子上。

船一走动，全船反显得更闲静了，茶房和我闲谈，却将这翻箱倒箧的事，归咎于我自己。

"你生得太瘦了，他疑心你是贩雅片的。"他说。

我实在有些愕然。真是人寿有限，"世故"无穷。我一向以为和人们抢饭碗要碰钉子，不要饭碗是无妨的。去年在厦门，才知道吃饭固难，不吃亦殊为"学者"所不悦，得了不守本分的批评。胡须的形状，有国粹和欧式之别，不易处置，我是早经明白的。今年到广州，才又知道虽颜色也难以自由，有人在日报上警告我，叫我的胡子不要变灰色，又不要变红色。至于为人不可太瘦，则到香港才省悟，先前是梦里也未曾想到的。

的确，监督着同胞"查关"的一个西洋人，实在吃得很肥胖。

香港虽只一岛，却活画着中国许多地方现在和将来的小照：中央几位洋主子，手下是若干颂德的"高等华人"和一伙作伥的奴气同胞。此外即全是默默吃苦的"土人"，能耐的死在洋场上，耐不住的逃入深山中，苗瑶是我们的前辈。

九月二十九之夜。海上。

原载 1927 年 11 月 19 日《语丝》周刊第 155 期。

初收 1928 年 10 月上海北新书局版《而已集》。

三十日

日记 晴。午前抵汕头，下午启碇。

十月

一日

日记 晴，傍晚暴雨一阵。

二日

日记 星期。小雨，上午霁。

三日

日记 晴。午后抵上海，寓共和旅馆。下午同广平往北新书局访李小峰，蔡漱六，柬邀三弟，晚到，往陶乐春夜餐。夜过北新店取书及期刊等数种。玉堂，伏园，春台来访，谈至夜分。

四日

日记 晴。午前伏园，春台来，并邀三弟及广平至言茂源午饭，玉堂亦至。下午六人同照相。大雨。小峰及夫人来，交泉百及王方仁信，八月十八日发。三弟交来郑泗水信，绍原信二，谢玉生信，凤举及静农信，未名社信。夜钦文来。得小峰招饮柬。

致 台静农、李霁野

静农兄：
霁野兄：

　　昨天到上海，看见图样五张。蔼覃的照相，我以为做得很不好看。我记得原底子并不如此,还有许多阴影,且周围较为毛糙。望照原本重做一张,此张不要。我前信言削去边者,谓削去重照后之板边,非谓连阴影等皆削去之也。总之希重做一张,悉依原来的样子。

此书封面及《朝华夕拾》书面,已托春台去画,成后即寄上。于书之第一页后面,希添上"孙福熙作书面"一行。

我现住旅馆,两三日内,也许往西湖玩五六天,再定何往。

迅 十,四。

五日

日记 雨。上午寄静农,霁野信。寄季市信。寄淑卿信。钦文来。伏园,春台来并赠合锦二合。午邀钦文,伏园,春台,三弟及广平往言茂源饭。访吕云章,未遇。往内山书店买书四种四本,十元二角。下午往三弟寓。夜小峰邀饭于全家福,同坐郁达夫,王映霞,潘梓年,钦文,伏园,春台,小峰夫人,三弟及广平。章锡箴,夏丏尊,赵景深,张梓生来访,未遇。夜朱辉煌来。

六日

日记 昙。上午郁达夫,王映霞来。元庆,钦文来。午达夫邀饭于六合馆,同席六人。午后访梁君度。下午小雨。往三弟寓。看屋。

七日

日记 昙。上午李小峰来。下午吕云章来。陆锦琴来。晚邀小峰,云章,锦琴,伏园,三弟及广平饮于言茂源,语堂亦至,饭毕同观影戏于百新[星]戏院。寄立峨信。

八日

日记 晴。上午从共和旅店移入景云里寓。得季市信,七日发。下午往内山书店买书三种四本,九元六角。夜同三弟,广平往中有天饭,饭讫至百新[星]戏院观影戏。

九日

日记 星期。晴。下午小峰,衣萍来。夜邀衣萍,小峰,孙君烈,伏园,三弟及广平往中有天夜餐。

十日

日记 晴。下午往内山书店买『革命芸術大系』一本,一元。夜雨。

十一日

日记 小雨。午达夫介绍周志初,胡醒灵来访。午后同三弟往商务书馆买《人物志》一部一本,四角;《夷坚志》一部二十本,七元二角。往浙江兴业银行访蒋抑卮,则已赴汉。西谛赠《世界文学大纲》第四本一本。

十二日

日记 昙。午得鲁彦信。午后寄季市信。寄淑卿信。访章锡琛,遇赵景深,夏丏尊。往内山书店买书六本,共泉十五元。晚小峰及其夫人及曙天来访,同往中有天晚饭,乃衣萍邀,坐中共六人,为小峰,漱六,衣萍,曙天,广平,我。饭毕又往内山书店买书两种,四元四角也。

十三日

日记 晴。上午得卓治信,九月十九日巴黎发。午后秋芳来。云章,平江来。

十四日

日记 晴。下午寄未名社信并书款八十元。寄淑卿信并照相两枚。寄立峨《野草》一本,《语丝》三本。夜黎锦明,叶圣陶来。

致 台静农、李霁野

静农 兄:
霁野

书账早已结好,和寄来的一张差不多。因为那边的邮局一时停止汇兑,所以一直迟至现在。今从商务馆汇上八十元,请往琉璃厂一取(最好并带社印)。这样,我所经手的书款,算是清结了。

《小约翰》及《朝华夕拾》两书面,本拟都托春台画,但他现在生病,所以只好先托其画《小约翰》的一张,而今尚未成(成后即寄上)。《朝华夕拾》第一页的后面,且勿印"孙福熙作书面"字样。

到此已将十日,不料熟人很多,应酬忙得很。邀我做事的地方也很有,但我想关起门来,专事译著。

狂飙社中人似乎很有许多在此,也想活动,而活动不起来,他们是自己弄得站不住的。

这里已很冷了。报上说北京已下雪,想是真的。

来信仍由原处转。

迅　十月十四日

十五日

日记　晴。上午得有恒信。得敬隐渔信。午后复鲁彦信。寄钦文信。下午同春台,三弟及广平访绍原于泰安栈,并见其夫人,傍晚五人同至北新书局,邀小峰同至言茂源夜饭。

十六日

日记　星期。晴。下午王方仁来,未见。达夫来。夜小峰邀饮于三马路陶乐春,同席为绍原及其夫人,小峰夫人,三弟,广平。

十七日

日记　晴。午得黎锦明信。得谢玉生信。得季市信。午后往内山书店买『偶象再兴』一本,二元二角。下午绍原来。晚小峰及其夫人来。得翟永坤信。得霁野信。得立峨信。夜绍原及其夫人招饮于万云楼,同席章雪村,李小峰及其夫人,三弟,广平。看影戏。

致 李霁野

霁野兄:

前两天寄一函并书款八十元,想已到。六日来信,今天收到了,

479

空字已补好,今寄上。书面已托孙春台画好,因须用细网目铜板,恐北京不能做,拟在上海将板做好,邮寄北京。

我到此地,因为熟人太多,比以前更忙于应酬了。忽然十多天,已经过去,什么事也没有做。

光华书店,我看他做法不大规矩,是不可靠的。

《朝华夕拾》后记中之《曹娥》一图,描得不好。如原底子尚在,请将这一图改用铜板,那么,线虽细,也无妨了。

《莽原》第十六七期尚未见。我缺第三期,希即一并寄来。三期一本,十六七期各二本。此后信件,可寄"上海宝山路商务印书馆编译所周建人先生代收"。

《莽原》这名称,先前因为赌气,没有改。据我的意思,从明年一月起,可以改称《未名》了,因为《狂飙》已消声匿迹。而且《莽原》开初,和长虹辈有关系,现在也犯不上再用。长虹辈此地有许多人尚称他们为"莽原小鬼",所以《莽原》之名也不甚有趣。但这是我个人的意思,请大家决定。

静农的小说稿,已收到了,希转告。

前回寄来的书中,那几种是维钧的,亦望告知,以便寄还。

迅　十,十七,夜

十八日

日记　昙。上午得王方仁信。得钦文信。午后晴。寄霁野信。寄季市信。下午黎锦明来。晚复王方仁信。复钦文信。复谢玉生信。夜章雪村招饮于共乐春,同席江绍原及其夫人,樊仲云,赵景深,叶圣陶,胡愈之及三弟,广平。

十九日

日记　晴。下午熊梦飞来。晚王望平招饮于兴华酒楼,同席十一人。

二十日

日记 晴。下午王方仁来。晚小峰,漱六来并交泉百。得立峨信,十三日发。得有麟信,十七日发。得淑卿信,十二日发。收翟永坤所寄《奇缘记》一本。

致 李霁野

霁野兄:

《小约翰》封面铜板已做好,已托北新代寄,大约数日后可到。今将标本寄上,纸用黄色,图用紫色。

孙春台病已愈,《朝华夕拾》封面已将开始绘画。书之第一页后可以印上"孙福熙作书面"字样了。

迅 十,廿。

板费五元请便中交西三条密斯许。

二十一日

日记 晴。上午得季市信。午后寄绍原信。寄立峨信。寄有麟信。寄霁野信并铜版一方。寄淑卿信。寄小峰稿。

革命文学*

今年在南方,听得大家叫"革命",正如去年在北方,听得大家叫"讨赤"的一样盛大。

而这"革命"还侵入文艺界里了。

最近,广州的日报上还有一篇文章指示我们,叫我们应该以四位革命文学家为师法:意大利的唐南遮,德国的霍普德曼,西班牙的伊本纳兹,中国的吴稚晖。

两位帝国主义者,一位本国政府的叛徒,一位国民党救护的发起者,都应该作为革命文学的师法,于是革命文学便莫名其妙了,因为这实在是至难之业。

于是不得已,世间往往误以两种文学为革命文学:一是在一方的指挥刀的掩护之下,斥骂他的敌手的;一是纸面上写着许多"打,打","杀,杀",或"血,血"的。

如果这是"革命文学",则做"革命文学家",实在是最痛快而安全的事。

从指挥刀下骂出去,从裁判席上骂下去,从官营的报上骂开去,真是伟哉一世之雄,妙在被骂者不敢开口。而又有人说,这不敢开口,又何其怯也?对手无"杀身成仁"之勇,是第二条罪状,斯愈足以显革命文学家之英雄。所可惜者只在这文学并非对于强暴者的革命,而是对于失败者的革命。

唐朝人早就知道,穷措大想做富贵诗,多用些"金""玉""锦""绮"字面,自以为豪华,而不知适见其寒蠢。真会写富贵景象的,有道:"笙歌归院落,灯火下楼台",全不用那些字。"打,打","杀,杀",听去诚然是英勇的,但不过是一面鼓。即使是鼙鼓,倘若前面无敌军,后面无我军,终于不过是一面鼓而已。

我以为根本问题是在作者可是一个"革命人",倘是的,则无论写的是什么事件,用的是什么材料,即都是"革命文学"。从喷泉里出来的都是水,从血管里出来的都是血。"赋得革命,五言八韵",是只能骗骗盲试官的。

但"革命人"就希有。俄国十月革命时,确曾有许多文人愿为革命尽力。但事实的狂风,终于转得他们手足无措。显明的例是诗人叶遂宁的自杀，还有小说家梭波里，他最后的话是："活不下去了！"

在革命时代有大叫"活不下去了"的勇气，才可以做革命文学。

叶遂宁和梭波里终于不是革命文学家。为什么呢，因为俄国是实在在革命。革命文学家风起云涌的所在，其实是并没有革命的。

原载 1927 年 10 月 21 日《民众旬刊》第 5 期。

初收 1928 年 10 月上海北新书局版《而已集》。

致 江绍原

绍原先生：

两日不见，如隔六秋。

季茀有信来，先以奉阅。我想此事于 兄相宜，因为与人斗争之事或较少。但不知薪水可真拿得到否耳。

迅　顿首　十月廿一日

太太前乞叱名请安。

大学院将设编译处，兄与绍原皆在延请之列。此机关办法，与从前北京的完全不同，系延请专心著述而不兼他务者为主。版权固然归本人，即印刷亦听各人之便，自印或院印均可。弟意此事于 兄及绍原均极相宜；院来延聘时，弗却至盼。多有熟人在一起，固我所最日夕渴望者也。

绍原是否在沪，晤时乞为致意。寿山已得此间秘书，并附闻。

一切面谈。

弟裳　上　十月二十日晨

483

致 廖立峨

立莪兄：

十二日的来信，昨天收到了，先寄的另一封信，亦已收到。我于七日曾发一信，后又寄《野草》一本，想亦已到。

我到上海已十多天，因为熟人太多，一直静不下，几乎日日喝酒，看电影。我想，再过一星期，大约总可以闲空一点。倘若这样下去，是不好的，书也不看，文章也不做。

这里的情形，我觉得比广州有趣一点，因为各式的人物较多，刊物也有各种，不像广州那么单调。我初到时，报上便造谣言，说我要开书店了，因为上海人惯于用商人眼光看人。也有来请我去教国文的，但我没有答应。

现在我住在"宝山路，东横浜路，景云里二十九号"，此后有信可以直接寄此。这里是中国界，房租较廉，只要不开战，是不要紧的。

中大校长赴港，我已在报上看见，张之迈辈即刻疑神疑鬼，实在可怜。其实他们是不要紧的，会变化，那里会吃亏。至于我回广东，却连自己还没有想到过。

林语堂先生已见过，现回厦门接他的太太去了，听说十来天后再来上海。许寿裳先生在南京大学院做秘书，他们要请我译书，但我还没有去的意思。

江绍原先生已经见过，他今天回杭州去了，当暂住在他太太的家里。听说大学院要请他做编译，我想，这于他倒颇相宜的。

广州中大今年下半年大约不见得比上半年好。我想，你最好是自己多看看书。靠教员，是不行的，即使将他们的学问全都学了来，也不过是"瞠目呆然"。倘遇有可看的书，我当寄上。

顾孟余回广州之说，上海倒没有听到。《中央日报》不办了。南京另组织了一个中央日报筹备处，其中大抵是"现代派"。

我本很想静下来,专做译著的事,但很不容易。闹惯了,周围不许你静下。所以极容易卷入旋涡中。等许多朋友都见过了,周围清静一些之后,再看情形,倘可以用功,我仍想读书和作文章。

广平姊也住在此,附笔道候。她有好几个旧同学在此,邀她于〔去〕办关于妇女的刊物,还没有去。

迅 十月廿一日

二十二日

日记 晴。晨季市来,午同至兴华楼午餐。午后往内山书店买『アルス美術叢書』二本,『黑旗』一本,共泉七元一角。夜同三弟及广平观电影。

二十三日

日记 星期。晴。上午李式相来,并致易寅村信。衣萍,曙天来。午邀衣萍,曙天,春台及三弟往东亚饭店午餐。下午黎锦明寄赠《破垒集》一本。夜同许希林,孙君烈,孙春台,三弟及广平往近街散步,遂上新亚楼啜茗,春台又买酒归,同饮,大醉。

二十四日

日记 晴。下午沈仲九来。晚季市来,同至东亚食堂夜饭,并邀三弟及广平。

二十五日

日记 晴。午后蓝耀文,李光藻来,未见。下午李式相来,同至劳动大学演讲约一小时。夜同三弟及广平至日本演艺馆观电影。

二十六日

　　日记　晴。晨有麟来。上午衣萍，小峰来并交台静农，李霁野信各一。得有恒信。午往东亚食堂饭。下午寿山来，夜同至中有天饭。得绍原信。夜半腹写二次，服 Help 八粒。

二十七日

　　日记　昙。午后阅内山书店，买书四本，共泉九元。

二十八日

　　日记　晴。上午得绍原信并译稿。下午往立达学园演讲。

二十九日

　　日记　晴。午得未名信二，不知何人。午后同广平往内山书店买『海外文学新選』二本，共泉一元四角。

三十日

　　日记　星期。上午得夏丏尊信。晚衣萍，曙天，小峰来。

三十一日

　　日记　晴。上午得淑卿信，二十四日发，又『昆虫記』二本，书面一枚。午后往内山书店买『昆虫記』一本，文学书三本，共泉八元。下午方仁来。夜陈望道君来，约往复旦大学讲演。

致 江绍原

绍原先生：

　　两惠函，其一内有译稿者，均收到。稿当去寻卖[买]主去。

486

季茀所谈事迄今无后文,但即有后文,我亦不想去吃,我对于该方面的感觉,只觉得气闷之至,不可耐。

既已去矣,又何必再电奥[粤]方。昨有学生见骝先坐黄包车而奔波于途,殆即在追挽校长欤。

近日又常是演讲之类,殊苦。

迅　上　十月卅一日

太太前仍叱名请安。

十一月

一日

日记　昙。上午得有麟信。午后寄绍原信。寄小峰信。寄医学书局信。下午易寅村来。得小峰信并立莪信，又翟永坤信及文稿。夜雨。

二日

日记　晴。上午刘肖愚，黄春园，朱迪来，未见。午蔡毓聪，马凡鸟来，邀往复旦大学演讲，午后去讲一小时。得小峰信。下午往内山书店买『芸術と社会生活』一本，价五角。晚刘肖愚等来。达夫及王映霞来。复有麟信。寄淑卿信。夜食蟹。

三日

日记　晴。上午得季野信，十月廿六日发。午后雨。晚寄还劳动大学讲稿。寄季野信并稿一篇。汪静之赠《寂寞的国》一本。

关于知识阶级

我到上海约二十多天，这回来上海并无什么意义，只是跑来跑去偶然跑到上海就是了。

我没有什么学问和思想，可以贡献给诸君。但这次易先生要我来讲几句话；因为我去年亲见易先生在北京和军阀官僚怎样奋斗；而且我也参与其间，所以他要我来，我是不得不来的。

我不会讲演，也想不出什么可讲的，讲演近于做八股，是极难的，要有讲演的天才才好，在我是不会的。终于想不出什么，只能随便一谈；刚才谈起中国情形，说到"知识阶级"四字，我想对于知识阶级发表一点个人的意见，只是我并不是站在引导者的地位，要诸君都相信我的话，我自己走路都走不清楚，如何能引导诸君？

"知识阶级"一辞是爱罗先珂（V. Eroshenko）七八年前讲演"知识阶级及其使命"时提出的，他骂俄国的知识阶级，也骂中国的知识阶级，中国人于是也骂起知识阶级来了；后来便要打倒知识阶级，再利害一点甚至于要杀知识阶级了。知识就仿佛是罪恶，但是一方面虽有人骂知识阶级；一方面却又有人以此自豪：这种情形是中国所特有的，所谓俄国的知识阶级，其实与中国的不同，俄国当革命以前，社会上还欢迎知识阶级。为什么要欢迎呢？因为他确能替平民抱不平，把平民的苦痛告诉大众。他为什么能把平民的苦痛说出来？因为他与平民接近，或自身就是平民。几年前有一位中国大学教授，他很奇怪，为什么有人要描写一个车夫的事情，这就因为大学教授一向住在高大的洋房里，不明白平民的生活。欧洲的著作家往往是平民出身，（欧洲人虽出身穷苦，也能做文章；这因为他们的文字容易写，中国的文字却不容易写了。）所以也同样的感受到平民的苦痛，当然能痛痛快快写出来为平民说话，因此平民以为知识阶级对于自身是有益的；于是赞成他，到处都欢迎他，但是他们既受此荣誉，地位就增高了，而同时却把平民忘记了，变成一种特别的阶级。那时他们自以为了不得，到阔人家里去宴会，钱也多了，房子东西都要好的，终于与平民远远的离开了。他享受了高贵的生活，就记不起从前一切的贫苦生活了。——所以请诸位不要拍手，拍了手把我的地位一提高，我就要忘记了说话的。他不但不同情于平民，或许还要压迫平民，以致变成了平民的敌人，现在贵族阶级不能存在；贵族的知识阶级当然也不能站住了，这是知识阶级缺点之一。

还有知识阶级不可免避的运命，在革命时代是注重实行的，动的;思想还在其次,直白地说:或者倒有害。至少我个人的意见如此的。唐朝奸臣李林甫有一次看兵操练很勇敢,就有人对着他称赞。他说:"兵好是好,可是无思想",这话很不差。因为兵之所以勇敢,就在没有思想,要是有了思想,就会没有勇气了。现在倘叫我去当兵,要我去革命,我一定不去,因为明白了利害是非,就难于实行了。有知识的人,讲讲柏拉图(Plato)讲讲苏格拉底(Socrates)是不会有危险的。讲柏拉图可以讲一年,讲苏格拉底可以讲三年,他很可以安安稳稳地活下去,但要他去干危险的事情,那就很费踌躇。譬如中国人,凡是做文章,总说"有利然而又有弊",这最足以代表知识阶级的思想。其实无论什么都是有弊的,就是吃饭也是有弊的,它能滋养我们这方面是有利的;但是一方面使我们消化器官疲乏,那就不好而有弊了。假使做事要面面顾到,那就什么事都不能做了。

还有,知识阶级对于别人的行动,往往以为这样也不好,那样也不好。先前俄国皇帝杀革命党,他们反对皇帝;后来革命党杀皇族,他们也起来反对。问他怎么才好呢? 他们也没办法。所以在皇帝时代他们吃苦,在革命时代他们也吃苦,这实在是他们本身的缺点。

所以我想,知识阶级能否存在还是个问题。知识和强有力是冲突的,不能并立的;强有力不许人民有自由思想,因为这能使能力分散;在动物界有很明显的例;猴子的社会是最专制的,猴王说一声走,猴子都走了。在原始时代酋长的命令是不能反对的,无怀疑的,在那时酋长带领着群众并吞衰小的部落;于是部落渐渐的大了,团体也大了。一个人就不能支配了。因为各个人思想发达了,各人的思想不一,民族的思想就不能统一,于是命令不行,团体的力量减小,而渐趋灭亡。在古时野蛮民族常侵略文明很发达的民族,在历史上是常见的。现在知识阶级在国内的弊病,正与古时一样。

英国罗素(Russel)法国罗曼罗兰(R. Rolland)反对欧战,大家以为他们了不起,其实幸而他们的话没有实行,否则德国早已打进英国和法国了;因为德国如不能同时实行非战,是没有办法的。俄国托尔斯泰（Tolstoi）的无抵抗主义之所以不能实行，也是这个原因。他不主张以恶报恶的，他的意思是皇帝叫我们去当兵，我们不去当兵，叫警察去捉，他不捉；叫刽子手去杀，他不去杀，大家都不听皇帝的命令，他也没有兴趣；那末做皇帝也无聊起来，天下也就太平了。然而如果一部分的人偏听皇帝的话，那就不行。

我从前也很想做皇帝，后来在北京去看到宫殿的房子都是一个刻板的格式，觉得无聊极了。所以我皇帝也不想做了。做人的趣味在和许多朋友有趣的谈天，热烈的讨论。做了皇帝，口出一声，臣民都下跪，只有不绝声的——Yes，Yes，那有什么趣味？但是还有人做皇帝，因为他和外界隔绝，不知外面还有世界！

总之，思想一自由，能力要减少，民族就站不住，他的自身也站不住了。现在思想自由和生存还有冲突，这是知识阶级本身的缺点。

然而知识阶级将什么样呢？还是在指挥刀下听令行动，还是发表倾向民众的思想呢？要是发表意见，就要想到什么就说什么。真的知识阶级是不顾利害的，如想到种种利害，就是假的，冒充的知识阶级；只是假知识阶级的寿命倒比较长一点。像今天发表这个主张，明天发表那个意见的人，思想似乎天天在进步；只是真的知识阶级的进步，决不能如此快的。不过他们对于社会永不会满意的，所感受的永远是痛苦，所看到的永远是缺点，他们预备着将来的牺牲，社会也因为有了他们而热闹，不过他的本身——心身方面总是苦痛的；因为这也是旧式社会传下来的遗物。至于诸君，是与旧的不同，是二十世纪初叶青年，如在劳动大学一方读书，一方做工，这是新的境遇；或许可以造成新的局面，但是环境还是老样子，着着逼人堕落，倘不与这老社会奋斗，还是要回到老路上去的。

譬如从前我在学生时代不吸烟，不吃酒，不打牌，没有一点嗜好；后来当了教员，有人发传单说我抽鸦片。我很气，但并不辩明，为要报复他们，前年我在陕西就真的抽一回鸦片，看他们怎样？此次来上海有人在报纸上说我来开书店；又有人说我每年版税有一万多元。但是我也并不辩明;但曾经自己想,与其负空名,倒不如真的去赚这许多进款。

还有一层,最可怕的情形,就是比较新的思想运动起来时,如与社会无关,作为空谈,那是不要紧的,这也是专制时代所以能容知识阶级存在的原故。因为痛哭流泪与实际是没有关系的,只是思想运动变成实际的社会运动时,那就危险了。往往反为旧势力所扑灭。中国现在也是如此,这现象,革新的人称之为"反动"。我在文艺史上,却找到一个好名辞,就是 Renaissance,在意大利文艺复兴的意义,是把古时好的东西复活,将现存的坏的东西压倒,因为那时候思想太专制腐败了,在古时代确实有些比较好的;因此后来得到了社会上的信仰。现在中国顽固派的复古,把孔子礼教都拉出来了,但是他们拉出来的是好的么? 如果是不好的,就是反动,倒退,以后恐怕是倒退的时代了。

还有,中国人现在胆子格外小了,这是受了共产党的影响。人一听到俄罗斯,一看见红色,就吓得一跳;一听到新思想,一看到俄国的小说,更其害怕,对于较特别的思想,较新思想尤其丧心发抖,总要仔仔细细底想,这有没有变成共产思想的可能性?! 这样的害怕,一动也不敢动,怎样能够有进步呢? 这实在是没有力量的表示,比如我们吃东西,吃就吃,若是左思右想,吃牛肉怕不消化,喝茶时又要怀疑,那就不行了,——老年人才是如此;有力量,有自信力的人是不至于此的。虽是西洋文明罢,我们能吸收时,就是西洋文明也变成我们自己的了。好像吃牛肉一样,决不会吃了牛肉自己也即变成牛肉的,要是如此胆小,那真是衰弱的知识阶级了,不衰弱的知识阶级,尚且对于将来的存在不能确定;而衰弱的知识阶级是必定要灭亡的。从前或许有,将来一定不能存在的。

现在,比较安全一点的,还有一条路,是不做时评而做艺术家。要为艺术而艺术。住在"象牙之塔"里,目下自然要比别处平安。就我自己来说罢,——有人说我只会讲自己,这是真的。我先前独自住在厦门大学的一所静寂的大洋房里;到了晚上,我总是孤思默想,想到一切,想到世界怎样,人类怎样,我静静地思想时,自己以为很了不得的样子;但是给蚊子一咬,跳了一跳,把世界人类的大问题全然忘了,离不开的还是我本身。

就我自己说起来,是早就有人劝我不要发议论,不要做杂感,你还是创作去吧!因为做了创作在世界史上有名字,做杂感是没有名字的。其实就是我不做杂感,世界史上,还是没有名字的,这得声明一句,是:这些劝我做创作,不要写杂感的人们之中,有几个是别有用意,是被我骂过的。所以要我不再做杂感。但是我不听他,因此在北京终于站不住了,不得不躲到厦门的图书馆上去了。

艺术家住在象牙塔中,固然比较地安全,但可惜还是安全不到底。秦始皇,汉武帝想成仙,终于没有成功而死了。危险的临头虽然可怕,但别的运命说不定,"人生必死"的运命却无法逃避,所以危险也仿佛用不着害怕似的。但我并不想劝青年得到危险,也不劝他人去做牺牲,说为社会死了名望好,高巍巍的镇起铜像来。自己活着的人没有劝别人去死的权利,假使你自己以为死是好的,那末请你自己先去死吧。诸君中恐有钱人不多罢。那末,我们穷人唯一的资本就是生命。以生命来投资,为社会做一点事,总得多赚一点利才好;以生命来做利息很小的牺牲,是不值得的。所以我从来不叫人去牺牲,但也不要再爬进象牙之塔和知识阶级里去了,我以为这是最稳当的一条路。

至于有一班从外国留学回来,自称知识阶级,以为中国没有他们就要灭亡的,却不在我所论之内,像这样的知识阶级,我还不知道是些什么东西?!

今天的说话很没有伦次,望诸君原谅!

原载 1927 年 11 月 13 日《国立劳动大学周刊》第 5 期。
记录稿(黄河清)经鲁迅审定。

初未收集。

致 李霁野

霁野兄：

十月廿六日信，今天收到了。蔼覃像已付印，四五日内可成，成即寄上。

《象牙之塔》，《莽原》，你的稿子，尚未到。

《莽原》的确少劲，是因为创作，批评少而译文多的缘故。我想，如果我们各定外国文艺杂志一两份，此后专向纯文艺方面用力，一面绍介图画之类，恐怕还要有趣些。但北京方面，制版之类是不方便的。本来我也可以在此编辑，因为我原想躲起来用用功。但看近来情形，各处来访问，邀演讲，邀做教员的很多，一点也静不下，时常使我想躲到乡下去。所以我或者要离开上海也难说。

《小约翰》书面版已于廿一寄出，想已到。

还说《莽原》，用报纸似乎太难看，用较好一点而比以前便宜一点的，如何？至于减少页数，那自然无所不可。

狂飙社的人们，似乎都变了曾经最时髦的党了。尚钺坏极，听说在河南，培良在湖南，高歌长虹似乎在上海。这一班人，除培良外，都是极坏的骗子。长虹前几天去访开明书店章君，听说没见他。

附上文一篇，是旧作而收回的，可用于《莽原》。

迅 十一，三。

四日

日记 晴。上午得易寅村信。元庆来。得霁野所寄《莽原》。

494

得淑卿所寄《语丝》。下午雨。晚衣萍，小峰，漱六来。夜出街，买
『日本童話選集』一本，三元四角。

五日

日记 晴。午后同广平往内山书店，见赠『青い空の梢に』一
本。得有麟信，四日发。夜同三弟及广平往奥迪安大戏园观电影。

六日

日记 星期。晴。上午丏尊来，邀至华兴楼所设暨南大学同级
会演讲并午餐。午后阅书铺，买石印《耕织图》一部，一元，又杂书数
种。下午得绍原信并稿。

七日

日记 晴。上午得矛尘信，六日发。得淑卿信，十月二十八日
发。李秉中及其友来。午后往劳动大学讲。语堂来，未见，留赠红
茶四瓶。晚往内山书店买『文学評論』一本，二元。得有恒信。

致 章廷谦

矛尘兄：

六日来信已到。我到沪以来，就玩至现在，其间又有演讲之类，
颇以为苦。近日又因不得已，担任了劳动大学国文每周一小时，更
加颇以为苦矣。杭州芦花，闻极可观，心向往之，然而又懒于行，或
者且待看梅花欤。

《游仙窟》既有善本，自然以用善本校后付印为佳。《唐宋传奇
集》方在校印，拟先出上册，成后即寄奉。

北新捕去李（小峰之堂兄）王（不知何人）两公及搜查，闻在十月二十二，《语丝》之禁则二十四。作者皆暂避，周启明盖在日本医院钦。查封北新，则在卅日。今天乔峰得启明信，则似已回家，云《语丝》当再出三期，凑足三年之数，此后便归北新去接办云云。卅日发，大约尚未知查封消息也。他之在北，自不如来南之安全，但我对于此事，殊不敢赞一辞，因我觉八道湾之天威莫测，正不下于张作霖，倘一搭嘴，也许罪戾反而极重，好在他自有他之好友，当能互助耳。

季茀本云南京将聘绍原，而迄今无续来消息，岂蔡公此说，所以敷衍季茀者钦，但其实即来聘，亦无聊。语堂先曾回厦门，今日已到沪，来访，而我外出，不知其寓何所；似无事。有学生告我，在上海见傅斯年于路上，不知确否。倘真，则此公又在仆仆道途，发挥其办事手腕矣。

我独据一间楼，比砖塔胡同时好得多，因广东薪水，尚未用完也。但应酬，陪客，被逼作文之事仍甚多，不能静，殊苦。本想从事译书，今竟不知可能如愿。

迅　上　十一月七日

夫人均此问候。

致 江绍原

绍原先生：

五日来信并稿已到。译稿小峰愿接受，登《北新》半月刊。俟注之后半到，即送去。

北京之北新局于十月廿二日被搜查，捕去两人，一小峰之堂兄；一姓王，似尚与他案有关。《语丝》于廿四日被禁；北新局忽又于卅日被封。我疑此事仍有章士钊及护旗运动中人在捣鬼。

有学生告诉我,见傅斯年于上海之道上。岂此公亦来追留校长欤?

迅　启上　十一月七日

闻广东中大英语系主任为刘奇峰,不知何如人也。

八日

日记　昙。午李秉中,杨仲文来,并邀三弟及广平至东亚食堂午餐。寄矛尘信。寄绍原信。寄小峰信。

九日

日记　晴。上午得有麟信。午后李秉中来。郑伯奇,蒋光慈,段可情来。下午得小峰信。得淑卿信,三日发。夜食蟹饮酒,大醉。

十日

日记　晴。午后李秉中来。下午大夏大学学生来。小峰,衣萍来。中华大学学生来。晚邀衣萍,小峰及三弟往东亚食堂夜餐,餐毕往内山书店买『文学論』一本,『外国文学序説』一本,『日本原始絵画』一本,共泉七元六角。夜濯足。

十一日

日记　晴。晨得立峨信。得梁式信。季市来。午邀季市往东亚饭店饭,又同至内山书店买书二本,共泉四元。寄立峨书二本。寄小峰稿。下午得季野信,四日发。得陈炜谟所赠《炉边》一本。王方仁来。

十二日

日记　晴。上午达夫来。得绍原信并稿。午后同三弟往北新书局访小峰。在广学会买英文《世界文学》四本，拟赠人，共泉五元。得翟永坤信并文稿。

十三日

日记　星期。晴。上午钦文来，午同至东亚食堂午餐，并邀三弟。

十四日

日记　昙。午后钦文来。季市来。往劳动大学讲。晚季市邀往东亚食堂夜餐，并邀三弟及广平。

致 江绍原

绍原先生：

先后收到《宗教史研究》两回，小品两回共四则；但小注后半，则至今未收到，恐失落亦未可知。且稍待，抑更补写乎，请酌定。

日本语之 NoRito，是"祝词"。

弟到此已月余，日惟应酬，陪客，演说，无聊之极。瘦矣，而毫无成绩。颇欲杜门译书，但无把握也。

今虽讨赤，而对于宗教学，恐仍无人留心。观读书界大势，将来之有人顾问者，殆仍惟文艺之流亚。不知兄有意一试之否？如前回在《语丝》上所谈之《达旖丝》，实是一部好书，倘译成中文，当有读者，且不至于白读也。半农译法国小说，似有择其短者而译之之趋势。我以为不大好。

　　　　　　　　　　　　　　　迅　顿首　十一月十四日

太太前亦顿首

十五日

日记 晴。上午得李秉中信片，十二日长崎发。午后寄小峰信。寄绍原信。寄立峨信。寄淑卿信。晚得小峰信附杜力信，又泉百，书二种，即复。

十六日

日记 昙。下午往光华大学讲。得秋芳信，十三日绍兴发。夜食蟹。

致 李霁野

霁野兄：

四日来信，收到了。小说稿及《象牙之塔》，早已到。

《莽原》仍用好纸而减页数，甚好。闻开明书店云，十八九合册十本，早售完，而无续来，不知何不多寄些？

《小约翰》作者照像，托春台印［带］去印的，而他忽回家，大约不日当回上海，取来寄京。现在向我索取者甚多。我想，较快的办法，是此书之内容及封面印成后，望即将书面及书之散页，寄我五十份（仍由周建人代收）；一面我将照相留下五十份。待散页一到，在此装钉，便快得多了。希成后即寄为要。

我冬天不回京，在此亦静不下，毫无成绩，真不知如何是好。

迅 十一，十六。

十七日

日记 晴。晨得绍原信并稿，附致小峰函。午得有麟信。午后寄小峰信附绍原函。寄梁式信。寄有恒信。寄水电公司信。下午往大夏大学演讲一小时。收淑卿所寄书三包,共十八本。

十八日

日记 昙。上午得绍原信并稿。午后朱斐,李立青来。下午往内山书店买书五本,共泉八元八角。买布人形一枚赠晔儿。晚得淑卿信,十三日发。

致 翟永坤

永坤兄:

你的十月十,二六两信,并两回的稿子,我都收到了,待我略闲,当看一看。惟设法出版,须在来年,因为这里的书铺现在经济状况都不大好。

那一本旧的小说,也已收到。构想和行文,都不高明,便是性欲的描写,也拙劣得很,是一部没有什么价值的书。我想,这大约是明朝人做的,本是一篇整篇,后来另一人又将他分开,加上回目,变成章回体的。至于里面用元人名字,这是明人做小说的常有的事,他们不敢讲本朝,所以往往假设为元人。

我近半年来,教书的趣味,全没有了,所以对于一切学校的聘请,全都推却。只因万不得已,在一个学校里担任了一点钟,但还想辞掉他。

文章也做不出来。现在是在校印《唐宋传奇集》,这是古文,我所选编的,今年可出上册,明年出下册。

听说《语丝》在北京被禁止了,北新被封门。正人君子们在此却都很得意,他们除开了新月书店外,还开了一个衣服店,叫"云裳",

"云想衣裳花想容",自然是专供给小姐太太们的。张竞生则开了一所"美的书店",有两个"美的"女店员站在里面,其门如市也。

我想译点书糊口,但现在还未决定译那一种。

迅 上 十一月十八日

十九日

日记 雨。上午得秉中信。得淑卿信,九日发。午后寄翟永坤信。寄淑卿信。下午郑,段二君来。晚邀孙君烈,许希林,王蕴如,三弟,晔儿及广平往东亚食堂夜餐。

二十日

日记 星期。雨。午后往内山书店买书三本,四元四角。

致 江绍原

绍原先生:

来信,并《廿五年来之早期基督教研究》的注,都收到了。关于要编的两种书的计划,我实在并无意见。《血与天癸……》,我想,大抵有些人看看的;至于《二十世纪之宗教学研究》,则商务馆即使肯收,恐怕也不过是情面。尚志学会似乎已经消声匿迹了。

其实,偌大的中国,即使一月出几本关于宗教学的书,那里算多呢。但这些理论,此刻不适用。所以我以为 先生所研究的宗教学,恐怕暂时要变成聊以自娱的东西。无论"打倒宗教"或"扶起宗教"时,都没有别人会研究。

然则不得已,只好弄弄文学书。待收得板税时,本也缓不济急,不过除此以外,另外也没有好办法。现在是专要人的性命的时候,倘想平平稳稳地吃一口饭,真是困难极了。我想用用功,而终于不能,忙得很,而这忙,是于自己很没有益处的。

中国此刻还不能看戏曲,他们莫名其妙。以现状而论,还是小说。还有,大约渐要有一种新的要求,是关于文艺或思想的 Essye。不过以看去不大费力者为限。我想先生最好弄这些。

英文的随笔小说之流,我是外行,不能知道。但如要译,可将作者及书名开给我,我可以代去搜罗。

我不知道先生先前所爱看的是那一些作品,但即以在《语丝》发表过议论的 Thais 而论,我以为实在是一部好书。但我的注意并不在飨宴的情形,而在这位修士的内心的苦痛。非法朗士,真是作不出来。这书有历史气,少年文豪,是不会译的(也讲得[好]听点,是不屑译),先生能译,而太长。我想,倘译起来,可以先在一种月刊上陆续发表,而留住版权,以为后日计。

此外,则须选者稍为中国人所知,而作品略有永久性的。英美的作品我少看,也不大喜欢。但闻有一个 U. Sinclaire(不知错否),他的文学论极新,极大胆。先生知之否?又 J. London 的作品,恐怕于中国的现在也还相宜。

广东似乎又打起来了。沪报言戴校长已迁居香港,谢绝宾客。中校的一群学者,不知安否,殊以为念也。

迅　启上　十一月二十夜

太太前均此请安

二十一日

日记　晴。上午寄绍原信。午元庆来。午后得小峰信及《语丝》。得李秉中信片。下午得小峰信。

二十二日

日记　晴。上午复秉中信。得有恒信。午后寄小峰信。寄立峨刊物四本。下午往内山书店买『思潮批判』，『ユゴオ』，『愛蘭情調』各一本，共泉三元七角。得淑卿信，十五日发。得江石信。夜寄小峰信。寄璇卿信。

致　陶元庆

璇卿兄：

《唐宋传奇集》书面用之赭色样本，今日送来了。今并原样一同寄上。对否？希示复。

鲁迅　十一月廿二。

二十三日

日记　晴。下午得小峰信附真吾信。得璇卿信并书面画一枚。晚得田汉信，夜复。

二十四日

日记　晴。午后寄小峰信。

二十五日

日记　晴。午后往内山书店买书四本，十元二角。下午绍原来。

二十六日

日记　晴。下午小峰，衣萍，铁民来。绍原来。晚小峰邀往东亚食堂夜餐，同坐共六人。夜往内山书店买『アメリカ文学』一本，泉二元。托三弟往中国书店买石印本《承华事略》一部二本，一元。

信州杂记

［苏联］毕勒涅克

……我到黎明就醒了，但有点不明白在那里。四边是微暗的，近地的雄鸡一叫，别的雄鸡即应着和鸣，莺儿也叫起来了。这些鸡声莺语，和在俄罗斯诸村里所听到的一模一样。我回顾身边，障子①是紧紧地关着，但那上部受着朝日，烧得通红。火钵里的火已经全消，寒冷是四月的黎明的寒冷。

和我并排，在铺在地板上的席子上，茂森君和金田君穿了著物②睡着觉，我就知道了今天是在日本，在信州旅行，宿在农民作家土屋君的家里。我也被了绵的夜著睡着觉，正如茂森和金田一般。地板上呢，是昨晚乱翻过的书籍散乱在微暗里。

我就沉思起来了。惊醒了我的那鸡和莺，叫起来是和相隔数千俄里的俄国乡下的鸡和莺一样的，然而人们为什么讲着两样的言语，过着不同的生活的呢。

纸的壁（障子）遮不住晓露。一动，露珠便点点滴滴地落在我的身体上。

这几天，是极其珍妙的日子，日本的人们，虽是我的好朋友，也不说"否"③的一句话。也许是他们的传统性弄成这样的罢，一到非说"否"字不可之际，我的话他们就变成听不懂，也听不见了。

---

①　纸糊的扉，有木格子。

②　Kimono 即日本的衣服。但这里似应作"夜著"，即绵盖被，状与"著物"略同。

③　Nieto。

我们顺着海拔总有一俄里的日本高山的山峰，从这家走到那家去。我们的旅行日程，是靠着日本的文士诸君排定的，我们带着对于各家的介绍信。而我们的旅行日程，巡警却不知道，警官是隔着一俄里，看守着我们。所以无论那里，都郑重地相迎，然而我们到了有一家的门约半点钟之后，○○^①进来了，主人就到不知什么地方去。于是主人和我们之间，立刻有了墙的遮拦。我不说"否"，然而这地方的难于滞留，却是明明白白。我们一径向前走，而土屋君留我们住宿了一宵。

这前一天，我们整天坐着山间的铁道车，到小诸市，住在叫作山城馆的旅店里。这旅店的所在地，是往昔的城脚，在夜晚的澄净的天空里，远远地腾起火山的烟来。去访了一个做着《信浓日日新闻》的地方通信员的人，是作家岛崎君的绍介信上所指定的，没有在，他在市上的救火局里挂了画，开着展览会。这第二天，是要有旧领主牧野子爵的欢迎会的，展览会就正凑在这热闹里。我们用力车（但说力车是错的，Kuruma 才正当）到这展览会，在那里被灌了不加白糖的日本的绿茶。其次是往邮政局转了一转。凡有地球上的一切邮政局，是都非有火漆气，官僚气，墙后面咭咭格格地响着电报机不可的。顺着闲静的小路，经过了从山而下的流水的潺湲的日本式寂静中，便到了人们前去参诣火山的路。一面观赏着电影的广告人的样子。

于是回到城脚的旅店。旧领主牧野子爵于傍晚到来，住在和我们同一的旅店里了。在并不很古的七十年前，子爵的祖宗，是从存在于这旅店所在的城脚的城墙上，统治四方的。然而我并没有推测他的心的深处之类。受过高等教育的言语学家的使女，离开我们的屋子，到子爵那里去了，但在我们这里漏出了这样的话——

——大人去洗澡去了。……吩咐在夜饭时候拿酒来。……太

---

① 这大约是 Iun 二字，即"狗"，指日本的巡警。

太很头痛哩,吩咐道,给我拿毗拉密敦①来罢。

听说旧领主是明天光降镇守祭和展览会,这一完,就往东京的。还听说而且不再过一年,是不回到这里来的。

照日本的旅店的惯例,给我们送旅店的著物来了。我去洗澡。据日本人的习惯,是不洗脸和手,而从脚洗到头,男女混浴的。浴场的温度,是列氏四十五度。日本人是用擦身体的手巾洗身体的。正在洗澡,那使女跑进浴场来了,但为的是来颂扬旧领主的唱歌的声音好。

我们推开了障子——城壁的对面,山崖的下面,都展开着山谷,空中是浮着连峰的线,溪谷和山腰上辉煌着电灯。只在日本,我才目睹了绀碧的空气的澄明,这是没却了远景的青绝的澄明,漆一般的青,漆一般的澄澈。

鸟在暗地里叫。而从旅店的角落里,从塔的废墟里,传来了极柔艳的女人的声音。我们穿了著物,照日本式坐在地板上——于是晚餐搬来了。一看,是生的鱼,蛤蜊的汤,渍萝卜,米的饭,还有日本的服特加②这酒之类。本地的报馆派照相师来,照了一个相。不久,使女拿了非常之厚的帐簿来了,凡有体面的旅客,都在这上面署名。——使女还给我们看了说是旧领主刚才写好的短歌——于是我们也非在这帐簿上署名不可。其次是搬来了棉被和夜著(加绵絮的夜间的著物。)彻夜鸟啼,透明的空中映着火山喷出的烟,露水下来,女人的声音许久没有歇。

早上,在城脚闲步,先前的练兵场上,现在有孩子们蹂躏了的网球场,有领主的财产的米仓,有废墟。

人们说话,一抽去"否"字的时候,那话里就没有力。不知道身边正出什么事,以及将出什么事的时候,还有,自己的意志全不中用

---

① 药名。
② 俄国很烈的酒名。

的时候的感觉,是颇为讨厌的。

这时来了一个农夫,邀到他的家去了。他的房屋,是三百年前照样,那血统,是武士的仆人的血统。——给我看了古到六百年的传代的剑。我们是遵照了一切日本的礼式,走进这家里去的,先在门槛的处所脱掉鞋子,在主人和妇女们的脚下低下头去,那边便也在我们的脚下低下头来了。而且在瞻仰三百年之古的房子之前,我们还在地板上给弄完了茶的礼式。这家里,最神圣,最基础底者,是藏米的处所。牛和马,在农民经济上是都缺如的,也没有看见马厩和牛牢。厨房里是火钵(七轮)的烟腾到天井上。家里的人将一本簿子送到我这里,请署名。于是警官追踪而至,造成了含着"否"字的意思的墙壁,我变得什么都不懂,和同伴都从这家里离开了。忙着展览会的那智识阶级,是早已踪影全无了的,但我们还再在展览会里喝茶,看画。

我们从这里起,走着旧路,在太阳和风和松树的气味中,向大里村的农民文士土屋君的家里去。

水田被石造的堤环绕着。这是用水平器均整,用人手均整了的稻田。

许多脚踏车追上了我们,我们追上了驾着二轮车的牛。在走向土屋君家去的途中,警官赶上了我们,然而有着哲学者的相貌和劳动者的手的沉默家土屋君,却迎接我们了。我们向着他的家作礼。他领我们到一间体面的屋子里。

来此的途中,我打听大里村的事,村中的户数是六百五十;居民是三千五百人;学校三所,小学校,实业学校,中学校;儿童是男女共学的。绢工厂一,肥皂制造厂一,蜜蜂制造厂,家兔饲养所,发电所各一。

在日本,是无论到那里,屋内屋外都非常清洁的。但在日本,并不以人体机能的自然排泄物为耻。土屋君家里的后院的中央,就兀突着为聚集肥料用的小便计,涂着磁漆的便器。

警官制我们的机先,土屋君却迎接我们了。我们就将这一日的余闲,消在巡视附近的水田,墓地和神社佛阁的旁边,以及瀑布的四近。人们从我的身旁自走过去,仿佛无视着我的存在似的。

　　这一夜,在我的生涯中,大概是唯一的,极其异样的夜了。土屋君,茂森君,金田君和我,都在土屋君的家里,坐在火钵的旁边。茂森君和金田君,是和我同伴的熟识的友人,然而土屋君却也如一时难于懂得的日本的人们一样,在我是不懂的人物。我们两个,靠着金田,茂森两位的翻译而谈天,喝酒。日本人是三杯下肚,便满脸通红,他们的眼睛就充血的。土屋君将自己的照相呀,书籍呀,他的朋友的艺术家和文士们,为他写的画的,作为纪念的帖子给我看。这种事物,在日本是当然的东西。于是土屋君瞪起了充血的眼,以森严的态度,讲起我难于即刻懂得的事情来了。据茂森君和金田君的翻译,是这样的。

　　……土屋君的父亲,当日俄战争之际,在奉天被俄国兵杀掉了。那时还小的土屋君,便立下了一个誓,要杀掉一个最初遇见的俄国人,给父亲报仇。而这最初遇见的俄国人,却就是我。他原应该杀掉我的,但是,土屋君是文士,我也是文士,艺术上的同胞爱,超过于肉亲爱的事,土屋君是知道的。所以他一面用日本式交换酒杯,以同胞爱的亲谊,劝我喝酒。——这是所以为土屋君破了自己的誓作纪念的——。

　　……和自己同国的人杀了人,却去访问那被杀的别国的人的家,是不大好的……。这样子,我便在土屋君的家里,听着鸡鸣,当黎明就醒过来了。这前天,我曾用笔用墨,就超国家底文化和同胞爱,为土屋君作了一幅画,然而当这莺儿的早上,我却想起了莺声和我们俄罗斯的莺声相像,而身为人类的我辈,为什么倒说着不同的言语的事来。

　　我静静地站起,将障子推开。看时,地面上摇曳着磁器的颜色一般的日本的曙色,露水串成沉重的珠,洗着木莲的干子,木莲花正发着死尸一样的花香。

　　穿着著物的我，赤脚上套了下驮①，没有朋友，也没有警官，独向山中去迎黎明了。旁有小流潺湲着，崖下是河水在作响。我跨上石阶，到了踯躅花的繁茂之处，那红的花朵是重重叠叠开得如火。石的小路，和墓地相通。没有一个人跟住我。这样的事，在日本恐怕是不会有第二次的罢。远处的空际，是火山喷着烟，诸山在左右展开，有水田和我平行着。是很深很深的寂寞。我在墓地里，看见放在一个墓石旁边的装着米饭的碗和木筷。沉思起来了——在别一个墓石旁边，还有狗的颈圈。在日本，人和兽类是埋在一处的。墓地上是丛竹郁苍，就近有一所比我们的狗窠并不较大的神庙。我就在这庙旁坐下，吸烟，还分开杂树，通过了无路之处，走向野柿林边去。在这里，我看见了神秘的人。那是一个在密林中的神庙前的女人，抱了雕花的楔形的石头，显着竭诚尽信的相貌。她祈祷着。祈祷着怎样的神呢，我是不得而知，但心里想，弄着一种神秘的祈祷哪。对于系着蝴蝶样的带子，穿着木屐，有着在我是无从分别好丑的脸的这女人，我没有做什么有所妨碍的事。——这时候，我想到要做一篇短篇，写出日本诱到了一个欧罗巴人，恰如沼泽或林鬼似的，将这人淹在水里，浸在灰汁里的层次来。这缘故，就在我尽了心想要探求日本的精神，日本的生活，现代的风尚——我观察了这国度的生活状态和人们的别致的点——然而，什么都不懂。不能谅解而构想——我觉得我所不懂的这国度，沼泽似的将我吸进去了——。不知道这是因为在日本，真有着神秘的事的缘故呢？还是也许因为内侧真有空虚，所以警官守护着的开了的门，被我克服了？

　　滞留在日本的一切文士所作为问题的 Thema②，即关于东洋和西欧的精神之睽离，西欧人被东洋所吞没，所歪曲，生了"东洋热"这

---

　　①　Geta，木屐。

　　②　主旨，论题。

病的现象的 Thema；还有，一切事物，后来将被东洋所抛掉的 The-ma——和这些 Thema，我也正对面了。

那一清晨之后，又有太阳，风，花朵开在地上的几天；游山，和警官赛跑的几天。不知道在那一天里，我要日本式地生活，饮食，并且日本式地思索，观察起来了。——山间的小径和山间的酒铺，往往是使人觉得舒服的东西。

在柳泽君的家里，我们鉴赏日本的古器物，柳泽君赠了我一个虾夷所用的古老的矢镞。而且他又引导我们到洞窟去，那是可以推想古代日本的居民的那虾夷的生活的。这四近有很够的阳光，松树茂密。从大海吹过健康的风来。——柳泽君还给看松树的盆景，那是长约半亚洵①，已经种了十来年了的树。

通过许多涵洞，渡了铁桥和深渊，看着绝佳的风景，许多工夫，从昼到晚，我们坐着列车，到涌着矿泉的上谏访去了。

万事都照要如此的如此，这就是说，上谏访驿里有一个刑事巡警，跟着我们同来的巡警，便将我们交代给他了。旅馆里有许多客。一开旅馆的障子，便看见浴场，男女在矿泉中混浴。这日的太阳很猛烈。旅程也长，耽了种种的思索。我们一面听着出卖穷人的夜膳，叫作"辨当"的男人的角笛，一面又倾听着隔壁的艺妓的歌声，走进梦路去。翌朝，我们吃了米饭和海草的汤和盐渍的梅子。警官出现，人们不说"否"（这不可不察）的时候，就再生了照例的困惑。照豫定，我们是早上要到一个山村和织绢工厂去的，然而不过是拖延时光。我出去修了脸，在地方的工业展览会（在日本，是几乎每个街头，当各种纪念之际，都开展览会的）里转了一转，看过玩具的电气铁道，回来时，地方的一个纺绢工厂的 Doctor 和自动车已在等我了。

我们沿着湖水往工厂去。照例在工厂的事务室里，有茶的飨宴。

① 俄国尺度名。— Arshin 约中国二尺半。

510

纺绩的方法，从茧缫丝之类，是大家都知道的。虽然没有在日本到处所见的清洁，但这工厂也是很清洁的地方。进工厂去，是我们和工女，都脱了鞋，只剩着袜子进去的。工场之内，要寻一分钟间可以一个人独在那里的地方，是一点也没有；厕所在广大的土房的中央，所以一切都看见。这也因为日本人不以人体的排泄物为污秽，也因为不使工女独自暗地里看信或写信。从工厂的围外寄来的一切信，都被拆看，没有事务所的许可，工女是不能出围外去的。工厂很有些像牢狱，工女是以两年至四年的期限，被卖在此的人们。工女唱着这样的歌——

> 如果纺织女工是人呀，
>
> 电报柱子要开花。

然而这样的事，现在只是些余谈。

警官比我们慢，看不见我们了。但这时候，就发生了照例的困惑，听到了自动车的声音。——我们是本应该到山村去的，却进了一个旅店了。这并不是前晚住过的旅馆，却不知是什么缘故，放着我们的提包。——我们是吃过早餐并不多久的，食桌上却排着食品，但我们不想吃东西，也没有吃东西的余裕。——在食桌边，还坐下了未曾招待的未知的人们。什么是什么，我一点也不懂了，但守礼的观念抑制着我，没有使真的俄国话说出口。

大家的手法都很快，也很慢，但总算颇有次序地办去了。普通大抵知道这是失礼的，然而将已经就坐的我叫到门外（湖水的旁边）去，照了一个相。

于是大家将很疲乏的我运到停车场，给坐上了往东京的列车，这事算告终结。我一面挨着剧烈的胃痛，只希望着一件事。这希望就是早早到了自己的假定的家里，用俄国话谈天，住在同乡人里面。这虽然仅只是我的想象，不能一定说是这样的，但莫非日本的警官，为打破研究了日本的农村和那生活状态，想得到开他的钥匙的我的不逊的欲望计，给我中了毒么？然而这且又作别论，我在没有厌物的客车里,所半入梦境地思索的,却并不是怎样地才可以在东洋卷起风云来,而是为什么东洋要像从克跋斯酒瓶拔去木塞似的,从自己的大地上推出西欧人去。我一面想起 Kipling 的话,觉得西欧人是未必能够钻进东洋人的魂灵里去的。——而我的对于一切的"各种的"志望,连影子也躲掉了。

我的信州旅行,就这样地完结了。

我们都知道,俄国从十月革命之后,文艺家大略可分为两大批。一批避往别国,去做寓公;一批还在本国,虽然有的死掉,有的中途又走了,但这一批大概可以算是新的。

毕勒涅克(Boris Pilniak)是属于后者的文人。我们又都知道:他去年曾到中国,又到日本。此后的事,我不知道了。今天看见井田孝平和小岛修一同译的《日本印象记》,才知道他在日本住了两个月,于去年十月底,在墨斯科写成这样的一本书。

当时我想,咱们骂日本,骂俄国,骂英国,骂……,然而讲这些国度的情形的书籍却很少。讲政治,经济,军备,外交等类的,大家此时自然恐怕未必会觉得有趣,但文艺家游历别国的印象记之类却不妨有一点的。于是我就想先来介绍这一本毕勒涅克的书,当夜翻了一篇序词——《信州杂记》。

这不过全书的九分之一,此下还有《本论》,《本论之外》,《结论》三大篇。然而我麻烦起来了。一者"象"是日本的象,而"印"是俄国人的印,翻到中国来,隔膜还太多,注不胜注。二者译文还太轻妙,我不敌他;且手头又没有一部好好的字典,一有生字便费很大的周折。三者,原译本中时有缺字和缺句,是日本检查官所抹杀的罢,看起来也心里不快活。而对面阔人家的无线电话机里又在唱什么国粹戏,"唉唉唉"和琵琶的"丁丁丁",闹得我头里只有发昏章第十一了。还是投笔从玩罢,我想,好在这《信州杂记》原也可以独立的,现在就将这作为开场,也同时作为结束。

我看完这书,觉得凡有叙述和讽刺,大抵是很为轻妙的,然而也感到一种不足。就是:欠深刻。我所见到的几位新俄作家的书,常常使我发生这一类觖望。但我又想,所谓"深刻"者,莫非真是"世纪末"的一种时症么? 倘使社会淳朴笃厚,当然不会有隐情,便也不至于有深刻。如果我的所想并不错,则这些"幼稚"的作品,或者倒是走向"新生"的正路的开步罢。

我们为传统思想所束缚,听到被评为"幼稚"便不高兴。但"幼稚"的反面是什么呢? 好一点是"老成",坏一点就是"老猾"。革命前辈自言"老则有之,朽则未也,庸则有之,昏则未也"。然而"老庸"不已经尽够了么?

我不知道毕勒涅克对于中国可有什么著作,在《日本印象记》里却不大提及。但也有一点,现在就顺便介绍在这里罢——

"在中国的国境上,张作霖的狗将我的书籍全都没收了。连一千八百九十七年出版的 Flaubert 的 *Salammbo*,也说是共产主义的传染品,抢走了。在哈尔宾,则我在讲演会上一开口,中国警署人员便走过来,下面似的说。照那言语一样地写,是这样的——

——话,不行。一点儿,一点儿唱罢。一点儿,一点儿跳罢。读不行!

我是什么也不懂。据译给我的意思,则是巡警禁止我演讲和朗读,而跳舞或唱歌是可以的。——人们打电话到衙门去,显着不安的相貌,疑惑着——有人对我说,何妨就用唱歌的调子来演讲呢。然而唱歌,我却敬谢不敏。这样恳切的中国,是挺直地站着,莞尔而笑,谦恭到讨厌,什么也不懂,却唠叨地说是'话,不行,一点儿,一点儿唱'的。于是中国和我,是干干净

净地分了手了。"(《本论之外》第二节)

一九二七,一一,二六。记于上海。

原载 1927 年 12 月 24 日《语丝》周刊第 4 卷第 2 期。
初未收集。

二十七日

日记 星期。晴。上午得立峨信,十九日发。黄涵秋,丰子恺,陶璇卿来。午后托璇卿寄易寅邨信。下午望道来。晚李式相及别一人同来。雨。

二十八日

日记 昙。上午寄崔真吾信。下午方仁来,赠以《克诃第传》一部。

二十九日

日记 晴。上午得叶汉章信。晚得小峰信并《语丝》及《北新》。

三十日

日记 晴。午后往内山书店买《英国文学史》,《英国小说史》,『版画を作る人へ』各一本,共泉十元二角。托三弟往有正书局买《汉画》两本,价一元三角,甚草率,欺人之书也。晚邀王馨如,三弟,晔儿及广平往东亚食堂夜餐。

十二月

一日

日记　昙。上午有麟来,午邀往刘三记饭,并三弟及广平。

二日

日记　晴。午得易寅村信。午后有麟来,赠板鸭二只。得立峨信,十一月二十四日发。收淑卿所寄围巾一条,十月二十八日付邮。夜得绍原信。

三日

日记　晴。晨复叶汉章信。寄淑卿信。午三弟为取来豫约之《说郛》一部四十本,价十四元。收汪静之寄赠小说一本。收小峰所寄期刊四本。晚得张仲苏信。收春台所赠《贡献》一束。夜阅市。

四日

日记　星期。昙。午后叶圣陶来。下午公侠来。夜理发。

吊 与 贺

《语丝》在北京被禁之后,一个相识者寄给我一块剪下的报章,是十一月八日的北京《民国晚报》的《华灯》栏,内容是这样的:

吊 丧 文　　　　孔伯尼

顷闻友云:"《语丝》已停",其果然欤?查《语丝》问世,三年于斯，素无余润，常经风波。以久特闻，迄未少衰焉。方期益臻坚壮，岂意中道而崩？"闲话"失慎，"随感"伤风欤？抑有他故耶？岂明老人再不兴风作浪，叛徒首领无从发令施威；忠臣孝子，或可少申余愤；义士仁人，大宜下井投石。"语丝派"已亡，众怒少息，"拥旗党"犹在，五色何忧？从此狂澜平静，邪说奸绝。有关风化，良匪浅鲜！则《语丝》之停也，岂不懿欤？所惜者余孽未尽，祸根犹存，复萌故态，诚堪预防！自宜除恶务尽，何容姑息养奸？兴仁义师，招抚并用；设文字狱，赏罚分明。打倒异端，惩办祸首；以安民心，而属众望。岂惟功垂不朽；曷止德及黎庶？抑亦国旗为荣耶？效《狂飙》之往例，草《语丝》之哀辞，当仁不让，舍我其谁？朝野君子，乞勿忽之。

未废标点，已禁语体之秋，阳历晦日，杏坛上。

先前没有想到，这回却记得起来了。去年我在厦门岛上时，也有一个朋友剪寄我一片报章，是北京的《每日评论》，日子是"丙寅年十二月二十……"，阳历的日子被剪掉了。内容是这一篇：——

挽　狂　飙　　　　燕　生

不料我刚作了《读狂飙》一文之后，《狂飙》疾终于上海正寝的讣闻随着就送到了。本来《狂飙》的不会长命百岁，是我们早已料到的，但它夭折的这样快，却确乎"出人意表之外"。尤其是当这与"思想界的权威者"正在宣战的时候，而突然得到如此的结果，多心的人也许会猜疑到权威者的反攻战略上面，"这话当然不确"，"不过"自由批评家所走不到的光华书局，"思想界的权威"也许竟能走得到了，于是乎《狂飙》乃停，于是乎《狂飙》乃不得不停。

但当今之世，权威亦多矣，《狂飙》所得罪者不知是南方之强欤？北方之强欤？抑……欤？

思想家究竟不如武人爽快，《狂飙》虽停，而长虹终于能安

516

然走到北京,这个,我们倒要向长虹道贺。

呜呼!回想非宗教大同盟轰轰烈烈之际,则有五教授慨然署名于拥护思想自由之宣言,曾几何时,而自由批评已成为反动者唯一之口号矣。自由乎!自由乎!其随线装书以入于毛厕坑中乎!嘻嘻!咄咄!

《语丝》本来并非选定了几个人,加以恭维或攻击或诅咒之后,便将作者和刊物的荣枯存灭,都推在这几个人的身上的出版物。但这回的禁终于燕京北寝的讣闻,却"也许"不"会猜疑到权威者的反攻战略上面"去了罢。诚然,我亦觉得"思想家究竟不如武人爽快"也!

但是,这个,我倒要向燕生和五色国旗道贺。

十二月四日,于上海正寝。

原载 1927 年 12 月 31 日《语丝》周刊第 4 卷第 3 期,题作《随感录八十三　吊与贺》。

初收 1932 年 9 月上海北新书局版《三闲集》。

五日

日记　昙。上午得矛尘信,得绍原信片。午收李秉中所寄 *The Woodcut of To-day* 一本,其直五元。午后有麟来。下午得小峰信并泉百,即复。晚黎锦明来。夜往内山书店买书五本,共泉十三元二角。雨。

六日

日记　昙。午后有麟来。下午小峰,衣萍,曙天来,晚往东亚食堂饭,并邀广平。

致 李小峰

小峰兄：

我对于一切非美术杂志的陵乱的插画，一向颇以为奇，因为我猜不出是什么意义。近来看看《北新》半月刊的插画，也不免作此想。

昨天偶然看见一本日本板垣鹰穗做的，以"民族底色彩"为主的《近代美术史潮论》，从法国革命后直讲到现在，是一种新的试验，简单明了，殊可观。我以为中国正须有这一类的书，应该介绍。但书中的图画，就有一百三四十幅，在现今读者寥寥的出版界，纵使译出，恐怕也没一个书店敢于出版的罢。

我因此想到《北新》。如果每期全用这书中所选的图画两三张，再附译文十叶上下，则不到两年，可以全部完结。论文和插画相联络，没有一点白费的东西。读者也因此得到有统系的知识，不是比随便的装饰和赏玩好得多么？

为一部关于美术的书，要这么年深月久地来干，原是可叹可怜的事，但在我们这文明国里，实在也别无善法。不知道《北新》能够这么办否？倘可以，我就来译论文。

鲁迅　十二月六日

致 蔡元培

子民先生几下，谨启者：久违

雅范，结念弥深，伏知

贤劳，未敢趋谒。兹有荆君有麟，本树人旧日学生，忠于国事，服务已久，近知江北一带，颇有散兵，半是北军旧属，既失渠率，迸散江湖,出没不常,亦为民患。荆君往昔之同学及同乡辈,间亦流落其中,得悉彼辈近态,本非夙心,倘有所依,极甘归命,因思招之使来,略加编练,则内足以纾内顾之劳,外足以击残余之敌。其于党国,诚为两得。已曾历访数处,贡其款诚,尤切希一聆

先生教示,以为轨臬。辄不揣微末,特为介绍,进谒

台端,倘蒙假以颜色,俾毕其词,更赐

指挥,实为万幸。肃此布达,敬请

道安。

后学周树人　启上　十二月六日

七日

日记　晴。午后有麟来,付以致蔡先生信。

《尘影》题辞

在我自己,觉得中国现在是一个进向大时代的时代。但这所谓大,并不一定指可以由此得生,而也可以由此得死。

许多为爱的献身者,已经由此得死。在其先,玩着意中而且意外的血的游戏,以愉快和满意,以及单是好看和热闹,赠给身在局内而旁观的人们;但同时也给若干人以重压。

这重压除去的时候,不是死,就是生。这才是大时代。

在异性中看见爱,在百合花中看见天堂,在拾煤渣的老妇人的魂灵中看见拜金主义,世界现在常为受机关枪拥护的仁义所治理,在此时此地听到这样的消息,我委实身心舒服,如喝好酒。然而《尘影》所赍来的,却是重压。

现在的文艺,是往往给人不舒服的,没有法子。要不然,只好使自己逃出文艺,或者从文艺推出人生。

谁更为仁义和钞票写照,为三道血的"难看"传神呢?我看见一篇《尘影》,它的愉快和重压留与各色的人们。

然而在结末的"尘影"中却又给我喝了一口好酒。

他将小宝留下,不告诉我们后来是得死,还是得生。作者不愿意使我们太受重压罢。但这是好的,因为我觉得中国现在是进向大时代的时代。

一九二七年十二月七日,鲁迅记于上海。

最初印入 1927 年 12 月上海开明书店版《尘影》,题作《〈尘影〉序言》;又载 1928 年 1 月 1 日《文学周报》第 297 期。初收 1928 年 10 月上海北新书局版《而已集》。

八日

日记　晴,冷。下午达夫来。夜寄小峰信。得崔真吾信。

九日

日记　晴。午后有麟来。下午往内山书店。晚得立峨信,二日发。

致 江绍原

绍原先生:

《百卌孝图》尚在,其所绘"拖鞍"之法如下:——

迅　上　十二月九日

致 章廷谦

矛尘兄：

四日信早到了。语堂在此似乎是为开明编英文字典。伏园则在办一种周刊,曰:《贡献》(实在客气之至)。又听说要印书,但不知其详,因为极少见。

《语丝》移申第一期,听说十二可出。有几篇投稿,我看了一遍则有之,若云"编辑",岂敢也哉! 我近来就是做着这样零星的事,真不知如何是好。

新年能来申谈谈,极所盼望。若夫校对,则非一朝一夕可毕,我代校亦可也。

池鱼故事,已略有所闻。其实在天下做人,本来大抵就如此。此刻此地,大家正互相斥为城门,真令我辈为鱼者,莫名其妙,只能用绍兴先哲老话:"得过且过"而已。

绍原欲卖文,我劝其译文学,上月来申,说是为买书而来的。月初回去了,闻仍未买,不知何也。大约卖文之处,已稍有头绪欤?

太史之类,不过傀儡,其实是不在话下的。他们的话听了与否,不成问题,我以为该太史在中国无可为。

《莽原》有从头到尾的合订本,但他们不寄我一本,亦久无信来,或已独立欤?《华续》,《野草》他日寄上《野草》初版,面题"鲁迅先生著",我已令其改正,所以须改正本出,才以赠人。《唐宋传奇集》上册今天才校了,出版大约尚须几天。出时奉寄。下册稿已付印局。

迅 上 十二,九,夜。

周启明信三张附还。

十日

日记 晴。上午得周志拯信,午后复。寄易寅邨信。复张仲苏信。复绍原信。复矛尘信。晚璇卿来。得卓治信,十一月二十一日发。

十一日

日记 星期。晴。午李式相来,未见,留易寅村信而去。下午有麟来。

十二日

日记 晴。午后有麟来。曙天来。下午得小峰信并《莽原》合本二本,即复。云章来。夜小雨。

十三日

日记 晴。午得淑卿织背心一件,十一月二十八日寄。下午潘汉年,鲍文蔚,衣萍,小峰来,晚同至中有天饭。得有麟信,昨发。夜雨。

当陶元庆君的绘画展览时

我所要说的几句话

陶元庆君绘画的展览,我在北京所见的是第一回。记得那时曾经说过这样意思的话:他以新的形,尤其是新的色来写出他自己的世界,而其中仍有中国向来的魂灵——要字面免得流于玄虚,则就是:民族性。

我觉得我的话在上海也没有改正的必要。

中国现今的一部分人,确是很有些苦闷。我想,这是古国的青年的迟暮之感。世界的时代思潮早已六面袭来,而自己还拘禁在三千年陈的桎梏里。于是觉醒,挣扎,反叛,要出而参与世界的事业——我要范围说得小一点:文艺之业。倘使中国之在世界上不算在错,则这样的情形我以为也是对的。

然而现在外面的许多艺术界中人,已经对于自然反叛,将自然割裂,改造了。而文艺史界中人,则舍了用惯的向来以为是"永久"的旧尺,另以各时代各民族的固有的尺,来量各时代各民族的艺术,于是向埃及坟中的绘画赞叹,对黑人刀柄上的雕刻点头,这往往使我们误解,以为要再回到旧日的桎梏里。而新艺术家们勇猛的反叛,则震惊我们的耳目,又往往不能不感服。但是,我们是迟暮了,并未参与过先前的事业,于是有时就不过敬谨接收,又成了一种可敬的身外的新桎梏。

陶元庆君的绘画,是没有这两重桎梏的。就因为内外两面,都和世界的时代思潮合流,而又并未桎亡中国的民族性。

我于艺术界的事知道得极少,关于文字的事较为留心些。就如白话,从中,更就世所谓"欧化语体"来说罢。有人斥道:你用这样的语体,可惜皮肤不白,鼻梁不高呀!诚然,这教训是严厉的。但是,皮肤一白,鼻梁一高,他用的大概是欧文,不是欧化语体了。正唯其皮不白,鼻不高而偏要"的呵吗呢",并且一句里用许多的"的"字,这才是为世诟病的今日的中国的我辈。

但我并非将欧化文来比拟陶元庆君的绘画。意思只在说:他并非"之乎者也",因为用的是新的形和新的色;而又不是"Yes""No",因为他究竟是中国人。所以,用密达尺来量,是不对的,但也不能用什么汉朝的虑儵尺或清朝的营造尺,因为他又已经是现今的人。我想,必须用存在于现今想要参与世界上的事业的中国人的心里的尺来量,这才懂得他的艺术。

一九二七年十二月十三日,鲁迅于上海记。

原载 1927 年 12 月 19 日《时事新报·青光》,副题作《我所要说的几句话》。

初收 1928 年 10 月上海北新书局版《而已集》。

十四日

日记 雨。午璇卿遣人来取关于展览会之文稿去。下午同广平往内山书店买书四种,共泉四元四角。

十五日

日记 昙。午得谢玉生信并泉七十元,四日发。得绍原信,十四日发。午后璇卿偕立达学园学生来选取画象拓本。晚得北大廿九周纪念会由杭州来信。

十六日

日记 昙。午后得霁野信。钦文来并赠茗二合,小胡桃一包。

得衣萍信。得季市信。得淑卿信，七日发。晚得招勉之信。得叶绍钧信。夜濯足。

十七日

日记 昙。午后钦文来，并同三弟及广平往俭德贮蓄会观立达学园绘画展览会。买卫生衣等。晚邀璇卿，钦文，三弟及广平往东亚食堂夜餐。得立峨信，九日发。林和清来，未遇。夜雨。

在钟楼上*

夜记之二

也还是我在厦门的时候，柏生从广州来，告诉我说，爱而君也在那里了。大概是来寻求新的生命的罢，曾经写了一封长信给 K 委员，说明自己的过去和将来的志望。

"你知道有一个叫爱而的么？他写了一封长信给我，我没有看完。其实，这种文学家的样子，写长信，就是反革命的！"有一天，K 委员对柏生说。

又有一天，柏生又告诉了爱而，爱而跳起来道：

"怎么？……怎么说我是反革命的呢？！"

厦门还正是和暖的深秋，野石榴开在山中，黄的花——不知道叫什么名字——开在楼下。我在用花刚石墙包围着的楼屋里听到这小小的故事，K 委员的眉头打结的正经的脸，爱而的活泼中带着沉闷的年青的脸，便一齐在眼前出现，又仿佛如见当 K 委员的眉头打结的面前，爱而跳了起来，——我不禁从窗隙间望着远天失笑了。

但同时也记起了苏俄曾经有名的诗人，《十二个》的作者勃洛克的话来：

"共产党不妨碍做诗,但于觉得自己是大作家的事却有妨碍。大作家者,是感觉自己一切创作的核心,在自己里面保持着规律的。"

　　共产党和诗,革命和长信,真有这样地不相容么?我想。

　　以上是那时的我想。这时我又想,在这里有插入几句声明的必要:

　　我不过说是变革和文艺之不相容,并非在暗示那时的广州政府是共产政府或委员是共产党。这些事我一点不知道。只有若干已经"正法"的人们,至今不听见有人鸣冤或冤鬼诉苦,想来一定是真的共产党罢。至于有一些,则一时虽然从一方面得了这样的谥号,但后来两方相见,杯酒言欢,就明白先前都是误解,其实是本来可以合作的。

　　必要已毕,于是放心回到本题。却说爱而君不久也给了我一封信,通知我已经有了工作了。信不甚长,大约还有被冤为"反革命"的余痛罢。但又发出牢骚来:一,给他坐在饭锅旁边,无聊得很;二,有一回正在按风琴,一个漠不相识的女郎来送给他一包点心,就弄得他神经过敏,以为北方女子太死板而南方女子太活泼,不禁"感慨系之矣"了。

　　关于第一点,我在秋蚊围攻中所写的回信中置之不答。夫面前无饭锅而觉得无聊,觉得苦痛,人之常情也,现在已见饭锅,还要无聊,则明明是发了革命热。老实说,远地方在革命,不相识的人们在革命,我是的确有点高兴听的,然而——没有法子,索性老实说罢,——如果我的身边革起命来,或者我所熟识的人去革命,我就没有这么高兴听。有人说我应该拼命去革命,我自然不敢不以为然,但如叫我静静地坐下,调给我一杯罐头牛奶喝,我往往更感激。但是,倘说,你就死心塌地地从饭锅里装饭吃罢,那是不像样的;然而叫他离开饭锅去拼命,却又说不出口,因为爱而是我的极熟的熟人。于是只好袭用仙传的古法,装聋作哑,置之不问不闻之列。只对于第二点加以猛烈的教诫，大致是说他"死板"和"活泼"既然都不赞成，即等于主张女性应该不死不活，那是万分不对的。

约略一个多月之后，我抱着和爱而一类的梦，到了广州，在饭锅旁边坐下时，他早已不在那里了，也许竟并没有接到我的信。

我住的是中山大学中最中央而最高的处所，通称"大钟楼"。一月之后，听得一个戴瓜皮小帽的秘书说，才知道这是最优待的住所，非"主任"之流是不准住的。但后来我一搬出，又听说就给一位办事员住进去了，莫明其妙。不过当我住在那里的时候，总还是非主任之流即不准住的地方，所以直到知道办事员搬进去了的那一天为止，我总是常常又感激，又惭愧。

然而这优待室却并非容易居住的所在，至少的缺点，是不很能够睡觉的。一到夜间，便有十多匹——也许二十来匹罢，我不能知道确数——老鼠出现，驰骋文坛，什么都不管。只要可吃的，它就吃，并且能开盒子盖，广州中山大学里非主任之流即不准住的楼上的老鼠，仿佛也特别聪明似的，我在别地方未曾遇到过。到清晨呢，就有"工友"们大声唱歌，——我所不懂的歌。

白天来访的本省的青年，却大抵怀着非常的好意的。有几个热心于改革的，还希望我对于广州的缺点加以激烈的攻击。这热诚很使我感动，但我终于说是还未熟悉本地的情形，而且已经革命，觉得无甚可以攻击之处，轻轻地推却了。那当然要使他们很失望的，过了几天，尸一君就在《新时代》上说：

> "……我们中几个很不以他这句话为然，我们以为我们还
> 有许多可骂的地方，我们正想骂骂自己，难道鲁迅先生竟看不
> 出我们的缺点么？……"

其实呢，我的话一半是真的。我何尝不想了解广州，批评广州呢，无奈慨自被供在大钟楼上以来，工友以我为教授，学生以我为先生，广州人以我为"外江佬"，孤子特立，无从考查。而最大的阻碍则是言语。直到我离开广州的时候止，我所知道的言语，除一二三四

……等数目外,只有一句凡有"外江佬"几乎无不因为特别而记住的Hanbaran(统统)和一句凡有学习异地言语者几乎无不最容易学得而记住的骂人话 Tiu-na-ma 而已。

这两句有时也有用。那是我已经搬在白云路寓屋里的时候了,有一天,巡警捉住了一个窃取电灯的偷儿,那管屋的陈公便跟着一面骂,一面打。骂了一大套,而我从中只听懂了这两句。然而似乎已经全懂得,心里想:"他所说的,大约是因为屋外的电灯几乎 Hanbaran 被他偷去,所以要 Tiu-na-ma 了。"于是就仿佛解决了一件大问题似的,即刻安心归坐,自去再编我的《唐宋传奇集》。

但究竟不知道是否真如此。私自推测是无妨的,倘若据以论广州,却未免太卤莽罢。

但虽只这两句,我却发见了吾师太炎先生的错处了。记得先生在日本给我们讲文字学时,曾说《山海经》上"其州在尾上"的"州"是女性生殖器。这古语至今还留存在广东,读若 Tiu。故 Tiuhei 二字,当写作"州戏",名词在前,动词在后的。我不记得他后来可曾将此说记在《新方言》里,但由今观之,则"州"乃动词,非名词也。

至于我说无甚可以攻击之处的话,那可的确是虚言。其实是,那时我于广州无爱憎,因而也就无欣戚,无褒贬。我抱着梦幻而来,一遇实际,便被从梦境放逐了,不过剩下些索漠。我觉得广州究竟是中国的一部分,虽然奇异的花果,特别的语言,可以淆乱游子的耳目,但实际是和我所走过的别处都差不多的。倘说中国是一幅画出的不类人间的图,则各省的图样实无不同,差异的只在所用的颜色。黄河以北的几省,是黄色和灰色画的,江浙是淡墨和淡绿,厦门是淡红和灰色,广州是深绿和深红。我那时觉得似乎其实未曾游行,所以也没有特别的骂詈之辞,要专一倾注在素馨和香蕉上。——但这也许是后来的回忆的感觉,那时其实是还没有如此分明的。

到后来,却有些改变了,往往斗胆说几句坏话。然而有什么用呢?在一处演讲时,我说广州的人民并无力量,所以这里可以做"革命的策源地",也可以做反革命的策源地……当译成广东话时,我觉得这几句话似乎被删掉了。给一处做文章时,我说青天白日旗插远去,信徒一定加多。但有如大乘佛教一般,待到居士也算佛子的时候,往往戒律荡然,不知道是佛教的弘通,还是佛教的败坏?……然而终于没有印出,不知所往了……。

广东的花果,在"外江佬"的眼里,自然依然是奇特的。我所最爱吃的是"杨桃",滑而脆,酸而甜,做成罐头的,完全失却了本味。汕头的一种较大,却是"三廉",不中吃了。我常常宣传杨桃的功德,吃的人大抵赞同,这是我这一年中最卓著的成绩。

在钟楼上的第二月,即戴了"教务主任"的纸冠的时候,是忙碌的时期。学校大事,盖无过于补考与开课也,与别的一切学校同。于是点头开会,排时间表,发通知书,秘藏题目,分配卷子,……于是又开会,讨论,计分,发榜。工友规矩,下午五点以后是不做工的,于是一个事务员请门房帮忙,连夜贴一丈多长的榜。但到第二天的早晨,就被撕掉了,于是又写榜。于是辩论:分数多寡的辩论;及格与否的辩论;教员有无私心的辩论;优待革命青年,优待的程度,我说已优,他说未优的辩论;补救落第,我说权不在我,他说在我,我说无法,他说有法的辩论;试题的难易,我说不难,他说太难的辩论;还有因为有族人在台湾,自己也可以算作台湾人,取得优待"被压迫民族"的特权与否的辩论;还有人本无名,所以无所谓冒名顶替的玄学底辩论……。这样地一天一天的过去,而每夜是十多匹——或二十匹——老鼠的驰骋,早上是三位工友的响亮的歌声。

现在想起那时的辩论来,人是多么和有限的生命开着玩笑呵。然而那时却并无怨尤,只有一事觉得颇为变得特别:对于收到的长信渐渐有些仇视了。

这种长信,本是常常收到的,一向并不为奇。但这时竟渐嫌其长,如果看完一张,还未说出本意,便觉得烦厌。有时见熟人在旁,就托付他,请他看后告诉我信中的主旨。

"不错。'写长信，就是反革命的！'"我一面想。

我当时是否也如K委员似的眉头打结呢，未曾照镜，不得而知。仅记得即刻也自觉到我的开会和辩论的生涯，似乎难以称为"在革命"，为自便计，将前判加以修正了：

"不。'反革命'太重，应该说是'不革命'的。然而还太重。其实是，——写长信，不过是吃得太闲空罢了。"

有人说，文化之兴，须有余裕，据我在钟楼上的经验，大致是真的罢。闲人所造的文化，自然只适宜于闲人，近来有些人磨拳擦掌，大鸣不平，正是毫不足怪，——其实，便是这钟楼，也何尝不造得蹊跷。但是，四万万男女同胞，侨胞，异胞之中，有的是"饱食终日，无所用心"，有的是"群居终日，言不及义"。怎不造出相当的文艺来呢？只说文艺，范围小，容易些。那结论只好是这样：有余裕，未必能创作；而要创作，是必须有余裕的。故"花呀月呀"，不出于啼饥号寒者之口，而"一手奠定中国的文坛"，亦为苦工猪仔所不敢望也。

我以为这一说于我倒是很好的，我已经自觉到自己久已不动笔，但这事却应该归罪于匆忙。

大约就在这时候，《新时代》上又发表了一篇《鲁迅先生往那里躲》，宋云彬先生做的。文中有这样的对于我的警告：

"他到了中大，不但不曾恢复他'呐喊'的勇气，并且似乎在说'在北方时受着种种迫压，种种刺激，到这里来没有压迫和刺激，也就无话可说了'。噫嘻！异哉！鲁迅先生竟跑出了现社会，躲向牛角尖里去了。旧社会死去的苦痛，新社会生出的苦痛，多多少放在他眼前，他竟熟视无睹！他把人生的镜子藏起来了，他把自己回复到过去时代去了。噫嘻！异哉！鲁迅先生躲避了。"

而编辑者还很客气，用案语声明着这是对于我的好意的希望和怂恿，并非恶意的笑骂的文章。这是我很明白的，记得看见时颇为感动。因此也曾想如上文所说的那样，写一点东西，声明我虽不呐喊,却正在辩论和开会,有时一天只吃一顿饭,有时只吃一条鱼,也还未失掉了勇气。《在钟楼上》就是豫定的题目。然而一则还是因为辩论和开会,二则因为篇首引有拉狄克的两句话,另外又引起了我许多杂乱的感想,很想说出,终于反而搁下了。那两句话是:

"在一个最大的社会改变的时代,文学家不能做旁观者!"

但拉狄克的话,是为了叶遂宁和梭波里的自杀而发的。他那一篇《无家可归的艺术家》译载在一种期刊上时,曾经使我发生过暂时的思索。我因此知道凡有革命以前的幻想或理想的革命诗人,很可有碰死在自己所讴歌希望的现实上的运命;而现实的革命倘不粉碎了这类诗人的幻想或理想,则这革命也还是布告上的空谈。但叶遂宁和梭波里是未可厚非的,他们先后给自己唱了挽歌,他们有真实。他们以自己的沉没,证明着革命的前行。他们到底并不是旁观者。

但我初到广州的时候,有时确也感到一点小康。前几年在北方,常常看见迫压党人,看见捕杀青年,到那里可都看不见了。后来才悟到这不过是"奉旨革命"的现象,然而在梦中时是委实有些舒服的。假使我早做了《在钟楼上》,文字也许不如此。无奈已经到了现在,又经过目睹"打倒反革命"的事实,纯然的那时的心情,实在无从追蹤了。现在就只好是这样罢。

原载 1927 年 12 月 17 日《语丝》第 4 卷第 1 期。

初收 1932 年 9 月上海北新书局版《三闲集》。

十八日

日记　星期。雨。午后复叶圣陶信。下午林和清来。得小峰信并《语丝》,《北新》,《真美善》,即复并稿。晚收大学院聘书并本月分薪水泉三百。

十九日

日记 晴。上午寄谢玉生信。寄绍原信。寄淑卿信。午得邵明之信，十五日南通发，午后复。寄招勉之信。寄小峰信并稿。寄未名社望·蔼覃象九百五十张。下午往内山书店买『自我経』一本，三元；又买『ニールの草』一本，价同上，赠广平。衣萍，曙天来。晚得立峨信，十四日香港发。

补救世道文件四种

甲 "乐闻于斯"的来信

鲁迅先生：

在黎锦明兄的来信上，知道你早已到了上海。又近日看《语丝》，知岂明先生亦已卸礼部总长之任，《语丝》在上海出版，那位礼部尚书不知是何人蝉联下去呢？总长近日不甚通行，似乎以尚书或大臣为佳，就晚生看来。

不管谁当尚书了吧，我想，国粹总得要维持，你老人家是热心于这件工作的，特先奉赠礼物二件，聊表我之"英英髦彦，亦必有轶群绝伦"的区区之见也。

宣言是我三月前到会里恭恭敬敬索得来的。会里每晚，几乎是每晚有名人，遗老讲经的；听者多属剪发髦生——这生字是两性通用的——我也领教过一次了，情形另文再表，有空时再来。前几晚偶然又跑过老靶子路的会址门前，只见灯光辉映，经声出自老而亮的喉咙，不觉举头一望，又发见了一纸文会的征求，深恐各界青年，交肩失之，用特寄呈，乞广为招徕，国粹幸甚。倘蒙加以按语，序跋兼之，生生世世祖宗与有荣焉。

不知你住在什么地方，近来是否住在上海，故请别人转交。祝福你。

招勉之

一九二七，十二，十五，于 SJ 医院。

乙　筹设孔教青年会宣言

人心败坏，道德沦亡；世运浩劫，皆由此生。今我国青年处此万恶之漩涡，声色货利濡染于中，邪说暴行诱迫于外。天地晦塞，人欲横流，其不沦胥以溺者，殆无几矣！惟是，今人于水旱灾祲，则思集会以赈济，兵燹贼劫，则思练团以保卫。独于青年道德之堕落，其弊有甚于洪水猛兽者，则不知设会以补救。无亦徒知抵御有形之祸，而不知消弭无形之祸乎？同人深鉴于此，爰有孔教青年会之设，首办宣讲，音乐，游艺，体育各科，借符孔门六艺之旨。一俟办有成效，再设学校图书馆等，使我国青年皆得了解孔子之道，及得高尚学术之陶熔。庶知社会恶习之不可近；邪说暴行之所当辟；而世运浩劫，或可消弭于无形。今日之会社亦多矣，然大都皆偏于娱乐，而注重于青年之道德者甚微，惟孔子之道，如日月经天，江河行地，为吾人斯须不可离。斯会之成，必有能纳青年于正轨，而为人心世道之助者，且孔子尝言，后生可畏；又曰：以文会友，以友辅仁。我青年会之设即体孔子之意。邦人君子，傥亦乐闻于斯？！

丙　上海孔教青年会文会缘起

今试问揉罗曳縠，粉白黛绿，有以异于乱头粗服乎？今试问击鲜烹肥，纸迷金醉，有以异于含糗羹藜乎？此不待质诸离娄易牙而皆知者也。虽然，世有刻划无盐，唐突西施者；亦有久餍刍豢，偶思螺蛤者；此岂真以美色能令目盲，盛馔能令肠腐哉？毋亦畏妆饰烹

533

调之繁缛而已。我国之文，固西施而刍豢也；通才硕学，研精覃思，穷老尽气，仅乃十得其七八；下焉者，或至熟视而无睹；后生小儒，途径未习，但见沉沉然千门万户，以为不可阶而升也，则必反顾却走而去之。故吾谓军人畏临阵；妇女畏产育；和尚畏涅槃；秀才畏考试；皆至可怪诧之事，而实情理之所应有者也。沪上为南北缩毂，衿缨亿万，学校如林，而海内耆宿之流，寓于此者，类皆蓄德能文，不惮出其胸中所蕴蓄以诱掖后进；后进亦翕然宗之。若夫家庭之内，有贤父兄，复能广延良师益友，以为子弟他山之助，韦长孺颜之推诸贤，犹未能或之先也。夫天下事果自因生，应由响召，观于此间近时之风尚，可知中原文化，实具千钧一发之力，而英英髦彦，亦必有轶群绝伦，应时而起者。惟无以聚会之，则声气不通；无以征验之，则名誉不显；无以奖劝而提倡之，则进取不速，而观感不神。《易》曰："君子以朋友讲习"，《论语》曰："君子以文会友"。窃本斯旨，号召于众，俾知拭目而观西施，张口而思刍豢者，大有人在。同人不敏，即执巾柹，奉脂泽，为美人催妆，飞鞚络绎，为御厨送八珍，其又奚辞？（章程从略）

丁　"乐闻于斯"的回信

勉之先生足下。N日不见，如隔M秋。——确数未详，洋文斯用。然鲜卑语尚不弃于颜公，罗马字岂遽违乎孔教？"英英髦彦"，幸毋嗤焉。慨自水兽洪猛，黄神啸吟，礼乐偕粲发以同隳，情性与缠足而俱放；ABCD，盛读于黉中，之乎者也，渐消于笔下。以致"人心败坏，道德沦亡"。诚当棘地之秋，宁音"杞天之虑"？所幸存寓公于租界，传圣道于洋场，无待乘桴，居然为铎。从此老喉嘹亮，吟关关之雎鸠，吉士骈填，若浩浩乎河水。邪说立辟，浩劫潜销。三祖六宗，千秋万岁。独惜"艺"有"宣讲"，稍异孔门，会曰"青年"，略剿耶教，用夷变夏，尼父曾以失眠，援墨入儒，某公为之翻脸。然而那无须说，天何言哉，这也当然，圣之时也。何况"后生可畏"，将见眼里西施，"以友辅仁"，先出胸中刍荛。于是虽为和尚，亦甘心于涅槃，一做秀才，即驰神于考试，夫岂尚有见千门万户而反顾却走去之者哉，必拭目咽唾而直入矣。文运大昌，于兹可卜，拜观来柬，顿慰下怀。聊复数言，略申鄙抱。若夫"序跋兼之"，则吾岂敢也夫。专此布复，敬请"髦"安，不宣。

鲁迅谨白。

丁卯夏历十一月二十六日。

原载 1927 年 12 月 31 日《语丝》周刊第 4 卷第 3 期。
初未收集。

致 邵文熔

明之吾兄：

一别遂已如许年，南北奔驰，彼此头白，顷接惠书，慰甚喜甚。

弟从去年出京，由闽而粤，由粤而沪，由沪更无处可往，尚拟暂住，岁腊必仍在此也。时事纷纭，局外人莫名其妙（恐局中人亦莫名其妙），所以近两月来，凡关涉政治者一概不做。昨由大学院函聘为特约撰述员，已应之矣。

约一星期前，在此晤公侠，得略知兄近状，亦并知子英景况，但未询其住址，故未通信。弟初到沪时，曾拟赴杭一游，后以忙而懒，天气亦渐冷，而彼处大人物或有怕我去抢饭碗之惧，遂不果行。离乡一久，并故乡亦不易归矣。

专此布达，顺颂

曼福不尽。

弟周树人　启上　十六年十二月十九日

二十日

日记 晴。午后叶锄非来。同广平往佐藤牙医生寓,未见。晚林和清来。有麟来。

二十一日

日记 晴。午后衣萍来,邀至暨南大学演讲。晚语堂来。夜雨。

文艺与政治的歧途

十二月二十一日在上海暨南大学讲

我是不大出来讲演的;今天到此地来,不过因为说过了好几次,来讲一回也算了却一件事。我所以不出来讲演,一则没有什么意见可讲,二则刚才这位先生说过,在座的很多读过我的书,我更不能讲什么。书上的人大概比实物好一点,《红楼梦》里面的人物,像贾宝玉林黛玉这些人物,都使我有异样的同情;后来,考究一些当时的事实,到北京后,看看梅兰芳姜妙香扮的贾宝玉林黛玉,觉得并不怎样高明。

我没有整篇的鸿论,也没有高明的见解,只能讲讲我近来所想到的。我每每觉到文艺和政治时时在冲突之中;文艺和革命原不是相反的,两者之间,倒有不安于现状的同一。惟政治是要维持现状,自然和不安于现状的文艺处在不同的方向。不过不满意现状的文艺,直到十九世纪以后才兴起来,只有一段短短历史。政治家最不喜欢人家反抗他的意见,最不喜欢人家要想,要开口。而从前的社会也的确没有人想过什么,又没有人开过口。且看动物中的猴子,它们自有它们的首领;首领要它们怎样,它们就怎样。在部落里,他们有一个酋长,他们跟着酋长走,酋长的吩咐,就是他们的标准。酋长要他们死,也只好去死。那时没有什么文艺,即使有,也不过赞美上帝(还没有后人所谓 God 那么玄妙)罢了!那里会有自由思想?后来,一个部落一个部落你吃我吞,渐渐扩大起来,所谓大国,就是吞吃那多多少少的小部落;一到了大国,内部情形就复杂得多,夹着许多不同的思想,许多不同的问题。这时,文艺也起来了,和政治不断地冲突;政治想维系现状使它统一,文艺催促社会进化使它渐渐分离;文艺虽使社会分裂,但是社会这样才进步起来。文艺既然是政治家的眼中钉,那就不免被挤出去。外国许多文学家,在本国站不住脚,相率亡命到别个国度去;这个方法,就是"逃"。要是逃不掉,那就被杀掉,割掉他的头;割掉头那是最好的方法,既不会开口,又不会想了。俄国许多文学家,受到这个结果,还有许多充军到冰雪的西伯利亚去。

有一派讲文艺的,主张离开人生,讲些月呀花呀鸟呀的话(在中国又不同,有国粹的道德,连花呀月呀都不许讲,当作别论),或者专讲"梦",专讲些将来的社会,不要讲得太近。这种文学家,他们都躲在象牙之塔里面;但是"象牙之塔"毕竟不能住得很长久的呀!象牙之塔总是要安放在人间,就免不掉还要受政治的压迫。打起仗来,就不能不逃开去。北京有一班文人,顶看不起描写社会的文学家,他们想,小说里面连车夫的生活都可以写进去,岂不把小说应该写才子佳人一首诗生爱情的定律都打破了吗?现在呢,他们也不能做高尚的文学家了,还是要逃到南边来;"象牙之塔"的窗子里,到底没有一块一块面包递进来的呀!

等到这些文学家也逃出来了,其他文学家早已死的死,逃的逃了。别的文学家,对于现状早感到不满意,又不能不反对,不能不开口,"反对""开口"就是有他们的下场。我以为文艺大概由于现在生活的感受,亲身所感到的,便影印到文艺中去。挪威有一文学家,他描写肚子饿,写了一本书,这是依他所经验的写的。对于人生的经验,别的且不说,"肚子饿"这件事,要是欢喜,便可以试试看,只要两天不吃饭,饭的香味便会是一个特别的诱惑;要是走过街上饭铺子门口,更会觉得这个香味一阵阵冲到鼻子来。我们有钱的时候,用几个钱不算什么;直到没有钱,一个钱都有它的意味。那本描写肚子饿的书里,它说起那人饿得久了,看见路人个个是仇人,即是穿一件单褂子的,在他眼里也见得那是骄傲。我记起我自己曾经写过这样一个人,他身边什么都光了,时常抽开抽屉看看,看角上边上可以找到什么;路上一处一处去找,看有什么可以找得到;这个情形,我自己是体验过来的。

从生活窘迫过来的人,一到了有钱,容易变成两种情形:一种是理想世界,替处同一境遇的人着想,便成为人道主义;一种是什么都是自己挣起来,从前的遭遇,使他觉得什么都是冷酷,便流为个人主义。我们中国大概是变成个人主义者多。主张人道主义的,要想替穷人想想法子,改变改变现状,在政治家眼里,倒还不如个人主义的好;所以人道主义者和政治家就有冲突。俄国文学家托尔斯泰讲人道主义,反对战争,写过三册很厚的小说——那部《战争与和平》,他自己是个贵族,却是经过战场的生活,他感到战争是怎么一个惨痛。尤其是他一临到长官的铁板前(战场上重要军官都有铁板挡住枪弹),更有刺心的痛楚。而他又眼见他的朋友们,很多在战场上牺牲掉。战争的结果,也可以变成两种态度:一种是英雄,他见别人死的死伤的伤,只有他健存,自己就觉得怎样了不得,这么那么夸耀战场上的威雄。一种是变成反对战争的,希望世界上不要再打仗了。托尔斯泰便是后一种,主张用无抵抗主义来消灭战争。他这么主张,政府自然讨厌他;反对战争,和俄皇的侵掠欲望冲突;主张无抵抗主义,叫兵士不替皇帝打仗,警察不替皇帝执法,审判官不替皇帝裁判,大家都不去捧皇帝;皇帝是全要人捧的,没有人捧,还成什么皇帝,更和政治相冲突。这种文学家出来,对于社会现状不满意,这样批评,那样批评,弄得社会上个个都自己觉到,都不安起来,自然非杀头不可。

但是，文艺家的话其实还是社会的话，他不过感觉灵敏，早感到早说出来（有时，他说得太早，连社会也反对他，也排轧他）。譬如我们学兵式体操，行举枪礼，照规矩口令是"举……枪"这般叫，一定要等"枪"字令下，才可以举起。有些人却是一听到"举"字便举起来，叫口令的要罚他，说他做错。文艺家在社会上正是这样；他说得早一点，大家都讨厌他。政治家认定文学家是社会扰乱的煽动者，心想杀掉他，社会就可平安。殊不知杀了文学家，社会还是要革命；俄国的文学家被杀掉的充军的不在少数，革命的火焰不是到处燃着吗？文学家生前大概不能得到社会的同情，潦倒地过了一生，直到死后四五十年，才为社会所认识，大家大闹起来。政治家因此更厌恶文学家，以为文学家早就种下大祸根；政治家想不准大家思想，而那野蛮时代早已过去了。在座诸位的见解，我虽然不知道；据我推测，一定和政治家是不相同；政治家既永远怪文艺家破坏他们的统一，偏见如此，所以我从来不肯和政治家去说。

到了后来，社会终于变动了；文艺家先时讲的话，渐渐大家都记起来了，大家都赞成他，恭维他是先知先觉。虽是他活的时候，怎样受过社会的奚落。刚才我来讲演，大家一阵子拍手，这拍手就见得我并不怎样伟大；那拍手是很危险的东西，拍了手或者使我自以为伟大不再向前了，所以还是不拍手的好。上面我讲过，文学家是感觉灵敏了一点，许多观念，文学家早感到了，社会还没有感到。譬如今天衣萍先生穿了皮袍，我还只穿棉袍；衣萍先生对于天寒的感觉比我灵。再过一月，也许我也感到非穿皮袍不可，在天气上的感觉，相差到一个月，在思想上的感觉就得相差到三四十年。这个话，我这么讲，也有许多文学家在反对。我在广东，曾经批评一个革命文学家——现在的广东，是非革命文学不能算做文学的，是非"打打打，杀杀杀，革革革，命命命"，不能算做革命文学的——我以为革命并不能和文学连在一块儿，虽然文学中也有文学革命。但做文学的人总得闲定一点，正在革命中，那有功夫做文学。我们且想想：在生活困乏中,一面拉车,一面"之乎者也",到底不大便当。古人虽有种田做诗的,那一定不是自己在种田;雇了几个人替他种田,他才能吟他的诗;真要种田,就没有功夫做诗。革命时候也是一样;正在革命,那有功夫做诗? 我有几个学生,在打陈炯明时候,他们都在战场;我读了他们的来信,只见他们的字与词一封一封生疏下去。俄国革命以后,拿了面包票排了队一排一排去领面包;这时,国家既不管你什么文学家艺术家雕刻家;大家连想面包都来不及,那有功夫去想文学? 等到有了文学,革命早成功了。革命成功以后,闲空了一点;有人恭维革命,有人颂扬革命,这已不是革命文学。他们恭维革命颂扬革命,就是颂扬有权力者,和革命有什么关系?

这时,也许有感觉灵敏的文学家,又感到现状的不满意,又要出来开口。从前文艺家的话,政治革命家原是赞同过;直到革命成功,政治家把从前所反对那些人用过的老法子重新采用起来,在文艺家仍不免于不满意,又非被排轧出去不可,或是割掉他的头。割掉他的头,前面我讲过,那是顶好的法子咾,——从十九世纪到现在,世界文艺的趋势,大都如此。

十九世纪以后的文艺,和十八世纪以前的文艺大不相同。十八世纪的英国小说,它的目的就在供给太太小姐们的消遣,所讲的都是愉快风趣的话。十九世纪的后半世纪,完全变成和人生问题发生密切关系。我们看了,总觉得十二分的不舒服,可是我们还得气也不透地看下去。这因为以前的文艺,好像写别一个社会,我们只要鉴赏;现在的文艺,就在写我们自己的社会,连我们自己也写进去;在小说里可以发见社会,也可以发见我们自己;以前的文艺,如隔岸观火,没有什么切身关系;现在的文艺,连自己也烧在这里面,自己一定深深感觉到;一到自己感觉到,一定要参加到社会去!

十九世纪,可以说是一个革命的时代;所谓革命,那不安于现在,不满意于现状的都是。文艺催促旧的渐渐消灭的也是革命(旧的消灭,新的才能产生),而文学家的命运并不因自己参加过革命而有一样改变，还是处处碰钉子。现在革命的势力已经到了徐州，在徐州以北文学家原站不住脚；在徐州以南，文学家还是站不住脚，即共了产，文学家还是站不住脚。革命文学家和革命家竟可说完全两件事。诋斥军阀怎样怎样不合理，是革命文学家；打倒军阀是革命家；孙传芳所以赶走，是革命家用炮轰掉的，决不是革命文艺家做了几句"孙传芳呀，我们要赶掉你呀"的文章赶掉的。在革命的时候，文学家都在做一个梦，以为革命成功将有怎样怎样一个世界；革命以后，他看看现实全不是那么一回事，于是他又要吃苦了。照他们这样叫，啼，哭都不成功；向前不成功，向后也不成功，理想和现实不一致，这是注定的运命；正如你们从《呐喊》上看出的鲁迅和讲坛上的鲁迅并不一致；或许大家以为我穿洋服头发分开，我却没有穿洋服，头发也这样短短的。所以以革命文学自命的，一定不是革命文学，世间那有满意现状的革命文学？除了吃麻醉药！苏俄革命以前，有两个文学家，叶遂宁和梭波里，他们都讴歌过革命，直到后来，他们还是碰死在自己所讴歌希望的现实碑上，那时，苏维埃是成立了！

不过，社会太寂寞了，有这样的人，才觉得有趣些。人类是欢喜看看戏的，文学家自己来做戏给人家看，或是绑出去砍头，或是在最近墙脚下枪毙，都可以热闹一下子。且如上海巡捕用棒打人，大家围着去看，他们自己虽然不愿意挨打，但看见人家挨打，倒觉得颇有趣的。文学家便是用自己的皮肉在挨打的啦！

今天所讲的，就是这么一点点，给它一个题目，叫做……《文艺与政治的歧途》。

原载 1928 年 1 月 29 日、30 日《新闻报·学海》第 182、183 期。记录稿（刘率真记）经鲁迅审订。

初收 1935 年 5 月上海群众图书公司版《集外集》。

卢梭和胃口

做过《民约论》的卢梭，自从他还未死掉的时候起，便受人们的责备和迫害，直到现在，责备终于没有完。连在和"民约"没有什么关系的中华民国，也难免这一幕了。

例如商务印书馆出版的《爱弥尔》中文译本的序文上，就说——

> "……本书的第五编即女子教育，他的主张非但不彻底，而且不承认女子的人格，与前四编的尊重人类相矛盾。……所以在今日看来，他对于人类正当的主张，可说只树得一半……。"

然而复旦大学出版的《复旦旬刊》创刊号上梁实秋教授的意思，却"稍微有点不同"了。其实岂但"稍微"而已耶，乃是"卢梭论教育，无一是处，唯其论女子教育，的确精当。"因为那是"根据于男女的性质与体格的差别而来"的。而近代生物学和心理学研究的结果，又证明着天下没有两个人是无差别。怎样的人就该施以怎样的教育。所以，梁先生说——

> "我觉得'人'字根本的该从字典里永远注销，或由政府下令永禁行使。因为'人'字的意义太糊涂了。聪明绝顶的人，我们叫他做人，蠢笨如牛的人，也一样的叫做人，弱不禁风的女子，叫做人，粗横强大的男人，也叫做人，人里面的三流九等，无一非人。近代的德谟克拉西的思想，平等的观念，其起源即由于不承认人类的差别。近代所谓的男女平等运动，其起源即由于不承认男女的差别。人格是一个抽象名词，是一个人的身心各方面的特点的总和。人的身心各方面的特点既有差别，实即人格上亦有差别。所谓侮辱人格的，即是不承认一个人特有的人格，卢梭承认女子有女子的人格，所以卢梭正是尊重女子的人格。抹杀女子所特有之特性者，才是侮辱女子人格。"

于是势必至于得到这样的结论——

"……正当的女子教育应该是使女子成为完全的女子。"

　　那么,所谓正当的教育者,也应该是使"弱不禁风"者,成为完全的"弱不禁风","蠢笨如牛"者,成为完全的"蠢笨如牛",这才免于侮辱各人——此字在未经从字典里永远注销,政府下令永禁行使之前,暂且使用——的人格了。卢梭《爱弥尔》前四编的主张不这样,其"无一是处",于是可以算无疑。

　　但这所谓"无一是处"者,也只是对于"聪明绝顶的人"而言;在"蠢笨如牛的人",却是"正当"的教育。因为看了这样的议论,可以使他更渐近于完全"蠢笨如牛"。这也就是尊重他的人格。

　　然而这种议论还是不会完结的。为什么呢? 一者,因为即使知道说"自然的不平等",而不容易明白真"自然"和"因积渐的人为而似自然"之分。二者,因为凡有学说,往往"合吾人之胃口者则容纳之,且从而宣扬之"也。

　　上海一隅,前二年大谈亚诺德,今年大谈白璧德,恐怕也就是胃口之故罢。

　　许多问题大抵发生于"胃口",胃口的差别,也正如"人"字一样的——其实这两字也应该呈请政府"下令永禁行使"。我且抄一段同是美国的 Upton Sinclair 的,以尊重另一种人格罢——

　　"无论在那一个卢梭的批评家,都有首先应该解决的唯一的问题。为什么你和他吵闹的? 要为他的到达点的那自由,平等,调协开路么? 还是因为畏惧卢梭所发向世界上的新思想和新感情的激流呢? 使对于他取了为父之劳的个人主义运动的全体怀疑,将我们带到子女服从父母,奴隶服从主人,妻子服从丈夫,臣民服从教皇和皇帝,大学生毫不发生疑问,而佩服教授的讲义的善良的古代去,乃是你的目的么?

　　"阿嬷夫人曰:'最后的一句,好像是对于白璧德教授的一箭似的。'

　　"'奇怪呀,'她的丈夫说。'斯人也而有斯姓也……那一定是上帝的审判了。'"

不知道和原意可有错误，因为我是从日本文重译的。书的原名是 *Mammonart*，在 California 的 Pasadena 作者自己出版，胃口相近的人们自己弄来看去罢。Mammon 是希腊神话里的财神，art 谁都知道是艺术。可以译作"财神艺术"罢。日本的译名是"拜金艺术"，也行。因为这一个字是作者生造的，政府既没有下令颁行，字典里也大概未曾注入，所以姑且在这里加一点解释。

十二，二一。

原载 1928 年 1 月 7 日《语丝》周刊第 4 卷第 4 期。
初收 1928 年 10 月上海北新书局版《而已集》。

二十二日

日记 晴。午季市来，同往内山书店买『鳥羽僧正』一本，二元；又至一鞋店买『あゐき太郎』一本，一元三角；次往刘三记午餐。下午同广平往密勒路佐藤牙医寓。晚璇卿来。得秋芳信，十七日发。

二十三日

日记 晴。午后有麟来。买书柜一个，泉十元五角。下午方仁来。

文学和出汗

上海的教授对人讲文学，以为文学当描写永远不变的人性，否则便不久长。例如英国，莎士比亚和别的一两个人所写的是永久不变的人性,所以至今流传,其余的不这样,就都消灭了云。

这真是所谓"你不说我倒还明白,你越说我越胡涂"了。英国有许多先前的文章不流传,我想,这是总会有的,但竟没有想到它们的消灭,乃因为不写永久不变的人性。现在既然知道了这一层,却更不解它们既已消灭,现在的教授何从看见,却居然断定它们所写的都不是永久不变的人性了。

只要流传的便是好文学,只要消灭的便是坏文学;抢得天下的便是王,抢不到天下的便是贼。莫非中国式的历史论,也将沟通了中国人的文学论欤?

而且,人性是永久不变的么?

类人猿,类猿人,原人,古人,今人,未来的人,……如果生物真会进化,人性就不能永久不变。不说类猿人,就是原人的脾气,我们大约就很难猜得着的,则我们的脾气,恐怕未来的人也未必会明白。要写永久不变的人性,实在难哪。

譬如出汗罢,我想,似乎于古有之,于今也有,将来一定暂时也还有,该可以算得较为"永久不变的人性"了。然而"弱不禁风"的小姐出的是香汗,"蠢笨如牛"的工人出的是臭汗。不知道倘要做长留世上的文字,要充长留世上的文学家,是描写香汗好呢,还是描写臭汗好?这问题倘不先行解决,则在将来文学史上的位置,委实是"岌岌乎殆哉"。

听说,例如英国,那小说,先前是大抵写给太太小姐们看的,其中自然是香汗多;到十九世纪后半,受了俄国文学的影响,就很有些臭汗气了。那一种的命长,现在似乎还在不可知之数。

在中国,从道士听论道,从批评家听谈文,都令人毛孔痉挛,汗不敢出。然而这也许倒是中国的"永久不变的人性"罢。

二七,一二,二三。

原载 1928 年 1 月 14 日《语丝》周刊第 4 卷第 5 期,题作

《随感录八十七　文学和出汗》。

初收 1928 年 10 月上海北新书局版《而已集》。

二十四日

日记　晴。上午有麟来。午寄叶圣陶信并稿,即得复。午后同广平往佐藤医生寓。晚往内山书店买书三本,共泉六元四角。夜得绍原信附致小峰函一封,即转寄。

文艺和革命

欢喜维持文艺的人们,每在革命地方,便爱说"文艺是革命的先驱"。

我觉得这很可疑。或者外国是如此的罢;中国自有其特别国情,应该在例外。现在妄加编排,以质同志——

1,革命军。　先要有军,才能革命,凡已经革命的地方,都是军队先到的:这是先驱。大军官们也许到得迟一点,但自然也是先驱,无须多说。

(这之前,有时恐怕也有青年潜入宣传,工人起来暗助,但这些人们大抵已经死掉,或则无从查考了,置之不论。)

2,人民代表。　军官们一到,便有人民代表群集车站欢迎,手执国旗,嘴喊口号,"革命空气,非常浓厚":这是第二先驱。

3,文学家。　于是什么革命文学,民众文学,同情文学,飞腾文学都出来了,伟大光明的名称的期刊也出来了,来指导青年的:这是——可惜得很,但也不要紧——第三先驱。

外国是革命军兴以前,就有被迫出国的卢梭,流放极边的珂罗连珂……。

好了。倘若硬要乐观，也可以了。因为我们常听到所谓文学家将要出国的消息，看见新闻上的记载，广告；看见诗；看见文。虽然尚未动身，却也给我们一种"将来学成归国，了不得呀！"的豫感，——希望是谁都愿意有的。

十二月二十四夜零点一分五秒。

原载 1928 年 1 月 27 日《语丝》周刊第 4 卷第 7 期，题作《随感录九十一　文艺与革命》。

初收 1928 年 10 月上海北新书局版《而已集》。

谈所谓"大内档案"

所谓"大内档案"这东西，在清朝的内阁里积存了三百多年，在孔庙里塞了十多年，谁也一声不响。自从历史博物馆将这残余卖给纸铺子，纸铺子转卖给罗振玉，罗振玉转卖给日本人，于是乎大有号咷之声，仿佛国宝已失，国脉随之似的。前几年，我也曾见过几个人的议论，所记得的一个是金梁，登在《东方杂志》上；还有罗振玉和王国维，随时发感慨。最近的是《北新半月刊》上的《论档案的售出》，蒋彝潜先生做的。

我觉得他们的议论都不大确。金梁，本是杭州的驻防旗人，早先主张排汉的，民国以来，便算是遗老了，凡有民国所做的事，他自然都以为很可恶。罗振玉呢，也算是遗老，曾经立誓不见国门，而后来仆仆京津间，痛责后生不好古，而偏将古董卖给外国人的，只要看他的题跋，大抵有"广告"气扑鼻，便知道"于意云何"了。独有王国维已经在水里将遗老生活结束，是老实人；但他的感喟，却往往和罗振玉一鼻孔出气，虽然所出的气，有真假之分。所以他被弄成夹广告的 Sandwich，是常有的事，因为他老实到像火腿一般。蒋先生是例外，我看并非遗老，只因为 Sentimental 一点，所以受了罗振玉辈的骗了。你想，他要将这卖给日本人，肯说这不是宝贝的么？

那么，这不是好东西么？不好，怎么你也要买，我也要买呢？我想，这是谁也要发的质问。

答曰：唯唯，否否。这正如败落大户家里的一堆废纸，说好也行，说无用也行的。因为是废纸，所以无用；因为是败落大户家里的，所以也许夹些好东西。况且这所谓好与不好，也因人的看法而不同，我的寓所近旁的一个垃圾箱，里面都是住户所弃的无用的东西，但我看见早上总有几个背着竹篮的人，从那里面一片一片，一块一块，检了什么东西去了，还有用。更何况现在的时候，皇帝也还尊贵，只要在"大内"里放几天，或者带一个"宫"字，就容易使人另眼相看的，这真是说也不信，虽然在民国。

"大内档案"也者，据深通"国朝"掌故的罗遗老说，是他的"国朝"时堆在内阁里的乱纸，大家主张焚弃，经他力争，这才保留下来的。但到他的"国朝"退位，民国元年我到北京的时候，它们已经被装为八千（？）麻袋，塞在孔庙之中的敬一亭里了，的确满满地埋满了大半亭子。其时孔庙里设了一个历史博物馆筹备处，处长是胡玉缙先生。"筹备处"云者，即里面并无"历史博物"的意思。

我却在教育部，因此也就和麻袋们发生了一点关系，眼见它们的升沉隐显。可气可笑的事是有的，但多是小玩意；后来看见外面的议论说得天花乱坠起来，也颇想做几句记事，叙出我所目睹的情节。可是胆子小，因为牵涉着的阔人很有几个，没有敢动笔。这是我的"世故"，在中国做人，骂民族，骂国家，骂社会，骂团体，……都可以的，但不可涉及个人，有名有姓。广州的一种期刊上说我只打叭儿狗，不骂军阀。殊不知我正因为骂了叭儿狗，这才有逃出北京的运命。泛骂军阀，谁来管呢？军阀是不看杂志的，就靠叭儿狗嗅，候补叭儿狗吠。阿，说下去又不好了，赶快带住。

现在是寓在南方,大约不妨说几句了,这些事情,将来恐怕也未必另外有人说。但我对于有关面子的人物,仍然都不用真姓名,将罗马字来替代。既非欧化,也不是"隐恶扬善",只不过"远害全身"。这也是我的"世故",不要以为自己在南方,他们在北方,或者不知所在,就小觑他们。他们是突然会在你眼前阔起来的,真是神奇得很。这时候,恐怕就会死得连自己也莫明其妙了。所以要稳当,最好是不说。但我现在来"折衷",既非不说,而不尽说,而代以罗马字,——如果这样还不妥,那么,也只好听天由命了。上帝安我魂灵!

　　却说这些麻袋们躺在敬一亭里,就很令历史博物馆筹备处长胡玉缙先生担忧,日夜提防工役们放火。为什么呢? 这事谈起来可有些繁复了。弄些所谓"国学"的人大概都知道,胡先生原是南菁书院的高材生,不但深研旧学,并且博识前朝掌故的。他知道清朝武英殿里藏过一副铜活字,后来太监们你也偷,我也偷,偷得"不亦乐乎",待到王爷们似乎要来查考的时候,就放了一把火。自然,连武英殿也没有了,更何况铜活字的多少。而不幸敬一亭中的麻袋,也仿佛常常减少,工役们不是国学家,所以他将内容的宝贝倒在地上,单拿麻袋去卖钱。胡先生因此想到武英殿失火的故事,深怕麻袋缺得多了之后,敬一亭也照例烧起来;就到教育部去商议一个迁移,或整理,或销毁的办法。

　　专管这一类事情的是社会教育司,然而司长是夏曾佑先生。弄些什么"国学"的人大概也都知道的,我们不必看他另外的论文,只要看他所编的两本《中国历史教科书》,就知道他看中国人有怎地清楚。他是知道中国的一切事万不可"办"的;即如档案罢,任其自然,烂掉,霉掉,蛀掉,偷掉,甚而至于烧掉,倒是天下太平;倘一加人为,一"办",那就舆论沸腾,不可开交了。结果是办事的人成为众矢之的,谣言和逸谤,百口也分不清。所以他的主张是"这个东西万万动不得"。

这两位熟于掌故的"要办"和"不办"的老先生，从此都知道各人的意思，说说笑笑，……但竟拖延下去了。于是麻袋们又安稳地躺了十来年。

这回是 F 先生来做教育总长了，他是藏书和"考古"的名人。我想，他一定听到了什么谣言，以为麻袋里定有好的宋版书——"海内孤本"。这一类谣言是常有的，我早先还听得人说，其中且有什么妃的绣鞋和什么王的头骨哩。有一天，他就发一个命令，教我和 G 主事试看麻袋。即日搬了二十个到西花厅，我们俩在尘埃中看宝贝，大抵是贺表，黄绫封，要说好是也可以说好的，但太多了，倒觉得不希奇。还有奏章，小刑名案子居多，文字是半满半汉，只有几个是也特别的，但满眼都是了，也觉得讨厌。殿试卷是一本也没有；另有几箱，原在教育部，不过都是二三甲的卷子，听说名次高一点的在清朝便已被人偷去了，何况乎状元。至于宋版书呢，有是有的，或则破烂的半本，或是撕破的几张。也有清初的黄榜，也有实录的稿本。朝鲜的贺正表，我记得也发见过一张。

我们后来又看了两天，麻袋的数目，记不清楚了，但奇怪，这时以考察欧美教育驰誉的 Y 次长，以讲大话出名的 C 参事，忽然都变为考古家了。他们和 F 总长，都"念兹在兹"，在尘埃中间和破纸旁边离不开。凡有我们检起在桌上的，他们总要拿进去，说是去看看。等到送还的时候，往往比原先要少一点，上帝在上，那倒是真的。

大约是几叶宋版书作怪罢，F 总长要大举整理了，另派了部员几十人，我倒幸而不在内。其时历史博物馆筹备处已经迁在午门，处长早换了 YT；麻袋们便在午门上被整理。YT 是一个旗人，京腔说得极漂亮，文字从来不谈的，但是，奇怪之至，他竟也忽然变成考古家了，对于此道津津有味。后来还珍藏着一本宋版的什么《司马法》，可惜缺了角，但已经都用古色纸补了起来。

那时的整理法我不大记得了，要之，是分为"保存"和"放弃"，即"有用"和"无用"的两部分。从此几十个部员，即天天在尘埃和破纸中出没,渐渐完工——出没了多少天,我也记不清楚了。"保存"的一部分,后来给北京大学又分了一大部分去。其余的仍藏博物馆。不要的呢,当时是散放在午门的门楼上。

那么,这些不要的东西,应该可以销毁了罢,免得失火。不,据"高等做官教科书"所指示,不能如此草草的。派部员几十人办理,虽说倘有后患,即应由他们负责,和总长无干。但究竟还只一部,外面说起话来,指摘的还是某部,而非某部的某某人。既然只是"部",就又不能和总长无干了。

于是办公事,请各部都派员会同再行检查。这宗公事是灵的,不到两星期,各部都派来了,从两个至四个,其中很多的是新从外洋回来的留学生,还穿着崭新的洋服。于是济济跄跄,又在灰土和废纸之间钻来钻去。但是,说也奇怪,好几个崭新的留学生又都忽然变了考古家了,将破烂的纸张,绢片,塞到洋裤袋里——但这是传闻之词,我没有目睹。

这一种仪式既经举行,即倘有后患,各部都该负责,不能超然物外,说风凉话了。从此午门楼上的空气,便再没有先前一般紧张,只见一大群破纸寂寞地铺在地面上,时有一二工役,手执长木棍,搅着,拾取些黄绫表签和别的他们所要的东西。

那么,这些不要的东西,应该可以销毁了罢,免得失火。不。F总长是深通"高等做官学"的,他知道万不可烧,一烧必至于变成宝贝,正如人们一死,讣文上即都是第一等好人一般。况且他的主义本来并不在避火,所以他便不管了,接着,他也就"下野"了。

这些废纸从此便又没有人再提起,直到历史博物馆自行卖掉之后,才又掀起了一阵神秘的风波。

我的话实在也未免有些煞风景,近乎说,这残余的废纸里,已没有什么宝贝似的。那么,外面惊心动魄的什么唐画呀,蜀石经呀,宋版书呀,何从而来的呢?我想,这也是别人必发的质问。

我想,那是这样的。残余的破纸里,大约总不免有所谓东西留遗,但未必会有蜀刻和宋版,因为这正是大家所注意搜索的。现在好东西的层出不穷者,一,是因为阔人先前陆续偷去的东西,本不敢示人,现在却得了可以发表的机会;二,是许多假造的古董,都挂了出于八千麻袋中的招牌而上市了。

还有,蒋先生以为国立图书馆"五六年来一直到此刻,每次战争的胜来败去总得糟蹋得很多。"那可也不然的。从元年到十五年,每次战争,图书馆从未遭过损失。只当袁世凯称帝时,曾经几乎遭一个皇室中人攘夺,然而幸免了。它的厄运,是在好书被有权者用相似的本子来掉换,年深月久,弄得面目全非,但我不想在这里多说了。

中国公共的东西,实在不容易保存。如果当局者是外行,他便将东西糟完,倘是内行,他便将东西偷完。而其实也并不单是对于书籍或古董。

一九二七,一二,二四。

原载 1928 年 1 月 28 日《语丝》周刊第 4 卷第 7 期。
初收 1928 年 10 月上海北新书局版《而已集》。

卢勃克和伊里纳的后来

〔日本〕有岛武郎

伊孛生七十四岁的时候,作为最后的作品,披陈于世的戏曲《死人复活时》,在我们,岂不是极有深意的赠品么?

在那戏曲里,伊孛生——经伊孛生,而渐将过去的当时的艺术——是对于那使命,态度,功过,敢行着极其真挚精刻的告白的。我在那戏曲里,能够看出超绝底的伊孛生的努力,和虽然努力而终须陷入的不可医治的悒郁来。伊孛生是在永远沉默之前,对自己结着总帐。他虽然年老,但误算的事,是没有的。也并不虚假。无论喝多少酒,总不会醉的人的阴森森的清楚,就在此。当他的周围,都中途半路收了场的时候,独有伊孛生,却凝眸看定着自己的一生。并且以不能回复的悔恨,然而以纠弹一个无缘之人一般的精刻,暴露着他自己的事业的缺陷。

戏曲的主角亚诺德卢勃克,在竭诚于"真实"这一节,是虽在神明之前,也自觉毫无内疚的严肃的艺术家。是很明白"为愚众及公众即'世间'竭死力而服劳役的呆气"的艺术家。他为满足自己计,经营着一种大制作。这是称为《复活之日》的雕刻。卢勃克竟幸而得了一个名叫伊里纳的绝世的模特儿。伊里纳也知道在卢勃克,是发见了能够表现天赋之美的一切的巨匠。于是为了这穷苦无名的年青的艺术家,不但一任其意,毫无顾惜地呈献了妖艳的自己的肉体而已,还从亲近的家族朋友(得到摈斥),成了孤独。这样子,"见了没有知道,没有想到的东西,也更无吃惊的模样。当长久的死的睡眠之后,醒过来看时,则发见了和死前一般无二的自己——地上的一个处女,却高远地出现在自由平等的世界里,便被神圣的欢喜所充满了。"这惊愕的瞬间,竟成就了将这表现出来的大雕刻。伊里纳称这为卢勃克和自己之间的爱儿。由这大作,卢勃克便一跃而轰了雷名,那作品也忽然成为美术馆的贵重品了。

这作品恰要完成时,卢勃克曾经温存地握了伊里纳的手。伊里纳以几乎不能呼吸一般的期待,站在那地方。这时候,卢勃克说出来的话,是,"现在,伊里纳,我才从心里感谢你。这一件事,在我,是无价的可贵的一个插话呵。"插话——当这一句话将闻未闻之间,伊里纳便从卢勃克眼中失了踪影了。

卢勃克枉然寻觅了伊里纳的在处。而他那里,先前那样的艺术底冲动,也不再回来了。他愈加痛切地感到所谓"世评"者之类的空虚。

已近老境的卢勃克,是拥着那雷名和巨万之富,而娶妙龄的美人玛雅为妻了。但玛雅,却只住在和卢勃克难以消除的间隔中。于是那令人疑为山神似的猎人一出现,便容易地立被诱引,离开了卢勃克。

这其间,鬼一般瘦损,显着失魂似的表情的伊里纳,突然在卢勃克的面前出现了。

而他们俩,在交谈中,说着这样的事:——

伊里纳——为什么不坐的呢,亚诺德?

卢勃克——坐下来也可以么?

伊里纳——不——不会受冻的,请放心罢。而且我也还没有成了完全的冰呢。

卢勃克——(将椅子移近她桌旁)好,坐了。像先前一样,我们俩坐在一起。

伊里纳——也像先前一样……离开一点。

卢勃克——(靠近)那时候,不这样,是不行的。

伊里纳——是不行的。

卢勃克——(分明地)在彼此之间,不设距离,是不行的。

伊里纳——这是无论如何,非有不可的么,亚诺德?

卢勃克——(接续着)我说,"不和我一同走上世界去么"的时候,你可还能记起你的答话来呢?

伊里纳——我竖起三个指头,立誓说,无论到世界的边际,生命的尽头,都和你同行。而且什么事都做,来帮助你。

卢勃克——作为我的艺术的模特儿……。

伊里纳——更率直地说起来,则是全裸体……。

卢勃克——(感动)你帮助了我了。伊里纳……大胆地……高兴着……而且尽量地。

伊里纳——是的,我献了血的发焰的青春,效过劳了。

卢勃克——(感谢的表情)那是确曾这样的。

伊里纳——我跪在你的脚下，给你效劳。（将捏着的拳头伸向卢勃克的面前）但是你……你呢？……你……。

卢勃克——（抵御似的）我不记得对你做了坏事。决不，伊里纳。

伊里纳——做了。你将我心底里还未生出来的天性蹂躏了。

卢勃克——（吃惊）我……。

伊里纳——是的，你。我是决了心，从头到底，将我自己曝露在你眼前了……而你，却毫没有来碰我一碰。

……

卢勃克——……倘是崇高的思想呢，那是，我当时以为你是决不可碰到的神圣的人物的。那时候，我也还年青。然而总有着一样迷信，以为倘一碰到你，便将你拉进了我的肉感底的思想里，我的灵就不干净，我所期望着的事业便难以成就了。这虽然在现在，我也还以为有几分道理……。

伊里纳——（有些轻蔑模样）艺术的工作是第一……其次，才轮到“人”呀，是不是？

而这一切，在卢勃克，是不过一个插话，便完结了。纵使这是怎样地可以贵重的插话。这时候，伊里纳的天性之丝的或一物，断绝了。恰如年青的，血的热的一个女性，临死时一定起来一样，天性之丝的或一物，是断绝了。伊里纳就从这刹那起，失了灵魂。成了Soulless 了。给卢勃克，也是一样的结果。在他，作为这插话的结果，是虽然生出了在众目之中是伟大的艺术品，然而总遗留着无论如何，不可填补的空虚。借了伊里纳的话来说，便是“属于地上生活的爱——美的奇迹底的这人世的生活——不可比拟的这人世的生活——这在两人之中，死绝了。”

但卢勃克还不吝最后的努力。要拼命拿回那寻错了的真的力量来。于是催促着伊里纳，到高山的顶上去搜索。

迎接他们的,然而却不是真的力,不过是雪崩。在寻到魂灵之前,他们便不能不坠到千仞的谷底,远的死地里去了。

伊孛生写了这戏曲之后,是永久地沉默了。我可以说,这样峻烈的,严厉的,悲伤的告白,我从来没有听到过。

经由了严正的竭诚于自然主义的人伊孛生,自然主义是发了这伤心的叫喊。倘使从别人听到了这叫喊,我也许会从中看出老年人的不得已而敢行的蒙混,觉得不愉快的罢。或者,那指为"不彻底的先驱者"的侮蔑,终于不能洗去,也说不定的。但从伊孛生听到这话,而记起了那低着傲岸不屈的巨头,凝思着时代的步调的速率的这诚实的老艺术家的晚年来,心里便不得不充满了深的哀愁和同情了。

无论怎样,总是尽力战斗,要站在阵头的勇猛的战士呵。在现在,平安地睡觉罢。你的事业,是伟大的事业。你将虽然负着重伤,而到死为止,总想站起身来的雄狮似的勇猛的生涯,示给我们了。你这样已经就可以。就是这,已经是不可以言语形容的像样了。

然而卢勃克和伊里纳,却还是一个活着的问题,在我们这里遗留着。卢勃克对于伊里纳,在做艺术家之前,必须先是"人"么?卢勃克对于伊里纳,当进向属于地上生活的爱的时候,其间可能生出艺术来呢?应当怎样,进向那爱的呢?伊孛生竟谦虚地将解释这可怕的谜的荣誉,托付我们,而自己却毫无眷恋地沉默了。

将来的艺术,必须在最正当地解释这谜者之上繁荣。能够成就伊孛生之所不能者,必须是伊孛生以上的人。要建筑于自然主义所成就的总和之上者,必须有自然主义以上的力。

我只知道这一点事实。但站在这伟大者之前,惟有惶恐而已。

一九一九年作。译自《小小的灯》。

一九二〇年一月《文章世界》所载,后来收入《小小的灯》中。一九二七年即伊孛生生后一百年,死后二十二年,译于上海。

原载 1928 年 1 月 10 日《小说月报》第 19 卷第 1 期。

初收 1929 年 4 月上海北新书局版《壁下译丛》。

二十五日

日记 星期。晴。下午得小峰信及《语丝》,即复。晚同三弟及广平阅市。

二十六日

日记 昙。上午得韦素园及丛芜信,十六日发。得矛尘信并稿,二十五日发,下午复。有麟来。复绍原信。

致 章廷谦

矛尘兄:

廿五日信收到。《语丝》四卷三期已付印,来稿大约须入第四期了。

伏园和小峰的事,我一向不分明。他们除作者版税外,分用净利,也是今天才知道的。但我就从来没有收清过版税。即如《桃色的云》的第一版卖完后,只给我一部分,说因当时没钱,后来补给,然而从此不提了。我也不提。而现在却以为我"可以做证人",岂不冤哉!叫我证什么呢?

譬如他们俩究竟何时合作,何时闹开,我就毫不知道。所以是局外人,不能开口。但我所不满足的,是合作时,将北新的缺点对我藏得太密,闹开以后,将北新的坏处宣传得太多。

不过我要说一句话,我到上海后,看看各出版店,大抵是营利第一。小峰却还有点傻气。前两三年,别家不肯出版的书,我一绍介,

557

他便付印,这事我至今记得的。虽然我所绍介的作者,现在往往翻脸在骂我,但我仍不能不感激小峰的情面。情面者,面情之谓也,我之亦要钱而亦要管情面者以此。

新月书店我怕不大开得好,内容太薄弱了。虽然作者多是教授,但他们发表的论文,我看不过日本的中学生程度。真是如何是好。

明年商务印书馆也要开这样的新书店,这一流的书局,要受打击了。倘不投降,即要竞争,请拭目以俟之。

绍原经济情形,殊可虑。但前两星期,有一个听差(我想,是蔡"公"家的人)送大学院的聘书到我这里来,也有绍原的一份,但写明是由胡适之转的。问他何时送去;他说已送去过了,胡博士说本人不在沪,不收。我本想中途截取转寄,但又以为不好,中止了。后来打听季芾,他说大约已经寄杭了,星期二(十九)付邮的。莫非还不到么? 倘到,则其中有一批钱,可以过年。

迅　上　十二月廿六日

斐君太太小燕密斯均此请安

二十七日

日记　晴。午寄水电局信。寄叶圣陶信并还书。午后秋方及其弟来。许诗荀来。下午衣萍,小峰来,交泉百。曙天,漱六来。夜往内山书店取『世界美術全集』第 7 册一本,一元六角;又买『欧洲近代文芸思潮論』一本,四元七角。

二十八日

日记　晴。上午寄谢玉生书两本,照相四张。下午刘小愚来。

二十九日

日记　晴。上午得霁野信,二十二日发。午后寄素园,丛芜信。

寄谢玉生信。下午寄还暨南大学陈翔冰讲稿。得矛尘信。得季市信。得芳子信,三弟持来。得吴敬夫信。晚得小峰信并《唐宋传奇集》二十本,旧稿一束,甘酒一皿,即复。得淑卿信,二十二日发。

三十日

日记　晴。下午璇卿来。得绍原信。得季市所寄历日一本。夜有麟来并赠饼饵四个。复绍原信。复季市信。

三十一日

日记　晴。午后同三弟及广平访李小峰。在天福买食物五元。在广学会买《英国随笔集》一本赠三弟。晚李小峰及其夫人招饮于中有天,同席郁达夫,王映霞,林和清,林语堂及其夫人,章衣萍,吴曙天,董秋芳,三弟及广平,饮后大醉,回寓欧吐。

《丙和甲》按语*

编者谨案:这是去年的稿子,不知怎地昨天寄到了。作者现在才寄出欤,抑在路上邮了一年欤?不得而知。据愚见,学者是不会错的,盖"烈士死时,应是十一岁"无疑。谓予不信,则今年"正法"的乱党,不有十二三岁者乎?但确否亦不得而知,一切仍当于"甲寅暮春",仵聆研究院教授之明教也。中华民国十六年即丁卯暮冬,中拉附识。

原载 1927 年 12 月 31 日《语丝》周刊第 4 卷第 3 期。署名中拉。

初未收集。

书　帐

徐庾集合印五本　一·三〇　一月十日

唐四名家集四本　一·一〇

五唐人诗集五本　二·〇〇

穆天子传一本　〇·二〇　一月十一日

花间集三本　〇·八〇

Ch. Meryon 一本　艾锷风赠　一月十四日

温庭筠诗集一本　〇·三〇　一月十五日

皮子文薮二本　〇·七〇　　　　　　　　　　　　　六·四〇〇

经典集林二本　一·〇〇　二月十日

孔北海等年谱四种一本　一·〇〇

玉谿生年谱会笺四本　二·〇〇　　　　　　　　　四·〇〇〇

现代理想主义一本　蒋径三赠　三月十五日

老子道德经一本　〇·二〇　三月十六日

冲虚至德真经一本　〇·四〇

文心雕龙补注四本　〇·八〇　三月十八日　　　　一·四〇〇

五百石洞天挥麈六本　二·八〇　四月十九日

寰宇访碑录校勘记二本　二·〇〇　四月二十四日

十三经及群书札记十本　二·〇〇

巢氏病源候论八本　二·四〇

粤讴一本　〇·三〇

白门新柳记二本　〇·三〇

南菁书院丛书四十本　九·〇〇　　　　　　　　　一八·八〇〇

补诸史艺文志四种四本　一·三〇　六月九日

三国志裴注述一本　〇·五〇

十六国春秋纂录二本　〇·六〇

十六国春秋辑补十二本　三·八〇

广东新语十二本　四·八〇

艺谈录二本　二·〇〇

花甲闲谈四本　一·四〇

玉历钞三种三本　常维钧收寄　六月十一日

二十四孝图二种二本　同上

百孝图五本　同上

二百卅孝图四本　同上

文学大纲第二三册二本　西谛寄赠　六月十六日　　　　一四·四〇〇

史通通释六本　三·〇〇　七月一日

东塾读书记五本　一·八〇　七月三日

清诗人征略十四本　四·〇〇

松心文钞三本　一·五〇

桂游日记一本　〇·四〇

太平御览八十本　四〇·〇〇　七月四日

韩诗外传二本　〇·八〇　七月二十六日

大戴礼记二本　〇·六〇

释名一本　〇·三〇

邓析子一本　〇·一〇

慎子一本　〇·二〇

尹文子一本　〇·一〇

谢宣城诗集一本　〇·三〇

元次山文集二本　〇·五〇　　　　　　　五三·六〇〇

六醴斋医书二十二本　三·五〇　八月二日

益雅堂丛书二十本　五·〇〇　八月十三日

唐土名胜图会六本　二·〇〇　　　　　　一〇·五〇〇

561

南海百咏一本　〇·二〇　九月十六日

易林释文一本　〇·三〇

汉碑征经一本　〇·三〇

吴氏遗著二本　〇·八〇

刘氏遗书二本　〇·七〇

愈愚录二本　〇·七〇

句溪杂著二本　〇·五〇

学诂斋文集一本　〇·二五〇

广经室文钞一本　〇·二五〇

幼学堂文稿一本　〇·二〇

白田草堂存稿两本　〇·六五〇

陈司业遗书二本　〇·七〇

东塾遗书二本　〇·四〇

无邪堂答问五本　一·〇〇　　　　　　　　六·九五〇

昆虫記第四本一本　三·三〇　十月五日

続小品集一本　二·八〇

或ル魂の発展一本　二·五〇

世界の始一本　一·六〇

支那学文薮一本　三·八〇　十月八日

雖モ地球ハ動イテ居ル一本　一·八〇

虹児画譜一二辑二本　四·〇〇

革命芸術大系一本　一·〇〇　十月十日

人物志一本　〇·四〇　十月十一日

夷坚志二十本　七·二〇

文学大纲第四本一本　西谛赠

グマスクスヘ一本　二·六〇　十月十二日

痴人の告白一本　二·五〇

島之農民一本　二·二〇

燕曲集一本　二・二〇

世界性業婦制度史一本　三・〇〇

動物詩集一本　二・二〇

労農露西亜小説集一本　二・二〇

漫画の満洲一本　二・二〇

偶象再興一本　二・二〇　十月十七日

アルス美術叢書二本　四・〇〇　十月二十二日

黒旗一本　三・一〇

アルス美術叢書三本　六・〇〇　十月二十七日

近代文芸与恋愛一本　三・〇〇

海外文学新選二本　一・四〇　十月二十九日

昆虫記第三巻一本　三・〇〇　十月三十一日

欧羅巴の滅亡一本　一・〇〇

革命露西亜の芸術一本　二・〇〇

芸術战線一本　二・〇〇　　　　　　　　　　七四・二〇〇

芸術と社会生活一本　〇・八〇　十一月二日

日本童話選集一本　三・四〇　十一月四日

青空の梢に一本　内山书店贈　十一月五日

御制耕织图二本　一・〇〇　十一月六日

文学評論一本　二・〇〇　十一月七日

文学論一本　一・一〇　十一月十日

外国文学序説一本　二・二〇

日本原始絵画一本　四・三〇

大自然と霊魂との対話一本　一・七〇　十一月十一日

転換期の文学一本　二・三〇

有島武郎著作第五十集二本　二・六〇　十一月十八日

六朝時代の芸術一本　二・〇〇

現代の独逸文化及文芸一本　二・〇〇

近代芸術論序説一本　二・二〇

現代俄国文豪傑作集一本　一・二〇　十一月二十日

貘の舌一本　一・二〇

バクグン一本　二・〇〇

最近思潮批判一本　一・六〇　十一月二十二日

ヴィクトル・ユゴオ一本　一・五〇

愛蘭情調一本　〇・六〇

世界美術全集 17 一本　三・二〇　十一月二十五日

英文学覚帳一本　三・四〇

切支丹殉教記一本　二・〇〇

日本印象記一本　一・六〇

アメリカ文学一本　二・〇〇　十一月二十六日

承华事略二本　一・〇〇

英国文学史一本　四・〇〇　十一月三十日

英国小説史一本　三・六〇

版画を作る人へ一本　二・六〇

汉画二本　一・三〇　　　　　　　　　　　　　六〇・四〇〇

说郛四十本　一四・〇〇　十二月三日

The Woodcut of To-day 一本　五・〇〇　十二月五日

ロシア文学史一本　一・八〇

最新ロシア文学研究一本　二・四〇

近代美術史潮論一本　五・〇〇

医生の記録一本　一・五〇

北米遊説記一本　二・五〇

文［無］産階級の文化一本　二・二〇　十二月十四日

トルストイとマルクス一本　〇・八〇

黒い仮面一本　〇・六〇

拝金芸術一本　〇・八〇

自我経一本　三・〇〇　十二月十九日

ニール河の草一本　三・〇〇

鳥羽僧正一本　二・〇〇　十二月二十二日

あゐき太郎一本　一・四〇

仏蘭西文学史序説一本　三・〇〇　十二月二十四日

芸術の勝利一本　二・六〇

ロシア革命後の文学一本　〇・八〇

近代文芸思潮概論一本　四・七〇　十二月二十七日

美術全集第 7 册一本　一・六〇　　　　　　　　　　　五七・三〇〇

　　　总计一年＝三〇七・九五〇元

　　　平匀每月＝二五・六四五元

本月

关于知识阶级

[日本]青野季吉

　　安理巴比塞(Henri Barbusse)在一九二一年所出的小本子里，有称为《咬着白刃》而侧注道"寄给知识阶级"的。在那里面，当他使用"知识阶级"这一句话的时候，特地下文似的声明着：——

　　"知识阶级——我是以此称思想的人们，不是以此称知趣者，吹牛者，拍马者，精神的利用者。"

　　这几句话，诚然是激越的，然而当巴比塞要向知识阶级扳谈时，不能不有这几句声明的心情，我以为很可以懂得。

　　他虽说知识阶级，但在这里，是大抵以思想家和文学者为对象的。可知在法国的思想界和文学界，知趣者，吹牛者，拍马者，精神的利用者是怎样地多了。所以他便含着一种愤激，这么说。

然而这是法国的文坛和思想界的事。日本的文坛和思想界又怎样呢？我读着巴比塞的声明，实在禁不住苦笑。因为在我的眼里，知趣者，吹牛者，拍马者，精神的利用者，都一一以固有名词映出来了。

所谓知趣者，是怎样的一伙呢？先是这样的。无产者的文学运动也已经很减色，从这方面，是不会出头的了，还是想一点什么新奇的技巧，使老主顾吃一惊罢。总而言之，只要能这样，就好。于是想方法，造新感觉，诌新人生的一伙便是。其实，译为"知趣者"的，是amateur，意思是"善于凑趣的人"。日本的一伙，可是"善于凑趣"呢，固然说不定，然而是善于想去凑趣的人们，却确凿的。

其次是吹牛者。这是可以用不着说明的，但姑且指示一点在这里。吓人地摆着艺术家架子，高高在上，有一点想到的片言只语，便非常伟大似的来夸示于世——其实大抵是文学青年之间——的人们；以及装着只有自己是一切的裁判官的脸相，摆出第一位的大作家模样，自鸣得意的人们；以及什么也不懂，却装着无所不懂的样子，一面悠然做着甜腻的新闻小说的人们，便是这一伙。

一说到拍马者，读者大概立刻懂得的罢。吹牛者的周围，倘没有这一种存在物，那牛便吹不大，于是跑来了，聚集了。以数目而论，这似乎要算最多。其中的消息，我不很知道，但如讨了一个旧皮包便赞美作家，绍介了文稿便献颂辞为谢之类，是这一伙之中的最为拙劣的罢。

最后，精神的利用者，却有些烦难。在这范畴之内，是可以包括许多种类的人们的，但从中只举出最为代表底的来罢。在近时，我得了和一个"知名"的文学者谈天的机会。他侃侃而谈，主张罗兰主义，而大讲社会主义的"低劣"的缘由。姑且算作这也好罢，然而又为什么不如罗兰那样，去高揭了那精神主义，直接呼唤国民，发起一种国民底运动的呢？无论是罗兰，是甘地，都并非单是谈谈那精神主义，后来便去上戏园，赴音乐会的。惟其如此，罗兰主义这才成了问题，生了同名异义。总之，像这样的文学者，就是在这范畴里的典型底的人。

倘从文坛和思想界，除掉了那些要素，一想那所剩下的，以及巴比塞之所谓思想的人们，这是成了怎样凄凉的文坛和思想界呵。我以为其实凄凉倒是真的，现在的样子，是过于热闹了，然而这是一点也没有法子可想的事。

但巴比塞是对于怎样的人们，称为思想的人(ponseur)的呢？倘若不加考查，就没有意义。据他所说，这是混沌的生命中所存在的观念(idée)的翻译者(traducteur)。于是成为问题的，便是什么是"观念"了。巴比塞有时也用"真理"这字，来代观念。总而言之，在混混沌沌的生活，生命里面的，一个发展底的法则，就是这。在人类之前，将这翻译出来的，是思想的人们，是巴比塞所要扳谈的对象。

我们所要扳谈的人，而在日本的文坛和思想界上所不容易寻到的，实在就是这样的思想的人们，这样的"知识阶级"。

一九二六年三月作。译自《转换期的文学》。

原载 1928 年 1 月 7 日《语丝》周刊第 4 卷第 4 期。
初收 1929 年 4 月上海北新书局版《壁下译丛》。